Nora Roberts est le plus grand auteur de littérature féminine contemporaine. Ses romans ont reçu de nombreuses récompenses et sont régulièrement classés parmi les meilleures ventes du *New York Times*. Des personnages forts, des intrigues originales, une plume vive et légère... Nora Roberts explore à merveille le champ des passions humaines et ravit le cœur de plus de quatre cents millions de lectrices à travers le monde. Du thriller psychologique à la romance en passant par le roman fantastique, ses livres renouvellent chaque fois des histoires où, toujours, se mêlent suspense et émotion.

FÊLURES

NORA ROBERTS

FÊLURES

Traduit de l'anglais (États-Unis)
par Joëlle Touati

J'AI LU

Titre original
UNDERCURRENTS

Aux filles du Greebrier
JoAnne, ma partenaire sportive
Kat, ma très chère Baby Mama
Laura, qui s'occupe toujours de tout
Mary, compagne de shopping
Sarah, esprit magnétique

PREMIÈRE PARTIE

CRUAUTÉ DES MENSONGES

Cruauté et peur vont main dans la main.

HONORÉ DE BALZAC

L'ombre de la violence subie dans l'enfance
plane sur la vie entière.

HERBERT WARD

1

De l'extérieur, la maison de Lakeview Terrace offrait un tableau idyllique. Sur une butte verdoyante, deux étages de brique claire, d'immenses baies vitrées donnant sur Reflection Lake et la chaîne des Blue Ridge ; un charme européen dû en partie à deux tourettes au toit cuivré encadrant une vaste galerie blanche bordée d'azalées, d'un rouge flamboyant au printemps.

À l'arrière, un espace à vivre et une cuisine d'été étaient aménagés dans un généreux patio couvert, avec vue sur le lac et sur la roseraie, entretenue avec le plus grand soin.

En saison, le Dr Graham Bigelow amarrait un yacht de quarante-deux pieds à son ponton privé.

Des églantiers grimpants dissimulaient la haute clôture de bois.

Le garage abritait deux Mercedes, deux VTT, du matériel de ski, aucun bric-à-brac.

À l'intérieur, sous une belle hauteur de plafond, la salle à manger et le salon s'enorgueillissaient de cheminées en brique de la même teinte que la façade. De bon ton, quoique peut-être trop étudiée, la déco se voulait à l'image du couple qui vivait là : couleurs discrètes, tissus coordonnés, mobilier contemporain aux lignes épurées.

Graham Bigelow avait fait construire cette maison à la création du lotissement de Lakeview Terrace, lorsque ses enfants avaient cinq et deux ans. Il avait participé à la conception des plans, choisi les finitions, les planchers, les carrelages, le dallage extérieur, et engagé un architecte d'intérieur.

Son épouse Eliza lui avait fait confiance, car elle savait qu'il avait des goûts sûrs. Il avait néanmoins écouté ses idées, adopté quelques-unes de ses suggestions, et il lui avait expliqué pourquoi les autres n'étaient pas recevables.

Comme Graham, Eliza voulait du neuf, et le prestige de ce petit quartier résidentiel en bord de lac, près d'Asheville, à l'ouest de la Caroline du Nord. Depuis l'enfance, elle bénéficiait à Lakeview du statut de sa famille, qu'elle-même trouvait toutefois un peu vieux jeu, voire ringarde, comme la maison où elle avait grandi, de l'autre côté du lac.

Elle avait été contente de vendre ses parts à sa sœur, et cet argent avait été consacré à l'achat de mobilier pour la villa – que du neuf ! Eliza avait remis le chèque à Graham sans la moindre arrière-pensée. C'était son rôle à lui de gérer les finances du ménage ; elle ne l'enviait pas.

Depuis près de neuf ans, ils menaient là une existence heureuse, avec deux beaux enfants intelligents. Ils donnaient des dîners, des cocktails, des garden-parties. Mariée au chirurgien en chef du Mercy Hospital, Eliza avait pour job d'être belle et élégante, d'élever ses enfants, d'entretenir son intérieur et de recevoir. Elle s'investissait en outre dans différentes associations.

Comme elle avait une employée de maison qui venait trois fois par semaine faire le ménage et la cuisine, un jardinier une fois par semaine, et une sœur qui se réjouissait de garder les enfants lorsque Graham et elle voulaient sortir ou partir en week-end, Eliza avait tout le loisir de prendre soin de sa personne et de sa garde-robe.

Elle ne loupait jamais une réunion de parents d'élèves, dont elle avait été déléguée pendant deux ans. Elle assistait à toutes les fêtes de l'école, en compagnie de son époux quand les obligations professionnelles de celui-ci le permettaient. Elle était membre active des œuvres de bienfaisance de l'école et de l'hôpital. Depuis que sa petite Britt avait quatre ans, elle avait assisté à chacun de ses spectacles de danse, au premier rang. De même, elle ne manquait que très rarement les matchs de base-ball de son fils, Zane, même si elle s'ennuyait à mourir dans les gradins.

Jamais elle ne l'aurait avoué, mais elle avait une préférence pour Britt, une belle enfant obéissante et polie, qui faisait ses devoirs et rangeait sa chambre sans qu'il soit utile de le lui rappeler.

Zane, en revanche, avait le même caractère qu'Emily, la sœur d'Eliza : boudeur, solitaire, et cette tendance à discuter de tout. Heureusement, il était bon élève. Excellent au base-ball, il voulait devenir joueur professionnel. Mais ce n'était qu'un rêve d'adolescent. À l'instar de son père, il ferait des études de médecine.

En attendant, le base-ball servait de carotte afin d'éviter le bâton.

Pour le bien de son fils, cependant, Graham était parfois contraint de le punir. Les corrections forgeaient la personnalité, inculquaient des limites et le sens du respect. Comme il se plaisait à le répéter, les enfants étaient appelés à devenir des parents. C'est pourquoi ils devaient apprendre à se plier aux règles.

Deux jours avant Noël, l'année de ses vingt-neuf ans, Eliza rentrait chez elle, sur la route enneigée de Lakeview, après un déjeuner entre amies. Elles avaient peut-être bu un peu trop de champagne, mais ensuite elles avaient fait les magasins et leur légère ivresse s'était dissipée.

Tous les ans, les Bigelow partaient aux sports d'hiver le 26 décembre. Eliza se prélassait au spa pendant que son mari et ses enfants skiaient. Elle s'était acheté une nouvelle paire de bottes fourrées, très chic, et de la lingerie qui réchaufferait le cœur de son mari à son retour des pistes.

Le lotissement était joliment décoré, avec beaucoup de goût. Le Comité des copropriétaires de Lakeview Terrace interdisait les Pères Noël gonflables. Sans conteste, la villa des Bigelow était la plus belle d'entre toutes – au diable la modestie ! Graham avait donné carte blanche à Eliza, et elle en avait fait bon usage.

À la tombée de la nuit, les guirlandes s'allumeraient, sur la façade, autour des conifères en pot le long de la terrasse, entrelacées dans les couronnes ornées de longs rubans rouge et argent, au-dessus de la majestueuse porte d'entrée à double battant.

Dans la salle à manger, le sapin brillerait de tous ses feux, un bel arbre de plus de trois mètres, constellé de petites lumières blanches et d'étoiles rouge et argent, le code couleur de l'année, qui s'appliquait aussi au sapin du salon, décoré d'angelots, ainsi qu'à la déco des cheminées et de la table de la salle à manger. Le code couleur changeait chaque année – à quoi bon stocker des cartons d'accessoires quand on pouvait en louer puis s'en débarrasser une fois les fêtes passées ?

Eliza n'avait jamais compris le plaisir que prenaient ses parents et sa sœur à ressortir tous les ans les mêmes vieilles boules en verre coloré et les mêmes petits Pères Noël en bois d'un autre temps. Elle les recevrait pour le réveillon, bien sûr. Ensuite, Dieu merci, elle partirait se reposer à la montagne.

Emily la chouchoute... pensa-t-elle avec amertume en appuyant sur la télécommande qui ouvrait le garage.

En voyant la voiture de Graham, surprise, elle consulta sa montre. Heureusement, elle n'était pas en retard ; il était rentré tôt. Soulagée, elle se gara et rassembla ses sacs de shopping. Dans le vestibule, elle se débarrassa de son manteau, plia son foulard et troqua ses bottines contre ses mules Prada.

Graham était dans la cuisine, en costume et cravate.

— Tu as terminé de bonne heure ! dit-elle en posant ses emplettes sur l'îlot central avant de l'embrasser.

Il sentait *Eau sauvage*, un parfum dont elle ne se lasserait jamais.

— Où étais-tu ?

— J'ai déjeuné avec Miranda et Jody, répondit-elle avec un geste en direction du calendrier. Tu avais oublié ? On a fait un peu de shopping, en sortant du restau.

Tout en parlant, elle ouvrit le réfrigérateur, en sortit une bouteille de Perrier, puis elle prit un verre et le plaça sous le distributeur de glaçons.

— C'est incroyable le nombre de personnes qui n'ont pas encore terminé leurs achats de Noël ! Jody, par exemple… C'est dingue, de toujours tout faire à la dernière…

— Tu penses que les cadeaux de Jody m'intéressent ?

Le ton calme de Graham, presque mielleux, fit tressaillir Eliza.

— Non, bien sûr, chéri. Je disais juste ça comme ça… Va donc t'installer au salon, je t'apporte un whisky.

Il lui prit le verre qu'elle avait dans les mains et le fracassa à ses pieds. Un éclat de cristal heurta le mollet d'Eliza.

Un Baccarat, pensa-t-elle avec un frisson d'excitation.

— Nettoie ! hurla-t-il. Je viens de passer six heures au bloc opératoire… Et je trouve la maison vide en rentrant…

— Désolée, je…

— Désolée ? répéta-t-il en lui saisissant le bras et en la plaquant contre le comptoir. Désolée d'avoir déserté le foyer ? D'avoir gaspillé ton temps et mon argent avec ces idiotes ? Pendant que je sauvais des vies, les mains dans les viscères…

Le cœur d'Eliza se mit à cogner, son souffle se fit plus court.

— Je ne savais pas que tu finirais si tôt. Si tu m'avais appelée, je serais rentrée directement.

— Je dois te rendre compte de mon emploi du temps, maintenant ?

Elle entendit à peine les mots qu'il proféra : *ingrate, respect, devoir.* Mais elle connaissait ce regard, cette lueur vengeresse dans les yeux de son mari, d'un bleu glacial, la rage qui empourprait son beau visage d'ange blond.

Le frisson d'excitation se mua en décharge de désir.

— C'était marqué sur le calendrier, bredouilla-t-elle. Et je te l'ai rappelé ce matin…

— Tu crois que j'ai le temps de regarder ce calendrier ridicule ? Je veux que tu sois là quand je rentre, entendu ?

De nouveau, il la poussa brutalement contre le comptoir.

— Tout ce que tu as, c'est à moi que tu le dois : cette maison, tes tailleurs, tes déjeuners au restaurant… Je paie quelqu'un pour faire la cuisine et le ménage, afin que Madame soit disponible pour moi. Alors t'as intérêt à être là quand je franchis cette porte ! Et à écarter les cuisses quand j'ai envie de te baiser !

Elle le gifla lorsqu'il pressa son érection contre son bas-ventre, tout en sachant ce que ce geste engendrerait. Peut-être justement parce qu'elle savait ce qu'il engendrerait.

Les lèvres retroussées, il lui donna un coup de poing dans le ventre.

Il ne la frappait jamais au visage.

À quatorze ans, Zane Bigelow ne vivait que pour le base-ball. Il aimait bien les filles, surtout les filles nues, depuis que son copain Micah lui avait montré comment désactiver le contrôle parental sur son ordinateur. Mais le base-ball demeurait sa grande passion, son premier centre d'intérêt.

Numero Uno.

Grand pour son âge, un peu dégingandé, Zane avait hâte d'être repéré par un recruteur des Baltimore Orioles et d'arrêter l'école. Il intégrerait volontiers n'importe quelle autre équipe de Ligue américaine, mais les Orioles étaient sa préférée.

Numero Uno.

Il serait arrêt-court. Le grand Cal Ripken aurait pris sa retraite d'ici là. Cela dit, Cal « L'Homme de Fer » jouait déjà en troisième but.

Devenir champion de base-ball et voir une vraie fille nue : telles étaient les ambitions de Zane Bigelow.

Aujourd'hui, il était euphorique, même si Mme Carter écoutait une chanteuse qu'il détestait, Cher, dans sa Lexus SUV, en ramenant les enfants du quartier de l'école.

Zane ne s'intéressait pas aux voitures, pas encore, mais comme tous les garçons de son âge, il connaissait les marques. Côté musique, il préférait le rap, même s'il n'avait pas le droit d'en écouter chez lui.

Malgré Cher, sa sœur qui jacassait avec ses copines et Micah absorbé dans une partie de Donkey Kong sur sa Game Boy (il avait commandé une Game Boy Color pour Noël), Zane était le plus heureux des adolescents de la Terre.

Il était en vacances pour dix jours ! Même la perspective du ski, qui n'était pas son sport favori, surtout avec son père qui n'arrêtait pas de l'engueuler, n'aurait pu entacher sa bonne humeur. Pas de maths pendant dix jours ! Il détestait les maths autant que les épinards en salade, ce qui n'était pas peu dire.

Mme Carter se gara devant la maison de Cecile Marlboro. Sur la banquette arrière, les filles se contorsionnèrent pour la laisser passer, en gloussant et en serrant leur sac à dos contre elles.

Comme c'étaient les vacances de Noël, Cecile dut faire la bise à tout le monde. Parfois, on était obligés de se faire la bise, le mardi par exemple, un truc débile que Zane ne comprendrait jamais.

Cecile descendit de la voiture et tout le monde lui souhaita un joyeux Noël. Quand Pete Greene était arrivé chez lui, tout le monde lui avait souhaité de bonnes vacances, parce qu'il était juif.

Bientôt à la maison, pensa Zane en regardant par la vitre de la voiture. Il se préparerait un goûter et monterait dans sa chambre jouer à la PlayStation. Aujourd'hui, il n'avait ni leçons à apprendre, ni exercices de maths à faire.

Il savait que Lois avait prévu de préparer des lasagnes, avant ses congés de fin d'année, et les lasagnes de Lois étaient à tomber ! Maman n'aurait qu'à allumer le four pour les réchauffer. Ça, au moins, elle savait le faire.

Demain, Grams et Pop arriveraient de Savannah. Zane aurait préféré que ses grands-parents dorment chez lui, plutôt que chez sa tante Emily, mais il prendrait son vélo et il irait passer un moment avec eux, dans la vieille maison de l'autre côté du lac. Il demanderait à Emily de préparer des cookies, elle ne se ferait pas prier.

Pour le réveillon, ils viendraient tous à la maison. Maman n'aurait même pas à allumer le four – elle avait commandé le repas chez le traiteur. Après le dîner, Britt jouerait du piano et tout le monde chanterait. Zane était nul au piano, ce qui lui valait régulièrement des remontrances de la part de son père. Au moins, il chantait bien. C'était ridicule, ces cantiques de Noël, mais c'était quand même quelque chose qu'il aimait bien.

Lorsque Mme Carter se gara devant chez lui, il échangea un check du poing avec Micah.

— Joyeux Noël, mec !

— Bon Noël à toi, mon pote.

Britt et Chloé s'embrassèrent comme si elles n'allaient pas se revoir avant dix ans.

— Joyeux Noël, Chloé, dit Zane en descendant de la voiture. Joyeux Noël, madame Carter. Merci de nous avoir ramenés.

— Pas de quoi. Joyeux Noël, Zane, répondit-elle avec un sourire, en le regardant dans les yeux.

Pour une femme de son âge, il la trouvait très belle.

— Merci, madame Carter. Joyeux Noël, dit Britt de sa petite voix chantante. Je t'appelle, Chloé !

Zane épaula son sac à dos.

— T'as encore des trucs à lui dire ? Vous n'avez pas arrêté de tchatcher dans la bagnole !

— On a toujours des trucs à se dire !

Britt avait les cheveux jusqu'à la taille, du même brun que son frère, retenus par de petites barrettes ornées d'un rêne de Noël. Le frère et la sœur avaient aussi les mêmes yeux verts. Mais le visage de Britt était encore rond et poupin, tandis que les traits de Zane commençaient à s'affiner et se durcir. Il devenait un homme, affirmait sa tante Emily.

Cela dit, il avait beau assidûment surveiller sa pilosité, il n'avait pas encore besoin de se raser. Et comme tout grand frère qui se respectait, il prenait un malin plaisir à agacer sa petite sœur.

— C'est vrai que les filles parlent beaucoup pour ne rien dire...Genre : Oooh, Justin Timberlake, oooh !

Ses bruits de bouche firent rougir Britt. Il savait qu'elle était secrètement amoureuse de

Justin Timberlake. Ce qui d'ailleurs n'était un secret pour personne.

— Ta gueule !

— Ta gueule toi-même !

— La ferme !

— Toi-même, la ferme !

Devant la porte, ils se fusillèrent du regard et se turent. Si leur mère les entendait se chamailler, ils auraient droit à une leçon de morale.

Zane sortit sa clé car, selon un décret paternel, les verrous devaient toujours être fermés, qu'il y ait ou non quelqu'un à la maison.

Dès l'instant où il poussa la porte, le visage de Britt s'assombrit, ses yeux s'emplirent de larmes et de terreur, et elle se boucha les oreilles.

— Monte dans ta chambre, lui dit Zane.

— Il est encore en train de la taper…

Au lieu de courir se réfugier à l'étage, Britt se précipita dans le salon, les mains sur les oreilles.

— Arrêtez ! hurla-t-elle. Arrêtez, arrêtez, arrêtez !

Leur mère rampait sur le plancher taché de sang, son pull déchiré, une seule chaussure au pied.

— Filez dans vos chambres ! ordonna Graham en empoignant Eliza par les cheveux. Ce qui se passe ici ne vous regarde pas !

Zane essaya d'entraîner Britt dans le couloir mais elle s'arc-bouta en hurlant de plus belle. Leur père la toisa avec un regard plein de haine. Sans réfléchir, Zane s'interposa devant sa sœur, en proie à une bouffée de rage.

— Pousse-toi de là, proféra son père.

Zane se redressa de toute sa hauteur et se jeta sur lui. Plus surpris que déstabilisé, Graham recula.

— Fichez le camp d'ici, petits morveux !

Zane ne vit pas venir le coup. À quatorze ans, il ne s'était jamais battu qu'avec des gamins de son âge, qui ne savaient que se pousser et s'insulter. Et d'ordinaire, son père ne le frappait qu'au ventre ou dans les reins, là où les coups ne laissaient pas de traces.

Cette fois, il lui écrasa son poing sur le nez. Zane sentit quelque chose exploser derrière ses orbites ; sa vision se brouilla. Son père lui asséna encore deux coups avant qu'il s'écroule, la douleur l'emportant sur la frayeur et la colère. Un voile gris s'abattit devant ses yeux, il vit des éclairs lumineux, et il perdit connaissance.

Il revint à lui lorsque son père le hissa sur son épaule. Au travers du bourdonnement dans ses oreilles, il entendait sa sœur pleurer, sa mère lui ordonner de se taire.

Son père le monta à l'étage et le jeta brutalement sur son lit. Il avait mal partout.

— La prochaine fois que tu me manqueras de respect, je ne me contenterai pas de te casser le nez et de te faire un œil au beurre noir. Tu n'es rien, tu entends ? Tu n'es que ce que je veux bien que tu sois. Tout ce que tu as, y compris la vie, c'est grâce à moi.

Penché au-dessus de son fils, Graham s'exprimait d'un ton calme et froid. Zane le voyait en double. Parcouru de tremblements, il claquait des dents, incapable de seulement hocher la tête.

— Tu ne quitteras pas cette chambre tant que je ne t'en aurais pas donné la permission. Tu ne parleras à personne. Tu ne raconteras à personne ce qui se passe dans cette famille, ou la correction que tu m'as forcé à t'infliger aujourd'hui te paraîtra douce et légère. De toute façon, personne ne te croirait. Tu n'es rien. Je suis tout.

Je pourrais te tuer dans ton sommeil, personne n'en saurait rien. Penses-y la prochaine fois que tu auras envie de te prendre pour un homme.

Sur ces mots, Graham quitta la pièce en fermant la porte derrière lui.

Zane sombra de nouveau. Il était plus facile de sombrer que de supporter la douleur ou de ruminer les paroles de son père, plus dures que les coups.

Quand il refit surface, il faisait presque nuit.

Il n'arrivait pas à respirer, comme s'il avait le nez bouché par un gros rhume. Une migraine atroce pulsait derrière ses yeux. Et il avait horriblement mal au ventre.

Lorsqu'il tenta de se redresser en position assise, tout autour de lui se mit à tourner et il crut qu'il allait vomir.

En entendant la porte s'ouvrir, saisi de frissons, il se prépara à supplier, implorer, se protéger des coups.

Sa mère alluma la lumière en entrant. Ébloui, il ferma les yeux.

— Ton père a dit que tu devais te laver et appliquer ce sac de glace sur ton visage.

Elle s'exprimait d'un ton presque aussi froid et sec que Graham.

— Maman…

— Ton père veut que tu te surélèves la tête et que tu restes allongé, sauf pour aller aux toilettes. Comme tu peux le constater, il t'a confisqué la PlayStation, la télé et l'ordinateur qu'il t'avait généreusement offerts. Tu ne dois voir ni parler à personne d'autre que lui ou moi. Tu ne seras pas des nôtres pour le réveillon ni pour le repas de Noël.

— Mais…

— Tu as la grippe.

Il scruta le visage de sa mère, en quête d'un signe de compassion, ou de gratitude. En quête d'un quelconque sentiment. Or ses traits ni ses yeux n'en exprimaient aucun.

— Je voulais l'empêcher de te faire mal. J'ai eu peur qu'il s'en prenne à Britt. J'ai cru...

— Je ne t'avais rien demandé. Je n'ai pas besoin de ton aide. Ce qui se passe entre ton père et moi ne regarde que nous. Tu as deux jours pour réfléchir à la place qui est la tienne dans cette famille, et pour regagner tes privilèges. Fais ce que l'on dit, ajouta-t-elle froidement en quittant la pièce.

Seul, il se cala contre les oreillers. Afin de lutter contre le vertige, il ferma les yeux et s'efforça de respirer calmement. Puis il se leva, les jambes tremblantes, et tituba jusqu'à la salle de bains, où il vomit et faillit perdre de nouveau connaissance.

Lorsqu'il parvint à se redresser, il se regarda dans le miroir au-dessus du lavabo.

Presque méconnaissable, pensa-t-il avec un étrange détachement. La bouche enflée, la lèvre inférieure fendue. Le nez comme une fraise. Deux cocards, un œil presque fermé par la paupière tuméfiée. Du sang séché partout.

Prudemment, il porta une main à son nez, ce qui lui provoqua une douleur lancinante. Redoutant de se doucher, à cause des vertiges, il se lava tant bien que mal avec un gant, les dents serrées, agrippé au lavabo, mais la douleur l'effrayait moins que la simple idée de désobéir.

Il pleura, sans aucune honte. Personne n'était là pour le voir, de toute façon. Personne ne se souciait de lui.

Puis il regagna son lit, enleva ses chaussures et son jean, laborieusement, s'arrêtant plusieurs fois pour reprendre son souffle, attendre que le vertige se calme.

En boxer et sweat-shirt, il se glissa sous la couette, prit le sac de glace que sa mère lui avait laissé et l'appliqua délicatement sur son nez.

La douleur était insoutenable, purement insoutenable, alors il le posa sur son œil, et en éprouva quelque soulagement.

Il faisait nuit noire, à présent. Il allait s'enfuir. Dès qu'il en serait capable, avec quelques vêtements dans un sac à dos. Il n'avait pas beaucoup d'argent, parce que son père plaçait tout son argent de poche à la banque, mais il avait réussi à en cacher un peu dans une paire de chaussettes. Ses économies pour s'acheter des jeux vidéo.

Il ferait du stop – une perspective qui lui procura un frisson d'excitation. Il irait peut-être à New York. Ou ailleurs, le plus loin possible de cette maison aux apparences trompeuses, qui cachait d'horribles secrets, comme quelques maigres économies pour des jeux vidéo.

Il trouverait du travail, des petits boulots. *Plus d'école*, songea-t-il en s'assoupissant. *Ça, au moins, ce serait cool !*

Ce fut le bruit du loquet qui le réveilla. Il feignit de dormir. Cette fois, ce n'était pas les pas de sa mère ni de son père. Il souleva les paupières. Britt se tenait au pied du lit avec une petite lampe de poche rose.

— Retourne vite dans ta chambre, lui dit-il.

— Chuut… Je n'allume pas la lumière pour ne pas les réveiller, chuchota-t-elle en s'asseyant près de lui et en lui caressant le bras. Je t'ai apporté un sandwich au beurre de cacahuète et à la confiture. Je n'ai pas pu te prendre des lasagnes, ils s'en seraient aperçus. Il faut que tu manges.

— Je n'ai pas faim.

— Essaie. Juste un peu.

— Ne reste pas ici. S'ils te trouvent là, ils…

— Ils dorment. J'ai vérifié. Je ne partirai pas d'ici tant que tu n'auras pas mangé. Je suis désolée, Zane.

— Ne pleure pas.

— Toi non plus.

Il laissa néanmoins les larmes couler. Il n'avait pas la force de les retenir.

En reniflant et en s'essuyant les yeux, Britt lui caressa de nouveau le bras.

— Je t'ai aussi apporté du lait. Ils ne s'en rendront pas compte. Je laverai le verre.

Ils avaient l'habitude de chuchoter, mais la voix de Britt montait dangereusement dans les aigus.

— Il t'a frappé très fort. Plusieurs fois. Quand tu es tombé, il t'a donné un coup de pied dans le ventre. J'ai cru que tu étais mort.

Elle posa la tête sur son torse, les épaules secouées de sanglots. Il lui caressa la tête.

— Et toi, il t'a tapée ?

— Non. Il m'a juste tordu le bras, et il m'a secouée. J'ai arrêté de crier, parce qu'il me faisait peur.

— Tu as bien fait.

— Toi aussi, bredouilla-t-elle, la voix étranglée. Tu pensais bien faire. Elle n'a même pas essayé de l'empêcher de te frapper. Quand il s'est arrêté, il lui a dit d'essuyer le sang qu'il y avait par terre, de ramasser le verre cassé dans la cuisine, de se doucher et de mettre le couvert.

Britt se redressa et tendit une moitié de sandwich à son frère. À cet instant, il éprouva pour elle une telle bouffée d'amour que son cœur se serra.

Prudemment, il croqua une bouchée, et constata que la nausée était passée.

— Il diront à Emily et Grams et Pop que tu es malade. Une mauvaise grippe très contagieuse. Tu as besoin de repos, papa s'occupe de toi. Il ne les laissera pas monter te voir. Ensuite, on racontera aux gens de l'hôtel que tu es tombé en faisant du vélo. Il nous a expliqué tout ça pendant le dîner. Je me suis forcée à manger pour qu'il ne s'énerve pas. J'ai tout vomi quand je suis montée.

Zane mangea encore un bout de sandwich, puis il prit la main de sa sœur, dans le noir.

— Je sais ce que tu ressens.

— Quand on rentrera, on dira que tu as fait une chute au ski, que papa t'a soigné.

— Ouais... Il m'a bien soigné, murmura Zane d'un ton amer.

— Il te frappera de nouveau si on dit autre chose. Je ne veux pas qu'il te frappe. Tu voulais l'empêcher de battre maman. Et me protéger, aussi. Tu croyais qu'il allait me taper. Moi aussi, j'ai cru.

Dans la faible lueur de la lampe de poche posée sur le lit, il la vit se tourner vers la fenêtre.

— Un jour, il le fera.

— Non... Tu ne lui donneras pas de raison... Et je l'en empêcherai...

— Il n'a pas besoin de raison. Pas la peine d'être adulte pour comprendre ça, bredouilla

Britt, au bord des larmes. Ils ne nous aiment pas. Ce n'est pas possible. S'il nous aimait, il ne nous frapperait pas et il ne nous obligerait pas à mentir. Et elle, elle ne le laisserait pas faire. Ils ne nous aiment pas.

Zane aussi en était arrivé à cette conclusion, quand sa mère l'avait regardé sans la moindre émotion dans les yeux.

— On est tous les deux.

Tout en mangeant, Zane comprit qu'il ne pouvait pas s'enfuir en laissant Britt. Il devait rester avec elle. Devenir fort. Assez fort pour lutter contre son père. Et protéger sa sœur.

2

À la veille de Noël, Emily Walker n'avait pas encore effectué la moitié des tâches figurant sur sa liste. Elle avait beau faire des listes, systématiquement, chaque tâche de chaque liste de sa longue histoire de listes lui réclamait plus de temps que prévu.

À chaque fois.

Sans compter qu'elle ajoutait toujours des tâches à ses listes, qui naturellement la retardaient encore davantage.

Aujourd'hui, par exemple, alors qu'elle devait déjà vérifier que tout était en ordre dans la maison, préparer le rôti de porc farci dont son père raffolait et se faire un soin du visage dont elle avait grand besoin avant d'aller chercher ses parents à l'aéroport d'Asheville, il fallait encore qu'elle passe au supermarché acheter une poule à bouillir.

Zane avait la grippe, le pauvre. Elle voulait lui apporter un potage de vermicelles. Se rendre chez sa sœur de l'autre côté du lac lui prendrait un peu de temps mais la pire des corvées serait de se montrer agréable avec cette pimbêche d'Eliza qui de surcroît venait de décréter – à la dernière minute – que le repas de Noël n'aurait pas lieu chez elle mais dans la vieille maison familiale.

« Oh, ne t'inquiète pas, tu n'auras rien à préparer, avait-elle minaudé. J'ai prévenu le traiteur que la réception se tiendrait à une autre adresse. » Emily l'entendait encore, tout en troquant sa tenue de ménage contre des vêtements propres. Elle ferait l'impasse sur le soin du visage, tant pis.

La « réception »... Seigneur... Qui diable faisait appel à un traiteur pour un repas de famille ? Des prétentieuses de l'espèce à laquelle appartenait Eliza Walker Bigelow, voilà qui. Bref, Emily ferait contre mauvaise fortune bon cœur. Elle ne voulait surtout pas s'écharper avec sa sœur devant leurs parents.

En même temps qu'elle apporterait du potage à son neveu malade, elle lui offrirait le dernier tome de *La Tour sombre*, discrètement, car Stephen King faisait partie des auteurs censurés par Graham et Eliza.

Pas vu, pas pris. Zane savait garder les secrets. N'en cachait-il d'ailleurs pas trop ? s'interrogea Emily tout en se maquillant. Elle ne passait peut-être pas assez de temps avec son neveu et sa nièce, mais quand elle les voyait, elle avait l'impression... une impression bizarre.

Bah, sans doute son imagination, se dit-elle en enfilant ses bottes. Sûrement cette vieille rancune envers sa sœur aînée. Elles n'avaient jamais été proches, même enfants. Les contraires ne s'attirent pas toujours, et avec six ans d'écart ce n'était pas forcément évident de trouver un terrain d'entente.

À l'âge adulte, leurs relations ne s'étaient pas améliorées. Elles s'efforçaient de sauver les apparences, la plupart du temps, mais des tensions couvaient sous la surface. Une vive aversion mutuelle.

Sans ses parents et ses neveux, Emily aurait pu complètement couper les ponts.

— Horrible de penser ça… murmura-t-elle en descendant l'escalier à la hâte.

En vérité, elle redoutait que ce sentiment ne soit que pure jalousie de sa part, et elle en avait honte.

Eliza avait toujours été la plus jolie. Non qu'Emily fut dépourvue de charme, même sans soin du visage, mais la nature avait davantage gâté sa sœur – notamment au niveau de la poitrine. Comme Eliza était de six ans l'aînée, elle avait en outre toujours tout fait la première : jouer dans les pièces de théâtre de l'école, diriger les pom-pom girls, porter la couronne de la reine du bal, celle de la reine de la promo. À la fin de ses études, leurs grands-parents lui avaient offert une BMW décapotable, gris métallisé.

Elle s'était ensuite dégoté un médecin. Un chirurgien, beau comme un acteur de cinéma. Ils s'étaient fiancés au country club, Eliza avait organisé une soirée entre pimbêches pour l'enterrement de sa vie de jeune fille et, bien sûr, un mariage fastueux.

Une mariée splendide, songea Emily en coupant le feu sous le potage. Elle n'avait pas été jalouse, ce jour-là. Elle était simplement heureuse pour sa sœur, même si celle-ci l'avait forcée à porter une robe rose ridicule, avec des manches ballon. Hélas, le ressentiment n'avait pas tardé à ressurgir.

— Ne pense pas à ça, s'enjoignit-elle en mettant son manteau, son bonnet et ses gants. C'est Noël, et ce pauvre Zane est malade.

La Tour sombre dans son sac à main, elle se munit de maniques pour porter la casserole jusqu'à son pick-up et la déposer au pied du siège passager.

Elle avait fait laver sa voiture de fond en comble – une chose rayée de sa liste – si bien que le tableau de bord n'était pas constellé de Post-it. Et elle avait personnellement fait le tour de tous les bungalows de location. Lorsque ses parents lui poseraient la question, et ils ne manqueraient pas de la poser, elle pourrait leur assurer que la petite entreprise familiale se portait pour le mieux.

Elle se plaisait dans son rôle de patronne des Walker Lakeside Bungalows, depuis que ses parents avaient pris leur retraite. La seule chose qui l'ennuyait, c'était d'être obligée de partager les bénéfices avec sa sœur, chaque trimestre, alors qu'Eliza ne lui apportait aucune aide. Mais les liens du sang étaient sacrés, si bien qu'Eliza récoltait elle aussi les fruits de ce que ses parents avaient construit et fait prospérer.

Par chance, elle n'avait pas voulu de ses parts de la maison. Emily en était l'unique propriétaire et elle s'en réjouissait, car elle y était très attachée. Elle était née dans cette maison toute en pierre et en bois, avec vue sur le lac et les montagnes, et une vaste galerie qui en faisait le tour. Elle entendait rester là jusqu'à la fin de ses jours. Comme elle n'avait pas d'enfants, et qu'il était peu probable qu'elle en ait un jour, elle comptait la laisser à Britt et Zane.

L'un d'eux s'y installerait peut-être. Ou bien ils la loueraient. À moins qu'ils ne la vendent. Après tout, ils en feraient ce qu'ils voudraient quand elle ne serait plus de ce monde.

— Je pourrais penser à des trucs plus gais, pour Noël...

En riant, elle monta dans son pick-up. À son retour, la nuit serait tombée et la maison illuminée, le sapin éclairé derrière la fenêtre. Jusque dans ses souvenirs les plus lointains, la maison avait toujours été joliment décorée pour les fêtes, et il y flottait une odeur de pin, de cranberries et de cookies dans le four.

En s'engageant sur la route du lac, elle souffla sur les mèches qui lui tombaient devant les yeux. Le rendez-vous chez le coiffeur ne figurait pas sur sa liste de choses à faire. La coupe de cheveux attendrait.

En longeant Reflection Lake, elle alluma la radio et monta le son pour chanter en chœur avec Springsteen. Elle passa devant les bungalows, la marina, les luxueuses villas en bord de lac, puis elle bifurqua en direction du village, les montagnes couronnées de neige se découpant dans le bleu pâle du ciel d'hiver.

Elle connaissait par cœur chaque virage, chaque montée, chaque descente. Quand elle arriva dans Main Street, la plupart des magasins étaient déjà fermés et l'étoile du Nord scintillait au-dessus du Lakeview Hotel.

Elle aperçut Cyrus Puffer, un sac en papier à la main, qui se dirigeait vers son pick-up. Cyrus avait été son époux pendant presque six mois. Seigneur, il y avait déjà plus de dix ans, calcula-t-elle. Ils avaient très vite compris que l'amitié – avec plus si affinités – leur convenait mieux que le mariage et ils étaient l'un des rares couples de l'entourage d'Emily à avoir divorcé réellement à l'amiable.

Elle se rangea le long du trottoir afin de le saluer.

— Hello ! Cadeaux de dernière minute ?

— Non. Enfin... Si on veut, répondit-il en souriant. Marlene avait envie d'une glace, n'importe quel parfum excepté menthe-chocolat.

Rouquin, Cyrus était un homme charmant, toujours de bonne humeur.

— Tu es un bon mari, Cy.

Sa seconde femme avait été la bonne. C'était Emily qui la lui avait présentée. Elle avait même été leur témoin de mariage.

— Je fais de mon mieux, répliqua-t-il sans se départir de son sourire. Une chance qu'elle ne m'ait pas réclamé des pickles pour manger avec sa glace.

— Ce n'est pas vrai ! s'exclama Emily en lui encadrant le visage. Ce n'est pas vrai, Cy, tu vas être papa ?

— C'est officiel depuis hier seulement. Marlene ne veut pas qu'on l'annonce tout de suite, à part à nos parents, mais elle ne m'en voudra pas de te l'avoir dit.

— Je suis une tombe, ne t'inquiète pas. Oh, mon Dieu, je suis si heureuse pour toi ! dit-elle en l'attirant contre elle, par la vitre, pour lui faire une grosse bise bruyante. C'est le plus beau des cadeaux de Noël ! Oh, Cy, tu lui présenteras mes meilleurs vœux. Et quand elle aura envie d'en parler, qu'elle m'appelle !

— Je transmettrai. Si tu savais comme je suis content, Em... Je me dépêche de rentrer apporter sa glace à la future maman.

— Tu lui diras qu'on fêtera la naissance chez moi.

— Sérieux ?

— Je m'en réjouis d'avance ! Joyeux Noël, Cy. Oh, mon Dieu !

Le sourire aux lèvres, elle reprit la route, descendit en ville, puis contourna le lac jusqu'à Lakeview Terrace. Comme chaque fois qu'elle s'y rendait, elle pensa que pour rien au monde elle n'aurait voulu vivre là.

Certes, les maisons étaient grandes, cossues et chacune possédait un cachet unique – les propriétaires avaient eu le choix entre plusieurs options. Mais aux yeux d'Emily le quartier évoquait trop *Les Femmes de Stepford*, ce roman glaçant. Les trottoirs étaient trop propres, les allées trop rectilignes, les arbres et les bancs trop alignés dans le petit square, strictement réservé aux résidents et à leurs invités.

Mais Eliza se plaisait ici et, en vérité, ces rangs de pompeuses villas aux jardins manucurés lui correspondaient tout à fait.

Emily était en train de se garer devant le garage quand elle se souvint qu'elle devait se montrer aimable. Puis, sa casserole en main, elle sonna à la porte. Comme une étrangère, pensa-t-elle, alors qu'elles étaient sœurs. Qu'ils soient là ou non, Eliza et Graham prenaient toujours soin de verrouiller leur petit palais.

Agréable ! se sermonna-t-elle en convoquant un sourire.

Eliza était vêtue d'un pantalon blanc et d'un pull en cachemire rouge, sur lequel retombait ses boucles brunes soigneusement brushées. Ses yeux, du même vert que ceux d'Emily, ne trahissaient que l'ombre d'une légère contrariété.

— Ah, Emily… Nous ne t'attendions pas…

Surtout pas : « Oh, Emily, quelle surprise ! Entre donc ! »

Elle garda néanmoins le sourire.

— J'ai eu ton message, pour la grippe de Zane et le changement de programme, demain. J'ai essayé de t'appeler, mais…

— On était occupés.

— Je comprends, moi aussi. Mais j'étais tellement peinée pour Zane que je lui ai préparé le fameux remède de maman : une soupe de vermicelles au poulet. Comment va-t-il ?

— Il dort.

— Il fait un froid de canard. Je peux entrer ?

— Chérie, qui est-ce ?

Graham apparut dans le vestibule, dans un pull en cachemire gris clair. Comme souvent, son sourire ne se reflétait pas dans ses yeux.

— Emily, quelle surprise ! Joyeux Noël !

— J'ai préparé du potage pour Zane. Je venais lui faire un petit coucou avant d'aller chercher maman et papa à l'aéroport.

— Entre donc. Donne-moi ta casserole.

— Attention, elle est encore chaude. Je l'apporte à la cuisine, si tu permets.

— Je t'en prie. C'est très gentil de ta part. Zane appréciera.

Accompagnée de Graham, Emily traversa la maison. La décoration de Noël était aussi somptueuse que dans les magazines.

— C'est magnifique, commenta-t-elle en posant la casserole sur la cuisinière. Je vais monter un bol à Zane et lui tenir compagnie un moment. Ça lui changera les idées.

— Il dort, je t'ai dit.

Emily se tourna vers sa sœur.

— Peut-être qu'il...

— Il est contagieux, déclara Graham en enlaçant la taille de son épouse. Je ne voudrais pas que tu attrapes son virus, surtout que tu vas être en contact avec des seniors.

Elle ne considérait pas ses parents comme des « seniors », et ce mot l'agaçait.

— Ils sont en très bonne santé et, de toute façon, Zane les verra demain, alors...

— Non, il ne sera pas guéri. Il a besoin de repos, affirma Graham sur un ton sans appel.

— Mais si vous avez préféré que le repas se passe chez moi...

— Ce sera mieux pour tout le monde, l'interrompit Graham. Tes parents verront Eliza et Britt, mais on ne restera pas longtemps.

Emily en resta bouche bée.

— Vous allez laisser Zane tout seul ? Le jour de Noël ?

— Il comprend. Dans tous les cas, demain, il passera la journée à dormir, comme aujourd'hui. Mais nous ne manquerons pas d'ajouter ton potage au traitement que je lui ai prescrit. Je sais ce qu'il lui faut, poursuivit Graham avant qu'elle puisse à nouveau objecter. Non seulement je suis son père, mais je suis aussi médecin.

À la pensée de Zane seul dans son lit, le cœur d'Emily se serra.

— Le pauvre... On ne pourrait pas... je ne sais pas... tous porter des masques ? Ce n'est qu'un enfant. C'est Noël...

— Nous sommes ses parents, intervint Eliza sèchement. C'est nous qui décidons. Si un jour tu as des enfants, tu décideras pour eux.

— Où est Britt ? Au moins...

— Dans sa chambre. Elle prépare quelque chose pour Noël. (Graham plaça un doigt devant ses lèvres.) Top secret, apparemment. Tu la verras demain. Merci encore d'avoir pensé à Zane.

Là-dessus, il prit sa belle-sœur par les épaules et la guida jusqu'à la porte.

— Tu diras à Quentin et à Ellen que nous sommes impatients de les voir demain.

— Je… Je peux repasser ce soir apporter les cadeaux de Zane, pour qu'il les ait demain matin.

— Ne te dérange pas. Il n'a plus quatre ans. Sois prudente, sur la route.

Il ne la poussa pas dehors, mais pas loin. Les larmes aux yeux, de rage et de frustration, Emily regagna sa voiture.

— Ce n'est pas juste, maugréa-t-elle en s'installant derrière le volant, et elle le répéta en mettant le contact, puis en démarrant.

Hélas, elle ne pouvait rien faire pour son neveu.

18 h 45, indiquait le réveil de Zane. Enfermé dans sa chambre depuis plus de vingt-quatre heures, il avait tellement mal au nez et au ventre qu'il n'avait somnolé que par intermittence. La douleur ne le quittait pas, et la faim commençait à le tarauder.

Il avait mangé l'autre moitié du sandwich de Britt au lever du jour. À 8 heures, sa mère lui avait apporté du pain sec et une petite carafe d'eau, ainsi qu'un nouveau sachet de glace.

Du pain et de l'eau. Comme un prisonnier. Qu'il était.

Elle ne lui avait pas adressé un mot. Lui non plus.

À présent, il était presque 19 heures et personne n'était venu le voir. Il s'inquiétait pour Britt. Était-elle confinée dans sa chambre, elle aussi ? Cet homme qu'il ne considérait plus comme son père les obligeait parfois à garder la chambre. Mais seulement quelques heures, et ils avaient la télé, des jeux, de quoi s'occuper.

Zane avait essayé de lire – on ne lui avait pas confisqué ses livres –, mais très vite, la lecture avait réveillé une migraine.

Il s'était traîné jusqu'à la salle de bains, car la douleur lui causait des sueurs froides et l'odeur de la transpiration lui soulevait le cœur.

Sous la douche, des pulsations lancinantes dans les orbites, il avait pleuré comme un bébé.

Il ressemblait à Rocky Balboa après un combat contre Apollo Creed.

Il devait devenir fort. Le père de Micah faisait de la muscu. Il avait une salle d'entraînement chez lui. Il demanderait à M. Carter de lui montrer des mouvements. Il prétendrait vouloir s'étoffer avant la prochaine saison de base-ball.

Dans trois ans et demi, il entrerait à l'université. Mais pourrait-il partir et laisser Britt ?

Peut-être devait-il alerter la police. Seulement, le chef de la police jouait au golf avec son père. À Lakeview, le Dr Graham Bigelow était une sommité respectée.

Démoralisé, Zane s'efforça de penser au baseball, une balle sous la couette, dont il caressait les coutures, comme une peluche, pour se réconforter.

En entendant le bruit du loquet, il poussa un soupir de soulagement. La faim commençait à le ronger sérieusement. Mais le soulagement fut de courte durée. Son père se découpait dans la lumière du couloir, grand, musclé, un plateau dans une main, sa sacoche de médecin dans l'autre.

Graham posa le plateau sur le banc au pied du lit, puis retourna appuyer sur l'interrupteur et refermer la porte.

— Assieds-toi, ordonna-t-il.

Ébloui, tremblant, Zane se redressa en position assise.

— Tu as la tête qui tourne ?

Prudence, songea Zane. Et respect.

— Un peu, oui, Père.

— Des nausées ?

— Un peu. Moins qu'hier.

— Tu as vomi ? demanda Graham en ouvrant sa sacoche.

— Pas depuis hier soir.

Graham braqua un stylo-torche dans les yeux de son fils.

— Suis mon doigt des yeux.

Zane s'exécuta, malgré la douleur que lui provoquait cet effort.

— Mal à la tête ?

— Oui, Père.

— Tu vois double ?

— Plus, non, Père.

Graham lui ausculta les oreilles, puis les dents.

— Du sang dans les urines ?

— Non. Non, Père.

— Tu as une légère commotion cérébrale. Estime-toi heureux, ça aurait pu être pire, vu la façon dont tu t'es comporté. Penche la tête en arrière.

Zane obéit, et Graham lui palpa le nez, déclenchant l'explosion d'une supernova de douleur. Avec un cri, il tenta de repousser ses mains puis en voyant son père chercher des instruments dans sa sacoche, il fut pris de sueurs froides.

— S'il te plaît… Non, s'il te plaît… Ça fait trop mal. Papa, je t'en supplie !

— Renverse la tête en arrière, dit Graham en saisissant la gorge de son fils. Sois un homme, pour l'amour de Dieu !

Zane ne put s'empêcher de hurler. Il ne voyait pas ce que son père faisait. Même s'il avait pu ouvrir les yeux, un voile rouge lui obscurcissait la vision. Des larmes lui échappèrent, qu'il ne put retenir.

Quand ce fut terminé, il se roula en boule, parcouru de frissons irrépressibles.

— Tu peux me remercier de ne pas avoir une déviation de la cloison nasale. Tu peux me remercier, répéta Graham.

Zane ravala la bile qui lui montait à la gorge.

— Merci.

— Applique de la glace. Tu garderas la chambre jusqu'à notre départ au ski, le 26. Tu as fait une chute à vélo. Parce que tu as commis une imprudence. À l'hôtel, tu resteras dans la suite. Quand nous reviendrons, nous dirons que tu as eu un accident, au ski. Tu n'étais pas en forme, tu n'étais pas encore remis de la grippe mais tu voulais absolument skier, tête de mule. Avise-toi de raconter autre chose et ça se passera très mal. Je te traînerai devant la justice et on t'enfermera avec les voyous de ton espèce. Tu as compris ?

— Oui.

Derrière ses paupières closes, Zane devinait son père dominant le lit de toute sa hauteur, arrogant et menaçant.

— La semaine prochaine, tu écriras à tes grands-parents pour les remercier des cadeaux qu'ils t'auront offerts, bien que tu ne les aies pas mérités. Nous les donnerons à une œuvre de charité. Et nous retournerons ceux que ta mère et moi t'avions achetés. Tu ne mérites rien. Par conséquent, tu n'auras rien. Compris ?

— Oui.

Je m'en fiche. Laisse-moi.

— Je te rendrai ton ordinateur mais tu ne l'utiliseras que pour faire tes devoirs. Je vérifierai chaque soir. Dans un mois, à condition que tu montres un remords sincère, et que tu aies de bonnes notes, si j'estime que tu as retenu la leçon, je te rendrai le reste de tes affaires. Sinon, je les donnerai à quelqu'un de plus méritant. Et tu ne seras plus autorisé à jouer au base-ball, pas seulement la saison prochaine, plus jamais. C'est compris ?

Une haine profonde. Zane ignorait qu'il pouvait éprouver autant de haine.

— Oui, Père.

— Si tu ne te tiens pas à carreau, je t'enverrai dans une école militaire. Ta tante t'a apporté de la soupe. N'oublie pas de la remercier quand tu la verras. Si tu la revois.

Enfin, Graham finit par s'en aller, en refermant la porte derrière lui. Zane demeura immobile, le temps de se sentir capable de surmonter les vagues de douleur.

Il savait que son père pouvait être cruel, violent, sous son masque de parfait époux, bon père de famille et voisin modèle. Il venait toutefois de découvrir que cet homme était un monstre. Ou bien, s'il s'en doutait, il ne l'avait pas encore accepté.

— Plus jamais je ne l'appellerai papa, murmura-t-il. Plus jamais.

Tant bien que mal, il se leva et s'assit sur le banc au pied du lit. Le bol de potage était froid. Une méchanceté de plus.

Mais tu n'as pas gagné, espèce de salaud, pensa-t-il en mangeant. *Je n'ai jamais rien goûté d'aussi bon de ma vie.*

Quand il se sentit mieux, il prit une autre douche, car son tee-shirt était trempé de sueur. Puis il se força à marcher tout autour de la chambre, encore et encore. S'il voulait devenir fort, il devait s'y mettre sans attendre. Il aurait volontiers mangé un deuxième bol de potage, mais il se contenta d'appliquer de la glace sur son visage.

De la musique de Noël lui parvenait du rez-de-chaussée. Il s'approcha de la fenêtre et contempla le lac, les lumières scintillantes sur l'autre rive. Il distinguait la maison de sa tante. Il l'imagina réveillonner avec ses grands-parents. Pensaient-ils à lui ? Il l'espérait. *Attraper la grippe pour Noël, ce n'est vraiment pas de chance…*

Ils ne se doutaient sûrement de rien. Qu'auraient-ils pu faire, de toute façon ? Rien, face à un homme tel que le Dr Graham Bigelow. Si celui-ci racontait que son fils était tombé en faisant du vélo ou en skiant, personne ne remettrait sa parole en question, personne ne soupçonnerait ce bon médecin de maltraiter ses enfants.

Oserait-il révéler la vérité ? s'interrogea Zane.

Il ne voulait pas aller dans une école militaire. Cette idée lui était insoutenable. Il ne pouvait pas laisser Britt.

Il devait jouer la comédie, comme ses parents. Il feindrait d'avoir retenu la leçon. Il dirait : « Oui,

Père. » Il aurait de bonnes notes. Il se tiendrait à carreau.

Un jour, il serait assez fort, assez grand, assez courageux pour cesser de faire semblant.

Cela dit, encore une fois, qui le croirait ? Sa tante, peut-être. Zane voyait bien qu'elle n'aimait pas trop son père, ni sa mère, d'ailleurs. Eux non plus ne l'aimaient pas. Ils la dénigraient sans cesse : elle n'avait jamais été capable de rien, pas même de garder un mari. Entre autres médisances.

En bas, on jouait du piano. Au moins, Britt allait bien, si elle s'était mise au piano.

Rassembler des preuves… pensa Zane. Micah pourrait l'aider à installer une caméra cachée, ou un truc dans ce genre. Non, non ! Surtout ne pas mêler Micah à ces histoires. S'il en parlait à ses parents, ceux-ci risqueraient d'en parler aux siens et Zane n'aurait plus le droit de jouer au base-ball ; son père le cognerait et l'enverrait à l'école militaire.

Pas assez de courage.

En revanche, il pouvait tout raconter par écrit.

Inspiré, il alla chercher un cahier, des crayons et des stylos sur son bureau. Mais… patience. Son père ou sa mère pouvaient encore venir le voir avant d'aller se coucher. Et le châtiment serait terrible.

Alors il attendit, allongé dans le noir, sa balle de base-ball pour toute compagnie, réconfortante.

Jusqu'à ce qu'il entende son père :

— Fais de beaux rêves, Britt. Pense au Père Noël.

Et sa sœur :

— Bonne nuit.

Un peu plus tard, elle chuchotait derrière sa porte :

— Je n'ai pas pu venir plus tôt. Pardon. Je t'ai entendu crier, mais…

— Ne t'en fais pas, je vais bien. Va vite te coucher avant de te faire prendre.

— Pardon, répéta-t-elle.

Il l'entendit gagner sa chambre, fermer la porte. Puis il finit par s'assoupir. Le rire de sa mère le réveilla. Ses parents montaient se coucher, en essayant tant bien que mal de parler à voix basse. Zane resta immobile, les yeux fermés, la respiration régulière, car il n'avait aucune confiance en eux.

Comme il s'y attendait, la porte de sa chambre s'entrouvrit. À travers ses paupières closes, il devinait la lumière du couloir. Il garda les yeux fermés, pas trop serrés, car c'était ainsi que l'on se trahissait quand on faisait semblant de dormir.

La porte se referma. Il attendit encore une minute, puis deux, puis cinq, en comptant les secondes.

Lorsqu'il estima qu'il n'y avait plus de danger, il reprit son cahier sur son bureau, ainsi que deux stylos et la petite torche que Britt lui avait laissée. Par mesure de sécurité, il se remit au lit. Au cas où, il cacherait tout sous la couette.

À la lueur de la lampe de poche, il commença à écrire.

Peut-être que personne ne me croira. Il dit qu'il est quelqu'un de trop important, trop intelligent, pour qu'on me croie. Mais mon prof de littérature répète chaque jour que prendre des notes aide à analyser et à mémoriser.

Le 23 décembre 1998, lorsque nous sommes rentrés de l'école, moi et ma sœur – ma sœur et moi, se corrigea-t-il –, *ma mère était couchée par terre. Mon père la frappait et quand j'ai voulu la défendre, il s'en est pris à moi.*

Il écrivit pendant plus d'une heure.

Trop fatigué pour continuer, il retira une pièce de sa tirelire et s'en servit pour dévisser la grille de la bouche de ventilation, où il dissimula le cahier. Puis il rangea les deux stylos dans le tiroir de son bureau, même si l'un n'avait plus d'encre.

Après quoi, il s'endormit profondément.

3

Zane se tenait à carreau. La douleur cessa, les hématomes se résorbèrent. À la station de ski, le mensonge de la chute à vélo passa comme une lettre à la poste, et de retour à Lakeview, personne ne douta que Zane avait eu un accident de ski.

Emily se demanda tout de même pourquoi son neveu avait été autorisé à skier alors qu'il était grippé, mais ses interrogations ne changèrent rien à la situation.

La vie suivait son cours.

Zane avait retenu la leçon : il devait se montrer docile.

Il rangeait sa chambre sans qu'il soit besoin de le lui dire et s'acquittait de ses corvées ménagères sans un murmure de protestation. Il était studieux, davantage par crainte que par intérêt. Si ses notes baissaient, il serait puni. Si ses notes baissaient, il devrait renoncer au base-ball. Le base-ball n'était plus seulement sa passion, son rêve, il était aussi la clé de la liberté.

Quand il signerait avec une grande équipe, il quitterait Lakeview sans un regard en arrière.

Tout le monde se comportait comme si le 23 décembre avait été un jour comme les autres. Dans la maison de Lakeview Terrace, parents et enfants semblaient avoir oublié. Zane passa avec brio les tests de son père – il était assez malin pour savoir qu'il s'agissait de tests : des claques ou des bourrades injustifiées, qui provoquaient un air satisfait sur le visage de Graham lorsque Zane baissait les yeux, sans un mot.

La nuit, dans le silence de sa chambre, il noircissait les pages de ses cahiers.

12 janvier*. Graham m'a poussé contre le mur. Soi-disant parce que j'avais boudé pendant le dîner, au lieu de montrer ma gratitude. J'ai demandé au père de Micah de ne dire à personne qu'il me donnait des cours de muscu, parce que je voulais que ce soit une surprise. Il ne parle plus à Graham. Je crois qu'il ne l'apprécie pas. Il ne veut pas que je l'appelle sans arrêt « monsieur ». Ça lui rappelle trop l'armée. Il préfère que je l'appelle Dave. Il est sympa.*

2 mars. *Je prends du muscle ! Je fais des curls avec huit kilos, trois séries de douze. Aujourd'hui, à la presse, j'ai mis trente-cinq kilos et j'ai fait trente-six réps. J'ai gagné deux kilos et demi, en masse musculaire d'après Dave. Le premier match présaison a lieu demain. L'entraîneur dit que j'ai un lance-roquette à la place du bras ! Je crois que c'est grâce à la masse musculaire. À l'entraînement, j'ai réussi un simple et un triple, et j'ai fait marquer deux points. On va défoncer les Eagles, demain ! Eliza m'a demandé de vider le lave-vaisselle. J'ai répondu : « OK. » Graham m'a donné une claque en me disant : « On ne dit pas "OK",* *mais "oui, Mère", sale petit merdeux. » Ensuite, il a giflé Eliza, en la traitant de pauvre conne, parce qu'elle ne m'avait pas corrigé. Britt était au bord des larmes. Du regard, je lui ai fait comprendre qu'elle ne devait pas pleurer. Pas la peine qu'il la frappe.*

Chaque soir, dans son journal, il racontait les matchs de base-ball, ses progrès en muscu, les mauvais traitements de son père. Sa joie et son excitation quand les Wildcats de Lakeview se qualifièrent pour le championnat. La fierté que son père afficha dans les gradins, et la façon dont il critiqua son jeu de retour à la maison. Les éloges de Dave, qui lui tapa dans la main et l'appela Champion.

Pour son quinzième anniversaire, cet été-là, Zane mesurait un mètre soixante-dix-neuf pour soixante-quatre kilos. Dave affirmait qu'il était une machine de combat, tout en nerfs et en muscles. Il ignorait que c'était là exactement l'objectif de l'ami de son fils.

La nuit du 23 décembre, Zane se réveilla en sursaut, pris de sueurs froides. Il avait rêvé que son père découvrait ses cahiers et le frappait à mort.

Les vacances d'hiver se déroulèrent sans heurt.

Sa première vraie petite amie s'appelait Ashley Kinsdale, une blonde aux yeux rieurs, élève brillante et excellente joueuse de soccer, qu'il invita pour le bal de fin d'année du lycée.

Micah sortait avec une autre joueuse de l'équipe, Melissa Riley, dite Mel, une fille de caractère. Dave s'était porté volontaire pour les conduire au bal.

Zane s'acheta un costume et une paire de mocassins. Il prétendait que c'était une tenue de pingouin mais, en vérité, il adorait la porter. D'autant qu'il avait encore grandi de cinq centimètres, et gagné deux pointures de chaussures.

Il détestait la coupe en brosse imposée par son père ; elle lui rappelait trop la perspective de l'école militaire. Mais à part ça, il se trouvait plutôt beau gosse. Il espérait atteindre le mètre quatre-vingt-dix d'ici la fin du lycée, ce qui n'avait rien d'impossible. Il pourrait ainsi regarder Graham dans les yeux – Graham qui disait d'Ashley qu'elle n'était qu'une petite salope, comme toutes les Irlandaises.

Zane avait osé soutenir le regard de son père, la dernière fois que celui-ci avait employé ces termes. Le coup qu'il avait pris dans l'estomac lui faisait toujours mal.

Encore deux ans et deux mois. Il aurait alors dix-huit ans et il serait libre. Ses parents pensaient qu'il ferait médecine, à l'université de Caroline du Nord, à Chapel Hill. Lui visait l'université de Caroline du Sud. Non seulement parce qu'elle était loin, mais aussi parce qu'elle possédait une excellente équipe de base-ball.

Il postulerait également à l'université de Californie, à Fullerton, et à l'université d'État de l'Arizona. Si cette fac était assez bien pour Barry Bonds, elle le serait aussi pour Zane Bigelow !

Il indiquerait l'adresse d'Emily sur les formulaires de candidature. En temps voulu, il lui expliquerait tout. Elle garderait le secret, il en était certain. Il ne voulait pas devenir médecin, elle comprendrait. S'il obtenait une bourse, il se débrouillerait. Il était évident que Graham lui couperait les vivres si Zane ne se pliait pas à sa volonté.

Il était plutôt confiant. Il avait une moyenne générale satisfaisante, et il savait qu'il pouvait compter sur son entraîneur de base-ball pour attester de ses performances sportives. Il ramait en maths et en sciences, mais parvenait à décrocher des notes correctes, grâce à Micah, à qui il vouerait une reconnaissance éternelle.

Il avait obtenu 1 200 points au test préliminaire de qualification universitaire, avec seulement 500 en maths, ce qui lui avait valu une torgnole et un coup de poing dans l'estomac. Il devrait repasser l'épreuve au printemps ; il réviserait davantage.

Mais chaque chose en son temps : ce soir, il allait au bal avec sa petite amie !

On frappa à la porte de sa chambre et il se contracta, avant de se rappeler que ni l'un ni l'autre de ses parents ne frappait jamais. C'était Britt.

— Pas mal, le mec…

— N'est-ce pas ? À part cette coupe de naze…

— Au moins, tu n'es pas obligé de te faire une queue-de-cheval tous les jours, et un chignon pour le cours de danse. Chloé s'est fait faire une coupe punk. Ça lui va trop bien ! J'ai treize ans, merde, et je suis coiffée comme une gamine !

— Micah et Mel se sont fait des mèches bleues pour ce soir.

— J'adore leur style ! déclara Britt en s'asseyant sur le lit. Au fait… tu connais Major Lowery ?

— Ouais, plus ou moins. Il est entré au lycée l'an dernier. Il joue au basket. Pourquoi ?

— Comme ça, pour rien... répondit Britt en entortillant le bout de sa couette autour de son doigt.

— À d'autres ! railla Zane. Tu ne vas pas t'enticher d'un mec qui est au lycée...

— J'y serai l'an prochain.

— OK, tu as craqué pour Major ! Va falloir t'entraîner à rouler des pelles au miroir...

— Ta gueule !

En grand frère digne de ce nom, il fit des bruits de baiser. Puis il s'interrompit brusquement et se tourna vers sa sœur.

— Conseil d'ami, Britt, ne sors pas avec lui.

— Mêle-toi de ce qui te regarde.

Le menton défiant, elle se leva. Il lui fit signe de se rasseoir.

— Major est noir.

Elle le fusilla du regard.

— Tes propos racistes, tu peux...

— Je t'en prie, Britt, tu sais que ce n'est pas ça.

— C'est quoi, alors ?

— Tu entends comme Graham parle d'Ashley juste parce que ses grands-parents sont venus d'Irlande ? Imagine ce qu'il dirait, et ce qu'il serait capable de faire, s'il te voyait avec un Noir.

Elle se laissa retomber sur le lit.

— Je m'en fiche. Il ne sait même pas qu'il existe.

— Ne fais pas de connerie. Sois prudente. Encore cinq ans. Ça paraît loin, je sais, mais ça ne l'est pas tant que ça.

— Maman tient absolument à ce que je sois invitée au Bal des débutantes quand j'aurai seize ans. C'est pour ça que je dois prendre des cours de danse, être première de la classe, parler correctement, m'habiller correctement. Toi, au moins, tu as le base-ball. Les robes blanches et les perles, j'en ai rien à foutre ! Je ne veux pas devenir comme elle !

Avec un geste d'impatience, Britt se leva.

— Tu crois que ça me plaît ? répliqua Zane en désignant sa coupe en brosse. Fais attention, ne prends pas de risque. Surtout quand je serai à la fac, ajouta-t-il avec un coup d'œil en direction de la porte. J'ai envie de tout raconter à Emily avant de partir.

— Ne fais pas ça ! s'écria Britt, effrayée. Il serait capable de tout.

— C'est bien ce qui m'inquiète. Il va péter un plomb quand il s'apercevra, trop tard, que je ne suis pas à Chapel Hill. Il risquerait de se venger sur toi. Tu as besoin de pouvoir compter sur quelqu'un. Emily, par exemple.

— Qu'est-ce qu'elle pourrait faire ?

— Je ne sais pas, mais on peut avoir confiance en elle. Je ne pourrai pas te laisser sans personne vers qui te tourner.

Ce souci le rongeait en permanence.

— Tu ne pourras pas tout le temps me protéger.

— Si. On en reparlera, ailleurs qu'ici. Il y aurait peut-être aussi les parents de Micah...

— Zane, personne ne nous croira.

— Dave est infirmier. Il connaît Graham et je vois bien qu'il ne l'aime pas. Il ne me l'a jamais dit, mais ça crève les yeux. On en reparlera, répéta-t-il. Je ne veux pas qu'il s'en prenne à toi.

Britt s'apprêtait à dire quelque chose, mais elle se ravisa et secoua la tête.

— Quoi ?

— Rien. On en reparlera. S'ils nous entendaient...

Zane avait lu des récits de prisonniers de guerre qui avaient comploté pour s'évader. Sa sœur et lui étaient prisonniers du foyer familial.

Mais pour quatre heures entières, Zane allait être un homme libre. À partir du moment où il monta dans la voiture de M. Carter, jusqu'à ce qu'il en redescende, il s'amusa comme n'importe quel adolescent insouciant.

OK, il dut poser au bras d'Ashley pour des milliers de photos. Même ses grands-parents étaient là pour l'occasion, avec leur drôle d'accent irlandais. Sa mère lui avait gaufré les cheveux et elle portait une robe du même bleu que ses yeux. Zane ne se lassait pas de la complimenter et il était sincère : elle était superbe.

Le bal avait lieu au gymnase, décoré sur le thème de la plage. *Surfez sur la vague !* Zane n'était pas très sensible à ces futilités, mais le DJ passait de la bonne musique et les éclairages étaient cool. Micah dansait très mal. Par comparaison, Zane tirait son épingle du jeu. Il aimait particulièrement les slows, où il n'avait pas trop à bouger, Ashley serrée contre lui.

Elle l'avait déjà laissé lui caresser la poitrine, à travers son tee-shirt. Aujourd'hui, il nourrissait l'espoir de glisser les mains sous sa robe. Son regard de braise était plutôt encourageant.

Les bras noués autour de son cou, elle l'attira afin de l'embrasser. Elle avait un goût de bonbon et un parfum de fleur.

— C'est la plus belle soirée de ma vie, murmura-t-elle. Plus qu'une semaine d'école et on sera en vacances !

— Trois jours et demi, rectifia-t-il.

— Super ! Mais… Tu vas me manquer quand tu seras en Italie.

— Et après, c'est toi qui seras en Irlande. Dommage qu'on ne parte pas en même temps. Au moins, on aurait été tous les deux sur le même continent.

— On s'écrira. C'est bête que tu n'aies pas de téléphone. On se serait envoyé des textos.

— Je vais voir ce que je peux faire. Mes parents ne voudront jamais, mais je pourrais peut-être donner de l'argent à ma tante Emily pour qu'elle m'en achète un et me prenne un forfait à son nom.

Il devrait le cacher avec soin, comme ses cahiers.

— Ce serait cool. Je ne sais pas comment tu fais, sans téléphone... Tu dois te sentir coupé de tout. Tout le monde en a un. Tes parents sont hyper stricts.

Si tu savais...

— Oui.

Quand le morceau se termina, elle demeura blottie contre lui.

— L'an prochain, ce sera ta dernière année de lycée. Peut-être qu'ils seront moins sévères...

— Peut-être, ouais. On sort un moment ?

— D'accord, acquiesça-t-elle avec un sourire entendu.

La nuit était fraîche, au bord du lac, si bien qu'il prêta sa veste à Ashley. Ils n'étaient pas les seuls dehors. Certains fumaient des cigarettes, d'autres des joints. Des couples se cachaient dans l'ombre. Zane évitait les fumeurs de joints. Il ne voulait pas se retrouver à l'école militaire pour si peu.

Il entraîna Ashley dans un coin et l'embrassa langoureusement, mais quand il lui toucha les seins, elle s'écarta.

— Doucement, chuchota-t-elle.

Son cœur battait très vite et elle avait le souffle court. *À une minute près...* pensa-t-il, *peut-être trente secondes...*

— J'ai envie, ajouta-t-elle, mais on ne peut pas.

— Je t'aime, Ashley.

— Moi aussi, mais retournons dans la salle. Ne m'en veux pas.

— Je ne t'en veux pas. Je comprends.

Cela ne l'empêchait pas d'être frustré, et il redoutait que son érection ne soit trop flagrante.

— C'est juste que... Je pense beaucoup à toi. À le faire avec toi...

Elle plongea son regard dans le sien. Ses yeux étaient du même bleu que le lac, un bleu serein et cristallin.

— Moi aussi, dit-elle. C'est pour ça qu'il vaut mieux qu'on rentre. Ma grand-mère avait mon âge quand elle est tombée enceinte de mon père.

— Whaou !

— Tu l'as dit ! Retournons danser.

Zane n'aurait jamais cru qu'Ashley partagerait son désir, et il ne savait que penser de cette révélation. En tout cas, elle ne l'aidait pas à maîtriser son érection.

— C'est que... On peut attendre un peu...

— OK, acquiesça-t-elle en regardant sa braguette, une lueur malicieuse dans ses yeux bleus. Si on parlait d'équations ?

— Tu as raison !

Zane passa une excellente soirée. Quand il quitta Ashley, devant sa porte, il eut droit à un baiser torride. Et dut résoudre mentalement quelques équations afin de regagner la voiture sans se ridiculiser. Pour une fois, il n'aurait rien de négatif à noter dans son journal !

— Merci, dit-il à Dave et il tapa dans la paume de Micah avant de descendre de voiture.

Il aurait volontiers fait un tour dans le quartier avant d'aller se coucher, histoire de repenser à ce dernier baiser qu'il avait échangé avec Ashley. Or son père lui avait donné la permission de 23 h 30. Il ne voulait pas être en retard.

Il se préparerait peut-être un sandwich avant de monter, même s'il était strictement interdit de grignoter après le dîner. Danser lui avait creusé l'estomac. Mais Graham était capable de compter les tranches de jambon ; mieux valait ne pas prendre ce risque. Il était déjà suffisamment de mauvais poil ces jours-ci, sans cesse à aboyer et à montrer les dents, tel un chien à l'affût de la moindre occasion de mordre.

Il se tenait dans le vestibule, un verre de whisky à la main, lorsque Zane poussa la porte.

— Tu es en retard, bougonna-t-il.

— Il est 23 h 30, Père.

— 23 h 34. Tu ne sais plus lire l'heure ?

— Si, Père.

— C'est important, la ponctualité. Et le respect des règles. Les sorties sont un privilège, pas un droit.

— Oui, Père.

— Si je te donne un horaire, tu dois le respecter. Crois-tu que je n'aie rien d'autre à faire qu'attendre mon fils, parce qu'il est incapable de respecter les règles ?

Zane baissa les yeux.

— Pardon. On a dû perdre un peu de temps en déposant les filles…

Graham le poussa brutalement.

— Je me fiche de tes excuses vaseuses ! Tu dois te montrer responsable, anticiper, respecter mes ordres. Comme d'habitude, tu t'es conduit de façon immature et irrespectueuse. Tu seras privé de sorties pendant deux semaines, sans téléphone, sans jeux, sans activité extérieure, y compris le base-ball.

Zane redressa la tête.

— Père, l'équipe a été sélectionnée pour les championnats ! On...

— Eh bien, ton lycée et ton équipe feront les frais de ton irresponsabilité. Ce n'est pas glorieux. Tu as toujours été un moins que rien.

Soudain, Zane lut très clairement dans l'esprit de son père.

— En vérité... tu ne veux pas que je joue, que je fasse partie d'une bonne équipe, que je me distingue. Ta sanction est injuste.

Aveuglé par la rage, il n'anticipa pas la claque, du revers de la main.

— Tu seras puni deux semaines de plus.

Graham jeta son verre et empoigna son fils par le col pour le plaquer contre la porte. Zane eut alors la confirmation qu'il ne s'était pas trompé : ces quatre minutes de retard étaient un prétexte pour le priver de ce qu'il aimait le plus au monde. Discrètement, il serra les poings.

— Tu as bu ?

— Non.

— Ne mens pas ! rugit Graham en le poussant. Tu as pris des drogues ?

— Non.

— Tu as fourré cette petite pute ?

— Non ! Ashley n'est pas une pute !

— Une salope, comme les autres. Et toi, tu es trop con pour voir qu'elle n'en a qu'après ton pognon. Tu arrives en retard, à moitié débraillé... Ne me dis pas que tu ne l'as pas baisée.

Zane avait enlevé sa cravate et sa veste de costume, comme la plupart de ses camarades.

— Je n'ai pas bu, je ne me suis pas drogué et je n'ai pas eu de rapports sexuels. Je suis simplement allé au bal du lycée.

Le coup dans le ventre lui coupa le souffle, mais il l'avait vu venir.

— Alors tu n'es qu'une tafiole si tu n'as même pas baisé cette chienne d'Irlandaise.

— Graham ! s'écria Eliza, dans l'escalier.

— Ta gueule ! lança-t-il sans la regarder. Je suis occupé !

— Britt est malade. Elle a vomi par terre.

— Démerde-toi !

— Je t'en supplie... Elle est hystérique. Fais quelque chose !

— OK, je vais m'en occuper.

Graham délaissa son fils et gravit les marches d'un pas furieux. Zane le regarda avec indifférence cogner sa femme, qui hurla et tenta de le gifler. Qu'ils s'étripent, comme des animaux, pensa-t-il. Seule sa petite sœur importait. Il s'élança dans l'escalier.

Alertée par le vacarme, Britt était sortie de sa chambre. Sur le palier, aussi pâle qu'un fantôme, elle se bouchait les oreilles.

— Arrêtez, arrêtez, je vous en supplie ! Je n'en peux plus !

Graham la frappa du revers de la main. Elle s'effondra en pleurant et un déclic se produisit en Zane. Fou de rage, il se jeta sur son père et le roua de coups, fort de plus d'un an de musculation, mû par la joie malsaine de voir le sang couler sur son visage, le choc se peindre dans son regard.

Des cris fusaient de toutes parts, mais Zane ne pouvait pas se maîtriser. Il ne se calmerait que lorsque cet homme serait à terre, cet homme abject qui avait fait de sa vie un enfer.

Quelque part, très loin, il entendit Britt appeler à l'aide, indiquer leur adresse. Il sentit les ongles d'Eliza lui labourer le visage, mais il ne s'arrêta pas.

Jusqu'à ce qu'il trébuche, perde l'équilibre et tombe dans l'escalier. Son coude heurta une marche, sa tête une autre, et il entendit quelque chose craquer, se briser.

Étourdi, un voile rouge devant les yeux, il tenta de se relever, mais ne parvint qu'à se mettre à genoux, les poings tremblants, en position de garde.

Graham avait disparu. Il n'y avait plus personne dans l'escalier. Les cris de Britt s'étaient tus.

Redoutant le pire, Zane essaya à nouveau de se redresser mais sa cheville se déroba et il retomba. À plat ventre, il descendit tant bien que mal jusqu'à la dernière marche.

Sa sacoche médicale à la main, Graham traînait Britt par les cheveux. Elle ne se débattait pas, ne criait pas, ne bougeait pas. Pour la première fois, Zane craignit pour la vie de sa sœur.

— Laisse-la, salaud !

— C'est ta faute, rétorqua son père d'une voix plate. Ce ne sera plus l'école militaire, maintenant. Dommage pour toi. Trop tard.

Dominant Zane de toute sa hauteur, il l'observait tête inclinée.

— Tu tiens de ta mère… Tu as hérité son physique, son manque d'ambition, son attitude lamentable. J'ai de sérieux doutes quant à ton ascendance paternelle, biologiquement.

— J'aimerais que tu aies raison.

Graham décocha un coup de pied dans le ventre de son fils, presque désinvolte.

— Mais légalement, je suis ton père, et une personnalité respectée dans cette ville. Tout acte entraîne des conséquences. Tu paieras celles des tiens.

— Va te faire foutre ! Qu'est-ce que tu as fait à Britt ?

— Rien. Tu ne peux t'en prendre qu'à toi-même.

En entendant des sirènes, Zane réprima un soupir de soulagement. Sa sœur avait appelé la police.

— On te jettera derrière les barreaux, avec les vauriens de ton espèce. Un crétin pareil ne peut pas être mon fils.

En ricanant, Graham posa sa sacoche et se dirigea vers la porte.

— Eliza ! appela-t-il.

— Oui. Oui, Graham ?

— N'oublie pas de dire et de faire exactement ce que je t'ai dit.

Là-dessus, il ouvrit la porte, prit une profonde inspiration et s'élança au-dehors.

— Par ici, par ici ! cria-t-il en agitant les bras, la voix étranglée, les larmes aux yeux.

Zane ne fut pas surpris de voir Tom Bost, le commandant de police, descendre d'un véhicule de patrouille. Son père était ami avec lui, même s'il le traitait d'imbécile et d'incompétent.

Les mains sur les genoux, Graham se pencha en avant, comme s'il cherchait son souffle.

— Mon Dieu, Graham, que se passe-t-il ? Ta famille…

— Tom, oh mon Dieu, Tom… Appelle une ambulance.

— Elle arrive.

— Zane… Je ne peux… Je n'arrive… Il a agressé sa mère. Il l'a frappée, Tom, à coups de poing. Notre petite Britt, aussi. J'ai foncé à l'étage pour le calmer. Je n'arrivais pas à le maîtriser. Il est tombé dans l'escalier. J'ai dû donner un sédatif à Britt. Mon fils est blessé, Tom, et je crois qu'il a perdu la tête.

— Tiens bon. Reste là.

De la main, le commandant adressa un signe à l'un de ses hommes.

Ils s'étaient déplacés en nombre, pensa Graham, pour un appel en provenance de chez les Bigelow. Et en boitant, il suivit Tom en direction de la maison.

— Tom, oh Tom… sanglota Eliza en haut de l'escalier, sa fille inerte dans les bras. Il nous faut une ambulance. Mon bébé… Ma chérie…

— Elle arrive, dit Tom en s'agenouillant après de Zane. Qu'est-ce qui t'a pris, mon gars ? Tu as consommé de la drogue ?

— Non. Il l'a frappée, et il s'en est pris à Britt. Je voulais l'en empêcher.

— Comment peux-tu dire une chose pareille ? bredouilla Eliza en berçant sa fille. Graham n'a jamais levé la main sur moi, ni sur les enfants ! Oh mon Dieu, Zane, qu'as-tu fait ?

— Elle ment, dit-il, sidéré. Elle ment pour le couvrir.

— J'attendais qu'il rentre du bal. Britt était malade, elle vomissait. Je m'occupais d'elle, j'ai dit à Zane que je n'avais pas le temps de l'écouter. Il... Il est devenu comme fou. Il m'a frappée... bafouilla-t-elle en portant une main à son visage.

Son bras blessé contre son torse, Zane sentit quelque chose mourir en lui.

— Comment une mère peut-elle dire des choses pareilles ? murmura-t-il.

— Il a toujours été jaloux de sa sœur, mais j'étais à mille lieues...

Prise de sanglots, Eliza serra Britt contre elle. Deux infirmiers entrèrent dans la maison.

— Occupez-vous d'elles en priorité, leur lança Tom.

Graham s'empara de sa sacoche.

— Qu'on les conduise à l'hôpital.

— Tu dois y aller toi aussi, déclara Tom.

Il acquiesça de la tête.

— Il faut que je te parle, Tom. Dehors. Il prétend n'avoir consommé ni drogue ni alcool, ajouta-t-il à l'attention des infirmiers, mais je n'en suis pas certain. Ce ne serait pas la première fois.

— Il ment !

— Calme-toi, dit l'un des infirmiers à Zane.

Il le connaissait : Nate, un ami de Dave.

— Ce n'est pas moi qui les ai frappées, je vous le jure !

— On va s'occuper de toi.

— Ce n'est pas moi, répéta Zane en fermant les yeux.

— Ne lui administrez aucun antalgique, ordonna Graham avant de sortir avec Tom. Il faut d'abord lui faire une analyse toxicologique. On ne peut pas lui faire confiance.

— Je ne me drogue pas, dit Zane d'une voix lasse, désespérée. Et je ne bois pas. On est exclu de l'équipe si on boit ou si on se drogue. On s'est qualifiés pour les championnats.

Perclus de douleurs, il revivait le 23 décembre.

On lui immobilisa le bras, puis la cheville, ce qui lui procura un peu de soulagement. On l'allongea ensuite sur un brancard.

— Menottez-le, ordonna Tom, le visage grave.

— Vous croyez que c'est la peine ? objecta Nate. Il a le bras cassé, sûrement aussi l'épaule, et la cheville. En tout cas, il ne peut pas marcher. Il est en état de choc. Il ne risque pas de s'enfuir.

— La procédure, rétorqua Bost, le menton haut. Il est accusé de coups et blessures volontaires, sur trois personnes.

Tandis que le commandant le menottait au brancard, Zane le regarda droit dans les yeux, et n'y décela aucune pitié, ni l'ombre d'un doute. Son père l'avait prévenu : personne ne le croirait.

— Ce n'est pas moi, répéta-t-il néanmoins.

Bost lui prit la main, comme pour le réconforter.

— Zane, tes parents m'ont tous les deux raconté exactement la même chose. Ta sœur est endormie, je l'interrogerai demain. Tu as besoin d'aide. Nous t'en apporterons.

Les infirmiers poussèrent le brancard à l'extérieur. Tous les voisins étaient sortis – Zane entendait leurs chuchotements. Personne ne le croirait… Il regarda le ciel, constellé des mêmes étoiles qu'il avait contemplées avec Ashley. Plus rien ne serait jamais comme avant. En entendant des pas précipités, il se crispa, persuadé que son père allait l'achever, que personne ne l'en empêcherait.

Ce fut Dave, toutefois, qui se pencha vers lui et lui saisit la main.

— Zane, ça va aller.

— Je n'ai pas frappé Britt. Ni ma mère.

— Je sais. Pourquoi est-il menotté, nom d'un chien ?

— Écartez-vous, Dave.

— Qu'est-ce que c'est que cette histoire, bon sang ? J'ai ramené ce gamin chez lui il y a moins d'une demi-heure. Il était au bal du lycée avec mon fils. Qu'est-ce qui s'est passé, Zane ?

Dans les yeux de Dave, Zane vit ce qu'il n'avait pas trouvé dans ceux de Bost : de la confiance.

— Où est Graham Bigelow ?

— En route pour l'hôpital, avec sa femme et sa fille. Tout ça ne me plaît pas plus qu'à vous, Dave, mais Zane est accusé de coups et blessures volontaires. Il va d'abord être soigné, puis il ira à Buncombe.

— Bon sang, Tom, tu le connais !

— Je connais aussi ses parents, et leurs dépositions concordent. Je n'ai pas le choix, Dave. Le juge Wallace a émis un mandat. Écartez-vous, s'il vous plaît.

— Je suis infirmier. Je l'accompagne, déclara Dave en montant à l'arrière de l'ambulance et en aidant à hisser le brancard.

Zane s'empara de sa main.

— C'est un monstre, articula-t-il.

— Qui, Champion ?

— Mes parents sont des monstres. Ne les laissez pas faire de mal à ma sœur.

— Ne t'inquiète pas. Repose-toi. On s'occupe de tout.

— Emily...

Au moins, quelqu'un le croyait, pensa Zane en fermant les yeux, et ce rayon d'espoir lui causa une douleur presque aussi intense que son bras cassé.

— Appelez Emily et racontez-lui ce qui s'est passé, s'il vous plaît.

— Je l'appellerai, ne t'en fais pas.

— Elle doit veiller sur Britt. Je ne pourrai plus la protéger, maintenant.

Lorsque Dave lui caressa les cheveux, Zane détourna le regard, puis il ferma les yeux et se laissa aller.

4

Tout était confus : les sirènes et les voix, les lumières.

Les yeux fermés, la douleur était un peu plus supportable.

Dans un brouhaha, on le sortit de l'ambulance. À l'entrée des urgences, il reconnut le timbre de Dave, qui indiquait sa tension artérielle.

Dave était toujours là, une bonne chose.

Mais Zane ne parvenait pas à fixer son attention.

Il avait froid, il grelottait. Comment pouvait-il faire aussi froid, tout d'un coup ?

Il avait envie de dormir. Il aurait aimé avoir sa balle de base-ball. Quelque chose à quoi se raccrocher.

Ses parents avaient menti. Ses parents, censés l'aimer, le protéger. Où étaient-ils maintenant ? Peut-être là, à l'hôpital. Pas menottés, eux.

Pour la première fois, Graham avait frappé Eliza au visage. Zane savait pertinemment pour quelle raison. Pour pouvoir l'accuser d'avoir frappé sa mère. Et sa sœur.

Il souleva les paupières. Les menottes cliquetèrent quand il tenta de se redresser.

— Britt… murmura-t-il. Il a frappé Britt.

— Reste tranquille, lui dit Dave en lui prenant le poignet, afin de le rassurer et d'écouter son pouls. On va te faire passer des radios.

— Il l'a tapée. C'est elle qui a prévenu la police, je l'ai entendue. Il m'a poussé dans l'escalier, et il l'a emmenée, il lui a donné un cachet. Je veux savoir s'il lui a fait beaucoup de mal… Où est-elle ?

— Je me renseignerai, promit Dave. J'ai appelé Emily, comme tu me l'avais demandé. Elle arrive. Et j'ai réclamé une faveur : c'est le Dr Marshall qui s'occupera de toi, une excellente orthopédiste, la meilleure.

— On est qualifiés pour le championnat. Soi-disant que j'avais quatre minutes de retard. Pour me punir, il m'a privé de sorties et de base-ball.

Dave se passa une main sur le visage et inspira profondément.

— Il faudra le dire à la police.

— J'ai essayé, ils ne me croient pas. Il m'avait prévenu : c'est quelqu'un d'important ; je ne suis rien.

— Je ne veux plus t'entendre dire ce genre d'horreur, déclara Dave. Tu vas devoir être fort, Zane. Regarde-moi, regarde-moi dans les yeux. Je te crois, moi, et je ferai tout pour t'aider.

— Ils vont me mettre en prison. Vous devez retrouver Britt. Elle ne pourra plus compter que sur Emily maintenant. Mais mes parents ne la laissent presque jamais venir à la maison.

— Vous pouvez tous les deux compter sur moi.

Zane regarda autour de lui. Seul un rideau l'isolait des autres patients. Il baissa la voix.

— Je voudrais que vous alliez chez moi, quand il n'y aura personne. Prenez mes clés, dans ma poche.

— Pourquoi ?

— Je tiens un journal, depuis longtemps. Mes cahiers sont dans le conduit de la VMC au-dessus de mon bureau. Si tout est écrit noir sur blanc, peut-être qu'ils me croiront.

— Depuis quand… (Dave s'interrompit lorsqu'on tira le rideau.) Ah, je crois que c'est l'heure de la séance photo !

Discrètement, il glissa une main dans la poche du pantalon de Zane, où il trouva le trousseau.

Sous l'escorte d'un agent de police, Zane alla passer des radios. Puis on le conduisit dans une salle de soins. Un policier resta devant la porte, dans le couloir.

La chirurgienne avait les cheveux gris, une longue tresse. Petite et trapue, elle était taillée comme une barrique.

— Bonjour Zane, je suis le Dr Marshall. Voyons voir ce qui t'amène… dit-elle en parcourant la fiche d'entrée, puis elle se tourna vers Dave. Savez-vous pourquoi on ne lui a administré aucun antidouleur ?

— Son père prétend qu'il a pris des drogues. Ce n'est pas le cas, mais on n'a rien voulu lui donner avant d'avoir les résultats de l'analyse toxicologique.

— Je viens de les recevoir. Il est clean. Désolée, mon grand.

Elle ouvrit la porte et, sur le ton d'un général, elle appela une infirmière. Général Barrique, pensa Zane.

Quelques minutes plus tard, il se sentait aussi léger que l'air.

— Il n'a plus de sensation dans les doigts, murmura Dave. Et son coude est glacé.

— Je sais lire, rétorqua le Dr Marshall. La bonne nouvelle, Zane, c'est que ta cheville n'est pas cassée. Juste une vilaine entorse et une déchirure des ligaments. Nous allons te surélever la jambe, y mettre de la glace et tu auras une jolie botte de compression. Je t'indiquerai des mouvements à faire tout seul et, d'ici quelques jours, tu commenceras la kiné.

— La mauvaise nouvelle, maintenant ? demanda-t-il avec un sourire béat, sur son petit nuage provoqué par l'antalgique.

— Nous avons trois os dans le bras, et tu t'es cassé les trois. Fracture du coude. Je vais te poser une attelle, qui soulagera la douleur. Tu devras autant que possible garder le bras sur la poitrine, au-dessus du cœur. Dans quelques jours, quand ce sera moins enflé, on te fera des ultrasons et on te plâtrera. Il faudra peut-être te poser des broches, mais chaque chose en son temps. Je verrai ça quand tu reviendras.

— Ça n'a pas l'air trop grave, dit Zane d'une voix presque euphorique.

— C'est bien d'être positif ! S'il faut t'opérer, tu seras entre de bonnes mains, avec moi. En plus, tu es jeune et musclé. On va te remettre d'aplomb, OK ?

— Je pourrai quitter la prison pour revenir à l'hôpital ?

Le regard de la chirurgienne s'assombrit.

— Oui, ne t'en fais pas. Je dois maintenant aussi examiner cette jolie petite frimousse.

— Cette fois, il ne m'a pas cassé le nez. Je sais ce que ça fait.

Une lueur farouche s'alluma dans les yeux noirs du Dr Marshall. Comme s'il y brûlait un feu, pensa Zane.

— Tant mieux. Est-ce que tu vois double ? demanda-t-elle en lui palpant délicatement le visage.

En entendant du vacarme dans le couloir, et en reconnaissant la voix d'Emily, il tenta de se redresser en position assise.

— Ne bouge pas, lui dit Dave, je vais voir...

— Dites-lui qu'il a frappé Britt, implora Zane, et que je voulais seulement l'en empêcher. Je suis plus fort qu'avant, mais il est toujours plus costaud que moi.

D'un geste de la main, le Dr Marshall enjoignit Dave de sortir.

— Qui a frappé Britt ? demanda-t-elle.

— Mon père. Graham. C'est comme ça que je l'appelle dans ma tête. Depuis le 23 décembre. Pas de l'année dernière, de l'année d'avant, quand il m'a cassé le nez.

Dans le couloir, Emily tempêtait contre l'agent de police qui montait la garde.

— Voyons, Jim, intervint Dave, tu connais Emily, la tante de Zane.

— On m'a dit de ne laisser entrer personne, à part le personnel soignant. Les ordres sont les ordres. Que voulez-vous que j'y fasse ?

D'un air désespéré, Dave glissa un bras sous celui d'Emily.

— Venez, il faut que je vous parle.

— Que se passe-t-il, nom d'un chien ? Zane est grièvement blessé ? Je ne peux même pas voir Britt !

— Je ne sais pas tout, mais je peux vous dire ce que votre sœur et votre beau-frère ont raconté à la police, et ce que Zane m'a dit. C'est lui que je crois.

Emily s'appuya contre le mur, pâle comme un linge, pour écouter le récit de Dave, sans fard et sans détour.

— J'aurais dû m'en douter, soupira-t-elle quand il eut terminé. Comment ai-je fait pour ne rien voir ? Mon Dieu, ce ne sont que des enfants. Depuis combien…

— Je n'en sais rien. Vous ne doutez pas de ce que dit Zane ?

— Pas une seule seconde ! répondit-elle farouchement.

— Ils vont l'envoyer au centre de détention de Buncombe, quand il aura reçu les premiers soins.

— Ils ne peuvent pas faire ça ! se récria Emily, puis elle serra les dents. C'est Graham qui a tout orchestré… C'est lui qui tire les ficelles… Croyez-vous que je puisse verser une caution pour faire libérer Zane ?

— Je n'en ai aucune idée. Écoutez… il m'a donné ses clés. Il veut que j'aille chez lui chercher des cahiers qu'il a cachés. Il tenait un journal. Je ne sais pas si ça l'aidera, mais je trouverai le moyen de les récupérer.

— Vous ferez ça, c'est vrai ?

— Je lui ai donné ma parole. C'est un gentil garçon, un bon copain de mon fils. Et j'ai comme l'impression que cette ordure le maltraitait depuis des années.

Emily s'essuya les yeux, surprise de verser des larmes alors qu'elle éprouvait une rage furieuse.

— Et Britt ?

— Je ne sais pas mais, à mon avis, il ne s'en était encore jamais pris à elle.

— On ne me laisse pas la voir, on ne veut rien me dire, pas même le numéro de sa chambre. Les ordres du Dr Bigelow. Pas de visite.

— Elle a une légère commotion cérébrale, un œil au beurre noir, plusieurs hématomes. Désolé… ajouta Dave en voyant les yeux d'Emily se remplir de larmes. Je connais la plupart des infirmières ici. C'est elles qui m'ont donné ces infos. Britt dort paisiblement, pour le moment.

En jetant un coup d'œil au policier, il entraîna Emily à l'écart.

— Je vais aller voir si Graham et Eliza sont encore là. Elle avait le visage bien amoché, elle aussi.

Emily serra les poings, à s'en faire blanchir les articulations.

— Si je pouvais leur en coller une, moi aussi…

— Je comprends, dit Dave en coulant un regard circonspect vers l'agent de police. Je ne voulais pas laisser Zane tant que vous n'étiez pas là. Je vais le prévenir que vous êtes arrivée, et que Britt dort, qu'il ne se fasse pas de souci. Puis j'irai chercher ses cahiers. Ils vont l'emmener à Buncombe, on ne pourra pas s'y opposer. Vous devrez aller au poste de police et leur dire tout ce que je vous ai dit. Quand j'aurai les cahiers, on les montrera à la police d'Asheville. Inutile d'en parler aux flics de Lakeview.

— Vous êtes quelqu'un de bien, Dave.

— Je suis un père. Dieu sait que ce garçon en a besoin. Essayez de le rassurer quand on l'emmènera.

Après le départ de Dave, Emily réveilla un vieil ami, avocat à Raleigh, qui lui recommanda deux experts en droit criminel. Elle nota leur nom et, à contrecœur, se résigna à ne pas les appeler à 1 heure du matin.

En faisant les cent pas dans le couloir, elle dressa mentalement une liste : police, avocat,

Protection de l'enfance peut-être. Impérativement, une discussion avec sa sœur.

Lorsque la chirurgienne sortit de la chambre, Emily se rua vers elle.

— Comment va-t-il ? Je suis sa tante, Emily Walker.

— Je ne peux pas vous donner de détails, ce serait contraire à la loi. Je peux seulement vous dire que l'urgence a été traitée et que j'ai fait en sorte qu'il soit le plus zen possible.

Le policier se racla la gorge.

— Docteur ? Si vous pouviez signer l'autorisation de sortie… Le fourgon est là.

— Et si je refusais ? rétorqua-t-elle. Si je vous disais que nous devons le garder en observation ?

Jim baissa les yeux et regarda ses chaussures.

— Dans ce cas, le Dr Bigelow a dit qu'il signerait lui-même les papiers. Ça ne me plaît pas plus qu'à vous, mais ce môme a frappé sa mère et sa petite sœur.

— C'est un mensonge, un terrible mensonge ! intervint Emily.

— C'est ce qu'ont affirmé ses parents, bredouilla Jim, le visage fermé, en évitant son regard. D'après la loi, il doit être incarcéré. Si vous voulez bien signer l'autorisation, docteur, ou je devrais en informer le Dr Bigelow…

Zane se sentait mieux. Grâce aux médicaments, peut-être, ou bien à l'atèle. En tout cas, il était suffisamment détendu pour somnoler.

Ce fut un infirmier qui le réveilla, pour le transférer sur un fauteuil roulant, avec l'aide d'un policier. Quand ils franchirent les portes de l'hôpital, Emily se précipita vers eux.

— Oh, Zane !

— Em... Vous n'avez pas le droit...

— Tais-toi, Jim, ou je dirai à ta mère que tu m'as manqué de respect. Je t'ai connu pas plus haut que trois pommes, James T. Jackson, et jamais je n'ai eu aussi honte de toi.

— Ce n'est pas ma...

— N'en rajoute pas, l'interrompit-elle en caressant le visage meurtri de Zane.

— Il faut que tu veilles sur Britt, l'implora-t-il.

— Tu peux compter sur moi.

— Promets-moi que tu ne le laisseras pas lui faire de mal.

— Je te le jure sur ma vie. Il ne la touchera plus, quoi qu'il m'en coûte. Quant à toi, patience. Je vais te trouver un avocat. Dave et moi, tes grands-parents et tous ceux qui te connaissent, nous ferons tout pour te sortir de ce mauvais pas.

— Ce n'est que la prison. À la maison, j'étais en prison depuis longtemps.

— Nous devons l'emmener, Em, poussez-vous.

— Je te crois, Zane, et je crois en toi. Fais-moi confiance : je te promets, sur ma vie, que je ferai dissiper ce malentendu.

Elle l'embrassa, puis elle se redressa et s'écarta. Quand le fauteuil disparut à l'angle du bâtiment, elle se tourna face au mur et éclata en sanglots. Puis, les joues ruisselantes de larmes, elle retira de sa poche son téléphone qui sonnait.

Britt se réveilla dans le noir, avec un gémissement, et porta la main à sa joue endolorie. La lumière s'alluma aussitôt. Son père se tenait près du lit.

Elle comprit qu'elle était à l'hôpital.

Le visage tuméfié, un œil au beurre noir, la lèvre enflée, il la toisait d'un regard froid et dur.

— Voilà ce qui va se passer, dit-il. Quand la police viendra t'interroger, demain matin, tu leur diras que ton frère t'a frappée. Il a agressé ta mère, il l'a fait tomber. Ensuite, il s'est jeté sur toi. Après, tes souvenirs sont flous. Ta mère m'a appelé au secours, tu as vomi et tu as perdu connaissance. Compris ?

« *Ne fais pas de connerie, sois prudente* », Zane lui avait-il maintes fois répété.

— Oui, Père.

— Tu m'as vu essayer de maîtriser Zane, tu as eu peur. Tu as couru au téléphone appeler la police. Il t'a de nouveau frappée. C'est tout ce dont tu te souviens. Entendu ?

Il t'a bien amoché. Je suis contente.

— Oui, Père.

Il se pencha au-dessus d'elle et elle sentit son pouls palpiter dans sa gorge.

— Tu sais ce qui se passera si tu racontes autre chose ? Tu as l'impression d'avoir mal, là, maintenant ? Ce sera pire. Ta mère et moi, nous avons rapporté à la police comment Zane s'est comporté. Ils nous ont crus, bien sûr. Zane sera bientôt conduit en prison.

— Non, s'il te plaît...

Il lui plaqua une main sur la bouche.

— Nous considérons ton frère comme perdu. Il a l'esprit dérangé. Il se drogue. Il devenait dangereux. Il restera derrière les barreaux jusqu'à ses dix-huit ans. Tout contact entre vous sera interdit. Il n'aura pas le droit de remettre les pieds à la maison. C'est compris ? Hoche la tête.

Elle acquiesça.

— Une jeune fille qui désobéit à son père risque de graves ennuis. Surtout quand son père est médecin. Je ne te conseille pas de chercher à savoir ce que ces ennuis pourraient être.

Graham s'écarta du lit, avec un sourire méprisant.

— Réjouis-toi, tu seras désormais traitée comme une enfant unique. On ne s'occupera plus que de toi, tu ne seras plus obligée de partager. Réfléchis au bon côté de la chose.

Devant la porte, il s'immobilisa pour ajouter :

— Au fait, n'attends pas de visite de ta tante. Le personnel a reçu pour consigne de ne pas la laisser entrer dans ta chambre. Je crains qu'elle n'ait été une mauvaise influence. Je me demande même si ce n'est pas d'elle que Zane tient son penchant pour la drogue. Repose-toi, maintenant. Demain matin, tu rentreras à la maison. Je vais tenir compagnie à ta mère, essayer de dormir un peu, moi aussi.

Quand il referma la porte derrière lui, Britt demeura immobile, le souffle court, irrégulier, les oreilles bourdonnantes. Elle devait contrôler sa respiration. La mère de Chloé faisait du yoga, elle parlait toujours de la respiration. Britt essaya de se rappeler ses conseils.

Elle allait s'enfuir. Hors de question de retourner chez ses parents. Pas sans son frère, comme une enfant unique. À cette pensée, son rythme cardiaque recommença à s'emballer et les larmes lui montèrent aux yeux. Au prix d'un immense effort, elle parvint à les refouler.

Son père avait dit que Zane irait en prison. Elle devait faire quelque chose. Seulement, si la police croyait ses parents, qui la croirait, elle ?

Ses pommettes la faisaient souffrir. Elle aurait voulu s'endormir, oublier.

La situation demeurerait inchangée et, de toute façon, elle n'arriverait jamais à s'endormir. La police se moquerait peut-être d'elle, mais Emily la croirait. Mme Carter aussi, peut-être.

Lentement, elle se leva et se dirigea à tâtons jusqu'à la salle de bains, alluma la lumière et laissa la porte entrouverte. Ses vêtements et ses chaussures n'étaient pas là. Son père les avait emportés. Il avait également dû faire enlever le téléphone qu'il y avait habituellement dans une chambre d'hôpital. Il avait pensé à tout. Il pensait toujours à tout.

Mais Britt aussi pensait beaucoup et là, sa première pensée fut qu'elle devait trouver un téléphone.

Tout doucement, elle entrebâilla la porte de la chambre. Le couloir était éclairé, silencieux. Quelle heure était-il ? Il lui avait également pris sa montre. Il devait être très tard. Ou très tôt.

Le cœur battant, les pieds nus, dans sa chemise d'hôpital, elle sortit dans le couloir et se glissa dans une autre chambre. Un seul des deux lits était occupé. Par un enfant. Plus jeune qu'elle. Qui dormait. Un téléphone sur la table de chevet. Elle l'éloigna du lit autant que la longueur du fil le permettait, s'assit par terre et composa le numéro d'Emily.

Lorsque le répondeur se mit en marche, ses yeux s'emplirent de larmes. Heureusement, elle connaissait aussi par cœur le numéro de portable de sa tante.

— Allô ?

— Emily ? chuchota-t-elle. J'ai besoin de toi.

— Britt, oh mon Dieu, Britt ! On ne m'a pas laissée venir te voir ! Ça va ?

— Non, il faut que tu nous aides. Zane va aller en prison. Papa m'a menacée de me frapper si je raconte la vérité mais… Zane n'a rien fait. C'est papa…

— Je sais, ma chérie. Donne-moi le numéro de ta chambre. Je vais me débrouiller pour venir. Je suis là, aux urgences.

— Tu… Tu es là ?

Soulagée, Britt donna libre cours à ses larmes.

— Oui, j'arrive. Donne-moi le numéro de ta chambre.

— Je n'y suis pas. Il a emporté mes vêtements et mes chaussures. Il a enlevé le téléphone. Je suis dans la chambre d'un autre enfant. Ne monte surtout pas ! Tout le monde respecte ses ordres. On te chasserait, et on le préviendrait. Je vais descendre.

— Britt…

— Je vais descendre par l'escalier.

— Quel escalier ? Où es-tu ?

— Dans la chambre… (Elle orienta le téléphone vers la lumière.) 4612. En pédiatrie, j'imagine.

— OK. Je viens à ta rencontre. Si tu n'es pas en bas dans cinq minutes, je monte.

— Je descends. J'arrive.

Britt faillit abandonner le téléphone sur le plancher, mais elle se ravisa, fit demi-tour et le remit à sa place. Le petit garçon dans le lit remua dans son sommeil, avec un gémissement. Des bruits de pas résonnèrent dans le couloir. Elle attendit qu'ils s'éloignent avant d'entrouvrir la porte et de risquer un regard au-dehors.

L'escalier se trouvait au fond du couloir – le bout du monde ! En courant, elle pouvait se faire repérer. Malgré tout, elle devait faire vite.

Dans une chambre voisine, une sonnette retentit. Comme si ce son marquait le top départ, Britt s'élança dans le corridor jusqu'aux lourdes portes battantes de l'escalier qu'elle descendit à toute allure. Si quelqu'un la rattrapait, son père en serait informé, il la battrait et lui referait une piqûre.

Elle arriva au rez-de-chaussée à bout de souffle. Emily n'était nulle part en vue. Épuisée, désespérée, elle s'assit sur les marches, parcourue de tremblements.

Et si Graham avait trouvé Emily ? S'il l'avait frappée ? Si la police l'avait arrêtée ? Et si…

Les portes s'ouvrirent. Britt se couvrit la bouche pour étouffer un cri de joie. Emily la souleva entre ses bras, puis elle examina son visage, son œil tuméfié, sa joue marbrée d'une vilaine ecchymose.

— Oh, Britt, ma chérie ! Le salopard… Tiens, enfile ça, dit-elle en enlevant son sweat-shirt orange. Mets la capuche. On va se diriger tranquillement vers la sortie, puis vers mon pick-up. Il n'y a pas beaucoup de monde à cette heure-ci. Il est aux urgences. Nous ne risquons rien.

— Tu es venue… Tu es venue…

— Bien sûr que je suis venue ! Dépêchons-nous, donne-moi la main, baisse la tête. Ne dis rien et marche tranquillement, sans t'arrêter. Prête ?

Britt opina et prit la main de sa tante. À 1 heure du matin, personne ne se retourna sur le passage d'une fillette en sweat-shirt orange trop grand pour elle, pieds nus sous une chemise de patient.

Sur le parking, Emily lui passa un bras autour de la taille. Comme sa nièce avait grandi ! Elle était presque aussi grande qu'elle. Elle ne l'avait pas vue depuis des semaines.

— J'aurais dû te prêter mes chaussures.

— Ça va. Ta voiture est loin ?

— Non, pas très, répondit Emily d'une voix étranglée, qui n'échappa pas à Britt. Ne t'inquiète pas, je t'emmène au poste de police.

— Non ! Ils le croient. Ils ont mis Zane en prison.

— Au poste d'Asheville, pas de Lakeview. Nous saurons les convaincre. Dave… M. Carter nous soutiendra.

Les genoux flageolants, Britt manqua de trébucher.

— Le papa de Chloé ? Il va nous aider ?

— Oui. Quand on sera dans le pick-up, je l'appellerai pour lui dire que tu es avec moi. Il va récupérer les carnets de Zane.

— Quels carnets ?

— Je t'expliquerai, répondit Emily en s'efforçant d'éviter les zones éclairées.

— Papa a fait beaucoup de mal à Zane ?

— Oui, mais ça va aller. On ne le laissera pas en prison. Je lui trouverai un avocat, dès demain matin. Tu devras tout raconter à la police. Plus personne ne te frappera jamais, ma chérie, je te le promets.

— J'ai peur.

— Moi aussi. Le pick-up est là.

Les mains tremblantes, mais résolue, les idées claires, Emily aida sa nièce à s'installer sur le siège passager. Graham Bigelow ne toucherait plus à un cheveu de sa tête, elle y veillerait, quoi qu'il lui en coûte. En s'asseyant derrière le volant, elle prit son téléphone.

— Allô Dave ? Je suis avec Britt. Nous partons à Asheville.

— Comment avez-vous... peu importe. J'ai les cahiers. Je vous rejoins au commissariat.

La circulation était fluide, mais Emily veilla scrupuleusement à respecter les limitations de vitesse. Pour le moment, personne ne devait encore les chercher. Il n'aurait plus manqué qu'elle se fasse arrêter pour kidnapping...

Afin de réconforter Britt, autant que pour se rassurer elle-même, elle exerça une pression sur sa main.

— Pour l'instant, je ne te poserai aucune question. Je préfère que tu racontes tout à la police. Je ne voudrais pas qu'ils s'imaginent que je t'ai influencée.

Sous sa capuche orange, blême, Britt paraissait minuscule.

— Et s'ils ne veulent pas m'écouter ?

— Ils t'écouteront.

Il le faut.

Emily se gara devant le poste de police. Toutes les places visiteurs étaient libres, et elle se demanda s'il s'agissait d'un signe de bon ou de mauvais augure.

— OK, Britt, contente-toi de dire la vérité, toute la vérité. Ça va bien se passer.

— Il nous obligeait tout le temps à mentir.

Emily tendit la main à sa nièce et elles entrèrent dans le bâtiment. Britt lui serra les doigts lorsqu'un homme s'avança à leur rencontre. En costume chiffonné, comme s'il avait dormi tout habillé, mal rasé, il paraissait à la fois dur et las. Emily ne distinguait pas la couleur de ses yeux, mais elle savait qu'il les dévisageait, cette femme en jean délavé et Converse montantes rouges, les cheveux en désordre, accompagnée d'une gamine pieds nus au visage couvert de traces de coups.

— Je peux vous aider ?

— Vous êtes policier ? demanda Britt, devançant sa tante.

— Évidemment. Vous avez des ennuis ?

— De graves ennuis, répondit Emily. Je peux voir votre insigne ?

Les sourcils arqués, il le sortit de la poche intérieure de sa veste.

— Capitaine Lee Keller. Venez, vous allez tout me raconter, dit-il d'un ton aimable. Une boisson sucrée ne te ferait pas de mal, j'ai l'impression, ajouta-t-il à l'attention de Britt. Je vais te chercher un soda.

5

Le capitaine Lee Keller présumait que cette femme épuisée était la mère de la fillette, même s'il savait d'expérience qu'il valait mieux se garder de présumer. Elles étaient terrifiées ; ça, il n'avait pas besoin de le présumer, la peur se lisait dans leurs yeux. Et il paraissait évident que cette gamine en chemise d'hôpital avait subi des violences. Les traces de coups étaient flagrantes.

Il les précéda dans le hall d'entrée, éluda de la main la question de l'agent en service à l'accueil, et s'arrêta devant un distributeur de boissons.

— Qu'est-ce qui te ferait plaisir ?

— Un… Je pourrais avoir un Sprite, s'il vous plaît ?

— Pas de problème. Et vous, madame ? demanda-t-il à Emily. Un jus de chaussette ou un soda ?

— Je veux bien un Coca. J'ai de la monnaie.

— Laissez faire, dit-il en insérant des pièces dans la machine.

Deux Coca et un Sprite dans les mains, il les entraîna dans un couloir, puis dans un autre, jusqu'à la Division des affaires criminelles. Là, il rassembla trois chaises et prit place sur l'une d'elles.

— Asseyez-vous, dit-il. Si vous commenciez par me donner vos noms...

— Non... J'ai peur... bredouilla Britt.

Emily lui enlaça les épaules.

— Ma chérie...

— Peu importe, dit Lee. Dis-moi alors qui t'a fait du mal.

— Mon père.

— C'est la première fois ?

— Non.

— Oh, ma chérie ! s'exclama Emily en embrassant les cheveux de sa nièce.

— Des fois, il me gifle et il me tire les cheveux, très fort. Je ne le disais pas... à mon frère. Parce que s'il avait essayé de l'en empêcher, mon père l'aurait frappé.

— Où est ton frère ?

Britt secoua la tête, sa tante lui souleva le menton.

— Le capitaine Keller ne pourra pas nous aider si tu ne lui racontes pas tout. Dis-lui la vérité.

— Tu es partie de l'hôpital sans chaussures, sans vêtements, enchaîna Lee d'une voix douce. Tu devais avoir très peur.

— J'ai appelé le 911, il m'a arraché le téléphone des mains et il m'a giflée. À la maison, il m'avait déjà tapée parce que j'avais vomi. J'avais peur, il était en colère. Je l'entendais qui criait sur Zane, mon frère. Il revenait du bal du lycée. Je ne sais pas pourquoi mon père s'est énervé mais il était furieux. Ma mère était montée se coucher, pas lui. J'étais sûre qu'il frapperait mon frère, quand il rentrerait.

— Il vous frappe souvent ?

— Ma mère et mon frère, surtout.

— Je suis sa tante, précisa Emily devant le regard interrogateur de Lee. Je n'étais au courant de rien jusqu'à ce soir. J'aurais pu me douter mais... Raconte-lui tout, Britt.

— Soi-disant que mon frère était en retard. De quatre minutes. Quatre minutes, vous vous rendez compte ? s'offusqua Britt d'une voix soudain enflammée. On aurait cru qu'il avait commis un crime ! Mon père lui a dit qu'il serait privé de sport, ce qui impliquait que Zane ne pourrait pas participer au championnat de base-ball. Il l'a accusé d'avoir bu de l'alcool et de s'être drogué. Ce n'est pas vrai ! Et il a dit des choses horribles sur sa copine. Et puis il l'a poussé et il lui a donné un coup dans le ventre.

Britt agrippa la cannette de soda avant de poursuivre :

— En général, il frappe là où ça ne se voit pas. J'ai couru chercher ma mère. Je ne sais pas pourquoi, je savais qu'elle ne ferait rien... J'ai vomi, elle s'est énervée, elle a appelé papa... Il est monté et il m'a tapée.

Emily gardait le silence. Un sanglot lui secoua les épaules.

— C'est là que Zane est monté. Il a frappé papa. Pour me protéger. C'était de la légitime défense d'autrui, n'est-ce pas ? On ne va pas en prison pour ça ! Ils se sont jetés l'un sur l'autre et ils se sont battus, c'était horrible. Maman a essayé de les séparer, elle a griffé le visage de Zane mais il ne s'arrêtait pas. Papa a giflé maman, j'ai couru appeler la police et j'ai entendu Zane crier, et puis un grand bruit... Je crois qu'il est tombé dans l'escalier. Papa m'a frappée, et il a dit à maman d'aller chercher sa sacoche. Il est médecin. Il lui a demandé de me tenir, parce que je me débattais, il a pris une seringue et il m'a fait une piqûre. C'est la vérité. C'est ce qui s'est passé.

Britt se renversa contre le dossier de sa chaise et ferma les yeux un instant. Puis elle les rouvrit et croisa les bras, sur la défensive, le regard rivé dans celui du policier.

— OK, se contenta-t-il d'acquiescer, prudent. La police est venue ?

— Je pense. J'ai dû m'endormir, à cause de la piqûre. Je me suis réveillée à l'hôpital. Il était là, il attendait. Il m'a ordonné de dire que Zane avait agressé maman, qu'il m'avait frappée et qu'il s'en était pris ensuite à lui. Il m'a menacée... Il m'a dit que de toute façon, personne ne me croirait et que Zane était déjà en prison. Que je serais comme une fille unique. Il avait enlevé le téléphone de ma chambre et interdit les visites. En partant, il a dit qu'il allait se reposer. Je crois que maman était aussi à l'hôpital.

Lee s'efforçait de mémoriser chaque détail : le prénom du frère, Zane, lycéen, membre d'une équipe de base-ball ; le père médecin...

— Parle-moi de ta mère.

— D'habitude, il ne la frappe jamais là où ça se voit, sauf ce soir. Parfois, elle se bat avec lui, mais c'est...

Le rouge aux joues, les lèvres pincées, Britt tourna un regard implorant vers sa tante.

— Ne t'en fais pas, tu peux tout dire, si c'est la vérité.

— C'est... Je crois qu'ils aiment ça. Je crois qu'elle aime ça. Souvent, ils font l'amour, après, et ensuite, elle se comporte comme si de rien n'était. Il lui achète un cadeau et elle fait comme s'il ne s'était rien passé. Je ne pouvais pas te le dire, dit Britt en se tournant vers Emily. J'avais trop peur. Quand Zane ira à l'université, je serai toute seule. Est-ce que papa l'a poussé dans l'escalier ?

Emily confirma d'un hochement de tête.

— Mais ne t'inquiète pas, ça va aller. Son frère n'a pas encore seize ans, dit-elle à Lee. Il s'est cassé le coude et foulé la cheville. Le médecin voulait le garder en observation jusqu'à demain mais... son père est chirurgien. La police de Lakeview, où nous habitons, n'a pas remis son témoignage en question. Il a le bras long, il connaît des juges. Mon neveu a été conduit à Buncombe. Ce n'est encore qu'un enfant. Il est blessé. Il n'a jamais rien fait de mal. N'importe qui vous le dira : ses entraîneurs, ses voisins, ses profs.

— Comment se fait-il qu'on l'ait laissé quitter l'hôpital ?

— Son père a dit qu'il signerait lui-même l'autorisation de sortie, si le Dr Marshall refusait de le faire. Elle vous le confirmera. Elle est chirurgienne à l'hôpital de Lakeview.

— C'est la première fois que ton père envoie ton frère à l'hôpital ?

— Oui. Mais une fois, il l'a enfermé dans sa chambre. Pour Noël, pas l'année dernière, l'année d'avant, tu te rappelles, Emily ?

— Oh, mon Dieu... soupira Emily en fermant les yeux. Il n'avait donc pas la grippe, et il n'a pas fait une chute au ski.

— C'était la veille des vacances. Papa était déjà à la maison quand on est rentrés de l'école. Maman pleurait, il criait. Elle était couchée par terre, elle saignait et il continuait de la taper. Je les ai suppliés d'arrêter, Zane a essayé de me retenir…

Britt s'interrompit et but une longue gorgée de Sprite.

— Quand ils se battent, d'habitude, on monte tous les deux dans une de nos chambres. Cette fois, Zane a voulu l'empêcher de la frapper et mon père…

Sa voix se brisa et un sanglot lui échappa.

— Je n'arrêtais pas de leur crier d'arrêter… Papa s'est tourné vers moi, il m'a regardée et… Zane s'est mis devant moi pour me protéger… Mon père est devenu comme fou, il lui donnait des coups de poing et des coups de pied, et ma mère le regardait sans réagir ! Et puis il a pris Zane sur son épaule, comme un sac, et il est monté l'enfermer dans sa chambre. J'aurais dû faire quelque chose, mais j'avais trop peur…

— Ce n'est pas ta faute, murmura Emily, plus pâle que jamais, en embrassant le petit poing serré de Britt.

— Zane avait le nez cassé, les deux yeux au beurre noir et la lèvre fendue. Je lui ai apporté un sandwich, en cachette, dès que j'ai pu, au beurre de cacahuète et à la confiture, mais il pouvait à peine manger. Le lendemain, j'ai entendu papa entrer dans sa chambre, et Zane hurler de douleur. En redescendant, papa a dit qu'il avait la grippe, que c'était contagieux, qu'il devait rester en quarantaine. Alors que nos grands-parents étaient là pour Noël. Le jour suivant, on est partis à la montagne et, là-bas, on a dit qu'il était tombé en faisant l'imbécile à vélo. Il est resté dans la chambre pendant qu'on skiait. Au retour des vacances, on a dit qu'il avait fait une chute.

Britt prit le mouchoir en papier que sa tante lui tendait, puis elle se moucha avant de reprendre :

— Vous pouvez appeler l'hôtel si vous ne me croyez pas. On y va chaque année. Normalement, ils se souviendront que Zane avait déjà des cocards quand on est arrivés. Vous pouvez aussi demander à nos voisins et aux profs de mon frère : ils vous diront qu'il a eu un accident de ski.

— Tu te rappelles le nom de l'hôtel ?

— High Country Resort and Spa. On y va tous les ans, du 26 au 30 décembre.

— J'ai voulu aller voir Zane, la veille de Noël, déclara Emily. Ma sœur m'avait téléphoné pour me dire qu'il était malade et que, donc, le repas de famille aurait lieu chez moi, à cause des risques de contagion. Je lui avais apporté du potage et un livre, que je lui aurais donné en douce, le dernier tome de *La Tour sombre*. Ses parents lui interdisent certains auteurs…

Sentant sa gorge se nouer, elle but une gorgée de Coca, avec un soupir de rage impuissante.

— Ils ne m'ont pas laissée monter… et il a passé la journée de Noël tout seul… Ils m'empêchent de voir les enfants, depuis quelque temps. Ils ont toujours une bonne excuse.

— Ils disaient que tu n'avais pas envie de nous voir, que tu avais mieux à faire. On ne les croyait pas, mais c'est ce qu'ils nous disaient. Papa dit que tu es une grosse salope et une grosse feignasse.

Emily parvint à esquisser un sourire.

— J'aimerais bien, parfois ! dit-elle en embrassant la joue de Britt. Nous avons des preuves, capitaine. Un ami, le père du meilleur copain de mon neveu, va nous rejoindre ici. Il est infirmier, il l'a accompagné à l'hôpital. Zane lui a donné ses clés en lui demandant d'aller chercher des cahiers qu'il avait cachés. Il dit qu'il a tout écrit. On l'a emmené en prison sur un fauteuil roulant, capitaine Keller... Si vous avez choisi ce métier pour aider les honnêtes gens, aidez-nous !

— Comment s'appelle cet ami qui doit apporter les cahiers ?

Voyant l'hésitation d'Emily et de Britt, Lee ajouta :

— Je dois indiquer son nom à l'agent de garde à l'accueil.

— Dave Carter.

— Une petite seconde, s'il vous plaît.

Lee sortit un instant dans le couloir. Devait-il appeler son commandant ? La Protection de l'enfance ? Le centre de détention de Buncombe, qui lui communiquerait le nom complet du frère ? Pour l'instant, il n'y tenait pas.

Cette gamine ne mentait pas.

Il la retrouva la tête sur l'épaule de sa tante. Elle paraissait toute petite, à bout de forces.

— Comment es-tu partie de l'hôpital ?

— Je suis allée dans une autre chambre pour téléphoner à Emily. Elle était déjà là, mais on ne voulait pas lui dire où j'étais, parce que mon père avait interdit les visites. On s'est retrouvées en bas du service de pédiatrie. Ma tante nous croit, mon frère et moi. C'est elle qui m'a dit qu'on devait tout raconter à la police. Si mon père le sait, il s'en prendra à elle.

— Ne t'inquiète pas, dit Emily.

— Si vous voulez que je vous aide, il faut me dire comment vous vous appelez.

En deux minutes, sur un simple coup de fil à Buncombe, Lee aurait pu se procurer l'identité de Zane. Il préférait toutefois que ce soit cette petite fille aux yeux verts si las qui la lui donne. Il voulait gagner sa confiance.

— Vous me croyez ? demanda-t-elle. Vous me croirez toujours quand mon père vous dira que je mens ?

— Si je ne te croyais pas, j'aurais déjà téléphoné à mes collègues de Lakeview. Je suis capitaine de police, ajouta-t-il avec un sourire. Rien de plus facile pour moi que de savoir qui vous êtes, toi, ta tante, ton frère. Mais je te crois, et je voudrais que tu n'en doutes pas.

Britt regarda sa tante.

— J'ai confiance en vous, déclara Emily.

— Je m'appelle Britt Bigelow, et mon frère Zane. Nos parents sont le Dr Graham Bigelow et Mme Eliza Bigelow. Nous habitons à Lakeview Terrace. Mon père me tuera s'il apprend que je l'ai dénoncé.

— Il ne vous touchera plus, ni toi ni Zane, je te l'ai promis. C'est le père, et non le fils, qui devrait être sous les verrous, capitaine. Je m'appelle Emily Walker.

Un agent en uniforme apparut sur le pas de la porte.

— Quelqu'un pour vous, capitaine, annonça-t-il.

Une sacoche sur l'épaule, Dave s'avança vers Britt et s'accroupit devant sa chaise.

— Comment vas-tu, ma puce ? Tu as mal quelque part ?

— À la tête, beaucoup, et à la joue, et aussi à l'œil.

— Oh, Britt, pourquoi tu ne me l'as pas dit ? s'écria Emily. OK, je ne t'ai pas posé la question, pas vraiment. Je dois avoir de l'Advil, dit-elle en fouillant dans son sac.

— Il ne vaut mieux pas, objecta Dave. On ne sait pas ce qu'ils lui ont donné à l'hôpital. Je me suis arrêté en chemin, dit-il en ouvrant sa sacoche pour en retirer un sachet de petits pois surgelés. Applique-le contre ta joue, ça te fera du bien. Combien de doigts ? demanda-t-il et il en montra deux.

— Deux. Ça va, monsieur Carter, je vous assure. Je me sens mieux depuis qu'on est là.

— Une très bonne chose. Dave Carter, se présenta-t-il en se redressant et en tendant la main à Lee.

— Capitaine Keller.

— Bien… Avec les clés de Zane, et sa bénédiction, je me suis rendu chez lui. Je ne pense pas m'être introduit illégalement au domicile des Bigelow mais au cas où, j'assumerai.

Dave sortit les cahiers de sa sacoche.

— J'ai lu la première page de celui étiqueté numéro 1, dit-il. Quand vous en aurez pris connaissance, capitaine, si vous ne faites rien pour sortir Zane de prison et faire coffrer son père, c'est que vous n'êtes pas humain.

Lee ouvrit le cahier et parcourut la première entrée, datée du 23 décembre. Il choisit ensuite une autre page au hasard. Puis feuilleta un autre cahier.

— Dis-moi, Britt, vous avez reçu la visite de vos grands-parents, l'été dernier ?

— Oui, au mois d'août, après notre retour de vacances. Ils ont dormi chez Emily. C'était leur maison, avant, mais ils l'ont laissée à ma mère et à ma tante. Maman n'en voulait pas, Emily lui a racheté sa part. On les a invités le dernier jour pour une sortie en bateau. C'était cool, mais…

Hésitante, Britt se tourna de nouveau vers Emily, puis elle but une gorgée de Sprite.

— Mais quand on est rentrés à la maison, le soir, mon père s'est énervé. Il a frappé Zane, dans le ventre, en lui disant qu'il avait honte, que son fils ne connaissait rien à la voile, qu'il n'avait fait que parler base-ball avec Pop, qu'il s'était gavé comme un goret et... Je ne me souviens plus très bien.

— Ce n'est pas grave, ça me suffit, la rassura Lee. Si tu devais prêter serment devant un juge, répéterais-tu tout ce que tu viens de me raconter ?

— Vous ferez sortir Zane de prison ?

— J'y mettrai un point d'honneur. Monsieur Carter, vous rappelez-vous que Zane a eu un accident de ski ?

— Oui, pendant les vacances d'hiver, il y a deux ans. Il m'a dit qu'il s'était pris une belle gamelle. Et merde, merde ! grommela Dave en se frottant les yeux. Je ne l'ai revu qu'en début d'année. D'habitude, il est toujours fourré avec Micah. Il s'était cassé le nez, mais ça commençait à s'arranger. Je ne me suis pas posé de questions. Pourtant, c'est juste après qu'il m'a demandé des conseils pour se muscler. Soi-disant pour le baseball. Ça non plus, ça ne m'a pas mis la puce à l'oreille.

— Je vous l'avais dit, murmura Britt.

— Oui, acquiesça Lee. M. Carter a corroboré ton témoignage. Et je vais réveiller quelqu'un au High Country Resort and Spa, histoire d'avoir une autre confirmation.

— On était dans une suite « Executive », avec room service vingt-quatre heures sur vingt-quatre. J'ai oublié le numéro.

— Ils le retrouveront. Je vais aussi m'entretenir avec le commandant de Lakeview.

— C'est un ami de mon père... dit Britt en grimaçant.

— Peut-être, mais c'est également un représentant de la loi, et je le connais, fais-moi confiance. Il y a encore une autre chose qu'il va falloir que je fasse, et qui risque d'être dure pour toi. Je vais être obligé de contacter la Protection de l'enfance.

Emily noua farouchement les bras autour de sa nièce.

— Ils ne peuvent pas me la prendre ! Je suis sa tante !

— Je verrai ce que je peux faire, mais si je ne les préviens pas, ils ne nous laisseront pas le choix. Vous avez sorti une mineure de l'hôpital parce que vous-même et cette enfant craigniez pour sa sécurité et son bien-être, correct ?

— Oui.

— OK. Très bien. La sécurité et le bien-être de Britt figurent désormais au premier rang de mes priorités.

— Et Zane ?

— Zane également, ma puce. Je vais vous montrer un endroit où vous pourrez attendre, peut-être vous reposer un peu. Vous avez quelques minutes, monsieur Carter ? J'aurais encore quelques questions à vous poser.

— Pas de problème.

— Une dernière chose : les grands-parents n'habitent pas la région ?

— Ils se sont installés à Savannah il y a une dizaine d'années, répondit Emily. Au cas où, ils accepteront la garde des enfants, sans hésitation.

— Parfait. Venez, suivez-moi.

Après leur avoir montré où s'installer, Lee prépara du café, en salle de repos, et en offrit une tasse à Dave.

— Vous êtes infirmier, j'imagine que vous carburez au café…

— Merci. Seigneur… Britt est une bonne copine de ma fille. Quand je vois ce qu'il lui a fait… ce qu'il a fait à Zane…

— Vous étiez de service quand la petite a appelé les secours ?

En se massant la nuque, Dave s'assit sur une chaise.

— Non, mais les bruits courent vite. Ces mômes sont comme mes propres enfants. Je suis allé voir si je pouvais me rendre utile, les rassurer. Zane était menotté au brancard, en état d'arrestation, pour coups et blessures volontaires.

Dave but une gorgée de jus de chaussette, sans grimacer.

— Je n'y ai pas cru une seule seconde. Je venais de le ramener du bal, avec mon fils et leurs petites amies respectives. Ce n'est pas lui qui a frappé sa mère et sa sœur. Il était gai comme un pinson, dix minutes plus tôt, quand je l'ai déposé chez lui. Ils étaient tous ravis de leur soirée.

— Il avait bu ?

— Non, ce gamin est un sportif. Le base-ball lui tient à cœur, il a un bon niveau. Pour une bière, il n'aurait pas pris le risque de se faire exclure de l'équipe, surtout avant le championnat. Vous avez eu un aperçu de son journal, capitaine.

— J'ai besoin de comprendre, monsieur Carter.

— Excusez-moi, je suis à cran. Zane était sobre, absolument pas d'humeur agressive. C'était la première fois qu'ils sortaient avec des filles, Micah et lui. L'analyse toxicologique était négative. J'étais là quand Elsa… quand le Dr Marshall a reçu les résultats – l'orthopédiste qui s'est occupée de lui. Elle devra peut-être l'opérer du coude. Il n'aurait pas dû quitter l'hôpital si tôt, surtout pour Buncombe. Elle voulait le garder en observation. Malheureusement, Graham n'est pas seulement le père de Zane, il est aussi le chef du service de chirurgie. Elle n'avait pas le choix.

— Vous êtes resté avec lui ?

— Je suis monté dans l'ambulance avec lui et je suis resté à ses côtés aux urgences, oui. Ni l'un ni l'autre de ses parents n'étaient là. J'ai appelé Emily. Elle est venue.

Tout en sirotant son café, Dave relata tout ce dont il se souvenait, dans les moindres détails.

— Je vous remercie, lui dit enfin Lee. J'aurais peut-être d'autres questions, mais vous pouvez rentrer chez vous.

— Je vais attendre Emily et Britt. Je dois juste prévenir ma femme.

— Mme Walker n'est pas votre épouse ?

Pour la première fois, un sourire éclaira le visage de Dave.

— Pardon ? Non, je suis marié depuis dix-sept ans. Dix-huit. J'ai deux enfants. Je travaillais pour les parents Walker, l'été, quand j'étais ado. Je connais Emily et Eliza depuis toujours. Emily est devenue une amie.

— Pas Eliza ?

— Nous ne sommes pas du même monde, répondit Dave sombrement. Eliza est peut-être une victime, mais elle n'a rien fait pour protéger ses enfants. Résultat, son fils est en prison, blessé, terrorisé. Je vais aller attendre avec Emily et Britt, dit-il en se levant.

Lee lui indiqua où elles se trouvaient, puis il se rassit un instant. Après une journée de seize heures, il s'apprêtait à rentrer chez lui, déguster une bière glacée avant de se coucher, quand Britt et Emily étaient arrivées.

Il devrait se contenter de jus de chaussette, et affronter encore une longue journée.

Il ralluma son ordinateur et lança une recherche sur Zane Bigelow, ses parents, sa tante, Dave Carter. Puis il nota le numéro de téléphone du High Country Resort and Spa et se mit au travail.

Zane garderait à jamais des souvenirs très vivaces de la plus horrible nuit de sa vie : l'odeur métallique du fourgon, mêlée à des relents de transpiration et de désespoir ; le bruit des roues sur le bitume, produisant un funeste écho à un indicible sentiment de solitude.

Malgré les antalgiques, la douleur restait latente. Elle était là, il le savait, elle reviendrait, mais il était trop engourdi pour s'en soucier, tant physiquement que mentalement.

Le gardien avait des yeux comme des billes de marbre, durs et froids. Le chauffeur ne disait rien. Zane était seul à l'arrière du véhicule. Sans l'influence ni l'insistance de son père, apprendrait-il plus tard, le transfert n'aurait pas eu lieu à une heure aussi tardive.

— On dirait que tu t'es fait botter le cul, mon gars… Bien fait pour toi. Fallait pas frapper ta mère et ta frangine.

Zane ne répondit pas. À quoi bon ? Il garda la tête baissée. Plus tard, il apprendrait aussi que le

Dr Bigelow avait opéré le fils du gardien aux yeux de marbre, à la suite d'un accident de la route.

La peur l'avait quitté. Hébété, il ne pensait plus à rien.

Jusqu'à ce que la sinistre musique des pneus se change en grondement menaçant. Une lourde porte se referma derrière le fourgon. La panique se répandit alors dans tout son être, les larmes lui brûlèrent les yeux. Il savait toutefois, par une sorte d'instinct atavique, animal, que s'il en laissait échapper une seule, il serait condamné.

— Bienvenue dans ta nouvelle famille, vermine.

Le garde l'aida à descendre du véhicule. Si ce garçon au bras en atèle et botte d'immobilisation lui inspira ne fût-ce qu'un brin de pitié, il n'en laissa rien paraître.

Zane franchit une porte métallique, un détecteur de métaux. Il dut s'appuyer contre un mur, face à des néons aveuglants, tout son poids sur sa jambe indemne, pour épeler son nom, sa date de naissance, son adresse.

Dans une autre pièce, on lui prit ses vêtements. Comme il ne pouvait pas les ôter seul, avec son atèle, il essuya l'affront de se laisser déshabiller, puis la cruelle humiliation de la fouille au corps.

On lui donna une chemise orange, un pantalon orange, des sabots orange – ou plutôt un sabot, puisqu'il avait une botte de compression à l'autre pied. Il dut se laisser rhabiller.

On le conduisit ensuite dans une cellule, qui ne ressemblait pas à ce qu'il imaginait. Équipée d'un lit de camp, d'un W.-C. et d'un lavabo, elle n'avait pas de barreaux. Ni de fenêtre. Qu'une porte blindée.

— Tu te lèveras quand on te le dira. Tu feras ton lit et tu attendras qu'on t'apporte le petit déjeuner. Tu boufferas ce qu'on te servira. Vu que t'as pris une raclée, tu passeras à l'infirmerie avant de voir le psy qui t'interrogera sur tes sentiments de merde. Tu feras ce qu'on te dira quand on te le dira. Si tu fais chier, tu le paieras. Ton père est un mec bien. Tu n'es rien.

Là-dessus, « Yeux de Marbre » verrouilla la cellule. Le cliquetis de la serrure résonna dans les tympans de Zane, et les lumières s'éteignirent.

À tâtons, il chercha le mur, se cogna le mollet contre le lit et s'allongea. Ses frissons se muèrent en tremblements, sa respiration en un long gémissement sifflant. Il essaya de se rouler en boule, mais il n'y parvint pas. Il aurait voulu dormir, sombrer, tout oublier, mais la douleur se rappela à lui.

Enfin, il laissa les larmes couler. Il n'y avait personne pour le voir, personne pour se soucier de lui. Secoué de sanglots, il avait mal au ventre, à la poitrine, à la gorge. Mais quand les larmes se tarirent, la panique reflua.

L'esprit vide, la douleur palpitant dans son corps tout entier, il demeura étendu sur le dos.

Quelques heures plus tôt, il embrassait Ashley, contemplait les étoiles et dansait sous les stroboscopes.

À présent, sa vie était foutue.

L'obscurité et la solitude devinrent apaisants. Il s'y raccrocha, car il commençait à redouter ce qu'il adviendrait de lui quand la porte se rouvrirait.

6

Lee n'avait dormi que deux heures et tournait au café noir. Il avait rendu compte de la situation à son commandant, au procureur, à la Protection de l'enfance, et enfin, au juge qui avait signé le mandat d'arrestation de Zane.

À Lakeview, il était maintenant assis dans le bureau du chef Tom Bost, un homme qu'il connaissait de longue date, et pour qui, jusqu'à présent, il avait toujours eu de l'estime.

— Tu n'as pas à te mêler de ce dossier, il ne relève pas de la juridiction d'Asheville. Il ne s'agit pas d'une affaire criminelle. Laisse-moi m'en occuper.

— Tu as enfreint l'éthique de la profession, répliqua Lee d'un ton posé. Ce garçon était blessé. Tu as usé de passe-droits pour le faire expédier à Buncombe.

Des plaques rouges enflammèrent le visage de Bost.

— Ce garçon a envoyé sa mère, sa sœur et son père à l'hôpital. J'ai fait ce que j'avais à faire. Ne viens pas me dire le contraire.

— Je te dis le contraire.

— Tu le regretteras, Lee. Graham et Eliza se font un sang d'encre pour leur fille. Je ne comprends pas ce qui est passé par la tête d'Emily Walker. Je la croyais plus sensée. Elle devra répondre d'un enlèvement. Et toi, tu seras radié, pour complicité.

Lee posa une copie de la première page du journal de Zane sur le bureau de Bost.

— Lis ça. C'est Zane qui l'a écrit. Regarde la date… Lis.

— Chaque minute où tu retiens cette gosse loin de ses parents aggrave ton cas, rétorqua Bost en prenant la feuille. N'importe quoi… grommela-t-il après l'avoir parcouru. Ce gamin est taré.

— Ce sont ses parents qui sont malades. J'ai contacté l'établissement où ils séjournaient, le 26 décembre de cette année. J'ai parlé au maître d'hôtel, à la femme de chambre, au manager. Tu sais ce qu'ils m'ont tous dit ? Que Zane avait fait une chute de vélo, qu'il avait le nez cassé. Il est arrivé mal en point et il a dû garder la chambre. Graham Bigelow avait donné l'ordre de ne pas le déranger.

— Il y a eu un malentendu. Zane est tombé en skiant.

— Pour ses grands-parents et sa tante, il avait la grippe. J'ai leurs dépositions. Ils n'ont pas pu le voir, parce qu'il était soi-disant contagieux.

Avec un geste de dégoût, Lee retira des documents du dossier qu'il avait en main et les jeta sur le bureau de son confrère.

— J'ai aussi le témoignage de Britt. Tout ce que son frère a écrit est véridique. Tu n'as pas fait ton boulot.

— Je sais ce que j'ai à faire, riposta Bost. Je connais bien Graham et Eliza.

— Crois-tu ?

Le menton arrogant, Bost agita un doigt en direction de Lee.

— Tu sous-entends que Graham frappe sa femme et ses mômes, et qu'ils mentent tous pour le couvrir ?

— Exactement. Zane a commencé son journal ce jour-là. Tout y est : les coups, la peur, les menaces. La mère laissait faire. La gamine de treize ans m'a raconté que ses parents avaient des rapports sexuels après les raclées. Le père offrait ensuite un cadeau à la mère. La petite m'a dit elle-même que sa mère aimait ça, en me regardant droit dans les yeux.

— Britt est traumatisée. Elle...

— Ah ça, c'est sûr ! Ouvre les yeux, bordel ! Cette gosse a appelé la police et quand vous êtes arrivés, elle n'a rien pu vous dire parce que son père l'avait endormie. Zane gisait au pied de l'escalier, le bras cassé, les ligaments déchirés. Mais tu refuses de m'entendre.

— Les deux adultes m'ont raconté la même version. Je les connais personnellement tous les deux.

— Je veux bien le croire, mais tu n'as pas pris la déposition du gamin ? Tu ne t'es pas demandé pourquoi le père tenait tant à ce que son fils soit arrêté ? Non, tu t'es contenté de l'aider à obtenir un mandat... Tu ne t'es pas demandé non plus pourquoi le gamin ne pouvait même pas passer la nuit à l'hôpital ? Et tu ne lui as pas fourni un avocat ? Non, tu l'as fait enfermer. Le père t'a soutenu que le gamin était drogué, mais as-tu pris la peine de jeter un œil à l'analyse toxicologique ? (Lee abattit les résultats sur le bureau.) Négatif. (Puis un autre document.)

Voici la déclaration de Britt. Lis-la. Et tu additionneras deux et deux.

— Je connais Graham depuis plus de vingt ans, nom d'un chien ! Eliza depuis encore plus longtemps. Je dîne souvent chez eux, et je n'ai jamais rien remarqué qui aurait pu m'alerter.

— Lis.

Tom parcourut le procès-verbal, puis il se leva et se tourna face à la fenêtre.

— Je l'ai cru, dit-il amèrement. Tu n'étais pas là, tu ne les as pas vus. Je l'ai cru... Si tu m'avais demandé il y a vingt-quatre heures quelle était la plus heureuse des familles de Lakeview, je t'aurais cité les Bigelow. Et je n'aurais sûrement pas été le seul, mince, Lee ! Maintenant que tu me le dis, c'est vrai... Il y a des trucs qui auraient pu me mettre la puce à l'oreille. Il clamait sur tous les toits qu'il était fier de son fils, mais il le dénigrait, aussi. Selon lui, il fallait sans cesse l'encourager dans la voie des études, parce que le gamin parlait de faire carrière dans le base-ball. Qu'il n'aidait pas beaucoup sa mère, qu'il était insolent. Tu n'as pas d'enfant, toi. C'est qu'il faut être ferme, surtout avec les ados...

En fourrageant dans ses cheveux, Bost se tourna de nouveau vers Lee.

— Eliza a été présidente de l'association des parents d'élèves, elle... Oh bon sang...

— Tu liras le reste. Ce sont des copies, tu peux les garder, dit Lee en se levant. Je pars sur-le-champ à Lakeview Terrace arrêter Graham Bigelow pour violences volontaires envers ses enfants et son épouse, maltraitance, et mise en danger de deux mineurs. Et Eliza Bigelow pour maltraitance et non-assistance à personne en danger. Je voulais juste t'en informer.

— Je l'ai cru… répéta Bost, affligé. J'ai cru que Zane représentait un danger pour sa famille et pour lui-même.

— Tu t'es trompé. Zane sera libéré, son dossier annulé. Emily Walker aura la garde des deux enfants mineurs. Je ferai tout pour qu'elle obtienne la garde définitive. Lis le reste.

Là-dessus, Lee prit congé. Dix minutes plus tard, accompagné de son binôme habituel et de quatre agents en uniforme, il sonnait à la porte des Bigelow. Présumant que l'homme qui lui ouvrit était avocat, il lui présenta les mandats.

— Police d'Asheville.

— Je suis l'avocat de M. et Mme Bigelow. Je viens de m'entretenir avec votre capitaine et le maire d'Asheville. Vous détenez une enfant mineure contre la volonté de ses parents.

— Lisez ces mandats.

Lee entra de force dans le luxueux hall d'entrée, puis il se dirigea vers le salon. Assis dans un fauteuil, Graham Bigelow se leva brusquement.

— Monsieur Bigelow, vous êtes en état d'arrestation pour violences volontaires sur vos enfants et votre épouse, maltraitance et mise en danger de deux mineurs, déclara Lee en sortant une paire de menottes.

Graham fit volte-face et lui décocha un coup de poing.

— Plus violences à l'encontre d'un officier de police. Vous avez le droit de garder le silence.

— Coopérez, monsieur Bigelow, recommanda l'avocat tandis que Lee lui lisait ses droits. Ne dites rien, surtout. Ce malentendu sera vite dissipé.

Graham écrasa de nouveau son poing sur le visage de Lee. Deux agents l'immobilisèrent.

— Vous ne pouvez pas faire ça ! implora Eliza, le visage couvert d'ecchymoses, en se tordant les mains de désespoir. C'est insensé ! Zane...

— À d'autres, madame Bigelow. Vous êtes vous-même en état d'arrestation pour non-assistance à personne en danger, complicité de violences sur vos enfants et déclaration mensongère à un fonctionnaire de police.

Tandis que Lee lui lisait ses droits, elle essaya à son tour de le frapper.

— Gardez votre calme, Eliza, ne dites rien, lui ordonna l'avocat. Ce n'est pas la peine de la menotter.

— C'est moi qui décide, rétorqua Lee, qui éprouva un énorme plaisir à l'escorter jusqu'à la voiture de police, à la vue de tous les voisins, puis à exercer une pression sur son crâne pour qu'elle prenne place sur la banquette arrière.

Il fit monter Graham dans un autre véhicule. Désormais, les deux époux ne pourraient plus accorder leurs violons. Désormais, la vie de leurs enfants ne serait plus un enfer.

— Vous serez radié ! menaça l'avocat. Nous vous intenterons un procès qui causera votre perte et celle de votre service tout entier.

— Je vous en prie, ne vous gênez pas.

— N'essayez pas de faire parler mes clients. Ils n'ont rien à dire.

— C'est noté. Ils vous attendront en cellule. Pour ma part, j'ai d'autres chats à fouetter.

Zane n'eut pas à faire son lit quand on lui ordonna de se lever. Il était resté sur les couvertures. Il n'avait pas dormi.

Il se força à manger son petit déjeuner sans penser à rien, sans regarder les autres détenus.

Certains bavardaient, d'autres s'insultaient. Certains dévoraient comme s'ils étaient affamés, d'autres ne touchaient pas leur assiette.

Le réfectoire était bruyant : brouhaha de voix, raclements de chaises, bruit mat et répétitif des couverts sur la vaisselle en plastique.

Zane se garda de réagir lorsqu'on lui vola son morceau de pain, ce qui lui valut un coup de pied, sous la table, dans sa botte de compression.

Après le petit déjeuner, le réfectoire se vida aussi rapidement qu'il s'était rempli. On emmena Zane à l'infirmerie.

Le médecin parcourut un dossier, sans doute transmis par l'hôpital. À plusieurs reprises, il fronça les sourcils, puis il posa tout un tas de questions.

Troubles de la vision ?

Non.

Maux de tête ?

Oui.

Un pli lui barra le front lorsqu'il aida Zane à enlever sa chemise et découvrit son torse marbré d'hématomes.

Nouvelles questions.

Délicatement, il lui palpa le nez, les pommettes, les mâchoires.

— Tu as déjà eu le nez cassé ?

— Oui.

— Comment ?

— Le poing de mon père.

— Ton père te frappe ? demanda-t-il en le regardant dans les yeux.

— Oui.

— Tu l'as signalé aux autorités ?

— C'est lui, l'autorité.

Zane crut entendre un soupir.

Un infirmier dut lui faire sa toilette au gant, car il ne pouvait pas se doucher.

— Ils auraient dû te garder en observation à l'hôpital, au moins pour la nuit. On t'aurait donné des calmants, là-bas. Je vais demander qu'on te renvoie dans le service du Dr Marshall.

— Mon père l'interdira. Il est chirurgien en chef.

Avec son bras en atèle, Zane ne pouvait utiliser qu'une seule béquille. Elle l'aidait à marcher, et les comprimés qu'on lui donna atténuèrent son calvaire.

— On va te raccompagner dans ta cellule. Essaie de te reposer. Le Dr Loret, le kiné du centre, passera te voir dans la matinée. Garde bien la jambe et le bras surélevés.

Zane retrouva la solitude de sa cellule. À travers la porte, il percevait des voix, du mouvement, des ordres, quelqu'un qui semblait traîner un seau et une serpillère sur le carrelage du couloir.

Il somnola un peu, par intermittences.

En entendant le bruit des verrous, il ferma les yeux, dans l'espoir que le kiné reparte s'il le pensait endormi. Il n'avait pas envie de parler. Tout ce qu'il avait à dire, il l'avait dit à l'infirmerie.

Il sentit néanmoins quelqu'un s'asseoir au bord du lit. Souleva les paupières. Et découvrit un homme à l'air aussi fatigué qu'il l'était lui-même, en costume et cravate, brun, mal rasé.

— Capitaine Keller, de la police d'Asheville, se présenta-t-il.

Zane referma les yeux. L'homme lui posa une main sur le bras.

— Zane, dit-il d'une voix plutôt amicale, je suis là pour te faire sortir.

— Sortir où ?

— Sortir d'ici. Ta sœur est venue me voir.

— Britt ? Elle va bien ? s'inquiéta Zane.

— Oui, elle est très forte, très courageuse. Ta tante l'a amenée au poste, hier soir.

— Emily...

Zane ferma de nouveau les yeux, cette fois pour endiguer les larmes.

— Dave a récupéré tes cahiers. Je les ai lus. Tous, de la première à la dernière page. Désolé de ne pas être intervenu plus tôt. Il m'a fallu un peu de temps.

Dans le regard de cet étranger, Zane lisait la même chose que dans celui de Dave : de la confiance.

— Je... Je vais être libéré sous caution ?

— Tu vas être libéré tout court. Les accusations ont été abandonnées. Je t'expliquerai. Partons d'ici, OK ? J'ai réglé la paperasse. Habille-toi et on y va.

Zane fut saisi de tremblements incontrôlables.

— Je... Je suis libre ? bafouilla-t-il.

— Oui. Inspire profondément, respire tranquillement, lui dit Lee en lui prenant la main. Voilà... Tu n'aurais jamais dû être là. Je t'ai apporté des vêtements. Emily a pensé que tu ne voudrais pas remettre ceux que tu avais sur le dos. Elle t'en a acheté de nouveaux, en espérant ne pas s'être trompée de taille. On t'a pris un pantalon de jogging, une chemise, un boxer et des sandales.

— Je... Je ne comprends pas.

— C'est normal, je t'expliquerai. Tu veux que je t'aide à te changer ?

Ce n'était pas trop gênant, car le policier n'arrêtait pas de parler. Zane troqua donc sa tenue orange contre un bas de jogging gris et une chemise bleue. Puis il glissa son pied valide dans une sandale.

— Le pantalon est un peu court, mais ce n'est pas grave.

— Ils ont dit que je devais... Ils ont dit que je devais...

— Ils n'ont plus rien à dire, déclara Lee en aidant Zane à se lever et en lui tendant sa béquille.

Puis il ramassa le sac qu'il avait apporté et frappa contre la porte, deux fois.

Un garde vint ouvrir, qui sentait le détergent au pin et l'eau de Javel. Zane se remit à trembler. Le policier gardait le silence.

— Qui êtes-vous ?

— Capitaine Keller. Lee, tu peux m'appeler Lee.

— Graham vous causera des ennuis. Il...

— Je l'ai arrêté. Ta mère aussi.

Les genoux de Zane se dérobèrent. Lee le soutint et continua de marcher, tout doucement.

— Respire calmement. Ton père ne vous fera plus du mal, ni à toi ni à ta sœur. Tu as bien fait de tout écrire. C'était une excellente idée.

Sur leur passage, les gardes ouvraient les portes et les laissaient passer sans un mot. Dehors, il faisait un temps magnifique. Britt et Emily attendaient derrière le portail. Faute de pouvoir courir, Zane essaya de presser le pas.

— Doucement, lui dit Lee.

— Il l'a frappée ! Ma sœur...

— Ne t'en fais pas, ce n'est pas grave. Elle a une sacrée histoire à te raconter. Elle s'est enfuie de l'hôpital. Tu as une petite sœur épatante.

Quand ils franchirent le portail, elles s'élancèrent à leur rencontre.

— Zane, oh Zane ! répétait Emily en sanglotant. Oh mon bébé, je suis désolée, pardon.

Elle le serra contre elle, puis elle enlaça Britt et les étreignit tous les deux.

— Rentrons à la maison, mes chéris.

— Je ne veux pas y retourner, s'il te plaît, je t'en supplie…

— Vous habiterez chez moi, désormais, dans la maison au bord du lac. Grams et Pop nous y attendent. Montez à l'arrière de la voiture. Je passe devant, avec Lee, à qui je dois un bon repas maison, une bonne bouteille de vin et… même des faveurs sexuelles s'il le souhaite !

Il secoua la tête en riant.

— Je n'ai fait que mon travail.

— Ces enfants sont ma vie, maintenant. Vous m'avez sauvé la vie.

Dans la voiture, Britt se blottit contre son frère.

— Tu as mal ?

— Ça va, répondit-il en exerçant une pression sur sa main.

En les écoutant parler, Lee pensa que les enfants possédaient une grande force. Ces deux-là seraient marqués à vie, ils auraient sans doute besoin d'être suivis, mais ils se remettraient de cette épreuve.

Zane parvint même à rire lorsque sa sœur lui expliqua qu'elle avait quitté l'hôpital pieds nus. Lee remarqua toutefois qu'elle omit soigneusement de mentionner que son père l'avait menacée, quand elle s'était réveillée. De la même manière que Zane passa certains éléments sous silence.

— C'était horrible, en prison ?

— Pas trop, répondit Zane en croisant furtivement le regard de Lee dans le rétroviseur. Pas pire que quand j'étais enfermé dans ma chambre, à la maison.

— Lee nous a emmenées dans un foyer pour la nuit. En fait, c'était déjà presque le matin. C'était triste, là-bas. Il y avait beaucoup de femmes et d'enfants battus. Comme nous. Au moins, ils sont en sécurité, au foyer. Tout le monde était très gentil avec nous. Emily a dit qu'on leur ferait un don, à notre nom à tous, pour les remercier.

— Elle ne peut pas leur offrir des faveurs sexuelles.

Emily éclata de rire et se tourna vers Zane, les yeux brillants de larmes.

— Ah, c'est malin !

— Emily ? Tu n'avais pas à me demander pardon. Tu n'as rien à te faire pardonner.

Elle lui saisit la main.

— Toi non plus.

Zane se cala confortablement contre le dossier de la banquette, un bras autour des épaules de sa sœur.

Quand il aperçut le lac, son ventre se noua, mais le malaise se dissipa bientôt, car la voiture se dirigea à l'opposé de Lakeview Terrace.

Du bon côté du lac, ils longèrent la forêt, les bungalows fleuris, le petit port. Une voiture de location était garée devant chez Emily. Tout le monde pleura lorsque les grands-parents accueillirent leurs petits-enfants.

— Je dois repartir avec Lee, annonça Emily. Je reviens avec des pizzas. Soirée pizzas, ce soir.

— Capitaine Keller, je pourrais vous parler une minute ? demanda Zane.

— Bien sûr.

— Viens m'aider à préparer des sandwichs, dit la grand-mère en prenant Britt par la main.

— Vous ne m'avez pas dit pourquoi vous avez arrêté mes parents.

— Pour ce qu'ils vous ont fait, à toi et ta sœur.

— Eliza ne nous frappait pas.

Il l'appelait par son prénom, remarqua Lee, pas « maman », ni même « ma mère ».

— Ces griffures sur ton visage, c'est elle.

Zane les palpa du bout des doigts.

— Sûrement. Je ne me rappelle pas tout.

— Elle ne disait rien, ce qui fait d'elle la complice de son mari. Elle vous a maltraités, comme ton père.

Zane avait envie d'être confiant, il en avait très envie.

— Graham connaît du monde. Il va prendre de bons avocats.

Le regard de Lee le rassura.

— Ne t'en fais pas, je connais mon métier. Si Emily doit repartir avec moi, c'est parce qu'elle va essayer de convaincre ta mère de dire la vérité.

— Du coup, elle n'ira pas en prison.

— Elle bénéficiera d'une peine allégée. Mais on lui ôtera la garde de ses enfants. D'abord, toi et ta sœur, vous êtes assez grands pour décider. Ensuite, nous prouverons que votre mère n'est pas capable de vous élever. Ne t'inquiète pas.

— Vous reviendrez me dire comment ça s'est passé ?

— Oui. Tu serais prêt à aller au tribunal et à témoigner devant un juge et des jurés ?

— Oui, je le ferai, affirma Zane d'une voix forte et déterminée.

— Très bien. Je dois y aller, maintenant.

— Monsieur ? Merci. Merci de m'avoir fait sortir de prison et d'avoir protégé Britt. Je ne l'oublierai jamais.

— Prends soin de toi, Zane. Va vite rejoindre tes grands-parents, qu'ils puissent te dorloter.

— Ça, c'est leur spécialité ! Des fois, quand mon père me frappait, j'imaginais qu'on venait habiter ici.

— C'est une réalité désormais, dit Lee en ouvrant la porte-moustiquaire. Tu peux marcher sans moi ?

— Oui.

Lee n'en doutait pas un seul instant.

— Dis à Emily que je l'attends.

Sur la route d'Asheville, ils abordèrent la situation sous tous les angles. Emily était une femme forte, Lee en était de plus en plus convaincu. Néanmoins, quand ils arrivèrent au poste de police, il était encore quelque peu hésitant.

— Vous êtes sûre ? lui demanda-t-il devant la salle d'interrogatoire.

— Oui, répondit-elle, une main sur son bras. Ça ne servira peut-être à rien, mais au moins, je viderai mon sac.

— Quand vous aurez terminé, ou si vous voulez sortir, frappez à la porte.

— OK.

Un policier sortit de la pièce lorsque Emily y entra, et referma la porte derrière elle. Eliza était assise à une table, le dos très droit, les mains menottées, posées devant elle sur la table. Son visage portait les traces des violences de la veille, mais son regard brûlait de fierté et de rage.

— Enfin, il était temps ! lança-t-elle à sa sœur.

— Je ne te le fais pas dire, répliqua Emily en s'installant face à elle, l'estomac noué.

— Je suis là depuis des heures. On me traite comme une criminelle. On refuse de me dire où est Graham. Renseigne-toi sur ce qui se passe. L'avocat dit que les accusations sont ridicules et qu'elles seront abandonnées. Au pire, on sera libérés sous caution, le temps que nos noms soient blanchis. En attendant, j'aurais besoin que tu m'apportes des affaires. Je te donnerai une liste.

Fascinant, pensa Emily. Toujours aussi sûre d'elle, Eliza ne se démontait pas le moins du monde.

— Je ne t'apporterai rien du tout. Si tu penses que je suis là pour t'aider, tu te trompes. Tu ne m'as même pas demandé des nouvelles de tes enfants…

— Nos enfants conspirent contre nous. Et ce ne sont plus des bébés. Zane est dangereux. Tu ne te rends pas compte…

— Tais-toi ! tonna Emily. Un mot de plus contre Zane et je m'en vais. Tu n'auras plus personne. Je sais ce qui s'est passé hier soir, et pour l'avant-dernier Noël. Je sais tout. Inutile de jouer la comédie.

Afin de maîtriser sa colère, elle se renversa contre le dossier de sa chaise.

— On m'a autorisée à venir te parler en privé, poursuivit-elle. Personne ne nous écoute, ce serait contraire à la loi. J'ai besoin de comprendre… Pourquoi as-tu fait ça à Zane et à Britt ? Pourquoi laisses-tu Graham maltraiter ses enfants ?

— Arrête ces âneries et rends-toi utile, pour une fois. J'aimerais que tu m'apportes mes produits de beauté. Franchement, tu es vraiment idiote ! Croire deux gamins, mais pas ta sœur…

— Je ne ferai rien pour te rendre service. Tu t'inquiètes de ton apparence ? Avec ton œil au beurre noir et tes bleus ? Imagine à quoi tu ressembleras après quelques années de prison…

— Je n'irai pas en prison, bredouilla Eliza, les lèvres tremblantes.

— Il faudra t'y résigner. Pour combien de temps, et dans quel type d'établissement ? Tout dépend de toi, de ce que tu diras à la police.

— Notre avocat…

— N'en dis pas plus, l'interrompit Emily. C'est ta première erreur, et elle est de taille. Tu n'es pas idiote… Réfléchis… Crois-tu que ce soit une bonne idée de partager un avocat avec celui qui t'a fait ce cocard ? Tu ne penses pas qu'il serait plus judicieux d'être représentée par quelqu'un d'autre ? La seule chose que je puisse faire pour t'aider, c'est te donner les noms de deux bons avocats criminels. Je les avais trouvés pour Zane, il n'en a plus besoin.

— Zane doit être enfermé.

Emily se leva.

— Non, ne me laisse pas ! l'implora sa sœur, une note de panique dans la voix.

— Alors arrête ce numéro.

— Qui me dit que nous ne sommes pas enregistrées ?

Emily souleva son corsage et pivota lentement sur elle-même.

— Personne ne nous écoute. Eliza, réfléchis… L'avocat est payé par ton mari. S'il doit faire un choix, de quel côté se rangera-t-il, à ton avis ? Je peux contacter quelqu'un qui te défendra.

Elle rajusta son chemisier, puis se rassit avant d'ajouter :

— Nous avons grandi ensemble, nous avons reçu la même éducation. Nos parents nous ont appris le respect de soi et d'autrui. Pourquoi laissais-tu Graham te battre et frapper tes enfants ? Pourquoi ne pas être venue me demander de l'aide ?

— Tu ne comprends pas. Et ça ne te regarde pas. On s'aime, Graham et moi.

— Un homme qui te frappe ne peut pas t'aimer.

— Oh, Seigneur... soupira Eliza, en levant les yeux au ciel. Tu as toujours été si ordinaire... Je ne me contente pas de ta vie fade, moi. Nous avons une relation passionnelle, avec Graham. Tu ne peux pas comprendre, toi qui as épousé un minable, et qui n'as même pas été fichue de le garder.

— La passion de ton mari t'a envoyée à l'hôpital.

— Il est allé trop loin. Il n'a pas le droit de me frapper au visage, normalement. C'est le contrat.

Emily était persuadée que plus rien ne pourrait la choquer. Elle se trompait.

— Vous... Vous avez un contrat qui lui permet de te frapper à certains endroits et pas à d'autres ?

— Quand cette histoire sera réglée, il devra se racheter.

Elle ne l'avait pas vraiment crue quand Britt lui avait parlé de ces cadeaux. Elle devait maintenant se rendre à l'évidence.

— Tu aimes ça... Tu y prends du plaisir...

— Ne sois pas si prude. Nous sommes toujours passionnément amoureux, même après dix-huit ans de mariage. Graham exerce un métier difficile et stressant. Il a besoin de décompresser quand il rentre à la maison. De quel droit me juges-tu ? Regarde tout ce que j'ai : la plus belle maison de Lakeview Terrace, des voyages, un mari qui m'offre des bijoux, une vie sexuelle épanouie. Alors que toi ? cracha Eliza avec un geste de pitié. Tu vis dans une vieille bicoque, tu loues des bungalows et aucun homme ne veut de toi.

En garde à vue, le visage couvert de bleus, sa sœur se sentait quand même supérieure, pensa Emily.

— Tu as oublié quelque chose, dans la liste de tout ce que tu as : deux enfants.

— Je ne les désirais pas. J'ai simplement rempli ma part du contrat, déclara Eliza avec un haussement d'épaules. Ces deux mômes avaient tout, eux aussi : de beaux vêtements, de bonnes écoles, des cours de danse, de sport, de musique… Bien que Zane soit nul en musique. Des repas sains et équilibrés, de la discipline, une bonne éducation, des loisirs.

— Les enfants ne représentent donc qu'une clause du contrat, murmura Emily, atterrée.

— De quoi aurions-nous l'air, sans enfant ? Dans son métier, un homme doit renvoyer l'image d'un bon père de famille.

— Ça ne te dérangeait pas qu'il les frappe ?

— Un enfant insolent doit être puni. Cela dit, Zane est presque adulte.

— En gros, tu n'as plus besoin de t'occuper de lui ?

— Nous l'aurions envoyé dans une bonne université, nous lui aurions offert les meilleures opportunités. Il aurait fait médecine, il serait devenu médecin. Et voilà… Je ne sais pas ce que Graham décidera, maintenant. Il faudra qu'on en discute.

— Concernant les enfants, vous n'aurez plus votre mot à dire. C'est moi qui m'en occuperai, désormais.

— Je t'en prie… Avec notre réputation et notre statut, on ne nous enlèvera jamais les enfants.

— Votre réputation est ruinée. La police est au courant de tout.

— La parole de deux mômes contre la nôtre.

— Ils ont aussi interrogé le personnel de l'hôtel où vous avez séjourné il y a deux ans, lorsque Zane a soi-disant fait une chute à vélo. Vous n'aviez pas pensé à ça, hein ? Vous n'aviez pas pensé que ce mensonge pourrait se retourner contre vous ? La police a aussi d'autres preuves, tu verras. Ton avocat pourra peut-être obtenir une réduction de peine. Dans tous les cas, quand tu seras jugée, je ferai partie des témoins à charge.

Une lueur mauvaise s'alluma dans le regard d'Eliza.

— Tu as toujours été une garce, siffla-t-elle. Tu as toujours été jalouse, parce que je suis plus belle que toi, plus populaire, parce que j'ai épousé un médecin.

— Non, je ne t'ai jamais enviée et maintenant, tu me fais pitié. J'espérais te convaincre de dire la vérité, pour alléger ta peine. Mais en fait, je m'en fiche. Je ne te souhaite même pas bonne chance.

Emily se leva et observa sa sœur un instant. À présent, Eliza ne tentait plus de dissimuler sa peur.

— Avez-vous convenu, avec ton mari, de ce que vous feriez si vous en arriviez là ? Avez-vous envisagé que tout pourrait s'écrouler ?

Eliza haussa les épaules.

— Graham trouvera une solution.

Emily tourna les talons et frappa contre la porte.

— Contacte un avocat, bredouilla Eliza.

— Lequel ? demanda-t-elle en se retournant.

— Un des tiens. Je veux mon propre avocat.

— OK, je veux bien t'accorder cette faveur, mais ce sera la dernière.

Elle frappa de nouveau contre la porte et lorsqu'on lui ouvrit, elle s'éloigna sans un regard en arrière.

Il lui fallut un peu de temps, mais Lee se moquait de faire attendre Graham Bigelow. Le procureur avait refusé la libération sous caution, au motif que la vie de deux enfants mineurs était menacée.

Les déclarations du commandant Bost avaient pesé dans la balance.

En entrant dans la salle d'interrogatoire, Lee se sentait plutôt confiant. Et son instinct lui disait que Bigelow n'avait sans doute pas encore totalement vidé son sac.

Il lança l'enregistrement et s'assit face au prévenu.

— Vous m'adresserez vos questions, s'il vous plaît, lui demanda l'avocat.

— Bien sûr. Vous avez dû être informés que Mme Bigelow a pris un avocat personnel. Je viens de m'entretenir avec eux. Elle vous a dénoncé, Bigelow, dans l'espoir d'obtenir un aménagement de peine.

— Le privilège du conjoint…

— Le privilège du conjoint ne s'applique pas si la communication entre époux relève de la préméditation ou de l'exécution d'un crime. Mme Bigelow a opté pour un allègement des charges. Je la comprends.

Graham chuchota quelque chose à l'oreille de son avocat.

— M. Bigelow désire avoir une discussion avec sa femme.

— Vous devrez en référer à l'avocat de Madame, et à l'administration du centre pénitentiaire pour femmes de Caroline du Nord, où elle sera incarcérée pour les cinq à dix prochaines années. Elle aurait pu s'en tirer avec une peine de trois à cinq ans, si elle n'avait pas menti dans le but de faire enfermer son fils mineur et blessé. Et si elle n'avait pas immobilisé sa fille pendant que son mari lui injectait un sédatif. Ces deux points ont aggravé son cas. (Lee ouvrit son dossier.) Votre client écopera pour sa part de la peine maximale.

— Nous plaiderons qu'Eliza Bigelow a subi des pressions, alors qu'elle était physiquement et émotionnellement affaiblie, à la suite des blessures infligées par son fils.

— Vous pourrez toujours essayer, mais elle a été vue par un psychiatre. Oh, elle a des problèmes, mais à partir du moment où elle a décidé de dire la vérité, elle a raconté beaucoup de choses. Que son mari avait frappé son fils dans le ventre avec une batte de base-ball, par exemple, après un match auquel votre client avait daigné assister. Zane Bigelow avait onze ans, à ce moment-là. Il s'agit de violences avec arme mortelle.

— Mon client nie toute accusation. Nous avons requis une nouvelle audience de libération.

— Oui, on m'en a informé. Si vous me le permettez, je voudrais m'assurer que votre client vous a parlé des événements survenus entre le 23 et le 30 décembre 1998.

Tout en parlant, Lee sortit plusieurs documents de son dossier.

— Le 23 décembre de cette année-là, en rentrant de l'école, les deux enfants mineurs de votre client ont trouvé leur père qui violentait leur mère. Le fils a tenté d'intervenir, son père l'a frappé et l'a laissé inconscient.

— M. Bigelow réfute cette allégation.

— Son fils était alors âgé de quatorze ans. Il l'a enfermé dans sa chambre et l'a initialement privé de tout traitement médical. L'enfant avait le nez cassé, des côtes fêlées, les deux yeux au beurre noir et une commotion cérébrale. Le bon médecin a ensuite réduit lui-même la fracture du nez, sans anesthésie. L'enfant a également été privé de nourriture jusqu'au lendemain.

— Il me paraît évident que Zane Bigelow souffre de graves troubles psychiques, rétorqua l'avocat.

— Vous avez des enfants, maître ?

— Hors sujet.

— Je vous en prie…

— Deux fils, dix-huit et vingt ans.

— Vous penserez à eux en lisant ceci, dit Lee en lui tendant les documents. Manifestement, le Dr Bigelow n'a pas voulu renoncer à ses vacances d'hiver, cette année-là, malgré l'état de son fils. J'ai les dépositions de plusieurs membres du personnel du High Country Resort and Spa, où la famille a séjourné du 26 au 30 décembre.

Le regard rivé sur Graham, il déposa les documents sur la table.

— Zane avait la grippe, c'est pour ça qu'il n'était pas présent au repas de Noël. C'est ce que ses parents ont dit au reste de la famille. Et là, continua-t-il en tapotant sur les papiers, vous avez ce qu'ils ont raconté à l'hôtel.

Graham se pencha de nouveau vers l'avocat, qui lui fit signe de patienter.

— Un jeune garçon à peine remis d'une maladie peut aisément faire une chute de vélo.

— Et voici les déclarations des voisins, des professeurs, du commandant de police de Lakeview, ainsi que de la tante de l'enfant. Comment un enfant grippé, victime d'une chute de vélo, confiné dans sa chambre d'hôtel, peut-il tomber en skiant ?

Lee produisit une nouvelle liasse de formulaires.

— Nous avons également la déposition de Mme Bigelow, qui confirme les coups, le confinement, les versions contradictoires. Ainsi que ceci, ajouta Lee en déposant la copie du premier cahier de Zane devant l'avocat. Écrit par un garçon de quatorze ans, blessé, souffrant, terrifié. Tous les détails concordent. C'est ce soir-là qu'il a commencé à tenir un journal, docteur Bigelow. Il y a consigné toutes vos maltraitances.

— Je dois m'entretenir avec mon client. Cet interrogatoire est terminé.

— Entretenez-vous avec cette ordure tant que vous voudrez. Je mettrai un point d'honneur à ce que votre client soit placé sous les verrous, et à ce qu'il y reste jusqu'à son dernier souffle. Un point d'honneur !

— Je vous enterrerai tous, proféra Graham.

— Silence, monsieur Bigelow. Ne dites rien.

— Vous leur avez volé leur enfance.

— Je leur ai donné la vie !

— Vous ne leur avez offert que souffrance et terreur.

— Ils me doivent tout, et il n'appartient qu'à moi de décider comment je souhaite les élever.

— Plus maintenant.

— Ce sale gosse croit pouvoir me défier ? Il a de la chance que je ne l'aie pas achevé !

— Taisez-vous, monsieur Bigelow ! L'interrogatoire est terminé, capitaine.

— Votre avocat tentera de négocier, mais ce sera inutile, déclara Lee en martelant du doigt le cahier de Zane. Un point d'honneur ! répéta-t-il.

— Vous serez viré. Vous ne retrouverez même pas un job de vigile.

— C'est ça, ricana Lee en coupant l'enregistrement et en prenant congé.

Il lui fallut du temps, car la justice a besoin de temps, mais un an plus tard, il décapsulait une bière avec la satisfaction de la mission accomplie.

7

Lee était de bonne humeur, par cette belle journée de printemps. Sur la route du lac, le paysage reverdissait, les fleurs sauvages agitaient leurs corolles.

Il était préoccupé, il avait des décisions à prendre, des pas à franchir, ou non, mais le ciel était si bleu au-dessus du lac qu'il voyait l'avenir d'un œil confiant.

La justice ne triomphait pas toujours ; depuis le temps qu'il travaillait dans la police, il était bien placé pour le savoir. Mais parfois, heureusement, elle vous donnait envie d'allumer de grands feux de joie.

Il s'engagea dans l'allée d'Emily juste au moment où elle descendait de son pick-up. Parfait timing.

Elle portait un jean déchiré aux genoux, un tee-shirt de la même couleur que le ciel, et ce sweat-shirt orange à capuche qu'elle avait enfilé à Britt, un an plus tôt, dans l'escalier de l'hôpital.

Il l'avait entendue l'appeler son « sweat-shirt porte-bonheur ».

Aussi noirs que la nuit, ses cheveux s'échappaient d'une casquette de base-ball.

Une femme sublime, pensa-t-il avec un petit frisson d'émotion.

Elle ôta ses lunettes de soleil et le regarda descendre de son véhicule.

— Vous m'apportez une bonne nouvelle, ça se voit, dit-elle. Mais dépêchez-vous quand même, comme si c'en était une mauvaise.

— Quinze à vingt ans. Il a été transféré à la centrale pénitentiaire de Raleigh.

Elle s'appuya d'une main contre son pick-up, puis laissa échapper un long soupir tremblant.

— J'ai besoin d'une minute.

Les bras refermés autour de ses épaules, elle se dirigea vers le lac et s'immobilisa au bord de l'eau, où Lee la rejoignit.

— J'ai failli venir à l'audience, ce matin, même si vous me l'aviez déconseillé. Je n'avais pas envie de le revoir, je pensais pouvoir me contenter d'avoir vu sa tête quand les jurés ont rendu leur verdict. Pourtant, les enfants partis à l'école, je me suis habillée pour aller au tribunal.

— Pourquoi vous êtes-vous ravisée ?

— Lanny, la chef d'équipe de mes femmes de chambre, m'a téléphoné pour me dire que son fils était malade. La fille que j'appelle pour la remplacer n'était pas dispo non plus ; rendez-vous chez le dentiste. Et Lois travaillait déjà ailleurs. Vous connaissez Lois, qui fait aussi des ménages ici, de temps en temps ? On est complet, en ce moment. Marcie ne pouvait pas faire tous les bungalows toute seule.

Emily soupira et Lee lui prit la main.

— J'ai interprété ça comme le signe que je ne devais pas y aller, ajouta-t-elle. Je me suis mise au boulot, et je n'y ai plus pensé.

Le soleil donnait un léger reflet roux à ses cheveux. Elle sentait la fleur d'oranger.

— Vingt ans… murmura-t-elle. Les enfants seront plus vieux que moi aujourd'hui. Incompressibles ?

— Quinze ans de sûreté. Après quoi, il n'obtiendra pas la libération facilement, pas avant deux ou trois demandes. Vous pouvez l'oublier. Il est derrière les barreaux, à sa place. Les enfants ne risquent rien.

— Vous avez raison. Je leur annoncerai la nouvelle quand ils rentreront, dans deux heures. Un peu plus, ajouta-t-elle en consultant sa montre. Vous devez retourner à Asheville ?

— Pas aujourd'hui.

— Il est à peine 13 heures, mais… je vous offre une bière.

Il la suivit jusque dans la maison, dont il aimait l'atmosphère, vivante, joyeuse. Les coussins en désordre parce que quelqu'un s'était allongé sur le canapé. Une paire de chaussures au milieu du couloir – des petites baskets de fillette.

Dans la cuisine, une corbeille de fruits presque vide ; un bouquet de jonquilles fanées ; une veste jetée sur une chaise ; un fond de café dans la cafetière du petit déjeuner.

— Il doit me rester des chips. Ou des bretzels.

— Ne vous dérangez pas.

Emily enleva sa casquette et ses cheveux noirs se répandirent sur ses épaules. Avec ses lunettes de soleil, elle la posa sur le comptoir.

— Il va falloir que j'aille au supermarché. Ces gosses mangent comme des ogres. Je ne m'y ferai jamais, dit-elle en sortant deux Heineken du réfrigérateur, qu'elle décapsula. Quelle drôle d'année on vient de passer, capitaine…

Ils trinquèrent, et elle plissa les yeux en scrutant le visage de Lee.

— Vous, vous avez encore quelque chose à me dire...

Elle leva un index avant qu'il puisse objecter.

— Depuis un an, vous avez toujours été là pour nous soutenir. Je commence à vous connaître, sous votre façade de flic. Dites-le-moi si...

— Ça n'a rien à voir avec les Bigelow.

— OK. Bien. Allons nous asseoir sur la galerie et vous me raconterez tout. En un an, je vous ai tout confié. À votre tour.

Ils s'installèrent sur les fauteuils en bois qu'Emily avait l'intention de poncer et de repeindre un jour. La brise faisait tinter les carillons que Britt avait offerts à sa tante pour son dernier anniversaire. Le gazon tondu par Zane dégageait une odeur verte et fraîche.

— Vous avez une belle maison. Les enfants sont bien, ici.

— Je l'espère.

— Vous n'avez pas à espérer, c'est sûr. Je vous ai vue avec eux, tout au long de cette drôle d'année. Je les ai vus se métamorphoser, retrouver peu à peu la joie de vivre. Perdre ce regard de victime. C'était dur, pour eux, de participer au procès.

— Le psy les a aidés. Il les aide encore.

— Vous leur offrez la sécurité, vous leur montrez ce qu'est un vrai foyer familial.

— Je ne suis pas seule. Dieu merci, mes parents sont solides comme des chênes. Ça n'a pas été facile pour eux non plus. Eliza est tout de même leur fille. Ils ont été forts. Ma mère... (Emily ferma les yeux et secoua la tête.) Maman n'a craqué qu'une seule fois, et elle a attendu qu'on soit en tête à tête, elle et moi...

— Il faut laisser parler son cœur, parfois. « Solides comme des chênes », l'expression me plaît. Les Walker sont des arbres costauds, avec de bonnes racines.

— Je crois. Zane et Britt vont officiellement changer de nom. Ils veulent s'appeler Walker.

— Bonne initiative, il me semble.

— Je le pense aussi. Vous savez, Lee, heureusement que nous avons de bons amis et de bons voisins. Autrement, nous n'aurions pas pu rester à Lakeview.

— Vous êtes bien, ici, Emily.

— Oui.

Elle en était consciente. Toute sa vie, elle se réjouirait de pouvoir contempler le lac et les montagnes.

— Les Carter, notamment, sont des gens formidables, sur qui on peut compter. Les enfants les aiment beaucoup. Et vous aussi, Lee, ajouta-t-elle en posant une main sur la sienne. Je ne sais pas ce que j'aurais fait sans vous. Je préfère ne pas le savoir, dit-elle en se tournant vers lui avec un sourire. Maintenant, dites-moi ce que vous vouliez me dire, que je puisse vous rendre la monnaie de votre pièce.

— OK. J'ai eu une entrevue avec le commandant Bost. Ce n'était pas la première, certes, mais on s'est revus, aujourd'hui après l'audience, lui, moi et quelques autres.

Le sourire d'Emily s'estompa.

— Je croyais que c'était sans rapport avec Graham.

— Oui et non. Bost va donner sa lettre.

— Sa lettre ?

— De démission. Il voulait aller au bout de ce dossier et maintenant, l'affaire est close. Il part avec sa famille s'installer à Wilmington, à la fin de l'année scolaire. Il a raison.

Emily oscilla, comme si elle approuvait de tout son corps.

— Je le pense aussi. Je lui en ai voulu énormément. Il est venu s'excuser, auprès de Zane, auprès de nous tous, les yeux dans les yeux. Mais je ne peux pas dire que je le regretterai.

— Son poste est vacant. On me l'a proposé.

— C'est vrai ? Voilà une belle surprise pour une belle journée de printemps ! On sera contents de vous avoir comme commandant, mais ça va vous changer de la ville et des affaires criminelles. Ça vous plairait de vivre à la campagne ?

Lee s'éclaircit la gorge et changea de position.

— Tout dépend… J'aime bien Lakeview, et ses habitants. Un peu de changement me ferait sans doute le plus grand bien. Mais je ne veux pas vous mettre la pression.

— À moi ?

Il but une longue goulée de bière.

— Eh bien… Je n'ai pas encore eu trop le temps de réfléchir… Je ne sais pas si c'est une bonne idée. Ça vous paraîtra peut-être déplacé…

Emily ne se rappelait pas l'avoir déjà vu aussi mal à l'aise.

— Je ne vous suis pas, dit-elle.

— Je m'y prends mal. Je recommence. Vous voulez dîner avec moi ?

— Avec plaisir. Il faut juste que j'aille faire quelques courses… Attendez… C'est une invitation ? Un rendez-vous galant ? Laissez-moi poser ma bière.

Elle se leva et alla s'accouder à la rambarde de la galerie.

— Si vous préférez… Je vous invite tous.

Elle se retourna. Il était non seulement gêné, mais nerveux et penaud. N'était-ce pas adorable ?

— Non, non, non, je ne préfère pas ! Trop cool ! comme dirait Britt. Un an, Lee… Dans quelques semaines, ça fera un an que je suis venue vous trouver au poste avec ma nièce. Un an, et vous n'avez jamais tenté de me draguer. Jamais la moindre avance.

— Bien sûr que non. Je n'allais pas compromettre l'enquête en vous faisant du gringue.

— Mais vous en aviez envie.

— Je… Oui, concéda-t-il en buvant une gorgée de bière. Suis-je aveugle, sourd, stupide ? Vous êtes très belle, intelligente, la plus forte des femmes que j'aie jamais rencontrées, et vous avez un cœur en or.

Elle s'adossa contre un pilier. Elle s'était résignée à ce vide dans son cœur. Et voilà que soudain, il se comblait. Elle en avait presque la tête qui tournait.

— Je ne me suis jamais doutée de rien, capitaine Lee Keller.

— Vous aviez d'autres soucis. Et les enfants n'avaient pas besoin d'un bonhomme dans la vie de leur tante.

— Je vous dois tellement.

Il posa sa cannette, d'un geste plus brusque qu'il ne l'aurait voulu, puis il se leva à son tour.

— Je ne voudrais surtout pas que vous vous sentiez obligée d'accepter. J'en serais vexé.

— Je comprends !

— On peut être amis, si vous n'êtes pas intéressée…

Elle agrippa sa cravate, l'attira à elle et plaqua sa bouche contre ses lèvres. Puis elle s'écarta et lui caressa le visage en souriant.

— Vous qui avez l'habitude de sonder les esprits, que déduisez-vous de cela ?

— Je dirais que vous êtes intéressée.

En riant, elle noua les bras autour de son cou.

— Je pense très souvent à toi, moi aussi, et j'ai souvent imaginé ce moment. Je ne voulais pas te brusquer. Alors… Moi aussi, je me suis abstenue de te draguer.

Il la poussa contre le pilier et l'embrassa, savourant son parfum d'orange, le contact de son corps.

— Alors, c'est d'accord pour le restau ?

— Ce soir, c'est moi qui t'invite. Je cuisinerai. Les enfants auront besoin d'un bon repas pour entendre que leur père en a pris pour vingt ans. Samedi, en revanche, je suis partante pour une soirée en tête à tête.

Les yeux fermés, Lee la serra contre lui.

— J'avais peur que tu rencontres quelqu'un avant que le dossier soit bouclé.

— Moi aussi, dit-elle en s'écartant de lui et en saisissant de nouveau sa cravate. Viens…

— Maintenant ? bafouilla-t-il.

— On a le temps avant que les enfants rentrent. Au lieu d'aller au supermarché, je me débrouillerai avec ce que j'ai. Suivez-moi, capitaine Lee Keller.

— Ce sera commandant Keller désormais, dit-il en s'engageant dans l'escalier. J'accepte le poste.

Non seulement Lee accepta le poste mais, en juin, il s'installa dans la maison du lac et, quelques mois plus tard, le paysage paré de ses couleurs d'automne, ils se marièrent.

Lorsque Zane attaqua sa dernière année de lycée, il portait le nom de Walker. Les années Bigelow n'étaient pas effacées pour autant, mais il se sentait mieux sous cette identité.

Il s'appliquait en classe et sa chambre était toujours bien rangée – une habitude, ainsi qu'une crainte qui mettrait des années à se dissiper. Il était toujours copain avec Micah, il s'entraînait avec Dave et se chamaillait avec sa sœur.

Il participait aux corvées ménagères, donnait volontiers un coup de main à l'entretien des bungalows, et il pensait aux filles.

Il était suivi par un psy.

Quand il se réveillait avec des sueurs froides, il regardait par la fenêtre et se remémorait de quel côté du lac il vivait désormais. Personne ne risquait plus de surgir dans sa chambre pour le rouer de coups.

Cette époque était révolue.

Et son vœu le plus cher ne se réaliserait jamais.

Zane Walker ne deviendrait pas joueur de base-ball professionnel. Il pourrait jouer en amateur, mais son bras n'était plus un lance-roquette et ne le serait plus jamais.

Il ne s'était pas seulement cassé le coude, ce soir-là, en tombant dans l'escalier. Ses rêves avaient volé en éclats.

Il n'y avait pas tout de suite renoncé. Il avait vaillamment affronté l'intervention chirurgicale, la convalescence, la rééducation. Dès que le Dr Marshall lui avait donné le feu vert, il s'était remis au sport.

Il avait repris du muscle, mais son bras n'avait pas retrouvé toute sa mobilité. Pas assez pour jouer dans une équipe de Major League.

Pas même en ligue universitaire, il devait se faire une raison. Tracer une croix sur ce qu'il aimait le plus au monde, d'aussi loin qu'il se souvenait, la seule discipline dans laquelle il excellait.

Il en avait pleuré, une fois, chez le psy. La honte. Mais le Dr Demar était compréhensif. Tout du moins, il paraissait comprendre. Le chemin de l'acceptation serait très long, semé d'embûches. Zane avait le droit d'être triste et en colère.

Cela dit, il l'était déjà, il n'avait pas besoin qu'on lui en donne la permission. Mais c'était mieux de l'avoir. Il appréciait aussi qu'Emily ne lui fasse jamais de remarques quand il était de mauvais poil. Et que Dave le laisse jurer pendant les séances d'entraînement. Quant à Lee… Qui aurait cru qu'il épouserait Emily ? Il pouvait parler base-ball pendant des heures et il était plutôt bon lanceur. Il avait joué en champ droit dans l'équipe de la police d'Asheville.

Zane faisait peu à peu son deuil, même s'il s'allongeait souvent sur son lit avec une balle dont il caressait les coutures.

Il avait conscience qu'il devait penser à l'avenir, car la fin du lycée approchait, mais c'était dur de voir au-delà des débris de son rêve.

Pendant un temps, l'université avait représenté la liberté. Aujourd'hui, ce n'était plus qu'une image aux contours vagues et sombres, une voie qui semblait ne mener nulle part.

La médecine était hors de question. Zane avait beaucoup d'admiration pour Dave et son métier d'infirmier, mais il ne voulait pas entendre parler de tout ce qui touchait de près ou de loin au milieu paramédical.

Ses bons résultats lui permettraient d'être admis dans une fac cotée. C'était peut-être par crainte qu'il était un élève studieux, mais c'était toujours mieux d'avoir un bon dossier.

La littérature et l'histoire étaient ses matières préférées, mais où le mèneraient-elles ? Il ne voulait pas enseigner ; de cela, il était certain. Journaliste ? Il aimait bien écrire, mais il ne se voyait pas vivre de sa plume.

Militaire ? Jamais de la vie ! Il avait suffisamment reçu d'ordres !

La police, peut-être… songea-t-il en palpant la couture de sa balle. Lee était cool, et ce devait être gratifiant de mettre les truands hors d'état de nuire. Sans Lee, Graham aurait-il été arrêté ? Zane avait bien envie de faire enfermer des ordures comme lui.

Il se mit à lire des livres sur la justice criminelle et le droit pénal. Et peu à peu, une voie commença à se dessiner, de plus en plus nette, de plus en plus claire.

Qui finit par se muer en vocation.

Il consacra beaucoup de temps à explorer les chemins susceptibles de le mener à son but. Avant d'en parler, il désirait connaître tous les tenants et les aboutissants, les pièges et les écueils à éviter.

Parler des choses rendait celles-ci réelles. Zane n'avait plus de rêve, mais un nouvel espoir naissait en lui et pouvait peut-être devenir réalité. S'il s'effondrait, en revanche, Zane n'osait pas imaginer ce qu'il ferait.

Un jour en fin d'après-midi, il se résolut à se jeter à l'eau. Britt était à son atelier théâtre, elle rentrerait en voiture avec Lee. Pour l'heure, seule Emily était à la maison.

Une casserole mijotait sur le feu, répandant un alléchant fumet dans la cuisine. La pluie frappait contre les carreaux. Emily était assise au comptoir, devant son ordinateur portable.

Elle paraissait si heureuse. Depuis qu'elle était avec Lee, elle était rayonnante. Ils semblaient faits l'un pour l'autre, et Zane trouvait cela merveilleux. Certes, ses parents aussi s'étaient bien trouvés, aussi tordus qu'ils étaient l'un et l'autre. Mais Lee et Emily ? Ils s'entendaient si bien qu'il flottait dans la maison un parfum de bonheur aussi réconfortant que celui d'un ragoût sur le feu.

Zane leur en serait éternellement reconnaissant.

Sa tante leva les yeux lorsqu'il entra dans la pièce et lui adressa un sourire affectueux, en s'empressant de fermer son ordinateur, comme si elle cachait quelque chose.

— Comment vas-tu, mon grand ?

— Bien. Ça sent bon.

— Sauté de poulet. Je vais faire aussi des dumplings.

— Tu as besoin d'aide ?

— Pas pour l'instant. Dans un moment, peut-être, pour les dumplings. Toi, tu as quelque chose à me dire, je le vois. Assieds-toi, raconte-moi tout.

Nerveux, Zane se hissa sur un tabouret.

— J'ai réfléchi... pour la fac, bredouilla-t-il, oubliant le discours qu'il avait préparé.

— Bien. Et ?

— J'ai un bon dossier.
— Je dirais même plus : excellent.
Le voyant embarrassé, elle lui tapota la main.
— Je sais que c'est dur d'avoir renoncé à ton rêve. Le médecin a dit que tu pourrais peut-être intégrer une équipe universitaire...
— Je serai mauvais.
— Tu es trop dur avec toi-même.
— Je ne serai pas assez bon, c'est tout. Et je n'ai pas envie de ne pas être à la hauteur.
C'était douloureux, davantage qu'il ne pouvait l'exprimer.
— Je me suis fait une raison, ajouta-t-il. J'ai pensé à d'autres filières. Tu sais qu'ils voulaient que je fasse médecine.
— Tu es libre de tes choix, maintenant. Ce que tu désireras, je le désirerai pour toi.
— Je ne veux pas devenir médecin. Il faut du temps pour savoir ce que l'on a vraiment envie faire.
— Tu n'es pas obligé de décider tout de suite.
— Mais je me suis décidé. Je veux faire des études de droit. Il faudra d'abord que je passe une licence, puis que j'entre dans un institut d'études judiciaires.
Emily se redressa et observa son neveu.
— Tu veux devenir avocat ?
— Oui, répondit-il, et maintenant qu'il l'avait dit, c'était réel. Oui, j'ai envie d'essayer. Je suis bon en littérature et en histoire, c'est la base. Et en option sciences politiques, je me suis pas mal débrouillé. Je vais postuler à l'université de Virginie, à Charlottesville. Ce n'est qu'à cinq cents kilomètres, je pourrais revenir pendant les vacances. C'est une fac renommée. Si je peux y entrer.

— Tu as vraiment réfléchi… murmura Emily.

— Je voulais être sûr que c'était possible.

— Première chose… Regarde-moi là, dit-elle en montrant ses deux yeux. C'est vraiment ce que tu veux ? Au plus profond de toi-même ?

Il l'aimait tellement… Parce qu'elle était sincère quand elle affirmait qu'elle désirait ce qu'il désirait.

— Oui, je veux essayer. Le métier d'avocat me plairait. J'ai pensé aussi à la police, mais non, finalement.

Dans les yeux de sa tante, il vit briller des larmes.

— C'est super, Zane. Tu réussiras. Avocat… Mon grand-père était avocat. Il avait un petit cabinet ici, en ville.

— Je le savais, je crois. Je demanderai des bourses, et je chercherai un job d'été pour commencer à mettre de l'argent de côté. Je pourrai aussi prendre un prêt étudiant, et travailler à temps partiel, quand je serai à la fac. J'en ai au moins pour sept ans d'études et ensuite, il faudra que je passe le concours du barreau. Quand tu le prépares, tu peux être clerc dans un gros cabinet, ou donner des cours et…

Emily se pencha vers son neveu et écarta une mèche qui lui tombait devant les yeux. Aussi brun qu'elle, il se laissait pousser les cheveux.

— Tu comptes payer toi-même tes études ?

— Mes parents n'accepteront jamais. De toute façon, je ne voudrais pas de leur argent. Et je ne veux pas t'en demander. Je ne peux pas.

Emily croisa les bras sur sa poitrine.

— Tu crois pouvoir m'empêcher de t'aider ?

— Tu m'aides tous les jours.

Elle décroisa les bras et lui encadra le visage de ses mains.

— Ne t'inquiète pas, tes grands-parents ont décidé depuis longtemps qu'ils financeraient tes études et celles de Britt. C'est fait pour ça, la famille, dit-elle avant que Zane puisse objecter. Si on ne t'en a jamais parlé, c'était pour ne pas te mettre la pression. Tu aurais pu ne pas vouloir faire d'études supérieures, ou prendre une année sabbatique. Puisque tu sais ce que tu veux faire, maintenant, tu les appelleras pour le leur dire. Et tu les remercieras.

Emily marqua une pause, puis elle ajouta :

— Je ne dis pas que tu ne dois pas travailler, participer aux frais, assumer ta part de responsabilité. Si tu veux continuer à travailler pour moi l'été, ce sera avec plaisir, mais tu peux aussi faire autre chose. Tant que ça ne nuit pas à tes études.

— J'en aurai pour sept ans minimum. Ça risque de coûter…

— Chut, le coupa-t-elle. Plus tard, tu te souviendras de leur amour et de leur générosité. Non seulement ils peuvent se le permettre, mais ils en éprouvent aussi le besoin. Maître Zane Walker… dit-elle. Ça sonne plutôt bien ! Allez, on va faire les dumplings, donne-moi un coup de main.

Elle l'embrassa, puis se leva et chancela, soudain très pâle.

— Emily, ça va ? s'inquiéta Zane en se levant d'un bond.

— Oui, oui, je me suis levée trop vite, c'est tout.

Elle se rassit et se prit la tête entre les mains. Zane lui frictionna le dos, puis il lui remplit un verre d'eau.

— Tu es malade ? Tu veux que j'appelle Lee ?

— Non, non, ça va. Laisse-moi juste une seconde, ça va aller.

Zane posa le verre pour lui caresser le dos et les cheveux.

— Je vais appeler Lee.

— Il est au courant.

Il sentit sa gorge se nouer, mais Emily se releva, tout doucement. Dieu merci, elle avait retrouvé ses couleurs. Elle respira à fond, but quelques gorgées d'eau.

— OK, ça va mieux. Bon... Tu m'as fait une confidence... À mon tour...

Elle rouvrit son ordinateur, tourna l'écran vers son neveu, qui se prépara au pire.

— Neuf semaines... Tu es enceinte ? Tu attends un bébé ?

Automatiquement, il regarda le ventre de sa tante. Elle partit d'un éclat de rire joyeux.

— Tu vas avoir un bébé ? répéta-t-il, incrédule.

— On voulait attendre encore une quinzaine de jours avant de l'annoncer, mais tu m'as prise de court. Je l'ai su environ un mois avant le mariage. Surprise ! dit-elle en pouffant. On voulait essayer, mais on n'aurait jamais cru que ce serait aussi rapide.

— Tu as l'air super heureuse.

— Ce n'est rien de le dire, je flotte sur un petit nuage. C'était dur de garder le secret. J'avais envie de l'annoncer à tout le monde, aux amis, aux voisins, à n'importe qui. Mais on préférait vous laisser le temps de vous poser, toi et Britt, laisser passer la rentrée scolaire. Et laisser aussi le temps à ce petit bout de s'installer. J'ai des vertiges, de temps en temps, c'est normal, assura-t-elle, une main sur son ventre. Pas de nausée, pour le moment, heureusement. Tu es content ?

— On t'aidera davantage, avec Britt. À la maison, et pour les bungalows. Assieds-toi, tu m'expliqueras comment on fait les dumplings. Repose-toi. Quand je pense que je vais avoir un cousin... Ou une cousine !

Une larme roula sur la joue d'Emily.

— Une vie normale... J'ai pleuré, ce matin, quand Lee m'a dit qu'il irait chercher Britt à l'atelier de théâtre.

— Tu l'aimes beaucoup.

— Oui.

— Lee et Dave sont les deux meilleures personnes que je connaisse.

— Arrête ou je vais encore fondre en larmes, bredouilla-t-elle en tirant un mouchoir de sa poche. Tu sais quoi ? On va appeler Grams et Pop, leur annoncer deux bonnes nouvelles, la mienne et la tienne, et je pleurerai un bon coup avant de t'apprendre à faire les dumplings, ça marche ?

— Ça marche, acquiesça Zane avec un grand sourire. Emily ? C'est trop cool !

Au printemps suivant, Emily donna naissance à un petit Gabriel, un beau bébé au crâne couvert de duvet brun, doté d'une voix dont Pavarotti aurait été fier.

Ce printemps-là, Zane emmena une jolie blonde au bal du lycée, Orchid, avec qui il vécut sa première expérience sexuelle. Ashley appartenait au passé.

Le sexe, découvrit-il, pouvait vous procurer autant de plaisir que le base-ball.

Britt joua le rôle de Rizzo dans la comédie musicale *Grease*, et elle fréquenta brièvement un grand dadais qui lui causa son premier chagrin d'amour.

Zane fut admis à l'université de Virginie et termina le lycée avec brio. De la cérémonie de remise des diplômes, il ne garda que le souvenir flou d'un enchaînement de fins et de commencements, qui néanmoins le combla : Micah attendant son tour de monter sur l'estrade. Dave le félicitant en checkant du poing avec lui. Ses grands-parents la larme à l'œil. Sa sœur avec un sourire jusqu'aux oreilles. Lee prenant le bébé dans ses bras pour qu'Emily puisse se lever et applaudir.

Son univers, les siens. Ses vraies racines. Sur ces fondations, il construirait quelque chose de solide.

DEUXIÈME PARTIE

RETOURS

La maison est là d'où l'on part.

T. S. Eliot

Pas besoin de frapper fort
pour marquer des points,
mieux vaut frapper au bon moment.

Yogi Berra

8

Février 2019

Darby n'avait pas choisi Lakeview en piquant une épingle au hasard sur une carte. Elle avait procédé avec méthode.

Elle désirait s'installer dans le Sud, mais pas le Sud profond. Au bord de l'eau, mais pas de l'océan. Ni dans une grande ville, ni dans une région trop rurale. Depuis ses fenêtres, elle voulait voir de la verdure, des arbres et des fleurs.

Dans un second temps, elle devrait se tisser un réseau, nouer des amitiés mais, surtout, pas de précipitation. Elle avait le temps de prendre son temps. Avant d'élire domicile quelque part, elle y passerait au moins deux semaines.

Elle avait besoin d'un port d'attache, un lieu où elle se sentirait bien, d'où elle n'aurait pas envie de partir. Trop longtemps, elle avait eu le sentiment d'être aussi légère qu'un ballon de baudruche. Elle en avait assez de dériver au gré du vent. Elle souhaitait planter ses racines.

Elle avait étudié des cartes, passé un temps fou sur le Web. La Caroline du Nord semblait répondre à ses critères. Elle ne connaissait pas la montagne, mais la montagne l'attirait. Elle n'avait pas envisagé d'y vivre, mais elle aimait l'idée de sa présence dans le paysage.

Lakeview correspondait à ce qu'elle cherchait : une petite ville de taille correcte, au bord d'un lac et au pied des montagnes, à distance raisonnable de la grande ville si elle avait besoin ou envie de s'y rendre.

Si elle ne s'y plaisait pas, elle irait voir ailleurs.

Elle s'était renseignée sur le climat, les précipitations, la saison de pousse, les variétés de plantes locales, l'activité économique et les possibilités de création d'entreprise. Où les gens faisaient-ils leurs courses ? Que mangeaient-ils ? Comment gagnaient-ils leur vie ?

Elle avait ensuite passé en revue hôtels, motels, B&B et locations. Et s'était attardée sur le site des Walker Lakeside Bungalows. Elle aimait bien le look d'Emily Walker Keller, et le fait que les bungalows appartiennent à la même famille depuis trois générations. Du reste, ils étaient charmants, offrant juste ce qu'il fallait d'intimité, pas trop isolés. La région était verte et boisée. Comme la montagne, Darby ne connaissait pas la forêt, mais la forêt l'attirait.

C'est à ce moment-là qu'elle avait épinglé une punaise sur la carte et réservé un bungalow en ligne, pour un mois. Si elle en avait marre au bout de quinze jours, tant pis, elle perdrait deux semaines de location.

Comme elle avait vendu ou donné la plupart de ses affaires, ses bagages furent vite faits. Une aventure, se dit-elle en les chargeant dans sa voiture. Désormais, plus rien ne la rattachait à cette maison qui n'était plus la sienne, dans une banlieue résidentielle de Baltimore.

Elle la regarda une dernière fois, sa façade de briques, le jardin enfoui sous la neige de février. Les nouveaux propriétaires lui avaient laissé le temps de déménager tranquillement ; elle leur en était reconnaissante.

Ils aimeraient le jardin, le feuillage dansant des poiriers pleureurs quand viendrait le printemps. Ils tondraient la pelouse, se réuniraient dans la cuisine, dormiraient dans les chambres. La maison retrouverait la vie, après un an de deuil. Elle méritait de retrouver une famille.

Sachant qu'elle serait habitée, Darby pouvait la quitter sans regret.

Elle s'installa au volant, mit ses lunettes de soleil et alluma la radio, volume à fond.

L'itinéraire le plus direct prenait huit heures. Darby mit une semaine. La route, à ses yeux, était synonyme de découverte, d'aventure et de liberté. Sur la route, elle pouvait être qui elle voulait, aller où bon lui semblait. Une parenthèse hors du temps, où rien ne l'empêcherait d'avaler un Coca et des chips au vinaigre pour le petit déjeuner.

Elle regarda la neige tomber par la fenêtre d'une chambre de motel dans la Shenandoah Valley, fit un détour par la Virginie-Occidentale – et pourquoi pas, après tout ? Elle emprunta des petites routes, franchit des cols, et revint sur ses pas en direction de l'est.

Elle s'arrêta une journée entière à Charlottesville, entra dans plusieurs galeries d'art, visita la maison de Thomas Jefferson et dîna dans un restaurant où elle dégusta un succulent risotto accompagné d'un grand verre de pinot grigio.

En quittant Charlottesville, elle traversa champs et vignobles, bordés de belles demeures anciennes ou de constructions plus modernes. Ici, la nature commençait déjà à reverdir et un petit air de printemps flottait dans l'atmosphère telle une promesse.

Comme Darby désirait arriver de bon matin en Caroline du Nord, elle choisit un motel près de la frontière de l'État. Au restaurant, elle commanda du poulet frit que lui servit une aimable blonde aux racines brunes prénommée Mae, qui l'appelait « ma chère » avec un délicieux accent du Sud.

Mae avait une poitrine généreuse et un sourire aussi chaleureux que la purée de pommes de terre au jus dont le poulet était garni.

Darby passa la dernière nuit de son périple à écouter le couple dans la chambre voisine faire l'amour de façon enthousiaste et sonore. Lorsque son horloge interne la réveilla, juste avant l'aube, ils faisaient encore grincer le sommier. Elle se doucha au son de leurs éclats de rire.

En se regardant dans le miroir, elle décida de se maquiller, pour son arrivée à Lakeview.

Elle enfila un jean, un tee-shirt, un sweat-shirt à capuche, laça ses vieilles Wolverine fétiches, et souffla un baiser à Susie et à Jack – qui avaient remis le couvert – en jetant son sac de voyage sur son épaule.

Au distributeur automatique, elle acheta un paquet d'Oreo et un Coca, puis elle prit son petit déjeuner face au ciel rosissant.

Au lever du soleil, elle franchissait la frontière de la Caroline du Nord.

Toute la matinée, sur la route, elle laissa son esprit vagabonder. Elle avait encore le temps avant de songer aux aspects pratiques de son séjour. Elle était libre de prendre n'importe quel chemin, de faire n'importe quel détour, de bifurquer vers le nord ou vers l'est. Elle pouvait louper un jour ou deux de sa réservation, voire l'annuler. Son destin n'appartenait qu'à elle.

Elle prit néanmoins à l'ouest et aperçut les montagnes. À contrejour, tout d'abord, puis peu à peu, elles se dessinèrent plus nettement. Le lac lui apparut comme un joyau scintillant sous le soleil, niché au creux de la vallée. Le printemps ne dansait pas encore, à cette altitude, mais il commençait à taper du pied.

Darby fit un crochet par la ville, histoire de prendre quelques repères. Le lac, comme on pouvait s'y attendre, était le centre névralgique. Des jetées, une marina, des commerces, tout pour la voile, la pêche et la baignade. Tout, également, pour la randonnée et les sports de plein air. Des boutiques de déco, de cadeaux, des restaurants, deux hôtels coquets.

Les locaux marchaient d'un pas décidé, les touristes flânaient. Quelques bateaux voguaient sur le lac bleu.

Des maisons en plein cœur de la ville, d'autres un peu plus excentrées.

Des maisons avec des jardins, des maisons à flanc de colline, avec des arbres et des massifs ornementaux, dont les bourgeons étaient prêts à éclore et à fleurir.

Un endroit tranquille, sans nul doute, comparé à Baltimore, où Darby avait toujours vécu, mais pas mort pour autant. Très touristique, sûrement, et c'était une bonne chose, mais les touristes n'étaient pas sa cible.

Elle traversa un lotissement, Lakeview Terrace. Des villas luxueuses, gigantesques, sur des terrains immenses, certaines surplombant le lac. Un petit parc privé, avec une aire de jeux.

Elle emprunta ensuite la route qui contournait le lac. Là, la plupart des maisons avaient dû être des résidences secondaires, initialement. Quelques-unes l'étaient toujours, à l'évidence. Certaines avaient de superbes terrasses, de généreuses baies vitrées. Et des jardins magnifiques, où l'on pouvait faire des choses fantastiques !

Il y avait un peu de circulation, mais les automobilistes roulaient sereinement.

Au bout d'une jetée, un homme coiffé d'une casquette rouge pêchait à la ligne. Une femme se promenait avec un bébé en écharpe sur le ventre et un gros chien noir qu'elle tenait en laisse. Dans le rétroviseur, Darby la vit le détacher ; le chien s'élança dans le lac. Amusée, elle ralentit pour le regarder nager, et faillit manquer le panneau annonçant les Walker Lakeside Bungalows.

Un chemin de gravier s'enfonçait dans les bois. Darby rêva que ce petit coin féérique lui appartenait. Puis se dit qu'il aurait également pu faire le décor idéal d'une scène de meurtre.

« Réception », était-il indiqué sur un bungalow doté d'une galerie avec deux rocking-chairs et une petite table. La pelouse qui l'entourait était envahie d'herbes folles, bien que tondue. De la lumière brillait derrière les fenêtres, un filet de fumée s'échappait de la cheminée.

— Nous y voilà… murmura-t-elle en prenant son sac.

Elle remonta l'allée – ardoise, pensa-t-elle, avec de la mousse qui poussait entre les dalles. Au printemps, elle imaginait des azalées roses sur la galerie, très classiques, et des potées de fleurs de saison de chaque côté de la porte.

Elle s'apprêtait à frapper lorsqu'elle vit le panonceau : « Entrez sans frapper », ce qu'elle fit.

Une femme était assise à une longue table, devant un ordinateur, près d'un feu de cheminée. Avec ses longs cheveux noirs coupés en dégradé, Emily Walker Keller ressemblait aux photos de son site internet.

Darby lui donnait entre quarante-cinq et cinquante ans. Charmante, vêtue d'un pull bleu marine, d'un jean et de chaussures montantes, elle leva les yeux lorsque la porte se referma. Le gros chien qui dormait sous la table ouvrit des yeux d'ambre et remua la queue.

— Bonjour. Darby McCray ?

— Oui.

Emily se leva et tendit la main à son hôte.

— Bienvenue à Lakeside. Vous avez fait bonne route ?

Elle avait des yeux de chat, verts et perçants, et un regard chaleureux.

— Super !

Le chien vint renifler les chaussures de Darby ; elle lui caressa la tête.

— Rufus fait partie du comité d'accueil.

— Il est très beau.

— Et gentil comme tout. Je vous sers un café, un thé, une boisson fraîche, avant qu'on s'attaque aux formalités ?

— Je veux bien quelque chose de frais, un Coca ou un Pepsi, si vous avez.

— Je pense. Asseyez-vous, je reviens.

— J'étais assise toute la journée dans la voiture. Ça ne vous ennuie pas que je me dégourdisse un peu les jambes ?

— Pas du tout. Venez avec moi, si vous voulez.

Le bureau était attenant à une réserve, où draps, couvertures et serviettes s'empilaient sur des rayonnages, aux côtés de salières et poivrières, cafetières, théières, grille-pain, blenders, verres, assiettes et plats. Un vaste placard abritait le matériel de ménage : seaux, balais, serpillères, aspirateurs, bidons de détergent, chiffons.

— Vous êtes quelqu'un de très ordonné.

— Un minimum, sinon c'est la pagaille. On ne veut pas de ça pour nos clients.

Emily précéda Darby dans une cuisine, petite mais bien équipée, avec une autre longue table.

— Voici notre salle de pause/salle de réunion, dit-elle en sortant des verres, qu'elle remplit de glaçons en provenance d'un distributeur sous le comptoir. Le ménage des bungalows est fait tous les matins entre 9 et 11 heures, mais si vous souhaitez qu'on passe à un autre moment, il suffit de nous le signaler.

— Ce sera très bien.

— Nous vous avons fourni tout ce que vous aviez coché sur la liste de provisions. Si vous avez besoin de quelque chose, il faut juste nous laisser deux ou trois heures de marge. Vous trouverez dans votre pochette de bienvenue des infos sur les supermarchés, les restaurants, les activités, les sentiers de randonnée.

Tandis qu'Emily débouchait une bouteille de Coca, Darby s'approcha d'une fenêtre donnant sur un patio. Dalles d'ardoise, là aussi, jointe avec du ciment. Des pots de fleurs, un treillage pour une grimpante.

— Vu que vous avez réservé pour un mois, j'imagine que vous allez explorer la région.

Darby prit le verre qu'Emily lui tendait.

— Merci. Oui, je vais me balader. Tout à l'heure, j'ai vu une femme avec un bébé dans un... (Elle mima de la main.) Et un grand chien noir qui nageait dans le lac. Il avait l'air trop heureux !

— Ah, vous avez vu ma nièce, Britt, notre petite Audra, et leur otarie déguisée en chien, Molly.

— Vous avez toute votre famille ici ?

— Oui. Britt, son mari Silas et leur bébé. Mon neveu Zane va bientôt revenir. Il était à Raleigh, substitut du procureur, depuis la fin de ses études. Il va ouvrir un cabinet d'avocats. On se réjouit de le retrouver. J'ai aussi deux fils, deux ados.

Emily leva les yeux au ciel.

— C'est chouette d'être entourée.

Darby éprouva un petit pincement au cœur, moins douloureux, toutefois, qu'il n'aurait pu l'être quelque temps plus tôt.

— C'est vrai. Bien que nos deux grands nous épuisent, parfois. Et vous, vous êtes de Baltimore, je crois. Votre famille vit là-bas ?

— Non. Je n'avais que ma mère. Elle est décédée l'an dernier.

— Oh, désolée.

— C'est magnifique, ici. J'avais vu votre brochure, et les photos sur Internet, mais on ne sait jamais vraiment à quoi s'attendre. Je ne suis pas déçue.

— Vous vous plairez, chez nous, je vous le garantis.

Jolie fille, pensa Emily en précédant Darby jusqu'à la réception. Un peu maigre, peut-être, mais elle ne paraissait pas fragile pour autant. Des yeux d'un bleu profond, de longs cils, les cheveux coupés court avec une mèche sur le côté, châtains, de la même couleur que la jument alezane dont Emily était tombée amoureuse à l'âge de dix ans. Un visage et un corps anguleux, des mains de travailleuse.

Excepté ce moment de tristesse quand elle avait évoqué sa mère, elle paraissait pleine de vie et d'énergie.

Elles parlèrent de la pluie et du beau temps tout en remplissant le registre des entrées, et Emily s'abstint de poser les questions qui lui brûlaient la langue. Pourquoi cette jeune femme voyageait-elle seule ? Que faisait-elle dans la vie ? Comment s'occuperait-elle ici toute seule pendant un mois ? Elle garda toutefois le silence. Lorsque les clients avaient envie de se confier, ils le faisaient sans qu'il soit utile de les y inviter.

— Vous voilà enregistrée. Je vous accompagne à votre bungalow.

Emily fit monter le chien dans son pick-up et Rufus voyagea la tête par la vitre, les oreilles et la langue au vent, comme pour goûter le bon air. Darby les suivait. Elles passèrent devant une vieille maison pleine de cachet, entourée d'une large galerie, avec de nombreuses fenêtres, un toit en décroché. Selon Darby, les espaces verts manquaient toutefois cruellement de créativité.

À la vue du bungalow, son cœur se gonfla de joie.

— Oh mon Dieu, c'est parfait ! s'exclama-t-elle en descendant de sa voiture.

— Contente de vous l'entendre dire.

— C'est sincère. Oh, quelle vue ! J'avais envie d'être au bord de l'eau, mais pas de la mer. Le lac est encore plus beau que sur les photos. Et les montagnes, la forêt, cette maison qui semble faire partie du paysage… C'est magique !

— Vous faites de la voile ?

— Non.

— Vous pêchez ?

En riant, Darby secoua la tête.

— Vous y viendrez peut-être d'ici la fin du mois. Vous pourrez louer un voilier, un canoë, un kayak, mais pas de moteur sur le lac. Si ça vous tente, vous nous le direz, on s'occupera de tout. On peut aussi vous prêter du matériel de pêche, et vous procurer le permis. Il y a également de belles randonnées à faire dans les environs. Vous avez des cartes dans votre pochette.

— Dans un premier temps, je crois que je vais me servir un grand verre de vin, m'asseoir sur la galerie et regarder le soleil se coucher.

— Excellente idée. Vous peignez ?

— Pas du tout. Vous devez être trop bien, ici !

— J'ai vécu là toute ma vie, dit Emily en déverrouillant le bungalow. Bienvenue dans votre petit chez-vous loin de chez vous.

Un parfum d'orange et de cire flottait à l'intérieur. Dans la cheminée, des bûches n'attendaient qu'une allumette pour produire une belle flambée, face à un canapé dans les tons de bleu et de vert, un grand fauteuil pour discuter avec un invité, un autre plus petit pour bouquiner.

Une longue table, encore, séparait le salon du coin cuisine, récent et moderne, avec des plans de travail d'un blanc immaculé, placards en bois sombre, électroménager en Inox. Une cafetière trônait sur le comptoir, une bouilloire rouge sur la cuisinière, une coupe de fruits bleue sur la table.

— J'adore !

— Tant mieux. Vous avez deux chambres. Je vous conseille la plus grande. Il y a une deuxième salle de bains ici.

Emily attendit que Darby y jette un coup d'œil. Petite mais fonctionnelle, avec une cabine de douche, un joli lavabo, un bouquet de lys asiatiques, d'épaisses serviettes.

— La deuxième chambre.

Couette blanche, plaid coloré plié au pied du lit, une commode, un placard, d'élégantes lampes coiffées d'abat-jour blancs.

— Très mignon.

— Sympa, hein ? La plus grande, maintenant.

De nouveau, un élan de joie souleva le cœur de Darby. Un lit à baldaquin, face à une fenêtre donnant sur le lac et les montagnes.

— Je vais adorer me réveiller chaque matin face à cette vue ! Madame Keller, vous...

— Emily. Nous serons voisines.

— Emily, vous avez beaucoup de goût. Finalement, je vais peut-être terminer la journée ici, plutôt que sur la galerie.

Darby s'avança dans la chambre, effleura le lit du bout des doigts, le rebord de la fenêtre. Et esquissa un pas de danse en découvrant la salle de bains.

— Ça vous plaît ?

— C'est superbe !

Une grande baignoire ovale sur pieds, une douche multijet, une double vasque avec des robinets de cuivre, un carrelage aux teintes évoquant la Terre et le Soleil. Là aussi, un bouquet de lys asiatiques, à côté d'un panier contenant divers articles de toilette. Et encore une fenêtre ouvrant sur le lac.

— On a tout refait il y a quelques années.

— C'est très joli.

— N'hésitez pas à allumer la cheminée, s'il fait un peu frais, les soirs et les matins. Vous avez un tas de bois derrière le bungalow.

Emily précisa tous les détails pratiques, et Darby essayait de suivre, avec l'impression de vivre un rêve éveillé.

— Si vous avez besoin de quoi que ce soit, ou si vous avez des questions, appelez le numéro que vous avez là... Je vous aide à rentrer vos bagages ?

— Oh non, ne vous dérangez pas. Je n'ai besoin que de mon sac, pour l'instant.

— Alors je vous laisse vous installer. Appelez-moi au cas où.

— Merci beaucoup.

Seule, Darby fit à nouveau le tour de chacune des pièces et, sur la galerie, elle exécuta une petite chorégraphie.

Inutile d'attendre le coucher du soleil, se dit-elle, et elle déboucha la bouteille de vin qu'elle avait commandée parmi sa liste de provisions. Puis avec un grand verre, elle s'installa face au lac et lui porta un toast. À l'avenir.

Il lui sembla raisonnable de prendre un jour ou deux pour se familiariser avec les lieux, autrement dit pour faire de longues balades, prendre des notes – mentalement et littéralement – sur la flore et la faune locales, étudier la topographie, analyser le sol, regarder l'aménagement des jardins.

Darby se rendit également en ville, à plusieurs reprises, et engagea la conversation avec les commerçants, les clients. Les habitants étaient sympas, ouverts. Ils lui parlaient comme s'ils la connaissaient depuis toujours. Sa mère disait qu'elle possédait un pouvoir hypnotique. Darby estimait que si les gens lui racontaient leur vie, c'était tout simplement parce qu'elle savait écouter.

Très vite, elle apprit qu'il y avait les habitants du lac et ceux « d'en haut », les natifs et les transplants, les estivants et les résidents. Et elle se rendit compte qu'il y avait largement la place pour sa petite entreprise.

Elle consacra les deux journées suivantes à visiter les pépinières et les jardineries, à commencer par Best Blooms, à la sortie de la ville, tenue par un couple adorable, qui avait trois enfants adultes, cinq petits-enfants et des jumeaux en route. Mariés depuis quarante-trois ans, ils s'étaient connus au lycée. Il lui avait demandé sa main au cours d'un pique-nique romantique qui s'était achevé sur une invasion de fourmis rouges.

Les gens lui racontaient leur vie.

Elle se rendit dans tous les magasins de jardinage à quatre-vingts kilomètres à la ronde, prit des notes, fit des calculs et cogita en sirotant du vin sur la galerie de son bungalow.

Les rêves étaient essentiels, la créativité indispensable, mais il fallait des chiffres, de la sueur et un bon *business plan* pour transformer les projets en réalité.

À la fin de la première semaine, elle avait cerné le sien, dans les grandes lignes comme dans les détails. Elle était prête à retrousser ses manches, et elle avait déjà un gros chantier en vue. Tout du moins, elle croisait les doigts.

Elle se rendit à pied à la réception – encore un peu de temps pour préparer son pitch. Elle répétait à voix haute, mais elle se tut en apercevant Emily et la jeune maman propriétaire du chien nageur.

Celui-ci n'était pas là, et Emily portait le bébé aux cheveux noirs.

— Bonjour Darby. Venez, que je vous présente la plus jolie petite fille de la Terre. Et sa maman.

La jeune femme avait elle aussi les cheveux très bruns, lisses, attachés en queue-de-cheval, et des yeux verts tirant très légèrement sur le bleu. Elle portait un tailleur bleu marine, sans le moindre faux pli, des ballerines à petits talons, et elle paraissait un peu affolée.

— Bonjour. Darby McCray. Je vous ai vue, au bord du lac, avec Audra et Molly, samedi, quand je suis arrivée. Molly mériterait une médaille de natation.

Comme les bébés le faisaient souvent avec Darby, la petite Audra lui tendit les bras en babillant et en remuant les jambes. Elle tendit les bras à son tour.

— Je peux ?

— Waouh ! s'exclama Britt, en ajustant son sac à langer sur son épaule. Elle est sociable mais là, c'est une première ! Ça ne vous embête pas, j'espère ?

— Vous plaisantez ! répliqua Darby en prenant la fillette dans ses bras. Elle sait que je lui donnerai un biscuit chaque fois que j'en aurai l'occasion. Mais je vous ai interrompues...

Audra lui agrippa les cheveux, elle lui fit un câlin.

— Non, non. Enchantée. Désolée... Notre baby-sitter est aux urgences.

— Oh, mince...

— Un orteil cassé, apparemment. Rien de grave. Mais avec un enfant en bas âge…

— Ne t'inquiète pas, je m'occupe d'Audra, dit Emily. File au boulot, on se débrouillera.

— Je ne me fais pas de souci, c'est juste… Merci.

Britt donna le sac à sa tante et l'embrassa.

— Donne-moi des nouvelles de Cecile dès que tu en auras.

— Promis. Tu me sauves la vie. Je me dépêche. J'ai un rendez-vous… dans quinze minutes. Méfiez-vous, ajouta Britt à l'attention de Darby, elle risque de baver sur vos vêtements.

— Ça m'arrive à moi aussi.

En riant, Britt déposa un bisou sur la joue de sa fille, puis elle monta dans sa voiture.

— Si jamais…

— Dépêche-toi ! lui lança Emily et, quand sa nièce démarra, elle lui fit au revoir de la main. Elle passera voir Cecile avant son rendez-vous, si elle a le temps. Elles se connaissent depuis l'école primaire.

— Elle travaille à l'hôpital ?

— Oui, elle est psy. Spécialisée dans la petite enfance et les thérapies familiales. Vous vouliez me voir ?

— Oui, mais vous êtes occupée…

— Pas tant que ça, Audra est un ange ! OK, toutes les mamies gâteaux disent ça, mais je vous jure que c'est la vérité.

« Mamie », nota Darby, et non « tatie ». Intéressant.

Elle suivit Emily dans le bungalow de réception, où étaient installés une balancelle et un tapis de jeux.

— Tout est prêt !

— Quand Britt m'a téléphoné, j'ai couru à la maison chercher l'essentiel... qui comprenait des peluches, des cubes et des hochets.

— Trop mignon.

— Je ne vous le fais pas dire.

Emily déposa la fillette dans la balancelle et lui donna un agneau en peluche.

— Je n'arrive pas à croire qu'elle a déjà dix mois et qu'elle commence à marcher. Que puis-je pour vous ?

— En fait, c'est moi qui voudrais faire quelque chose pour vous.

Emily fronça les sourcils.

— Asseyons-nous...

— Je vous explique vite fait, d'abord.

Darby n'avait pas prévu d'être aussi directe mais, avec le bébé, elle devait se dépêcher.

— Avec ma mère, on avait une petite entreprise d'aménagement paysager, dans le Maryland. Je n'ai pas pu continuer sans elle, moins pour des raisons pratiques qu'affectives. Je n'avais pas le cœur de garder l'entreprise, ni la maison, ni rien.

— Vous faisiez tout ensemble.

— Oui, et sans elle, je n'ai pas réussi à trouver un nouvel équilibre. Je ne me voyais pas rester là-bas. Alors j'ai tout vendu, et me voici.

— Je n'avais pas compris que vous pensiez vous installer dans le coin.

— Je n'en étais pas tout à fait sûre... Je me suis renseignée sur la région, la saison de pousse, les plantes indigènes, l'économie locale... Bref, tout ça, mais il fallait que je me fasse une idée par moi-même. Je comptais tâter le terrain pendant une quinzaine de jours mais... disons qu'il y a des choses qu'on sent, et là, j'ai un bon feeling !

— Vous voulez monter une affaire ici ?

— J'ai déjà demandé la licence. Le processus est enclenché.

— Seigneur ! s'écria Emily en riant. Vous êtes plus rapide que l'éclair !

— Il y a des choses qu'on sent, répéta Darby. Il faut encore que je trouve un endroit où m'installer, mais j'ai discuté avec Joy et Frank Bestor, de Best Blooms, des gens fabuleux, n'est-ce pas ?

— Très sympathiques, oui.

— J'ai également vu des fournisseurs de bois, de pierre, etc.

— De bois et de pierre ?

— Clôtures, murets, patios, dallage… Tous ces aspects font partie de l'aménagement paysager. Il n'y a pas que les végétaux, bien qu'ils jouent un rôle capital.

— C'est vrai…

Emily ne connaissait pas grand-chose au métier de paysagiste, mais elle connaissait du monde. Et elle l'avait vu au premier coup d'œil, cette fille débordait de tonus.

— Si vous voulez que je fasse circuler l'info…

— Oh, pas tout de suite. Je pourrais vous donner les coordonnées de mes clients dans le Maryland, une liste de références et tout ça, mais le mieux c'est que les gens voient de leurs propres yeux. J'aimerais vous faire une proposition.

— OK.

— Je suis encore là pour trois semaines. J'aimerais réagencer les abords de mon bungalow, entièrement à mes frais, matériaux compris.

— Réagencer, c'est-à-dire ? demanda Emily, circonspecte.

— J'ai fait une ébauche.

De sa poche, Darby sortit un schéma réalisé par ordinateur, puis elle s'accroupit près de la chaise d'Emily. Lorsqu'elle pencha la tête, Emily vit le symbole de l'infini tatoué en vert dans sa nuque.

— Je dallerais volontiers d'ardoise l'allée et le patio arrière. Rustique, mais soigné. Vous n'aurez plus besoin de renouveler le gravier tous les deux ou trois ans, ça vous fera une économie. Ici, une lanterne, rustique également. Éclairé, le bungalow paraîtra plus accueillant, et sera davantage sécurisé. En matière de végétaux, vous voudrez des choses qui ne demandent pas trop d'entretien.

— Le moins possible. Je n'ai pas la main verte.

— Ce n'est pas vrai, j'en suis sûre. Les gens se mettent de fausses idées en tête. Nous nous en tiendrons à des variétés locales, adaptées au climat et au sol. Lauriers de montagne, azalées, qui adouciront le décor.

Plus rapide que l'éclair, pensa à nouveau Emily en examinant le schéma.

— À l'ombre, je mettrais du sureau et des bleuets en corymbe. Les oiseaux picorent les fruits, et vous apprécieriez les fleurs. On pourrait aussi envisager des rhododendrons. Ils se plairont, près de la forêt. Et je planterais aussi volontiers des bulbes, des jonquilles et des narcisses. Différentes fleurs, différentes couleurs selon les saisons. Sur la galerie, je verrais bien des potées d'annuelles mélangées, d'entretien facile également.

— C'est qu'il faudra arroser tout ça.

— Il existe des systèmes d'irrigation goutte à goutte et des bacs avec réserve d'eau.

— Ma chère, c'est… ambitieux, pour le moins. Si j'accepte, vous ne pouvez pas faire tout ça à vos frais.

Darby chercha le regard d'Emily.

— On avait une maison, je l'ai vendue. Et j'ai vendu l'entreprise. Ma mère avait une assurance-vie. J'ai géré une affaire, et j'ai l'intention d'en monter une autre. Cette offre représente un investissement pour moi : si vous êtes satisfaite, vous m'engagerez pour faire un autre bungalow, vous raconterez à vos voisins que je fais du bon boulot, ils viendront voir par eux-mêmes…

Darby se cala sur ses talons avant de poursuivre :

— Vous êtes vous-même à votre compte, vous savez comment ça fonctionne. Vous avez pris la suite de votre famille, vous savez que c'est une fierté et une responsabilité. Au pire, mon aménagement ne vous plaira pas. Au mieux, vous serez ravie. Entre les deux, il y a un monde…

Si jeune, pensa Emily, *mais si sûre d'elle.*

— C'est vous qui prenez le plus de risques.

— J'aime mon métier, et je suis douée. J'ai un diplôme de paysagiste, un autre de gestion, et quatorze ans d'expérience. J'ai confiance en mes compétences, assez pour vous faire cette offre, et je sais que vous serez contente du résultat. Si vous me laissez essayer.

— Seigneur, vous savez vous vendre !

Darby esquissa un sourire, qui fit pétiller ses yeux bleus.

— Ça fait partie de mon charme.

— Si j'accepte, quand commencez-vous ?

En son for intérieur, Darby brandit le poing de la victoire.

— Je peux faire livrer l'ardoise et le sable que j'ai fait mettre de côté dès cet après-midi.

— Que vous avez fait mettre de côté ?

Le sourire de Darby s'élargit.

— L'optimisme fait également partie de mon charme.

— Je ne sais pas pourquoi je suis plus inquiète que vous, mais je le suis. OK, Darby, on essaie.

Cette fille avait décidément quelque chose, songea Emily.

— J'ai envie de pousser un cri de joie, mais la petite s'est endormie. J'attendrai d'être dehors, dit Darby en serrant la main d'Emily. Vous ne le regretterez pas.

— J'espère que vous non plus.

— Aucun risque. Je connais mon métier.

— Vous n'aurez pas besoin d'aide ? C'est lourd, l'ardoise.

— Je suis plus forte que j'en ai l'air, mais j'ai trouvé un assistant. Frank et Joy m'ont dit que Roy Dawson était un gars vaillant.

— C'est vrai, acquiesça Emily. Affable, aussi. Il fait toutes sortes de petits boulots. Quand il est d'humeur à travailler.

— C'est ce qu'on m'a dit. Je lui ai parlé, hier. Il est d'accord pour me donner un coup de main. Je l'appellerai, déclara Darby en se redressant. Merci, Emily. Je vous enverrai la liste de mes clients, vous pourrez contacter n'importe lesquels. J'ai fermé mon site internet mais on peut quand même en consulter une partie. Je vous donnerai l'adresse. Maintenant, au boulot ! dit-elle en se dirigeant vers la porte. Je vais vous imaginer un modèle d'espace vert sans entretien !

Emily se rassit, un peu abasourdie, et entendit Darby pousser un « Yes ! » tonitruant.

9

Roy Dawson était effectivement bosseur et affable, costaud, la barbe clairsemée et les cheveux dégarnis sous une casquette des New Orleans Saints. Il travaillait en chantant ou en sifflotant, ne comptait pas ses heures, et il voulait bien être payé en espèces tant que Darby n'avait pas encore sa licence professionnelle.

Avec son aide, elle évacua le gravier de l'allée, élargit son tracé et le modifia quelque peu, décaissa et remblaya. Comme elle souhaitait un rendu organique, elle acheta une scie de maçon pour tailler l'ardoise à sa guise.

— J'ai déjà vu des femmes utiliser des scies, mais jamais des scies de maçon, lui dit Roy d'un air admiratif. Vous m'épatez, Miss Darby.

Elle lui avait demandé de laisser tomber le « Miss », mais il semblait y tenir.

Au bout de deux jours, comme il était aussi fort que deux bœufs et qu'il ne rechignait pas à la tâche, l'allée était presque terminée.

— Tiens, v'là la police, dit-il tandis que Darby vérifiait le niveau d'une dalle.

Effectivement, un véhicule de patrouille se gara devant la maison. En descendit un homme à la stature carrée, les cheveux poivre et sel, en jean et en tee-shirt.

Darby se redressa et épousseta les genoux de son pantalon, en espérant ne pas trop sentir la transpiration, à la fin d'une longue journée de travail.

— Salut, Roy. Bonjour, madame McCray. Commandant Keller, le mari d'Emily.

— Enchantée, dit-elle en retirant son gant pour lui serrer la main. Vous tombez bien...

— Je n'avais pas encore eu le temps de passer voir le chantier. Vous avez quasiment fini... C'est chouette !

— Miss Darby dit qu'il n'y aura pas d'herbe entre les dalles. Elle va planter des trucs.

— De la mousse, précisa-t-elle. De la mousse irlandaise plantée par une dénommée Darby McCray, ça porte bonheur. On aura terminé le dallage ce soir.

— Ça rend bien, ça change.

— Et vous n'avez encore rien vu, répliqua-t-elle en souriant.

— Je suis déjà conquis. J'ai croisé le maire, aujourd'hui. Il m'a chargé de vous informer que votre licence était prête.

— C'est vrai ? Oh, mon Dieu, Roy, on est une entreprise !

Darby se jeta au cou de son ouvrier, qui vira au rouge écarlate.

— Elle m'épate... bredouilla-t-il à l'attention de Lee.

— J'avoue que moi aussi, concéda ce dernier avec un petit sourire.

Daller le patio prit ensuite une petite semaine. Après quoi, Darby s'attaqua aux massifs.

Elle avait l'intention d'acheter un camion mais, en attendant, ils utilisaient celui de Roy. Pour ce premier projet, elle s'était fournie exclusivement chez Joy et Frank. Rien d'extravagant. Elle avait pris des pots, des bacs, des annuelles, ainsi qu'un carillon éolien qu'elle accrocherait à une branche à l'orée de la forêt.

Chaque soir, elle était aussi heureuse que crasseuse. À chaque étape, elle prenait des photos, en vue de reconstruire son site internet.

Elle creusa, planta, agença, tailla, égalisa, étendit du paillis.

— C'est joli comme tout, Miss Darby, lui dit Roy tandis qu'elle plaçait un pot sur la galerie. J'ai du mal à croire que j'y suis pour quelque chose…

— Vous avez transpiré, et même saigné, autant que moi. Voilà pourquoi vous serez mon premier employé officiel.

— Oh, Miss Darby…

— Un refus me vexerait, dit-elle en s'agenouillant pour tasser la terre dans le pot. Vous savez que je suis une bonne patronne, je sais que vous êtes un bon ouvrier. Et vous avez l'œil pour ce genre de boulot. Du coup, j'augmente le taux horaire d'un dollar. Vous commencez demain.

— Vous venez de dire qu'on aura terminé ce soir. On n'aura plus rien à faire, demain.

En son for intérieur, elle croisa les doigts.

— On trouvera de quoi s'occuper. Sinon, vous m'accompagnerez visiter une maison. Si je l'achète, j'aurai besoin d'une serre et d'un abri de rangement.

— Vous êtes tellement vive que vous me faites tourner la tête.

— On signera le contrat demain, déclara-t-elle en cherchant son regard.

Elle savait qu'il ne travaillait que lorsqu'il en avait envie, qu'il fréquentait une fille depuis quatre ans, et qu'il rendait visite à sa mère quasiment tous les jours.

— Je n'aurais pas pu faire ça sans vous. J'avais besoin de vos muscles, mais aussi de votre compagnie, de votre œil, de vos connaissances. Alors je vous attends demain à 7 heures tapantes. Vous êtes le meilleur ouvrier de High Country Landscaping.

— Je suis le seul.

— Pour l'instant. En tout cas, vous êtes le premier, et le meilleur ! À demain ?

— À demain. Ne travaillez pas trop tard, Miss Darby.

— Je finis juste les pots et je les arrose.

— C'est vraiment joli comme tout, répéta-t-il en montant dans son camion.

Seule, elle termina en savourant le silence, la brise, le parfum des héliotropes, des œillets et des alysses. Quand elle aurait arrosé et passé le balai, qu'elle se serait elle-même lavée, elle inviterait peut-être Emily à découvrir le résultat.

Le dernier bac garni, elle s'assit sur un fauteuil et contempla le lac, le menton sur le poing. Les voiliers étaient nombreux, par cette fin d'après-midi de mars. Les montagnes reverdissaient, les forêts se tapissaient de fleurs sauvages.

Oui, elle allait arroser, passer le balai, et un coup de fil à Emily.

Elle se levait juste, lorsque des voix lui parvinrent. Le rire d'Emily, pur et joyeux. Accompagné d'un timbre masculin, chaleureux, décontracté.

Elle se regarda : sale comme un peigne... Tant pis. Elle s'avança à leur rencontre.

Un jeune homme tenait Emily par les épaules. Ils marchaient tournés l'un vers l'autre. L'amour et l'affection qu'ils se vouaient crevaient les yeux.

La trentaine, estima Darby, facilement un mètre quatre-vingt-dix. Des cheveux bruns ébouriffés par le vent. De longues jambes vêtues d'un jean. Sans doute le neveu de Raleigh. Personne n'avait précisé qu'il était aussi beau gosse.

— Zane, je te présente Darby McCray. Darby, mon neveu Zane. Il vient à peine d'arriver et je ne lui ai même pas laissé le temps de souffler. On était dehors quand Roy est parti. Il nous a dit que vous aviez fini.

Darby regarda sa main, et décida qu'elle était suffisamment propre pour la tendre à ce charmant jeune homme.

— Enchantée.

— Moi de même. Ma tante était trop impatiente...

— Je m'en doute. C'est la première cliente que je n'ai pas eue sans cesse sur le dos. Elle n'est même pas venue voir une seule fois ce que je faisais... Mais vous avez dix minutes d'avance.

— Comment ça ? demanda Emily.

— Il y a encore des outils qui traînent, et je n'ai pas balayé. Mais puisque vous êtes là... Si jamais il y a quelque chose que vous n'aimez pas, n'hésitez pas à me le dire, on peut changer. Si vous détestez tout, j'arracherai tout. Et je me suicide.

— Médicaments, corde, ou balle dans la tête ?

Darby ne voyait pas les yeux de Zane derrière ses lunettes de soleil, mais elle était sûre qu'ils pétillaient.

— Le lac est à deux pas. Je m'y jetterai.

— Voyons voir combien de temps il lui reste à vivre, Em.

— Vous me rendez nerveuse, tous les deux.

Darby retint son souffle, tandis qu'Emily faisait le tour du bungalow.

— Vous voyez ce…

Elle ne termina pas sa phrase, car Emily se couvrit soudain la bouche, les yeux baignés de larmes.

— Oh mon Dieu, pourvu que ce soient des larmes de joie…

— C'est vous qui avez tout fait ? murmura Zane.

— Avec Roy. Emily…

Celle-ci se jeta à son cou.

— Je suis pleine de terre ! Et je pue la transpiration !

— Taisez-vous, dit Emily en la serrant contre elle. Vous n'avez pas idée… pas idée…

Darby lui tapota le dos, en regardant Zane par-dessus son épaule.

— « Pas idée », ça veut dire qu'elle est contente, n'est-ce pas ?

— Sans aucun doute, acquiesça-t-il avec un sourire, en regardant le bungalow.

Il lui était familier, mais il lui paraissait transformé, plus coquet, plus accueillant. L'allée autrefois rectiligne était maintenant dallée, et elle semblait… « louvoyer » – ce fut le mot qui lui vint à l'esprit –, comme pour dire qu'il était inutile de se presser.

Parmi les arbustes fleuris au pied de la galerie et à la lisière de la forêt, Zane repéra des rhododendrons, l'une des rares variétés dont il connaissait le nom. Croyant entendre des notes de musique, il regarda autour de lui, et découvrit le carillon de cuivre qui se balançait dans la brise, les pots de fleurs qui égayaient la galerie.

— Vous avez repeint les fauteuils ?

— Ce n'était pas prévu, mais je les trouvais un peu pâlots. J'ai choisi ce bleu pour rappeler le lac.

Emily s'écarta de Darby, tout en gardant les mains sur ses épaules.

— J'étais tellement habituée à voir ce bungalow tel qu'il a toujours été. On a refait l'intérieur, il le fallait, mais jamais je n'aurais pensé à embellir l'extérieur. Mes fils… Vous avez rencontré mes fils ?

— Oui, très sympas. Gabe nous a plusieurs fois donné un coup de main.

— Ils n'arrêtaient pas de parler de vous et de vos travaux, mais je les faisais taire ! Je voulais avoir la surprise du résultat. Je savais que ce serait bien, mais je ne me doutais pas que ce serait aussi extraordinaire !

Emily se tourna vers son neveu.

— Tu as ton téléphone ? Tu peux prendre des photos pour envoyer à Grams et Pop ? Mes parents ne vont pas en croire leurs yeux.

— Vous n'avez pas encore vu le patio arrière.

— Je l'avais oublié, dit Emily en riant et en prenant la main de Darby. C'est quoi, entre les dalles ?

— De la mousse irlandaise. Elle commence déjà à bien prendre. On peut marcher dessus. Elle comblera les vides et donnera un côté naturel à l'allée.

— Quel parfum…

— J'ai veillé à planter des odorantes.

— Oh, Zane, regarde !

Emily s'avança vers le patio.

— Vous l'avez dallé ?

Darby acquiesça de la tête.

— Avec l'aide de Roy.

— Roy n'est pas maçon…

— Il est bosseur, et il apprend vite.

— Une jardinière… Des herbes aromatiques sur le rebord de la fenêtre, j'adore !

Emily effleura les plants de basilic, origan, sauge, persil et thym.

— Je suis incapable d'en faire pousser.

— Mais si, je vous montrerai. Je me suis dit que certains de vos clients devaient cuisiner. La cuisine est chouette. Vous leur direz qu'ils peuvent cueillir des herbes. Et vous avez vu le romarin en pleine terre ? Il est abrité, ici, à l'angle. Il donnera une belle plante.

— Là aussi, vous avez repeint les chaises, constata Zane.

— C'est mieux, non ? J'ai choisi des bacs en hauteur, ici, comme c'est plus ouvert. Ils ont une réserve d'eau, les pots sur la galerie et la jardinière aussi, avec un système d'hydratation pour que les racines ne pourrissent pas. Il suffira de jeter un coup d'œil tous les quinze jours et de remplir le réservoir si nécessaire. On pourra renouveler les plantations chaque saison.

— Oh… la petite table de pique-nique et les bancs !

— C'est Roy qui les a poncés et revernis, déclara Darby avec fierté. Ils n'ont pas l'air comme neufs, ce n'était pas l'idée, mais ça les a rafraîchis.

— Prends des photos, Zane, je vais…

Emily s'éloigna et Darby s'apprêtait à lui emboîter le pas, mais Zane la retint.

— Elle a besoin d'être seule un moment.

— Ah, OK, pas de problème.

— Ces bungalows comptent énormément pour elle. Nous y sommes tous attachés, mais elle a grandi ici. Elle est fière de son héritage et elle s'en sent responsable. Vous avez su sentir ce qui correspondait le mieux à l'atmosphère du lieu. C'est super.

— Ce compliment me fait très plaisir, murmura Darby, sincèrement touchée.

Zane sortit son téléphone de sa poche et ôta ses lunettes de soleil afin de cadrer une photo. Le cœur de Darby fit un bond. Ridicule, mais elle n'y pouvait rien.

— Vous avez les mêmes yeux.

— Pardon ?

— Vous avez les mêmes yeux que votre tante.

— Vert Walker.

— Brody est le portait de son père avec les yeux de sa mère, et Gabe le portrait de sa mère avec les yeux de son père.

Zane prit quelques clichés, puis il rangea son téléphone.

— Je n'y avais jamais pensé, mais c'est vrai.

— Votre famille est heureuse que vous soyez de retour.

— Il était temps que je revienne, j'en avais besoin. Ma tante m'a dit que vous alliez vous installer ici. Ça va vous changer.

— J'avais besoin de changement.

Elle aimait son sourire, un peu en coin. Il avait également le nez légèrement de travers. Il avait dû se le casser, elle savait ce que c'était.

Emily poussa un énorme soupir.

— Zane, je peux te demander un petit service ?

— Bien sûr.

— Tu veux bien aller chercher une bouteille de vin à la maison ?

— J'ai du vin ici, dit Darby.

— Suffisamment pour qu'on bavarde un moment tous les trois ?

— Je pense.

— Donne-lui un coup de main, Zane. Je vais m'asseoir et contempler ce beau travail.

— Elle est super, chuchota Darby en pénétrant dans le bungalow, suivie de Zane.

Elle sortit une bouteille de vin, tandis qu'il rassemblait les verres et le tire-bouchon.

— Vous savez où sont les choses, je vois.

— On ne peut pas vivre avec Emily sans travailler pour elle. Affaire de famille, dit-il en débouchant la bouteille.

Il avait donc vécu chez sa tante, releva Darby. Qu'était-il arrivé à ses parents ? D'ailleurs, maintenant qu'elle y pensait, elle n'avait jamais entendu Emily parler d'un frère ou d'une sœur.

Avec la bouteille et les verres, ils la rejoignirent à la table de pique-nique.

— Ça vous ennuierait que je revienne demain prendre des photos pour le site internet ?

— Pas du tout, répondit Darby en remplissant les verres, puis en prenant place sur un banc. En plus, d'ici là, j'aurai passé le balai. Ce sera nickel.

Emily but une gorgée, observa la couleur du vin.

— Je m'y connais un peu en vin et celui-ci est très bon. Je ne suis pas une experte en jardinage, mais je reconnais une azalée.

Elle savoura une autre gorgée avant de poursuivre :

— Je m'y connais en gestion, service client, éducation parentale. Côté affaires, je sens que ce bungalow va me rapporter, dès que j'aurai posté les photos sur le site et fait imprimer de nouvelles brochures. C'est pourquoi je refuse que vous assumiez tous les frais.

Les épaules de Darby se contractèrent, ce qui n'échappa pas à Zane, de l'autre côté de la table.

— On avait conclu un marché.

— Je reviens dessus, répliqua Emily tranquillement. Et je le dis en présence de mon avocat. Si vous êtes aussi bonne en gestion qu'en aménagement paysager, je suppose que vous avez toutes les factures et que vous pouvez me dire combien d'heures vous avez consacrées à ce travail.

— On avait un marché, répéta Darby.

— Apparemment, nous sommes en train de le renégocier, intervint Zane.

— Voici mes nouvelles conditions : je vous rembourse les matériaux, déclara Emily. Vous avez dû bénéficier d'une remise professionnelle. J'en profite grâce à vous.

Darby se détendit quelque peu.

— Vous m'indiquerez également le prix de la main-d'œuvre.

— Non, rétorqua-t-elle fermement en prenant son verre.

— Soyez raisonnable. Il faut que je connaisse le prix de la main-d'œuvre.

— Roy est le premier employé de High Country Landscaping. Je…

— Vous avez embauché Roy ? s'étonna Zane. Officiellement ?

— On signe le contrat demain.

— Ça alors, c'est un miracle !

— Je tiens à connaître le prix de la main-d'œuvre, insista Emily. Si nous trouvons un accord, je vous engage pour faire les autres bungalows.

Darby entrouvrit la bouche, puis elle se pinça les lèvres et ferma les yeux.

— Vous n'êtes pas fair-play, dit-elle.

— Je joue pour gagner.

— Vous ne la battrez pas, vous pouvez me croire, déclara Zane.

— J'aimerais tellement, murmura Darby. Vous le saviez…

— Bien sûr. Et je vais vous faire un autre coup bas. J'ai vu comment vous regardiez ma maison. Quand vous aurez terminé les bungalows, je souhaite vous la confier.

Darby se leva et passa ses mains dans ses cheveux.

— Et mince ! pesta-t-elle. Vous avez une maison adorable, mais on dirait qu'elle est toute nue… J'ai un tas d'idées. Vous n'êtes vraiment pas sympa !

Avec un soupir, elle se rassit.

— OK, la moitié de la main-d'œuvre, concéda-t-elle. Cinquante-cinquante.

— C'est d'accord.

— La moitié de la main-d'œuvre et la peinture pour les chaises. Les pots, les plantes, la jardinière et le carillon, ce sont des cadeaux.

— Ça marche.

Darby regarda la main qu'Emily lui tendait.

— Sérieusement ?

— Sérieusement.

Elles échangèrent une poignée de main.

— Vous me donnerez la note demain, conclut Emily. Quand pouvez-vous commencer le prochain bungalow ?

— Demain.

— Demain ? Vous ne voulez pas prendre un jour de repos ?

— Non. Je ferai les schémas ce soir. Optimisme. Demain.

En voyant des larmes briller dans les yeux de Darby, Zane soupira.

— Oh non, vous n'allez pas vous y mettre, vous aussi !

Darby prit la main d'Emily entre les siennes.

— Si vous saviez comme je suis heureuse. Vous allez changer ma vie.

— Ma chère, vous devrez embaucher d'autres ouvriers quand les gens verront ce que vous avez fait ici.

— Je sais. J'espère vous piquer Gabe, cet été.

— Gabe ? Vous êtes sérieuse ?

— Il est habile de ses dix doigts, il a l'œil, et une honnêteté qu'il tient de vous, j'imagine. On en reparlera. D'ici là, j'aurai peut-être aussi besoin d'un avocat, ajouta Darby en se tournant vers Zane. Vous vous occupez d'immobilier ?

Quand elle pencha la tête, il remarqua son tatouage, et le trouva aussi fascinant que ses yeux.

— Pas pour l'instant, mais je suis ouvert à tout. Pourquoi ?

— J'ai repéré une maison qui me plaît. Si je l'achète, j'aurai besoin de quelqu'un pour établir l'acte de vente.

— Ça peut se faire.

— Vous êtes engagé. Je voulais la visiter encore une fois, mais je vais faire une offre dès ce soir. Je sens que les auspices me sont favorables.

— C'est la maison des Hubbard, c'est ça ? On m'a dit que vous l'aviez visitée. Tu te souviens des Hubbard, Zane ? La maison tout en haut d'une grande montée, entre ici et la ville…

— Vaguement.

— Elle est un peu petite, mais je n'ai pas besoin d'une grande maison. En revanche, il y a deux hectares et demi de terrain et ça, j'en ai besoin. Il me faudra une serre, un abri pour ranger mon matériel, etc. Enfin bref. Pour en revenir aux bungalows, je ne les ferai pas tous sur le même modèle que celui-ci.

— Je l'adore !

— Il ne faut pas qu'ils se ressemblent tous, comme dans un lotissement. Chacun doit être unique. Il y aura une unité, un fil conducteur, mais ils n'auront pas l'air de tous sortir du même moule. J'ai quelques modèles dans mon ordi. Vous voulez que je vous montre ? Vous choisirez ce que vous voulez pour le prochain.

— Elle est toujours branchée sur deux mille volts ? demanda Zane.

— Depuis que je la connais, oui.

— Désolée. Si vous n'avez pas le temps, je vous montrerai tout ça demain matin.

— Je sirote un verre de vin aux côtés de mon neveu, je ne suis pas pressée.

— Super ! Je reviens.

Zane regarda sa tante, les sourcils froncés.

— Elle met la pédale douce, des fois ?

— Pas que je sache, répondit Emily en posant la tête sur son épaule. Je suis si contente que tu sois là.

— Moi aussi, murmura-t-il en lui caressant les cheveux.

Quand il était en visite chez sa tante, Zane dormait dans la chambre d'amis. Il savait qu'Emily et Lee ne verraient aucune objection, bien au contraire, à ce qu'il s'installe là à titre permanent, mais il avait l'intention de chercher une maison. Puisqu'il était de retour, il devait replanter ses racines, pour ainsi dire.

Une métaphore sans doute inspirée par la paysagiste… pensa-t-il avec un petit sourire.

Ici, il ne voulait pas habiter dans un lotissement, comme à Raleigh. Il était temps qu'il ait une vraie maison. Il saurait à qui s'adresser pour l'aménagement des espaces extérieurs.

Parmi ses critères, il voulait avoir vue sur le lac, ne pas être trop éloigné de sa famille ni de la ville, où il ouvrirait son cabinet. La paysagiste serait manifestement sa première cliente.

Emily ne tarissait pas d'éloges sur cette sympathique jeune femme. Après dîner, elle avait tenu à montrer le bungalow à toute la famille. De nuit, ils avaient pu admirer l'éclairage, la lanterne en cuivre et les petites lumières bordant l'allée ainsi que les chéneaux, un plus pratique tout autant qu'esthétique.

Darby était sortie, naturellement. Aussi charmante en tenue d'intérieur, après sa douche, qu'en jean sale et tee-shirt auréolé de sueur.

Les traits moins fins que sa sœur et sa tante mais un physique intéressant, songea Zane en contemplant le plafond, allongé sur son lit. Sa coupe courte laissait voir un petit tatouage sur sa nuque. Le symbole de l'infini. Un motif sûrement chargé de sens.

Elle avait une silhouette nerveuse, qui collait à sa personnalité survoltée. Des yeux si bleus qu'ils paraissaient presque violets. Les cheveux entre le roux et le brun. Un visage anguleux, le nez légèrement de travers. Elle avait dû se le casser, il savait ce que c'était.

D'après Emily, elle avait perdu sa mère l'année précédente. Tout vendu et tout quitté. Une telle démarche exigeait du courage, ou une certaine dose d'inconscience.

Sans doute était-elle à la fois courageuse et inconsciente, si l'on en jugeait par le marché qu'elle avait conclu avec Emily.

Lee s'était très certainement renseigné au sujet de cette inconnue, avant de laisser Emily s'engager, mais Zane ne lui avait pas posé de questions. Lee ne paraissait pas inquiet pour un sou.

Ses cousins aimaient bien la jeune femme, Britt et Silas aussi. Quant au bébé et aux chiens, ils la considéraient comme leur nouvelle meilleure amie. Et puis, elle devait posséder des pouvoirs surnaturels pour avoir convaincu Roy Dawson de signer un contrat de travail.

Incapable de trouver le sommeil, Zane se releva et s'approcha de la fenêtre. De l'autre côté du lac, il distinguait les lumières de la maison où il avait grandi dans la peur. Les gens qui l'avaient achetée à ses parents l'avaient revendue à la famille qui l'occupait aujourd'hui. Il espérait que le spectre de son enfance malheureuse s'était dissipé.

À sa connaissance, Eliza n'était jamais revenue à Lakeview. Il savait où elle était. Sa peine purgée, elle s'était installée à Raleigh, où elle pouvait aller voir son mari en prison chaque semaine. Fidèle, elle n'avait jamais manqué une visite.

Zane ne l'avait jamais croisée, heureusement. Raleigh était une grande ville. Depuis quelques mois, toutefois, il s'y sentait oppressé. Il avait beau être satisfait de la vie qu'il menait, il commençait à se dire qu'il ne tournerait jamais vraiment la page s'il redoutait à tout instant de tomber nez à nez avec sa mère au coin d'une rue.

Du reste, Graham obtiendrait peut-être bien la libération, la prochaine fois qu'il la demanderait. Rien que d'y penser, Zane en avait la chair de poule.

Longtemps, il avait été persuadé qu'il ne pourrait plus jamais vivre à Lakeview, où planait le triste souvenir de son enfance. Puis il avait pris conscience que Lakeview lui manquait. Il y avait aussi de bons souvenirs et, surtout, des êtres chers qu'il considérait comme sa véritable famille.

Il avait loupé d'une heure la naissance d'Audra, parce qu'il était à Raleigh et n'avait pas pu arriver à temps. Il avait joué au basket avec Brody, mais n'avait jamais pu assister à aucun de ses matchs. En revanche, il avait eu la chance de voir Gabe jouer au base-ball, deux ou trois fois. Son cousin était bon lanceur.

Debout devant la fenêtre, Zane s'empara de sa balle – une nouvelle avait remplacé l'initiale, depuis longtemps usée.

Ses parents ne reviendraient jamais, pensa-t-il. Ils n'avaient plus rien ici. Alors que lui avait tout pour construire sa vie.

Il se remit au lit, avec sa balle. En la palpant, il écouta le vent chuchoter dans les arbres. Et s'endormit.

10

Zane ne s'attendait pas à recroiser Darby aussi vite. Lakeview n'était pas Raleigh, mais il y avait tout de même plus de cinq mille habitants, sans compter les touristes.

Quelques jours plus tard, néanmoins, en reconnaissant sa voiture sur la route du lac, il ralentit et lui adressa un signe de la main. Elle s'arrêta, alors il s'arrêta. Comme il avait décapoté sa Porsche, il attendit qu'elle baisse sa vitre.

— Vous n'êtes pas en train de bosser chez ma tante ?

— Je viens juste de laisser Roy et Gabe. Ils terrassent l'allée. On nous livre des dalles et du sable cet après-midi. Je n'ai pas trouvé tout ce que je voulais chez Best Blooms, il faut que j'aille dans une plus grande jardinerie. Je cherche un joli cornouiller pleureur.

Zane abaissa ses lunettes de soleil.

— Vous allez faire rentrer un arbre dans cette voiture ?

— Non. Je vais aussi acheter un camion.

Il la dévisagea par-dessus ses verres.

— Vous allez aussi acheter un camion…

— Je l'ai commandé ce matin par téléphone.

— Vous l'avez commandé... OK, j'arrête de répéter tout ce que vous dites, même si ça me paraît bizarre.

— Il n'y a rien de bizarre. Ils avaient le modèle que je voulais, ils s'occupent des papiers. Je n'ai qu'à passer le prendre et ensuite aller chercher mon arbre. Au fait, vous êtes toujours mon avocat ?

— Je... Possible.

— Il faut que je vous parle une minute. Garons-nous.

Elle se rangea sur le bas-côté, il l'imita, et descendit de sa voiture lorsqu'elle descendit de la sienne. Elle portait un pantalon cargo beige, de grosses chaussures montantes et un sweat-shirt rouge à capuche ouvert sur un tee-shirt jaune pâle.

— Les Hubbard ont accepté mon offre. J'ai signé la promesse d'achat ce matin.

Branchée sur deux mille volts, se remémora-t-il.

— Vous avez eu une matinée bien remplie.

— Comme je les aime. Vous pourrez contacter l'agent immobilier ? Lakeview Realty, c'est Charmaine qui s'occupe du dossier. Vous avez une superbe voiture. Je ne m'y connais pas trop, mais je sais au moins que celle-ci est du genre à faire remonter les jupes des filles.

— Quelles filles ?

— Pas moi, je ne porte pas de jupe, répliqua Darby en admirant les lignes effilées de la Porsche. Ouais, superbe voiture de célibataire.

— Je suis célibataire.

— Moi, j'ai besoin d'un camion, mais si je pouvais aussi me payer une superbe voiture, je m'en offrirais une comme la vôtre. Bref, vous voulez bien vous occuper de mon acte de vente ?

— Sous certaines conditions.

À son tour, Darby abaissa ses lunettes de soleil pour scruter Zane par-dessus la monture.

— Vous tenez d'Emily.

Cette fille lui avait plu parce que sa tante l'aimait bien, pensa Zane. À présent, elle lui plaisait tout court.

— C'est peut-être elle qui tient de moi. Voici mes conditions : je vous offre mes services *pro bono*.

— Je ne veux pas…

— J'y tiens. J'ai été substitut du procureur pendant huit ans, j'ai un peu oublié le droit commun. Je dois me remettre dans le bain. Un acte de vente me permettra de me refaire la main. Je viens juste de trouver mon futur cabinet. Je n'ai même pas encore posé ma plaque. J'ai besoin de me faire connaître, comme vous, avec les bungalows. Alors ce sera gratis.

— Je ne sais pas.

— Vous me ferez un devis gratuit, en échange.

Une lueur d'intérêt supplanta la méfiance dans les yeux de Darby – des yeux magnifiques.

— Un devis pour quoi ?

— Je vais acheter une maison. J'ai eu une matinée bien remplie, moi aussi. J'ai fait des visites, ce matin, et je crois avoir trouvé mon bonheur. Il m'en reste encore deux à voir, mais ça m'étonnerait qu'elles me plaisent davantage.

— Je parie que c'est la maison au-dessus du lac, de ce côté… Celle qui semble construite dans la falaise, avec de grandes baies vitrées, un immense terrain en pente qui se termine par un à-pic et une vue à se damner.

— Qu'est-ce qui vous fait dire ça ? demanda Zane, épaté.

— Elle est superbe, comme votre voiture. Je l'ai visitée, moi aussi. Juste par curiosité, ce n'est pas ce que je cherchais. Il me faut plus de terrain, et elle est trop loin de la ville. En plus, le prix n'était pas dans mes cordes et ils ne le baisseront pas. Ils vendent parce qu'il est muté à Londres, les enfants sont grands, elle est artiste, elle peut travailler n'importe où. Et elle a des cousins à Brighton.

— D'où savez-vous tout ça ?

— Ils me l'ont dit. Les gens me racontent tout. C'est bien celle-là, alors ?

— Peut-être. Sûrement. Je dois réfléchir.

Darby remonta ses lunettes de soleil.

— Achetez-la, dit-elle avec un sourire éclatant. Je vous aménagerai les espaces extérieurs. C'est déjà très beau, mais je peux en faire quelque chose d'aussi magique que la vue. Cela dit, mes devis sont toujours gratuits, pour tout le monde.

— Vous donnez le vertige à tout le monde ?

— Je ne crois pas. Bon, il faut que j'y aille. Vous appellerez Charmaine ? Elle s'occupe aussi de la maison que vous devriez acheter. On discutera du reste plus tard.

— Darby ?

Elle se retourna, la main sur la portière de sa voiture.

— Comment vous êtes-vous cassé le nez ?

— Mon ex-mari. Et vous ?

En général, il racontait un mensonge quand on lui posait la question, par exemple qu'il avait reçu un coup en jouant au base-ball, mais là, les mots franchirent ses lèvres malgré lui.

— Mon père.

Elle eut un mouvement de surprise.

— Là, vous avez gagné, dit-elle. Puis elle monta dans sa voiture et démarra.

En effet, elle invitait à la confidence… se dit Zane en la regardant s'éloigner. Et elle avait raison : il devait acheter cette maison. Inutile d'en visiter d'autres alors que celle-ci lui plaisait.

Vraisemblablement, il aurait deux titres de propriété à rédiger.

Il sortit son téléphone et appela Charmaine, sur le bas-côté de la route. Puis il retourna en ville, signa la promesse d'achat, commanda une pizza et invita Britt à la partager dans les locaux encore vides du cabinet qu'il venait d'acquérir sur Main Street.

Ils déjeunèrent assis par terre en buvant du Coca.

— C'est cool, on pourra manger ensemble toutes les semaines, à une vraie table, quand tu seras installé. Tu as fait le bon choix, Zane. Tu ne pouvais pas être mieux placé que dans la Grand-Rue. Et cette petite maison de ville est très jolie, avec son porche et sa galerie. Tu as largement la place pour aménager ton cabinet, un hall d'accueil avec un bureau pour la réceptionniste, une bibliothèque juridique, voire une salle de réunion à l'étage. Tu as même une petite cuisine.

— Ne reste plus qu'à trouver des clients.

— Je ne suis pas inquiète. Notre arrière-grand-père était avocat. Une autre tradition familiale, chez les Walker.

Assise en tailleur, pieds nus, en robe grise, elle regarda autour d'elle.

— Quand je pense que tu viens d'acheter deux maisons d'un coup… C'est dingue, quand même !

— Ça ne me ressemble pas, dit-il.

— D'acheter des maisons ?

— D'agir sur un coup de tête. Pas le cabinet. Mais la maison... Elle est immense...

— Elle est superbe. Elle a l'air superbe, en tout cas, vue d'en bas. Je ne suis jamais montée là-haut.

— Elle est magnifique, c'est sûr, mais j'ai peur qu'elle soit un peu trop grande, pour un mec seul.

— Tu n'es pas seul, rétorqua Britt en se léchant les doigts. Tu as une grande famille ; j'espère bien que tu nous inviteras souvent !

— Je ne me serais peut-être pas décidé aussi vite si je n'avais pas rencontré la paysagiste.

— Darby ? Elle est super sympa. Elle...

En cherchant ses mots, Britt fit un geste circulaire, sa cannette de Coca à la main.

— Elle a quelque chose de magnétique.

— On peut dire ça comme ça.

— Comment a-t-elle pu influencer ta décision ?

— Dès qu'elle commence à parler aménagements extérieurs, tu visualises. Ou pas, mais tu hoches la tête. Elle a acheté la maison des Hubbard, ce matin. Elle m'a demandé de m'occuper de la vente. Du coup, je lui ai dit que j'avais moi aussi visité une maison, et elle m'a convaincu que c'était la bonne. Elle allait acheter un arbre, et un camion au passage.

— OK...

Zane agita sa part de pizza devant lui, avant d'en croquer une bouchée.

— Elle l'avait commandé par téléphone, comme une pizza... Elle allait le chercher, avant d'aller acheter son arbre... pendant que Roy et Gabe bossaient pour elle.

— C'est vrai qu'il n'y a pas école aujourd'hui. Je suis contente qu'elle t'ait convaincu. Tu vas t'installer là, c'est génial. Tu me manquais, tu sais.

— Toi aussi. Vous m'avez tous manqué, plus que je ne voulais l'admettre, avoua Zane en posant une main sur celle de sa sœur. Il va sûrement être libéré, cette fois...

— Je sais. Dix-sept ans, Zane, c'est long. Peut-être pas assez pour toi et moi, mais il a passé suffisamment de temps derrière les barreaux. Elle n'est jamais revenue, pas une seule fois. Lee l'aurait su ; il nous l'aurait dit. Il n'y a aucune raison pour qu'il revienne.

— Elle lui rend toujours visite, toutes les semaines.

— Elle l'aime.

Zane émit un son rempli de dégoût.

— Elle l'aime, oui, affirma Britt. Tu te rappelles comme elle l'a défendu, au procès ? Elle a juré, sous serment, qu'il n'était pas violent mais passionné. C'est n'importe quoi, évidemment, mais elle y croit, elle.

— Ça relève de l'obsession.

— Oui, acquiesça Britt en faisant tourner son alliance autour de son annulaire, un geste que Zane l'avait déjà vu faire lorsqu'ils parlaient de leurs parents. Ils entretiennent une relation d'interdépendance, perverse et destructrice. On n'était que des accessoires, des attributs de leur statut.

— Ils ne pensaient qu'à eux, murmura Zane, à l'image qu'ils renvoyaient, à leurs rapports malsains.

— C'est sûr. Je doute qu'ils pensent souvent à nous.

— Tu as probablement raison.

— Dis-moi… Tu es revenu parce que tu crois qu'il va bientôt sortir de prison ?

— En partie.

— Pour me protéger ?

— Je veillerai toujours sur toi.

— C'est réciproque.

Lorsque Britt retourna travailler, Zane fit le tour de son nouveau cabinet, en pensant à ses anciens meubles qu'il pourrait installer ici.

Son bureau à l'accueil. Il lui faudrait engager une secrétaire, ou une assistante juridique. Quand il aurait des clients.

Seigneur, n'était-il pas en train de commettre une erreur ?

Depuis qu'il était diplômé, il avait toujours été substitut du procureur. Bien sûr, il avait réglé quelques litiges pour ses amis, sa famille, mais son métier consistait à requérir la sanction des auteurs de délits. Un rôle qui lui tenait à cœur.

Dorénavant, son quotidien serait fait de testaments, de divorces, de conduites en état d'ivresse. Certes, il fallait des avocats pour ce genre de situations aussi. Mais serait-il bon ?

Par la fenêtre, il regarda les magasins, les restaurants, les gens qui profitaient de cette journée printanière. Certains visages lui étaient familiers, mais il ne connaissait plus tout le monde. Par exemple, il n'avait jamais vu ce gars, juché sur un escabeau, qui accrochait des paniers de fleurs au-dessus du Breezy Café.

Devait-il fleurir son cabinet ? se demanda-t-il. Il avait une jolie petite galerie. Pourquoi ne pas l'agrémenter d'un banc, de jardinières ? Il confierait cette mission à Darby – un souci de moins.

Son canapé de cuir pourrait aller dans la salle d'attente. Ou bien dans la bibliothèque. Ou dans la salle de réunion. La plupart de ses meubles étaient du même genre que sa voiture. Des meubles de célibataire.

Pour son cabinet, il s'achèterait un grand bureau, et des tableaux pour égayer les murs qu'il ferait repeindre. Ils étaient propres, on avait dû les refaire avant de mettre la maison en vente, mais ce blanc cassé était un peu tristounet à son goût.

En fait, pour avoir longtemps travaillé dans un espace trop exigu, Zane n'était pas certain de savoir que faire de tant d'espace et de temps. Mais pas de panique, il trouverait comment occuper les deux.

Pensif, il regarda passer une femme enceinte qui marchait avec une poussette. Il allait se détourner de la fenêtre quand il tilta, et se précipita à la porte.

— Ashley Kinsdale ! cria-t-il.

La jeune maman se retourna et le dévisagea un bref instant avant de s'écrier :

— Zane !

Il s'avança vers elle, elle l'embrassa. Elle sentait le talc et ce parfum, étrangement, lui causa un petit frisson.

— Waouh, Ashley, ça alors ! Tu attends un bébé ?

— Pour avril, un garçon.

— Tu es superbe.

— Je suis énorme, mais je me sens bien. Quant à toi, si je puis me permettre, tu es devenu bel homme. Oh, Zane, ça me fait tellement plaisir de te revoir ! On m'avait dit que tu devais revenir.

— Toi aussi, tu es revenue ? Je ne savais pas. Tu étais partie à Charlotte, je crois.

— Exact. Je m'y plaisais, mais ma famille me manquait. Et j'ai pris conscience que j'avais envie d'élever mes enfants ici. Nathan était d'accord. C'est mon mari.

Toujours aussi jolie, pensa Zane, *avec ses beaux yeux bleus rieurs.*

— Tu es rayonnante.

— Je suis sur un petit nuage. On vient d'ouvrir le Grandy's Grill. Je m'appelle Ashley Grandy, maintenant. Nathan est cuisinier. Tant qu'à changer de vie, on a décidé de réaliser notre rêve et d'ouvrir notre propre restau. Il faudra que tu viennes dîner, un soir. Tu te rappelles The Pilot ?

— Bien sûr. Je t'y avais invitée...

Zane s'interrompit et avec une grimace de douleur, il se pressa la main contre le cœur.

— Zane, ça va ?

— Mon cœur brisé me fait encore souffrir, de temps en temps.

En riant, elle lui donna une petite claque sur le bras.

— Idiot ! The Pilot est devenu le Grandy's Grill. Nouveau menu, nouvelle déco, nouveau tout. On fait bar, aussi. On a une belle carte de bières artisanales. Il faut absolument que tu passes, un de ces jours.

— Sans faute. Et qui est cette charmante demoiselle ? demanda-t-il en s'accroupissant devant la poussette.

— Je te présente ma petite Fiona. Fifi, dis bonjour à M. Bigelow.

— Walker.

— Excuse-moi, j'avais oublié, je...

— Pas de problème. Enchanté de faire votre connaissance, Miss Fiona.

La fillette, une petite blondinette qui ne devait pas avoir soufflé sa deuxième bougie, lui tendit sa poupée en souriant.

— Mon bébé.

— Il est aussi mimi que toi. Quand je pense que tu es maman…

Toujours accroupi, Zane leva les yeux vers Ashley, en repensant à un baiser sous un ciel étoilé.

— Et toi avocat…

— Tu n'aurais pas un petit tracas juridique, par hasard ?

— Si, justement, on aura peut-être besoin de toi, répondit-elle en se caressant le ventre, comme le font très souvent les femmes enceintes. Avec le deuxième en route, on voudrait faire un testament, et désigner un tuteur, au cas où… Ce n'est pas le genre de choses auxquelles on aime penser, mais il le faut. S'il nous arrivait quelque chose… On préfère savoir que quelqu'un veillera sur les enfants.

— C'est une sage décision, et une formalité toute simple. On pourra voir ça ensemble. Comme ça, vous n'aurez plus besoin d'y penser.

— Tu peux me donner un rendez-vous ?

Du pouce, Zane indiqua son nouveau cabinet.

— Je viens juste d'acheter, je ne suis pas encore installé.

— Alors, passe-moi ton téléphone, que je t'enregistre mon numéro, et celui du restau. Quand tu seras opérationnel, appelle-moi. C'est aussi bien, ça nous laisse le temps d'en discuter avec Nathan.

Après avoir ajouté ses coordonnées dans son répertoire, elle lui rendit son téléphone avec un sourire lumineux.

— On sera tes premiers clients ?

— Pas tout à fait. Ça ne fait que quelques heures, mais j'ai déjà une première cliente.

— Bien joué, tu ne perds pas de temps. Viens là, Zane…

Ashley lui encadra le visage, et lui déposa un baiser sur les lèvres.

— Tu as été mon premier amour. Je tiens à te présenter Nathan, l'amour de ma vie.

— Avec plaisir. Tu as éclairé ma journée, Ashley.

— Finis-la bien. Il faut qu'on retourne gagner notre croûte, Fiona, Caleb et moi, dit-elle en se caressant à nouveau le ventre. À moins que ce ne soit Connor. Ou Chase. J'attends ton coup de fil, OK ? Et si tu ne passes pas boire une bière, t'as intérêt à avoir une bonne excuse !

— Tu peux compter sur moi. Au revoir, charmante Fiona.

Il la regarda s'éloigner, cheveux au vent, puis il regagna son nouveau cabinet, sourire aux lèvres. L'avenir semblait lui sourire.

En une semaine, les travaux avaient bien avancé. Comme Emily et Britt avaient des idées bien arrêtées en matière de déco, il les laissa débattre, soupeser les mérites et les inconvénients de chaque option, choisir des couleurs et des associations de nuances.

Puis il opta pour ce qui lui plaisait.

Il engagea des ouvriers, acheta des meubles à Asheville, en commanda certains en ligne, repéra des œuvres d'art dans les boutiques locales, et invita Darby à venir voir la galerie.

Quelques jours plus tard, il y découvrit un banc qui semblait taillé dans un chêne et poli par des elfes, ainsi qu'un énorme pot en céramique bleue, garni de belles fleurs bleues et jaunes.

Elle n'avait pas chômé, pensa-t-il en descendant de sa voiture, satisfait du rendu. Il espérait seulement ne pas tuer les fleurs trop vite.

Il avait rendez-vous avec Micah, qui devait installer un système de sécurité.

Un petit mot était scotché à la porte. Il le déplia. Darby avait noté le nom des fleurs, dont il ne se souviendrait jamais, avec des instructions d'arrosage et, comme convenu, le prix du banc.

Le pot et les fleurs sur la galerie, le pachira à l'accueil et le bambou dans les toilettes des clients sont des cadeaux. Si vous n'aimez pas les plantes d'intérieur que j'ai choisies, c'est que vous n'avez pas de goût ! Pour le petit patio, vous devriez acheter une table, un parasol, deux chaises et des bacs. Pensez-y.

Au fait, j'aime bien les peintures.

DM

Il s'apprêtait à tourner la clé dans la serrure, curieux de voir ces plantes, lorsque quelqu'un l'interpella. La mère de Micah, Maureen, qui l'avait invité à dîner l'avant-veille.

— Bonjour ! Je vous fais visiter ? Micah devrait être là dans une quinzaine de minutes.

— Avec plaisir.

Elle portait une robe rose, des talons mi-hauts. Elle avait les cheveux plus courts que lorsque Zane était enfant, mais elle était toujours aussi jolie que dans ses souvenirs d'adolescent.

— J'adore ce banc, dit-elle. Ça fait une belle entrée.

— La paysagiste.

— Elle a beaucoup de goût, n'est-ce pas ? Je suis allée voir le bungalow qu'elle a terminé, chez ta tante. J'ai bien envie de faire appel à elle, moi aussi… Oh, Zane, c'est magnifique !

Elle s'avança dans le hall, regarda autour d'elle.

Il avait fait repeindre les murs en gris perle, et placé son ancien bureau dans un angle, de façon à ce que la personne qui l'occuperait se trouve à la fois face à la porte et face à la fenêtre. Les clients patienteraient sur ses chaises de salle à manger, gris foncé. Son canapé irait dans la bibliothèque.

La plante, haute d'un peu plus de un mètre, avait le tronc tressé. Un Post-it était collé sur le pot. Il le prit.

C'est un pachira, ou châtaignier de Guyane, aussi appelé « arbre à monnaie ». Il aime la lumière et ne nécessite pas beaucoup d'entretien. Les bureaux avec des plantes sont plus accueillants et elles améliorent la qualité de l'air. Celle-ci vous portera bonheur.

— Darby McCray ? demanda Maureen.

— Oui.

— Très joli. Zane… Je sais que tu n'as pas le temps, Micah ne va pas tarder, alors…

De son sac, elle sortit une enveloppe en kraft.

— Qu'est-ce que c'est ?

— Mon CV.

— Votre… vraiment ?

— Tu cherches une secrétaire expérimentée… J'ai été assistante juridique dans une vie antérieure.

— Je ne savais pas.

— Ça remonte à quelques millions d'années. Dans cette vie, j'ai aidé Micah à se mettre à son compte et... Tout est sur mon CV. Je n'ai pas voulu en parler l'autre soir quand tu es venu dîner... Je ne voulais pas te mettre mal à l'aise.

— J'ignorais que vous cherchiez du travail. Eh bien... Vous êtes embauchée.

— Non, Zane, tu es gentil, mais lis d'abord mon CV, comme tu le ferais pour n'importe qui d'autre.

— Je vous connais. Je sais que je peux vous faire confiance, et ce poste requiert une personne de confiance. Les gens vont venir parce qu'ils veulent divorcer, poursuivre un voisin en justice, ou parce que le médecin leur aura annoncé une mauvaise nouvelle et qu'ils n'avaient encore jamais pensé à rédiger un testament. Je sais que je peux compter sur votre discrétion, votre amabilité et votre patience. J'ai toujours pu compter sur vous et Dave.

Maureen soutint son regard avec une expression butée qu'il ne lui avait encore jamais vue.

— Je ne veux pas que tu m'embauches parce que tu te sens obligé.

— Je vous en prie... Dites oui et nous discuterons du salaire.

— Lis d'abord mon CV, contacte mes anciens employeurs. Tu viens de me dire que tu me fais confiance, alors écoute-moi quand je te dis de procéder comme il se doit.

— Bien, madame.

— Ah ! Je te laisse, maintenant. Cette plante est vraiment très sympa.

Seul, le CV à la main, Zane alla découvrir le bambou dans les toilettes. Là aussi, un Post-it était collé sur le pot, avec des instructions d'entretien, minimes, encore une fois.

Dans son cabinet, il trouva un petit mot sur son nouveau bureau : le nom d'une plante qui conviendrait pour cette pièce, pour quelles raisons et à quel endroit exactement.

Curieux, prudent, il jeta un coup d'œil dans ses toilettes personnelles, dotées d'une minuscule cabine de douche, afin que le rez-de-chaussée puisse être loué en appartement.

Pas de Post-it.

En revanche, il en trouva un dans la pièce appelée à devenir la bibliothèque, et un autre dans la kitchenette. Le sourcil froncé, il regarda par la minuscule fenêtre ce que seul un optimiste pouvait nommer « patio ».

Pour lui, il s'agissait d'un carré de ciment.

Cela dit, effectivement, on pouvait y mettre une petite table et deux chaises. Aux beaux jours, il pourrait déjeuner dehors, ou sortir prendre l'air entre deux rendez-vous.

À voir, se dit-il en regagnant son bureau.

Là, il avait choisi une teinte de gris plus soutenue, un peu plus austère, comme il convenait pour un avocat.

Il s'installa dans son nouveau fauteuil, puis il se releva et, devant la fenêtre, il déplia le CV de la mère de son meilleur ami.

Dix minutes plus tard, Micah était là.

— Salut, mec.

— Salut.

Micah avait une queue-de-cheval, un anneau à l'oreille gauche, et un petit bouc qui lui allait plutôt bien. Il portait un pantalon de travail, des Nike montantes rouges et un tee-shirt délavé des Avengers. Un look de hippie intello, à son image.

— C'est cool, l'arbre, dehors.

— Ouais, j'aime bien. Tu veux un scoop ? Je vais embaucher ta mère.

— Ma mère ? Pour quoi faire ?

— Mon assistante.

— Sérieux ?

— Absolument. Tu savais qu'elle avait travaillé dans un cabinet juridique ?

— Ouais, je crois…

Micah se laissa tomber dans l'un des deux fauteuils de cuir bordeaux, les jambes étendues et croisées devant lui.

— Waouh… C'est cool. Elle ne nous a rien dit.

— Je viens de lire son CV.

— Ma mère a un CV ?

— Et d'excellentes références, dont tu fais partie.

— Moi ?

— Elle t'a aidé à t'installer à ton compte.

— Ah ouais. Le geek n'aurait jamais rien fait de sa vie, sans elle. Cela dit, je dois reconnaître qu'elle m'a appris le B.A. BA de la compta, et qu'elle m'a aidé à construire mon site web. Papa est au courant ? Ouais, forcément, se répondit Micah à lui-même. Ils se disent tout. Bon, ben ça, c'est une bonne nouvelle, mon pote ! Remarque, maintenant que j'y pense, c'est vrai qu'elle parlait de trouver un job depuis que Chloé s'est mariée, à l'automne dernier.

— Comment elle va ? Chloé ?

— Bien. Elle habite dans les Outer Banks, avec Shelly. Punaise, je n'arrive pas à y croire ! Tu imagines que je suis sortie avec une fille qui s'est mariée avec ma sœur ?

— Les choses changent.

Micah joignit le bout de ses doigts et s'inclina.

— Voilà de bien sages paroles, mon frère. Bref… Je suis passé chez ta tante pour voir ce que la paysagiste a fait avec Roy. Pas mal, la meuf !

— Darby ?

— Super canon, bien que moins belle que ta sœur, et tu sais que je considère Britt comme ma frangine. Sauf qu'elle est hétéro, mariée et mère de famille.

— Je sais, t'inquiète.

— En tout cas, cette Darby est bien roulée. Avec ses cheveux roux, elle me fait penser à la Veuve Noire.

— Ouais, c'est pas faux.

— Mais je n'aime que Cassie. Ma chérie est la plus cool des nanas de la Terre. Sinon, je me serais bien tapé la paysagiste.

— Bon… Si on parlait sécurité ?

— Ouais, t'as raison, c'est pour ça que je suis là.

Zane exposa ses besoins à Micah, qui répondit à ses questions, puis ils bavardèrent de choses et d'autres, heureux de se retrouver.

Après quoi, Zane alluma son ordinateur et rédigea un contrat de travail en bonne et due forme, ainsi qu'un profil de poste détaillé.

Il s'interrompit un moment pour prendre livraison d'une commande de meubles et de fournitures de bureau.

Puis il relut le tout et l'envoya par mail à sa nouvelle assistante administrative.

Maintenant, s'il pouvait se trouver un stagiaire pour l'été, il serait en activité.

Les poings sur les hanches, Darby examinait la position des chaises qu'elle venait de remettre sur la terrasse, poncées, repeintes et séchées.

Elle avait envoyé Roy déblayer le gravier du bungalow suivant, pendant qu'elle apportait les touches finales à celui-ci.

Le seul point commun avec le premier était la lanterne. À ses yeux, cet élément créait une symétrie, un repère.

Tout le reste était différent, unique.

Quand elle aurait refait tous les bungalows, elle espérait qu'Emily leur donnerait des noms, plutôt que des numéros, et qu'elle fixerait des petits panonceaux sur les lanternes.

À présent, il ne lui restait plus qu'à terminer de garnir les pots, balayer, vérifier le branchement électrique, et sa journée serait terminée.

En entendant un bruit de moteur, elle se retourna, et attendit que la voiture se gare au bout de l'allée. Une jeune femme en descendit. Café au lait, cheveux crépus, silhouette sportive, en jean et veste en jean, une petite vingtaine d'années, estima Darby.

— Madame McCray ?

— Elle-même.

— Hallie Younger. J'ai entendu dire que vous embauchiez.

— Il faut voir. Vous cherchez du travail ?

— Il faut voir, répliqua Hallie avec un sourire. Ce que vous faites m'intéresse. Je vous ai apporté un CV. Je n'ai pas beaucoup d'expérience en aménagement paysager, mais je jardine tous les étés avec ma grand-mère, et j'ai aidé mon père à faire une clôture en bois. J'ai aussi dallé l'allée de mes parents, il y a deux ou trois ans. L'effort physique ne me fait pas peur.

— Vous pourriez me convenir. Vous travaillez en ce moment ?

— Je suis en école de commerce, en alternance au Lakeview Hotel. Mais je déteste. Enfin, pas les gens, les équipes sont sympas, mais je n'aime pas être enfermée toute la journée. J'ai accepté de faire une première année pour faire plaisir à mon père.

— Alors, vous devez aller au bout.

Hallie haussa les épaules, un mouvement qui fit tressauter ses bouclettes.

— Pas la peine, si je trouve un emploi qui me plaît ! J'ai vu ce que vous avez fait ici. C'est ce que je veux faire, moi aussi. Je pense que je me débrouillerai.

— Je peux voir votre CV ?

— Je vous remercie, dit Hallie en sortant une enveloppe de son sac.

— En fait, je vous propose un petit test. Dites-moi ce que vous en pensez, fit Darby en désignant le bungalow du geste. Et commentez.

— C'est très joli. Le turquoise des fauteuils crée un contraste intéressant avec le rose des azalées.

Hallie interrogea Darby du regard, qui lui fit signe de poursuivre.

— Le cornouiller blanc apporte une note joyeuse, chaleureuse…

Hallie prit une profonde inspiration, puis elle ajouta :

— Vous avez utilisé des variétés locales, qui nécessitent peu d'entretien. On dirait qu'elles ont poussé là naturellement… J'aime bien la mousse entre les dalles d'ardoise. Chez mes parents, j'ai mis de la camomille, dans les joints de l'allée.

— Très bon choix également. Tenez, prenez mes gants. Il me reste des bacs à finir. Vous voulez faire les deux pots sur la galerie ?

— OK. Qu'est-ce que j'y plante ?

— Comme vous voudrez. Je vais regarder votre CV, pendant ce temps.

Hallie se mordit la lèvre inférieure.

— D'accord... C'est un test...

— Je vous laisse, et je vous dirai ensuite ce que j'en pense.

Tandis que la jeune femme se mettait au travail, Darby s'installa dans un fauteuil turquoise afin d'étudier son CV. Bons résultats scolaires, emplois de bureau chaque été. Des photos de l'allée qu'elle avait dallée – du bon boulot –, de la clôture en bois dont elle avait parlé, et une série de clichés de massifs fleuris.

Darby s'éloigna afin de téléphoner à l'un des anciens employeurs de la jeune femme.

En revenant, elle la trouva accroupie sur la galerie, avec une expression qu'elle ne connaissait que trop bien : le plaisir de toucher la terre.

— Très joli, commenta-t-elle. Belle association de couleurs, textures et hauteurs. Le bungalow est réservé à partir de demain. Ça vous dit de m'aider à finir les bacs ?

— Volontiers !

— Super. Bienvenue à bord.

— Je... Je suis embauchée ?

— Vous êtes embauchée. Suivez-moi. On discutera en bossant.

11

Même si Zane avait réussi à repousser la vente immobilière d'une semaine, Darby était débordée. En attendant de pouvoir déménager, elle avait dû changer de bungalow pour laisser le sien à des clients qui l'avaient réservé.

Avec Hallie qui lui consacrait deux journées par semaine le temps de son préavis de quinze jours, Gabe qui donnait un coup de main les week-ends ainsi que le soir après l'école et les entraînements de base-ball, ils eurent le temps de terminer trois nouveaux bungalows avant que Darby ait les clés de sa nouvelle maison.

Tous les autres étant occupés, elle s'attela à la réception, qu'elle souhaitait particulièrement soigner. Le chantier mobilisa toute son équipe – oui, elle avait une équipe ! –, nécessita sa nouvelle pelleteuse, beaucoup de manutention, beaucoup de terre, mais elle réalisa ce qu'elle considérait comme un superbe jardin de rocaille.

— C'est joli comme une image, lui dit Hallie.

— Et ce sera encore plus beau dans quelques semaines. Je pense qu'on finira demain. On attaquera ensuite le bungalow 8. Notre boucan ne dérangera personne, il n'est pas réservé avant le week-end prochain. On fera les peintures plus tard, mais on devrait avoir le temps de planter quelques arbustes. Après, on commencera la maison d'Emily, et on alternera avec les bungalows, selon leurs disponibilités.

— Elle va nous tuer à la tâche, maugréa Roy, qui ensevelissait les racines d'un arbre de Judée. Si elle n'était pas aussi sympathique…

— Si vous n'étiez pas aussi vaillant… riposta-t-elle.

— J'ai toujours aimé les fleurs et les plantes. Maintenant, j'en rêve ! Et v'là-t'y pas que, dimanche dernier, ma mère m'a demandé de lui faire un joli massif !

Roy avait beau râler, Darby lisait la joie et l'épanouissement sur son visage.

Quelques heures plus tard, après avoir pelleté, dallé, creusé, elle se garait en haut du chemin escarpé menant à son nouveau logis.

Devant la petite maison, elle pivota lentement sur elle-même. Et vit du potentiel : des ronces à débroussailler, de la terre à déblayer, des espaces où bâtir, d'autres à végétaliser.

À l'horizon, le soleil déclinait derrière les montagnes, l'ombre s'étendait sur les bois. En s'avançant jusqu'au bord de la pente au bout de son terrain, elle apercevait le lac en contrebas.

Elle visualisait déjà les murettes qu'elle construirait, la serre, l'abri pour son matériel, l'allée pavée, les arbustes colorés, les massifs fleuris, un petit coin ombragé.

Elle pourrait prendre le temps d'imaginer et de concrétiser. Car elle était ici chez elle. Tout en dansant, elle alla dans son pick-up chercher les outils qu'elle avait apportés.

Deux allers-retours plus tard, elle faisait le tour du rez-de-chaussée. Elle s'aménagerait un salon cosy, quand elle aurait des meubles. La petite pièce sous l'escalier pourrait être mignonne, avec quelques travaux, au lieu d'être purement utilitaire.

Dans la cuisine… Darby n'avait jamais été un cordon bleu ; par conséquent, elle se contenterait de l'électroménager déjà sur place. Elle repeindrait les placards d'une couleur gaie, et elle se trouverait une table sympa – ou la fabriquerait – avec deux chaises.

Le comptoir n'était pas très grand, et d'un jaune qui n'était pas du meilleur ton. Quant à la tapisserie – une explosion de marguerites jaunes et orange –, elle devrait être arrachée au plus vite.

Partout, les fenêtres laissaient entrer la lumière, la vue, et comme il n'y avait pas de voisins, il n'y aurait pas besoin de rideaux.

La cuisine avait en outre une porte donnant sur une petite terrasse. Elle referait le sol, avec une plate-bande pour un petit jardin aromatique. Inutile d'être bonne cuisinière pour apprécier les herbes aromatiques. Une petite fontaine solaire, aussi, peut-être, vu que ce coin bénéficiait d'un bon ensoleillement.

« Chez moi… » pensa-t-elle, en refermant les bras autour de ses épaules. Ici, elle serait libre de faire tout ce qui lui plairait.

L'étage se composait de deux petites chambres et d'une salle de bains. Darby dormirait dans la première. L'autre serait son bureau. Elle y avait déjà installé son ordinateur, un fauteuil, deux chaises pour les visiteurs/clients, et un pachira dans un pot à rayures rouges et bleues.

Heureusement, il n'y avait pas de tapisserie, ici. Elle n'aurait qu'à repeindre les murs en bleu pâle, les plinthes en blanc.

La salle de bains était en revanche tapissée d'un papier à motif de poissons, horribles, avec de gros yeux globuleux. Et les anciens propriétaires avaient laissé le rideau de la baignoire, assorti.

Atroce.

À terme, elle referait les sanitaires, mais pour l'instant, il lui faudrait s'accommoder de l'aquarium, avec le lavabo pas plus grand qu'une bassine, le meuble au revêtement écaillé, et les toilettes qui basculaient quand on s'asseyait dessus.

Bah... Toujours mieux que le camping, se dit-elle en gravissant les quelques marches menant à sa chambre.

Elle avait un lit, ou tout du moins un nouveau matelas et de jolis draps neufs. Face à la fenêtre et une vue qui valait tout l'or du monde.

Ne restait plus qu'à trouver le temps d'acheter des meubles. Et le courage de détapisser. Ici, le papier peint était rouge et or, floqué – il lui semblait que c'était le terme. S'il était censé être chic, elle le trouvait plus hideux encore que les poissons.

Après sa douche, elle enfila un pantalon de coton et un tee-shirt de nuit. Dans la cuisine, elle alluma le four et y glissa une pizza surgelée, son aliment de base avec le pop-corn au micro-ondes.

Avec une assiette et un verre de vin, elle remonta dans son bureau, mit de la musique, à fond, et passa une soirée fort agréable à élaborer des plans pour sa nouvelle maison.

Pendant que Darby mangeait sa pizza, Zane dégustait une bière au comptoir du Grandy's Grill. Ashley ne lui avait pas menti : il avait eu du mal à faire son choix parmi la sélection de pressions artisanales.

L'atmosphère rappelait un pub irlandais : bois sombre, éclairage feutré, un bar tout en longueur, une dizaine de tireuses à bière, et un bel assortiment de bouteilles le long d'un mur de briques.

Le bar était aussi plein que la salle de restaurant attenante. Quasiment toutes les tables étaient occupées, tant par des habitants du coin que des touristes.

Zane avait commandé une Hop, Drop'n Roll, la bière du jour ; Dave buvait une Dark Angel.

Celui que Zane considérait comme son sauveur paraissait en bonne forme. Le temps avait semé quelques fils d'argent dans ses cheveux, mais cela lui allait bien. Toujours aussi sportif, il portait une montre connectée.

Sa chemise aux manches retroussées laissait deviner des épaules carrées et des biceps bien dessinés. Clairement, il soulevait toujours de la fonte. Ils commencèrent par bavarder muscu, appareils de fitness, car Zane pensait aménager une salle de gym au sous-sol de sa nouvelle maison.

Puis tels des amis de longue date, ils dérivèrent naturellement sur les gens de la ville.

— Tu connais Grandy, j'imagine ? demanda Zane.

— Bien sûr, un chic type. Ils ont beaucoup investi, ici, avec Ashley.

— Ça a l'air de bien tourner.

Dave arqua un sourcil.

— Tu n'en pinces plus pour elle, j'espère ?

— Non, heureusement ! Mais je garderai toujours une certaine tendresse pour elle, la première fille dont j'ai cru être amoureux, la première à avoir brisé mon cœur d'ado. Je suis content de savoir qu'elle a épousé quelqu'un de bien, et qu'ils ont une affaire qui marche.

— Et les tiennes, comment ça va ?

— Ce n'est que le début... Je n'arrive pas à croire que Maureen travaille pour moi. À mes yeux, elle est restée la maman de Micah, qui nous ramenait de l'école, nous préparait des crêpes et nous engueulait quand on ne s'essuyait pas les pieds. Maintenant, je peux dire qu'elle est mon bras droit.

— On se retrouve tout seuls, depuis que Chloé s'est mariée et que Micah a quitté le nid. Ça faisait un moment que Maureen cherchait un job, mais elle ne trouvait rien qui lui plaisait. Tu es tombé au bon moment. On est contents de te retrouver.

— Je n'étais pas certain d'être sincère quand je le dirais, mais je suis content, moi aussi, d'être de retour.

— Il paraît que tu as acheté une très belle maison...

— Parfois, je me demande si je n'ai pas fait une connerie, dit Zane en prenant une poignée de cacahuètes. Mais chaque fois que je me rends là-haut, je me félicite de mon choix. Dès que je serai installé, je vous inviterai tous, pour qu'on teste ce barbecue de dingue que les anciens propriétaires m'ont laissé.

— Quand tu veux !

— Micah est venu voir la connectique. Je peux tout contrôler depuis une tablette ou un smartphone : la musique, les lumières, la télé, l'alarme. Je n'ai pas tout de suite compris comment ça fonctionnait, il a fallu qu'il revienne me montrer, mais je crois que je maîtrise, maintenant.

— C'est son rayon, ce genre de choses.

— Carrément.

Dave but une gorgée de bière.

— Dis-moi... Si tu as des soucis, tu sais que tu peux m'en parler.

Zane observa son verre, puis leva les yeux sur Dave. Le même visage déterminé, le même regard, à la fois perçant et bienveillant.

— Graham va demander la libération conditionnelle, la semaine prochaine. Il l'obtiendra sûrement, cette fois. Je pourrais témoigner, et ils le garderaient peut-être encore quelques années à l'ombre, mais ce ne serait que reculer pour mieux sauter.

— S'il le faut, je témoignerai aussi. Et tu sais que tu peux compter sur Lee, Emily, Britt.

— Je sais, et je connais les rouages du système, pour en avoir fait partie. Il a purgé dix-sept ans, il s'est bien tenu, il a suivi une thérapie. Ça fait six ans qu'il travaille à l'infirmerie de la prison. Le tribunal estimera qu'il a payé. C'est exactement le genre de détenu qu'ils font sortir pour faire de la place. Et je ne veux pas imposer une audition à Britt. Ni à aucun d'entre vous.

— Mais si ça ne tenait qu'à toi ?

Zane s'était posé la question, à de nombreuses reprises, allongé sur son lit, à tourner et retourner sa balle de base-ball entre ses mains, pendant des heures et des heures.

— Il finira un jour ou l'autre par être libéré, ça ne sert à rien de repousser l'échéance. Parfois, il faut savoir tourner la page.

— C'est pour ça que tu as quitté les services du procureur et que tu es revenu ?

— En partie. Je ne pardonnerai pas, je n'oublierai pas, mais il était temps de tourner la page. De refermer le livre, même.

— Je comprends.

— Il n'aura pas la vie facile. Il n'aura plus jamais le droit d'exercer la médecine. Il devra se présenter régulièrement devant le juge d'application des peines et se soumettre à des dépistages toxicologiques. Il ne pourra pas quitter le pays. Il sera peut-être même assigné à résidence à Raleigh, et obligé de suivre une thérapie de gestion de la colère. Il faudra qu'il trouve du travail.

Zane haussa les épaules et resta un instant silencieux.

— Il habitera chez Eliza. Elle a une maison dans un quartier tranquille, elle travaille à mi-temps dans un magasin de vêtements de luxe.

Dave le regarda d'un air interrogateur.

— J'aimais autant savoir où ils étaient, l'un et l'autre. Mais là, j'ai tourné la page. Je voulais juste vous dire quelque chose, avant de fermer le livre pour de bon. Vous avez toujours été comme un père pour moi, plus que le mien ne l'a jamais été. Lee aussi, mais vous, ça remonte à plus loin encore. C'est grâce à vous, à ce que vous êtes, que j'ai appris à devenir un homme.

Dave but une gorgée de bière, un instant privé de voix.

— Ça fait plaisir, dit-il enfin. Surtout de la part d'un adulte dont je suis fier.

— Ce que vous avez fait pour moi…

— N'en parlons plus.

— Pas seulement ce soir-là, et les jours qui ont suivi…

Zane avait besoin de le verbaliser. Dire les choses, comme les écrire, leur donnait une réalité.

— Vous n'avez pas seulement été là pour moi quand je n'avais personne. Vous ne vous êtes pas seulement battu pour moi. Vous m'avez montré la vraie vie, une vraie famille, de vrais parents, un vrai couple. Sans ça, sans vous… La violence est un cercle vicieux. Sans vous, je serais peut-être devenu comme lui.

— Certainement pas, Champion.

— On n'en sait rien. En tout cas, vous, Maureen, Micah et Chloé, vous avez contribué à faire pencher la balance du bon côté. Je ne serai jamais comme lui et ça, c'est le plus important que vous ayez fait pour moi.

— Moi aussi, je voudrais te dire quelque chose : tu n'as jamais été comme lui, ni comme elle. J'ai toujours été étonné de voir combien vous étiez différents de vos parents, Britt et toi. Je sentais bien que quelque chose ne tournait pas rond, chez vous, mais je ne trouvais pas ce que c'était. Je le regrette, mais je ne me suis jamais douté de rien. Je ne voyais qu'un type arrogant et odieux, une potiche décérébrée.

— Une potiche décérébrée, c'est tout à fait ça !

— Ta sœur et toi, vous n'aviez rien de vos parents. Je ne vois rien en vous qui leur ressemble, comme je retrouve parfois un peu de moi ou de Maureen chez nos enfants. Ce que je vois en vous, c'est un cœur. Graham et Eliza n'en avaient pas. Je n'oublierai ni ne leur pardonnerai jamais, moi non plus, déclara Dave, son regard clair et bienveillant au fond de celui de Zane.

— Je crois que nous en sommes à la même page du même livre.

— On dirait bien, répliqua Dave avec un sourire. Si on commandait une autre tournée, et des nachos ?

— Excellente idée !

Zane fit la connaissance de Nathan Grandy par un matin d'avril pluvieux. Le jeune couple avait rendez-vous à 9 heures. Maureen les fit entrer dans le bureau de Zane à l'heure dite.

Ashley avait épousé un homme qui lui ressemblait : un grand blond aux yeux bleus et aux traits réguliers, tout aussi charmant qu'elle. Le jeune papa à la silhouette sportive et la jeune maman au ventre rebondi auraient pu tourner dans une publicité pour du dentifrice.

Il l'aida à s'asseoir, puis il échangea une poignée de main avec Zane.

— Enchanté, dit-il. Permettez-moi d'être franc : je suis content que ça n'ait pas marché entre vous et Ashley.

— Nathan Grandy ! le tança-t-elle en riant.

— Je le comprends, dit Zane avec un clin d'œil.

— Il paraît que vous êtes passé au bar, il y a quelques jours... Je vous ai loupé, dommage. Vous avez dû arriver quelques minutes après mon départ. Ashley approche du terme. J'essaie de rentrer tôt pour l'aider à coucher Fiona.

— Très sympa, le lieu que vous avez créé. Les nachos étaient délicieux.

— Une valeur sûre, effectivement. Bon, comment on procède ? demanda Nathan. Nous n'avons encore ni l'un ni l'autre de testament.

— Si vous commenciez par me dire quels sont vos souhaits… suggéra Zane en ouvrant un bloc-notes.

— Classiques, je suppose, répondit Ashley en cherchant du regard l'approbation de son mari. Nous avons tout acheté ensemble, la maison, les voitures, le restau. Si l'un de nous venait à… Nous aimerions que tout revienne à l'autre.

— Eh bien voilà un bon point de départ.

Zane leur posa des questions, et se fit une idée de leur train de vie, leur patrimoine, leur façon de gérer leurs comptes. Puis il leur apporta des réponses, leur exposa diverses options et, peu à peu, il les sentit tous deux se détendre.

— OK, maintenant, imaginons que vous disparaissiez tous les deux dans une apocalypse zombie…

— Dans ce cas, nous aimerions léguer nos biens à nos enfants. Mais pour l'instant, notre fille n'est qu'un bébé, et le deuxième n'est même pas encore né.

À la manière dont Nathan s'exprimait, Zane devina que le sujet avait déjà été abordé.

— Vous pouvez désigner quelqu'un qui sera chargé de gérer l'héritage de vos enfants.

— Ça peut être leurs tuteurs ?

— Si vous le désirez.

Ashley et Nathan échangèrent un regard, puis Ashley prit la main de son mari et y exerça une pression.

— Nous avons décidé de désigner nos parents comme tuteurs. Nous voulons que les petits grandissent ici, et Fiona les adore, elle les connaît, elle est en confiance. Nous savons qu'ils veilleront sur nos enfants.

— OK, je vais prendre leurs noms, prénoms, adresse, dates de naissance...

Soudain, Ashley grimaça et se pressa une main contre le côté du ventre.

— Nathan, dit-elle, je crois que le deuxième veut sortir...

— Sûrement une simple contraction, ma chérie. Il reste encore dix jours.

— Il n'est pas de cet avis. Il est prêt...

Zane en lâcha son stylo.

— Tu crois que... c'est pour aujourd'hui ? bredouilla-t-il. Laisse-moi appeler Maureen.

— Non, non, protesta Ashley. Les contractions sont faibles, et ce n'est que la troisième. Elles sont espacées d'à peu près douze minutes. On a le temps.

Nathan se leva néanmoins, son téléphone à la main.

— Je vais prévenir la sage-femme, si vous voulez bien m'excuser une minute.

Et il quitta le bureau.

— Vous avez une sage-femme ? demanda Zane.

— Oui, à la clinique, répondit Ashley avec un sourire serein, en se tenant le ventre. Elle est super. Ne t'inquiète pas, Zane. Fiona est chez maman, on est à cinq minutes de la clinique. Je suis déjà passée par là, je sais ce que c'est. Terminons le testament. Je voulais aussi te dire que mes parents ont ouvert un livret pour les études de Fiona, et ils feront la même chose pour son petit frère. Je leur fais confiance à 100 %. Je sais qu'ils élèveront les enfants, qu'ils s'occuperont de tout. On veut juste que tout soit réglé, noir sur blanc, qu'on n'ait plus besoin d'y penser.

— Oui, je… Tu n'es pas plus angoissée que ça ?

— Par l'apocalypse zombie ?

— Non, par…

Zane fit un geste en direction de son ventre.

— Je serai sûrement moins zen dans quelques heures, répondit Ashley.

Et elle se retourna lorsque Nathan revint dans la pièce.

— Sandy est prête, annonça-t-il en se rasseyant et en caressant le ventre de son épouse. J'ai appelé ta mère. Elle prévient ton père et le reste de la famille. Ils attendent notre coup de fil pour amener Fiona à la maternité. J'ai aussi appelé le restau, ils gèrent. Bon, où en étions-nous ?

— Euh… Pour tout vous dire, je suis un peu perturbé, avoua Zane.

La consultation dura encore une trentaine de minutes, entrecoupée de contractions que Zane guettait d'un œil inquiet.

Lorsque Nathan et Ashley prirent congé, Maureen les embrassa tous les deux en leur souhaitant bonne chance. Après leur départ, Zane se laissa tomber dans l'un des fauteuils de la salle d'attente.

— Ouf… soupira-t-il. Ma première petite amie a failli accoucher dans mon bureau.

— Pas tout à fait, quand même, objecta Maureen.

— Elle part à la clinique à pied ?

— Il ne pleut plus. C'est bon, de marcher pendant la première phase du travail. Tu sais ce qui serait bien ? Que son ami avocat aille acheter des fleurs pendant sa pause-déjeuner, et qu'il les lui apporte ce soir à la maternité.

— Excellente idée. C'est trop bizarre... C'est la première que j'ai... (Zane s'interrompit devant le regard de Maureen.) Non, pas ce que vous pensez. Je l'ai juste... C'est trop bizarre... Enfin bref ! dit-il en ressaisissant.

Et il posa son bloc sur le bureau de Maureen.

— Ce sera un testament tout ce qu'il y a de plus simple. Vous me le montrerez quand vous l'aurez tapé. Si vous n'arrivez pas à lire mes notes, n'hésitez pas à venir me voir.

— Ton écriture est très lisible, pour un magistrat. Tu as rendez-vous avec Mona Carlson dans dix minutes. Elle divorce, peut-être pour de bon, cette fois. Ensuite, Grant Feister à 11 h 30, conduite en état d'ivresse. Cet après-midi, tu n'as que deux rendez-vous, mais je dirais que ça fait déjà une bonne journée, pour une première semaine d'activité.

À l'accueil, le téléphone sonna.

— Peut-être un rendez-vous de plus, dit Maureen en décrochant. Étude de maître Zane Walker, bonjour...

Il acheta donc un bouquet, et se présenta à la clinique aux environs de 15 heures. La jeune femme en blouse blanche qui l'accueillit avec un aimable sourire lui dit qu'elle devait demander à Ashley si celle-ci souhaitait recevoir de la visite. Zane la pria de simplement remettre les fleurs à la jeune maman.

Il se rendit ensuite chez Emily, lui rapporter des imprimés fiscaux qu'elle souhaitait qu'il vérifie. Il la trouva devant sa maison, qui se tordait nerveusement les mains en regardant Darby creuser une tranchée à l'aide de sa petite pelleteuse. Roy et Hallie plantaient un arbre de l'autre côté du terrain, à présent divisé par un chemin dallé. Sur la galerie, Gabe et Brody installaient une balancelle d'un rouge flamboyant.

Comme Emily semblait sur le point de s'évanouir, ou de s'enfuir en hurlant, Zane se gara et se dirigea droit vers elle. Les yeux écarquillés, elle lui saisit les bras.

— Qu'est-ce que j'ai fait ? bredouilla-t-elle.

— Que se passe-t-il ?

— Elle creuse une tranchée. Pour… arroser… pour irriguer… le jardinet.

— Le jardinet ? Comme dans *Sacré Graal* des Monty Python ?

— Oh mon Dieu, oh Seigneur, comme dans *Sacré Graal* des Monty Python ! Elle dit que j'aurai de la couleur de l'automne jusqu'au printemps, et de la texture toute l'année, et pas beaucoup d'entretien, et que tout le monde peut avoir la main verte.

— Si tu ne veux pas…

— Mais si ! s'écria Emily en secouant son neveu. Tu ne comprends pas… Dès qu'elle se met à parler, tu hoches la tête et tu trouves ses idées géniales, tu te demandes pourquoi tu n'y avais pas pensé plus tôt. Et puis elle se met au boulot et tu te dis : Oh, mon Dieu, qu'est-ce que j'ai fait ? Regarde la couleur de cette balancelle…

— J'ai vu. C'est quoi, comme couleur ? Rouge tomate ?

— Oh là là… Oui, rouge tomate… C'est moi qui l'ai choisie. Enfin… je crois.

Toujours agrippée à Zane, Emily jeta un coup d'œil en direction de Darby.

— Je crois qu'elle contrôle mon esprit, chuchota-t-elle. Sans rire.

— Respire calmement, conseilla Zane en étreignant sa tante. En tout cas, une chose est sûre, le chemin dallé est super.

Emily regarda l'allée.

— C'est vrai. Cette fille est une artiste. Je l'avais déjà constaté, mais...

— Inspire à fond. Autre chose, j'adore la balancelle.

— Moi aussi ! En fait, elle a toujours de bonnes idées. Comment vas-tu, mon grand ?

— Bien. Je commence à avoir des clients. Maureen est fantastique, et j'ai peut-être trouvé une stagiaire pour l'été. Je serai tout seul avec deux femmes. Oh, j'allais oublier ! Ashley est en train d'accoucher.

— Là, maintenant ?

— Elle a eu ses premières contractions dans mon bureau. Je ne t'explique pas comme j'étais mal à l'aise.

— Drôle de journée, vraiment...

— Je ne te le fais pas dire.

Le téléphone d'Emily vibra, elle consulta l'écran et embrassa Zane sur la joue.

— J'ai quelqu'un à la réception, j'y vais.

— Je dois rentrer, de toute façon. J'ai des tas de trucs à faire.

— Viens dîner demain soir. J'aurai retrouvé mes esprits.

— C'est noté.

Il s'apprêtait à remonter dans sa voiture, après avoir salué ses cousins, lorsque Darby sauta à bas de son engin. Il s'avança à sa rencontre, en examinant la tranchée.

— Alors comme ça, vous faites un jardinet ?

— Il ne faut jamais contrarier les chevaliers qui disent « Ni ! »[1].

— En effet, répondit-il en riant.

Darby souleva sa casquette et s'épongea le front, et Zane se demanda une fois de plus de quelle couleur étaient ses cheveux. Châtains ? Auburn ? Plus auburn que châtains au soleil, mais plus châtains qu'auburn à l'ombre.

— Vous tombez bien, je voulais vous voir, dit-elle en remettant sa casquette.

— Vous avez besoin d'un avocat ?

— Pas là tout de suite. En revanche, je cherche des clients. Je pourrais venir voir votre nouvelle maison ?

Zane se sentit tout à coup gagné par la panique, quoique dans une moindre mesure qu'Emily.

— Vous paraissez pourtant bien occupée.

En haussant les épaules, elle enfila des gants de travail.

— Il faut anticiper, dans la vie. J'ai des idées, mais j'aimerais en discuter avec vous, sur le terrain. Je peux passer d'ici deux heures.

Elle se dirigea vers son pick-up, interpella son équipe, qui entreprit de décharger des longueurs de tuyau noir. Zane en profita pour prendre congé, avant qu'elle ne lui jette une paire de gants et ne l'embauche. En rentrant chez lui, il se promit de ne pas se laisser refiler un jardinet avec système d'irrigation automatique.

---

1. En référence à une scène d'anthologie du film *Monty Python : Sacré Graal !*

Il désirait seulement un arbre, qui lui donnerait de l'ombre et qu'il regarderait grandir au fil des ans. Deux arbres, peut-être, pour accrocher un hamac où faire la sieste le dimanche après-midi. Éventuellement des massifs fleuris, ou bien des haies. Pas de jardinet, pas de système d'irrigation. Il ne se laisserait pas embobiner.

12

Darby admira le chemin qui montait chez Zane. Elle savait où se trouvait la limite de la propriété, pour l'avoir visitée, et elle savait qu'elle la matérialiserait par une rangée d'arbres de Judée, ou bien des azalées. Ou peut-être des lauriers de montagne, ou juste des lauriers roses. Elle les disposerait de telle façon qu'on aurait l'impression qu'ils avaient poussé là naturellement.

Les visiteurs s'émerveilleraient, en arrivant, et les arbustes fleuris se verraient aussi depuis la maison. Ils souligneraient la vue.

La villa en elle-même, selon Darby, était une petite prouesse d'architecture, tout en bois, pierre et baies vitrées, à flanc de coteau, surplombant le monde en contrebas. Balcons, terrasses et galeries n'attendaient que sa touche. L'entrée, plein sud, réclamait de grandes urnes de pierre, ou de ciment, qui déborderaient de couleurs.

Darby était prête à se lier d'amitié avec Zane juste pour le plaisir de pouvoir passer un peu de temps dans cet endroit magnifique. Si elle parvenait à le convaincre de la laisser aménager son terrain, elle lui créerait un véritable paradis terrestre.

Elle se gara, observa la maison. Franchement… Ce pauvre homme n'avait même pas un fauteuil sur le balcon de la suite parentale – ou plutôt, la terrasse, vu la superficie. Il n'y avait pas photo, il avait besoin d'elle.

Il sortit par la véranda, et elle perçut instantanément qu'il était fait pour cette maison, autant que la maison était faite pour lui. Il était grand, en adéquation avec les hauts plafonds, les grandes fenêtres, l'immense pièce à vivre du rez-de-chaussée. Darby voyait déjà tout à fait comment elle agencerait les espaces extérieurs. Elle ferait en sorte qu'ils soient à l'image du maître des lieux.

Zane Walker était doté de longues jambes qui n'avaient pas besoin de se hâter pour couvrir du terrain, et il avait une carrure de sportif, de coureur plus exactement, presque trop maigre.

Quelle femme serait demeurée insensible au charme d'un grand mince aux yeux verts ?

— Vous avez une très belle maison, Zane.

— Je ne me la suis pas encore appropriée, dit-il en se postant aux côtés de Darby afin de la regarder sous le même angle qu'elle. Chaque fois que je monte là, je me dis : « Waouh, regarde ça… »

— J'ai la même réaction quand j'arrive chez moi, avec en plus un ou deux pas de boogie. Ça fait plaisir de se sentir chez soi, n'est-ce pas ?

— Vous vous êtes acclimatée très facilement, on dirait.

Elle se tourna et désigna du geste la vue sur les montagnes, le lac, la ville.

— Je ne suis pas inquiète pour vous. Vous devez vous régaler quand vous regardez par les fenêtres.

— Chaque jour, oui.

— La vue est vraiment merveilleuse. Vous savez ce qui manque ?

Il sentit ses épaules se raidir, et se remémora qu'il ne devait pas se laisser embobiner.

— Vous allez me le dire, j'imagine.

— Un muret de soutènement, en pierre, là, dit-elle en s'avançant vers le début de la pente. Il préviendra l'érosion, et il créera un élément structurant. Et quand vous aurez des enfants, ce sera plus sûr.

Un ou deux arbres et quelques massifs, pensa-t-il.

— Un mur donnerait une impression d'enfermement, il me semble.

— Je vous parle d'un muret, pas d'un mur. Il ne cachera pas la vue, ni d'en haut, ni d'en bas. Au contraire, il la mettra en valeur. En pierre reconstituée. Je vous prêterai une brochure. Vous verrez ce qui existe comme teintes et comme modèles. Il vous faudrait aussi des éclairages.

— Mouais…

— Pas seulement pour la lumière, pour la magie.

D'une poche de son cargo, Darby retira un échantillon en cuivre.

— Il y a le choix entre différentes finitions. On mettrait un réverbère de chaque côté. Je vous montrerai des photos prises de nuit. Ça forme un très joli halo. Je suppose que les anciens propriétaires voulaient que l'œil soit attiré par la maison. C'est pour ça qu'ils n'ont pas trop aménagé l'extérieur. Mais ils n'avaient pas d'enfants en bas âge.

— Moi non plus.

— Pour le moment. En revanche, votre sœur a une petite fille, qui va bientôt courir partout.

Vous ne voudriez pas qu'elle dégringole en bas de la falaise.

Zane n'y avait pas pensé, mais, en effet, il y avait un risque.

— OK, un muret, concéda-t-il.

— Je vous laisserai la brochure, je prendrai des mesures et je vous ferai un devis. Dans un premier temps, concentrons-nous sur le devant.

Elle lui parla des variétés qu'elle envisageait de planter le long du chemin, d'agrémenter la véranda de grandes urnes de béton, d'y mettre des chaises et une table, de fleurir l'entrée.

Comme Emily, Zane l'écoutait en hochant la tête. Et il continua d'acquiescer lorsque Darby l'entraîna sur le côté de la maison, où elle aurait bien vu des hortensias, des pivoines, des lys. Ce fut le mot « cascade » qui l'arracha à sa transe.

— Vous n'êtes pas sérieuse, j'espère...

— Bien sûr que si. Je ne vous parle pas des chutes du Niagara. Mais nous sommes à flanc de montagne... On a déjà la déclivité... Regardez, cet espace vous supplie de lui offrir une cascade de rocaille naturelle. On végétalise, l'eau descend de là jusqu'aux arbres, là-bas. Ici, un banc de pierre, des odorantes... On trace une allée bordée de jolis petits lampadaires... On mulche, et vous viendrez là tous les soirs boire l'apéro en savourant la mélodie de l'eau qui coule, la vue, les senteurs.

Elle faisait beaucoup de gestes quand elle parlait. Elle avait des mains fortes, de longs doigts, pas de bague, les ongles courts, non vernis. Comment parvenait-elle à peindre des images dans l'air ?

— Mais... une cascade...

— Un ruisseau, si vous préférez. Ce serait une manière de valoriser cet espace sous-exploité. J'assurerais l'entretien de la pompe. Sinon, ce n'est pas ce que je choisirais personnellement, mais c'est une option : vous jouez au golf ?

— Pas du tout.

— Un avocat qui ne joue pas au golf ? Je pensais à un green, mais laissons tomber. Vous n'êtes pas sportif ?

— J'ai joué au base-ball.

— Eh, moi aussi ! J'adore le base-ball !

Du coup, il en oublia la cascade.

— Supporter de quelle équipe ?

Elle le regarda d'un air consterné.

— Franchement... Je suis de Baltimore... Je suis née fan des Orioles et je mourrai fan des Orioles.

— Comme moi !

— C'est vrai ? Vous êtes déjà allé au Camden Yards ? demanda Darby, les pouces dans les passants de son pantalon.

— Bien sûr.

— Quand j'étais petite, je rêvais d'y habiter.

— Je rêvais d'y jouer, murmura Zane, avec un petit pincement au cœur qu'il s'efforça de surmonter.

— Quelle position ?

— Arrêt-court.

— Seconde base, déclara Darby en checkant du poing avec lui. J'ai vu qu'il y a une équipe à Lakeview, mais la saison correspond à ma plus grosse période d'activité, au printemps et en été. Vous jouez toujours ?

— Non.

À cette réponse laconique, elle sentit qu'il ne tenait pas à s'appesantir sur le sujet.

— J'espère pouvoir aller voir Gabe samedi, dit-elle. Je vous ferai un plan d'ensemble, vous vous rendrez mieux compte de ce que j'ai en tête.

Elle parla encore de jardinières surélevées, pour les aromatiques et les annuelles, de haies fleuries, d'un second muret pour faire écho au premier, et Zane perdit le fil.

— Maintenant que je vous ai donné du grain à moudre, je vais prendre des mesures, conclut-elle. Au retour, je vous rapporte de la doc à potasser.

— Nickel. Vous avez besoin d'aide ?

— Non, non, je vous remercie.

Elle retourna à son camion et Zane rentra dans la cuisine. Un peu hébété, il se décapsula une bière, pensa qu'il aurait dû en offrir une à Darby, et se répéta une fois de plus qu'il ne devait pas se laisser charmer.

Cette fille sentait la terre et l'herbe, elle avait des mains fortes et adroites, qui peignaient des tableaux dans l'air. Du reste, elle employait un langage imagé, si bien que Zane parvenait à peu près à visualiser ce qu'elle évoquait, dans une espèce de flou artistique.

Pour autant, il n'accepterait pas tout.

Les murets, oui, car il espérait qu'Audra serait souvent chez son oncle. Par conséquent, la sécurité était primordiale. Il aimait bien aussi l'idée des lampadaires projetant un joli halo sur les pierres. Et il ne voyait pas d'objection à quelques arbustes fleuris. En revanche, une cascade relevait du pur délire.

Par la fenêtre, il regarda l'endroit où Darby l'imaginait.

Non. Hors de question. Quoique… en fait… l'idée méritait peut-être réflexion.

Tables et chaises étaient indispensables, sans conteste. Sur ce point, elle avait entièrement raison. À quoi serviraient toutes ces terrasses si l'on ne pouvait pas s'y asseoir ? À l'arrière, notamment, il faudrait une grande table, pour inviter toute la famille à profiter du barbecue.

Avec sa bière et son ordinateur portable, Zane s'installa au comptoir et commença à chercher des meubles de jardin. Lorsque Darby frappa du doigt contre la baie vitrée ouverte, il avait déjà repéré pas mal de choses.

— Entrez, je vous offre une bière ?

— La moitié d'une, je conduis.

Il se leva afin de lui servir un verre, tandis qu'elle admirait l'immense cuisine, les placards en bois sombre aux portes vitrées, les plans de travail en granit dans des tons beige et brun, veinés de vert et pailletés de mica ; l'électroménager haut de gamme : l'armoire à vin sous le comptoir, le distributeur de glaçons, le lave-vaisselle chromé, le piano professionnel à huit brûleurs, avec sa hotte et un double four mural.

Pour avoir visité la maison, elle savait qu'il y avait aussi une cuisine d'été entièrement équipée, avec un deuxième lave-vaisselle, réfrigérateur, double évier et de nombreux rangements. Et un garde-manger assez grand pour y camper.

— Cette cuisine me donnerait presque envie d'apprendre à cuisiner.

— Pas moi, heureusement. C'est pour ça que je vous disais que je n'avais pas besoin d'un bac de plantes aromatiques.

— On a toujours besoin d'herbes aromatiques, répliqua Darby en trinquant, puis elle tendit à Zane le paquet de brochures qu'elle avait sous le bras. Vous avez la mienne, dans le lot, précisa-t-elle. Elle est encore informelle, mais certaines de mes réalisations vous montreront ce que j'ai en tête. Mon site web est en construction, mais on peut déjà consulter certaines rubriques.

— Si vous avez besoin d'un informaticien, je vous recommande The Computer Guy.

— Micah Carter ? On m'a déjà parlé de lui.

— Hyper compétent, et je ne dis pas ça parce que c'est mon plus vieil ami.

Curieux, Zane ouvrit une brochure à une page que Darby avait cornée : un terrain sur plusieurs niveaux, avec des murs en pierre rappelant les comptoirs de la cuisine, des marches en pierre également, entre les différents niveaux. La photo, prise le soir, montrait des lampadaires allumés.

— C'est très beau.

— Ça vous plaît ? On peut faire la même chose ici.

— C'est ce qu'on appelle... un jardin en terrasses, c'est ça ?

— Faisable aussi chez vous. Je vous le recommanderais, même. Sans les escaliers. Il n'y en a pas besoin, la pente est moins importante.

— Vous ne m'en aviez pas parlé.

Darby esquissa un sourire par-dessus son verre.

— Je ne voulais pas vous faire flipper.

— Avec la cascade, vous n'aviez pas peur de me faire flipper ?

Elle le regarda d'un air amusé, de ses beaux yeux d'un bleu profond.

— Je vous avais déjà un peu endormi... Sérieusement, je vous conseille l'aménagement en terrasses, pour l'esthétique d'une part, mais aussi pour la stabilité.

— Vous planteriez ce genre de choses à l'étage inférieur et…

— Des variétés locales, avec un système d'irrigation souterrain, et un bon paillis. On entretient, vous profitez.

— Ça ferait un bon slogan. Vous ne voulez pas vous asseoir ? Que je regarde toute cette doc pendant que vous êtes là…

— Pourquoi pas…

Elle se hissa sur un tabouret et posa une liasse de feuillets agrafés devant Zane.

— Regardez, dit-elle en tournant les pages pour lui présenter une série de photos de cascades.

— C'est vous qui avez fait ça ?

— Avec ma mère.

— C'est magnifique.

— Je trouve aussi. Elle est un peu plus grande et plus élaborée que ce que je pourrais faire ici, mais ça vous donne une idée des possibilités.

Zane examina les tirages. La cascade descendait sur plusieurs niveaux, sur des rocailles tapissées de végétation, avec de petits promontoires où l'on pouvait se tenir.

— Vous essayez de me faire envie.

Elle but une gorgée de bière.

— Vous en avez déjà envie. Je vous aide juste à surmonter votre jardinophobie.

— Et en hiver ?

— On la purge, on enlève la pompe, on la remet au printemps. Ça reste joli.

— Et merde.

Darby ne prit pas la peine de retenir un éclat de rire.

— Je vous ferai un schéma et un devis, dit-elle en se penchant pour voir ce qu'il regardait sur son ordinateur. Vous cherchez du mobilier d'extérieur ?

— Pour inviter ma famille.

— Je préconiserais un style ni trop contemporain, ni trop rustique. Vous... Excusez-moi, c'est plus fort que moi. Ça vous ennuierait que je... (Du doigt, elle fit un geste circulaire.) Que je jette un coup d'œil à l'intérieur ?

— Je vous en prie.

— J'aime beaucoup la manière dont vous avez agencé cette pièce. Beaux volumes, belle hauteur de plafond... Ces grands fauteuils et ce canapé s'inscrivent parfaitement dans l'espace.

Darby s'avança dans le salon.

— Dominante de couleurs masculines, poursuivit-elle. Pas austères pour autant. Une atmosphère chaleureuse, le juste milieu entre décontractée et sévère. Je déteste quand tout est assorti. Et j'adore votre table.

— Je viens juste de l'acheter. Il paraît que c'est de l'« indus rustique », pour ce que ça veut dire...

— Peu importe, elle est très belle. C'est du barnwood ? demanda Darby en effleurant le bois. Dites-moi... Il n'y a rien qui traîne nulle part, chez vous. Chapeau !

— Je suis quelqu'un d'ordonné, répliqua Zane en se gardant de préciser qu'il avait appris l'ordre à coups de poing dans le ventre.

Elle traversa le salon et, à travers la verrière, observa la pièce qui serait le bureau de Zane, encore en travaux.

— Qu'est-ce que vous allez faire au sous-sol ? Vous gardez le home cinema ?

— Ce serait dommage de le bazarder ! Je vais meubler la chambre d'amis. Et j'ai fait une salle de sport.

Les lèvres pincées, Darby revint vers lui et lui palpa le biceps.

— J'en étais sûre. Pas mal.

Puis elle continua son tour, le laissant quelque peu dérouté.

— OK, vous avez du goût. Je vous ferai passer une liste de magasins, si vous voulez. C'est mieux de voir les choses en vrai que de les commander en ligne.

— C'est vrai.

— Donnez-moi votre adresse, je vous enverrai tout par mail.

— Je peux même vous donner une carte.

Il en sortit une de sa poche.

— Maître Zane Walker… Un bon nom pour un avocat. Ça sonnerait aussi bien pour un super-héros. Vous avez mes coordonnées dans la brochure, si vous avez des questions. Merci pour la bière, dit-elle en lui rendant le verre.

— Demi-bière.

— Exact.

— Je vous raccompagne. Attendez… Prenez aussi la carte de Micah, The Computer Guy, dit Zane en ouvrant un tiroir.

— J'aurai peut-être besoin de ses services, en effet. Merci.

— Il vous trouve canon.

Darby se racla la gorge.

— Excusez-moi, ça m'a échappé. Il est en couple, de toute façon, fidèle et fou amoureux.

— J'en prends bonne note, répliqua-t-elle tandis qu'ils sortaient de la maison. Cela dit, il n'a pas tort, je me considère moi aussi comme une belle femme.

— Il ne vous draguera pas.

— Tant mieux. Franchement, j'adore votre maison. Quand j'aurai fini, les fées danseront et les anges chanteront.

— Et la cascade gazouillera ?

— Ça ne tient qu'à vous, répondit Darby en riant. On en reparlera.

En la regardant regagner son pick-up, force lui fut de s'avouer qu'il n'était pas insensible à son charme.

— Eh ! l'interpella-t-il. On se verra peut-être samedi au match.

— J'espère, répondit-elle en s'installant au volant, et elle démarra en lui adressant un signe de la main.

Quand elle fut partie, il prit conscience qu'elle dégageait une énergie dont les vibrations ne s'étaient pas encore totalement dissipées.

Des vibrations qui lui manquaient déjà.

Ce fut Zane qui donna le coup d'envoi d'un intensif échange d'e-mails, par un message où il indiquait à Darby quel type de pierre il préférait, en précisant qu'il se laisserait très certainement tenter par l'aménagement en terrasses. Ainsi que par les éclairages…

Deux heures plus tard, elle approuvait son choix, avec un devis détaillé en pièce jointe.

Le prix était légèrement inférieur à ce qu'il redoutait, mais il lui arracha tout de même une grimace. Depuis le balcon de sa chambre, il contempla le terrain, pour l'heure éclairé par des projecteurs. En imaginant un « halo », il retourna à son ordinateur et demanda à Darby d'établir un contrat.

Elle le lui envoya dans les trente minutes. Il l'imprima, le signa, le scanna, le lui retourna. Elle en accusa réception aussitôt.

Tout cela avant minuit, suite à sa visite.

Le lendemain, après avoir dîné avec sa famille, il reçut un nouveau message, avec un schéma de la cascade, des mesures et des notes techniques. Il l'étudia, se tâta, arrêta de le regarder.

En rentrant chez lui, il observa l'emplacement en question, et entendit le bruit de l'eau sur les rochers.

« OK pour la cascade, écrivit-il. Vous commencez à m'énerver. »

La réponse ne se fit pas attendre.

« On me dit ça souvent. Désirez-vous un contrat séparé, ou voulez-vous attendre que je calcule le reste ? »

« Chiffrez la totalité. Je ne dirai pas oui à tout, mais faites-moi une estimation globale et je réfléchirai. Par ailleurs, j'ai décidé que vous n'êtes pas aussi belle que vous le pensez. »

« J'apporterai le devis samedi au match. Si on se voit, je vous payerai un hot dog, quoi que vous décidiez. Je regrette, mais je suis d'une beauté sauvage et incendiaire. Vous pourrez vous occuper des statuts de mon entreprise ? »

« Ça vous coûtera un million de dollars. Plus un hot dog. »

« OK. On en reparlera. J'appellerai votre secrétaire pour prendre rendez-vous. »

Zane eut une fin de semaine bien remplie. Il engagea une stagiaire, une étudiante brillante dont les grands-parents s'étaient retirés à Lakeview. Née de père inconnu, sa mère décédée très jeune, Gretchen Filbert avait été élevée par ses grands-parents. Avec Zane, le courant passa tout de suite, si bien qu'il n'eut aucune hésitation à acheter un second bureau et tout ce qui allait avec.

Il établit une convention de séparation à l'amiable, dissuada son ancien prof d'histoire d'intenter un procès à son frère pour une malheureuse brouille familiale, et reçut un homme dont le notaire était mort le même jour que sa mère et qui cherchait par conséquent quelqu'un pour s'occuper de la succession.

Il ne pouvait pas encore dire que son agenda était surchargé, mais pour un avocat qui venait de s'installer dans une petite ville, il n'était pas mécontent.

Par un après-midi d'orage, il revint trempé d'un rendez-vous à domicile et se laissa tomber dans l'un des fauteuils de la réception.

— Tu as l'air de quelqu'un qui vient de passer deux heures avec Mildred Fissle, lui dit Maureen en pivotant sur son siège. Le regard vitreux, les cheveux dressés sur la tête, la bouche déformée par le choc. Tu veux un café ?

— Avec du whisky ?

— Non, tu as un rendez-vous dans une demi-heure.

— Je la trouvais déjà vieille et flippante quand j'étais gamin… Eh bien, elle est encore plus vieille et encore plus terrifiante. J'ai passé deux heures dans un fauteuil minuscule, les genoux sous le menton, et elle m'a forcé à boire une tisane au goût de fleurs pourries.

— Pauvre chou, s'apitoya Maureen avec une mimique consternée.

— Ça empestait la rose et le chat chez elle. Elle a cinq chats ! Enfin, d'après ce que j'ai vu, elle en a peut-être plus. Il y en a un qui est resté tout le temps assis devant moi à me fixer. Sans bouger un cil. Je commençais à me demander s'il n'était pas empaillé. Heureusement, il a fini par s'en aller.

Zane frissonna avant de soupirer :

— Et dire que je vais devoir y retourner…

Pleine de tendresse, Maureen se pencha vers lui.

— Elle voulait encore modifier son testament, je parie.

— Elle m'a sorti un demi-million de testaments et de codicilles, avec tout un tas de petits mots manuscrits, et des dizaines de Post-it, avec des chats dessinés dessus.

Maureen se leva.

— Je vais te chercher un Coca. Repose-toi cinq minutes.

De la kitchenette, elle rapporta une cannette fraîche, et un verre d'eau glacée pour elle, avec une rondelle de citron.

— J'étais en classe avec l'une de ses petites-filles, on est restées amies. Miss Mildred modifie son testament plus souvent qu'elle ne change ses draps. Même ses petits-enfants l'appellent Miss Mildred. Elle a de nombreuses cachettes secrètes où elle planque ses bijoux, de l'argent, ses carnets de chèques, ses contrats d'assurance-vie, son dernier testament. En général, il y a toujours un chouchou informé de la cachette du moment. Quand il n'est plus en odeur de sainteté, elle en change et elle appelle son avocat pour réactualiser ses dernières volontés.

— Elle a six enfants qui sont toujours de ce monde, vingt-neuf petits-enfants, soixante-sept arrière-petits-enfants et dix-neuf arrière-arrière-petits-enfants, trois à venir.

Zane but une grande gorgée de soda avant de poursuivre :

— Certains n'auront rien, car ils ne méritent rien. Certains auront droit à un dollar symbolique. Les autres recevront un héritage spécifique à chacun : telle paire de boucles d'oreilles pour Sue, cette table pour Hank, un dollar seulement pour Wendall qui n'a pas pris la peine de faire le voyage de Seattle pour venir voir sa grand-mère à Noël… Ça a duré comme ça pendant deux heures.

— Calme-toi, ça va aller.

— Ce n'est pas drôle. On en reparlera quand vous aurez passé l'après-midi à transcrire mes notes.

— Défi accepté ! répliqua Maureen. Ce sera plus simple la prochaine fois, disons dans trois mois. De toute façon, quel âge a-t-elle ? Quatre-vingt-dix-huit ? Elle ne peut pas vivre éternellement.

Zane ouvrit sa sacoche, d'où il retira un bloc et une chemise en carton.

— Quatre-vingt-dix-neuf. N'en soyez pas si sûre.

Il se leva et ajusta la bride de sa sacoche sur son épaule. Lorsque son téléphone lui signala la réception d'un message, il le consulta tout en se dirigeant vers son bureau.

Un SMS de Darby.

« Vous êtes assis ? Sinon, prévenez-moi quand vous le serez. Éventuellement, servez-vous un verre de quelque chose de fort. »

Il s'installa à son bureau, en se demandant pourquoi il était à la fois anxieux et extatique chaque fois qu'il recevait un message de Darby McCray.

« Suis assis. Pas d'alcool au cabinet à 15 heures, Maureen me l'interdit. »

« D'ici quelques minutes, vous risquez de braver l'interdit. Je vous envoie un mail avec plusieurs PJ. Irai voir le début du match demain mais ne resterai pas. Dois rattraper journée perdue aujourd'hui à cause de l'orage. On se voit au stade. »

Il entendit le mail arriver, et jeta un coup d'œil méfiant à son ordinateur. À quelle somme devait-il s'attendre ? De toute manière, il n'accepterait pas tout ce qu'elle proposait.

Il était libre de ses choix.

En ouvrant le message, un GIF de hot dog dansant lui arracha un éclat de rire. Il téléchargea les pièces jointes. Le premier fichier contenait plusieurs schémas représentant l'ensemble de l'aménagement – preuve de la perfidie de son adversaire dans ce match.

— Je ne craquerai pas, marmonna-t-il. C'est magnifique, mais je ne céderai pas à la tentation.

Il parcourut ensuite une liste d'arbres et d'arbustes, avec leur prix respectif, tous garantis un an, c'est-à-dire remplacés gratuitement s'ils venaient à crever.

Honnête.

Darby avait également chiffré des mètres cubes de terre, terreau, sable, paillis, des systèmes d'irrigation, des pots, des urnes, des bacs.

Quelle différence entre terre et terreau ? se demanda-t-il en se grattant la tête. Et pourquoi diable la terre coûtait-elle aussi cher ?

La main-d'œuvre atteignait une somme coquette. Quant au total…

— Oh putain ! lâcha-t-il.

Maureen accourut aussitôt.

— Qu'est-ce qu'il y a ? Surveille ton langage ! Il pourrait y avoir des clients.

Il pointa un index vers son écran. Maureen vint se placer près de lui.

— Oh nom d'un chien ! s'écria-t-elle.

— Vous voyez ?

— Pour un aménagement paysager ? Qu'est-ce que tu aménages ? Disneyland ? Emily m'avait dit que Darby pratiquait des tarifs raisonnables, et je voulais lui confier un petit chantier, mais à ces conditions...

— Elle va faire un boulot monstre chez moi. Et je ne sais pas pourquoi elle a compté les murets et la cascade que je lui ai déjà commandés.

— Une cascade ? Tu vas faire faire une cascade ?

— Non. Peut-être. Non. C'est du délire. Je suis cinglé.

Il afficha l'un des schémas d'ensemble. Maureen poussa un petit cri d'admiration.

— Oh que c'est beau ! Ces murets... végétalisés... On dirait qu'ils font partie du paysage naturel, tu ne trouves pas ? Comme s'ils avaient toujours été là. J'adore !

Non sans hésitation, il lui montra d'autres images.

— C'est fabuleux ! Extraordinaire ! Magique !

— Vous ne m'aidez pas... maugréa-t-il.

— Désolée, je suis sincère. Remontre-moi le devis.

Quand il l'afficha, elle lui frictionna l'épaule.

— C'est vrai que ce n'est pas donné... Attends... Il y a une deuxième page...

— Non, c'est une blague... Je ne l'avais même pas vue.

— Regarde... Elle a tout regroupé parce qu'elle t'accorde une remise exceptionnelle. Une bonne remise. Ça reste cher, mais elle te fait une belle fleur. C'est le cas de le dire...

— Elle est rusée, marmonna Zane en regardant le total. Elle est maligne, vous demanderez à Emily. Elle a attendu que je fasse une crise cardiaque pour mentionner la ristourne. Et elle ne m'en avait pas parlé quand je lui ai commandé les murets et la cascade. C'était une stratégie. Pour m'embobiner.

Maureen se pencha vers le clavier pour faire défiler les dessins, et émit le même son admiratif.

— Elle est peut-être maligne, mais c'est une artiste, une magicienne. Qu'est-ce que tu vas faire ?

— Arrêter de regarder ces schémas, et m'imprimer cette somme rédhibitoire dans la tête, histoire de me rappeler pourquoi je ne dois pas regarder ces dessins.

Quand on sonna à la porte, il ferma les fichiers.

— Je te laisse deux minutes pour reprendre tes esprits et je fais entrer le client, déclara Maureen sur le pas de la porte. Reconnais que c'est quand même merveilleux.

— Je n'ai pas besoin de merveilleux. Je préfère le raisonnable.

13

Après ce vendredi orageux, le samedi s'annonçait radieux. Levée à l'aube, Darby avala un café, un bol de Cheerios et une poignée de myrtilles en consultant la météo du jour et de ceux à venir.

Puis elle enfila son uniforme de printemps : pantalon cargo, tee-shirt, sweat à capuche et sa nouvelle casquette au logo de High Country Landscaping, une fleur de cornouiller, l'emblème de la Caroline du Nord, qu'elle trouvait de bon ton.

En se dirigeant vers son camion, elle jeta un coup d'œil aux fondations de son futur abri de rangement. Avec un peu de chance, elle ferait couler le béton en début de semaine.

Les oiseaux chantaient, les trilliums apportaient une touche de couleur entre les arbres qui bordaient son petit univers. Agité par la brise, le carillon qu'elle s'était offert égrenait une discrète mélodie cristalline.

Un début de journée sous le signe de la bonne humeur !

Darby exerçait un métier qui la contraignait à être matinale, mais cela ne l'ennuyait pas. Elle adorait voir le jour se lever.

Le lac était encore nappé de brume. Un héron blanc se tenait sur la rive, apparition fantomatique aux contours imprécis.

Seule sur la route, elle passa mentalement en revue le planning de sa journée. En fin d'après-midi, elle aurait peut-être le temps de s'occuper des placards de sa cuisine. Elle enlèverait les portes, affreuses. Les placards vitrés l'avaient inspirée, chez Zane. C'était pratique de voir ce qu'il y avait à l'intérieur.

À propos… il n'avait toujours pas répondu à son dernier mail, lui qui était d'ordinaire si réactif. Sans doute prenait-il le temps de réfléchir, ce dont elle ne pouvait le blâmer. Dans tous les cas, elle ne s'attendait pas à ce qu'il accepte l'intégralité de sa proposition. Elle espérait seulement qu'il saurait définir ses priorités, pour qu'elle puisse attaquer le chantier au plus vite.

Elle se gara devant la réception des Lakeside Bungalows, enfila ses gants, déchargea ses outils. Hallie et Roy ne seraient pas là avant une heure, Roy avec la gueule de bois, très certainement, vu qu'il avait prévu de sortir la veille. Elle leur avait offert une heure, car elle avait elle-même l'intention d'en prendre une pour aller au match.

Lorsque Emily arriva, ils étaient occupés à mulcher et planter. Darby accrochait délicatement les tiges d'une clématite aux crochets qu'elle avait fixés sur le pied du nouveau lampadaire.

— Je commence à m'y faire, soupira Emily. Au début, quand je vous voyais, je paniquais. Je me disais : « Oh, mon Dieu, que va-t-elle inventer ? » Mais le résultat est toujours parfait.

— Notre objectif est de vous satisfaire.

— Objectif atteint, même si j'ai toujours quelques inquiétudes au sujet de la maison…

— On a tout laissé en plan, mais on s'y remet dès qu'on aura terminé ici, la semaine prochaine.

Emily regarda autour d'elle, le front barré d'un pli qui n'échappa pas à Darby.

— Je ne sais pas comment je vais faire pour que tout reste en vie...

— Entretien minimum. Je vous montrerai.

— Hmm... Comment s'appelle cet arbre, déjà, que Roy est en train de pailler ?

— Un lagerstroemia. C'est l'arbre de l'État.

— Ah... Je devrais le savoir.

— Il fleurira à la fin de l'été. J'en mettrai un chez vous aussi.

— OK, bon courage. Marcus viendra me remplacer, tout à l'heure, pour que je puisse aller voir Gabe jouer.

Accroupie devant le lampadaire, Darby examina la clématite, satisfaite.

— J'essaierai de passer au stade au moins une petite heure.

— Je vous garderai une place. Darby, bien que j'apprécie votre conscience professionnelle, je sais ce qu'est de travailler à son compte. Vous devriez prendre une journée de repos, ma chère.

— Je n'ai rien fait hier. Et je ne ferai pas grand-chose non plus mercredi, la météo annonce de la pluie.

Emily s'accroupit à côté d'elle.

— Qu'est-ce que vous faites quand il pleut ?

— Des plans pour affoler les clients potentiels.

Avec une affection sincère, elle lui tapota la joue.

— J'aurais pu m'en douter. À tout à l'heure, on se verra au match.

Darby termina à temps pour prendre des photos, briefer l'équipe sur le chantier chez Emily, et se laver au tuyau d'arrosage.

— Je serai de retour vers 13 heures, 13 h 30. Si vous voulez, je rapporte des sandwichs. C'est moi qui régale !

— Un Hot and Spicy ! cria Roy.

— Jambon, pepper jack, tomate, moutarde à la place de la mayo, commanda Hallie, appuyée sur sa pelle.

Elle s'était fait faire des tresses africaines, qu'elle portait rassemblées sous un bandeau, pour travailler.

— C'est noté.

— Et des frites au jalapeño, ajouta Roy.

Darby ne craignait pas le piment, mais Roy n'aimait que les variétés hyper fortes.

— À plus ! lança-t-elle. Envoyez-moi un texto si vous avez un souci.

Le long du lac, elle admira les arbres en fleurs. Beaucoup de gens jardinaient et, en ville, il y avait déjà du monde dans les rues et dans les magasins.

Aux abords du complexe sportif, elle eut du mal à se garer, ce qu'elle considérait comme une belle preuve de lien social. Bien qu'elle fût à un pâté de maisons du stade, le bruit des battes et les cris des supporters lui parvenaient, ainsi que l'odeur des hot dogs et des sloppy joe.

Elle s'arrêta pour regarder les enfants jouer, mini-sportifs qui s'initiaient aux règles du base-ball et à l'esprit d'équipe. Une fillette de huit ans frappa une balle rebondissante au ras du sol, entre la première et la deuxième base. L'arrêt-court la rattrapa correctement mais, faute de puissance, il ne réussit pas à l'envoyer assez vite au joueur de première base, permettant à la petite d'y parvenir avant elle.

Sur le terrain principal, où s'affrontaient les plus grands, Darby, la main en visière, repéra Zane, Emily et Lee dans les tribunes. En consultant le tableau d'affichage, elle constata qu'elle n'avait manqué que deux manches et que l'équipe locale menait 1 à 0.

On était en début de troisième manche, deux joueurs étaient déjà éliminés, un autre avait atteint la troisième base.

Gabe s'était reculé loin derrière la troisième base pour défendre contre une frappe longue.

Avant de monter dans les gradins, Darby attendit que le batteur, malgré son swing puissant, soit éliminé après une troisième balle ratée.

Plusieurs personnes la saluèrent, ce qui lui fit plaisir. C'était appréciable d'habiter un lieu à taille humaine, où les gens se connaissaient et prenaient le temps de se dire bonjour.

Zane la regarda par-dessous sa casquette, lorsqu'elle prit place à côté de lui.

— Gabe assure ?

— Il vient de faire marquer un point et il a réussi un beau double en première manche. En défense, il a attrapé une balle difficile en bord de terrain et éliminé le coureur en seconde base, puis il en a eu un autre en attrapant une balle haute.

— Excellent. Qu'est-ce que vous voulez dans votre hot dog ?

— Moutarde.

— C'est tout ?

— C'est tout.

— OK, acquiesça Darby, et elle se pencha vers Emily et Lee. Je vous offre des hot dogs à la fin de la manche. À quoi vous les voulez ?

— Merci ! répondit gaiement Emily. Moutarde.

Lee se pencha devant son épouse.

— Complet pour moi.

— Ah, enfin un amateur !

Darby regarda le premier batteur frapper une chandelle sur le second lancer et se faire éliminer.

— Brody n'est pas là ?

— Si, il doit être quelque part avec sa copine « qui n'est pas sa copine ».

— Jenny ? Elle est adorable. Normalement, c'est aujourd'hui qu'il l'invite au bal du lycée.

Zane détourna son attention du jeu.

— Comment vous le savez ?

— Il me l'a dit. Il sait qu'elle attend qu'il l'invite, et qu'elle se doute qu'il s'en doute. Mais il ne veut pas en faire tout un plat, c'est pour ça qu'il va l'inviter pendant le match. Ça va être à Gabe.

— Ah ouais.

Ils regardèrent le premier lancer, annoncé « prise » par l'arbitre.

— En haut et à l'intérieur, murmurèrent-ils de concert.

Par solidarité, Darby donna à Zane un petit coup de coude dans les côtes.

— Alors, vous avez étudié mon devis ? Remis du choc ? Vous avez déterminé des priorités ?

— Peut-être.

Le second lancer, raté, porta le compte à 1-1.

— Vous pourrez prendre votre revanche mercredi.

— Comment ça ?

— J'ai pris rendez-vous avec vous pour mercredi après-midi. La météo annonce de la pluie toute la journée. Bien vu !

Elle applaudit lorsqu'une deuxième balle passa en dehors de la zone de prise.

— Emily m'a dit que vous aviez presque terminé la réception.

— Elle est finie. Je suis très contente du résultat. On repasse à la maison, aujourd'hui. Et demain, j'attaque le bungalow 6, entre le check-out et le check-in.

La balle ricocha sur la batte et partit derrière Gabe. Deuxième prise.

Darby tourna la tête, et leurs regards se rencontrèrent brièvement, derrière leurs lunettes de soleil et sous les visières des casquettes.

— Vous travaillez le dimanche ?

— Je travaille quand le soleil brille.

Troisième balle. Compte plein. Les spectateurs applaudirent, sifflèrent, tapèrent des pieds. Un garçonnet qui ne devait pas avoir plus de trois ans agita une petite batte en plastique, juché sur les épaules de son père. Trois jeunes filles aux cheveux aussi longs que leurs jambes se frayèrent un passage devant un groupe d'adolescents qui feignirent de ne pas les voir. Deux rangs plus bas, une femme qui faisait du crochet se leva et cria :

— Sors-la du stade, Willy !

— Le lanceur va envoyer la balle tout près de lui, murmura Zane.

— Vous croyez ?

— Vous allez voir. Il va l'inciter à frapper.

La balle arriva tout près de Gabe et frôla l'angle du marbre. Au lieu de la faire sortir du stade, Willy eut le bon réflexe : il la laissa passer. Quatrième balle. Il avança jusqu'à la première base.

— J'en connais un autre qui a l'œil, commenta Darby. Willy est rapide. Avec ses jambes, il est capable de transformer un bon simple en double.

— Vous l'avez déjà vu jouer ? demanda Zane en se tournant vers elle.

— Je viens voir les entraînements, le soir, quand je peux. Vas-y, Gabe !

Gabe s'avança vers le marbre, ajusta la position de ses jambes, testa sa batte et arma.

Son cousin était bon, pensa Zane. Bien concentré, excellents réflexes. Il se revit à sa place, par un après-midi ensoleillé, l'odeur du barbecue, la pelouse verte, les lignes blanches sur le terrain, la clameur du public dont il savait faire abstraction ou, au contraire, dans laquelle il puisait les encouragements. Le monde se résumait alors à ces odeurs, ces sons, la sensation de la batte entre ses mains, la trajectoire de la balle blanche…

Gabe ne traîna pas et envoya la première balle au-delà du joueur de première base qui avait pourtant plongé.

Comme Darby l'avait prédit, grâce à ce coup, les coureurs filèrent vers la première et la troisième bases. Elle hulula, siffla, frappa dans les mains de Zane.

— À toi de finir le boulot, Luke !

— Vous les connaissez tous ? s'étonna Zane.

— Quand on veut monter une affaire dans une petite ville, il faut s'intégrer. Rien de tel que le base-ball.

Le compte était à 2-2 lorsque Luke envoya une balle rebondissante vers le centre gauche. Willy marqua. Gabe atteignit la deuxième base.

Le coach demanda à s'approcher de son lanceur et se dirigea vers le monticule avec le receveur afin de le calmer.

Darby se tourna vers Zane.

— Si vous avez le temps, on pourra regarder le devis ensemble, mercredi, après mon rendez-vous. Ou vous pouvez passer chez moi demain, si vous voulez. Ou je peux passer chez vous, si vous préférez, soit vers 10 heures, soit après 15 heures.

Elle marqua quelques secondes de silence.

— À moins que je ne vous aie fait peur et que vous ne vouliez plus rien.

— Vous ne me faites pas peur.

— Ouf. Dites-moi ce qui vous arrange.

Emily se pencha vers eux.

— Vous parlez des espaces extérieurs de Zane ? Il m'a montré vos schémas. C'est comme au cinéma !

— Mais vivable, répliqua Darby avec un sourire.

Apaisé, le lanceur fit monter le compte à une balle et deux prises, avant d'obliger le batteur à frapper une petite chandelle facilement attrapée et qui l'élimina.

Le batteur suivant frappa la balle vers le joueur de deuxième base, qui la renvoya vers son coéquipier de la première avant que le batteur n'y arrive, mettant fin à la reprise.

Darby applaudit.

— Deux points d'avance. C'est l'heure des hot dogs.

— Va l'aider, Zane, suggéra Emily.

— Non, ne vous dérangez pas, objecta Darby.

Et elle se fraya un passage vers le bas des tribunes jusqu'à la buvette, et s'installa dans la file. La jeune femme qui se trouvait devant elle se retourna.

— Eh, Darby !

C'était Laurie, l'une des vendeuses de Best Blooms.

— Bonjour, vous allez bien ?

— Super. Le fils de ma belle-sœur joue et on gagne. Je vous ai aperçue dans les gradins, dit-elle avec un mouvement de sourcils entendu. Je ne savais pas que vous étiez avec Zane Walker.

— Oui, on... Ah, non, non, on n'est pas ensemble ! Je voulais voir Gabe jouer, c'est pour ça que je suis avec Emily et sa famille.

— Dommage, vous feriez un beau couple, déclara Laurie. Ça fait plaisir de voir Zane au match...

La file avança, tandis que les spectateurs acclamaient le champ centre qui venait d'intercepter une balle haute et profonde avant d'éliminer le frappeur.

— On était à l'école ensemble, poursuivit Laurie. Je suis un peu plus vieille que lui, mais ma sœur était dans sa classe. C'était la star de l'équipe. Il a été élu « meilleur joueur de l'État » deux années de suite.

— Respect !

— Et il l'aurait été une troisième fois sans...

Laurie s'interrompit, mal à l'aise.

— Sans cette fracture du bras, termina-t-elle.

— Il n'a pas pu finir la saison ?

— Il n'a jamais pu rejouer, je crois. En tout cas, ça fait plaisir de le revoir à Lakeview.

Laurie passa sa commande, laissant Darby perplexe. Était-ce le père de Zane qui lui avait cassé le bras, comme il lui avait cassé le nez ? Ceci expliquait-il pourquoi personne ne parlait jamais des parents de Zane et de Britt ? Était-ce la raison pour laquelle ils avaient vécu chez leur tante ?

— On se reverra chez Best Blooms, lança Laurie en repartant avec un plateau chargé de sandwichs, frites et boissons.

— Sûrement.

Pendant qu'on lui préparait ses hot dogs, Darby imagina le jeune Zane, star de son équipe, meilleur joueur de l'État, qui rêvait de jouer à Camden Yards. Et son cœur se serra.

En remontant dans les gradins, elle s'efforça de penser à autre chose. Si Zane souhaitait lui raconter son enfance, il le ferait.

Elle distribua les hot dogs, avec des serviettes en papier.

— En acompte, dit-elle à Zane. On négociera vos honoraires à un million de dollars.

— Je n'ai pas précisé que c'était mon tarif horaire ?

— Ah... Les statuts de mon entreprise seront gravés sur l'or ?

— Je ne délivre que des actes gravés sur l'or.

Darby mangea son hot dog, et resta jusqu'à la fin de la quatrième manche.

— Je vais vous laisser. Emily, vous irez voir la réception. À bientôt, commandant. Zane, à mercredi.

Elle marchait en direction de son camion lorsque quelqu'un l'interpella.

— Eh !

Elle se retourna. Zane la rattrapa.

— Vous êtes garée loin ?

— Un peu.

— Je vous accompagne. Ça me dégourdira les jambes.

Des enfants plus grands jouaient à présent sur le terrain des minimes. Zane s'arrêta un instant pour les regarder.

— Notre entraîneur nous emmenait toujours manger des pizzas, le samedi après le match, qu'on gagne ou qu'on perde, dit-il en se remettant en marche.

— C'était un bon coach.

— Ouais. Vous savez, j'ai beaucoup réfléchi à vos propositions pour mon... domaine.

— Il vous manque quelques hectares, une maison d'invités et une piscine pour pouvoir parler de « domaine ». Et un court de tennis ou de squash.

— J'aurai bientôt une cascade. J'ai failli tomber dans les pommes en voyant votre devis, mais mon assistante m'a réanimé.

Darby crocheta les pouces dans les passants de son pantalon.

— J'ai failli vous envoyer plusieurs petites propositions séparées, et puis il m'a semblé que ce ne serait pas honnête. Dites-moi ce dont vous ne voulez absolument pas, du genre « laissez tomber, vous êtes folle », et je corrigerai les plans et les prix.

— Rien.

Elle se figea.

— Vous ne voulez rien du tout ? C'est vous qui voyez mais à votre place, je mettrais quand même quelques plantes et deux ou trois arbres pour stabiliser le terrain. Je le ferai moi-même, ça réduira considérablement le coût de la main-d'œuvre.

— Vous m'avez mal compris, bien que, je vous l'avoue, c'est exactement la première réaction que j'ai eue : « Laisse tomber, elle est folle... » Après quoi, j'ai commis quelques erreurs.

— Comment ça ?

Elle pensait deviner où il voulait en venir, mais préféra ne pas se réjouir trop vite.

— La première a été de montrer vos schémas à ma famille et des amis. Grosse bêtise. Ensuite, je suis allé voir les bungalows que vous avez terminés. J'ai rencontré un couple qui vient tous les ans, au printemps, depuis trois ans. Emily a beaucoup d'habitués.

— Pour avoir séjourné chez elle, je comprends pourquoi. Les bungalows sont confortables, la vue splendide, l'accueil exceptionnel.

— C'est à peu près ce qu'ils m'ont dit. Et ils ont ajouté que c'était encore dix fois plus beau qu'avant, maintenant. Un petit paradis.

— C'est très gentil.

— Là-dessus, je suis rentré chez moi en me disant : « Non, non et non ! Quoique… Peut-être… Et pourquoi pas ? Ça mérite réflexion… » En allant au match, je me disais encore : « Non, non et non ! Bon, allez, OK, sûrement… »

Darby s'arrêta devant son camion. Zane regarda autour de lui : les montagnes qui se découpaient dans un ciel éclatant, les maisons aux galeries fleuries, les pelouses verdoyantes. Au loin, on entendait la clameur qui montait du stade.

La terre sous ses pieds, le goût de l'air, lui étaient familiers.

— En regardant le match avec Emily et Lee, reprit-il, en saluant des vieilles connaissances, j'ai pensé : « Je suis chez moi, ici. Cette maison, là-haut, c'est la mienne. Ces gens, ce sont mon univers. Voilà pourquoi je suis revenu. Et voilà pourquoi je resterai là, maintenant. Alors je veux tout. »

— Tout… C'est-à-dire ?

— Toutes vos propositions ambitieuses et délirantes.

Darby leva un doigt, se détourna, fit quelques pas en arrière.

— Je ne m'y attendais pas.

— Vous voulez dire que ce n'est pas possible ?

— Bien sûr que si ! s'écria-t-elle en faisant volte-face. Je ne fais pas de propositions que je ne peux pas honorer. C'est juste que… C'est une surprise. Une excellente surprise ! ajouta-t-elle en lui donnant un petit coup de poing dans le bras. Vous ne le regretterez pas !

— J'espère. Vous êtes contente ?

— Et vous ?

— Je vous fais confiance.

— Vous pouvez, croyez-moi. Ce terrain se doit d'être mis en valeur.

Sur ces mots, elle lui passa un bras autour du cou et l'embrassa – sur la bouche. Pris de court, il lui saisit les hanches. Elle s'écarta avec un petit sourire.

— Bon… Je dois acheter des sandwichs pour l'équipe, et retourner travailler. Je vous appellerai.

Il la retint un instant contre lui.

— Vous êtes très belle.

En riant, elle lui fit une bise sur la joue.

— Je vous l'avais dit.

Et elle monta dans son camion, puis se pencha par la vitre.

— Naturellement, il est hors de question que je vous paie un million de dollars, dit-elle en démarrant.

Quelques centaines de mètres plus loin, elle se gara sur le bas-côté, inspira et expira lentement.

— Oh bon sang… marmonna-t-elle en portant une main à son cœur qui battait la chamade.

Elle avait décroché l'intégralité du devis. Et s'était ridiculisée en embrassant Zane. N'importe qui à sa place aurait eu besoin d'une minute pour se ressaisir.

Ne t'emballe pas, se dit-elle. *Tout du moins, essaie… Tu sais où mènent les actes impulsifs…*

— OK, cool…

Elle expira une nouvelle fois profondément, puis elle sortit son téléphone et appela son fournisseur de pierre.

— Allô, Kevin ? Darby McCray, High County Landscaping. Je voudrais vous passer une commande…

Quand elle arriva chez Emily, elle avait la confirmation des premières dates de livraison. Son sac de sandwichs à la main, elle contempla le jardin à présent terminé. Et le jugea parfait.

Les massifs autour de la maison étaient également du meilleur effet. De même que la nouvelle allée, les nouvelles peintures, la clématite autour du nouveau lampadaire.

La maison était métamorphosée.

Ne manquaient que des bacs sur la galerie. Comme Emily cuisinait, Darby y planterait quelques pieds de tomates et toutes sortes d'herbes aromatiques.

Derrière la maison, Roy et Hallie testaient un segment du système d'irrigation.

— L'équipe va devoir s'agrandir, leur annonça-t-elle avec un grand sourire.

La semaine suivante, Graham Bigelow était libéré après dix-sept ans de réclusion. Les cheveux gris, ridé, le teint cireux, il portait un pantalon kaki et un polo de golf bleu pâle. Il avait pris un peu de ventre, mais il s'était entretenu à la salle de sport du centre pénitentiaire.

Eliza l'attendait devant le portail de la prison, en robe d'été vert émeraude. Elle avait passé une heure entière à se maquiller et, la veille, elle était allée chez le coiffeur.

Les jambes tremblantes, elle s'avança à la rencontre de son mari, l'enlaça et refoula ses larmes lorsqu'il l'étreignit, pour la première fois depuis près de vingt ans.

Il serra furtivement les poings en découvrant la Mercedes noire qu'il l'avait autorisée à acheter. Comme il n'avait plus de permis de conduire, il ouvrit la portière à son épouse puis contourna la voiture et monta côté passager.

— Graham… Oh, Graham… murmura-t-elle en mettant le contact.

— Démarre, lui dit-il en regardant les murs de la prison, les gardiens, ce lieu maudit où il n'avait subi que brimades et humiliations.

— Tout est prêt pour ton retour, mon chéri. Je t'ai acheté des vêtements, tes plats préférés. J'ai vendu la maison, comme tu le souhaitais, et j'ai loué celle qui te plaisait, dans un autre quartier. D'après l'avocat, on pourra peut-être demander l'autorisation de quitter Raleigh. Puisque nous sommes obligés de rester en Caroline du Nord, je pensais à Charlotte. On refera notre vie, là-bas.

Il y avait trop de circulation. Les voitures roulaient trop vite. Trop de bruit, trop d'espace, trop de ciel…

— Ne t'inquiète pas, dit-elle en posant une main sur celle de son mari. Tu es libre, maintenant. Nous sommes libres, et nous sommes réunis. Ne t'en fais pas, on est bientôt arrivés.

Enfin, elle s'engagea dans l'allée d'une maison de briques, beaucoup plus petite, beaucoup plus modeste que celle qu'ils avaient dû quitter dix-sept ans auparavant. Mais dans ce vieux quartier aux trottoirs défoncés, des haies ou des clôtures de bois se dressaient entre les jardins.

Lorsque la porte du garage se referma sur eux, Graham éprouva un vif soulagement. À l'intérieur, il se sentait à l'abri et là, il n'y avait pas de barreaux, pas de verrous.

Ils firent l'amour, rapidement et brutalement. En pénétrant sa femme, en sentant ses ongles lui labourer le dos, en l'entendant haleter, il retrouva enfin le sentiment d'être un homme.

Ils se douchèrent ensemble. Puis elle réchauffa le repas commandé chez le traiteur, alluma des bougies et déboucha une bouteille de champagne.

Après le dîner, ils refirent l'amour, plus tendrement.

lIs passèrent la nuit ensemble et se réveillèrent ensemble, prirent le café au lit ensemble. Commencèrent une nouvelle vie ensemble.

Il ne la frappa qu'au bout de quarante-huit heures.

14

Tandis que le printemps laissait place à l'été, Darby embaucha un nouvel employé à mi-temps. Petit et trapu, les cheveux fournis et grisonnants, Ralph Perkins avait été tailleur de pierre et il savait piloter les engins. Il ne connaissait pas grand-chose aux arbres ni au plantes, mais pour l'aménagement du terrain de Zane, Darby voulait quelqu'un qui avait l'expérience des gros chantiers.

Du reste, elle estimait que n'importe qui pouvait apprendre à planter, qu'il s'agisse d'un chêne ou d'un pétunia.

Ralph n'était pas loquace, il buvait du Dr Pepper comme de l'eau et il manipulait avec aisance la mini-excavatrice dans laquelle Darby avait investi.

Il se prit d'affection pour Gabe et, avec beaucoup de patience, entreprit de lui enseigner l'art de construire un muret de soutènement.

Zane voyait sa terrasse inférieure se dessiner, la pente abrupte et rocailleuse se muer en un large terre-plein, sous les coups de griffes de la pelleteuse.

Il ne comptait plus le nombre de fois où il avait redouté, depuis le balcon de sa chambre, en buvant son café, que l'engin ne dégringole au bas de la falaise.

Darby semblait savoir ce qu'elle faisait, de même que son nouvel ouvrier, si bien que le désastre fut évité. Chaque matin en partant travailler, Zane les saluait de la main. En général, les ouvriers n'étaient plus là quand il revenait. Mais il voyait le chantier avancer, petit à petit.

Un soir, il découvrit des arbres le long du chemin qui montait chez lui, ainsi que des massifs au pied du mur d'appui qui s'élevait de jour en jour. Il ralentit et s'arrêta, en se réjouissant, une fois de plus, d'avoir fait le bon choix.

Darby et son équipe étaient un peu comme des lutins : on s'émerveillait de leur efficacité, mais il était très rare de les apercevoir.

C'est pourquoi Zane fut surpris, ce soir-là, de la trouver à quatre pattes devant la maison. En short cargo, chaussures montantes, tee-shirt et casquette, elle étendait du paillis le long de la galerie. Elle se redressa lorsqu'il se gara, et attendit qu'il vienne vers elle.

— Alors, qu'est-ce que vous en dites ?

— C'est super. Mais un peu flippant. Il va falloir que j'apprenne à entretenir tout ça.

— Ce sont des variétés à croissance lente, qui ne nécessitent pas beaucoup de soins.

— Comment ça s'appelle ?

— Des hortensias. Il n'y a rien de plus simple à entretenir. J'adore cette variété bleu-vert, avec une touche de rose sur chaque pétale. Les fleurs repoussent sur les branches sèches. Il ne faut surtout pas tailler au mauvais moment. Par conséquent, mieux vaut ne pas tailler du tout. Elles vous donneront de la couleur jusqu'au milieu de l'automne. Et vous avez des persistantes qui resteront vertes toute l'année.

Darby frappa ses gants l'un contre l'autre pour en ôter la terre.

— Le mur est presque fini, poursuivit-elle. Du coup, j'ai demandé à Roy et à Hallie de s'attaquer aux plantations, histoire de vous faire une surprise. Votre patience méritait d'être récompensée.

— C'est très beau. Vous êtes une artiste.

— Le compliment me va droit au cœur, merci.

Elle avait les bras musclés, des jambes toniques. Elle sentait l'herbe verte et les copeaux de cèdre.

— On ne s'était pas reparlé, excepté par mail, depuis votre rendez-vous au cabinet.

— J'aime bien communiquer par mail.

— Moi aussi. Je vous offre une demi-bière ?

— Avec plaisir.

— Venez, entrez.

— Je suis dégueu, dit-elle en écartant les bras. Je vais tout salir.

— Installons-nous dehors. Je reviens.

Quand il eut disparu à l'intérieur, elle s'épousseta, rangea ses gants. Ensuite, elle monta sur la galerie et s'assit dans l'un des grands fauteuils garnis de coussins bleu marine, avec un long soupir de bien-être, savourant le plaisir de la journée achevée, la vue, le parfum du paillis frais. Zane ne tarda pas à revenir avec un verre et une cannette.

— J'aime beaucoup vos meubles de jardin, dit-elle après qu'ils eurent trinqué. À la fois chic et décontractés, très confortables.

— J'aime bien ce style, moi aussi, acquiesça-t-il en s'installant à ses côtés puis, d'un geste du bras, il désigna la vue. Ici, je suis monarque de tout ce que le regard peut embrasser.

— Tout à fait, approuva-t-elle en riant. Comment marche le cabinet ?

— Ça va.

Il était satisfait, plus qu'il ne l'espérait.

— J'ai pris une stagiaire pour l'été, ajouta-t-il, très compétente et très agréable. Je ne vous demande pas comment se portent vos affaires, j'y contribue. Vous aviez raison pour le mur.

— J'ai toujours raison, répliqua-t-elle avec un clin d'œil.

— Pas seulement d'un point de vue esthétique, mais ça a rassuré ma sœur quand elle est venue.

— Impeccable. Ça s'est bien passé avec votre famille ? Vous avez mangé dehors ?

— Je n'ai eu qu'à fournir les steaks, les saucisses et les boissons. Emily et Britt se sont occupées de tout. Que s'est-il passé avec votre ex-mari ?

— Sans transition… rétorqua Darby en arquant les sourcils.

— Dans ma tête, il y en avait une. Mais je suis peut-être indiscret…

— Je n'étais pas obligée de vous dire comment j'avais eu le nez cassé… J'aurais pu vous raconter que j'avais pris une balle de base-ball dans la figure… OK, je venais de finir mes études, il était beau gosse, le copain d'un copain d'un copain. Je l'ai rencontré à une soirée. Trent Willoughby.

— Willoughby. *Raison et Sentiments*.

— Vous connaissez Austen, vous marquez des points.

— Nous sommes de grands lecteurs dans ma famille.

— Dans la mienne aussi. Mon Willoughby était un garçon charmant, romantique. Ses parents avaient beaucoup d'argent, je ne lui en tenais pas rigueur. Il avait monté une boîte de com' avec deux copains de fac. On a bavardé, le courant est passé et comme c'était le copain d'un copain d'un copain, je n'ai pas hésité une seule seconde à lui donner mon numéro de téléphone.

— Naturellement, il vous a appelée.

— Dès le lendemain. Pour me proposer d'aller voir les Orioles à Camden Yards, dans la loge de sa famille. J'ai accepté, bien sûr. Si vous n'avez jamais assisté à un match depuis une loge privée, vous avez loupé quelque chose. J'ai découvert qu'il n'y connaissait rien au base-ball, mais j'ai trouvé ça attendrissant. Il m'avait invitée pour me faire plaisir. Mignon. Vous imaginez sans peine la suite… Il m'a présentée à ses parents, je l'ai présenté à ma mère. Pendant six mois, tout allait pour le mieux dans le meilleur des mondes. Il était adorable, gentil, attentionné, intéressant, fou amoureux, romantique. Il m'a même emmenée à Paris pour un week-end prolongé. À Paris, vous vous rendez compte !

En riant, Darby but une gorgée de bière avant de continuer :

— Je n'étais jamais partie à l'étranger. En vérité, je n'étais jamais allée plus loin que le Mississippi. Naturellement, j'ai adoré Paris. Il m'a demandé en mariage sur les bords de Seine, au clair de lune. Je n'avais pas du tout l'intention de me marier aussi vite, mais… Paris, le clair de lune… J'ai dit oui…

Plongée dans ses souvenirs, elle regardait son verre de bière sans le voir.

— Je ne voulais pas d'un grand mariage, mais je n'ai pas vraiment eu mon mot à dire. Sa famille a pris les choses en main et je me suis laissé porter par les événements. Si je faisais le moindre commentaire, il me disait que ses parents seraient vexés. En y repensant, certains signes auraient dû me mettre la puce à l'oreille. Mais c'est facile de dire ça avec le recul. Était-il intolérant, possessif, dominateur ? Oui, mais pas tant que ça dans les premiers temps. Surtout, j'avais le sentiment qu'il était dingue de moi, et j'étais éblouie par tout ce qu'il m'offrait. J'ai été idiote... et il était malin.

— Il n'y a pas que les idiots qui se font manipuler.

— Je ne sais pas... Peu avant le mariage, il m'a emmenée visiter une maison monstrueuse, dans un lotissement monstrueux. Notre maison. Je n'étais pas emballée, mais ses parents avaient versé un acompte en guise de cadeau de mariage. La vente avait été conclue sans que personne me demande mon avis. Il voulait soi-disant me faire une surprise... À dix jours du mariage, j'ai commencé à me poser des questions. Je n'avais pas envie d'habiter à Stepford Lane, dans cette immense baraque, à quarante minutes de chez ma mère et du boulot.

— Vous le lui avez dit ?

— J'ai essayé. Sans grande conviction. Je me suis laissé manipuler, indiscutablement. Je me disais que je m'y ferais. J'aménagerais le terrain à mon goût, histoire de me l'approprier. Je me lèverais juste un peu plus tôt pour aller travailler. Je l'aimais. Nous allions vivre ensemble, c'était le plus important... Le mariage a eu lieu, en grande pompe, au printemps, parce que sa mère avait décrété qu'on devait se marier au printemps, tant pis si j'avais du travail par-dessus la tête. Nous sommes partis en voyage de noces à Paris et là, il a commencé à me dire que je devais arrêter la contraception, qu'il voulait fonder une famille.

— Vous n'aviez pas encore abordé ce sujet ?

— Si, mais nous étions d'accord pour attendre un peu. J'ai refusé d'arrêter la pilule, je n'avais que vingt-trois ans. Je lui ai demandé de me laisser au moins un an, mais nous étions à peine rentrés qu'il a remis ça sur la table. Il avait trop envie d'un bébé, d'une famille. Je ne voulais pas d'enfant ? Parce que je travaillais trop, selon lui, que je faisais un métier trop dur, qui me fatiguait trop, que je rentrais trop tard. Pour lui, quand on était à son compte, on n'avait pas besoin de travailler.

Zane eut un petit rire qui fit sourire Darby.

— En fait, c'est exactement le contraire, mais lui ne voyait pas les choses de cet œil-là. Cela dit, il n'en fichait pas lourd, dans sa boîte… Enfin bref. Tant bien que mal, je m'efforçais de faire contre mauvaise fortune bon cœur.

Darby s'interrompit, le regard au loin, sur le lac et les bateaux. Zane attendit, sans rien dire.

— Six semaines et deux jours après le mariage, je rentrais du boulot après une longue journée et des embouteillages horribles… Il m'attendait en buvant un gin tonic…

Elle dut s'arrêter de nouveau, poussa un petit soupir.

— Il m'a accueillie par un : « Ici, c'est moi qui commande. Regarde dans quel état tu es, crevée, sale comme un peigne… » Il n'aimait pas trouver la maison vide. La maison qu'il avait achetée pour moi. Je devais vendre mon entreprise et devenir une bonne épouse. J'étais lessivée. Pas par le travail, j'adorais mon boulot, mais par ces horribles trajets. J'ai répondu qu'il était hors de question que je vende mon entreprise et que le sujet était clos, je n'étais pas d'humeur à discuter, j'allais me doucher. Je n'ai rien compris, je me suis retrouvée sur le carreau.

Elle secoua la tête.

— Depuis un an que je le connaissais, il n'avait encore jamais montré aucun signe de violence. Aucun. Il pouvait être autoritaire, buté, obtus, et parfois il avait des paroles cinglantes. Mais cette claque du revers de la main m'a prise au dépourvu. Il a paru choqué, lui aussi. Il l'a joué penaud, honteux. Il a pleuré, il s'est excusé. Il avait passé une mauvaise journée, il n'aurait pas dû boire, il s'était inquiété pour moi et bla-bla-bla. Il m'a suppliée de lui pardonner. J'étais mariée depuis six semaines et l'homme que j'avais épousé était à genoux devant moi, en larmes.

Zane garda le silence. Il se doutait de la suite.

— Je lui ai dit que je lui laissais une chance, une seule. S'il me frappait encore une fois, c'était fini. Non seulement je divorçais, mais je portais plainte.

— Combien de temps a-t-il tenu ?

— Trois semaines. Mais j'avais compris que celui dont j'étais tombée amoureuse n'était pas celui qu'il était en réalité. Je n'étais qu'une pauvre Marianne Dashwood, pitoyable.

Zane ne put s'en empêcher, il posa une main sur celle de Darby.

— Marianne Dashwood s'en tire plutôt bien.

— Certes, mais il lui faut du temps. Il m'en a fallu à moi aussi. J'avais épousé un macho, un malade mental. Si je sortais avec ma mère ou une amie, c'était du temps dont je le privais.

Si je n'étais pas d'accord avec lui, même pour une broutille, je le blessais. Je ne l'aimais pas assez. Le temps, les efforts et l'affection que je consacrais à d'autres que lui, je les lui volais.

Idiote... Elle avait vraiment été idiote, pensa-t-elle à nouveau.

— Dès que je rentrais du boulot, il m'agressait. Au début, ce n'était que verbal. Il est allé jusqu'à m'accuser d'avoir une liaison avec un de mes ouvriers, un gars que je connaissais depuis toujours, marié et père de deux enfants, l'incarnation du bonheur conjugal. Mon erreur a été de me mettre à rire...

Elle s'arrêta, contempla la vue un instant, y puisa le courage de continuer.

— Cette fois, il ne s'est pas contenté d'une claque. Le premier coup m'a cassé le nez. Il était fou de rage. On ne réfléchit pas quand on se fait tabasser. On essaie juste de s'échapper, de se protéger. Il me cognait en hurlant, il m'a arraché mes vêtements, et j'étais impuissante, à sa merci. À un moment, on a dû renverser une lampe, je l'ai attrapée et je l'ai frappé, assez fort pour l'assommer. Je me suis ruée hors de la maison. Dieu merci, il y avait des voisins dehors. J'ai appelé à l'aide, en courant droit devant moi, sans savoir où j'allais. Il a fini par sortir. Heureusement, des gens sont venus à mon secours. Quelqu'un a appelé la police, bien qu'il ait essayé de prétendre que c'était moi qui l'avais agressé. Ensuite, j'ai porté plainte, demandé le divorce, et je suis retournée vivre chez ma mère. Elle a été formidable, solide comme un roc. Il a pris un bon avocat, mais j'avais des certificats médicaux, le procès-verbal de police, les dépositions des témoins. Il a pris cinq ans, dont trois fermes.

— Il méritait plus.

— Il était défendu par un ténor du barreau. Il est ressorti au bout de trois ans, avec une ordonnance restrictive, qui n'a pas servi à grand-chose.

— Il est revenu se venger ?

— Un soir où je rentrais du cinéma. Mais il a eu une surprise : j'avais pris des cours d'autodéfense et de kung-fu.

— De kung-fu, sans blague ?

— Tout à fait. J'étais ceinture marron, à l'époque. Il a encaissé plus de coups qu'il ne m'en a donné. Surtout qu'il ne s'y attendait pas. J'ai appelé la police. Finalement, il a fait ses cinq ans.

— Il méritait plus, répéta Zane.

— Peut-être. Ma mère a suggéré qu'on déménage quand il est sorti, je n'ai pas voulu. On avait notre maison, notre affaire... Et il devait comprendre qu'il n'avait pas intérêt à me chercher des noises, s'il ne voulait pas retourner sous les verrous. Mais quand ma mère est décédée, j'ai décidé de prendre un nouveau départ.

Darby termina sa bière avant de conclure :

— Voilà, vous savez tout de moi.

— Il n'a pas réessayé de s'en prendre à vous ?

— Je n'ai plus jamais entendu parler de lui. Après tout ce temps, je ne vois pas comment il pourrait savoir où je suis, ni pour quelle raison il reviendrait m'importuner. Je ne suis pas inquiète.

— Vous n'étiez sans doute pas la première.

— Non. En creusant un peu, on a appris qu'il y en avait eu deux autres avant moi. Il n'avait pas été aussi violent, mais il avait déjà montré son vrai visage. Moralité : ne jamais se laisser passer la bague au doigt par un beau mec avec un nom cool. Cela dit, je n'ai été mariée que trois mois, ça ne compte pas vraiment.

— Vous pourriez faire annuler le mariage. Je connais un avocat spécialisé dans ce genre de dossier…

— J'y ai pensé, mais ce n'est pas la peine. C'est du passé.

Une page tournée, un livre refermé, pensa-t-il. Néanmoins, ce genre d'épreuve vous marquait pour la vie.

— Vous avez faim ?

— Sans transition, encore une fois ! Pourquoi pas ? Qu'est-ce que vous m'offrez ?

— La seule chose que je suis certain d'avoir, c'est une pizza surgelée.

— La pizza est une valeur sûre. Et je pourrai boire la deuxième moitié de ma bière si je mange.

— Dans ce cas, mangeons.

— J'enlève juste mes godasses et je vais me débarbouiller aux toilettes.

— OK, acquiesça-t-il en se levant tandis qu'elle délaçait ses chaussures. Kung-fu, alors ?

— Je suis ceinture noire maintenant, deuxième dan. J'enlève aussi mes chaussettes, elles sont trempées.

— Vous êtes une femme intéressante, Darby.

— Vous êtes un beau mec avec un nom cool. N'essayez pas de me draguer.

— Je tâcherai de me maîtriser.

Il ouvrit la porte, et elle lui emboîta le pas, pieds nus, les ongles des pieds vernis du même vert sapin que son tatouage.

— Quelle est la signification de votre tatouage ?

— Oh, fit-elle en portant la main à sa nuque. Je l'ai fait faire quand Trent a été jugé coupable.

La vie continue. Ma mère disait que la roue tourne, que la vie est une série de cycles. Vous avez de nouveaux meubles, constata-t-elle en regardant autour d'elle.

— Oui, j'achète des trucs, de temps en temps, quand je vois quelque chose qui me plaît.

— Très joli, dit-elle en désignant un tableau au-dessus de la cheminée. Le lac au lever du soleil, brumeux, mystérieux, nimbé des premières lueurs de l'aube.

— Cette toile m'a interpellé. Elle est d'un artiste local.

— Il a su saisir l'instant. Pas de téléviseur géant ? Étonnant, pour un célibataire.

— Dans le salon.

— En tout cas, vous avez beaucoup de goût. Vous commencez à vous sentir chez vous ?

— Oui. Et vous ?

— Je me concentre sur l'extérieur, pour le moment. L'intérieur a besoin d'un bon lifting, mais ça attendra l'hiver. Ou les jours de pluie.

Zane sortit une pizza du congélateur.

— Vous n'avez rien contre le pepperoni ?

— J'adore le pepperoni, répondit-elle en se juchant sur un tabouret. Et j'adore regarder les beaux mecs cuisiner.

— Ah… Vous devriez me voir confectionner mon fameux sandwich à la confiture et au beurre de cacahuète.

Il sortit un verre, une bière, en versa la moitié à Darby.

— Vous allez aussi refaire l'intérieur vous-même, chez vous ?

— Ce sera vite fait. Principalement de la tapisserie hideuse à enlever, poncer les murs, repeindre. J'ai acheté quelques bricoles. Votre cuisine m'a inspirée.

— Ah bon ?

— Oui, les placards vitrés. Les miens sont affreux. Atroces. Je les changerai un jour ou l'autre, mais en attendant je les ai repeints. Et puis j'ai pensé à vos portes vitrées. Du coup, j'ai enlevé les miennes. Je n'ai rien à cacher. J'ai acheté de la jolie vaisselle.

Elle but une gorgée de bière. Il déballa la pizza, la glissa dans le four, régla le minuteur.

— Maintenant que vous savez tout sur mon nez cassé, si vous me parliez du vôtre…

Il porta sa bière à ses lèvres, observa Darby par-dessus la cannette.

— Je suis étonné que vous n'ayez pas encore entendu cette histoire.

— Je le suis un peu moi aussi, on me raconte en général toutes sortes de choses. Mais j'ai constaté que les gens d'ici avaient beaucoup d'estime pour les Walker-Keller. Je n'insisterai pas, si vous n'avez pas envie d'en parler.

— Ce n'est pas un secret. Je suis juste surpris, agréablement surpris, que les gens aient cessé de jaser. Vous voulez la version concentrée ou la totale ?

— Je suis friande de longues histoires. Les détails ont leur importance.

— Je vous préviens, ça risque de durer un moment. Alors voilà… Pour commencer, mon père frappait ma mère, depuis aussi longtemps que je me souvienne. Le Dr Graham Bigelow, admiré, respecté, prospère, important. De l'extérieur, avec son épouse Eliza, un couple parfait. Deux beaux enfants, une belle maison dans un beau lotissement.

— Lakeview Terrace ?

— Exact, acquiesça-t-il, stupéfait qu'elle ait deviné, ce qui signifiait qu'elle voyait sûrement cet endroit du même œil que lui. Mon père était chirurgien en chef du Mercy Hospital, à Asheville, ma mère femme au foyer, membre de plusieurs œuvres de charité, présidente de l'association des parents d'élèves. Nous avions une femme de ménage/cuisinière qui venait trois fois par semaine, un jardinier, deux Mercedes, comme toute famille de la classe supérieure qui se respecte.

— Mais ils cachaient des fêlures, comme Trent.

— L'image me plaît, dit Zane en prenant machinalement la balle de base-ball qu'il avait laissée sur le comptoir. On ne pouvait jamais prédire quand mon père allait sortir de ses gonds. Jamais en public, en tout cas, et il prenait soin de frapper là où ça ne se voyait pas. Le pire, c'est que ma mère aimait ça.

— Oh, Zane…

— Ne dites rien ! Les femmes battues se sentent coupables, je sais, et je sais aussi pourquoi elles restent. Nous sommes ici dans un cas de figure différent. Vous allez comprendre.

— OK.

— Je ne me rappelle pas, pas clairement, la première fois où il m'a frappé. Et je ne parle pas de fessées. Il me donnait des coups dans le ventre, dans les reins, dans les côtes. Il savait où cogner. Il ne levait jamais la main sur Britt, à cette époque. Il la rabaissait, il nous humiliait tous, mais c'était la seule violence qu'il lui infligeait : maltraitance verbale et émotionnelle. Britt et moi, on n'était que des bons à rien, jamais à la hauteur.

— C'est terrible, pour des enfants. Vous n'en avez jamais parlé à quiconque ?

— On était terrifiés, et ils étaient soudés. Nous n'étions que des accessoires, des attributs de leur statut, un peu comme une barbe. Quand il battait ma mère, Britt venait dans ma chambre et on attendait que l'orage passe. Après, ils finissaient au lit. Je crois que c'était ça, le plus choquant. Mais bon... C'était comme ça, on ne connaissait pas autre chose. Tout a basculé le 23 décembre 1998.

Zane raconta le retour de l'école, comment il avait tenté de défendre sa mère, les coups, les cris, le sang.

— Vous voyez, je sais ce que c'est que de se faire tabasser...

Quand le minuteur sonna, il sortit un plat rond et y transféra la pizza.

— Vous voulez une assiette, je suppose, dit-il en ouvrant un tiroir pour y prendre une roulette à découper.

— Je...

Darby dut prendre une grande inspiration pour desserrer l'étau qui lui comprimait la poitrine.

— Je vais les chercher, je les vois, derrière les portes vitrées.

— Fourchette, couteau ?

Elle feignit un regard offensé.

— Ne m'insultez pas. Je pose le couvert dehors, sur votre superbe table ? Il fait doux, ce soir.

— Excellente idée.

À l'extérieur, elle respira de nouveau un grand coup, hantée par l'image de ces deux enfants qui avaient grandi dans la cruauté, la peur et la violence. Deux enfants qui s'en étaient sortis indemnes, sans stigmates des fêlures de leurs parents.

Zane s'assit en face d'elle et lui servit une part de pizza.

— Vous avez une vraie pelle à pizza, je suis impressionnée.

— Un ustensile indispensable. Vous voulez connaître la suite ?

— Seulement si vous avez envie de me la raconter.

— Au point où on en est… Ils ont dit à tout le monde que j'avais la grippe. Mes grands-parents de Savannah étaient là pour Noël, ils dormaient chez Emily. On devait fêter le réveillon chez nous. Le repas avait été commandé chez un traiteur. À la dernière minute, mes parents ont annulé. Il ne fallait pas qu'on me voie. Emily m'avait préparé du bouillon du poulet, mais ils ne l'ont pas laissée monter dans ma chambre. Britt m'a raconté qu'elle s'était énervée, mais elle a fini par capituler. Qu'aurait-elle pu faire ?

— Je suis contente d'entendre ça. C'est la personne pour qui j'ai le plus de sympathie, à Lakeview.

— Elle nous a, pour ainsi dire, sauvé la vie… J'y viens. Le lendemain de Noël, on est partis au ski, comme tous les ans. Très tôt le matin, il faisait encore nuit. À l'hôtel, mon père a dit que j'étais tombé à vélo. Quand on est rentrés, il a raconté que j'avais fait une chute au ski.

— Ça a marché ?

— Un temps. Une fois remis, j'ai demandé à Dave, le père de Micah, de m'apprendre des mouvements de muscu. Je lui ai dit que je voulais gagner en puissance pour le base-ball.

— Alors qu'en vérité vous vouliez être capable de vous défendre.

De la même manière qu'elle s'était initiée aux arts martiaux.

— Exactement. Mes parents voulaient que je fasse médecine, mais j'avais l'intention de demander des bourses de base-ball, en cachette. À dix-huit ans, je serais parti, j'aurais trouvé un job, je me serais débrouillé. Ça impliquait que je laisse Britt, mais il ne l'avait jamais touchée… J'aurais trouvé quelqu'un pour veiller sur elle. En tout cas, moi, il ne me frapperait plus jamais.

Zane croqua dans sa pizza.

— Naturellement, j'aurais été repéré et engagé par les Orioles.

— J'ai entendu dire que vous étiez très bon, et que vous avez même été élu meilleur joueur de l'État.

— Je voulais devenir pro, c'était mon rêve le plus cher, mais le sort en a décidé autrement.

Il raconta le bal du lycée, Ashley.

— Ashley Grandy ? Du Grandy's Grill ?

— Elle-même.

— C'est une très belle femme.

— Mon premier amour, dit-il, une main sur le cœur. Une soirée merveilleuse, jusqu'à ce que je rentre chez moi… avec quatre minutes de retard. Il m'attendait.

Horrifiée, Darby imagina la scène : la cruauté du père, la détresse d'un jeune garçon essayant de protéger sa sœur, trahi par sa mère.

— Mais comment a-t-on pu gober que vous aviez attaqué votre famille ?

— La parole du Dr Bigelow, corroborée par sa femme Eliza.

— Personne ne vous a cru ?

— Dave. Il m'a accompagné à l'hôpital, et il est resté avec moi. Je ne l'oublierai jamais. Il a appelé Emily. Il a tenu tête à la police, mais le commandant était un ami de mon père.

— Lee ?! s'exclama Darby, choquée.

— Non, à cette époque, Lee n'était pas encore à Lakeview. J'avais le coude en miettes, on m'a opéré. La chirurgienne était plutôt de mon côté, mais elle avait reçu des ordres. J'ai donné mes clés à Dave et je lui ai dit où était caché mon journal. On m'a emmené à Buncombe.

— C'est-à-dire ?

— Un centre de détention pour mineurs. Vous voulez une autre demi-bière ?

— Non, merci, répondit-elle, écœurée.

— Un soda ? J'ai du vrai Coca, pas du cola, comme ils boivent ici dans le Sud.

— Je… Je veux bien, acquiesça-t-elle, devinant qu'il avait besoin d'être seul un instant.

Quand il eut disparu dans la cuisine, elle pensa à sa propre mère. Sa mère qui l'aurait défendue envers et contre tout, elle en était certaine. Sa mère qui l'avait soutenue à l'hôpital, au poste de police, chez l'avocat. Toujours là.

— Votre mère a laissé faire ? demanda-t-elle lorsque Zane revint.

— Sans le moindre scrupule.

— Alors vous avez raison, ce n'était pas une victime. Elle était aussi coupable que lui. Vous deviez être terrorisé.

— Ce n'est rien de le dire. J'ai passé une nuit cauchemardesque. Heureusement, Britt a réussi à s'enfuir de sa chambre d'hôpital et à téléphoner à Emily, qui était déjà sur place, en fait.

Darby visualisait la fillette, en chemise d'hôpital, pieds nus, retrouvant sa tante bienveillante, qui l'avait conduite à la police.

— C'est là que Lee entre en scène. Capitaine Lee Keller, du département de police d'Asheville.

— C'est comme ça qu'ils se sont rencontrés ?

— Oui. Je ne sais pas s'il les a crues tout de suite, mais au moins il les a écoutées. Puis Dave lui a apporté mes cahiers. Une enquête a été ouverte. Lee a téléphoné à la station de ski, où on lui a confirmé que j'étais arrivé dans un sale état. Graham avait essayé de me faire passer pour un drogué, mais l'analyse toxicologique était négative. Lee connaissait le commandant de Lakeview. Il est allé le trouver, en tête à tête, avec les preuves qu'il avait rassemblées. L'histoire de l'accident de ski s'est effondrée, celle de la chute de vélo également. Lee m'a fait sortir de Buncombe, il m'a confié à la garde d'Emily, puis il a arrêté Graham et Eliza.

— Il mérite une femme aussi formidable qu'Emily. C'est un héros.

— C'est l'un des miens, en tout cas.

— Ils sont allés en prison ?

— Emily a fait quelques années. Il a pris dix-sept ans et des poussières. Il est en liberté conditionnelle, aujourd'hui.

Il méritait plus, Darby eut-elle envie de dire.

— Ça vous fait quoi ? demanda-t-elle.

— Ils n'essuieraient que des humiliations ici. Il a été radié de l'Ordre des médecins, il n'aura plus jamais le droit d'exercer. Il a passé dix-sept ans derrière les barreaux. J'estime qu'il a payé.

Sans doute l'avocat qui parlait... Darby n'était pas convaincue que le petit garçon qui sommeillait en l'homme adulte éprouvait le même sentiment.

— Vous êtes allés les voir, en prison ?

— Pour quoi faire ?

— Voilà une attitude très saine, je trouve. Je ne suis pas psy, comme votre sœur, mais j'ai suivi une thérapie après Trent. Quand les liens sont toxiques, mieux vaut les couper. En plus, vous avez une famille en or. C'est super que Lee et Emily soient tombés amoureux. C'est le coup de baguette magique de la bonne fée. Vous la considérez comme votre mère…

— Absolument. Comment avez-vous perdu la vôtre ?

— Renversée par un automobiliste qui a pris la fuite.

— Oh bon sang ! Désolé. On a retrouvé le chauffard ?

Darby secoua la tête.

— Non. Elle faisait cinq kilomètres de jogging tous les dimanches matin, sur une piste cyclable. La voiture l'a fauchée, sans s'arrêter. D'après les médecins, elle est morte sur le coup. Je l'espère. On a retrouvé la voiture abandonnée un ou deux kilomètres plus loin. Elle avait été volée.

Elle s'interrompit pour boire une gorgée de bière.

— Une Ford Mustang 1967. Son propriétaire était en train de la retaper, avec son fils. Elle était devant la maison quand ils se sont couchés ; le lendemain matin, elle avait disparu. Des gamins, sans doute, qui l'ont démarrée aux fils. L'intérieur empestait le cannabis et l'alcool quand on l'a retrouvée, mais ils avaient été assez malins pour se débarrasser des bouteilles, vider le cendrier, essuyer les portières, le volant. Aucune empreinte, aucune trace d'ADN.

— La police a interrogé les amis de la famille, les copains du fils ?

— Oui, bien sûr. Ça n'a rien donné. J'avais une maman formidable. Ce jour-là restera pour toujours le plus horrible de ma vie.

— Et votre père ?

— Il est parti quand j'avais quatre ans. Vous connaissez la chanson de Springsteen ? « *Had a wife and kid in Baltimore, Jack. I went out for a ride, and I never came back*[1]. » Mais ce n'était pas un mauvais bougre.

— Comment le savez-vous ?

— Il n'a pas touché aux économies du ménage. Il a laissé la voiture à l'arrêt de bus. Il a juste emporté quelques vêtements et sa Gibson. Il n'était pas fait pour la vie de famille, c'est tout.

— Comme dirait Britt : « Qu'est-ce que ça vous fait » ?

— Ça va. J'ai juste de la peine pour ma mère. Elle l'aimait. Je ne me souviens presque pas de lui. Mais je me rappelle qu'il n'était jamais méchant. Je me suis toujours demandé s'il n'était pas parti de peur de le devenir s'il s'acharnait à mener une vie qui ne le rendait pas heureux.

— Vous aussi, vous avez une attitude très saine.

— Nous sommes deux individus très sains.

— On devrait... En fait, à part à ma famille, Micah, Dave et Maureen, je n'avais jamais raconté cette longue saga. Il faudra que j'analyse les raisons qui m'ont poussé à vous la confier, autour d'une bière et d'une pizza.

---

1. « J'avais une femme et un môme à Baltimore, Jack. Je suis parti faire un tour en bagnole, je ne suis jamais revenu. » *(Ndlt.)*

— Les gens ont tendance à me raconter leur vie.

— On passe au dessert ?

Darby arqua les sourcils.

— Un dessert ? C'est un repas de fête ! Qu'est-ce que vous me proposez ?

— Des Swiss Rolls.

— Little Debbie ?

— Évidemment !

— Envoyez !

15

Ils mangèrent des biscuits roulés tandis que le crépuscule descendait sur les montagnes embrasées.

— Un beau tableau, là aussi, commenta Darby. Imaginez-vous assis ici à déguster des Swiss Rolls face au coucher de soleil, en écoutant la mélodie de l'eau sur les rochers.

— Vous m'avez déjà vendu la cascade.

— Imaginez quand même. Il vous faudra une mangeoire pour les colibris.

— Pour quoi ?

— Pour les colibris. Certaines des espèces que je vais planter les attirent. Vous aurez des oiseaux chanteurs et des papillons. Ils apprécieront une jolie mangeoire. C'est tellement beau, chez vous. Je passerais ma vie à embellir ce terrain.

— Je n'en doute pas une seule seconde.

— Mais là, je vais rentrer chez moi. Je charge juste le lave-vaisselle en remerciement du repas.

— Je pourrais vous dire que vous n'êtes pas obligée… Mais je ne le dis pas.

Elle se leva, empila les assiettes, débarrassa la table. Il la suivit dans la cuisine.

— Au fait… On n'a même pas parlé de ce baiser à la sortie du stade…

— Vous y tenez ? répliqua-t-elle.

— Je voudrais juste vous dire comment je vois les choses… Vous êtes ma cliente, je suis votre client, ce baiser ne change rien à nos contrats.

— Absolument.

— Nous avons établi que nous sommes des individus sains de corps et d'esprit, moi un beau mec avec un nom cool, vous une belle nana qui porte très bien le short cargo.

— Tout à fait.

— On pourrait aller boire un verre, un de ces soirs, aller au restaurant, au cinéma, ou bien…

Elle s'adossa contre le comptoir.

— Vous m'avez offert une bière et demie, de la pizza et des gâteaux roulés. Je considère que vous m'avez déjà invitée à prendre un verre et à dîner.

— Très bien. Un ciné, alors ?

— Pourquoi pas ? Ou bien…

Il s'avança vers elle, les yeux dans son regard amusé.

— Je suis abonné à Netflix et à tout un tas d'autres chaînes.

— Vous avez du pop-corn ?

— Du Newman's. Micro-ondable.

— Tentant.

Surtout lorsqu'il posa les mains sur ses hanches, de la même manière qu'à la sortie du stade.

— Je regarderais volontiers un film ou bien…

Il s'apprêtait à l'embrasser mais se figea lorsqu'elle ajouta :

— Seulement…

— Je sens que la suite ne va pas me plaire.

— Je suis dégueulasse, lui rappela-t-elle. Je préférerais être propre avant de... ou habillée de façon adéquate.

— Vous pouvez prendre une douche. Et j'aime bien votre short. Surtout quand vous avez vos chaussures aux pieds.

— Merci. Très généreux de votre part. Voilà ce que je propose : si vous êtes libre demain soir, je me douche chez moi après le boulot et je viens vers 21 heures regarder un film. Ensuite, si on est tous les deux disposés, on peut tenter le « ou bien ».

— 20 h 30, dit-il, pour le plaisir de marchander. On boira d'abord un cocktail.

— Un cocktail, waouh, très chic. Je devrai impérativement être présentable.

— Quel genre de films aimez-vous ?

— Vu que le film tiendra lieu de préliminaire, surtout pas de mélo. Une comédie romantique, de l'action ou de l'aventure.

— Vous êtes une femme vraiment intéressante.

Quand il se pencha pour l'embrasser, elle se hissa sur la pointe des pieds et l'enlaça. Il eut la sensation de se fondre en elle, comme il se serait glissé dans le lac par une chaude journée d'été. Submergé de désir, il laissa ses mains parcourir son corps, s'attarder au bas de son dos, découvrir ses formes, les graver dans sa mémoire, et il la sentit se presser contre lui.

Lorsqu'il s'écarta, le souffle court, elle lui caressa la joue. Leurs cœurs battaient au même rythme désordonné.

— Peut-être que j'aime les femmes dégueulasses.

— Oh bon sang… Le compromis me paraissait judicieux. Si tu veux me faire changer d'avis, il va falloir me convaincre.

Il l'embrassa de nouveau, avec fougue et avidité, et cette fois, quand il lui saisit les hanches, elle prit de l'élan et noua ses jambes autour de sa taille.

— Convaincue, dit-elle d'une voix rauque en lui mordillant le cou. Tu sens nettement meilleur que moi. Je crois que je vais prendre une douche.

— Après.

— Après… je suis censée faire de la paperasse, murmura-t-elle en se laissant porter à travers la maison.

— Moi aussi.

Il s'arrêta au pied de l'escalier, où il finit de la convaincre avec un autre baiser, puis il gravit les marches.

— J'adore ta maison. J'aurais sûrement couché avec toi rien que pour voir l'étage.

— Et c'est maintenant qu'elle me dit ça !

En riant, elle frotta son nez au creux de son cou, puis redressa la tête lorsqu'ils franchirent les doubles portes de la chambre.

— C'est immense !

— Je te ferai visiter le reste tout à l'heure.

— Oh, ne me dépose pas sur le lit. Mes vêtements sont…

— Tu ne les garderas pas longtemps. Et je changerai les draps.

Il se laissa tomber sur le lit avec elle, lui saisit les deux mains et l'embrassa tel un homme affamé.

Il l'était peut-être. Elle lui avait mis l'eau à la bouche dès le premier regard, elle l'avait intrigué dès la première conversation. Au stade, elle l'avait envoûté.

À présent, il pouvait se régaler.

Embrasser ses mains fermes et fortes. Ses lèvres douces et tendres. Son visage anguleux, ses mâchoires saillantes, sa gorge soyeuse et délicate. Ses bras musclés, toniques, sa poitrine gracieuse. Elle était une série de fascinants contrastes.

Il lui enleva son tee-shirt, elle lui ôta le sien et, de ses mains fermes, lui caressa le torse.

— Mmm, oui.

Il aurait voulu la regarder, simplement la regarder, mais il était incapable de contrôler ses mains. En lui ôtant sa brassière de sport blanche, il pensa : *Mmm, oui*, avant de refermer la bouche sur son sein.

Elle se cambra, il défit la boucle de sa ceinture, le bouton de son short, pressé, impatient.

— Je devrais ralentir…

— Non ! protesta-t-elle en se contorsionnant afin de l'aider à la déshabiller.

— Merci mon Dieu.

Elle glissa ses mains entre leurs deux corps et dégrafa sa ceinture. Ils roulèrent sur le côté pour qu'il se débarrasse de son pantalon, puis il revint sur elle.

Elle voulait une étreinte fougueuse, sans retenue, rapide. Lâcher prise, s'abandonner dans l'acte sexuel. Être touchée, désirée, sentir le désir pulser en lui comme il pulsait en elle.

Quand il la pénétra, enfin, le plaisir fusa. Cramponnée à ses doigts, elle allait et venait contre lui, ivre de pouvoir et de vitesse. L'orgasme la balaya, la laissant frissonnante, haletante. Repue.

Mais il continua et sentant le plaisir remonter, elle adopta son rythme frénétique. Quand elle retomba, cette fois, que ses doigts se desserrèrent autour de ses mains, il retomba avec elle.

Le temps de retrouver leur souffle, ils demeurèrent immobiles un instant, puis Zane bascula sur le dos. Hanche contre hanche, le regard au plafond, tels deux rescapés d'un naufrage, ils reprirent peu à peu une respiration régulière.

— C'est confirmé, parvint-il à articuler. J'aime les femmes dégueulasses.

Elle éclata de rire, encore un peu essoufflée, et poussa un soupir.

— Je crois que j'aime les hommes baraqués, dit-elle en lui tâtant les abdos. Pas les armoires à glace, ça me fait flipper. Il faudra que je te regarde mieux, dès que j'aurai de nouveau les yeux en face des trous.

— On dira que c'était la manche de rapidité.

— On a gagné tous les deux.

— Ouais… Pourtant, perso, ça faisait un moment…

C'était agréable de pouvoir plaisanter d'un rapport sexuel satisfaisant, pensa Darby.

— Un moment, c'est-à-dire ?

— Neuf mois, dix…

En contemplant le plafond coffré, Zane songea qu'il était trop fatigué pour calculer précisément.

— Je n'étais pas vraiment en couple, dit-il, mais on se voyait régulièrement. Quand je lui ai annoncé mon intention de revenir à Lakeview, elle m'y a encouragé. Et nous avons décidé d'un commun accord de cesser de nous fréquenter.

— Neuf ou dix mois ? Pfff… Ce n'est rien ! Moi, ça fait plus du double.

— Pourquoi ?

— Ex-mari psychotique, beaucoup de temps passé à me remettre en question, le décès de ma mère, le nouveau départ, etc.

— Je comprends.

— Ça ne me manquait pas. C'est cool qu'on ait appuyé en même temps sur le bouton « Maintenant, c'est le moment ».

Il changea de position et se tourna vers elle.

— Ça te dit d'appuyer de nouveau sur le bouton ?

— Cette fois, j'insiste pour me doucher. Si ma mémoire est bonne, tu as une très grande douche. Largement assez grande pour deux individus sains de corps et d'esprit.

— Avec de l'eau bien chaude.

— Excellent. Mais je ne remettrai pas ces fringues après m'être lavée. J'ai une tenue de rechange dans mon camion, au cas où...

Brun-roux, pensa-t-il. À cet instant, elle avait les cheveux brun- roux.

— Au cas où tu passerais la nuit chez un mec ?

— Au cas où je serais trempée, où j'aurais un vêtement déchiré... Je vais les chercher, je reviens.

— Attends... Tu sors comme ça ?

— Comme ça, comment ? demanda-t-elle en se passant une main dans les cheveux.

— Toute nue ?

— Le camion est juste là, et il n'y a que toi ici. J'en ai pour deux minutes.

Quand elle fut partie, il se cala en position assise, contre les oreillers. Il ne se trouvait pas coincé mais... celle qu'il avait laissée à Raleigh ne sortait jamais nue de la salle de bains... Et elle ne quittait jamais la maison sans maquillage et sans brushing.

Jusqu'à présent, il n'avait jamais vu Darby maquillée. Si on lui avait posé la question, il aurait affirmé qu'elle n'était pas du tout son genre. Pourtant, il avait hâte de la rejoindre sous la douche.

Il se leva et sortit sur le balcon afin de la regarder, nue, monter dans son camion et en redescendre avec un sac de sport. Quand elle le vit, elle écarta les bras en riant.

— À Baltimore, je me serais fait arrêter.

— Tu ressembles à une sylphe, vêtue seulement du clair de lune.

— Une Sith ?

— Non, pas une ennemie des Jedi, une sylphe, une créature de la mythologie celte, symbole de la beauté et de la subtilité.

— Ah, je préfère. Je peux prendre de l'eau dans la cuisine ?

— J'ai un minifrigo en haut.

— J'aurais pu m'en douter…

Réveillée peu avant l'aube par son horloge interne, Darby demeura un instant immobile, à songer qu'elle avait passé la nuit chez Zane. Initialement, elle n'en avait pas l'intention, et elle était persuadée que lui non plus. Les relations sexuelles entre adultes sains d'esprit et consentants étaient une chose ; dormir ensemble en était une autre, beaucoup plus intime.

Mais la douche coquine avait éveillé une nouvelle fringale de gâteaux roulés, qui avait entraîné une nouvelle partie de jambes en l'air, une manche plus lascive, qui les avaient néanmoins épuisés. Si bien que lorsque Zane avait marmonné : « Tu n'as qu'à rester là », elle avait grommelé « OK », avant de s'endormir comme une masse.

Le problème, maintenant, c'est qu'elle devait se lever et s'habiller, probablement une bonne heure avant lui, au minimum. Il y avait longtemps qu'elle n'avait pas passé la nuit chez quelqu'un ; elle espérait ne pas avoir perdu ses talents de ninja.

Ses yeux s'accoutumant peu à peu à l'obscurité, elle se remémora l'agencement de la pièce : le balcon à droite, la salle de bains et le dressing à gauche, la commode à 4 heures, la causeuse et la table basse à 8 heures.

Et le banc au pied du lit, où elle avait laissé son sac. Elle ne se rappelait pas où avaient atterri ses vêtements, mais elle finirait bien par les trouver.

Elle se glissa hors du lit, se dirigea vers le banc en tâtonnant du pied, et ramassa son soutien-gorge ainsi que son tee-shirt.

— Pourquoi tu n'allumes pas ?

Surprise, elle tressaillit.

— Mince. Erreur de ninja. Désolée de t'avoir réveillé. Je voulais être discrète.

— J'ai le sommeil léger.

— Je vois ça. Rendors-toi. Je vais m'habiller dans la salle de bains. Mais puisque tu es réveillé, tu n'aurais pas une brosse à dents ?

— Dans l'armoire à linge, deuxième étage. Ce qu'Emily appelle une « corbeille d'hospitalité ». Tu trouveras tout ce dont tu as besoin. Il fait encore nuit.

— Le jour se lève à peine. Chuut. Dors.

Dans la salle de bains, elle prit une douche rapide, se passa de la crème solaire et, une fois habillée, trouva la brosse à dents à l'endroit indiqué par Zane.

Maintenant, elle devait remettre la main sur son short, c'est-à-dire aussi sa ceinture, son téléphone, son couteau suisse et quelques pièces de monnaie.

Dans la chambre, la lumière était allumée, Zane debout devant la porte du balcon, en boxer.

— C'est la transition entre la nuit et le jour…

— J'adore comme les oiseaux s'excitent, aux premières lueurs de l'aube. Désolée de t'avoir réveillé, dit-elle en lui embrassant l'omoplate.

— Avec une femme nue sous la douche, impossible de se rendormir…

— Dans ce cas, je peux faire du café ?

Il se tourna vers elle.

— Tu veux faire du café ?

— Ben ouais. Tu as des céréales ? Un Little Debbie serait parfait, mais j'essaie de réserver ce genre de petit déj' pour le week-end.

— J'ai des Cheerios.

— Nickel. Des fruits ?

— Je dois avoir une ou deux bananes, je crois.

— Alors je vais préparer le petit déjeuner.

Elle lui déposa un baiser sur les lèvres, puis rassembla le reste de ses vêtements et descendit.

Lorsqu'il la rejoignit, elle avait ouvert les portes vitrées du séjour, dressé la table à l'extérieur, déniché des sets de table dont il ne se servait jamais, des serviettes en tissu et même un petit vase qu'elle avait garni d'un bouquet. Elle avait sorti des bols, un sucrier, un pot de lait, un pichet de jus de fruit et des verres. Un petit déjeuner très chic – abstraction faite de la boîte de Cheerios.

Elle était pieds nus, ses chaussures près de la porte de derrière.

— Coucou… Je ne savais pas dans combien de temps tu descendrais, alors j'ai attendu pour préparer le café. Il a fallu aussi que je comprenne comment fonctionne ta super machine.

Elle plaça un grand mug en dessous.

— Assieds-toi, je te l'apporte.

Encore à moitié endormi, il s'exécuta. La cafetière siffla, en dégageant ce délicieux arôme revivifiant. Darby le rejoignit avec deux tasses, dont l'une remplie seulement aux deux tiers. Quand elle posa l'autre devant Zane, il la porta à ses narines et inhala sa première dose de caféine.

— Tu bois du café noir ? Je suis toujours impressionnée par les gens qui boivent du café noir. Je ne suis pas une vraie amatrice de café.

Il la regarda verser du lait dans sa tasse, puis deux… oh punaise… trois cuillerées de sucre.

— Ce n'est plus du café !

— Non, mais ça suffit pour me réveiller, le matin.

En secouant la tête d'un air sceptique, il remplit les deux bols de céréales. Darby ajouta du lait dans les siennes, ainsi qu'une demi-banane tranchée.

— Tu en veux ? demanda-t-elle en lui tendant l'autre moitié.

— Oui.

Avant qu'il ait pu la prendre, elle la coupa au-dessus de son bol.

— Sans sucre ? demanda-t-il quand elle commença à manger.

— J'aime bien les Cheerios. Et j'ai vu que tu avais mélangé celles au miel et celles aux fruits rouges.

— Mmm.

— Excellente idée. Je pense que je te copierai.

Ils mangèrent en silence puis, de sa cuillère, Zane désigna le vase.

— C'est quoi, ces fleurs ?

— Des fleurs sauvages que je suis allée cueillir dans ton bois. Des trilliums, des pensées et des géraniums des prés. Je te prêterai un bouquin, pour que tu apprennes à identifier tous les trésors que tu possèdes.

Il se resservit du café.

— Tu es belle, de bon matin. Et tu sens la plage.

— Merci. C'est la crème solaire, ça ne va pas durer. J'en remets régulièrement dans la journée, mais l'odeur de transpiration finit par prendre le dessus. Ceci dit, il est grand temps que je me mette au boulot.

— Ton équipe n'est pas encore arrivée.

— Ils ne vont pas tarder, dit-elle en se levant et en débarrassant la table.

— Laisse, je m'en occuperai. C'est toi qui as tout préparé.

— Tu parles d'une affaire… J'ai compensé mes piètres talents de cuisinière par la présentation. Laisse-moi juste débarrasser la vaisselle et attraper au passage un Coca pour plus tard.

Il la suivit dans la cuisine, retira une cannette du réfrigérateur, la lui tendit.

— Le ciné pop-corn tient toujours ?

— Bien sûr, répondit-elle, les yeux souriants. 20 h 30, c'est ça ?

— 20 h 30, acquiesça-t-il en la plaquant contre lui.

Et il l'embrassa de telle sorte qu'elle pense à lui jusqu'à ce qu'ils se retrouvent.

— Dis-moi… murmura-t-elle en lui caressant les cheveux. Si je viens à 20 heures, tu pourrais me faire visiter l'étage…

— Je t'attends à 20 heures, répondit-il en capturant de nouveau sa bouche.

De jour en jour, le mur prenait forme. Darby jonglait entre les chantiers, contente des retours positifs de ses clients.

Elle passait plus de nuits chez Zane que ni elle ni lui n'en avaient eu l'intention, mais elle ne se posait pas de questions sur l'avenir de leur relation. Pour l'heure, l'avenir se limitait à son entreprise, sa place à Lakeview, la vie qu'elle était en train de bâtir.

Toutefois, le jour où elle contempla le mur de soutènement terminé, la terrasse inférieure aplanie, n'attendant plus que d'être végétalisée, elle ne put s'empêcher de penser à Zane. Quoi qu'il advienne, il aurait ceci, et il se souviendrait.

Gabe se posta près d'elle, rayonnant.

— C'est magnifique. De ma vie, je n'avais encore jamais rien fait d'aussi beau.

Elle posa le coude sur son épaule, bien qu'il fût plus grand qu'elle.

— Ce sera encore plus beau quand on aura planté.

Hallie se posta de l'autre côté de Gabe et le prit par le bras.

— Allez, au boulot !

— Roy, si tu allais donner un coup de main à Ralph, derrière ? suggéra Darby. Je lance Hallie et Gabe et je vous rejoins.

Il ôta sa casquette au logo de l'entreprise, s'éventa le visage et la revissa sur son crâne.

— Miss Darby, vous me tuez à la tâche.

— Vous m'avez l'air en pleine forme. Et il faut qu'on avance un maximum cet après-midi. La météo annonce de la pluie pour demain.

Roy regarda le ciel, le front plissé.

— Ça m'étonnerait, bougonna-t-il en ajustant sa casquette.

— Fais-moi confiance, la météo nationale est fiable. Orage ce soir et pluie demain toute la journée. Tu pourras faire la grasse matinée.

— Je crois que je vais pioncer toute la journée !

Darby aida à transporter les brouettes de plantes, puis elle sauta sur la terrasse inférieure afin qu'Hallie les lui passe, pour les passer ensuite à Gabe. Puis ils durent s'y mettre à trois pour apporter le lilas des Indes à l'endroit qu'elle avait imaginé.

Lorsque tout fut positionné, elle se redressa pour juger du rendu.

— Gabe, intervertis le laurier, là, avec cette azalée. Voilà, c'est mieux… Ça sera superbe. À vos pelles, les gars, je vais voir Roy et Ralph.

Derrière la maison, la murette prenait forme, en bordure du patio. De chaque côté, Darby planterait des lilas Bloomerang, en guise de cadre à une débauche de couleurs et de textures. Ils fleuriraient tout l'été et lorsque Zane s'assiérait là, qu'il humerait leur parfum délicat, il se souviendrait.

Elle se désaltéra d'une longue goulée d'eau et se mit au travail, aux côtés de Ralph et de Roy qui écoutait de la country dans son iPod et ne communiquait que par grognements.

Quand Hallie l'interpella, elle regarda l'heure.

— Vous voulez venir voir, boss, avant qu'on paille ?

— J'arrive. On paille et vous pourrez tous partir, dit-elle avec un petit coup de poing dans les côtes de Roy.

— Yes ! approuva-t-il.

— Zane ne devrait pas tarder, dit Hallie en repartant avec Darby.

— Il aura une belle surprise.

— Vous l'attendez ?

— Ça dépend.

— Vous savez, quand il vient nous voir, le matin, avant de partir travailler, on sent bien ce petit…

Elle agita les doigts en l'air.

— Ce petit quoi ? demanda Darby en imitant son geste.

— Je sais tenir ma langue, mais je peux vous dire que ce n'est un secret pour personne que Zane et vous… vous vous voyez.

Darby prit tout à coup conscience qu'elle ne s'était jamais souciée de cet aspect des choses.

— On ne s'en cache pas, dit-elle, on est juste… discrets.

— En tout cas, vous avez pris un beau poisson, comme dirait ma grand-mère.

— Je ne voudrais surtout pas qu'il se sente « pris ».

— Allez, boss, on cherche tous à se faire prendre ! C'est la nature.

Une fois l'équipe partie, Darby médita ces paroles, tout en balayant et en rangeant, et se demanda si, peut-être, ils ne devaient pas être moins discrets, histoire de sonder le terrain.

En rentrant chez elle, elle s'arrêta sur la route, en contrebas, et se félicita de la courbe du muret et des plantations au-dessus.

— Du bon boulot, murmura-t-elle. Ouais, très bon boulot.

Elle sortait à peine de la douche quand elle reçut un message de Zane.

« Waouh. Triple waouh. Je te dois une bière, une bouteille de vin et la moitié des lasagnes que je viens d'acheter. Je t'attends. »

Elle serait repartie sur-le-champ si elle s'était écoutée, mais elle regarda autour d'elle, sa propre maison qu'elle avait négligée.

« Attends la tombée de la nuit, quand les lumières s'allumeront. Quintuple waouh ! Désolée, mais je décline ton offre. Trop de paperasse en retard. Tu feras un tour dehors pour moi au crépuscule. »

« Ça marche. Ne travaille pas trop. À demain. »

Il ne regardait donc pas la météo, lui non plus ?

« Bonne nuit », se contenta-t-elle de répondre.

Darby fut réveillée par l'orage, mais elle se rendormit aussitôt. Elle avait un sommeil de plomb. Malgré tout, elle se réveilla à nouveau une bonne heure avant l'horaire de son horloge interne. Dans le noir, elle écouta le tonnerre, le son de la pluie.

Renonçant à se rendormir, elle pensa à la cascade, qu'elle avait hâte de commencer, aux quelques tâches administratives qui lui restaient à faire, à Zane… Était-il éveillé, lui aussi ?

Elle regrettait presque de ne pas être allée chez lui. Ils se seraient tenu compagnie, pendant l'orage. Mais elle aurait toujours des monceaux de papiers en retard.

Un éclair illumina sa chambre. Elle se leva, prépara du café et en remplit une grande tasse qu'elle but devant la porte ouverte, face au spectacle des éléments déchaînés.

Le ciel semblait se déchirer, des fusées lumineuses éclairaient les montagnes, qui prenaient des reliefs étranges avant d'être de nouveau englouties par le noir.

Bien que fascinée, Darby songea qu'elle était tout de même isolée, un peu comme sur une île au milieu d'une mer démontée. Avec des vivres, certes, un toit au-dessus de sa tête et de l'électricité – pour le moment, du moins.

À cette pensée, elle rassembla ses lampes torches, vérifia les piles, remplit deux carafes d'eau et envisagea d'acheter un générateur. Voire d'adopter un chien. Un chien lui tiendrait compagnie. Oui, un chien était une bonne idée.

Dans l'immédiat, puisqu'elle était debout, elle allait s'attaquer au papier peint.

À la mi-journée, la tempête s'était muée en une averse torrentielle et persistante, l'atmosphère en sauna. Après une pause pour évacuer sa frustration, Darby arracha les derniers lambeaux de tapisserie.

— Yep ! s'écria-t-elle en repoussant sa casquette pour s'éponger le front. Je t'ai eue, saleté !

La cuisine ressemblait à un champ de bataille, mais elle avait remporté la victoire. À présent, il fallait lessiver les murs, d'une teinte verdâtre plus que douteuse, attendre qu'ils sèchent, au moins un siècle, passer de l'enduit, puis enfin deux ou trois couches de peinture, au moins.

Accroupie, occupée à ramasser le papier arraché, elle perdit dix ans d'espérance de vie quand on toqua au chambranle de la porte ouverte.

Zane se tenait sur le seuil de la cuisine, en costume gris foncé, les cheveux légèrement mouillés.

— Punaise, tu m'as fait une de ces frayeurs ! Je n'ai pas entendu ta voiture, avec la pluie.

Un chien, impérativement.

— Tu es en costume ?

— J'étais au tribunal, ce matin.

— Ça te change. Ça te va bien, mais ça te change.

Il regarda autour de lui, sourire aux lèvres.

— C'est le grand ménage de printemps ?

— Je l'ai eue, dit-elle en se redressant, l'index pointé vers les piles de lambeaux de tapisserie.

— Le combat a dû être rude.

— Il y en avait plusieurs couches, un cauchemar.

— Cette couleur n'est guère mieux... dit Zane en observant les murs.

— Je sais. Je vais devoir faire venir un prêtre, un shaman, une sorcière blanche ou je ne sais quoi pour exorciser l'esprit du mauvais goût.

— Tu as aussi fait de la lessive ? Ça sent la lessive.

— L'adoucissant. Dilué dans de l'eau chaude, c'est un excellent solvant non chimique.

— Ah bon ? Comment tu sais ça ?

— Internet. Ne te colle pas de papier sous tes chaussures. Elles sont très belles. Qu'est-ce que tu as, dans ce sac ?

— J'ai acheté du chinois. J'ai deux bonnes heures avant de retourner à l'étude. Ça ne me faisait pas un gros détour...

Ce fut peut-être à cet instant qu'elle tomba amoureuse, si elle ne l'était pas déjà, en regardant Zane planté au milieu de sa cuisine, en costume et chaussures de luxe, un sac en papier à la main.

— Je voulais m'assurer que tout allait bien, bredouilla-t-il. Il y a eu un orage monstre ce matin. Il y a des branches cassées partout. Et j'avais envie de te voir.

L'honnêteté est réciproque... pensa-t-elle.

— Hallie m'a dit qu'elle se doutait pour toi et moi. Et qu'elle n'était pas la seule.

— Tu n'es plus à Baltimore. Tout se sait, ici. Ça te gêne ?

— Non, mais je pensais que ça pouvait être un problème pour toi.

— Pourquoi ?

Elle gonfla les joues, et poussa un soupir.

— Je ne sais pas... J'ai perdu l'habitude... Je suis nouvelle, ici. Tu es l'enfant revenu au pays.

Jusque-là, pensa-t-il, ils ne s'étaient vus que chez lui.

— Qu'est-ce que tu fais samedi soir ?

— Il faut que je consulte mon planning social surchargé.

— Tu pourrais y caser un dîner chez Grandy ?

— Ça me paraît possible.

— Dans l'immédiat, du porc à l'aigre-douce, ça te tente ?

— Carrément ! On s'installe sur la galerie ? On sera sûrement mieux qu'à l'intérieur.

— Très bonne idée.

— Laisse-moi juste le temps de me débarbouiller. Non, non, ne me touche pas, je suis répugnante.

— Là, je crois que tu es propre, dit-il en lui prenant le menton pour lui déposer un baiser sur les lèvres.

TROISIÈME PARTIE

DES RACINES À LA FLORAISON

Les cœurs généreux sont les jardins,
Les pensées généreuses sont les racines.
Les paroles généreuses sont les fleurs,
Les actes généreux sont les fruits.

HENRY WADSWORTH LONGFELLOW

La terre ne paraît déchirée et brisée
qu'à celle ou celui qui est déchiré et brisé.

WALT WHITMAN

16

Le lendemain soir, bien que Darby eût tenté de l'en dissuader, Zane vint lui prêter main-forte dans sa lutte contre le papier peint.

— Tu ne sais pas dans quoi tu t'embarques…

— Tu me sous-estimes. J'ai apporté ma raclette, dit-il en la brandissant.

— Oh, flambant neuve ! Elle ne le restera pas longtemps. Suis-moi, je te montre le champ de bataille. Si tu en as marre, tu arrêtes, à n'importe quel moment. Je ne t'en tiendrai pas rigueur.

— Tu doutes non seulement de mes compétences, mais aussi de mon endurance… Oh punaise ! s'exclama-t-il en découvrant les murs de la chambre. Qu'est-ce que c'est que ça ?

— La bête, qui traîne la patte vers Bethléem pour naître enfin.

Prudemment, il effleura l'étrange relief de la tapisserie.

— On se croirait dans un bordel abandonné. Ou dans le dernier cercle de l'enfer. Comment peux-tu dormir ici ?

— Les yeux fermés.

— Même… Je crois qu'il nous faut des renforts. Ou du napalm.

— Commençons par la salle de bains. C'est plus petit.

Il la suivit jusqu'au fond du couloir.

— Rigolo, dit-il devant les poissons.

— Tu ne dirais pas la même chose sous la douche, quand ils te regardent tous avec leurs gros yeux globuleux.

— Je m'attendais à pire. Bon, à l'assaut ! Montre-moi ce que je dois faire.

Trente minutes plus tard, Zane prenait sa première pause, devant le mur qu'il avait partiellement détapissé, pour révéler une peinture d'un bleu incertain. Darby avançait plus vite, mais elle avait de l'entraînement.

— On a besoin de renforts, dit-il. Je vais appeler Micah.

— Zane, je ne peux pas demander à Micah…

— Toi, non. Moi, oui. Tu as de la bière, du vin, des chips ?

— Oui.

Il sortit son téléphone, et Darby ravala ses objections, en pensant au nombre d'heures qu'il leur faudrait pour éradiquer le cauchemar de la chambre.

— Il est d'accord. Cassie viendra aussi. Elle a déjà fait ça. Elle a gardé les outils.

Darby aimait bien Cassie, qui donnait des cours de yoga, faisait de la poterie, et contrebalançait le côté geek et nonchalant de son mari par son énergie et son style New Age.

— C'est vraiment très gentil de leur part. Mais il y a quelque chose qui m'embête…

— Quoi ?

— Dans cet espace confiné, j'ai peur que Micah se blesse, sous l'emprise de mon charme.

— Ah, ah, très drôle… ricana Zane en l'attirant à lui pour l'embrasser.

Au moment où Zane, Darby, Micah et Cassie détapissaient la chambre dans la bonne humeur, Eliza débarrassait la table du dîner. Elle était contente : Graham l'avait complimentée, et il avait mangé de bon appétit, même si le riz était trop cuit, le poulet trop sec.

Elle trouvait qu'il se réadaptait bien. Il avait récupéré son permis de conduire et se déplaçait seul, après quelques jours où il avait tenu à ce qu'elle l'accompagne partout. Elle savait toutefois qu'il détestait son emploi de vendeur dans un magasin médical. Il se sentait rabaissé, mais il n'avait pas trop le choix, et maintenant qu'il conduisait et qu'il pouvait aller travailler en voiture, il avait au moins retrouvé l'autonomie.

À présent qu'il gagnait de l'argent, il avait insisté pour qu'elle démissionne de son job. Au début, elle n'avait pas eu de regrets, mais la vie sociale commençait à lui manquer. Elle ne connaissait personne et comme Graham prenait la voiture, elle n'avait d'autre choix que de rester chez elle toute la journée. Son ancienne vie n'était plus qu'un lointain souvenir ; elle revivait comme dans un rêve les soirées mondaines au country club et les déjeuners entre amies.

Mais ce soir, au moins, Graham était de bonne humeur, si bien qu'Eliza prépara deux digestifs. La vaisselle attendrait. Après tout, elle aurait toute la journée du lendemain pour la faire.

Elle apporta les verres dans le salon et s'installa à côté de Graham, les jambes repliées en tailleur.

— Merci, ma chérie, dit-il en l'embrassant sur la joue.

— Il fait bon, ce soir. On pourrait sortir faire un tour.

— Trop de voisins, trop de curieux.

— C'est vrai, tu as raison, acquiesça-t-elle en posant la tête sur son épaule. Graham, j'aimerais bien avoir une voiture.

— Pour quoi faire ?

— Les courses, par exemple.

— Tu les fais quand je ne travaille pas.

— Oui, mais des fois, je pense à quelque chose dans la journée et tu détestes que je te demande de t'arrêter au supermarché en rentrant.

Le visage de Graham se durcit.

— Tu n'as qu'à mieux t'organiser, tu n'as rien d'autre à foutre. Tu n'es pas obligée de te lever tous les matins, toi, pour aller faire un boulot de merde.

Machinalement, elle lui caressa la cuisse.

— Non… Je te comprends… mais ça ne durera qu'un temps. Bientôt, on pourra s'installer où on voudra, recommencer une nouvelle vie. Ce sera comme avant. On achètera une belle maison, on s'inscrira au country club. On pourra voyager, on pourra…

— Tu es idiote ou tu le fais exprès ?

— Graham…

— Avec quoi on paiera tout ça ? Ces maudits avocats nous ont pompés jusqu'à la moelle.

— Je sais, dit-elle en lui caressant la cuisse. Mais on a quand même un peu d'argent, j'ai mon héritage. On…

Il lui jeta son verre à la figure, si bien qu'elle ne vit pas venir le premier coup.

— Non, s'il te plaît… implora-t-elle. Tu m'as promis la dernière fois que tu ne me frapperais plus. Ce n'est plus comme avant, je ne peux…

— Plus rien n'est comme avant, rétorqua-t-il en la giflant. Ton héritage… Pauvre conne !

Il la jeta au sol, et la frappa quand elle essaya de se redresser.

— Tu veux une grande baraque, un country club, une putain de bagnole pour te balader pendant que je me rabaisse à vendre des tensiomètres ?

Il la releva et la poussa contre le mur. Elle tenta de se dégager ; il lui tordit le bras, lui causant une douleur si vive qu'elle chancela.

— Qu'est-ce que tu fous, toute la journée ? Tu réfléchis aux trucs dont tu vas te plaindre ? Tu n'es même pas capable de préparer un repas, tu n'es qu'une bonne à rien.

— Arrête, arrête…

— Tu veux une bagnole ? Pour aller dans un motel rejoindre celui qui te baisait pendant que j'étais enfermé comme un animal ?

— Je n'ai jamais… avec personne. Je t'attendais.

— Menteuse. Tu ne peux pas t'abstenir pendant plus de deux jours.

Le coup dans le ventre l'aurait pliée en deux s'il ne l'avait pas maintenue contre le mur.

— Avec toi, bredouilla-t-elle, seulement avec toi.

— Avec moi, ah ouais…

Il lui souleva sa jupe, lui baissa sa culotte et la viola contre le mur, ne lui procurant que de la douleur, aucun plaisir, aucune excitation.

Quand il eut terminé, elle se laissa tomber à genoux, en larmes.

— Tu n'es même plus bonne à ça, maugréa-t-il en refermant sa braguette.

Et il lui donna un coup de pied, sans force. Sa rage était retombée. Dans la cuisine, il regarda la vaisselle sale avec dégoût, puis il se prépara un autre verre.

Après avoir raccompagné ses clients à la porte, Zane se rassit à son bureau. Clint et Traci Draper l'avaient mis mal à l'aise. Le motif de leur consultation : un litige avec un voisin pour deux ou trois mètres carrés de terrain. Draper avait relevé les mesures lui-même. Il n'avait aucun plan officiel. L'affaire était quasiment indéfendable.

Mais ce n'était pas tellement cela qui chiffonnait Zane. Ni même le fait que Draper soit un pur redneck, avec le drapeau rebelle sur la boucle de son ceinturon. Qu'il ait traité le fils de ses voisins de « pédale » était en revanche plus gênant. Quoique moins alarmant que l'attitude de son épouse : elle avait gardé les yeux baissés tout le long de l'entrevue, sans prononcer un mot.

Les Draper étaient des gens « d'en haut », sectaires et violents, des « cas sociaux », disait-on à l'époque où Zane était enfant. Clint, le dernier, ne semblait pas déroger à la réputation familiale.

Zane se leva et arpenta son bureau, en tripotant sa balle de base-ball. Il se souvenait un peu de la sœur aînée de Traci. Quand il avait demandé de ses nouvelles, Traci s'était tournée vers son mari, comme pour lui demander la permission de répondre. Un signe qui en disait long.

Zane reposa la balle sur son bureau et se rendit à l'accueil.

— Ils n'avaient pas l'air contents quand ils sont partis, lui dit Maureen.

— Je leur ai indiqué que leurs relevés de terrain n'avaient aucune valeur juridique. En plus, les voisins entretiennent depuis plus de vingt ans la parcelle que les Draper revendiquent. Je leur ai conseillé de faire appel à un géomètre agréé, s'ils tiennent vraiment à porter cette affaire devant la Cour. Draper m'a rétorqué que je n'étais qu'un gratte-papier qui n'y connaissait rien à la vie.

— Vous avez vu l'autocollant sur leur pick-up ? lança Gretchen, la stagiaire, depuis son bureau. Pardon, je vous ai interrompus.

— Pas de problème. Non, je n'ai pas vu.

— « Vous ne me prendrez pas mes flingues, mais vous prendrez peut-être une balle. »

— Charmant, dit Zane en s'asseyant. Que savez-vous de Traci, Maureen ? Je connaissais un peu sa sœur, mais je n'ai aucun souvenir de Traci.

— Elle est plus jeune que mes enfants. Son père est mécano, il tient un garage. On lui amène toujours nos voitures. Un brave gars, plutôt sympa.

— C'est vrai, j'avais oublié, M. Aldo.

— La mère est timide mais aimable. Elle travaille à la boulangerie. Les Draper sont des gens « d'en haut », ils ne descendent presque jamais en ville.

— Ça, je m'en souviens aussi.

— Je crois qu'aucun de leurs quatre garçons n'a été scolarisé. En fouillant dans ma mémoire, il me semble que l'un des fils s'est engagé dans l'armée, un autre a fait de la prison parce qu'il fabriquait de la meth, et le troisième vit avec sa femme et ses enfants près de chez les parents. Clint doit être le dernier. Il s'est marié avec Traci il y a un an environ.

— OK.

— Si tu veux en savoir plus, demande à Lee. Les deux plus jeunes sont bien connus de la police. Mais pourquoi ces questions, si tu n'as pas l'intention de les défendre ?

— Traci ne m'a pas regardé une seule fois dans les yeux, et elle n'a pas prononcé plus de dix mots.

— Elle est peut-être réservée, comme sa maman.

— Non… J'ai un peu de temps devant moi ?

— Ton prochain rendez-vous n'est que dans une heure.

— Je sors faire un tour.

Zane se rendit à pied au poste de police, à trois rues de son cabinet. Mais comme dans toute petite ville du Sud, on l'interpella une demi-douzaine de fois, pour le saluer, lui parler de la météo – chaude et humide –, lui demander des nouvelles d'Emily ou bien s'il se plaisait dans sa nouvelle maison.

Enfin parvenu au but, il dut encore faire la causette avec les agents qui se trouvaient là, dont son beau-frère. Ici, heureusement, les conversations furent plus brèves.

— J'aurais voulu voir le commandant cinq minutes. Il est là ?

— Dans son bureau, au fond à droite, lui indiqua Silas.

Devant son ordinateur, Lee paraissait renfrogné, mais son visage s'éclaira à la vue de Zane.

— Tu tombes bien, j'en ai ras le bol… Je suis sur le budget, ma bête noire. Entre.

Le bureau de Lee était petit et austère : deux chaises pour les visiteurs, un tableau de liège, un tableau blanc – les deux entièrement recouverts –, une cafetière, une montagne de dossiers sur sa table de travail, et quelques photos de famille.

Zane referma la porte derrière lui, ce que Lee ne faisait presque jamais.

— Un problème ? lui demanda-t-il, le sourcil froncé.

— Je ne sais pas trop. Je viens de refuser un client : Clint Draper.

Du geste, Lee désigna une chaise et se renversa contre le dossier de la sienne.

— Ah… Litige de terrain. Tout le monde a beau lui répéter qu'il a tort, il ne veut pas lâcher le morceau. Je parie qu'il t'a parlé d'intenter un procès à Sam McConnell.

— Sur la foi de mesures prises avec son frère. Il n'a pas aimé que je lui dise qu'elles n'auraient aucune valeur juridique.

— Tu as peur qu'il s'en prenne à toi ?

— Je devrais ?

— Non, je ne crois pas. Tu es jeune et costaud, c'est un lâche. Mary Lou, la femme de Sam, a appelé le 911 il y a quelques semaines, parce que Draper menaçait son mari. Mais Sam est plus vieux que moi, pas vraiment robuste. Ces parcelles font partie de ma juridiction. Le reste des terres des Draper relèvent du comté, et je ne peux pas dire que je le regrette.

— Maureen m'a dit que Clint avait déjà été interpellé plusieurs fois.

— État d'ivresse, bagarre.

— Vous n'avez jamais été appelés chez eux pour un autre motif que cette histoire de terrain ?

— Quoi par exemple ? demanda Lee, le sourcil interrogateur.

— Son épouse, Traci, était avec lui. Elle m'a tout l'air d'une femme battue. Je connais les signes.

— Non, on ne nous a jamais signalé de violences conjugales, soupira Lee. Mais les maisons sont loin les unes des autres, là-bas, et leurs plus proches voisins, à part les McConnell, sont le père et le frère de Clint, Jed.

Zane hocha la tête.

— Elle est encerclée, en gros…

— Si on veut. Environ un mois après le mariage, je sais qu'elle est tombée, et qu'elle a fait une fausse couche. Elle aurait eu des vertiges et aurait loupé une marche, dans l'escalier. La mère de Traci est venue me trouver pour dénoncer Clint, mais Traci a maintenu sa version, et rien n'indiquait que ce n'était pas la vérité.

— Mais toi, tu penses que ce n'était pas vrai ?

— Je sais reconnaître une femme battue, moi aussi. J'ai essayé de lui tirer les vers du nez, mais rien à faire. Je lui ai même donné la carte de Britt.

— OK, je voulais m'assurer que mon intuition ne m'avait pas trompé. Je te remercie.

— Tu ne pourras rien y faire, dit Lee quand Zane se leva. La loi est impuissante, tant que Traci ne veut rien dire, tant qu'elle ne demande pas de l'aide.

— Je sais. J'espère qu'elle finira par le faire.

Écouterait-elle davantage quelqu'un qui connaissait la peur et l'impuissance ? s'interrogea Zane en regagnant son cabinet. Peut-être. Dans tous les cas, il ne pouvait pas feindre l'indifférence.

Deux jours plus tard, sans rien dire à personne, il se rendit sur les lieux du litige. Il longea tranquillement la propriété des Draper, puis il se dirigea vers la maison. Pour s'être renseigné, il savait qu'ils l'avaient construite eux-mêmes et, comme il s'y attendait, elle ne payait pas de mine. Néanmoins, les fenêtres reluisaient et les massifs de fleurs, bien que modestes, étaient entretenus.

Derrière la maison, Traci désherbait le potager. À la vue de Zane, une expression de panique se peignit sur ses traits, preuve qu'il ne s'était pas trompé.

— Bonjour Miss Draper, lui lança-t-il de loin avec un sourire amical.

Elle portait un chapeau de paille et une longue robe de coton aux manches retroussées. Elle devait crever de chaud.

— M. Draper est là ?

— Il travaille. Aux silos à la sortie d'Asheville, avec son frère. Revenez après 16 h 30 si vous voulez lui parler.

— OK. Je voulais juste voir la limite entre les deux terrains, éventuellement vous donner les coordonnées d'un géomètre.

— Pas besoin. Il a mesuré avec ses frères. Excusez-moi, je suis occupée.

— Vous avez de jolies tomates, un beau jardin.

Ce n'était pas vrai, mais il était évident qu'elle y consacrait du temps.

— Ces quelques mètres carrés de terrain ne feraient pas une grande différence… ajouta-t-il.

Elle garda le regard baissé, cramponnée à sa binette comme à une arme.

— Clint veut ce qui est à lui.

— Bien sûr, Miss Draper. Traci… Écoutez… j'ai vécu la même chose que vous.

Elle leva furtivement les yeux.

— Je ne sais pas de quoi vous parlez. J'ai du travail.

— Votre sœur était avec moi à l'école. Je n'ai qu'un ou deux ans de moins qu'elle. Tout le monde l'a su quand le scandale a éclaté... J'ai connu la peur. La peur de parler, de prendre des coups, la peur que personne ne me croie. Je peux vous aider.

— Allez-vous-en. Clint n'aime pas que des gens viennent quand il n'est pas là.

— Il vous isole. Il vous coupe de votre famille. Vous pouvez faire confiance au commandant Keller, ainsi qu'à ma sœur et moi-même. Il vous suffit de nous le demander et nous vous aiderons. Il ne vous fera plus de mal.

— Mon mari ne me fait pas de mal. Fichez le camp d'ici.

— Si jamais vous avez besoin d'aide, appelez-moi.

Il sortit une carte de sa sacoche, qu'il déposa sur un billot.

— Il vous suffit d'appeler, répéta-t-il.

Et, certain qu'elle ne le ferait pas, il se rendit chez les McConnell. À l'origine, leur maison ne devait pas être plus grande que celle des Draper, mais ils l'avaient agrandie et, surtout, elle était bien plus pimpante, avec ses grandes fenêtres, sa vaste galerie, un très bel aménagement paysager, nota-t-il, maintenant qu'il savait reconnaître la patte d'un pro.

Comme Traci, les McConnell jardinaient. En bermuda et chapeau à larges bords, Mary Lou se redressa péniblement, une main au creux des reins.

— Eh, regarde qui est là, Sam, le fils Walker... Bonjour, Zane ! Tu te souviens de moi ? J'étais institutrice en primaire, mais je ne t'ai jamais eu dans ma classe. J'ai eu ta sœur, en revanche, une année.

Il leur serra la main à tous deux.

— Ça me fait plaisir de vous revoir. Vous avez un beau jardin.

— On plante beaucoup trop, dit Sam, un bandana sur son crâne chauve, en short sur des jambes déformées par l'arthrose. Les petits-enfants vendent des légumes sur le bord de la route pour se faire un peu d'argent de poche et on ne sait plus à qui donner tout ce qu'on ne peut pas manger.

— C'est l'heure de la pause, déclara Mary Lou. Allons nous asseoir à l'ombre sur la galerie. Je t'offre une citronnade, Zane ?

— Ce n'est pas de refus.

Il leur emboîta le pas, et s'installa dans un fauteuil aux côtés de Sam tandis que Mary Lou disparaissait dans sa cuisine.

— Alors paraît que tu es devenu avocat…

— Eh oui.

Le vieil homme enleva son bandana et s'épongea le visage.

— Le fils Draper t'a engagé ?

— Il aurait voulu, mais je lui ai dit que ça ne valait pas la peine, qu'il n'aurait pas gain de cause. Votre avocat a dû vous dire la même chose.

— Il nous a même conseillé de porter plainte pour harcèlement, mais je préférerais éviter d'en arriver là.

— Je comprends.

Zane se leva pour prendre le plateau de citronnade des mains de Mme McConnell.

— J'ai entendu que tu n'avais pas voulu défendre ce fou… dit-elle en remplissant les verres.

— Non… Mais en fait, ce n'est pas la raison qui m'amène… Je voulais vous demander, bien que ça ne me regarde pas, si vous n'aviez jamais entendu de grabuge, chez vos voisins. Entre Clint et Traci.

Les époux échangèrent un regard.

— Ce ne sont pas des gens intéressants… répondit Sam.

— Elle n'est pas très causante, enchaîna Mary Lou. Je l'ai eue dans ma classe, deux années de suite. Elle n'était pas mauvaise élève, et elle avait des camarades. Un peu réservée, peut-être, mais pas timide. Je leur ai apporté un gâteau quand ils se sont installés ici. Elle l'a poliment accepté, mais elle ne m'a pas invitée à entrer, prétextant qu'elle ne se rappelait pas m'avoir eue comme institutrice… Ce n'est pas vrai, j'ai bien vu qu'elle me reconnaissait. Je suis allée la voir, aussi, quand elle a perdu son bébé, la pauvre. Draper n'a jamais voulu me laisser entrer. En revanche, il s'est empressé de prendre le ragoût que j'avais préparé. Il ne m'a jamais rendu ma marmite.

— Bah, ce n'était pas ta meilleure casserole.

— C'est le principe, Sam. Le commandant Keller nous a déjà posé ces questions. Nous lui avons donné les mêmes réponses. Nous n'avons jamais remarqué quoi que ce soit qui indiquerait qu'il la batte. Mais je l'ai déjà vue en train d'étendre du linge en pleurant… Ce n'est plus la jeune fille que je connaissais quand elle avait dix ou douze ans. Elle a changé. Sa pauvre maman en est malade… Une brave femme, mais elle n'est pas la bienvenue dans la belle-famille de sa fille.

La sœur de Traci non plus, surtout depuis la fausse couche.

— Les Draper sont des rustres, ajouta Sam. On les évite, et on n'avait encore jamais eu de problème, jusqu'à ce que le fils construise cette maison. Si ça ne tenait qu'à moi, je la lui donnerai, cette misérable bande de terrain, mais Mary Lou n'est pas d'accord.

— Ah non ! Donne-leur un doigt, ils te mangeront le bras !

— Vous avez raison, murmura Zane.

Tracassé par cette histoire, il en fit part à Darby, autour d'une bière, sur la terrasse à l'arrière de sa maison.

— J'ai rencontré la sœur de Traci chez Best Blooms, dit-elle après avoir écouté son récit. Joy nous a présentées. Allie cherchait une suspension pour sa maman, pour la fête des Mères. Joy lui a demandé des nouvelles de Traci. Apparemment, elle a été vendeuse chez Best Blooms.

— Je ne savais pas.

— Allie a dit qu'elles ne se voyaient pas souvent. J'ai eu l'impression que ma présence les gênait, alors je me suis éloignée. Elles ont bavardé un moment. Apparemment, il la coupe de sa famille. Classique… C'était donc ça qui te travaillait… Je voyais bien qu'il y avait quelque chose, mais je pensais qu'il s'agissait d'une affaire juridique, confidentielle. Pourquoi tu ne m'en as pas parlé plus tôt ?

— Je n'osais pas…

— À cause de mes antécédents ?

— Oui, entre autres… Je ne voulais pas éveiller des souvenirs douloureux.

— Tu es trop protecteur, c'est ta nature, mais je refuse qu'on me protège. C'est normal, j'ai besoin de savoir que je peux tout affronter seule. Cette expérience a été brève, heureusement, et j'en suis ressortie grandie.

— Je ne peux pas m'excuser de ma nature.

— Non, moi non plus. Mais si nous formons un couple…

Elle inclina la tête, et scruta le visage de Zane.

— Dirais-tu que nous formons un couple ?

— J'en ai bien l'impression… répondit-il en riant.

— Dans ce cas, c'est exactement le genre de sujet délicat dont nous devons être capables de discuter. Maintenant, tu veux mon avis sur ce sujet délicat ?

— Je suis tout ouïe.

— D'après ce que tu m'as raconté, Clint a grandi dans un milieu machiste, où les femmes ne sont bonnes qu'à obéir, entretenir la maison, pondre des mômes. Traci était enceinte, c'est sans doute pour ça qu'ils se sont mariés. Qu'il soit responsable ou non de la fausse couche, et il y a de fortes chances pour qu'il le soit, elle a manqué à l'un de ses devoirs. Elle est coupée de sa famille, cernée par sa belle-famille…

— Elle pourrait le quitter. Elle a toute sa famille ici, la loi de son côté. Je sais que ce n'est pas aussi simple, mais…

— Ce n'est pas simple du tout. Oui, elle est adulte, tu ne l'étais pas. Oui, elle a de famille, elle pourrait demander du soutien, mais…

Darby poussa un profond soupir.

— Après Trent, j'ai suivi une thérapie de groupe. Tu ne peux pas imaginer toutes les histoires que j'ai entendues. Des femmes qui ont mis des années avant de réagir, des femmes qui partaient, mais qui finissaient toujours par revenir.

— Prises dans un cercle vicieux.

— Ce n'était ni de la faiblesse ni du masochisme. Elles étaient anéanties, émotionnellement, spirituellement, intellectuellement. Prisonnières d'un schéma. Abusées par un parent, puis par leur conjoint, qui promettait de changer, et elles y croyaient. Ou bien elles estimaient qu'elles méritaient leur sort. Certaines n'avaient tout simplement nulle part où aller.

— Je sais. J'ai poursuivi un certain nombre de maris violents. Et je sais que je ne peux rien pour Traci Draper. Personne ne peut intervenir, ni moi, ni Lee, ni sa famille, tant qu'elle s'obstine dans le déni.

— Mais tu éprouves le besoin de l'aider, et tu enrages de ne rien pouvoir faire.

— Exactement. N'en parlons plus, ça ne sert à rien. Si j'appelais Britt et que je lui disais de passer, avec Silas, Audra et Molly ?

Darby arqua un sourcil.

— Tu as vu l'heure ? Je peux savoir ce que tu leur offriras à manger ?

— Euh... On n'a qu'à se faire livrer ?

— Ce serait dommage, avec un beau barbecue comme ça. Attends demain, tu inviteras toute ta famille. On achètera de la viande. Et le muret de derrière sera non seulement terminé, mais aussi fleuri.

— C'est moins spontané.

Darby se leva, contourna la table et s'assit sur les genoux de Zane.

— Que dirais-tu d'un autre genre de spontanéité… murmura-t-elle en commençant à lui déboutonner sa chemise.

— Je suis partant, mais… mais tu ne vas pas me déshabiller ici !

— Pourquoi pas ? Il fait bon, ce soir…

17

Il ne l'avait pas frappée fort, et Dieu savait qu'elle l'avait mérité, mais elle avait brièvement perdu connaissance en se cognant le crâne sur le plancher. Il ne l'avait pas baisée. Elle ne l'excitait plus.

Il ne comprenait pas comment il avait pu l'aimer avec autant de passion, la trouver aussi parfaite, sur tous les plans. Il lui avait même pardonné sa traîtrise, et accepté ses excuses larmoyantes : elle était faible, elle avait peur, elle s'était laissé manipuler par la police, par sa famille…

Devait-il maintenant se contenter de cette maison hideuse, de ces repas minables qu'elle lui servait soir après soir quand il rentrait de ce boulot dégradant ?

Chaque jour, chaque heure, chaque minute, elle lui rappelait ce qu'il avait perdu. Par sa faute. Si elle avait mieux géré la petite garce, il se serait occupé de ce fils décevant, irrespectueux, qu'elle lui avait donné. Et par-dessus le marché, elle l'avait trahi, la salope… Elle avait raconté tous leurs secrets en contrepartie d'un allègement de peine.

À cause de la faiblesse de sa femme, il avait fait dix-sept ans de prison. Il était grand temps qu'elle en prenne conscience. Et qu'elle assume le châtiment.

Si elle avait été plus ferme, il serait toujours le Dr Bigelow. Quelqu'un d'important. Il aurait une vie, une vraie vie. Il ne se réveillerait pas la nuit pris de sueurs froides, hanté par des cauchemars de taulard.

Elle avait ruiné sa vie, elle et ses sales mômes qu'ils n'auraient jamais dû avoir. Elle lui avait coûté près de vingt ans de son existence et elle avait le culot de se plaindre, de pleurnicher pour avoir une bagnole, un boulot, déménager.

Et cette tête de chien battu quand elle avait repris connaissance...

Heureusement, il n'avait pas eu besoin de le lui dire deux fois, elle avait quand même fait la vaisselle, pendant qu'il regardait la télé, la seule chose à faire pour occuper ces interminables soirées, dans ce trou à rats qu'ils louaient, comme des miséreux, des losers.

Il n'avait pas tout de suite remarqué ses troubles de l'élocution. Il ne l'écoutait pas vraiment, elle était encore en train de pleurnicher. Puis elle avait prononcé son prénom, comme une question, avant de s'écrouler, tétanisée.

Il l'avait observée un instant, plus fasciné qu'alarmé, avant de s'accroupir auprès d'elle. Le diagnostic avait été vite fait, il n'avait pu que la regarder agoniser.

Hématome sous-dural, hémorragie cérébrale. Les coups à la tête pouvaient être vicieux, avec ces minuscules vaisseaux dans le cerveau.

Quand elle avait rendu son dernier souffle dans ses bras, il lui avait caressé les cheveux. Il avait même versé quelques larmes.

Puis il avait soudain réalisé qu'il était enfin libre, vraiment libre.

Il avait de l'argent. Il lui avait donné l'ordre de faire un retrait chaque semaine, depuis toutes ces années. Un instinct, sans doute, en prévision de ce jour. Il en retirerait davantage, car les cartes de crédit laissaient des traces.

Vendredi, il se présenterait devant le juge d'application des peines. Samedi, il irait travailler. Dimanche et lundi, il serait de repos. Mardi, il téléphonerait au magasin et dirait qu'il était malade. Son supérieur ne s'inquiéterait pas immédiatement de son absence prolongée. Il avait à peu près une semaine devant lui.

Il ne prendrait que des routes secondaires, respecterait les limitations de vitesse, n'utiliserait que de l'argent liquide.

Tout en échafaudant ses plans, il prit conscience d'avoir en fait tout préparé depuis longtemps. Il savait exactement ce qu'il avait à faire.

Pendant des années, il avait sauvé des vies, et on lui avait retiré le droit d'exercer son métier. N'était-ce pas justice à présent que de prendre des vies ? Les vies de ceux qui lui avaient volé la sienne…

— Tu m'as libéré, Eliza, réjouis-toi pour moi, murmura-t-il en lui caressant les cheveux, puis en lui effleurant la joue.

Dans la chambre, il alla prendre un coussin et une couverture, qu'il étala sur le sol de la chambre d'amis. Puis il y étendit Eliza et la recouvrit d'un drap.

Il n'était pas un animal.

Darby était chez une cliente, dans un ravissant petit cottage au bord du lac, un bateau amarré à un ponton de bois. Naturellement, elle avait déjà des idées.

— Quand vous n'êtes pas sur le lac, je parie que vous êtes assise là, à le contempler.

— Gagné ! répondit Patsy Marsh, une sémillante quinquagénaire. Avec mon Bill, on adore vivre sur l'eau. Nos deux enfants sont à la fac, maintenant, mais dès qu'ils sont là, on les embarque avec nous. Vous aimez la voile ?

— Je n'en ai jamais fait. Les beaux jours sont ma grosse saison.

— C'est vrai. J'espère que vous parviendrez à nous caser dans votre planning. On en a ras le bol de tondre cette pente, surtout depuis que Bill a fait une chute, avec le motoculteur. Il ne s'est pas blessé, Dieu merci, mais il aurait pu. C'est lui qui m'a dit d'appeler « la dame qui a fait les espaces verts d'Emily ».

— Vous avez raison : il aurait pu se faire très mal. Vous me disiez que vous voudriez des couvre-sol…

— Quelque chose qu'on n'ait pas besoin de tondre, qui ne soit pas trop vilain et qui ne pousse pas trop vite.

— Je pourrais vous faire quelques suggestions, mais…

— Houlà ! Emily m'a recommandé de me méfier si vous disiez « mais » !

— Elle commence à bien me connaître.

— Je vous ai interrompue, je vous écoute.

— J'essaie toujours d'imaginer ce que je ferais si j'étais chez moi. Là, pour commencer, je remplacerais ces marches de bois par un escalier de pierre, avec des marches plus larges, d'au moins une trentaine de centimètres.

— Ah ! Je n'arrête pas de répéter à Bill que quelqu'un va finir par se casser une jambe, sur ces marches branlantes !

— Ensuite, je décaisserais et je ferais des massifs en terrasses, avec des murettes de pierres identiques à celles des marches… Des terrasses en arrondi, qui rappelleraient la courbe du lac, avec des arbustes bas, des vivaces. Au niveau inférieur, je poserais des galets.

— J'ai vu les murets que vous avez faits chez Zane, c'est magnifique. Mais peut-être un peu trop structuré pour ici, non ?

Excellent, pensa Darby, cette femme avait le sens de l'esthétique.

— Tout à fait, il vous faudrait quelque chose de plus… bucolique. Du grès clair, par exemple, comme votre patio.

— Je n'ai jamais rien réussi à faire pousser, dans cette pente.

— Vos massifs et vos jardinières sont très jolis. C'est vous qui les avez composés ?

— Oui, j'adore jardiner. Une murette en arrondi… Je crois que ça me plaît…

— Ce sera très beau, autant vu de la maison que du lac. Je vous ferai un schéma, vous le montrerez à votre mari.

— Vous nous ferez aussi un devis ?

— Bien sûr, il faut juste que je prenne quelques mesures.

— Emily m'avait bien dit que vous aviez des idées fabuleuses !

Elle en avait par milliers, et elle en dispensa ensuite à une autre cliente potentielle à Lakeview Terrace, Charlene, une jeune dame très avenante.

— Vous avez une maison, un terrain et une vue extraordinaires ! En quoi puis-je vous être utile ?

— On a emménagé ici l'hiver dernier. On travaille tous les deux, on a un petit garçon de deux ans et on attend le deuxième pour l'automne. On n'a pas le temps de s'occuper de cet immense jardin.

— Félicitations !

— Merci. On aimerait que quelqu'un vienne nous aider, toutes les deux ou trois semaines, pour les gros travaux d'automne, aussi, et le nettoyage de printemps. Les anciens propriétaires nous ont laissé un terrain magnifique, mais elle était retraitée, et elle avait la main verte. Ceux d'avant avaient un jardinier, je crois.

— C'est ce que vous voudriez, en somme…

— Plus ou moins. Joe et moi, on aimerait quand même jardiner un peu. C'est relaxant, et gratifiant. Mais le fait est qu'on a tout à apprendre… On se disait que vous pourriez nous donner des conseils.

— Très bonne politique. À quoi bon avoir un beau terrain dont on ne s'occupe pas ? C'est beaucoup mieux de se l'approprier, en effet. Seulement, quand on a une vie active, il faut trouver le temps… Je vous programmerai deux rendez-vous par mois pour l'entretien courant et on trouvera un moment où vous serez disponibles tous les deux pour une petite séance d'initiation. Pour les gros chantiers d'automne et de printemps, on avisera en fonction de la météo.

— Parfait.

— Puis-je vous demander comment vous avez eu mes coordonnées ?

— Britt Norten. On travaille ensemble, à la clinique. Je suis médecin urgentiste. Coïncidence, Britt a habité ici.

— Elle… Oh…

C'était donc là que Zane avait grandi. Darby se retourna pour examiner la maison, qui paraissait si ouverte, avec ses immenses baies vitrées. Elle ne l'avait pourtant pas toujours été… Ces plates-bandes fleuries si soignées semblaient incarner le bonheur familial. Sous de fausses apparences, Zane et Britt avaient vécu l'enfer.

Comment Zane réagirait-il en apprenant qu'elle allait travailler ici ?

— Vous connaissez Britt, n'est-ce pas ?

— Oui, oui, bien sûr ! Je vais vous donner mes tarifs, et si vous êtes d'accord, je vous enverrai un contrat.

— Super. Tant que vous êtes là, j'ai quelques plantes dont je n'arrive pas à trouver le nom, ni dans mes bouquins ni sur Internet. Vous pourriez me dire ce que c'est ?

— Avec plaisir.

Elles firent le tour de la maison, et Darby identifia les variétés en question, tout en pensant à Zane. Il devait jouer là, enfant, s'entraîner au base-ball… Allait-il s'asseoir sur la jetée, rêver au bord du lac ? Rêver de s'arracher à l'ambiance délétère qui plombait cette jolie maison…

— C'est exactement ce qu'il nous faut.

— Pardon… Excusez-moi, je pensais à autre chose.

— Je disais, c'est exactement ce qu'il nous faut. Vous pourrez m'envoyer le contrat par mail ? Je le regarderai ce soir avec Joe.

Quand elles eurent convenu d'un accord, Darby regagna son camion, partagée entre la joie d'avoir de nouveaux clients et la crainte de devoir l'annoncer à Zane.

Elle n'aurait peut-être pas remarqué la Mercedes garée de l'autre côté de la rue – il n'y avait que des voitures de luxe dans le lotissement – si celle-ci n'avait pas démarré juste au moment où elle ouvrait sa portière. Avant qu'elle ne s'éloigne, elle entrevit vaguement le conducteur, coiffé d'une casquette de base-ball, avec des lunettes noires. Il lui sembla bizarre de ne pas l'avoir vu monter dans sa voiture, mais elle ne se posa pas plus de questions.

Avant de retourner chez Emily, elle s'arrêta à la jardinerie. Elle pensait n'en avoir que pour une dizaine de minutes, mais elle passa au moins une demi-heure à discuter avec Joy de l'aménagement qu'elle devait réaliser chez Patsy Marsh, laquelle en avait déjà touché mot à Joy.

À la quincaillerie, elle fut également retenue par un vendeur bavard. Dans le Sud, il ne fallait pas être pressé – elle commençait d'ailleurs à prendre le rythme.

Elle comptait ensuite se rendre directement à l'avant-dernier bungalow, mais en voyant le pick-up d'Emily devant l'accueil, elle se gara. Avant de se diriger vers la porte, elle fit un petit détour pour jeter un coup d'œil au jardin de rocaille. Les rampantes rampaient, les couvre-sol couvraient le sol, les plantes fleuries fleurissaient, tout prenait parfaitement sa place.

À l'intérieur, Emily pianotait sur le clavier de son ordinateur, le téléphone coincé entre l'épaule et l'oreille.

— Avec plaisir. Oui, c'est réservé pour quatre personnes. Je vous attends demain vers 20 heures.

C'est ça… Oui, je vous en prie. Je vous remercie. Au revoir.

Elle reposa le téléphone, enroula les épaules, secoua la tête.

— Vous devriez vous acheter un micro-casque.

— J'en ai bien l'intention.

— Oh, vos cheveux !

En se mordant la lèvre inférieure, Emily porta une main à son tout nouveau carré court.

— C'est moche ?

— C'est très joli. J'adore, sincèrement. C'est jeune, c'est frais… Vous avez aussi fait des mèches ?

— Quelques-unes, pour éclaircir.

— Ça vous va super bien. Chez qui êtes-vous allée ? Je me coupe les cheveux moi-même depuis que je suis là. C'est dur de trouver un bon coiffeur, mais je n'hésiterais pas une seconde à confier ma tête au vôtre.

— C'est Sarrie Binkum, au Reflection Salon.

— Ils font aussi de la pédicure ? Mes pieds sont mis à rude épreuve, dans mon métier.

— Oui.

— J'irai y faire un tour. Mais je vous retiens…

— Pas du tout. Vous tombez au bon moment, je m'apprêtais à faire une pause. Allons nous asseoir sur ma jolie terrasse.

— Cinq minutes.

— Je n'ai guère plus, moi non plus. Juste le temps de souffler et de boire une boisson fraîche.

Emily servit deux verres de thé glacé, sur des glaçons qui crépitèrent.

— J'allais passer vous voir au bungalow 8, pour vous dire que les clients qui arrivent demain m'ont demandé s'il serait prêt à midi. Vous aurez terminé ?

— On fera en sorte.

— Vous êtes formidable, Darby.

Elles s'installèrent à la petite table, sous le joyeux parasol rayé.

— Je vais gaspiller une partie de nos cinq minutes pour vous répéter ce que je vous ai déjà dit l'autre soir chez Zane : j'adore ce que vous avez fait, et vous aviez raison : j'ai le sourire aux lèvres chaque fois que je regarde par la fenêtre. En plus, je n'arrête pas de recevoir des réservations. J'avais besoin d'un coup de pouce. Merci de me l'avoir donné.

— Merci à vous pour les clients que vous m'envoyez. Encore deux nouveaux, aujourd'hui.

— Bravo !

— Dont la dame qui habite dans l'ancienne maison de Zane.

Emily se figea, puis elle hocha doucement la tête.

— Je vois… Vous craignez que ce soit un problème pour Zane, Britt, et nous.

— Pour Britt, non, je ne pense pas. C'est elle qui m'a recommandée à sa collègue, le Dr Charlene Ledbecker, urgentiste. Elles travaillent ensemble à la clinique.

— C'est bien, murmura Emily.

— Ça ne doit pas être facile de côtoyer quelqu'un qui habite dans la maison de son enfance…

— Britt est forte. Zane aussi.

— Je sais, mais…

— Ce n'est qu'une maison, Darby. Une maison n'a jamais fait de mal à personne. Vous voulez mon avis ?

— Oui, c'est pour ça que je suis là.

— Parlez-en avec Zane, ça vous libérera.

— Je n'y manquerai pas, mais je voulais aussi vous en parler à vous.

— Ce n'est qu'une maison, répéta Emily en tapotant la main de Darby. Il m'arrive de penser à ma sœur Eliza, parfois. Quand je ne trouve pas le sommeil et que mon cerveau ressasse toutes les erreurs que j'ai commises.

— Je connais ces moments.

— Je regrette, parfois, de ne pas avoir fait plus d'efforts pour tisser des liens avec elle, mais est-ce que ça aurait changé quelque chose ? Parfois, je me dis que je devrais essayer de la joindre. Nos parents ne rajeunissent pas, ils ne l'ont pas vue depuis bientôt vingt ans. Je ne parviens pas à savoir si ce serait une bonne idée ou non de renouer. Mais comme je ne voudrais surtout pas commettre d'impair vis-à-vis de Zane et de Britt, je m'abstiens.

Emily haussa les épaules, comme pour chasser ces pensées dérangeantes.

— Je suis contente de le voir heureux, ajouta-t-elle. Vous le rendez heureux.

— Je crois que nous étions tous les deux prêts pour le bonheur. Être heureux à deux, c'est un bonus. Bon, sur ces bonnes paroles, je vous laisse, il faut que je termine le bungalow.

— Je viendrai voir dès que possible.

— Restez assise, dit Darby lorsque Emily fit mine de se lever, et elle se plaça derrière elle pour lui masser les épaules. Terminez votre thé, savourez le parfum des fleurs.

Emily exerça une pression sur sa main.

— Vous êtes un ange. Je vous souhaite tout le bonheur du monde.

— C'est vous qui êtes un ange !

Zane ne savait pas trop à quoi s'attendre. Darby lui avait envoyé un texto pour lui dire qu'elle préparait le « dîner ». Au pire, se disait-il, ils avaient des pizzas au congélateur et des raviolis en boîte.

Il la trouva dans la cuisine, occupée à hacher un bouquet de feuilles vertes. Une délicieuse odeur sortait du four. Une bouteille de vin trônait sur le comptoir, avec deux verres.

— Ma petite femme me prépare un bon repas, dit-il en exagérant l'accent du Sud, et en lui donnant une petite tape sur les fesses.

En riant, elle leva les yeux au ciel. Il embrassa le symbole de l'infini tatoué sur sa nuque.

— Qu'est-ce qu'on fête ?

— À part qu'on est jeudi ? On a terminé l'avant-dernier bungalow, préparé le matos pour ta cascade, et j'ai décroché deux nouveaux clients.

— Super. C'est moi qui devrais cuisiner pour toi.

— La prochaine fois. Tu sers le vin, s'il te plaît ?

Il aimait la trouver là quand il rentrait, et il en éprouvait une certaine gêne, mais dès qu'il la voyait, toute gêne se dissipait. Il aurait pu avoir des scrupules d'avoir aussi peu de scrupules mais là, ç'aurait été friser la parano !

— Quel est le menu ?

— En entrée, une salade avec des nasturtiums de ton jardin.

— C'est quoi, des nasturtiums ?

Elle indiqua les fleurs jaunes et orange sur le plan de travail.

— Des fleurs ? Tu veux me faire manger des fleurs ?

— Non seulement elles sont comestibles, mais elles sont aussi savoureuses.

— OK, tu goûteras la première.

— Trouillard !

Elle coupa un pétale et le mangea.

— Mouais… grommela-t-il. Outre les fleurs, quelle est la suite du menu ?

— Un gratin de macaronis. Maison.

— Non ?! Je croyais que le gratin de macaronis n'existait qu'en plat préparé à réchauffer au micro-ondes !

— J'ai fait la même remarque quand Roy et Hallie ont revendiqué l'un et l'autre que leur mère faisait le meilleur gratin de macaronis de l'univers. Ce qui m'a valu des regards de sérieux mépris. Et quand je dis « sérieux », ça veut dire « sérieux »…

Elle s'interrompit pour boire une gorgée de vin.

— Après l'humiliation est venue l'inspiration, poursuivit-elle. Hallie a téléphoné à sa mère, qui m'a dicté sa recette, en précisant que n'importe quelle gourde pouvait la réussir. Je suis cette gourde.

Elle prit une autre gorgée.

— Je te le dis tout de suite, ce n'était pas facile. Des macaronis et du fromage, on s'imagine que c'est simple… Eh bien, pas du tout.

Le minuteur du four sonna.

— L'heure de vérité, dit-elle en se penchant pour ouvrir la porte.

— Ça sent bon, c'est présentable… commenta Zane en s'approchant.

Elle enfila des gants, retira le plat et le posa sur le comptoir, où ils purent tous les deux l'examiner. Puis elle sortit son téléphone de sa poche.

— Tu vas le prendre en photo ?

— Ne me juge pas, Walker, dit-elle en saisissant le plat pour le porter dehors. Prends la salade et le vin. On commencera par la salade, le temps que le gratin refroidisse. S'il est dégueu, je noierai ma honte dans le pinard.

Elle avait décoré la table d'un bouquet, dans un bocal de conserve bleu, qu'elle avait dû apporter de chez elle ou d'ailleurs. Il la regarda servir la salade, fasciné par ses cheveux roux – oui, ils étaient roux, tout compte fait –, ses grands yeux bleus, ses pommettes saillantes.

— C'est que je risque de m'y habituer, dit-il, à trouver une jolie femme, une jolie table et le repas tout prêt quand je rentre à la maison.

— À ta place, je ne m'habituerais pas à mettre les pieds sous la table. Je te jure sur le petit Jésus en plastique que c'est plus facile de creuser un trou dans le roc que de cuisiner. Je peux te le dire parce que j'ai fait les deux, aujourd'hui.

— Tu es une femme exceptionnelle. La salade est très bonne. Même les fleurs. Alors comme ça, tu as de nouveaux clients ?

— Oui, Patsy et Bill Marsh.

— Je les connais, des amis d'Emily et Lee, grands amateurs de voile.

— Exact. Ils m'ont promis, ou menacée, de m'emmener faire une balade en bateau.

— Tu n'aimes pas le bateau ?

— Si, mais je ne suis jamais montée sur un voilier. J'adore les regarder, on dirait qu'ils glissent sur l'eau, c'est magique. Je parie que tu sais faire de la voile.

— Oui, j'ai grandi au bord d'un lac, mais ça fait des années… Il faudra qu'on en loue un.

— Pourquoi pas ? Prêt à attaquer le plat de résistance ?

— Allons-y.

Non sans excitation, elle servit deux parts de gratin.

— On goûte ensemble, à trois. Un... deux...

Zane mangea une bouchée, un doigt levé, puis une deuxième.

— C'est hyper bon.

— C'est vrai, acquiesça-t-elle, elle-même étonnée. Qui l'aurait cru ?

— Ça pique un peu.

— Tabasco. Plus difficile que creuser un trou, je maintiens, mais aussi gratifiant. Qu'est-ce que tu aurais dit si c'était immangeable ?

— Je t'aurais félicitée d'avoir essayé. Si j'avais tenté de te faire croire que c'était bon, ça se serait vu, et tu aurais été vexée.

— Bonne réaction. Je voudrais te parler de mes autres clients.

— Je t'écoute.

— Ils ont emménagé à Lakeview Terrace l'hiver dernier. Ils ont acheté la maison où tu as grandi.

Zane cessa de manger et garda un instant le silence, puis il remplit les deux verres de vin.

— OK.

— Elle connaît Britt, elle travaille à la clinique, elle est médecin, Charlene Ledbecker. Son mari est ingénieur à Asheville. Ils ont un petit garçon, ils attendent le deuxième pour l'automne.

— OK.

— J'irai deux fois par mois entretenir le terrain et leur donner des leçons de jardinage. Ils... Tu t'en fiches ?

— Pas vraiment. C'était donc pour ça, le gratin de macaronis...

— C'est Roy et Hallie qui m'en ont donné l'idée. Quoi de plus réconfortant qu'un gratin de macaronis ? Je savais que je raviverais des mauvais souvenirs...

— Alors tu as cuisiné ? répliqua-t-il d'un ton irrité.

— Pour compenser la contrariété que je te causerais. Il n'y a pas de mal, ne t'énerve pas.

— Ce qui m'énerve, c'est que tu aies jugé utile de prendre des gants pour m'annoncer que tu allais travailler dans cette baraque.

Elle se raidit, à présent elle aussi fâchée.

— Ce n'est pas une insulte à ta virilité. Je me sentais un peu coupable, à juste titre ou non, de gagner de l'argent grâce à cette maison où tu as souffert.

— Cette maison ne m'a jamais rien fait, et je me sens insulté, oui. Je ne serais pas revenu à Lakeview si je ne m'en étais pas senti capable. Quelqu'un habite dans cette maison, et alors ? Si ces gens avaient besoin d'un avocat, je les représenterais sans problème. Je ne vois pas ce qu'il y aurait de gênant.

Darby réfléchit un instant avant de dire :

— Tu as hésité, toi aussi, avant de me parler de Traci Draper.

— Tu ne t'es pas gênée pour me faire remarquer que c'était idiot. Je te renvoie la balle.

— OK, on est quittes. On ne va tout de même pas se disputer pour si peu.

— On ne se dispute pas, on discute. Et le sujet est clos.

— Vous jouez sur les mots, maître.

— Sur ce coup, je plaide coupable. Bon, pour tout te dire, j'avoue que j'ai détesté cette maison, un temps. Bien que je sois nul en dessin, je l'avais dessinée dans mon journal intime, au milieu des sept cercles de l'enfer.

— Tu as lu Dante ado ?

— Je lisais tout et n'importe quoi. C'était la meilleure façon de m'évader. J'ai surmonté mon aversion, aujourd'hui. Ça ne me dérange pas que tu travailles là-bas. Il ne faut pas que ça te gêne.

— D'accord.

— Je peux me resservir ? demanda-t-il en joignant le geste à la parole. Tu en veux ?

— Moitié moins que toi.

— Dis-moi... Si tu laissais quelques vêtements ici... Ça t'éviterait de toujours traîner ton sac...

Cette proposition la prit de court. Une minute plus tôt, ils « discutaient », et voilà qu'il lui faisait de la place dans ses placards.

— Je...

— J'apporterai aussi des trucs chez toi, ajouta-t-il sur le même ton désinvolte, pour les jours de pluie où je viendrai te donner un coup de main.

— Je pensais sincèrement, la première fois, que ce ne serait qu'une aventure sexuelle.

— Or il se trouve que c'est autre chose.

Il lui avait déjà donné une clé et le code de l'alarme – pour des raisons pratiques, s'était-elle dit. Ce serait également plus pratique d'avoir des vêtements de rechange chez lui. Inutile de chercher midi à 14 heures.

— Qui fait la lessive ? demanda-t-elle.

— Hmm... On pourrait dire que tu la fais chez toi et moi chez moi, mais tu es plus souvent chez moi que moi chez toi, donc ce ne serait pas équitable. Chacun son tour.

— Ça marche. Ouf... soupira-t-elle en repoussant son assiette. J'ai le ventre qui va exploser.

— Tu sais quoi ? Débarrassons et allons nous promener. Tu m'apprendras à reconnaître les fleurs, même si je ne me souviendrai jamais de leur nom.

— Mais si, tu finiras par les mémoriser.

En souriant, il avala sa dernière bouchée de gratin.

— C'est gentil de le penser, ma chérie.

Ma chérie... pensa-t-elle en terminant son verre de vin. Ils avaient eu leur première dispute, convenu de laisser chacun des vêtements chez l'autre, et il l'avait appelée « ma chérie », avec son délicieux accent du Sud.

Sans l'ombre d'un doute, ils venaient d'entrer dans une nouvelle phase de leur relation.

18

Graham payait ses chambres de motel en espèces. Il utilisait le wi-fi et la tablette d'Eliza pour chercher des informations sur Emily, l'avocat qui l'avait défendu – ou plutôt, qui était censé le défendre –, le commandant Keller, à l'époque capitaine ; le procureur, le juge qui avait présidé le procès.

Tous avaient contribué à ruiner sa vie, à l'humilier. Il leur ruinerait la vie à tous.

Malheureusement, le juge était mort depuis six ans ; Graham devrait se contenter de l'imaginer pourrir en enfer. Le procureur avait pris sa retraite et vivait désormais dans les îles Salomon, mais il ne perdait rien pour attendre. L'avocat avait également pris sa retraite, mais il habitait toujours à Asheville ; son heure viendrait bientôt.

Parce que Eliza le lui avait dit lors d'une visite au parloir, Graham savait que sa salope de belle-sœur s'était mariée avec l'autre connard de flic, lequel était devenu chef de la police de Lakeview. Ils avaient deux enfants, deux fils. Les moyens de les atteindre ne manquaient pas. Dans sa chambre de motel, la télé branchée sur une chaîne d'information – au cas où il aurait été recherché –, il les imaginait tous dans la vieille bicoque, quand il y mettrait le feu.

Dave Carter devrait aussi payer, le voisin trop curieux. En lettres majuscules, Graham ajouta son nom à la liste qu'il avait dressée dans un carnet acheté au Walmart. Un terrible accident, peut-être. Sectionner ses câbles de freins. Il regarderait sur Internet comment faire. On trouvait tout sur Internet.

Et puis surtout, bien sûr, il réglerait leur compte à ces enfants qui avaient trahi leur propre père. Le père qui avait toujours veillé à ce qu'ils aient un toit au-dessus de leur tête, des vêtements sur le dos, le ventre plein. Le père qui leur avait donné la vie. Et la leur reprendrait, de ses propres mains.

Il ne se lassait pas de relire sa liste de noms. Et notait soigneusement chaque information dont il se souvenait, chaque renseignement qu'il trouvait. Détaillait chacun des griefs qu'il nourrissait à leur égard, noircissant ainsi des pages et des pages de son carnet.

Chaque matin et chaque soir, en ruminant sa rancœur, il s'astreignait à des séries de cinquante pompes, abdos, squats et fentes.

Presque chaque nuit, il se voyait en rêve au bloc opératoire, réussissant des miracles que seul Dieu aurait pu accomplir. Tel Dieu, il rendrait son jugement contre ceux qui l'avaient trahi.

Il ne se rasait plus. Depuis trois jours, le chaume d'une barbe commençait à lui cacher le visage. Chaque matin en se peignant, il se passait de la teinture afin de masquer ses cheveux gris.

Outre le carnet, il avait acheté une casquette de base-ball, des lunettes de soleil, une paire de tennis bon marché, deux jeans et quelques tee-shirts. En prison, il avait appris certaines choses, notamment qu'il fallait se fondre dans la masse, éviter de se faire remarquer. Il avait également changé ses plaques d'immatriculation, à deux reprises déjà.

En arrivant à Lakeview, il se mit à trembler, à la fois d'excitation et d'anxiété.

La ville avait changé. Ce feu de signalisation était nouveau. Les magasins et les restaurants n'étaient plus les mêmes. Perturbé, furieux, il dut se garer pour se ressaisir, respirer calmement, surmonter ce qu'il diagnostiqua sans peine comme les premiers symptômes d'une crise d'angoisse : sueurs froides, rythme cardiaque désordonné, troubles de la vision.

Un instant, sa vue se dédoubla. Néanmoins, il reconnut très nettement Zane, qui descendait Main Street d'une démarche assurée, comme si la rue lui appartenait. Son fils était devenu un homme, grand et costaud, les cheveux un peu longs, une coupe de tapette. Graham dut rassembler toute sa volonté pour ne pas bondir hors de sa voiture et le rouer de coups, comme il le méritait.

Patience, s'exhorta-t-il. Il devait attendre de pouvoir le coincer seul.

En le voyant entrer dans une élégante maison de ville, il faillit le suivre, mais il entrevit du mouvement derrière les vitres. Une femme, qui lui sembla vaguement familière. Sans doute sa secrétaire. Zane se prenait pour une huile, mais Graham savait que s'il était revenu à Lakeview, c'était parce qu'il n'avait pas réussi à Raleigh.

C'était donc à Lakeview que ce traître rencontrerait la justice.

Apaisé, Graham sillonna Lakeview Terrace. Là aussi, il y avait du changement : une aire de jeux, notamment, pour ceux qui ne savaient pas tenir leurs mômes à la maison. Des enfants jouaient sur les balançoires, les toboggans ; certains faisaient du vélo, sans surveillance. Inadmissible.

Il passa devant sa maison, qui n'était plus la plus grande. Les voisins avaient fait construire des extensions, des garages, des vérandas, des terrasses couvertes.

Il se gara en face de la villa. Sa villa. Les gens qui vivaient là n'étaient que des squatteurs. À l'époque où le monde tournait rond, il les aurait fait expulser d'un simple claquement de doigts.

À présent, c'était lui, le paria. À cause de Zane.

Il envisagea de s'introduire dans la maison, pour voir ce qu'en avaient fait les squatteurs. Il trouverait leur nom, il les inscrirait sur sa liste.

Alors qu'il songeait au sort qu'il leur réserverait, une femme traversa le jardin et se dirigea vers un camion garé dans l'allée. Habillé comme un homme, coupe de cheveux masculine. Une lesbienne… Quelle horreur… Il avait presque envie de la choper par les cheveux et de la traîner par terre. Mais elle regarda dans sa direction et un tremblement nerveux le parcourut. Il mit le contact et démarra.

Attendre le moment opportun, se raisonna-t-il, fier d'avoir dominé ses émotions.

De retour dans sa chambre de motel, il se servit un scotch. Un seul, se promit-il, pour se calmer. Il devait rester maître de lui-même.

Sur la tablette d'Eliza, il trouva facilement le site web du cabinet de Zane, ainsi que celui des Walker Lakeside Bungalows. Bouillonnant de rage, il les visita de fond en comble. Emily avait deux pages Facebook, l'une professionnelle, l'autre personnelle, hélas privée. Bien qu'il eût appris beaucoup de choses en prison, il ignorait comment déjouer les paramètres de confidentialité.

Ni Britt ni Zane, en revanche, n'étaient sur les réseaux sociaux. Il trouva néanmoins ce qu'il cherchait grâce à la mère d'Eliza, cette nouille. Une manne de photos et de renseignements sur la famille, accessibles à n'importe qui. Tout ce dont il avait besoin, exposé au grand jour par cette vieille bique. Il examina une série de clichés pathétiques : premier barbecue en famille dans la nouvelle maison de Zane ; les mômes de Britt avec leur tonton Zane ; Gabe devant la baraque de Zane, avec un commentaire ridicule sur sa nouvelle passion, l'aménagement paysager, découvert grâce à un job d'été.

Graham zooma sur la maison. Il l'avait vue depuis la route du lac, perchée à flanc de montagne, cette villa prétentieuse, démesurée. Impeccable… Désormais, il savait où trouver Zane. Seul à seul.

Zane se réveilla en sursaut lorsque les lampes de sécurité s'actionnèrent. Darby ne bougea pas d'un cil quand il quitta le lit. Il savait à présent qu'elle avait un sommeil de plomb et n'entendait que son horloge interne.

En se dirigeant vers le balcon, il attrapa un pantalon et, en l'enfilant, il aperçut la lueur rouge des feux arrière d'une voiture redescendant vers la route. Sûrement quelqu'un qui s'était trompé de chemin et avait fait demi-tour en voyant les lumières.

Rassuré, il se remit au lit. Darby dormait toujours comme un bébé, partenaire idéale pour un homme qui avait le sommeil léger.

Il finit par se rendormir, mais moins d'une heure plus tard, il fut réveillé par son téléphone. Son cœur fit un bond. Un appel à 4 heures du matin n'augurait jamais rien de bon. En effet, il s'agissait de la compagnie de sécurité.

— Zane Walker, j'écoute.

La Belle au bois dormant dormait toujours profondément. Toutefois, il sortit de la chambre. Une tentative d'effraction avait été commise à son cabinet. Dans la chambre, il mit la lumière afin de rassembler ses vêtements. Son téléphone sonna de nouveau.

— Zane, c'est Silas.

— Je viens d'avoir un appel de la compagnie de sécurité.

— Des fenêtres ont été cassées à trois adresses. Sans doute des petits voyous.

— Des enfoirés.

— Je suis sur place. Apparemment, il n'y a pas d'autres dégâts. Il faudra que tu viennes constater, mais ça ne presse pas. Personne n'est entré, les portes sont verrouillées.

— OK, j'arrive.

— Prends ton temps. On est là.

Zane s'habilla et prit son dossier d'assurance dans son bureau. En bas, il se fit un café, puis il en prépara une deuxième tasse – ou, plutôt, une tasse de lait hyper sucré aromatisé au café. Il aurait pu laisser un mot à Darby, mais de toute façon, son réveil interne devait sonner vingt minutes plus tard.

En remontant, il fut toutefois surpris de la trouver les yeux ouverts.

— Café, marmonna-t-elle.

— L'odeur du café te réveille, mais pas la lumière ni le téléphone...

— Café, répéta-t-elle en prenant la tasse qu'il lui tendait. Qui t'a appelé ?

— On a caillassé une fenêtre de mon cabinet.

— Quoi ? Non ! s'écria-t-elle, le regard soudain plus vif. Oh, Zane...

— Apparemment, ça s'est produit ailleurs, aussi. Il faut que j'y aille.

— Tu veux que je t'accompagne ? demanda-t-elle en écartant une mèche de son visage. Je peux être prête en deux minutes.

— Non, c'est gentil, merci. Probablement des jeunes crétins, d'après Silas. Je prendrai mon petit déjeuner en ville.

— OK. Désolée, ça fait chier...

— Ouais, acquiesça-t-il en se penchant au-dessus d'elle pour l'embrasser. À ce soir.

— Envoie-moi un texto.

— OK.

Elle but la moitié de son café au lit – une indulgence qu'elle s'accorda –, le temps que ses neurones se reconnectent.

La journée commençait mal pour Zane... Elle n'avait jamais compris quel plaisir le vandalisme pouvait procurer. Graffer les bâtiments abandonnés était une forme d'art urbain, mais les dégradations gratuites n'avaient aucun sens, aucune raison d'être. Quelle excitation, quelle satisfaction pouvait-on en tirer ?

Elle se leva et enfila directement sa tenue de travail, comme elle s'était douchée la veille, avec Zane. Elle allait préparer un autre café et prendre son petit déjeuner en consultant la météo. Puis s'attaquer à la cascade.

En descendant, elle alluma la pièce, régla la cafetière sur une demi-tasse, puis elle regarda la météo sur la tablette que Zane laissait toujours à la cuisine. La journée serait chaude et humide, avec de forts risques d'orage en fin d'après-midi ou en début de soirée. Typique.

En bâillant, elle se versa un bol de céréales, où elle ajouta des myrtilles, achetées en prévision des nuits où elle dormirait ici. Elle buvait la première gorgée de ce nouveau café, lorsque le système de sécurité se déclencha.

Un chevreuil, pensa-t-elle. Elle pulvérisait régulièrement du répulsif, une recette organique maison, et elle avait recommandé à Zane et à ses ouvriers d'uriner dans les haies. Elle avait également planté diverses variétés résistantes aux cervidés, mais Bambi était malin.

Elle désactiva l'alarme, ouvrit les vitres en accordéon, et elle s'apprêtait à sortir chasser l'intrus quand elle fut propulsée en arrière, contre l'îlot central, avant de s'écrouler sur le plancher.

Passé un bref instant de stupeur, elle distingua une silhouette masculine.

— Alors comme ça, Zane s'est trouvé une petite pute… Bâtie comme un mec… Ça ne m'étonne pas de lui. J'ai vu ton camion. J'attendais juste qu'il parte pour que tu me laisses entrer.

Il ferma la porte et s'avança vers elle, les poings serrés.

— Tu vas te tenir tranquille, OK ? lui lança-t-il.

Elle se releva d'un bond, pivota sur elle-même et lui décocha un coup de pied dans la taille. Il s'effondra, et elle eut le réflexe de s'enfuir. Elle pourrait le semer dans les bois.

Mais son téléphone était en charge, se souvint-elle. Elle ne pourrait prévenir personne.

Alors elle fit volte-face et se plaça en position de combat, le cœur tambourinant, prête à se battre.

Le regard mauvais, il se rua sur elle. Il était rapide, mais elle s'écarta lestement et lui envoya un kick circulaire dans les reins. Il se plia en deux et tomba à genoux.

— Ne bougez plus ! ordonna-t-elle.

Il se releva quand même, le poing brandi. Elle para le coup de son avant-bras. La douleur se répercuta jusque dans son épaule. Elle fléchit les genoux, puis elle se redressa comme un ressort et frappa du plat de la main, dans le nez. Elle sentit les cartilages se briser.

Il parvint à lui asséner un crochet du droit dans l'épaule, et il visait son visage, mais elle lui dévia le bras, et d'un kick sauté elle l'atteignit à la mâchoire. Quand il s'effondra, elle lui allongea un coup de pied dans l'entrejambe.

Cette fois, il demeura au sol.

Et elle s'enfuit.

Zane se tenait au centre de son bureau, les mains dans les poches. Ce n'était que du verre brisé, tentait-il de se raisonner. Il changerait la vitre, il était assuré, personne n'était blessé. Malgré tout, il était contrarié ; on avait délibérément cherché à lui causer du tort.

— Depuis que je suis revenu, il n'y a que Clint Draper avec qui j'ai eu des difficultés, dit-il à Silas.

— Je sais, acquiesça son beau-frère, qui n'avait pas pris la peine de se peigner, encore moins de se raser. On l'interrogera, mais comme je t'ai dit, on a eu trois appels pour bris de vitres, en une quinzaine de minutes.

— Tous sur Main Street ?

— Je ne crois pas, je vérifierai. C'est Ginny qui était au standard, cette nuit. Elle a jugé bon de me prévenir, comme je ne suis qu'à deux minutes, et qu'elle sait que tu es de ma famille. À ce propos, j'ai appelé le commandant.

Silas secoua la tête d'un air affligé, en contemplant le caillou au milieu des éclats de verre.

— C'est rare, ici, ce genre de vandalisme, poursuivit-il. Il arrive que des gamins taguent les boîtes aux lettres, qu'ils décorent les maisons de papier toilette ou qu'ils rayent des voitures, mais pas plus.

— Si tu les attrapes et qu'ils ont besoin d'un avocat, qu'ils ne comptent pas sur moi.

La radio de Silas grésilla.

— Deux secondes… dit-il en s'éloignant, puis il revint après une brève conversation.

— Le chef arrive. Il a demandé que tu l'attendes, il veut te parler.

En bon policier, Silas savait afficher une expression impénétrable, mais Zane le connaissait et son inquiétude ne lui échappa pas.

— Qu'est-ce qu'il y a ?

— Il a contacté la police de Raleigh, histoire de s'assurer que Graham Bigelow était bien là où il est censé être.

— Ah bon ? Pourquoi ?

— Dave Carter a reçu un caillou dans sa fenêtre, lui aussi. Idem chez les gens qui ont racheté la maison où tu as grandi, à Lakeview Terrace. Drôle de coïncidence, non ?

— Qui diable… Oh, bon sang ! Darby… Elle est toute seule chez moi.

Soudain parcouru d'un frisson, Zane se précipita à l'extérieur, monta dans sa voiture et démarra en trombe juste au moment où Lee arrivait.

— Monte ! cria celui-ci à Silas. On vient de recevoir un appel de chez Zane.

— Darby…

— Je sais, c'est elle qui a appelé.

La Porsche atteignit les cent trente kilomètres à l'heure avant la sortie de la ville. Zane se servit du kit mains libres pour appeler Darby et lui recommander de s'enfermer à double tour puis de se cacher.

— Je crois que Graham va tenter de s'introduire chez moi, lui dit-il.

— C'est fait, mais tout va bien. J'ai appelé le 911.

— J'arrive.

— Ne t'en fais pas, je n'ai rien. Je… Je te vois. Ralentis ! Tu es fou de rouler à cette vitesse ! Tout va bien, je te dis !

Il la voyait aussi, sous la lumière de l'entrée, assise sur les marches de la galerie, blême, le visage taché de sang… Elle se leva quand la voiture s'immobilisa dans un crissement de pneus, puis elle chancela et se rassit. Zane se rua vers elle.

— Où es-tu blessée ? Qu'est-ce qu'il t'a fait ? Par où est-il parti ?

— Je ne suis pas blessée. Il est à l'intérieur.

Zane se sentit gagné par un froid glacial et tout en lui se contracta.

— Voilà Lee. Tu entends les sirènes ? Ne bouge pas, reste dehors, attends-le, OK ?

Là-dessus, il disparut à l'intérieur, prêt, voire impatient d'affronter celui qui avait fait du mal à l'être qui lui était désormais le plus cher.

Il trouva le Dr Bigelow étendu sur le carrelage, inconscient, pieds et poings ligotés par… des tendeurs.

— C'est tout ce que j'avais, bredouilla Darby, sur le seuil de la porte.

— C'est toi qui l'as attaché ?

— Je… Je ne me sens pas bien, balbutia-t-elle, vacillante.

Zane la soutint et l'aida à se rasseoir sur les marches de la galerie.

— La tête entre les jambes. Respire, ma chérie, respire.

Lee se gara derrière la Porsche et, avec Silas, il descendit du véhicule de patrouille.

— Il est à l'intérieur, hors d'état de nuire. Grâce à Darby.

— Elle est blessée ? Elle a besoin d'une ambulance ?

— Je ne crois pas, répondit Zane en lui frictionnant le dos. Elle est juste secouée. S'il faut l'amener à la clinique, je l'y conduirai. Je te laisse juger s'il faut en appeler une pour lui.

— Je vais bien, murmura faiblement Darby, la tête toujours entre les genoux.

Silas s'accroupit devant elle.

— C'est vous qui l'avez ligoté avec des tendeurs ? lui demanda-t-il, de la même voix pleine de douceur qu'il employait parfois avec sa fille Audra.

— C'est tout ce que j'avais sous la main.

— Rentrez vous asseoir, boire un peu d'eau… Si vous ne voulez pas aller tout de suite à la clinique, je peux appeler Dave Carter. Il viendra vous examiner.

— Appelle Dave, dit Zane. J'aurais pu y penser.

— Je n'ai rien, je peux marcher ! protesta Darby quand il la prit dans ses bras et la souleva.

Il la porta néanmoins jusqu'au salon et la déposa sur le canapé. Dans la cuisine, Lee avait ôté les tendeurs et menotté Graham.

— Je reviens, reste assise.

— J'aurai droit à un os ?

Zane revint avec une bouteille d'eau et un torchon humide, dont il se servit pour nettoyer le visage de Darby.

— Ce n'est pas toi qui saignes.

— Non, c'est lui. Je lui ai cassé le nez. Pour te venger.

Ému, il lui prit la main et la porta à ses lèvres, puis il plongea son regard dans le sien.

— Je ne sais pas quoi te dire.

— Bien joué ?

— Oh, Darby…

— Tiens, bois un peu d'eau, toi aussi, dit-elle en lui tendant la bouteille. Et assieds-toi à côté de moi une minute.

Lee les trouva ainsi, l'un près de l'autre sur le canapé, qui se passaient la bouteille.

— Dave et Jim arrivent. Silas s'occupe de Bigelow. J'ai appelé deux agents en renfort pour les accompagner à la clinique. Vous êtes blessée, madame ?

— Non.

— Vous avez du sang sur votre tee-shirt.

— C'est le sien. Je lui ai cassé le nez, et je lui ai donné un coup de pied dans les parties génitales. Je… Je suis ceinture noire de kung-fu.

Avec un soupir, Lee s'installa dans un fauteuil.

— Vous pouvez me raconter ce qui s'est passé ?

— Oui, ça va mieux. J'étais un peu sonnée, mais ça va mieux. C'est la première fois que je me bats… Hors entraînement ou compétition. J'étais dans la cuisine, les lampes de sécurité se sont allumées. J'ai pensé que c'était un chevreuil. Je mets du répulsif, mais ce n'est pas efficace à 100 %. J'ai désactivé l'alarme et je suis sortie par-derrière pour les chasser. Je ne l'ai pas vu venir. Il m'a foncé dessus… son erreur.

— Comment ça ?

— Il aurait pu m'assommer, j'aurais perdu connaissance. Mais il s'est jeté sur moi, il m'a poussée contre l'îlot… je crois, et je suis tombée. J'étais un peu groggy, mais pas dans les pommes. Je crois que je l'ai vu, hier, garé dans la rue en face de chez les Ledbecker.

— Quel type de voiture ?

— Une grosse berline noire. Je serais incapable de vous indiquer la marque, je n'y connais pas grand-chose. Elle avait l'air assez neuve, mais je n'en mettrais pas ma main au feu.

— OK. Donc il vous a fait tomber, et ensuite ?

— Il m'a traitée de pute. Il a dit qu'il avait vu mon camion.

— Les lumières s'étaient déjà allumées vers 3 heures, intervint Zane. Je me suis levé, j'ai vu des feux arrière qui s'éloignaient. Il a dû venir une première fois et voir que je n'étais pas seul.

— Il a sûrement vu mon camion chez les Ledbecker, et fait le rapprochement. Attendez… Il m'a dit aussi qu'il attendait que Zane ne soit plus là pour que je le laisse entrer… La fenêtre cassée au cabinet… (Darby étouffa un juron et se frappa le crâne du poing.) Je suis tombée en plein dans le panneau… Heureusement, il y a eu plus de peur que de mal… Il m'a regardée d'un air amusé quand il a vu que j'étais prête à me battre ! Il ne s'attendait pas à ce que je le mette K.-O.

Des larmes roulèrent sur ses joues.

— Pardon, bredouilla-t-elle en s'essuyant les yeux.

— Ne vous excusez pas, lui dit Lee. Vous terminerez votre déposition plus tard, si vous voulez.

— Non, non, ça va. Il ne sait pas se battre, seulement cogner. Je l'ai envoyé au tapis, j'allais m'enfuir, j'espérais le semer dans les bois, mais je me suis rappelé que je n'avais pas mon téléphone, que je ne pouvais pas prévenir Zane ni la police. Alors j'ai décidé de le neutraliser.

Darby s'interrompit pour essuyer ses larmes, boire un peu d'eau.

— Il s'est relevé... je lui ai porté le coup de grâce. Il a perdu connaissance, j'ai couru à mon camion. J'ai trouvé les sangles. Je voulais l'attacher, au cas où il serait revenu à lui avant que j'aie pu appeler les secours... Voilà...

Elle fit mine de se lever, Zane la força à se rasseoir.

— Je voudrais un Coca.

— Je te l'apporte, reste ici.

En se rendant dans la cuisine, il vit Dave arriver, accompagné de son collègue Jim. Graham s'était redressé en position assise, les mains menottées dans le dos, le visage couvert de sang et d'hématomes.

— Ça fait plaisir de vous revoir, docteur, railla Dave. Surtout dans cet état... Emmène-le, Jim. Je m'occupe de la petite dame.

Il échangea un long regard avec Zane, puis il se dirigea vers Darby et s'accroupit devant elle.

— Comment ça va, Championne ? lui demanda-t-il avec un sourire.

— Ça va.

— Pas de vertiges, pas de nausées ?

— Non. Un peu, sur le coup, mais c'était le choc.

Dave ouvrit sa sacoche, en retira un tensiomètre.

— Vous avez les jointures enflées et écorchées. Des ecchymoses sur le bras gauche.

— J'ai paré un coup. Il a de la force.

— Il aime frapper dans le ventre.

— Je n'ai pris qu'un seul coup... Enfin, je crois, c'est un peu flou... À l'épaule. Je manque d'entraînement. Sinon, il ne m'aurait pas touchée.

— Si vous manquez d'entraînement... dit Lee. J'aimerais vous voir quand vous êtes en forme.

— C'est sûr ! renchérit Dave. Vous me montrez votre épaule ?

Darby souleva son tee-shirt. Lee se retourna.

— J'ai une brassière de sport, dit-elle. Ne vous inquiétez pas, vous en voyez davantage à la salle de gym.

En serrant les dents, elle enleva son tee-shirt, puis tourna la tête pour regarder son épaule.

— OK... Il ne m'a pas loupée.

— Elle a un hématome énorme, dit Zane, d'une voix étrangement calme, alors qu'il bouillonnait de rage.

— Ça fait un peu mal, mais ce n'est rien.

Pour le prouver, elle leva le coude, puis le bras, enroula l'épaule en arrière, puis en avant.

— Rien de cassé, rien de démis, dit-elle. Ce serait beaucoup plus douloureux, je sais de quoi je parle. Deux comprimés d'ibuprofène et ça ira.

— Après une visite à la clinique.

— Non, ce n'est pas la peine.

— Ce n'est pas négociable, insista Zane.

— Un certificat médical pèsera dans la balance contre Bigelow, argumenta Lee.

— OK, OK, capitula Darby, mais je dois d'abord mettre mon équipe en route. Ils sont sûrement déjà là à se demander ce qui se passe.

— Juste une minute, réclama Dave, et il sortit parler à Jim.

Tandis que Lee s'éloignait afin de répondre au téléphone, Zane alla prendre un sac de petits pois surgelés dans le congélateur.

— Je n'en mange jamais mais j'en ai toujours, dit-il en le tendant à Darby, avec une cannette de Coca.

— Moi aussi. Ce n'est qu'un bleu, Zane.

— Je sais, mais je t'emmène à la clinique quand même, insista-t-il en lui caressant les cheveux.

— On conduit Bigelow à l'hôpital d'Asheville, déclara Dave. Jackie Chan l'a pas mal amoché : fracture du nez, cocard, quelques dents en moins. Peut-être la mâchoire cassée. Et les bijoux de famille d'une belle couleur violacée. Quant à vous, mademoiselle, on prévient la clinique de votre arrivée.

Sur ces mots, il s'avança vers Darby, lui encadra le visage de ses mains et lui colla un baiser sur les lèvres. Puis il donna à Zane une chaleureuse accolade.

— Ne t'en fais pas, on s'occupe de lui.

Darby se leva, plus difficilement qu'elle ne l'aurait pensé.

— Je vais mettre un tee-shirt propre, et briefer mon équipe.

— Je vais te chercher un tee-shirt.

— Ça me fera du bien de bouger. Je m'ankylose, immobile.

— Laisse-moi prendre soin de toi ; j'en ai besoin, murmura-t-il, redoutant de craquer.

— Tu as déjà été plus que formidable. Tu as volé à mon secours à la vitesse de l'éclair. Crois-moi, ça compte. Mais OK, je veux bien que tu ailles me chercher un tee-shirt, et trois comprimés d'ibuprofène. Je vais voir l'équipe et on part aux urgences.

— Zane, je peux te parler une minute ? demanda Lee.

Darby fit mine de s'éloigner, mais Zane la retint par la main.

— Que se passe-t-il ?

— Je viens d'avoir un appel de Raleigh. La police est entrée au domicile de Bigelow. Eliza est morte. Probablement depuis quelques jours. Une autopsie devra déterminer les causes du décès.

Darby se rapprocha de Zane et exerça une pression sur sa main.

— C'est bizarre, je ne ressens rien du tout… murmura-t-il. Ça viendra peut-être plus tard.

— Ne t'inquiète pas, je gère, déclara Lee.

— Emily… Mes grands-parents…

— Je les préviendrai. Conduis ta chérie à la clinique, dit Lee, une main sur l'épaule de son neveu.

— Appelle-moi dès que tu as plus de détails, dit Zane

Abasourdi, il demeurait immobile, incapable de bouger.

— Bien sûr. Vous me donnerez de vos nouvelles, vous aussi. Vous permettez, Darby, que je photographie vos blessures ?

— Je vous en prie.

— Je monte chercher un tee-shirt, bredouilla Zane.

Lee approuva de la tête.

— Laissez-le prendre soin de vous, OK ? chuchota-t-il à Darby. Il en a besoin.

— On prendra soin l'un de l'autre, promit-elle.

19

Pendant que le médecin qui habitait la maison de Lakeview Terrace s'occupait de Darby, Zane alla trouver Britt dans son service, avant son premier rendez-vous.

Le sourire agréablement surpris de sa sœur s'estompa dès qu'elle vit son regard.

— Je te conseille de t'asseoir, lui dit-il sombrement.

— Grams ? Pop ? bredouilla-t-elle en s'exécutant, une main sur le cœur.

— Non. Eliza est morte, annonça-t-il sans ambages, préférant aller droit au but.

Britt posa la main sur son bureau, avec un long soupir tremblant.

— Pour tout te dire, je ne suis pas étonnée. Ça devait arriver. C'est lui qui l'a tuée ?

— Très certainement, même si ce n'est pas encore confirmé. Mais ce n'est pas tout.

Tandis qu'il lui faisait le compte-rendu des événements, elle se dirigea vers la fenêtre, les mains serrées l'une contre l'autre, puis elle se mit à arpenter la pièce. Elle était forte, Zane le savait, mais son courage le surprenait toujours.

— Ils auraient pu refaire leur vie, dit-elle avec un accent de pitié. Mais ça ne lui suffisait pas. Il se sentait spolié. Il voulait nous punir. Il avait l'intention de te tuer, cette fois.

— Darby aussi, juste parce qu'elle était là, parce que nous sommes ensemble. Il s'en serait ensuite pris à toi, s'il avait pu.

— Oui, acquiesça Britt avec un calme admirable. D'abord toi, ensuite moi. Puis Emily, Lee, Dave, sans doute Charlene et Joe, simplement parce qu'ils habitent dans la maison qu'il considère comme la sienne. Il a sûrement une liste noire, écrite ou dans la tête, poursuivit-elle en s'asseyant d'une fesse sur le coin de son bureau. La liste des responsables de son malheur. Tu devais être le numéro un, mais d'autres auraient suivi : son avocat et le juge qui l'a condamné étaient sans doute dans le collimateur. Lee devrait les contacter.

— Oh… grommela Zane en fourrageant dans ses cheveux. J'aurais dû y penser. Lee y aura sûrement pensé, lui.

— Tu as eu un début de matinée éprouvant. Tu l'aurais mis K.-O., Zane. Il ignore quel homme tu es devenu.

— Darby l'a mis K.-O. Il ignorait quelle femme elle est.

— Darby, mon Dieu… murmura Britt en se passant une main sur le visage. Elle est entre de bonnes mains, avec Charlene. J'irai la voir tout à l'heure mais, franchement, je ne sais pas quoi lui dire…

— Tu trouveras, c'est ton métier, dit Zane en parvenant à esquisser un faible sourire.

— Je crois que je vais annuler mes rendez-vous de la journée. Emily a peut-être besoin de moi,

Eliza était sa sœur, la fille de Grams et Pop… Oh, mon Dieu, Zane, qu'est-ce qu'on peut faire pour eux ?

— Tout simplement être là, dit-il en prenant sa sœur dans ses bras. On a surmonté des épreuves autrement plus dures, on surmontera celle-ci.

— Je suis tellement contente que tu sois revenu, affirma-t-elle en le serrant contre elle. Par chance, j'ai une heureuse nouvelle à annoncer à la famille, pour compenser la mauvaise.

— Ah bon ?

— J'ai fait pipi sur une bandelette, ce matin.

Zane s'écarta de Britt et la regarda en plissant les yeux.

— Qu'est-ce que tu… Oh ! C'est vrai ?

— Positif ! Je ne l'ai même pas encore dit à Silas. Il était… Tu sais où il était. Je voulais attendre quelques semaines avant d'en parler, mais je crois que ça s'impose, vu les circonstances. On voulait que nos enfants n'aient pas une trop grande différence d'âge…

— C'est génial !

— C'est la preuve que nous nous sommes construits, que nous sommes des adultes épanouis. On s'en est bien tirés, tous les deux. Ils n'ont pas réussi à pervertir ce que nous étions au tréfonds de nous-mêmes. Malgré eux, nous sommes restés fidèles à notre véritable nature.

Malgré eux, mais aussi à cause d'eux, d'une certaine manière, pensa Zane en regagnant le service des urgences.

Dans la salle d'attente, il appela Maureen, qui était déjà au courant de tout – les rumeurs se répandaient vite. Néanmoins, il lui donna des détails, des nouvelles de Darby, et la pria de reporter ses rendez-vous de la journée, ainsi que de remplir la déclaration de sinistre pour l'assurance. Il viendrait au cabinet dès que possible.

Darby ne tarda pas à reparaître, l'air contrarié, accompagnée du Dr Ledbecker, une jeune femme enceinte, charmante.

— Zane, je présume ? Charlene. Vous êtes la personne de confiance de mademoiselle ?

— Euh… Oui.

— J'ai toute ma tête, maugréa Darby.

— Encore heureux !

— Elle n'a pas de fracture, pas d'entorse, rien de méchant. Juste quelques vilains hématomes, et elle aura mal à l'épaule pendant quelques jours. De la glace et de l'ibuprofène la soulageront. Pendant quarante-huit heures, elle ne doit rien porter de lourd, pas plus de deux ou trois kilos, ni creuser de trous.

— Entendu.

— Pas d'effort non plus qui sollicite le dos ou le bassin. Voici de quoi soigner ses mains écorchées, dit Charlene en remettant un sachet à Zane. Je la revois dans deux jours.

— Elle sera là.

— Si besoin, vous avez mon numéro de téléphone sur l'ordonnance.

— Je vous remercie, mais j'espère que je n'en aurai pas besoin.

— Pas de gros travaux ! recommanda encore Charlene avant de prendre congé.

— Elle ne rigole pas, bougonna Darby tandis qu'ils quittaient le service. J'ai cru que j'allais avoir droit aux sangsues. Tu as vu Britt ?

— Oui, ça va.

— OK. Dépose-moi chez toi et va voir Emily.

— C'était mon intention.

Il avait autre chose en tête mais, en premier lieu, il désirait en effet se rendre chez sa tante.

Auparavant, toutefois, il raviva la contrariété de Darby en relayant les instructions du médecin à l'équipe horrifiée et outrée. Et en précisant qu'il comptait sur eux pour veiller à ce que leur patronne respecte ces consignes, ou sinon il ne se gênerait pas pour leur botter les fesses.

Après quoi, il se rendit chez Emily.

Elle était assise derrière sa maison, seule, le regard dans le vague, et sursauta quand elle le vit.

— Je voulais passer chez toi, je...

— C'est bon. Tout va bien.

— Darby ?

— Elle a été vue par Dave puis un médecin. Ça va aussi. Lee t'a annoncé la nouvelle ? demanda Zane en remarquant les yeux rouges d'Emily, qui luttait encore contre les larmes.

— Oui. Il est parti au poste, je lui ai dit que ça ne me dérangeait pas de rester seule. Il a du travail, et rien qu'il puisse faire ici. Il faut que j'appelle mes parents...

— Ça ne presse pas, dit-il en la prenant dans ses bras.

— Oh mon Dieu... bredouilla-t-elle. Qu'il soit revenu, après toutes ces années... Pour te faire du mal... Il aurait été capable du pire. Il a tué Eliza, n'est-ce pas ? Tu le sais comme moi, c'est lui qui l'a tuée.

En lui caressant le dos d'un geste apaisant, il lui posa un baisser sur la tête.

— Oui, sûrement. Laisse-toi aller, tu peux pleurer.

Elle éclata en sanglots, la femme la plus forte qu'il ait jamais connue, et il la serra contre lui en la berçant.

— Je ne sais pas pourquoi je me mets dans cet état, dit-elle au bout d'un moment. Tu n'as rien, Darby s'en est plutôt bien sortie – j'irai la voir, dans la journée... Ce monstre est en garde à vue. À l'hôpital, pour le moment, grâce à cette fille exceptionnelle. On le remettra ensuite sous les verrous. Nous ne risquons rien.

— Ta sœur est morte.

Emily s'écarta de son neveu et s'essuya les yeux.

— Oh, Zane, je ne me rappelle même plus son visage...

— Assieds-toi. Je vais te chercher de l'eau et des mouchoirs.

Il revint bientôt et déposa un verre devant elle, ainsi qu'une boîte de Kleenex. Elle se moucha et se tamponna les yeux.

— On n'a jamais été proches, dit-elle. On ne s'est jamais entendues. Tous les frères et sœurs se disputent parfois... Gabe et Brody n'arrêtaient pas de se chamailler, à une époque, mais ils sont liés. Entre Eliza et moi, il n'y a jamais eu aucun lien, aucun.

— Vous étiez différentes.

— Je ne l'ai jamais aimée. Tout du moins, je ne me rappelle pas avoir jamais éprouvé de l'affection pour elle. Je n'en ai pas honte.

— Non, mais tu culpabilises.

Emily se baissa pour caresser le chien loyalement assis à ses pieds.

— J'ai des regrets, soupira-t-elle. C'est dommage de n'avoir jamais rien partagé avec sa sœur. Je suis peinée qu'elle soit morte, sans doute à cause de ses mauvais choix. Et j'ai du chagrin pour mes parents. Ils l'aimaient, eux.

Zane lui prit la main.

— On sera là pour eux.

— Oui, c'est notre devoir. Tu as vu Britt ?

— Oui, ça va. Je ne devrais pas vendre la mèche, mais... elle est enceinte. Tu vas avoir un deuxième petit-enfant.

— Elle... Oh, cette fois, ce sont des larmes de joie, articula Emily, la voix nouée par l'émotion. Non seulement la vie continue, mais elle nous offre du bonheur...

Une main contre la joue de Zane, elle ajouta :

— Oui, la vie est pleine de bonheurs.

Il la quitta sur ces bonnes paroles, confiant en l'avenir, mais tout d'abord, il avait des comptes à régler.

Quand il arriva à l'hôpital d'Asheville, Lee l'attendait devant le service des urgences.

— Je me suis dit que ça ne servirait à rien de te dire de ne pas venir...

— Non, je serais venu de toute façon.

— Tu lui parleras, une fois que je l'aurai interrogé. Ils sont en train de l'installer dans une chambre. Ils veulent le garder en observation quelques heures avant qu'on le transfère à Raleigh.

— Quelques heures suffiront amplement.

— Tout à fait, acquiesça Lee, une main sur l'épaule de Zane. Allons faire un tour. On sera mieux dehors qu'ici. Je suis curieux d'entendre ce qu'il aura à nous dire...

Zane glissa une main dans sa poche et la referma autour de sa balle de base-ball.

— Il a demandé un avocat ?

— Pas pour l'instant. Mais avec la mâchoire fracturée, il ne peut pas dire grand-chose. Il a aussi le nez cassé, et les parties génitales en compote.

— Darby mérite un beau bouquet de fleurs.

Avec un sourire, Lee poussa un soupir.

— Je suis content qu'elle lui ait fait plus de mal qu'il ne lui en a fait. Tu veux savoir ce que j'ai appris ?

— Il a tué Eliza ?

— Il y a de fortes chances, mais on attend encore les résultats de l'autopsie. Il était vendeur dans un magasin de matériel médical. Il s'était fait porter pâle. Ses voisins ne l'ont pas vu depuis samedi, et ils n'avaient pas vu Eliza depuis jeudi. C'est sa voisine la plus proche qui l'a aperçue pour la dernière fois jeudi après-midi dans son jardin, avant qu'il rentre du travail.

— Il l'aurait donc tuée jeudi soir.

— Probablement. D'après les enquêteurs, son supérieur ne l'a pas signalé à la police quand il a téléphoné, hier, pour dire qu'il était malade. Les dimanches et les lundis, il ne travaille pas.

— Il a dû partir samedi en fin de journée. Il a pris son temps, emprunté des axes secondaires, tout payé en liquide, l'essence, les chambres d'hôtel.

— On essaie de retracer son itinéraire. On sait déjà qu'il a passé deux nuits dans un motel sur l'I40. On a retrouvé un iPad dans sa chambre, un peu d'argent et un carnet. Un peu d'argent aussi dans la voiture qu'il avait garée sur le belvédère panoramique en dessous de chez toi.

Lee se gratta le menton avant d'ajouter :

— Il avait noté des choses intéressantes dans ce carnet, à commencer par une liste de noms.

Britt avait vu juste, pensa Zane.

— La liste de ceux dont il voulait se venger.

— Avec ses griefs, ce qu'il savait d'eux, où ils habitent, ce qu'ils font, des idées de représailles.

— J'imagine que moi, il m'aurait tabassé à mort. Et toi ?

— Il voulait mettre le feu à la maison, pendant qu'on serait à l'intérieur. Inutile de te préciser qu'Emily et les garçons n'ont pas besoin de le savoir.

— Il a pété un plomb… soupira Zane, puis il leva la main, en mode avocat, procureur. Celui qui le défendra tentera de plaider la folie, mais je peux te dire que ça ne marchera pas. Se faire porter malade pour gagner du temps, vandaliser mon étude pour m'attirer hors de chez moi… Il avait tout prémédité. Impossible de faire croire qu'il a agi sur un coup de folie.

Zane s'interrompit un instant afin de réfléchir.

— Il avait laissé ses affaires au motel parce qu'il comptait y retourner, ajouta-t-il, après m'avoir réglé mon compte, et celui de Darby. À moins…

Il n'en serait sûrement pas resté là, pensa-t-il, ignorant la sirène d'une ambulance. Il ne se serait pas arrêté en si bon chemin.

— Il a toujours été présomptueux, poursuivit-il. Il s'en serait pris à Britt, à Emily, à ta famille, aux Carter, à tous ceux de Lakeview qui figurent sur sa liste. Il en veut à la Terre entière, et il éprouve le besoin de nous faire payer.

— Sûrement, mais il ne fera plus de mal à personne, maintenant. Fou ou pas, il retournera en prison, et il n'est pas près d'en sortir cette fois.

— J'aimerais assister à ton interrogatoire, s'il te plaît. Je ne dirai rien. Si ma présence te dérange, je m'en irai, mais je ne pense pas. Au contraire, si tu veux des aveux, laisse-moi venir avec toi.

Lee resta un instant silencieux, en proie à un conflit intérieur.

— Voilà ce qu'on va faire, dit-il enfin. Tu viens avec moi, mais tu ne dis rien tant que je n'ai pas terminé de l'interroger. S'il veut que tu sortes, tu sors. Si jamais tu compromets mon interrogatoire, de quelque manière que ce soit, on aura une petite discussion pas très agréable, tous les deux.

— Ne t'en fais pas. Je te remercie.

— Bien. Allons voir s'il a l'autorisation de nous parler, dans la mesure où il serait capable de parler.

Le service des urgences avait changé, au fil des ans, et cette fois, Zane y entra libre et indemne, bien qu'assailli par de douloureux souvenirs. Une douleur se réveilla dans son bras, sa gorge s'assécha. Il garda le silence tandis que Lee se présentait à l'accueil et, dans l'ascenseur, il ne prononça pas un mot.

— Un agent monte la garde devant la porte, lui dit Lee. Silas est avec lui dans la chambre. J'ai préféré joué la carte du risque zéro.

Zane hocha distraitement la tête. Lee montra son insigne au bureau des infirmières, puis ils se dirigèrent vers le fond du couloir.

— Tu peux prendre une pause, Donny, dit Lee à l'agent posté devant la chambre. Je t'appellerai quand on aura terminé.

— Bien, chef.

Silas se leva lorsqu'ils pénétrèrent dans la chambre, et posa le magazine qu'il était en train de feuilleter. Dans le lit, Graham était menotté, le visage couvert de bleus et de bandages. Le moniteur émit un bip, indiquant que son cœur avait fait un bond à la vue de son fils.

— Lance l'enregistrement, Silas. Je vais avoir une petite discussion avec M. Bigelow.

— Docteur… grommela l'intéressé entre ses dents serrées.

— Vous n'êtes plus médecin et vous n'êtes pas près de le redevenir. Si tu veux aller boire un café, Silas…

Lee désigna la chaise libérée par Silas ; Zane s'y installa.

— Lee Keller, commandant du département de police de Lakeview, énonça-t-il. Interrogatoire de M. Graham Bigelow, après autorisation médicale. Vous a-t-on lu vos droits ? Je sais que oui, mais je préfère vous le demander à nouveau.

— Connais mes droits.

— Très bien. Vous êtes accusé d'être entré par effraction au domicile de M. Zane Walker ici présent, ainsi que de coups et blessures volontaires sur la personne de Mme Darby McCray. Accessoirement, vous avez aussi volé une plaque d'immatriculation, que vous avez illégalement fixée sur votre véhicule. Depuis dimanche, vous avez enfreint à six reprises les conditions de votre sursis, si bien que vous effectuerez les trois ans restants de votre peine initiale, avant de purger celle dont vous écoperez pour les charges que je viens de citer.

Lee s'installa sur le bord du lit, dans une position faussement amicale.

— Et je n'ai pas encore mentionné l'inculpation de meurtre. La police a découvert le corps de votre épouse, là où vous l'avez laissé, par terre, sur une couverture, la tête sur un oreiller, recouverte d'un drap, présentant des signes évidents de violences physiques.

— Accident.

— C'est ce que vous comptez plaider ? Que vous avez accidentellement frappé votre femme à mort, et que vous êtes accidentellement venu là dans l'intention de tuer votre fils Zane ?

— Eliza est tombée. Cogné la tête. Hématome sous-dural.

— Elle est tombée face contre terre ? On m'a envoyé une photo, dit Lee en la cherchant sur son téléphone. Elle serait tombée en avant et elle se serait cogné l'arrière du crâne ? Bizarre…

Il montra la photo à Bigelow.

— Le légiste a établi que vous l'avez frappée à plusieurs reprises. Elle s'est également cognée contre le comptoir de la cuisine. On y a relevé des traces de sang.

— Mauvaise chute. Hématome sous-dural.

— Et vous l'avez laissée mourir ?

— Rien à faire. Trop tard.

— Vous n'avez pas appelé les secours ?

— Je suis médecin.

— Non, vous ne l'êtes plus. Vous êtes un criminel, qui a tué sa femme. Je ne comprends pas pour quelles raisons elle vous est restée fidèle. Elle a même trahi ses enfants pour vous, mais elle en est morte. Nous avons retrouvé votre chambre de motel, votre voiture, votre tablette. Il nous a suffi de deux minutes pour mettre la main sur les preuves tangibles que vous traquiez Zane, Britt, Emily, et d'autres.

Graham tourna la tête afin de dévisager Zane.

— Qu'est-ce que tu fous là, toi, pauvre merde ? cracha-t-il. Tu n'as jamais été qu'une merde et tu ne seras toujours qu'une pauvre merde.

Zane soutint son regard, sans un mot, en palpant les coutures de sa balle, au fond de sa poche.

— Une merde pour laquelle vous avez abandonné le cadavre de votre femme, souligna Lee. Une merde chez qui vous êtes entré par effraction pour agresser Mme McCray.

— Une pauvre merde… même s'il est devenu avocat et qu'il s'est payé une grande baraque… Regardez-le… Il ose même pas ouvrir la bouche !

Zane esquissa un sourire, le regard rivé sur celui de son père.

— Ravale-moi ce sourire ! hurla Graham en grimaçant de douleur. Espèce de tapette… J'aurais dû vous tuer au berceau, toi et ta sœur, cette petite garce. Tu as détruit ma vie, tu as détruit ta mère.

Lee chercha le regard de Zane, et lui adressa un signe de la tête.

— Comment ça ? demanda Zane.

— Petit insolent ! Je n'ai pas réussi à faire de toi un homme. Je t'ai donné la vie, et tu as ruiné la mienne. J'aurais dû te tuer, ce soir-là, toi et l'autre petite conne. Eliza serait toujours vivante, on serait heureux.

— Tu n'as pas pu t'empêcher de la frapper, malgré toutes ces années de prison, toutes ces années qu'elle a passées à t'attendre… Tu ne pouvais pas t'empêcher de la battre.

— Elle n'était plus la même. Elle avait perdu la flamme. À cause de toi.

— Alors après l'avoir regardée agoniser, tu es venu me faire payer.

— Vous payerez tous.

— Un caillou dans mes fenêtres, pour m'éloigner de chez moi, dit Zane d'un ton dégoulinant de sarcasme. Tu t'en serais pris à une femme seule… Tu aimes t'en prendre aux plus petits et aux plus faibles que toi... Ensuite, tu m'aurais attendu...

— Tu as volé ma vie, je te volerai la tienne.

— Tu t'es introduit chez moi par effraction, tu as agressé Darby, et tu avais l'intention de me tuer.

— Je t'ai donné la vie, je suis en droit de la reprendre. Je te ferai souffrir pour chaque minute de chaque jour que j'ai passé enfermé comme une bête.

— Tu as tué ta femme.

— J'ai abrégé les souffrances de la coquille vide qu'elle était devenue. C'était un acte charitable. Tu me l'as volée. Tu mérites la mort.

Zane se leva et s'approcha du lit.

— Je regrette d'avoir loupé l'opportunité de t'affronter d'égal à égal, mais une femme t'a cassé la gueule pour moi, la pire des humiliations pour quelqu'un de ton espèce, et j'en retire une immense satisfaction. Il y a dix-huit ans, c'est grâce à une petite fille que tu as échappé au sort que je te réservais. Aujourd'hui, c'est grâce à une femme forte et courageuse. Tu auras tout le temps de méditer ce hasard, enfermé comme une bête jusqu'à la fin de tes jours.

Là-dessus, Zane se dirigea vers la porte. Avant de prendre congé, il s'arrêta et se retourna une dernière fois.

— Si je suis responsable de ce qui t'est arrivé, et de ce qui va t'arriver, j'en suis très fier et heureux.

Silas revenait lorsque Zane quitta la chambre.

— Ça va ? lui demanda-t-il.

— Impec' ! D'après mon expérience, il en a assez dit pour que le procureur l'inculpe de meurtre au second degré, en plus du reste. Son avocat plaidera l'homicide involontaire, mais il n'obtiendra pas gain de cause. Il passera le restant de ses jours à l'ombre.

— Il l'aura mérité. Si tu as envie de parler, d'aller prendre un verre, un de ces quatre, tu sais que je suis là.

— Je sais, c'est sympa. Tu diras à Lee que je l'appellerai, ce soir. Il faut que je rentre voir Darby.

Et respirer une grande bouffée d'air pur.

Comme il doutait que Darby ait une fleur préférée, Zane acheta un impressionnant assortiment, gai, coloré et délicieusement parfumé. Puis il songea qu'il n'avait que deux vases, si bien qu'avec l'aide d'une vendeuse ravie, il en acheta de toutes sortes : des petits, des grands, des carrés, des longs, et un grand seau en acier galvanisé pour transporter cette brassée ces fleurs jusque chez lui.

Il acheta également deux bouteilles de champagne.

Ainsi qu'une petite breloque, sur un coup de cœur, en passant devant une vitrine, qu'il fit monter sur une chaîne en argent, plutôt que sur un bracelet que Darby n'aurait pas pu porter en travaillant.

Sur le chemin du retour, le toit de sa Porsche ouvert, le vent chargé du parfum des fleurs, le paysage verdoyant sur le bleu du ciel, il prit conscience que quelque chose en lui avait changé.

Il était enfin libéré des griffes que Graham et Eliza avaient plantées dans ses entrailles. Cette fois, il avait définitivement tourné la page.

En proie à un torrent d'émotions, il se gara au bord du lac et contempla les montagnes qui s'y reflétaient. Des remous malsains couvaient peut-être sous la surface, mais plus jamais il n'aurait peur de se noyer.

Il emmènerait Darby faire du bateau. Il ferait prospérer son cabinet et peut-être, oui, peut-être se remettrait-il au base-ball.

Le passé appartenait désormais au passé.

Graham n'appartenait plus désormais qu'au passé.

En remontant le chemin de sa nouvelle maison, Zane se félicita de son acquisition, et éprouva une bouffée de reconnaissance envers Darby, pour ses choix en matière d'aménagement paysager.

Cet endroit portait leur marque à tous les deux.

En était-elle consciente ? s'interrogea-t-il en se garant.

Il l'observa qui disposait un roc, avec Ralph, que Gabe venait de leur apporter. En l'état actuel des choses, il ne parvenait pas à visualiser la cascade, mais il était confiant. Il avait foi dans la créativité de Darby.

Il transporta les fleurs à l'intérieur, puis il ouvrit les baies vitrées. Ralph lui adressa un signe de la main.

— Elle porte rien de lourd, boss. On la tient à l'œil ! lança-t-il, sur un fond de rock'n'roll.

— Parfait. Où sont les autres ?

— Chez un client, répondit Darby en s'épongeant le front. Tu me surveilles ? Ils ne sont pas déjà assez nombreux à me materner ?

— Elle est un peu à cran, dit Gabe avec un clin d'œil.

— N'importe qui le serait, rétorqua-t-elle en lui indiquant où déposer le bloc de granit qu'il avait entre les mains.

— Ça va bientôt être l'heure de ses cachets, renchérit Ralph.

Elle le fusilla du regard.

— Je sais quelle heure il est.

— Je prépare un pichet de citronnade ? proposa Zane.

— Volontiers. Il y a du mélange au congélo. Il suffit d'ajouter de l'eau glacée.

— Ah, on a la même recette familiale !

— Je m'en occupe. Vous pourrez faire une pause et Darby prendra ses cachets.

Il appellerait ensuite Maureen pour la prévenir qu'il ne viendrait pas au cabinet aujourd'hui. En fin de journée, il ferait griller des entrecôtes, avec du maïs et des pommes de terre.

Car que cela plaise ou non à Darby, il entendait bien la dorloter.

20

Suante, courbatue, satisfaite, Darby prit quelques photos de l'avancement de la cascade avant de mettre un terme à sa journée de travail.

Elle savait que Zane s'était installé derrière la maison, avec son ordinateur portable, un Coca, et sa balle de base-ball fétiche.

Elle avait toléré les taquineries de Ralph – « Attention, patronne, je vous ai à l'œil ! » –, comme elle avait toléré qu'un adolescent lui apporte un nouveau sac de glace toutes les heures et lui rappelle qu'elle devait faire une pause et ménager son épaule. Car elle avait beau revendiquer son autonomie, elle savait aussi apprécier qu'on la couvre d'attentions.

L'équipe partie, elle se préparait maintenant à ce que Zane soit aux petits soins.

— Tu n'étais pas obligé de rester là, dit-elle en lui chipant sa cannette et en buvant une longue gorgée de Coca. Gabe et Ralph ont scrupuleusement veillé à ce que je respecte à la lettre les consignes du médecin.

Il termina l'e-mail qu'il était en train de rédiger avant de répondre :

— C'était plutôt agréable de travailler ici, à l'extérieur, dans le bel environnement créé par ma chérie. Eh, c'est que ça avance, constata-t-il en regardant la cascade.

— N'est-ce pas ? On finira samedi, je pense. S'il ne pleut pas d'ici là.

— Super ! Si tu as terminé avant la fin du mois, j'avais envie d'organiser une grande fête pour le 4 Juillet.

— C'est vrai ? Cool !

— On sera aux premières loges pour voir le feu d'artifice sur le lac.

Darby abaissa ses lunettes de soleil et scruta le visage de Zane.

— Tu m'as l'air de bonne humeur, toi…

— Tout à fait.

— C'est bizarre.

— De tellement bonne humeur que je ne vais pas tarder à allumer le barbecue. Ça te dit ?

— Pourquoi pas ? acquiesça-t-elle, intriguée par cette attitude. Mais d'abord, je vais prendre une douche.

Elle pénétra dans la maison, puis en ressortit presque aussitôt.

— Tu comptes ouvrir une boutique de fleurs clandestine ?

— Pardon ? Oh, j'avais oublié ! C'est pour toi.

Zane se leva en riant.

— Tout ça pour moi ? Sept ou huit douzaines de fleurs ?

— J'avais du mal à choisir… J'ai acheté aussi quelques vases. Je voulais faire des bouquets, mais j'ai pensé que tu te débrouillerais mieux que moi.

Darby cherchant les mots pour le remercier, ils entrèrent tous les deux dans la cuisine.

— Eh bien... Waouh...

— Je n'ai pas pris de carte, parce qu'il n'y en avait aucune qui exprimait ce que je voulais te dire : merci, désolé, prompt rétablissement, félicitations et, surtout, tu comptes beaucoup pour moi, Darby.

« Waouh » ne traduisait pas vraiment ce qu'elle ressentait non plus, pensa-t-elle.

— Je suis crade, mais tant pis.

Elle l'enlaça, et s'efforça de lui communiquer ses sentiments par le baiser qu'elle lui donna.

— C'est très beau, Zane, et très gentil, dit-elle en lui encadrant le visage de ses mains. Ce sera un bonheur que de composer des bouquets.

— Tu veux une coupe de champagne ?

— Du champagne ? répéta-t-elle en clignant des paupières.

— J'en ai pris deux bouteilles. (Il en retira une du frigo.) Je n'ai pas pensé à te demander si tu aimais...

— J'adore le champagne ! Mais dis-moi... Où étais-tu, ce matin ?

— Je t'expliquerai, répondit-il en lui tendant un petit paquet- cadeau. Ouvre d'abord ça.

— Je n'ai que quelques bleus, dit-elle, émue, tandis qu'il débouchait la bouteille. Toutes ces charmantes attentions... On dirait que je me réveille d'un coma.

— Ouvre. Si ça ne te plaît pas, je le garderai pour moi. Il me fait penser à toi.

Partagée entre l'anxiété et la curiosité, elle dénoua le ruban, déchira le papier, et découvrit une breloque en forme de livre, sur une chaîne en argent, accompagnée d'un petit mot manuscrit : « Bien qu'elle soit petite, elle est féroce. »

— Je mesure un mètre soixante-dix, ce n'est pas si petit, protesta-t-elle.

— Tout est relatif. En tout cas, tu es féroce.

— Ça me plaît beaucoup, affirma-t-elle en passant la chaîne autour de son cou. Maintenant, je pleurnicherai chaque fois que je me ferais un bobo en bossant, pour avoir un cadeau.

— C'était personnel, répliqua Zane sans sourire.

— OK. Allons nous asseoir dehors, pour déguster ce champagne, et tu me raconteras pourquoi tu es parti furieux et revenu de si bonne humeur.

— Ensuite, j'allumerai le barbecue et tu t'occuperas des fleurs.

Encore une fois, il alla droit au but, car il était pressé de clore cette première partie de soirée.

— Je suis allé voir Britt, puis Emily, et je suis parti à Asheville voir Graham.

— J'en étais sûre.

— On dirait qu'il s'est battu contre un champion de boxe. Deux cocards, le nez cassé, la mâchoire explosée. Les parties génitales dans un sale état, paraît-il, mais je ne les ai pas vues. Ne fais pas cette tête… Pourquoi tu fais cette tête ?

— C'est la première fois que je frappe quelqu'un. À l'entraînement, c'était différent. Même Trent, ce n'était pas pareil.

Zane se pencha vers Darby et descendit l'épaule de son tee-shirt pour y découvrir ses ecchymoses.

— Tu crois qu'il en serait resté là ?

— Non. Je sais que je n'ai rien à me reprocher.

— J'ai assisté à l'interrogatoire de Lee, à l'hôpital. La police a retrouvé sa chambre de motel, sa voiture, et des preuves de ce qu'il préméditait. Et comme je m'en doutais, ma présence a fait rejaillir sa haine et sa rage.

Sans les édulcorer, Zane rapporta tous les propos de son père. Atterrée, choquée, Darby se tordait les mains sous la table.

— Il a avoué avoir tué sa femme, murmura-t-elle, et vouloir te tuer.

— J'ai envie de dire qu'il a décompensé, mais ce n'est pas vraiment ça, analysa Zane en tournant sa balle de base-ball entre ses mains. La prison a juste fait sauter le vernis, je crois. Il n'est même plus capable de faire semblant, de se cacher derrière un masque. Il s'affiche au grand jour.

C'était réconfortant de parler, de sentir le parfum des fleurs, de respirer le bon air, tout en évacuant le stress de la journée. Apaisé, il posa sa balle sur la table.

— Lee a reçu le rapport d'autopsie d'Eliza, il y a environ une heure. Graham avait diagnostiqué la cause du décès : hématome sous-dural, causé par un coup à la tête. Elle présentait des traces de violences récentes, d'autres plus anciennes. J'imagine qu'ils plaideront l'homicide involontaire.

— Mais…

Zane leva l'index afin de poursuivre sans être interrompu.

— Dans les circonstances, au vu des preuves et du contexte, il prendra vingt ans. Si on ajoute ton agression, alors qu'il était en sursis, et ses antécédents, il ne verra plus jamais la lumière du soleil. Il mourra en prison.

Il s'interrompit et regarda autour de lui, sa maison, ce que Darby avait fait du terrain, les fleurs à des endroits où il n'aurait jamais eu l'idée d'en planter, les jeunes arbres, les pots débordant de couleurs.

— Je ne lui avais jamais reparlé… La dernière fois que je l'ai vu, c'est moi qui étais dans un lit d'hôpital, menotté. J'ai témoigné au tribunal, mais ce n'était pas directement à lui que je m'adressais. Aujourd'hui, je lui ai dit en face tout ce que j'avais à lui dire, pour moi-même, mais aussi pour Britt et Emily, pour mes grands-parents, pour toi. Et j'ai pris conscience en repartant que, cette fois, la page était tournée pour de bon. Jusqu'à présent, le passé était simplement enfoui. Je l'ai déterré, comme une plante vénéneuse, racines et tout. Je m'en suis définitivement affranchi.

— Tu as eu du courage.

— Il ne pouvait rien me faire.

— Physiquement. Mais les blessures affectives sont les plus douloureuses, tu le sais. Tu as été courageux et intelligent. Et sacrément malin. Tu savais comment le provoquer et lui arracher des propos compromettants. Je parie que tu étais un bon substitut.

— Pas mauvais, concéda Zane avec un sourire. Pas mauvais du tout. Mais pour conclure sur un *happy end*… C'est un coup dur pour Emily, et pour mes grands-parents, mais nous avons un heureux événement à fêter : Britt est enceinte.

— Sérieux ? C'est super ! s'exclama Darby en faisant tinter sa flûte contre celle de Zane. Ça, c'est une vraie bonne nouvelle ! La naissance est prévue pour quand ?

— Je ne sais pas. C'est vraiment tout frais. Elle ne l'aurait pas annoncé tout de suite, s'il ne s'était rien passé.

— Je comprends. Tu aurais dû lui offrir des fleurs.

— C'est vrai. Demain. Va donc t'occuper des tiennes, te doucher et mettre de la glace sur ton épaule. Je prépare le repas. Dîner au champagne, ce soir.

— La journée a mal commencé, mais la soirée s'annonce gaie !

Darby fut entendue par la police d'Asheville et par le procureur, interviewée par les journalistes du *Lakeview Weekly*, ceux de Raleigh et de l'Associated Press. Dix-sept ans auparavant, l'affaire du Dr Bigelow et de son épouse avait déjà généré l'intérêt des médias ; ce rebondissement le raviva. Bien sûr, Zane fut également sollicité, si bien qu'ils poussèrent tous les deux un gros soupir de soulagement lorsqu'un nouveau scandale relégua celui-ci au second plan.

Juillet succéda à juin. Darby termina l'aménagement du terrain de Zane, le dernier bungalow d'Emily, et démarra le chantier chez les Marsh.

Avec l'aide de son équipe, et celle de Zane, qui l'épata en lui montrant qu'il savait manier une cloueuse, elle construisit une remise pour son matériel ainsi qu'une cabane de jardin, et le squelette d'une serre. (Peut-être négligeait-elle son intérieur, mais elle développait son entreprise, client après client.)

Comme promis, elle initia Charlene et Joe au jardinage, par un samedi après-midi ensoleillé, pendant que leur petit garçon faisait la sieste à l'ombre.

— Tailler une plante, expliqua-t-elle, permet non seulement de lui donner la forme que l'on souhaite, mais aussi de stimuler la floraison.

Votre basilic, par exemple, il faut pincer les fleurs.

— Oh, elles sont si jolies ! objecta Charlene.

— Mais elles consomment de l'énergie, au détriment des feuilles, qui peuvent prendre un goût amer. Pincer les sommités encourage la ramification. Regardez, vous coupez entre le pouce et l'index, une ou deux feuilles en dessous de l'épi floral. Vous utilisez ça dans un plat, et votre plant ne s'en portera que mieux.

— On prenait juste quelques feuilles par-ci, par-là, dit Joe.

— Ça se voit.

— C'est pour ça que nos plants ne sont pas très jolis ? demanda-t-il en les examinant, derrière ses lunettes à monture d'écaille.

— Tout à fait. Pensez à les pincer de temps en temps, et vous verrez la différence.

— Je vous ferai du pesto.

— Avec plaisir !

Ils firent ensemble le tour du jardin, Darby dispensant des conseils, ses clients attentifs prenant chacun des notes.

— Oh, oh, le petit prince se réveille. J'y vais, chérie.

Joe glissa son carnet dans sa poche et partit s'occuper de son fils.

— C'est vraiment très sympa de venir nous donner cette petite leçon de jardinage. Et votre équipe est très efficace.

— On est là pour ça.

— Vos hématomes ne se voient presque plus. Vous avez encore mal à épaule ?

— Presque plus. Elle est encore un peu raide le matin, mais de moins en moins, et elle se dérouille de plus en plus vite.

— L'avantage d'être active et en forme, déclara Charlene. On a été surpris de recevoir une invitation pour le 4.

— Pourquoi ? Vous êtes amie avec Britt. Et vous êtes mon médecin.

— Depuis qu'on sait ce qui s'est passé dans la maison… on aurait pensé que Britt et sa famille voudraient garder leurs distances.

— Vous n'y êtes pour rien, la maison non plus.

— Quand je pense qu'il aurait pu entrer, l'autre nuit… Je n'ose même pas imaginer… Mon bébé… Mes bébés…

Avec un frisson, elle pressa une main protectrice sur son ventre.

— N'y pensez pas. Il est derrière les barreaux maintenant, et il y restera.

— C'est ce que Joe n'arrête pas de me dire. Mais… je voulais vous demander : vous pourriez me donner quelques cours d'autodéfense ?

— Oh, je ne suis pas qualifiée.

— Vous plaisantez ! répliqua Charlene en riant. Réfléchissez-y. Cet hiver, peut-être, quand vous aurez moins de travail.

— OK, j'y réfléchirai si vous envisagez l'achat d'un composteur.

— Je sais que ce serait bien, soupira Charlene, mais c'est du boulot.

— Vous serez étonnée des bénéfices que vous en retirerez, vous verrez… Bon, je vais vous laisser. Je dois encore passer chez un client et Zane m'attend. On est en pleins préparatifs de la fête. On se voit le 4.

— Avec grand plaisir.

Avant de monter dans son camion, Darby jeta un coup d'œil de chaque côté de la rue, par précaution, même si la Mercedes ne risquait plus d'être là. Aussi un peu par habitude, échaudée par son mariage désastreux.

Puis elle se rendit chez les Marsh et passa une heure avec Roy et Ralph à terminer le nouvel escalier de pierre.

Sur leur voilier, Patsy et Bill s'approchèrent de la rive.

— C'est super ! cria Patsy.

— Et stable ! lui lança Darby.

— Vous voulez venir faire un tour en bateau ? proposa Bill.

— J'aimerais bien mais Zane m'attend. Je suis déjà en retard. On se verra le 4.

En se retournant, Darby vit que Roy était descendu s'asseoir sur le ponton.

— Qu'est-ce qu'il a ? demanda-t-elle à Ralph.

— Pas content de travailler le samedi, j'imagine, bougonna celui-ci.

— Vous pouvez y aller, quand vous aurez rangé le matériel. On attaquera les terrasses lundi.

En levant les yeux au ciel, elle alla rejoindre Roy, qui balançait les pieds au-dessus de l'eau.

— La journée est finie, ne faites pas la tronche, lui dit-elle.

— Je ne fais pas la tronche. J'aime bien regarder le lac, mais je ne fais pas de bateau parce que j'ai le mal de mer. C'est bête.

— Ouais.

— Vu d'en bas, l'escalier qu'on a fait est super.

Darby se retourna pour l'observer.

— Très réussi, bravo.

— Et je visualise déjà ce que vous allez nous faire faire la semaine prochaine. Il y a quelques mois, j'en étais incapable. Une pente, c'était une pente, et puis basta… Maintenant, j'imagine tout à fait ce qu'on va réaliser, comment on va s'y prendre. Je suis content… J'ai appris un métier.

— Vous êtes costaud, Roy, habile de vos mains, et vous avez l'œil. Vous étiez déjà habile, mais vous l'êtes encore plus maintenant. Si vous envisagez de vous mettre à votre compte, je vous préviens, vous aurez affaire à moi…

— Je sais que vous ne rigolez pas, répliqua-t-il avec un sourire. Mais ne vous inquiétez pas, j'ai une bonne place, bien payée. Ce que j'envisage, plutôt, c'est de demander Adele en mariage.

— Waouh ! s'exclama Darby en l'embrassant. Excellente nouvelle, c'est une fille super !

— Vous savez quelle est sa plus grande qualité ? Elle n'a jamais essayé de me changer. Elle m'aime comme je suis. J'ai un peu changé, quand même, grâce à vous, et elle m'aime toujours.

— Épousez-la.

— Y a intérêt !

— Je suis contente pour vous. Allez aider Ralph à ranger et vous pourrez partir. On se voit lundi. Je file, je suis en retard !

Elle lui fit une petite tape sur l'épaule et gravit le nouvel escalier, satisfaite de sentir la solidité des marches sous ses pieds. Un sourire lui étira les lèvres tout le long du chemin menant chez Zane.

Elle le trouva à l'arrière de la maison, avec sa tante et sa sœur.

— Désolée, j'avais des milliers de choses à faire, s'excusa-t-elle. Je suis totalement en mode fête, maintenant. Qu'est-ce que je peux faire pour me rendre utile ?

— Elles veulent accrocher des guirlandes lumineuses, maugréa Zane. Et elles disent qu'il faut au moins deux tables de plus pour le buffet.

— OK, allons-y.

— Moi qui croyais que tu serais de mon côté, marmonna-t-il entre ses dents.

— Des musiciens viendront jouer, déclara Emily.

— De la musique live ? Trop cool !

— J'ai des enceintes extérieures, bougonna Zane, et des tas de playlists.

— Ce n'est pas pareil qu'un groupe, affirma Britt en lui tapotant la main. On va aussi organiser des jeux pour les enfants, avec des prix.

— Excellent ! J'ai du contreplaqué, chez moi. On fabriquera des cornholes. On pourra aussi faire un lâcher de ballons, et une chasse au trésor.

— Moi qui pensais réunir mes proches à la bonne franquette, autour de quelques grillades…

Les trois femmes se tournèrent vers Zane, en feignant des mimiques désespérées.

— Je peux préparer une salade, dit Darby, mais tout le monde appréciera que je ne cuisine pas. À la place, je veux bien m'occuper des animations pour les enfants.

— Ça marche, acquiesça Britt. Je t'aiderai. On va s'éclater ! On aura aussi sûrement besoin de toi pour les branchements.

— Pas de problème.

— Je paierai le groupe, décréta Emily.

— Hors de question, objecta Zane.

Elle le fusilla du regard.

— C'est peut-être ta maison, mais c'est une fête Walker-Keller-Norten-McCray. Pour en revenir à nos moutons… Comme je disais, les gens apporteront des trucs à manger, parce que ça se fait, on ne peut pas les en empêcher. En revanche, il faut prévoir en conséquence.

Clairement en minorité, Zane capitula. Et il regretta presque son initiative.

— Qu'est-ce qui m'a pris ? grommela-t-il en partageant une bière avec Darby, en fin de journée.

— Tu voulais réunir tous ceux que tu apprécies, lui rappela-t-elle.

Il la dévisagea longuement.

— Apparemment, ma définition de la fête ne correspond pas à la vôtre.

— Ne t'en fais pas, ce sera une belle soirée. De toute façon, tu étais obligé de faire une super fête, dans ta super maison, avec ce super terrain et cette super vue. Tu veux que je prépare un gratin de macaronis ?

Il se dérida quelque peu.

— Maison, comme l'autre fois ?

— J'ai l'impression que tu as besoin de réconfort.

— Oh oui ! Grand besoin… Pour commencer, une petite mise en bouche me remonterait le moral.

— Je sais ouvrir un bocal d'olives, et tartiner du fromage sur des crackers. Si je me décarcasse, je peux ajouter une olive sur le fromage.

— Tu peux faire beaucoup mieux, répliqua Zane en se levant.

Puis il invita Darby à se lever, avec un sourire entendu, et la guida à l'intérieur de la maison.

— Mon sixième sens me dit que tu ne penses pas à une mise en bouche qui se mange…

— Tu es à croquer.

Elle le poussa sur le grand canapé.

— C'est vrai… Et ça tombe bien, parce que le dîner n'est pas du tout prêt.

Il s'apprêtait à lui signaler que les baies vitrées étaient grandes ouvertes, mais elle était déjà sur lui.

— Voyons voir si le sexe t'ouvre l'appétit ou s'il te le coupe, dit-elle en enlevant son débardeur.

Avant qu'elle ne se penche au-dessus de lui, il effleura l'hématome qui virait au jaune, sur son épaule.

— Ça te fait encore mal ?

— Rien de méchant.

Percevant de l'inquiétude dans le regard de Zane, elle lui encadra le visage de ses mains.

— Ne t'inquiète pas, murmura-t-elle.

Et elle l'embrassa, en intensifiant peu à peu la profondeur de son baiser.

Rien que nous, pensa-t-elle tandis qu'il promenait ses mains sur son corps. *Rien que toi et moi, la caresse de la brise du soir, la lumière dorée du soleil déclinant.*

Alors qu'elle s'attendait à une rapide partie de jambes en l'air, leur étreinte se fit langoureuse, tendre et réconfortante. Et même lorsque leurs souffles devinrent haletants, ils prirent le temps de donner, de recevoir, de savourer chaque instant, chaque mouvement.

Elle lui déboutonna sa chemise, en écarta les pans pour lui caresser le torse. Puis elle pressa les lèvres contre son cœur. Un cœur généreux et ouvert, malgré l'adversité. Ou peut-être à cause d'elle. Elle désirait combler ce cœur, mettre du baume sur les blessures qui n'étaient pas encore cicatrisées.

Il redressa le buste et, le regard au fond de ses yeux, il lui ôta son soutien-gorge, et couvrit son épaule meurtrie de baisers, désireux lui aussi de guérir ses blessures. Elle était certes forte, féroce, mais elle souffrait encore des épreuves qu'elle avait subies. Il voulait lui montrer, par-dessus tout, qu'il serait toujours là pour la protéger, pour la défendre. Mais dans l'immédiat, la seule chose qu'il désirait était de lui procurer du plaisir.

Les mains en coupe sous sa poitrine, il lui caressa les tétons du pouce, jusqu'à ce qu'elle ferme les yeux, son corps ondulant doucement au contact du sien. Un gémissement lui échappa quand il lui enleva son short, sa bouche contre ses lèvres. Et elle poussa un petit cri lorsqu'il la pénétra, sans la quitter des yeux.

Il la comblait, corps et âme, il lui apportait un plaisir presque insoutenable. Ils allaient et venaient en harmonie, donnant autant qu'ils recevaient, dans la douce lumière et la tiédeur de l'air du soir.

Agrippés l'un à l'autre, les yeux dans les yeux, ils succombèrent ensemble à l'orgasme.

En proie à une envie de pleurer qu'elle n'aurait su expliquer, elle enfouit son visage au creux du cou de Zane et s'efforça de refouler ses larmes, tandis qu'il lui caressait tendrement le dos.

— Quelque chose a changé entre nous, murmura-t-il.

Elle ne répondit pas. Du bout de l'index, il traça le symbole de l'infini tatoué dans sa nuque.

— Ça te fait peur ? demanda-t-il.

— Je ne sais pas. Peut-être un peu, oui. J'ai déjà fait une grosse connerie dont je me suis mordu les doigts.

— Je ne suis pas une connerie, rétorqua-t-il, blessé. Je ne suis pas Trent.

— Non, tu n'as rien à voir à lui. Tu es tout le contraire. C'est peut-être ça, justement, qui me fait peur, dit-elle en frottant sa joue contre la sienne, un geste caressant et apaisant. Comment ai-je pu croire que je l'aimais, comment ai-je pu l'épouser, et ressentir maintenant ce que je ressens pour toi ? C'est idiot, mais c'est comme ça...

— Non, ce n'est pas idiot, pas complètement. Tu es ce que tu es. Je suis ce que je suis. Je ne te cherchais pas, mais nous nous sommes trouvés.

— J'en suis heureuse.

— J'aimerais que tu viennes vivre ici avec moi.

Elle se blottit contre lui, les yeux fermés.

— Pas tout de suite, murmura-t-elle. C'est idiot, encore une fois, je sais, mais c'est comme ça. Surtout que je suis plus souvent ici que chez moi. Mais j'ai besoin d'avoir une maison à moi. Je suis partie de chez ma mère pour m'installer avec Trent, dans une maison que je n'ai jamais considérée comme la mienne, et je suis ensuite retournée chez ma mère. En fait, jusqu'à présent, je n'ai jamais été vraiment chez moi, et j'en ai besoin.

— Je comprends. Quand tu seras prête, cette maison sera la tienne. Je t'aime, que tu sois prête ou non à l'entendre.

— Tu veux bien m'accorder un peu de temps ? bredouilla-t-elle, submergée d'émotion. J'ai besoin de prendre confiance en moi.

— Tu rigoles, j'espère ? Tu es forte et confiante. Mais ne t'en fais pas, j'ai le temps.

— Il y a à peine un an, j'étais au fond du gouffre. Nous sommes tous les deux en train de nous reconstruire, et on s'en tire plutôt bien. Faisons juste un tout petit peu plus de chemin.

— OK, acquiesça-t-il en promenant les doigts dans son dos. De toute façon, je sais que tu ne vas pas tarder à déménager.

— Ah bon ?

— Sûr et certain. Tu es folle de moi.

— Écoutez ça... railla Darby en s'écartant et en se levant du canapé.

— Folle de moi, répéta-t-il tandis qu'elle rassemblait ses vêtements. De toute façon, j'ai un atout en or : ma maison. Tu ne vas pas tarder à venir t'y installer.

Elle se campa face à lui, ses vêtements à la main, vêtue seulement de ses chaussures montantes, qu'il n'avait pas réussi à lui enlever, et du collier qu'il lui avait offert.

— J'avoue que ta maison me plaît. C'est d'ailleurs pour ça que je couche avec toi.

— Folle de moi, dit-il avec un sourire, en proie à une nouvelle montée de désir.

— C'est ça, ouais. Je vais prendre une douche.

— Très bonne idée, dit-il en lui emboîtant le pas.

— Une douche utile, pas une douche coquine, protesta-t-elle. Tu veux manger ce soir ?

Avec un petit rire, elle s'éloigna en courant. Il la rattrapa dans l'escalier et la souleva entre ses bras.

Ils dînèrent très très tard.

21

Darby parvint à faire quasiment tout ce qu'elle voulait avant que les premiers coups de tonnerre n'éclatent, au-dessus des montagnes, et dès qu'il commença à pleuvoir, elle alla acheter de la peinture.

Dans la cuisine, elle avait opté pour des teintes vives et gaies : jaune canari pour les murs, bleu électrique pour les étagères et les placards. Consciente de ne pas tout savoir faire, elle avait pris un menuisier pour changer les plans de travail. Les nouveaux étaient blancs, dans l'idée de souligner les autres couleurs. Un jour ou l'autre, elle referait aussi le plancher, hideux. Toutefois, elle était déjà très contente de sa cuisine.

Elle avait déniché un petit set bistrot, sur un marché aux puces, qu'elle avait repeint du même bleu que les placards, avec une touche de jaune. Toutes ces couleurs vous remontaient le moral, quand dehors il pleuvait.

Elle se débarrassa de son sweat-shirt trempé et de sa casquette de travail, qu'elle accrocha à l'un des trois portemanteaux en forme de tournesols, puis elle enleva ses chaussures.

Trois petits pots d'aromatiques étaient alignés sur le rebord de la fenêtre au-dessus de l'évier, davantage pour l'esthétique et le parfum que pour la cuisine. Après avoir palpé la terre, elle les arrosa tous.

Puis elle ouvrit le réfrigérateur afin d'en sortir un Coca, et se figea, sourcils froncés. Elle aurait juré qu'il lui en restait quatre… Or il n'y en avait plus que trois, à côté du quart de lait. Avec un mouvement d'épaule dubitatif, elle sortit son téléphone de sa poche et ajouta « Coca » sur sa liste de courses.

Une cannette dans la poche latérale de son pantalon, elle emporta les bidons de peinture au salon. Ou plutôt, dans la pièce qui serait à terme un salon. Pour l'instant, elle y entreposait son matériel de peinture, quelques outils, des bacs et autres accessoires de jardin achetés en promotion, le tout soigneusement réparti par catégories.

En cherchant une bâche et du ruban de masquage, elle s'immobilisa. Que diable faisait cette statuette de fée avec le matériel de peinture ? Et ce carillon éolien, encore dans sa boîte, au milieu des outils de bricolage ?

Irritée contre elle-même, elle remit chaque chose à sa place. Puis elle monta à l'étage, munie de la bâche et du ruban de masquage.

Il lui restait encore à peindre le couloir, mais sa chambre était maintenant tout à fait vivable, comme la cuisine. Elle avait choisi un bleu assez clair, et un blanc crème pour les plinthes. Toujours pas de vrai lit, pensa-t-elle, mais la couette blanche et les coussins colorés donnaient à la pièce un côté chaleureux. Bientôt, elle retaperait la commode trouvée sur un vide-grenier, surmontée d'un grand miroir au cadre en fer forgé.

Il lui manquait encore un tapis, mais elle aimait le trio d'aquarelles qu'elle avait accrochées au mur : le lac, les montagnes, un adorable jardin.

Dans la salle de bains, sous la tapisserie aux poissons, elle avait découvert des murs d'un bleu crasseux. Elle les repeindrait en vert pâle, le plafond aussi, et les plinthes du même blanc crème que dans la chambre.

Après avoir protégé ces dernières, elle étendit la bâche au sol, puis enfila sa tenue de peinture. Un éclair zébra le ciel, suivi d'une salve de coups de tonnerre.

Parmi ses playlists, elle en sélectionna une de hard rock, puis elle ouvrit le premier tiroir de sa commode afin d'y prendre un bandana pour se protéger les cheveux. Là encore, elle se figea, le front barré d'un pli sceptique, puis elle prit une profonde inspiration.

— Bizarre, bizarre... Ce n'est pas normal...

Prudemment, elle s'éloigna à reculons de la commode. Le cœur battant, sur la défensive, elle tira la porte de l'armoire. Rien que des vêtements, constata-t-elle avec soulagement, le sang grondant dans son crâne comme l'orage au-dehors. Mais là aussi, il y avait quelque chose qui clochait.

Elle retira son trousseau de sa poche, cala ses clés entre ses doigts, poing serré, et entreprit d'inspecter la maison. Quand elle en eut fait le tour, assurée d'être seule, elle prit son téléphone et appela Lee.

— Allô, c'est Darby. Je crois que quelqu'un s'est introduit chez moi. Oui, j'y suis, là. Non, j'ai regardé partout. Non, il n'y a personne... Merci. OK, merci.

En attendant la police, elle procéda à une deuxième inspection, plus poussée.

Lee arriva rapidement, mais elle avait eu le temps de noter mentalement tout ce qui la chiffonnait. Elle le fit entrer par la porte principale. Dehors, il tombait toujours des cordes.

— Merci d'être venu si vite.

— C'est normal. Des signes d'effraction ?

— Je n'en ai trouvé aucun.

— Je vérifierai, dit-il, sur le paillasson intérieur, son imperméable noir ruisselant, en regardant autour de lui. Qu'est-ce qui vous fait penser que quelqu'un est entré chez vous ?

— Ça va vous paraître bête... Suivez-moi. Vous voyez, je me sers de cette pièce pour entreposer toutes sortes de choses. Tout est rangé par catégorie.

— Je vois. Vous aimez la rigueur, n'est-ce pas ?

— Oui. Quand les choses sont à leur place, on ne perd pas de temps à les chercher. En l'occurrence, certaines choses ne sont pas à leur place. J'avais l'intention de peindre la salle de bains, à l'étage. Il me fallait une bâche et du ruban de masquage. J'ai trouvé des accessoires de jardin au milieu du matériel de bricolage. Ce n'est pas moi qui les ai mis là. OK, ça peut arriver à tout le monde, je sais, et c'est ce que je me suis dit sur le coup, mais...

Elle entendait la nervosité dans sa voix, si bien qu'elle s'efforça de se calmer.

— J'ai également trouvé des outils avec les affaires de jardin. Cette boîte, par exemple... Je suis sûre que je ne l'avais pas ouverte, or elle est ouverte...

— OK. Il vous manque des choses ?

— Un Coca. J'imagine ce que vous êtes en train de vous dire, mais je suis sûre et certaine qu'il m'en restait quatre, et il n'y en avait plus que trois dans le frigo.

— Vous en avez un dans votre poche.

— Un des trois qui étaient au frigo, dit-elle en prenant la cannette et en la décapsulant. Dès que j'en ai moins de quatre, je le note sur ma liste de courses. Une habitude. J'ai pensé que j'avais oublié, mais en haut... Venez, je vais vous montrer.

Ils s'engagèrent dans l'escalier.

— J'avais besoin d'un bandana pour me couvrir les cheveux, je ne voulais pas tacher ma casquette au logo de l'entreprise. Quand j'ai ouvert le tiroir...

Elle indiqua du geste celui qu'elle avait laissé tiré.

— C'est là que je range mes sous-vêtements, mes chaussettes, et mes bandanas.

Lee s'approcha.

— Je vois ça...

— J'ai huit culottes, huit brassières de sport, deux soutiens-gorge, un noir et un blanc, huit paires de chaussettes de travail, huit paires de chaussettes ordinaires, huit bandanas. Je fais la lessive une fois par semaine, mais j'ai de quoi me tenir propre si je loupe le jour de la machine. J'ai aussi une tenue de rechange dans mon camion. Et quelques vêtements chez Zane.

— OK, je vous suis.

— J'ai sur moi une culotte, une brassière et des chaussettes de travail. Par conséquent, il devrait en rester quatre dans le tiroir. Ma panière de linge sale ne contient que le pantalon et le tee-shirt que j'avais sur moi aujourd'hui. Je n'ai pas dormi là, ces deux derniers jours. Or, il n'y a là que trois culottes, et je ne les plie pas de cette façon...

Lee acquiesça de la tête.

— Autre chose ?

— Mon armoire. Tout est là, mais on dirait qu'on a fouillé dedans. J'ai une boîte avec des affaires de ma mère. Rien de valeur, juste des souvenirs : ses lunettes, ses gants de travail, un collier de perles que je lui avais fait quand j'avais une dizaine d'années, des cartes de condoléances. Tout est là, mais on a fouillé dans cette boîte.

Et c'était cela qui la contrariait le plus, qu'un étranger ait touché à ces objets très personnels.

— Vous gardez de l'argent liquide ici ?

— Pardon ? Excusez-moi, oui, j'avais environ deux cents dollars, en billets de cinq, dix et vingt, dans le tiroir de ma table de chevet. Il n'en reste qu'une centaine. C'est bizarre, non, qu'un voleur n'ait pas tout pris ?

— Il espérait que vous ne le remarqueriez pas.

Darby éprouva un vif soulagement : au moins, Lee la croyait.

— On a aussi fouillé dans mon armoire à pharmacie. Je n'ai que des médicaments sans ordonnance, mais on y a touché, j'en suis certaine.

— Les portes étaient verrouillées ?

— Oui, je ferme toujours à clé, une habitude. Je suis rentrée par la cuisine. La porte était fermée, je me revois l'ouvrir.

— Quand êtes-vous venue là pour la dernière fois ?

— Avant-hier, après le boulot, en coup de vent. J'avais besoin de contreplaqué pour fabriquer des jeux, pour la fête de Zane. Je m'en serais aperçue si quoi que ce soit n'avait pas été à sa place.

— OK. Je vais jeter un coup d'œil à vos portes et fenêtres.

— Merci.

Elle redescendit avec Lee, et demeura à ses côtés tandis qu'il examinait la porte d'entrée.

— Vous voyez ces petites éraflures ?

— Oui, maintenant que vous me les montrez. On a forcé la serrure ?

— Avec une carte de crédit, je dirais. Ce n'est pas une serrure très costaude.

— Et merde ! Je la ferai changer. Tout ça pour cent dollars et une culotte... J'ai des outils qui valent beaucoup plus, et la petite télé dans la cuisine... On peut l'emporter sous le bras.

— Des gamins, sans doute.

Le soulagement que Darby éprouva ne fut cette fois que de courte durée.

— Ça m'étonnerait. Des gamins auraient piqué tout l'argent, et pris moins de précautions.

— Je vais faire un tour dehors, et je regarderai si je peux relever des empreintes sur la porte, ou ailleurs. Vous pensez dormir là, ce soir ?

— J'en avais l'intention, mais je ne crois pas que ce soit une bonne idée. Je repeindrai la salle de bains une autre fois.

— On patrouillera, pendant un jour ou deux. Et je reste aux aguets.

Aucune empreinte, songeait Darby en roulant sous la pluie. Ni sur les portes ni sur les tiroirs. L'intrus portait sans doute des gants, et il avait pris soin d'essuyer toutes les surfaces qu'il avait touchées. Beaucoup de précautions pour quelqu'un qui n'avait emporté qu'une centaine de dollars et une culotte...

Cet incident était troublant, mais Darby ne parvenait pas à être vraiment en colère, ni même à avoir peur. Elle était juste terriblement déçue que la petite ville où elle avait élu domicile puisse abriter quelqu'un qui avait violé sa maison, sa vie privée. Pour rien.

Le lac était gris et sinistre, sous le rideau de pluie, les montagnes cachées derrière un épais brouillard, le paysage aussi morose que son humeur.

Elle avait été trop naïve. Chaque ville avait ses bons et ses mauvais côtés, ses vilains petits secrets. Les parents de Zane n'étaient-ils pas des monstres ? Partout, il pouvait y avoir des gens mauvais, des remous malsains sous la surface des eaux les plus tranquilles.

Certes, cette effraction était déplorable, mais Lakeview demeurait une charmante petite bourgade. Darby n'était pas du genre à sombrer dans la déprime pour si peu. Elle avait la chance de pouvoir se réfugier chez Zane, et elle avait des amis maintenant, des gens sûrs en qui elle avait toute confiance.

En bifurquant sur le chemin qui montait chez Zane, elle avait retrouvé son enthousiasme. Les lumières étaient allumées, rassurantes, chaleureuses. Dans la brume, on devinait les murs de soutènement des terrasses, la cascade, discrètement éclairée par un spot.

Tant pis s'il y avait des gens malveillants à Lakeview, ils ne l'empêcheraient pas de vivre sa vie comme elle l'entendait.

Apaisée, elle retira ses chaussures sur la galerie, déverrouilla la porte, désactiva l'alarme, déposa son sweat-shirt humide dans le hall d'entrée.

Dans la maison vide et silencieuse, elle se servit un verre de vin, s'installa au comptoir de la cuisine avec son ordinateur et entreprit de rechercher des serruriers. Bien que rebutée par la perspective d'un système d'alarme, elle devrait sûrement s'y résoudre.

Avec le bruit de la pluie contre les carreaux, elle n'entendit pas la voiture de Zane, ni la porte s'ouvrir et se refermer, si bien qu'au son de ses pas, elle sursauta et pivota brusquement sur son tabouret, prête à bondir.

— Oh bon sang ! soupira-t-elle, une main sur le cœur. Qu'est-ce que tu fais là ?

— Je rentre chez moi.

— Je croyais que tu dînais avec Micah et Dave, ce soir.

Il s'avança vers elle et l'embrassa en lui caressant les cheveux.

— Et toi, tu ne devais pas repeindre ta salle de bains ? dit-il en lui frictionnant les épaules. Ça va ?

— Apparemment, tu es au courant de l'épisode du voleur de culotte.

Il la secoua gentiment.

— S'il te plaît, ne fais pas comme si ce n'était pas grave.

— Bien sûr que c'est grave. Personne n'aime imaginer un intrus dans sa maison. J'appelle un serrurier dès demain matin, et je me renseignerai sur les alarmes.

Elle tapota la main de Zane, toujours sur son épaule, un geste destiné à apaiser la colère qui brillait dans ses yeux.

— Tu n'étais pas obligé d'annuler ta soirée.

— Tu crois que j'aurais été tranquille ? répliqua-t-il en lui soulevant le menton.

— Je ne veux pas passer pour une trouillarde.

Avec un petit rire, Zane se servit un verre de vin.

— Tu es la femme la plus courageuse que j'aie jamais rencontrée. Tu ferais peut-être bien d'être un peu plus méfiante.

— C'est parce que j'avais la trouille que je me suis retrouvée avec Trent.

— Comment ça ? demanda-t-il en s'asseyant à ses côtés.

— Mon père avait plaqué femme et enfant. J'avais peur de reproduire le même schéma, de ne jamais trouver un homme qui m'aime assez pour ne jamais me quitter. Trent en était conscient, il a joué de cette faiblesse, et ça s'est très mal fini. J'ai peut-être surcompensé… Je m'applique à trouver un équilibre.

— Désirer être aimée ne relève pas de la peur, ma chérie, c'est humain. Je suis là, je ne te quitterai pas.

— Je sais, murmura-t-elle, la gorge nouée. Je fais la forte, mais en vérité je suis contente que tu sois là ce soir avec moi. Franchement… quel pervers vole des culottes en coton, même pas sexy ?

— Sur toi, elles le sont. Il paraît qu'on t'a aussi pris de l'argent…

— Une culotte, une centaine de dollars et une cannette de Coca. À mon avis, beaucoup de gens à ma place ne se seraient aperçus de rien. Même le fric, tu peux penser avoir oublié que tu l'as dépensé, pas vrai ? Cela dit, c'est ennuyeux, mais ce n'est pas un drame. Ce qui me fait le plus enrager, c'est que je n'ai pas pu repeindre ma salle de bains.

— On fera ça demain soir.

— On sera déjà le 2, demain, et on a encore plein de trucs à préparer pour ta fête.

— Cette salle de bains est minuscule, ce sera vite fait. On s'occupera de la fête après.

Darby se rendait compte que Zane s'efforçait de la rassurer, alors qu'elle prenait tout juste conscience de son besoin d'être rassurée.

— Où en es-tu de ta liste ? Tu as loué des tables et des chaises ?

Zane se renfrogna et fit une moue que Darby trouvait adorable.

— J'en ai acheté, répondit-il en se levant et en ouvrant le congélateur. On va les chercher demain, avec Micah. Pizza, ce soir ?

Sans attendre de réponse, il alluma le four.

— Tu as acheté des tables et des chaises ?

— Ne joue pas les innocentes face à un avocat. Vous avez décidé, avec ma sœur et ma tante, que je ferai une grande fête tous les ans, alors j'ai acheté des tables et des chaises, que je devrai ranger et ressortir chaque année.

Avant de se rasseoir, il se servit un autre verre de vin.

— J'ai aussi acheté des nappes aux couleurs du drapeau, pour faire plaisir à Britt, avec les assiettes, les gobelets et les serviettes assorties. Plus des guirlandes lumineuses, des lampions, des milliards de pains à burger, à hot dog, des steaks hachés et des saucisses, et des sacs-poubelle en quantité suffisante pour évacuer tous les déchets quand la fête sera finie.

— Ne fais pas cette tronche, dit Darby avec un sourire.

— Un moment de faiblesse, et je me retrouve obligé d'organiser une fête monstrueuse tous les ans pour le 4 Juillet jusqu'à la fin de mes jours.

— Tu pourrais aussi en faire une pour le réveillon de Noël.

— C'est ça… bougonna Zane.

Darby se leva et l'enlaça tendrement.

— Pas la peine d'essayer de m'acheter.

— Ce n'est pas pour ça. J'ai d'autres moyens de t'acheter. C'est pour te remercier d'être là alors que je ne voulais pas avoir besoin que tu sois là.

— Il faudra t'y habituer, murmura-t-il en lui embrassant les cheveux. Voilà ce que je te propose : on oublie les voleurs de culottes et les fêtes monstrueuses, on mange la pizza, on boit du vin, on met une boîte de pop-corn au micro-ondes, on regarde un film, et on continue à boire du vin. Ensuite, on fait l'amour comme des dingues.

— Qu'appelles-tu « faire l'amour comme des dingues » ? On n'a peut-être pas la même définition du mot « dingue »…

— Justement, ça permettra de voir.

Zane ne pouvait néanmoins s'empêcher de penser au voleur de culotte, à tel point que le lendemain matin, peu après le départ de Darby, il se rendit chez Lee et Emily.

— Tu as pris ton petit déjeuner ? lui demanda Lee. J'ai baratiné Emily pour qu'elle prépare du pain perdu.

— Impossible de refuser le pain perdu d'Emily, dit Zane en embrassant sa tante.

— Tu as de la chance, Gabe est déjà parti et Brody dort encore. Tu es bien matinal, aujourd'hui…

— Je deviens un lève-tôt. Darby se réveille aux aurores.

À l'aise, dans la maison où il avait grandi, Zane se servit un café, prit une assiette et s'installa en face de Lee.

— J'imagine que tu veux savoir si j'ai du nouveau au sujet de l'effraction.

— Je serais étonné que tu en aies.

— Je n'en ai pas, effectivement... Ce n'était pas bien difficile de repérer qu'elle n'est pas souvent chez elle, et qu'elle a des serrures ridicules...

— Elle va contacter un serrurier, et voir avec Micah pour un système de sécurité.

— Sage précaution.

Emily déposa une assiette de pain perdu sur la table et s'assit à côté de son neveu. Rufus se coucha sous la table.

— Elle n'est pas trop choquée ? s'enquit-elle.

— Pas assez. Elle trouve surtout cet incident absurde, et incompréhensible.

— Le gars a quand même pris la peine d'essuyer toutes ses empreintes, dit Lee en se servant. OK, c'est peut-être un gamin qui regarde des séries policières, mais un gamin aurait piqué tout le fric.

Il versa du sirop sur son pain perdu puis agita sa fourchette devant lui.

— C'est futé de n'en avoir pris qu'une partie, poursuivit-il. La plupart des gens se diraient : mince, j'étais sûr d'avoir deux cents dollars, puis ils se convaincraient d'avoir oublié qu'ils en ont dépensé la moitié. Et je ne connais personne qui sache exactement combien il a de culottes ou de slips, encore moins combien de Coca il a dans son frigo.

— Elle est hyper rigoureuse.

— Qu'elle se fasse installer un système de sécurité au plus vite. Bien que je ne sois pas trop inquiet : si quelqu'un essaie de rentrer chez elle en sa présence, elle saura l'accueillir.

— Le problème, c'est qu'elle dort comme une souche.

Lee esquissa un sourire.

— Ah bon ?

— Au début, je vérifiais qu'elle respirait. Une bombe pourrait exploser sous ses fenêtres, elle ne remuerait pas un cil.

— Tant que cette affaire ne sera pas éclaircie, il faut qu'elle dorme chez toi, déclara Emily, le front plissé par l'inquiétude. Je ne serais pas tranquille de la savoir seule là-haut, après ce qui s'est passé.

— Moi non plus. Je lui ai demandé de s'installer chez moi, avant l'incident. Elle n'est pas prête.

Emily posa sa fourchette.

— Tu… Tu es donc prêt à franchir le pas, toi ?

— Eh oui, aussi surprenant que ça puisse paraître.

— Alors, redemande-lui.

— Non, elle n'est pas prête. Elle a un passif plus pesant qu'elle ne veut bien le montrer.

— Alors, qu'est-ce que tu vas faire ? demanda Lee.

— Attendre. Et la motiver. De toute façon, elle sera chez moi le temps de sécuriser sa maison. Elle est forte, elle le sait, mais elle n'est pas idiote. Dans tous les cas, sa maison ne sera pas sécurisée pour rien. Elle voudra la garder, quand elle s'installera chez moi.

— Pour un autre genre de sécurité ? demanda Emily.

— Les premiers temps, peut-être. Mais surtout parce qu'elle peut y entreposer son matériel, y donner rendez-vous à des clients, faire des plantations expérimentales.

Emily se pencha vers Zane et exerça une pression sur sa main.

— Je vois que tu as longuement réfléchi.

— Je pense tout le temps à elle. Je veux faire ma vie avec elle. Je suis capable d'attendre qu'elle soit sûre de vouloir faire la sienne avec moi. Moi, je n'ai aucun doute !

Son équipe briefée pour la matinée, Darby retourna chez elle. Elle avait d'abord rendez-vous avec un serrurier, ensuite avec Micah.

Le serrurier était en fait une serrurière, Rochelle, qui se révéla être la petite-cousine de Ralph, par sa mère. Elle avait une longue tresse de la même couleur que ses lunettes à monture d'acier et un rouge à lèvres aussi rouge qu'un camion de pompiers.

— Ma mère m'a dit que Ralph était ravi de travailler avec vous. La retraite, ça ne lui allait pas du tout.

— Je suis contente pour lui, et contente de lui !

— Il dit que vous avez la tête sur les épaules, et que le travail ne vous fait pas peur. Lydia, sa mère, n'était pas certaine qu'il s'entende avec une patronne aussi jeune, une femme en plus ! Mais il est vraiment enchanté.

— Tant mieux. Je ne serai pas toujours jeune, mais je resterai une femme. Rochelle donna une petite tape dans le dos de Darby, qui partit d'un éclat de rire.

— Bref… Paraît que vous avez eu des ennuis…

— Quelqu'un est entré chez moi. On ne m'a pas volé grand-chose, et il n'y a pas de dégâts, mais il me faut de meilleurs verrous.

— Vous avez tout à fait raison, madame McCray.

— Darby.

— Je veux bien changer vos serrures, Darby, mais si je peux me permettre… Cette porte, là, je la défonce d'un coup de pied…

— Je sais. Je changerai les portes cet hiver. De bonnes serrures suffiront, pour l'instant. Micah Carter va aussi venir voir quel genre d'alarme il peut m'installer.

— La tête sur les épaules, en effet ! C'est que vous êtes bien isolée, ici… Cela dit, on m'a raconté que vous êtes une dure, et que vous allez même donner des cours d'autodéfense au centre social.

— Euh… Non, je…

— Je viendrai. Je ne suis pas ce qu'on appelle une chochotte, mais j'aimerais bien m'initier sérieusement à l'autodéfense. Avec mon boulot, on ne sait jamais… Quant à ma fille, Reanne, elle vient d'avoir son agrément d'agent immobilier, elle a été embauchée par Charmaine. Vous connaissez Charmaine ?

— Oui, c'est elle qui m'a aidée à trouver la maison.

— Ma Reanne est toute petite, toute menue et mignonne comme un cœur. Je me ferai moins de souci si je la sais capable de se défendre.

Lorsque Darby parvint enfin à aiguiller Rochelle sur le sujet des serrures, elles convinrent de poser des serrures trois points sur la porte principale et celle à l'arrière de la maison. Puis Micah arriva, et Rochelle s'empressa de lui demander des nouvelles de sa famille.

En pensant à tout ce qu'elle devait faire dans la journée, Darby réussit à entraîner Micah à l'intérieur lorsque Rochelle commença à percer.

— Bien… En fait, je voudrais juste une alarme classique, un truc qui fasse du bruit, dissuasif.

— Je pourrais t'installer ça, dit Micah en se grattant la barbe, mais Zane me passerait un savon. Il est inquiet, et je le comprends. D'abord Bigelow, et puis ce taré… Tu le comprends, toi aussi ?

— Mouais…

— Je te propose un compromis. La vie est faite de compromis, non ? ajouta-t-il avec un sourire. Zane voudrait que je t'installe une caméra de surveillance, des détecteurs de mouvements…

— Hors de question.

— Je comprends Zane, et je te comprends aussi. Trouvons une solution qui vous convienne à tous les deux. Zane n'est pas sûr qu'une alarme te réveillerait, la nuit.

— Il exagère ! Quoique… il n'a peut-être pas tort.

— Je peux te poser une alarme dissuasive, comme tu le souhaitais initialement, la configurer de façon à ce que les lumières se déclenchent d'abord et que Lee reçoive un message sur son téléphone si l'alarme se met à sonner.

— Je ne veux pas ennuyer Lee avec…

— Tout le monde va vite savoir que tu as un système de sécurité – je ferai courir le bruit moi-même – et à mon avis, personne ne reviendra t'importuner. Alors OK pour le compromis ? De toute façon, Zane te harcèlera jusqu'à ce que tu acceptes. N'oublie pas qu'il est avocat, il finira par avoir gain de cause.

Darby leva les yeux au ciel.

— Je t'offre un Coca ? J'ai envie d'un Coca.

— Très chouette, commenta Micah en découvrant la cuisine. Si ces couleurs ne te réveillent pas, le matin… J'aime beaucoup.

— Combien me coûtera ton compromis ?

Darby avait calculé le budget qu'elle souhaitait consacrer à la protection de la maison. Quand Micah lui indiqua un prix, elle poussa un soupir.

— C'est moins que ce que je voulais mettre dans un système basique…

— Tu as droit à la remise famille et amis. C'est comme ça que je fonctionne. En plus, j'aimerais bien un arbre comme dans le bureau de Zane. Cassie fabriquera un gros pot.

Darby soupira à nouveau.

— Eh bien… Marché conclu…

— Impec' ! se réjouit Micah en checkant du poing avec elle. Tu sais ce que je ferais, aussi, si je vivais là ?

— Dis-moi.

— Tu as pensé à prendre un chien ?

— J'y ai pensé, oui, mais ce ne serait pas cool pour lui. Je ne suis pas là de la journée, avec mon boulot, et je passe pas mal de temps chez Zane. Il serait tout le temps seul.

— On avait une chienne, quand j'étais petit, Betsy. Zane l'adorait. Il aurait trop aimé avoir un chien, mais ses parents ne voulaient rien savoir. Il venait à la maison autant pour moi que pour Betsy.

— C'est vrai ?

— Il a failli en prendre un quand il s'est installé ici et puis il a changé d'avis, comme il n'est pas chez lui de la journée. Si c'est toi qui en adoptes un, ce sera encore un bon compromis. Il se trouve que j'ai des amis qui recueillent des chiens et des chats abandonnés…

QUATRIÈME PARTIE

VÉRITÉS SALVATRICES

La guérison est une question de temps,
mais c'est parfois aussi
une question d'opportunité.

HIPPOCRATE

Ceci avant tout : Sois fidèle à toi-même.

WILLIAM SHAKESPEARE

22

Sur le chemin qui le ramenait chez lui, Zane songeait qu'il aurait bien mérité un grand cocktail, après cette longue journée de travail. Hélas, il devrait consacrer la soirée aux préparatifs de cette fête ridicule.

Alors qu'il franchissait le dernier virage, une salve d'aboiements déchira le silence et une bête noire et blanche surgit à toute vitesse de derrière la maison. Zane se gara, moyennement rassuré dans sa voiture décapotée, lorsque la bête montra les dents.

— Zod, arrête ! cria Darby en accourant, et elle tapa deux fois dans ses mains.

L'animal cessa de grogner et tourna vers elle une tête aplatie.

— Assis ! ordonna-t-elle.

En agitant un moignon de queue, il obéit docilement. Quand elle se pencha pour le caresser, il leva vers elle de grands yeux globuleux emplis d'adoration.

— C'est un chien ? demanda Zane en descendant prudemment de sa voiture.

— Il n'est pas méchant. Il me prévenait juste que quelqu'un arrivait. Je ne voulais pas le prendre, s'empressa-t-elle d'ajouter. Je te jure sur tout ce qu'il y a de plus sacré au monde que j'avais simplement l'intention d'aller voir… Et puis…

— Tu es sûre que c'est un chien ?

— Évidemment. C'est le Général Zod.

— De la Zone Fantôme des condamnés de Krypton ?

— Ce sont les enfants de Vicky qui lui ont donné ce nom.

— Vicky… ?

— Tu étais à l'école avec elle. C'est la faute de Micah.

— Oui…

Zane s'accroupit auprès du chien et l'observa. Sa tête écrasée était blanche, de même que sa queue tronquée. Tout le reste était noir et blanc, quinze kilos de muscle compact sur quatre pattes courtaudes.

— Il n'est pas très joli.

— C'est le moins qu'on puisse dire. Mais il aboie, c'est presque mieux qu'une alarme. J'avais de toute façon l'intention de prendre un chiot, d'ici quelque temps. J'aurais pu le dresser dès le plus jeune âge. Mais Micah m'a parlé de son amie qui recueille des chiens et des chats. Initialement, je voulais juste discuter avec elle.

— Zod ? fit Zane en se tapotant le genou.

Le chien vint lui donner un grand coup de langue baveuse sur la main.

— Tu crois que c'est vraiment un chien de garde ?

— Tu l'as entendu aboyer… Mais il se tait quand on lui dit d'arrêter. C'était un critère important. Il ne mord pas et il est gentil avec les enfants. Vicky a deux paires de jumeaux.

Zane gratta les petites oreilles pointues du chien, qui ronronna presque de plaisir et posa le museau sur sa jambe.

— Il te regarde comme si tu étais le centre du monde ! Vicky m'a assuré qu'il n'avait jamais fait de dégâts dans son jardin. Il est propre, sympa avec les gens et les autres chiens. Il essaie de faire le chef, paraît-il, mais il est cool. Il aime se balader en camion. Heureusement, vu qu'il viendra travailler avec moi. Il s'est très bien comporté, aujourd'hui. OK, j'aurais dû d'abord t'en parler…

— J'aurais aimé avoir un chien quand j'étais petit. Mes parents ne voulaient pas.

— C'est ce que Micah m'a dit.

— À Raleigh, ce n'était pas possible : je vivais en appart et je travaillais toute la journée. J'aurais voulu un labrador ou un retriever. Un vrai chien, quoi… conclut Zane en écartant les bras pour indiquer la taille.

Puis il frictionna le corps de Zod, lui arrachant un borborygme de bien-être.

— Général Zod, murmura-t-il.

L'intéressé se tortilla de joie.

— Il était chez Vicky depuis trois mois environ. Ses anciens maîtres ne voulaient plus de lui. Il avait à peu près un an quand ils l'ont amené à la fourrière. Il était en quelque sorte dans le couloir de la mort lorsque Vicky l'a recueilli. Je le sortirai et je lui donnerai à manger. Je m'occuperai de tout quand je serai là.

Zod se laissa tomber sur le flanc et roula sur le dos, dans le gazon.

— Pourquoi tout le plaisir serait pour toi ?

— Tu n'es pas fâché ?

— Pourquoi voudrais-tu que je le sois ? Franchement, il est vilain comme le diable, comme dirait ma grand-mère, mais c'est ce qui fait son charme.

Zane s'accroupit et caressa la tête du chien.

— À genoux devant Zod !

En riant, Darby noua les bras autour de son cou. Le chien se faufila entre eux, leva la tête et poussa un long glapissement.

— C'est quoi, comme race ?

— Vicky ne savait pas trop. Peut-être un croisé bulldog et beagle, ou un vulgaire bâtard. J'étais en train de lui faire visiter les lieux, et de lui montrer qu'il pouvait faire ses besoins dans les bois.

— Très bonne idée. Je boirais volontiers un coup, pour commencer ; ensuite, on ira le promener.

— Je te préviens, il a une drôle d'habitude...

Le chien entre eux, ils se dirigèrent vers la porte de derrière. Amusé, Zane le regarda trottiner en se pavanant, sur ses petites pattes.

— Il chipe tous les vêtements qui traînent, poursuivit Darby. Il ne les abîme pas, mais il les emporte dans sa corbeille. Il aime bien dormir avec une chaussette ou un tee-shirt qui sent l'humain. Il lui arrive même de voler des trucs dans le linge sale. Si tu essaies de récupérer ton bien avant le matin, il hurle jusqu'à ce que tu le lui rendes.

— Bah... On s'y fera. Rien d'autre à signaler ?

— Ne prononce jamais le mot b-i-s-c-u-i-t si tu n'en as pas sous la main. Il devient dingue.

— On en a ?

— Vicky m'a donné un paquet. J'en ai deux dans mes poches, au cas où il irait dans les massifs.

— OK. Biscuit...

Zod se figea et demeura un instant aussi immobile qu'une statue, puis il sauta en l'air, les yeux pétillants de joie. Le biscuit ne se matérialisant pas, il continua de rebondir, comme s'il était monté sur ressorts et fit même une sorte de saut périlleux, pour le plus grand amusement de Zane.

— Un vrai chien de cirque. Donne-lui sa récompense.

Darby lui jeta un biscuit, Zod l'attrapa au vol et tournoya sur lui-même avant de l'engloutir.

— Vilain mais rigolo, déclara Zane en passant un bras autour des épaules de Darby.

Et le petit garçon qui sommeillait en lui glissa une main au fond de sa poche et en sortit le deuxième biscuit.

— Zod ? Biscuit...

Il faisait à peine jour, le lendemain matin, lorsque Darby partit. Elle voulait travailler deux ou trois heures, afin d'avancer sur son chantier et de montrer à son nouveau compagnon canin de quoi serait fait son quotidien. Elle aurait ensuite toute la journée pour préparer les festivités du soir.

Zod voyageait sur le siège passager, les oreilles agitées par le courant d'air. En quittant la route du lac pour se rendre sur les hauteurs, Darby lui jeta un coup d'œil et esquissa un sourire. Ils s'étaient bien trouvés, ils allaient bien s'entendre, elle n'avait aucun doute, aucun regret. Derrière eux, le soleil commençait à se lever, annonçant une magnifique journée d'été.

— Il y aura beaucoup d'enfants ce soir, dit-elle à Zod. Et aussi d'autres chiens. On va passer une super…

Elle freina si brusquement que le chien poussa un petit jappement de surprise. Certaine d'avoir vu une femme au visage meurtri se cacher entre les arbres, elle se rangea sur le bas-côté de la route.

— Attends… murmura-t-elle, autant à l'attention de Zod que de la silhouette.

Et elle descendit du camion.

— Je ne vous veux pas de mal ! lança-t-elle. Vous avez besoin d'aide ! Je vous ai vue, vous êtes blessée !

Résistant à l'envie de s'enfoncer dans la forêt, elle demeura sur le bord de la route. Elle n'avait eu qu'une vision furtive de cette femme, mais elle avait eu le temps de lire la peur dans ses yeux tuméfiés.

— Laissez-moi vous aider. Je peux vous conduire où vous voulez. Je m'appelle Darby. J'ai été victime de violences, moi aussi. Laissez-moi vous aider.

En entendant un bruissement de feuilles, elle garda un instant le silence.

— Si vous voulez que j'appelle quelqu'un, c'est possible aussi. J'attendrai avec vous…

Elle entrevit un visage allongé, couvert de bleus, encadré de longs cheveux d'un blond filasse.

— Je ne peux pas aller dans votre direction. Ils risqueraient de me voir.

— On partira dans l'autre sens. Je vous emmènerai où vous voulez. Vous savez quoi ? Je vais tout de suite tourner le camion, pour qu'on soit prêtes à partir dans la bonne direction. Vous êtes blessée. Je ne peux pas vous laisser seule ici. Je tourne le camion, OK ?

Le cœur battant, elle s'installa derrière le volant.

Ne t'enfuis pas, je t'en supplie, ne t'enfuis pas, pensa-t-elle en manœuvrant.

— Je ne vous connais pas.

— Je m'appelle Darby, Darby McCray. J'ai emménagé à Lakeview en février dernier. Si vous ne voulez pas monter avec moi, je peux attendre ici avec vous jusqu'à ce que quelqu'un vienne vous chercher.

En boitillant, la femme sortit prudemment du sous-bois, et regarda tour à tour Darby et le chien.

— Il s'appelle Zod. Il est très gentil. Il ne vous fera aucun mal.

Afin de s'assurer qu'il n'aboie pas, Darby le caressa, tandis que l'inconnue montait dans le camion en jetant des coups d'œil effrayés sur la route.

— Emmenez-moi loin d'ici, s'il vous plaît, bredouilla-t-elle. Vous pouvez rouler droit devant vous ?

— Bien sûr, répondit Darby d'une voix douce. Je peux vous conduire à la clinique, ou au poste de police.

— Non !

— OK, n'ayez pas peur. Je vous emmène où vous voulez. Vous avez de la famille ?

— Pas possible. Ils me retrouveraient.

— D'accord.

Zod lécha la main tremblante de la passagère, puis il posa la tête sur ses genoux. Elle se mit à pleurer.

— Si vous voulez venir chez moi… suggéra prudemment Darby.

De sa poche, la femme retira une carte de visite chiffonnée.

— Vous pourriez me conduire à cette adresse ?

Darby y jeta un coup d'œil, et étouffa une petite interjection de surprise.

— Vous êtes Traci, Traci Draper ? N'ayez pas peur, ajouta-t-elle vivement lorsque celle-ci saisit la poignée de la portière, comme si elle s'apprêtait à sauter du camion en marche. Je connais Zane, c'est un ami. Il m'a dit qu'il était inquiet pour vous, il m'a expliqué pourquoi. Il est… On est… Comment dire ? On est ensemble. Il vous protégera.

Traci referma les bras autour de Zod et le berça contre elle.

— Je ne sais pas quoi faire.

— Vous avez fait ce qu'il fallait : demander de l'aide.

— S'ils me retrouvent… Ne tournez pas ici ! s'écria Traci, paniquée.

— Cette route va chez Zane. Il ne travaille pas aujourd'hui, c'est férié. Il est encore très tôt, il sera là. N'ayez pas peur, personne ne vous fera de mal.

Surtout ne pas la bousculer, la rassurer, lui inspirer confiance, pensa Darby.

— J'ai rencontré votre maman, et votre sœur. Très sympas, toutes les deux.

— Il les tuera, et il me tuera, si je leur dis quoi que ce soit. Il le ferait, il en serait capable.

— Nous ne le laisserons pas faire. Regardez, c'est la voiture de Zane. Vous allez tout lui raconter.

Traci serra le chien dans ses bras.

— Clint le tuera s'il apprend que je suis venue ici.

— Ne vous inquiétez pas, personne n'en saura rien, déclara Darby en se garant. Venez, suivez-moi, nous allons trouver une solution.

Elle descendit de son camion, puis elle en fit le tour afin d'aider Traci à en sortir.

— Zane n'est peut-être pas encore levé, mais j'ai les clés. Je dors ici, de temps en temps.

Zod les précédant de sa démarche guillerette, Darby guida Traci jusqu'à la porte.

— Tu as fait vite ! lança Zane en venant à leur rencontre, vêtu seulement d'un pantalon en coton, un mug de café à la main. Oh mon Dieu ! s'exclama-t-il en voyant Traci.

Elle s'agrippa au bras de Darby.

— Venez, entrez, ajouta-t-il d'une voix plus posée. Vous voulez de l'eau ? Du café ?

Et il s'écarta, conscient que la proximité d'un homme pouvait l'effaroucher. Non seulement il avait lui-même subi des violences, mais il avait aussi poursuivi des hommes violents et interrogé leurs victimes. Il ne connaissait que trop bien les réactions post-traumatiques.

Soulagé de voir que Darby comprenait son attitude, il remplit un pichet d'eau fraîche puis partit enfiler un tee-shirt. Darby entraîna Traci dans le salon et l'invita à prendre place sur le canapé. Zod s'assit à ses côtés, les yeux emplis d'amour.

— Il… Il est gentil.

— Adorable. Vous voulez un café ?

— Juste de l'eau. Merci. Je ne sais pas quoi faire.

— Nous allons y réfléchir ensemble, dit Zane qui était revenu, un tee-shirt sur le dos, et lui tendait une poche de glace. Où êtes-vous blessée, Traci ?

— Il m'a donné des coups au ventre. Je suis tombée et je me suis fait mal au genou. Il m'a aussi tordu le bras. Il avait bu, hier soir. Il s'est mis en colère parce qu'il n'aimait pas ce que j'avais préparé pour le dîner. En plus, sa mère lui avait dit que je n'avais travaillé qu'une heure au jardin. Ils me surveillent.

En tenant le verre à deux mains, Traci le porta à ses lèvres et but quelques gorgées.

— Il m'a traitée de fainéante, de bonne à rien, et il m'a frappée. Cette fois, j'ai cru qu'il allait me tuer. Après... il m'a obligée à avoir un rapport... J'avais mal, il me faisait mal... Il m'a encore tapée, en me disant que je n'étais qu'une pute, mais que je ne savais pas baiser.

Des larmes roulèrent sur ses joues. Darby lui enlaça les épaules.

— Je me suis promis de m'enfuir, si je ne mourais pas...

— Il est chez vous, en ce moment ? demanda Zane.

Traci leva les yeux vers lui et secoua la tête.

— Je n'aurais pas pu quitter la maison s'il avait été là. Il est parti à la chasse, très tôt, avec ses frères et son père. Si sa mère et sa belle-sœur ne me voient pas travailler dans le jardin ou étendre le linge, d'ici une heure, elles me chercheront. Elles me surveillent, de chez elles, pour voir si je fais bien tout ce qu'il m'a ordonné de faire, vérifier que je ne parle à personne, et elles lui racontent tout. Elles vous ont vu, l'autre jour.

Heureusement que je vous ai vite chassé. Il ne s'est pas trop énervé. Il m'a juste giflée.

— Je suis navré, Traci, sincèrement. Nous allons vous aider. Nous ferons tout pour qu'il ne vous touche plus jamais, mais pour cela, vous devrez porter plainte.

Les joues ruisselantes de larmes, Traci baissa la tête et ses épaules s'affaissèrent.

— Il me tuera, chuchota-t-elle. Il dit que, de toute façon, personne ne croirait une sale pute comme moi. Et que s'il a le moindre ennui, il tuera ma mère et ma sœur.

— Nous l'en empêcherons. Il faut qu'un médecin vous examine.

— Non ! Ça le rendrait fou, comme quand je suis tombée dans l'escalier et que j'ai perdu le bébé. C'est lui qui m'a poussée, parce que j'étais allée chez le médecin.

Darby et Zane échangèrent discrètement un regard.

— On pourrait faire venir un médecin ici, suggéra Darby, un bras réconfortant autour des épaules de Traci. Une femme, d'accord ? J'ai une amie médecin. Et vous connaissez le commandant Keller, n'est-ce pas, Traci ? Vous savez que vous n'avez rien à craindre de lui. Il vous aidera, si vous lui racontez ce qui s'est passé hier, et comment vous avez perdu votre bébé.

— Je lui ai menti. Je n'avais pas le choix !

— Ne vous en faites pas pour ça, ce n'est pas grave, dit Zane.

— Il faut que je m'en aille, très loin, quelque part où il ne pourra pas me retrouver.

Où irait-elle ? pensa Darby, que ferait-elle ?

— J'ai été mariée à un homme qui me frappait, dit-elle.

Traci se tourna vers elle et chercha son regard.

— Si je n'avais pas demandé de l'aide, poursuivit-elle, si personne n'était intervenu, il serait devenu de plus en plus violent. J'étais terrorisée. Mais la police l'a arrêté et on l'a mis en prison, pour qu'il ne puisse plus s'en prendre à moi.

— Pourquoi vous tapait-il ?

— Pour rien, comme vous. Parce que ces gens-là sont comme ça.

— Pourquoi être venue me trouver, Traci ?

À la question de Zane, elle baissa de nouveau la tête, en tripotant nerveusement sa longue robe de coton.

— Clint dit que ce n'est pas vrai que votre père vous frappait, mais maman soutient que si. Maman sait ce qu'elle dit, Clint est un menteur. Vous pourrez m'aider à demander le divorce, peut-être, mais je dois partir loin.

— Pas forcément. Ma sœur s'occupe de personnes qui ont besoin de sécurité, comme vous. Nous pourrions vous trouver une place dans un foyer. Je vous aiderais à obtenir une ordonnance restrictive et à demander le divorce.

— Je n'ai pas les moyens de vous payer. Maman, peut-être…

— Vous n'avez pas besoin de payer. Je vous demande seulement de parler au commandant de police, de lui expliquer ce qui s'est passé hier, et lorsque vous étiez enceinte.

— Il a promis de me tuer, moi et toute ma famille.

— Ça aussi, vous le direz au commandant Keller. Vous lui raconterez tout, en ma présence, en tant qu'avocat. Vous devrez également consulter un médecin, afin que la police sache exactement ce que vous avez subi.

— Si j'accepte, vous protégerez ma famille ?

— Vous pouvez compter sur nous.

— Je vais appeler le docteur, déclara Darby. Et votre maman. Ils pourront tous les deux venir ici.

Traci se figea, et ses mains s'immobilisèrent, sur sa jupe.

— Maman peut venir ? Elle pourra venir avec moi au foyer ?

— Peut-être, on verra, répondit Zane. Vous voulez bien que j'appelle le commandant Keller ? Et que Darby appelle un médecin et votre maman ? Nous ne ferons rien sans votre accord.

— J'ai tellement peur, et je suis si fatiguée, murmura Traci en fermant les yeux. J'avais envie de mourir, hier soir, je voulais en finir... Ça ne peut plus durer. Je ne peux plus continuer comme ça. Il faut que ma vie change. Appelez la police, appelez le médecin. Et appelez ma mère. Maman... Je veux ma maman...

Et, le visage entre les mains, elle éclata en sanglots.

Darby était bouleversée. Elle venait de revivre la peur, l'impuissance, le choc, la déception qu'elle avait éprouvés en découvrant la violence de celui qui avait promis de la choyer. Ce besoin viscéral de réconfort maternel l'avait ramenée à son vécu, avec une effroyable clarté. La détresse de Traci l'avait plus ébranlée encore que l'incident du Dr Graham Bigelow.

Lee arriva le premier, et Darby s'affaira à préparer du café pendant qu'il s'entretenait dans le salon avec Zane et Traci. Puis elle sortit attendre les autres, afin de respecter l'intimité de la jeune femme, de ne pas la gêner.

Sur la terrasse, elle se remémora l'interrogatoire de la police, la gentillesse, le calme, la patience des agents tandis qu'elle leur racontait son cauchemar, anxieuse et impatiente de retrouver sa mère.

Celle de Traci arriva en pantoufles, accompagnée de sa fille aînée. Darby refoula ses larmes, en s'avançant à la rencontre de Lucy et Allie Abbott.

— Elle est à l'intérieur, avec Zane et le commandant Keller, leur dit-elle. Elle refuse d'aller à la clinique. Le Dr Ledbecker ne devrait pas tarder.

— Comment va-t-elle ? s'enquit Mme Abbott.

— Il l'a frappée. Ce n'est pas la première fois, mais nous ferons tout pour que ce soit la dernière.

— Va la rejoindre, maman, dit Allie. J'arrive dans deux minutes. Elle peut entrer ?

— Bien sûr. Je vous en prie, madame Abbott. Tout droit, au fond du couloir. (Darby hésita un instant, puis elle prit son courage à deux mains :) Vous devrez l'entourer, ajouta-t-elle. Pendant un certain temps, elle aura besoin de vous.

Lucy Abbott acquiesça de la tête, puis elle s'empressa de pénétrer dans la maison.

— Où il est, cet enfoiré ? demanda Allie, les mâchoires serrées.

— À la chasse, d'après votre sœur.

— Il était grand temps qu'elle s'en aille. Enfin un brin de jugeote… Comment est-elle arrivée là ?

— Je l'ai trouvée sur Highpoint Road, blessée. Je l'ai convaincue de monter dans mon camion. Elle avait la carte de Zane, elle voulait le voir.

— Ce n'est pas trop tôt… bredouilla Allie, les larmes aux yeux. Que Dieu vous bénisse, murmura-t-elle en prenant Darby dans ses bras.

— Oh, ce n'est…

— Que Dieu vous bénisse, répéta-t-elle. Merci beaucoup. J'étais malade d'inquiétude et folle de rage contre ma sœur. Alors, laissez-moi vous remercier et reprendre mes esprits avant d'aller la voir.

— Il la menaçait de s'en prendre à vous, et à votre mère.

Allie eut un mouvement de recul.

— Il avait promis de vous tuer si elle le quittait, ou si elle tentait de le dénoncer. Elle l'en croyait capable. Ne soyez pas trop sévère avec elle.

Allie se mordit la lèvre inférieure, le regard au loin, sur le lac, puis sur les montagnes.

— Nous l'accueillerons à la maison, murmura-t-elle. Mon Jim et moi, nous veillerons sur elle, et sur maman. Que Clint aille au diable, lui et les siens !

— Vous avez raison, il ne faut pas qu'elle retourne au foyer conjugal.

— Jamais de la vie ! s'écria Allie farouchement, le regard brillant de larmes.

— Britt, la sœur de Zane, va lui trouver une place dans un foyer. Votre mère pourra l'accompagner, si Traci le souhaite. Dans un foyer, elle ne risquera rien, le temps que Lee mette Clint derrière les barreaux. Il y aura des professionnels pour la conseiller, là-bas, et elle pourra parler avec des femmes qui ont été victimes comme elle.

— En effet, c'est sans doute la meilleure option. Ma petite sœur… si mignonne, si intelligente… J'ai hâte de la retrouver.

— Les Draper la surveillaient. Il lui a fallu du courage pour partir.

— C'est vrai, soupira Allie en écartant ses mèches blondes de son visage. Vous avez raison, je ne dois pas être en colère contre elle. Je peux aller la voir ?

— Allez-y. Je reste ici pour attendre le médecin.

— Je n'oublierai jamais ce que vous avez fait aujourd'hui. Personne à Lakeview ne l'oubliera jamais. Mais les Draper non plus… Soyez prudente. Méfiez-vous, Darby…

Lorsque Charlene arriva, Darby l'accompagna jusqu'au salon. Sur le canapé, Traci était cramponnée au bras de sa mère. Zane leur indiqua une chambre. Darby prit un Coca et sortit pour promener Zod.

— Tu es restée tout le temps avec elle, tu es un bon chien, lui murmura-t-elle.

Dans la forêt, il caracola d'arbre en arbre, les renifla tous, puis il finit par s'accroupir.

— Très bien, le félicita-t-elle. Tu sais que tu n'as pas le droit de faire ta crotte dans mes jolis massifs ni dans ma pelouse, hein ?

Quand elle revint, Zane était assis, dehors, occupé à prendre des notes sur un cahier.

— Te voilà, dit-il en se levant et en la prenant dans ses bras. Ne sois pas triste. Traci a franchi un grand pas aujourd'hui. C'est une bonne chose.

Zod tournoyait et sautillait autour de leurs chevilles.

— Ça m'a remuée. J'ai cru revivre mon passé, cette nuit d'enfer… Combien de nuits d'enfer Traci a-t-elle vécues ?

— C'est fini, maintenant, nous y veillerons. Lee a déjà obtenu un mandat, et il a envoyé deux de ses hommes chez les Draper.

— Il est à la chasse.

— Pour commencer, la chasse n'est pas encore ouverte. Ils prendront tous une amende. Tôt ou tard, ils finiront bien par revenir. En attendant, Emily a préparé un nécessaire de toilette pour Traci ; elle la conduira au foyer et l'aidera à s'installer. Si Charlene n'y voit pas d'objection. Sinon, Britt l'accompagnera d'abord à l'hôpital d'Asheville.

— Tu as été si gentil avec elle. Tu as su trouver les mots.

— C'est mon boulot.

— Pas seulement, répliqua Darby, agitée, en faisant les cent pas autour de la table. C'est ta nature, ta personnalité, ton vécu. Tu as su aussi lui inspirer confiance, quand tu lui as donné ta carte.

— J'ai été à sa place.

— Pire. Et regarde le chemin que tu as parcouru... Tu aurais pu devenir amer, méchant ou lâche, par peur des coups. Mais non. Tu es bienveillant, attentionné, et tu mènes une vie pleine de sens. Franchement, ça ne m'arrange pas du tout !

Avec un petit rire, Zane arqua les sourcils.

— Comment ça ?

— Je me suis installée ici parce que Lakeview répondait à mes critères. Il y avait des dizaines d'autres endroits qui auraient pu me plaire, mais j'ai atterri là... Ma mère soutenait qu'il n'y a pas de hasard, et je crois qu'elle avait raison. Lakeview était à l'autre bout du pays, c'était le critère numéro un. Ensuite, la taille de la ville me convenait, le climat, la topographie...

— Ne me dis tout de même pas que je gâche le climat... Il te reste une goutte de Coca ?

Elle lui tendit sa cannette.

— J'avais des objectifs très précis. Si au bout de quelques semaines, je me sentais bien ici, je commençais à monter ma boîte. Ensuite, je trouvais une maison, un terrain, je me tissais un réseau professionnel, je me faisais des amis…

— Jusque-là, il me semble que tu t'es pas mal débrouillée. Je ne t'ai pas mis de bâtons dans les roues, n'est-ce pas ?

— Laisse-moi parler, je n'ai pas fini. J'aime le sexe…

— Alléluia !

Nerveuse, elle fourra les mains dans ses poches, puis les en ressortit.

— En prime, j'ai rencontré un mec avec qui je prends mon pied, sans attache, beau, sympa, intelligent, marrant.

Intéressé, Zane se cala sur le coin de la table, en sirotant le Coca et en caressant le chien du pied.

— Je ne vois toujours pas en quoi je compromets tes plans.

Darby ôta sa casquette et s'en frappa la cuisse.

— Est-ce que j'ai prononcé le mot « couple » dans l'énoncé de mes objectifs ? M'as-tu entendu dire que je désirais me caser, m'engager dans une relation sérieuse ? Non… Figure-toi que je n'avais absolument pas l'intention de m'installer chez un mec. Ni d'abandonner une maison que je viens à peine d'acheter.

— Tu ne l'abandonnes pas. On a arraché la vilaine tapisserie et repeint les murs.

— Ça en fait un lieu habitable, pas une maison. À l'instant, je viens de féliciter Zod de ne pas avoir fait sa crotte dans *mes* massifs ni dans *mon* gazon. Parce que je me sens chez moi, ici. Et c'est là que tu fais chier !

— Je n'y suis pour rien. Ce n'est pas ma faute.

— Non, penses-tu… rétorqua-t-elle. Enfin bref. Je te vois avec Micah, un ami à qui tu es resté fidèle depuis l'enfance. Je te vois avec ta famille, qui est formidable. Je te vois avec plein de gens, et tu es comme ça…

— Ça, c'est vrai, je ne suis pas autrement.

— Ah, ah, très drôle… Tu ne vois pas que je suis énervée, anxieuse ? Je te vois, et tu es bienveillant, généreux, parce que au fond, tu es un homme d'honneur.

— N'exagère pas.

— Tu es un homme d'honneur, j'ai dit ! Je le vois, je le sens, je l'entends. Mais j'aurais préféré te rencontrer dans deux ans, une fois mes objectifs atteints.

— *Kismet*, le destin… répliqua Zane en souriant. Moi non plus, je ne cherchais pas à me caser. Mais je t'aime.

— Je sais, grommela-t-elle, agacée. Le pire, c'est que je t'aime aussi.

— Ah ! Ça fait plaisir de te l'entendre dire. Tu es ici chez toi, ma chérie.

— Je garde ma maison, soupira-t-elle.

— Bien sûr. Tu réaliseras un superbe aménagement paysager, tu construiras ta serre, et un hangar pour entreposer Dieu sait quel engin de dingue dont tu auras besoin. Ta maison est essentielle à High Country Landscaping.

— Tu vois comme tu m'as eue ? dit-elle en agitant l'index vers lui. C'est cette façon que tu as de…

— De faire chier ?

— Exactement, dit-elle en lui encadrant le visage de ses mains. J'espère que je finirai par m'y faire...

23

Zane et sa sœur attendirent que Charlene ait terminé de soigner les contusions de Traci.

— Je peux vous accompagner au foyer, suggéra-t-il ensuite.

— Non, tu as des tonnes de choses à faire ici. En plus, ça me permettra de discuter avec Traci. Elle vient de prendre une grande décision angoissante.

— Envoie-moi un texto quand vous serez arrivées, dit-il en consultant sa montre. C'est bizarre, on n'a toujours pas de nouvelles de Lee…

— Laisse-le faire son boulot de flic, moi le mien de psy et fais ton boulot d'avocat. Pour autant, n'oublie pas que tu as une méga fête à préparer.

Britt saisit le poignet de son frère pour consulter sa montre.

— Je serai de retour d'ici deux ou trois heures. Silas viendra nous donner un coup de main, après son service. Et Emily passera avec Audra. Pas de panique.

— Ce sera en quelque sorte la fête de l'Indépendance de Traci.

— C'est une belle pensée.

Zane connaissait toutefois sa sœur, et il voyait bien qu'elle n'était pas convaincue.

— Tu as peur qu'elle fasse machine arrière ?

— Elle est bien entourée, mais la route sera longue. Croisons les doigts.

En s'efforçant de lui insuffler son optimisme, Zane aida Traci à monter dans la voiture de Britt, et lui répéta qu'elle pouvait l'appeler à tout moment, si elle avait besoin de lui. Puis après avoir remercié Charlene et promis à Allie d'assurer la défense de sa sœur, il demeura un instant immobile devant sa maison.

Le silence et la sérénité revenus, le lac scintillait sous les rayons du soleil. Une magnifique journée d'été, songea-t-il, exactement comme Darby l'avait imaginée un peu plus tôt. Une journée idéale pour faire une balade en bateau, manger de la salade de pommes de terre et siroter une bière à l'ombre. Une journée radieuse que rien n'aurait dû pouvoir entacher.

Hélas, la vie n'était pas toujours rose. Mais il fallait surmonter les épreuves, continuer d'avancer.

Après avoir utilisé son mandat pour entrer chez Traci, Lee eut une petite conversation très froide avec la mère de Clint, puis une autre avec sa belle-sœur, une vraie « souillon » – ce fut le premier mot qui lui vint à l'esprit. Ses trois mômes se chamaillaient en hurlant, les deux plus petits en couches nauséabondes, le plus grand avec une lueur malfaisante dans le regard, les genoux écorchés.

Sally Draper, « la souillon », avait une version qui collait presque mot pour mot à celle de sa belle-mère : elles ignoraient où étaient les hommes, mais certainement pas à la chasse ! À la pêche, peut-être, partis camper un jour ou deux. Et si cette ingrate de Traci osait dire que Clint l'avait ne serait-ce que brusquée… En plus d'être une feignasse, c'était une menteuse !

Bea Draper, la matrone, avait précisé que Traci menait une vie infernale à son pauvre mari qui travaillait si dur. Elle allait même jusqu'à lui jeter des objets à la figure. Heureusement qu'elle était maladroite, deux mains gauches, elle cassait tout, alors qu'elle ne fichait rien…

Dans l'une et l'autre maison, des jumelles reposaient sur le rebord des fenêtres donnant sur le jardin de Traci.

Cela dit, Lee n'était guère plus avancé.

Traci était partie à l'aube, avec seulement les vêtements qu'elle avait sur le dos et la carte de Zane dans la poche. Néanmoins, chez elle, il n'avait vu que deux robes, cousues main, en coton, aussi informes que celle qu'elle portait. Aucun bijou, pas de maquillage, pas même un tube de rouge à lèvres. Deux chemises de nuit que même sa grand-mère aurait jugées démodées. Pas une seule paire de chaussures.

Lee avait grandi avec une mère, une sœur ; il avait une épouse et une nièce qu'il considérait comme sa fille depuis sa préadolescence. Il savait donc tout ce que les femmes pouvaient accumuler dans leurs armoires…

Or ici, rien. Ce n'était pas normal.

Il s'en voulait terriblement de ne rien pouvoir faire. Ou plus exactement, de n'avoir rien pu faire jusqu'à présent.

Frustré, il se dirigea vers la maison des McConnell. Tous deux étaient en train de jardiner.

— Bonjour commandant, le salua Sam en se redressant péniblement, une main au creux des reins.

— Vous avez de belles tomates, Sam.

— Et ce n'est pas la quantité qui manque ! Vous en emporterez quelques-unes.

Lee se gratta le menton.

— Figurez-vous qu'on en a planté, cette année. Juste deux plants, mais ils se portent bien. Vous avez cinq minutes ?

— On se doutait que vous alliez passer, dit Mary Lou en ajustant ses lunettes. J'ai fait de la citronnade, ce matin. Venez vous asseoir à l'ombre.

— Pas de refus…

— Les enfants viennent manger ce soir, dit Sam. On fera un barbecue avant d'aller au lac, voir le feu d'artifice.

— Paraît qu'il sera grandiose, cette année.

Tandis que Mary Lou disparaissait dans la cuisine, Lee suivit Sam sur la galerie, et poussa un soupir d'aise en s'asseyant.

— Je voulais vous demander si vous aviez vu ou entendu quelque chose chez Clint Draper, hier soir.

— Rien du tout, répondit le vieil homme, mais on avait la clim', les fenêtres fermées. Il a encore frappé cette pauvre fille ?

— Elle s'est enfuie, tôt ce matin, dans un sale état. Vous les auriez aperçus, elle ou lui ?

— Malheureusement, non. La petite ne conduit pas, elle a dû partir à pied. On l'aurait aidée si on l'avait vue.

— Je sais.

Mary Lou revint avec un plateau chargé de verres, qui s'entrechoquèrent quand elle le posa sur la table.

— Voilà qui a l'air délicieux, lui dit Lee.

— La petite s'est sauvée, ce matin.

— Que Dieu soit loué ! En vous voyant, on a cru qu'il l'avait tuée, cette fois. Elle n'a donc pas de mal ?

— Pas trop. Elle nous a dit que Clint était parti de bonne heure, ce matin, à la chasse, avec son père et son frère. Mais la mère Draper soutient qu'ils sont allés pêcher.

— Sûrement la petite qui a raison. On a entendu des coups de feu, tout à l'heure, déclara Mary Lou en faisant le service, puis elle prit place sur un fauteuil. Les Draper ne se préoccupent pas de savoir si la chasse est ouverte ou non, pas plus qu'ils ne se gênent pour braconner.

— À tout hasard, vous ne savez pas où ils ont l'habitude de chasser ?

— Je sais seulement qu'ils ont posé des pièges à daim juste à la limite de notre terrain, répondit Sam. À votre place, commandant, je ne m'aventurerais pas dans les bois, sachant qu'ils y sont, avec des fusils et des tenues de camouflage. Ils n'hésiteraient pas à tirer s'ils vous voient sur leurs terres, et ils diraient que ce n'est que justice.

— Bea Draper a dû leur dire que vous êtes là, intervint Mary Lou. Ils ont des talkies-walkies. Je l'ai vue, vers 9 heures, après les coups de feu, entrer chez son fils comme si c'était chez elle. Elle n'avait pas l'air contente quand elle est ressortie. J'imagine qu'elle venait de s'apercevoir que Traci avait disparu.

— Elle a sans doute aussitôt prévenu les hommes, enchaîna Sam. Et sur ces entrefaites, vous êtes arrivés, avec vos collègues. Ils ne vont certainement pas se montrer tant que vous êtes là.

— Ils ne pourront pas rester éternellement dans les bois, dit Lee en dégustant sa citronnade. Je ne vais pas non plus passer la journée ici, mais nous patrouillerons. Et j'aimerais bien que vous ouvriez l'œil, que vous me passiez un coup de fil si vous les voyez revenir.

— Avec plaisir, acquiesça Mary Lou en tapotant la main de son mari. Mais évitez de prononcer notre nom, s'il vous plaît. Les Draper sont des gens rancuniers.

— Pas de problème. Appelez-moi sur ma ligne directe, d'accord ?

— Soyez prudent, ajouta Sam. Ils n'apprécieront pas que l'un des leurs se fasse coffrer.

— Je sais, ne vous en faites pas.

Lee organisa des rondes, par équipes de deux, pour patrouiller aux abords de chez les Draper. Il prendrait son tour, il y tenait, mais dans l'immédiat, il désirait se ressourcer auprès de sa famille.

Il trouva les tables déjà couvertes de nappes colorées, les guirlandes lumineuses accrochées, ses fils affairés aux branchements, et la petite fille qui l'appelait papy, en grande conversation avec le chien le plus vilain de la Terre.

Audra se redressa, en équilibre précaire, et trottina à la rencontre de son grand-père, sur ses petites jambes potelées, les bras tendus vers lui. Il la souleva et la fit tournoyer autour de lui, lui arrachant des hurlements de joie. Délaissé, Zod engagea une bagarre amicale avec Molly. Rufus dormait paisiblement à l'ombre.

Une odeur de citron pressé s'échappait des portes ouvertes de la cuisine, ainsi que le délicieux rire d'Emily.

Un bonheur, pensa Lee, de revenir à la normalité, même si ce n'était que pour un bref instant.

Audra se dégagea de son étreinte et courut vers Darby, qui la hissa sur ses épaules tout en continuant d'installer les spots.

Devant la cuisinière, Emily vérifiait la cuisson des pommes de terre pour la salade. Au comptoir, Zane écalait des dizaines d'œufs durs.

— On devrait inventer un ustensile pour ça, bougonna-t-il.

— Ça existe. Tes mains ! rétorqua Emily.

Lorsque son épouse se tourna vers lui, Lee lut le soulagement dans son regard.

— En voici une paire de plus, dit-elle. Où sont celles de Silas ?

— Il patrouille avec Ginny. J'irai prendre la relève, dans un moment.

— OK. Tu veux un café frappé ?

— Mon cœur, je t'aurais épousée rien que pour ton café frappé. Vous avez des nouvelles de Britt ?

— Toujours au foyer avec Traci et sa mère, répondit Zane. Elle ne va pas tarder à rentrer. Les Draper n'étaient pas chez eux, je parie ?

— Gagné ! Les femmes ont des talkies-walkies. Ils savent qu'on les attend.

Lee se lava les mains à l'évier – on lui avait assez fait la leçon –, prit place aux côtés de Zane et entreprit d'écaler un œuf.

— La mère Draper et sa belle-fille avaient accordé leurs violons. Mary Lou McConnell m'a dit que Bea Draper était allée chez Clint vers 9 heures ce matin. Elles savaient que Traci avait mis les bouts ; du coup, elles avaient préparé leur ramassis de mensonges.

Son premier œuf épluché, Lee en prit un deuxième.

— Traci n'avait pas la vie facile, continua-t-il. Elle ne mentait pas quand elle a dit que les deux autres la surveillaient : elles ont des jumelles. Une vraie porcherie, chez Jed… Deux de ses mômes étaient à poil, en couches-culottes qui devaient être bien pleines, d'ailleurs. L'aîné a l'air méchant comme le diable, du genre à étrangler ses petits frères dans leur sommeil.

— N'exagère pas, tout de même.

— Si je te dis qu'il a l'air mauvais, c'est qu'il a l'air mauvais. Il est encore petiot, mais je connais ce regard, affirma Lee en écalant un troisième œuf. Ça m'a remonté le moral de revenir ici… Nos garçons qui travaillaient ensemble, cet adorable bout de chou qui sent l'herbe fraîche et le shampoing, en joli petit… je ne sais même pas comment ça s'appelle.

— Un bloomer.

Emily posa un verre devant son mari, puis elle lui massa les épaules.

— Regarde-la, sur les épaules de Darby, dit-il avec un geste en direction de la fenêtre. Heureuse comme un jeune chiot ! Alors que ces pauvres gamins… Ce n'est pas leur faute, mais il y a des chances pour qu'ils finissent en taule, tôt ou tard.

— Pas nécessairement, objecta Zane.

— C'est vrai, le destin n'est pas toujours écrit.

Emily déposa une bise sur la joue de son mari.

— Va jouer dehors avec ta petite-fille. On s'occupe des œufs, Zane et moi.

— Non, ça me vide l'esprit, j'en ai besoin, répondit-il en tapotant la main de sa femme. Tu sais, Zane, tu es une belle personne. Je tiens à le répéter, au cas où je ne te l'aurais pas dit récemment. Tu ne sais pas écaler les œufs, indiscutablement, mais tu es une bonne personne.

Maintenant, à ta place, je laisserais tomber la cuisine et j'irais aider cette jolie femme à brancher les spots. Et j'en profiterais pour lui donner de bonnes raisons de venir vivre avec moi.

— Pas la peine. Elle s'installe demain.

Emily poussa un cri de joie, presque aussi strident que ceux d'Audra, puis elle noua les bras autour du cou de son neveu et le serra contre elle, menaçant presque de l'étouffer.

— Ça fait une heure que je suis là et c'est seulement maintenant que tu me l'annonces ?

— J'étais concentré sur les œufs.

Elle lui donna une petite tape sur le crâne.

— Allez, va vite aider Darby et vérifie que tes cousins ont bien mis les tables au bon endroit.

— Bien, madame ! obtempéra Zane, et il s'éclipsa sans se faire prier.

— Mince, mes patates ! s'exclama Emily en se hâtant d'éteindre le feu sous la casserole.

— La matinée a été rude, soupira Lee.

Emily égoutta les pommes de terre.

— Je m'en doute.

— Mais Zane m'a remonté le moral.

À travers la vapeur, par la fenêtre au-dessus de l'évier, Emily regarda son neveu soulever la petite Audra des épaules de Darby et l'asseoir sur les siennes.

— Il est heureux, dit-elle. Je me faisais plus de souci pour lui que pour Britt. Il a tellement souffert… Je suis contente de le voir avec cette fille. Ils se sont bien trouvés, ça me tranquillise. Regarde Gabe qui joue à la balle avec les chiens… Et Brody qui se moque de lui…

— On a fait du bon boulot, Em.

Elle se tourna vers Lee avec un sourire attendri.

— On n'est pas au bout de nos peines... Mais pour l'instant, c'est vrai qu'on s'en tire plutôt bien.

Quelques heures plus tard, Zane aurait volontiers fait la sieste, plutôt que d'accueillir une centaine d'invités. Il avait transporté des tables, des chaises, des échelles, des glacières pleines de citronnade, de thé glacé, des seaux remplis de glace, de cannettes de bière ou de bouteilles de vin.

Chaque fois qu'il avait cru pouvoir s'échapper pour se désaltérer ou prendre une douche, quelqu'un, en général de sexe féminin, lui avait confié une nouvelle mission.

Puis étaient arrivés les musiciens qu'Emily avait tenu à engager, et il avait fallu les aider à installer leur matériel sur la scène construite par Lee et ses fils.

— Zane ? l'interpella sa sœur, qui confectionnait des surprises pour les enfants. Tu pourras mettre des sacs dans les poubelles ? Brody, tu as fini les pancartes ?

— Presque ! répondit celui-ci.

Assis sur une caisse, le seul membre de la famille à posséder un semblant de talent artistique s'appliquait à tracer les lettres d'un écriteau indiquant les boissons fraîches.

Zane s'acquitta de la tâche dont sa sœur l'avait chargé puis, déterminé à savourer d'abord une bière et ensuite une douche, il se dirigea vers la cuisine.

Darby en sortait juste, vêtue d'une de ces robes d'été pour lesquelles les hommes bénissent les journées chaudes et ensoleillées. Zane n'était pas certain de savoir qu'elle possédait une robe, encore moins une robe jaune canari avec des petites brides révélant ses épaules musclées et une jupe à volants qui flottaient autour de ses longues jambes nues.

Elle portait le pendentif qu'il lui avait offert, des petites boucles d'oreilles pendantes, et s'était maquillé les paupières en violet.

— Tu es superbe.

— J'apprécie le compliment. J'y ai passé du temps.

— On devrait inviter du monde toutes les semaines.

Elle lui tendit une bière glacée.

— C'est l'heure de ta pause. Tu peux aller te préparer.

Une main derrière la nuque, il l'attira à lui afin de l'embrasser.

— Merci, ma chérie ! Je t'emmènerai dîner à Asheville, un de ces jours, dans un bon restaurant.

— Pourquoi *tu* m'emmèneras ? On ira tous les deux au restau à Asheville.

— Pas de problème, si tu préfères, acquiesça-t-il avec un clin d'œil.

Et il traversa la cuisine sans se faire remarquer. Britt et Emily débattaient d'une recette de tarte salée tout en s'affairant au-dessus du comptoir.

À l'étage, il prit une douche rapide, enfila un jean et une chemise propres, une paire de Converse noires. Quand il ouvrit les portes-fenêtres de sa chambre, il entendit de la guitare, des éclats de voix et de rire, si bien qu'il sortit une minute sur le balcon.

Le guitariste du groupe avait prêté son instrument à Brody, qui jouait avec un sourire jusqu'aux oreilles, accompagné des autres musiciens. Épuisés, les trois chiens dormaient à l'ombre. En bloomer à rayures rouges et blanches, un ruban bleu dans les cheveux, Audra tapait des mains en essayant de suivre le rythme.

Finalement, pensa Zane, malgré ses doutes et ses appréhensions, la soirée s'annonçait parfaite. La déco était réussie, avec les nappes aux couleurs du drapeau américain, les piles d'assiettes, de serviettes et de gobelets assortis, sous les grandes tentes blanches qui offraient de l'ombre. Il était encore trop tôt pour mettre les lumières, mais l'éclairage serait magnifique. Et les enfants adoreraient les jeux fabriqués par Darby : les cornholes et la cage de softball.

Le soleil brillait encore, sa famille chantait et la femme qu'il aimait portait une robe jaune.

Oui, tout était parfait.

Les invités bavardaient par petits groupes, Zane s'occupait du barbecue, entouré de quelques amis. Les chiens, revigorés, circulaient entre les uns et les autres dans l'espoir d'obtenir un bout de pain ou un morceau de viande. Les enfants jouaient au cornhole.

Zane servait des steaks et des saucisses, on lui donnait des petites tapes dans le dos, des accolades, on l'embrassait. Il sentait le feu de bois et n'espérait qu'une chose : qu'il lui resterait au moins une cuisse de poulet.

— Belle fête, le félicita Silas. Dave se porte volontaire pour te remplacer si tu veux.

Zane s'apprêtait à décliner cette offre, mais il croisa le regard sans équivoque de son beau-frère.

— OK, acquiesça-t-il, et il remit cérémonieusement sa pince et sa fourchette à Dave.

— T'inquiète pas, je gère, affirma celui-ci en lui tendant une bière.

— On va faire un tour ? suggéra Silas, qui buvait du thé glacé, vu qu'il devait retourner patrouiller.

Zane lui emboîta le pas.

— Que se passe-t-il ?

— Lee vient de m'appeler. Les Draper sont rentrés, sans Clint. Soi-disant à la pêche avec des amis. Évidemment, ils prétendent que Traci raconte n'importe quoi. Elle a dû se cogner, peut-être même exprès, pour faire passer son homme pour ce qu'il n'est pas.

— Quels amis ?

— Naturellement, ils n'en ont pas la moindre idée. Il est grand, il fait ce qu'il veut. J'imagine qu'il s'est réfugié chez un copain de beuverie, dans l'espoir de nous échapper.

Silas jeta un coup d'œil derrière lui, afin de s'assurer que personne ne risquait de les entendre.

— D'après Lee, ils sont revenus avec des carabines. Ils ont dit qu'ils avaient laissé leur matos de pêche près de la rivière, qu'ils étaient juste armés par précaution. Ils nous prennent pour des crétins, mais Lee n'est pas tombé de la dernière pluie. On continue les rondes. Clint finira bien par se pointer.

— Il ne pourra pas se planquer éternellement, et Traci est en sécurité. Au fond, c'est l'essentiel. J'irai la voir demain, pour lui expliquer comment elle devra procéder pour le divorce.

— J'espère qu'elle ne va pas se débiner... Bon, on en reparlera. Va manger un morceau, profite de ta fête.

— Ne t'en fais pas pour moi. Tu me tiens au courant, si tu as du nouveau ? Plus vite Draper sera à l'ombre, mieux je me porterai.

En rejoignant les autres, Zane pensa à Traci, qui devait avoir tellement peur. Tant que son mari ne serait pas sous les verrous, elle ne serait pas tranquille. Et Zane était bien placé pour savoir que la peur pouvait aussi bien vous donner du courage que vous priver de tous vos moyens. Pour l'heure, cependant, il s'efforça de reléguer ces préoccupations à l'arrière-plan de son esprit.

— Goûte la salade de tortellinis, lui conseilla Ashley. Tu ne le regretteras pas, c'est Nathan qui l'a faite.

— Je ne savais pas que vous étiez là, dit-il en lui faisant la bise.

— On vient juste d'arriver. Les enfants sont avec mes parents. Tu as une maison magnifique ! Et le terrain est superbe. Il faudra que je sympathise avec Darby !

— Elle est hyper sociable. C'est pour ça que je ne l'ai pas vue depuis un moment.

— Elle est là-bas. Elle s'occupe des jeux.

Tout en se servant des tortellinis, Zane regarda Darby qui encourageait une fillette. Ashley lui donna un petit coup de poing amical.

— Je ne connais pas une seule femme au monde qui n'aimerait pas qu'on la regarde comme tu regardes Darby. Elle sait que tu es amoureux ?

— Bien sûr. Ça se voit, non ?

— Carrément. Je suis heureuse pour toi, Zane. On aura l'occasion d'ici la fin de la soirée de discuter plus longuement. Laisse-moi aller retrouver Nathan, voir si je sais encore allumer la flamme dans son regard !

Zane se trouva une place à table près de Micah et de Cassie, et mangea dans le brouhaha des voix qui se mêlaient à la musique. Ashley n'avait pas menti : la salade de tortellinis était succulente.

— Tu connais tout le monde ? lui demanda Micah.

Il regarda autour de lui et haussa les épaules.

— Non, pas vraiment. C'est Emily qui a lancé les invitations. Et il arrive des gens sans arrêt.

— Bonne musique, bon repas, normal ! plaisanta Cassie. Si tu réitères, tu auras encore plus de monde. Les bruits courent vite ici, tu sais. On te fera de la lèche juste pour se faire inviter.

Puis elle se pencha vers Zane et baissa la voix.

— Ça va Traci ? Ma mère est amie de longue date avec la sienne.

— Elle est avec sa mère, dans un foyer.

— Bien, je le dirai à maman. Tu as pris une bonne initiative.

Puis elle donna une petite tape affectueuse sur l'épaule de Zane, avant de s'éclipser tout en dansant.

— Je crois que je ne t'ai pas dit… marmonna Micah. J'ai eu une petite altercation avec Clint Draper.

Zane se tourna vers son ami.

— Qu'entends-tu par « petite altercation » ?

— Bah, rien de méchant. Je marchais dans la rue, j'avais rendez-vous avec Cass' pour aller manger chez Grandy. Je passais devant le Clipper's, Draper en est sorti et il m'a bousculé. Je lui ai juste dit de faire attention, mais il s'est énervé. Il était bourré comme un coing.

Comme il n'avait pas encore goûté la salade de tortellinis, Micah en piqua une bouchée dans l'assiette de Zane.

— Bleu marine, alors qu'il était à peine 19 heures, poursuivit-il. En fait, il s'était fait virer du Clipper's parce qu'il cherchait la bagarre. J'imagine qu'il voulait se défouler sur moi.

— Tu ne t'es tout de même pas battu ?

— J'ai essayé de le calmer, mais il avait envie d'en découdre. Il m'a poussé. J'ai failli passer mon chemin, mais finalement, je me suis dit que j'allais lui donner une bonne leçon de savoir-vivre. C'est là que Cyrus est arrivé. Tu te souviens de Cyrus, bien sûr ? Un chic type qui a été marié à Emily, cinq minutes, il y a longtemps.

— Oui, bien sûr.

Zane le voyait de loin, dans la foule, avec ses cheveux roux, aujourd'hui parsemés de fils blancs.

— Il s'en est mêlé, il a bombé le torse et il a dit à Draper de rentrer chez lui, en le prévenant que s'il prenait le volant dans son état, il appellerait la police. Draper s'est barré à pied, en nous traitant de tous les noms. J'ai voulu payer un verre à Cyrus, mais il était pressé. Je pensais que l'histoire était finie…

— Mais ?

— Le lendemain matin, quand j'ai voulu partir travailler, j'ai trouvé mes quatre pneus crevés.

— L'enfoiré, grommela Zane. Tu l'as dit à Lee ?

— Ouais, mais je n'ai aucune preuve. Et il vaut mieux qu'il ait crevé mes pneus que moi, non ? Enfin bref, tout ça pour dire qu'il risque de s'en prendre à toi.

— Qu'il essaie.

— Si jamais il te cherche des noises, appelle-moi et je rapplique tout de suite. Maintenant, passons à autre chose et faisons la fête. Cassie a raison, les musiciens assurent. Je vais la chercher et en mettre plein les yeux à tes invités sur la piste de danse.

Micah n'était pas meilleur danseur que dans son souvenir, constata Zane en le regardant se trémousser à contretemps, mais en tout cas, il s'amusait.

Il aurait volontiers invité Darby à danser, mais il se sentit obligé de reprendre son poste au barbecue afin de libérer Dave.

— Allez vous chercher une bière et une assiette, lui dit-il. Je reprends mon poste.

— Non, j'ai besoin de décompresser. Ça me détend de faire griller de la viande.

Compréhensif, Zane se garda d'insister.

— Si vous voulez que je vous remplace, faites-moi signe.

— Compte sur moi. Va rejoindre ta chérie.

Zane se fraya un passage dans la foule, s'arrêtant çà et là pour saluer des connaissances, échanger quelques mots avec les uns et les autres.

Darby supervisait un lancer de softball, auquel participaient plusieurs adolescents, ainsi que Roy et Gabe. Il l'entendit défier Gabe :

— Si j'en mets trois de suite, tu prends ma place.

Elle lança une balle en l'air et la rattrapa.

— À cinq mètres.

— OK.

— Si tu perds, tu me paies un sandwich samedi prochain.

— Ça marche.

— Pousse-toi, dit-elle, en allant se placer derrière la ligne des cinq mètres.

Dans sa jolie robe jaune, elle enroula les épaules, baissa la tête, visa. Et envoya la balle en plein milieu du trou découpé dans la planche et dans le filet qui se trouvait derrière.

— Et d'un, dit-elle.

Zane arqua un sourcil épaté. Il la savait habile, mais pas aussi puissante. Elle réussit son deuxième lancer, avec un bel effet de balle, puis elle regarda Gabe en battant des cils. Celui-ci leva les yeux au ciel. Elle se remit en position, et marqua aisément son troisième tir. Avec un sourire satisfait, elle se frotta les ongles contre le bras.

— Tiens, un nouvel adversaire ! s'exclama-t-elle en voyant Zane.

Il secoua la tête, mais elle lui prit la main et l'entraîna vers la ligne de tir.

— Je suis rouillé, protesta-t-il.

— Quoi ? Tu ne peux pas mettre trois balles dans ce trou ?

— J'ai envie de danser, pas de jouer.

— De danser avec moi ? Ce sera ta récompense, dit-elle en lui lançant la balle.

Il préférait les balles de base-ball, plus petites et plus dures, mais il éprouva tout de même une certaine émotion. Après tout, ce n'était qu'un jeu, pensa-t-il. Et il marqua un premier point.

Sa deuxième balle fit vibrer le filet, ce qui lui procura un frisson de joie.

La troisième prit tellement de vitesse qu'elle arracha le filet.

— Tu n'as pas perdu la main, lui dit Roy tandis que Gabe refixait le filet. Ça me rappelle le bon vieux temps.

— Ouais, moi aussi.

Darby lui posa une main sur le bras.

— Si tu ne joues pas dans l'équipe de Lakeview la saison prochaine, c'est un crime contre l'humanité.

— Un crime contre l'humanité… C'est un peu extrême.

— Le base-ball est l'humanité, répliqua-t-elle en le prenant par la main. Allez, viens danser, Walker.

24

Tandis que Zane regardait les fusées exploser dans le ciel en gerbes féériques, Clint Draper emprunta le pick-up de son vieux copain Stu. Ou plus exactement, il se permit de le prendre, vu que Stu comatait sur le canapé au sous-sol de chez sa grand-mère, cette vieille bique sourde comme un pot.

Clint était reconnaissant envers son ami. Non seulement celui-ci l'hébergeait, mais il lui refilait des cachetons et de la bibine, pour lui calmer les nerfs.

Ce qui ne l'empêchait pas d'être furax. Traci recevrait une bonne leçon quand elle reviendrait, la tête basse et la queue entre les jambes. Mais d'abord, il avait d'autres comptes à régler.

Œil pour œil, dent pour dent, son père lui avait-il appris, à la dure.

Maintenant que Clint était au courant de ce qui s'était passé, il allait faire payer ceux qui s'étaient permis de fourrer leur nez dans ce qui ne les regardait pas. Et il ne servait strictement à rien de remettre à demain ce que l'on pouvait faire aujourd'hui.

D'ici deux jours, il retournerait chez lui, et ce brave Stu jurerait sur la Bible de sa grand-mère qu'ils étaient tous les deux partis camper et pêcher. Personne ne pourrait prouver le contraire.

Clint fit un tour dans la réserve de peintures de son ami. Stu faisait des petits chantiers, de temps en temps. À la fin, il embarquait tout ce qu'il pouvait. Il avait un placard rempli de pots de peinture entamés, rouleaux, vieux pinceaux, bacs cabossés.

Clint se servit, puis il partit en ville. Il se sentait bien quand il avait bu. Il avait l'impression d'être plus lucide, plus fort, plus intelligent. Il ne conduisait pas droit, mais il avait l'habitude, les embardées le réveillaient.

À cette heure-ci, Lakeview dormait à poings fermés. Personne ne l'entendit siffloter en se mettant au travail.

Il se tacha un peu en ouvrant un pot de peinture, et il en renversa sur le trottoir. Puis il entreprit de tracer son message. La couleur portait le nom de Moulin Rouge. Comme il fit des grandes lettres, il fut contraint de terminer en Orchidée radiante.

Client avait arrêté l'école à seize ans, après avoir séché bien des cours. L'orthographe n'était pas son fort, mais il sut exprimer sa haine :

JE T'EMERDE ANCULÉ

Avec quelques pas de recul, il s'aperçut que la peinture dégoulinait sur la façade d'un blanc immaculé, mais il n'était pas mécontent de lui. Plutôt fier, même, il écrivit **PD** sur la porte d'entrée, puis il jeta de la peinture sur les vitres et vida le reste sur la galerie.

Trop soûl et trop bête pour penser empreintes et traces d'ADN, il abandonna les pots vides, puis il soulagea sa vessie sur la porte. De toute façon, il avait un alibi en béton : ce bon vieux Stu.

Les mains pleines de peinture, il salit le volant du pick-up quand il se rendit ensuite chez Darby. De quoi se mêlait-elle, cette connasse ? Il allait lui apprendre à s'occuper de ses oignons.

Il aurait volontiers foutu le feu à sa baraque. Seulement, il n'avait pas de bidon d'essence. Tant pis. Une prochaine fois. Il se contenta d'un beau graffiti en Bleu céruléen, Jonquille et Brume du matin.

VA TE FER NIKÉ SAL GOUINE

Tant bien que mal, il dessina un viol en réunion, avec des personnages bâton. Assez satisfait, il se branla devant son œuvre et poussa un grognement de plaisir en éjaculant sur le paillasson.

Après quoi, il remonta dans le pick-up. Il n'en avait pas terminé, loin de là : il avait gardé le meilleur pour la fin.

Le nez collé au pare-brise, il prit la direction de la maison de Zane, bien trop ivre, bien trop concentré sur la route, pour remarquer les phares qui le suivaient, à trois ou quatre cents mètres.

Même bourré, il se rappelait toutefois que Zane avait un système de sécurité. Tout le monde le savait, depuis que sa pute avait botté le cul de Bigelow. Ce qui prouvait, selon Clint, que Bigelow n'était qu'une tapette, une pauvre fiotte qui n'aurait jamais eu les tripes de rosser sa femme et ses gosses.

Les gens racontaient n'importe quoi. Clint Draper n'était pas une tapette, lui.

En montant le chemin, il éteignit ses feux, et se gara à quelque distance de la maison. Sécurité mon cul, pensa-t-il. Quand l'alarme se déclencherait, le mal serait fait.

Il prit sa carabine sur le siège passager et poursuivit à pied, à travers le sous-bois, guidé par une lune presque pleine. Si Clint était doué pour quelque chose, c'était pour la chasse et le tir. Aujourd'hui, il pouvait faire crisser les feuilles, son gibier dormait paisiblement dans une villa de luxe.

Il n'avait pas l'intention de les tuer, pas pour le moment. Il voulait juste leur flanquer la trouille de leur vie.

— Bande de connards... ricana-t-il. Vous allez chier dans vos brailles...

Cela dit, si l'un d'eux pointait le nez à la porte ou à la fenêtre, il le dégommerait. Que ce soit elle ou lui, sans hésiter, sans le moindre scrupule.

— Vous croyez pouvoir monter le bourrichon de ma bonne femme ? Je vais vous montrer de quel bois je me chauffe !

Il trébucha, se griffa les bras en tombant dans les ronces – laissant sur son passage de beaux échantillons de peau et de fibres textiles.

Il regrettait de ne pas avoir emporté quelques bières. Il crevait de soif. Il faisait chaud, lourd, il transpirait. Même soûl, il sentait l'odeur aigre de sa sueur.

Bah... Il se laverait et se désaltérerait chez Stu. Après, il piquerait peut-être un ou deux somnifères à la vieille, et il dormirait du sommeil du juste, avec la satisfaction du travail accompli.

La lueur de la lune éclairait la maison. Impeccable.

Clint voyait son ombre disparaître et reparaître, aussi silencieuse qu'un fantôme. Il n'entendait pas les brindilles craquer sous ses pas.

Il n'entendait pas non plus la silhouette qui le suivait.

À la lisière de la forêt, il s'immobilisa et observa la maison. Il avait entendu dire que la chambre était immense, avec de grandes baies vitrées et un balcon donnant sur le devant de la villa, d'où cette tafiole de Walker pouvait contempler la ville, imaginer qu'il dominait le monde.

Clint épaula son fusil et visa. Plus jamais ces deux emmerdeurs ne dormiraient tranquilles.

Deux cartouches suffirent pour faire voler les baies vitrées en éclats. Néanmoins, il continua de tirer, le cœur battant, sourire béat, en imaginant que Walker aurait les couilles de sortir voir ce qui se passait.

Derrière lui, la silhouette se rapprocha. La douleur fut brève mais fulgurante. La pierre lui fracassa le crâne. Il lâcha son fusil et s'écroula.

Avec un sourire, et un parfait sang-froid, l'autre ramassa le fusil. Puis il hissa Clint par-dessus son épaule.

Les coups de feu réveillèrent Zane en sursaut. Instinctivement, il roula sur Darby, la couvrit de son corps et bascula sur le plancher avec elle. Le chien se mit à aboyer.

— Couché ! lui dit-il.

— Qu'est-ce…

— Ne bouge pas. On tire sur la maison.

— Hein ? Ça doit être des pétards ou des feux d'artifice.

— Non, regarde, dit-il avec un geste en direction des vitres brisées.

L'alarme se déclencha. Zod vint leur lécher le visage et les mains. À tâtons, Zane attrapa son téléphone qui vibrait sur la table de chevet.

— Oui, j'ai un problème. Il y a quelqu'un dehors qui tire sur la maison. Appelez tout de suite la police. Ne bouge pas ! ordonna-t-il de nouveau à Darby. Tu vas aller dans une autre chambre. Si tu entends quelqu'un entrer, tu sors par une fenêtre et tu t'enfuis.

— Et toi ? demanda-t-elle, tremblante, en serrant le chien contre elle.

— Fais ce que je te dis.

Accroupi, Zane s'avança jusqu'au placard, où il prit la batte de base-ball, une Louisville Slugger qu'Emily lui avait offerte pour son douzième anniversaire.

Au lieu de suivre ses consignes, Darby avait débranché une lampe, qu'elle tenait comme une batte de base-ball.

— Deux armes valent mieux qu'une, bredouilla-t-elle.

— Chut ! fit Zane en tendant l'oreille. Un bruit de moteur…

Avant qu'elle puisse le retenir, il courut à la fenêtre, et vit des feux arrière qui s'éloignaient.

— Fumier ! tonna-t-il. Je le prends en chasse !

— Il est armé…

Sans répondre, il enfila un pantalon, et poussa un juron en marchant sur un éclat de verre.

— Reste là, OK ? lança-t-il à Darby.

Elle n'en avait pas l'intention. Quand il quitta la chambre, elle se rua derrière lui.

– Attends ! Réfléchis ! Tu es fou de rage. Moi aussi. Mais ils sont peut-être plusieurs, armés. Imagine que ce soit une ruse pour te faire sortir…

Elle répugnait à user de ce subterfuge, mais elle n'avait pas le choix, pas d'autre carte à abattre face à un homme furieux.

— S'il te plaît, ne me laisse pas seule ici.

Zane s'immobilisa.

— Je t'en prie… Je suis sûr de le rattraper, en Porsche. Cache-toi dans le cellier en attendant la police.

Darby se résigna : son orgueil ne valait pas la vie de Zane.

— Ne me laisse pas seule, implora-t-elle en s'agrippant à lui.

— OK, OK… bougonna-t-il en la prenant dans ses bras. Je suis là, n'aie pas peur.

Soulagée, elle s'écarta de lui.

— Ça devait être Clint Draper. Ça ne pouvait être que lui. Il ne s'en tirera pas comme ça.

— Oh non ! Écoute, je reste là, mais je voudrais que tu ailles dans l'autre chambre avec le chien. Ne t'approche pas des fenêtres. Je descends juste attendre Lee.

— Je viens avec toi. Oh mon Dieu ! Tu saignes !

— Je me suis coupé le pied.

— Viens dans la salle de bains, je vais te désinfecter avant que Lee ou Silas arrive.

Darby avait besoin de s'occuper les mains autant que l'esprit, si bien qu'elle entreprit très posément de nettoyer la plaie, pas très jolie, mais moins vilaine qu'elle le craignait.

— Il n'a même pas essayé d'entrer.

— Il devait savoir qu'il y avait une alarme. Tout le monde est au courant. Mais il est tellement bête qu'il ne s'est pas douté qu'il la déclencherait en tirant dans la porte.

Quelques secondes avant qu'ils n'entendent les sirènes, Zod se remit à japper.

— Les voilà. Tu es toute nue…

— Ah oui… Je m'habille, je te rejoins en bas.

Zane se leva, en ménageant son pied blessé.

— Ce n'était pas vrai que tu avais peur de rester seule…

— Si, marmonna-t-elle, et elle s'engouffra dans la chambre.

Le chien fonça dans l'escalier avec des aboiements féroces, suivi de Zane.

Nue, Darby s'assit au bord du lit, parcourue de frissons en regardant les débris de verre, les traces de pas sanglantes, les draps emmêlés, le mur au-dessus du lit criblé d'impacts de balles.

Et s'il avait attendu que Zane sorte sur le balcon, comme il le faisait chaque matin, pour tirer ? Ou qu'ils s'attablent tous les deux dehors pour prendre leur petit déjeuner ? Ils auraient été totalement impuissants, à sa merci. Ou s'il avait profité du vacarme du feu d'artifice et tiré sur les enfants qui couraient dans l'herbe, pendant que tout le monde avait les yeux levés vers le ciel ?

Darby referma les bras autour d'elle et se balança d'avant en arrière.

— Ressaisis-toi, murmura-t-elle. Il y a eu plus de peur que de mal. On le retrouvera, on l'arrêtera.

Dans la salle de bains, elle s'aspergea le visage d'eau fraîche et surmonta une brusque nausée.

Elle terminait de s'habiller lorsque Zane remonta.

— Je venais voir si tu étais prête. Lee voudrait monter.

— Pas de problème.

— Tu es toute pâle, constata-t-il en lui caressant la joue.

— Ça ira mieux quand j'aurai bu un café. Je descends en préparer.

Lee attendait au pied de l'escalier.

— Contente que vous soyez là, commandant, dit-elle en descendant. Je n'ai même pas entendu les coups de feu, ni les vitres exploser. C'est Zane qui m'a réveillée en me poussant hors du lit.

— Vous n'avez plus rien à craindre. On retrouvera le coupable, je vous le promets.

Avec un hochement de tête, elle se rendit dans la cuisine, laissant les hommes monter.

Elle était assise au comptoir, une tasse entre les mains, quand ils redescendirent, avec une expression sinistre.

— Pas de victimes, j'espère ? demanda-t-elle.

En secouant la tête, Lee s'installa à ses côtés.

— Non. Je viens d'avoir un appel de Silas. L'étude de Zane a de nouveau été vandalisée. Des obscénités sur la façade. La peinture est encore fraîche. J'ai envoyé deux agents jeter un œil chez vous.

— C'est donc Draper qui a dû s'introduire chez moi, avant que Micah installe l'alarme.

— Peut-être. Dès qu'il fera jour, on ira voir si on peut découvrir où il était à l'heure où les coups de feu ont été tirés. On fera un tour chez lui, on interrogera sa famille.

— OK.

Lee tapota la main de Darby.

— Vous êtes une femme forte.

— Je n'en sais rien, mais je crois en la justice. J'ai pu compter sur elle quand j'en avais besoin. Vous l'arrêterez, je n'en doute pas une seule seconde. Sauf que...

— Oui ?

Elle se tourna vers Zane.

— Ce serait une drôle de coïncidence que ce ne soit pas Draper, mais tu as tout de même été substitut. Tu as dû t'attirer des rancœurs. OK, tu y as pensé, ajouta-t-elle devant son regard.

— Forcément, acquiesça-t-il. Mais c'est Draper. Des insultes ridicules bourrées de fautes, c'est lui tout craché.

Lee s'éloigna pour répondre au téléphone, puis il revint sitôt qu'il eut raccroché.

— Désolé, Darby... On a aussi vandalisé votre maison. Même genre de grossièretés. Mais on a de l'ADN. Le problème, c'est que les analyses prendront du temps. J'espère qu'on relèvera aussi des empreintes.

— Il faut que j'aille voir.

— Non, objecta Lee, devançant Zane. Il s'agit d'une scène de crime. Si vous avez besoin de quelque chose, nous vous le rapporterons.

— Quel type d'ADN ? demanda Darby en le regardant droit dans les yeux.

— On s'en occupe, répondit-il en lui tapotant la main. J'aimerais que vous restiez ici tous les deux, pour le moment, pendant qu'on va chez les Draper. Ne touchez à rien, dans la chambre. Un de mes hommes viendra prendre des photos.

— Je te raccompagne.

Darby demeura dans la cuisine, en attendant le retour de Zane.

— Quel type d'ADN ? redemanda-t-elle. Il te l'a dit, j'en suis certaine. J'ai le droit de savoir.

— Chez moi, il a pissé devant la porte. Chez toi, il a éjaculé sur le paillasson.

— OK… Heureusement que je ne l'avais pas payé cher.

— Rien que pour ça, je lui casserais les dents, bien que ce ne soit pas mon genre. Darby, je…

Elle se crispa.

— Ne me dis surtout pas que tu es désolé. C'est moi qui ai trouvé Traci sur le bord de la route et qui l'ai amenée ici. On est impliqués tous les deux, dit-elle d'une voix ferme.

Néanmoins, elle s'essuya les yeux d'un geste rageur.

— Zod a besoin de sortir, ajouta-t-elle.

Devant la porte, le chien trépignait d'impatience.

— Je le sors, déclara Zane. En laisse. Tu prépares une omelette, pendant ce temps ?

— Je veux bien essayer, mais je ne garantis pas le résultat.

— En matière de cuisine, j'ai plus confiance en toi qu'en moi, répliqua-t-il en fixant la laisse au collier de Zod. Je n'ose pas imaginer ce qui aurait pu arriver si tu avais été seule chez toi…

— J'ai imaginé tous les scénarios, moi aussi. Ça ne sert à rien d'imaginer. Va te balader, ça t'ouvrira l'appétit. Je pense qu'il t'en faudra pour manger mon omelette.

Naturellement, la promenade du chien n'était qu'un prétexte. Zane désirait jeter un coup d'œil au-dehors. Il avait inspecté de nombreuses scènes de crime, potassé des dizaines de rapports d'enquête. Fort de son expérience, il raccourcit la laisse de Zod, et se laissa guider à la lueur des éclairages de sécurité.

— Doucement, dit-il, lorsque le chien pressa le pas, la truffe au sol. Lee nous en voudrait à mort, si on compromet des indices. À juste titre.

Zane n'eut pas besoin de suivre longtemps le flair de Zod avant de pouvoir se fier au sien. Prudent, il le prit dans ses bras, et toléra les coups de langue, tandis qu'il examinait la terre piétinée. Et le sang encore frais.

— Tiens donc... murmura-t-il en se baissant.

En tenant fermement le collier de Zod, il prit quelques photos avec son téléphone. Puis il s'éloigna et reposa le chien au sol. Pendant que celui-ci faisait ses besoins, il appela Lee.

— J'ai trouvé quelque chose. Ne m'engueule pas, je n'ai touché à rien. Je t'envoie des photos. Ils étaient au moins deux, et quelqu'un a perdu du sang.

Il transmit les photos, puis regagna la maison tout en réfléchissant.

Darby se tenait devant la cuisinière, un regard noir fixé sur sa poêle.

— Tout à l'heure, elle était trop baveuse, et maintenant, elle est trop cuite. Pour ne pas dire cramée.

Elle se retourna, et vit l'expression de Zane.

— Qu'est-ce qu'il y a ? Qu'est-ce qui s'est passé ?

— Rien. Ils sont partis. Pas de panique.

— Ils étaient plusieurs ?

Zane décrocha la laisse en opinant de la tête.

— Zod m'a mené à l'endroit où ils étaient embusqués. Bon chien, le félicita-t-il en le caressant, puis il lui remplit sa gamelle.

Zod se jeta sur la nourriture tel un lion sur une gazelle.

— Il y a du sang.

— Du sang ?

— Je ne suis pas enquêteur, mais j'ai collaboré à de nombreuses enquêtes. À mon avis, ils étaient deux. L'un a frappé l'autre à la tête. J'ai trouvé des traces de sang sur une pierre, du sang par terre, l'herbe aplatie, comme si on avait traîné un corps inerte.

Il sortit des assiettes.

— La police trouvera sûrement d'autres indices quand il fera jour.

— Ça n'a pas l'air de t'affoler plus que ça…

— Je suis intrigué. Et j'ai hâte de goûter ton omelette, ajouta-t-il avec une caresse réconfortante sur le bras de Darby. Je suis toujours furieux, mais j'aime bien les énigmes. C'était très certainement Clint Draper, il avait des raisons de m'en vouloir, mais pourquoi aurait-il assommé un complice alors qu'il était armé ? Ou pourquoi l'aurait-on assommé ?

— Pour nous protéger ? Non, ça ne tient pas debout.

Darby découpa son omelette brûlée et la servit.

— Que faisaient-ils dans les bois au milieu de la nuit et pourquoi se sont-ils battus ? s'interrogea-t-elle.

Zane s'attabla.

— Il devait être avec un de ses copains et ils se sont pris la tête.

Darby goûta l'omelette, ajouta du sel.

— Mouais…

Zane poivra son assiette.

— Clint et ses amis ne sont pas très malins.

— Tu réfléchiras quand même aux ennemis potentiels que tu as pu te faire.

— De toute façon, Lee a des empreintes et de l'ADN. Il est furax…

— J'ai vu.

— Il fera tout pour coffrer Draper au plus vite. L'ennui…

— C'est qu'il y a d'autres Draper. Qui n'apprécieront pas que l'un des leurs soit « à l'ombre », comme vous dites ici dans le Sud.

— Exact, tu apprends vite. Alors, sois prudente. Soyons prudents, rectifia Zane avant qu'elle ne le fasse. Heureusement, on a un bon chien de garde.

Son petit déjeuner dévoré, Zod était couché sur le dos, les quatre fers en l'air, la langue hors de la gueule.

— Et on veillera l'un sur l'autre, ajouta-t-il en posant une main sur celle de Darby.

Zod se redressa soudain d'un bond, et courut à la porte en aboyant frénétiquement.

— Au moins, le Général nous prévient, dès qu'il y a quelqu'un qui approche.

Zane se leva et déposa son assiette dans l'évier.

— Fais-le taire, dit-il à Darby. Je ferai la vaisselle.

— Je t'aime, Walker. Je crois que c'est le bon moment pour te le dire.

— Tu peux me le redire à n'importe quel moment. Moi aussi, je t'aime.

Et sur ces mots, il alla accueillir la police.

25

Comme lors de l'intrusion de Bigelow, Darby avait à nouveau dû se soumettre à un interrogatoire.

Étrangement, elle ne gardait de ce violent incident qu'un souvenir assez flou. En revanche, elle ne pouvait s'empêcher de repenser au décès de sa mère, et elle se rappelait ce matin-là comme si c'était hier : le choc et l'incrédulité quand les agents de police avaient frappé à sa porte, les mots qu'ils avaient employés pour lui annoncer la terrible nouvelle.

Maintenant qu'on avait pris sa déposition, elle ne pouvait rien faire qu'attendre patiemment. Lee était demeuré intraitable : il tenait à ce qu'elle reste à l'intérieur.

Pour avoir vu un certain nombre de séries policières et lu des romans noirs, elle se doutait qu'ils allaient prendre des photos, prélever des échantillons de sang, emporter le caillou qui avait servi d'arme. Dans la chambre, ils extrairaient les balles du mur, après les avoir photographiées.

Des balles qui avaient dû siffler à quelques centimètres au-dessus de leur tête… pensa-t-elle en se rendant dans le salon, lasse de tourner en rond dans la cuisine.

La situation lui semblait surréaliste.

Bêtement, elle se sentit mal à l'aise lorsque Emily arriva. Mais quand celle-ci la serra dans ses bras, une vague de soulagement supplanta aussitôt la gêne.

— Je n'ai pas le droit de sortir, dit-elle. Le chien non plus. Zane est dehors, mais c'est chez lui…

— Et il a été substitut. Viens, ma belle, je vais te préparer un thé.

— J'aurais plutôt envie d'une double vodka.

— Je te comprends.

— Mais je me contenterai d'un Coca. Vous voulez quelque chose ?

— Pas pour l'instant, je te remercie.

— Je n'en peux plus d'attendre pour aller chez moi voir les dégâts.

— Bientôt. Dès que Lee nous en donnera l'autorisation, nous t'aiderons à nettoyer. Tu es sûre que tu ne veux pas dormir encore un peu ? Le soleil se lève à peine.

— J'ai déjà bu trois cafés, je suis sur les nerfs. J'ai prévenu Roy que je ne bosserai pas, ce matin. Il s'occupera de tout.

— Il a mûri depuis qu'il travaille pour toi. Qu'est-ce que vous faites, en ce moment ?

— Vous essayez de me changer les idées…

— Mince, ma stratégie tombe à l'eau…

Darby se posta devant les baies vitrées de la cuisine, fermées, et regarda le terrain qu'elle avait aménagé, la cascade.

— J'adore cette maison, cette vue fabuleuse. Et j'aime Zane, même si une part de moi a encore du mal à l'admettre.

— Et déjà deux actes de violence ont été commis dans cette maison.

— Croyez-vous que certains d'entre nous sont maudits par le destin ? Je sais, je sais, c'est idiot. Mais quand même… j'ai l'impression que le sort s'acharne sur moi.

— Ce n'est que de la malchance.

— Je l'espère. Mais à tourner en rond, enfermée ici, je me suis mise à ruminer… Quand j'ai rencontré Trent, ma vie a pris un virage à cent quatre-vingts degrés. J'avais eu une enfance et une adolescence heureuses, malgré l'absence de mon père…

Avec un long soupir, Darby s'assit sur une chaise.

— Je me suis mariée trop vite, trop jeune, poursuivit-elle. Mais d'autres aussi et elles n'ont pas eu à le regretter. Moi, ça m'a menée à l'hôpital.

Emily lui encadra le visage de ses mains.

— Ce n'est pas *ça* qui t'a menée à l'hôpital, c'est lui.

— Il aurait continué à me frapper si je n'avais pas réagi. Je n'avais jamais connu la violence auparavant, pas comme ça. Et puis j'ai perdu ma mère, brutalement. En venant m'installer ici, je pensais prendre un nouveau départ. Mais il y a eu l'incident Bigelow, Traci, et maintenant ça… Ça continue.

Comme s'il sentait qu'elle avait besoin d'être réconfortée, Zod posa la tête sur les genoux de Darby et leva vers elle un regard adorateur. Emily s'assit à côté d'elle.

— Tu es quelqu'un d'intelligent, Darby, et tu es positive. Je comprends que tu aies du mal à l'être, ce matin, mais ne va pas te mettre en tête que tu es le jouet d'une espèce de fatalité. Je n'ai pas connu Trent, mais je l'imagine sans peine. Un homme de la même trempe que Graham et ma sœur, méchant, violent, des monstres qui cachent leur laideur derrière un masque. J'ai grandi avec Eliza et j'ai longtemps côtoyé Graham sans voir vraiment ce qu'ils dissimulaient. Ce n'était pas le destin. C'était cet horrible talent qu'ils possédaient. Un vice inscrit dans leurs gènes.

— C'est vrai, c'est un horrible talent, murmura Darby.

— Ta mère a été tuée par un automobiliste sans conscience. J'espère de tout mon cœur que la culpabilité le rongera jusqu'à son dernier souffle.

Emily enlaça les épaules de Darby et l'attira contre elle.

— Malgré tout, c'est grâce à Trent que tu as su te défendre contre Graham. Je t'admire. Entre parenthèses, je me permettrai d'insister, en temps voulu, pour que tu donnes ce cours d'autodéfense. Quant à Traci, tu as voulu l'aider parce que tu es une personne bienveillante. Le destin n'a rien à voir là-dedans. Et ce matin, vous avez eu affaire à un taré, un dégénéré, qui a voulu faire une démonstration de sa force. Mon Lee veillera à ce qu'il soit derrière les barreaux avant le coucher du soleil. Tu peux compter sur lui.

— Merci. Très sincèrement. J'avais besoin d'entendre ça.

— Ce dont tu as besoin, c'est de quitter cette maison et d'aller travailler, avec ce gentil chien, de faire quelque chose de productif. Je vais demander à Lee de t'y autoriser. Tu devais travailler où, aujourd'hui ?

— J'ai un petit chantier à terminer sur Highpoint Road – c'est en allant là-bas que j'ai croisé Traci. Mais je finirai plus tard. J'ai envoyé l'équipe chez les Marsh, au bord du lac.

— OK.

Emily tapota le genou de Darby, puis elle se leva. Une porte claqua et des pas précipités résonnèrent dans l'escalier.

— Vous avez raison : hors de question que je reste enfermée là une minute de plus, déclara Darby en se levant à son tour.

Lorsqu'elles sortirent, avec le chien frétillant de joie, deux véhicules de police démarrèrent sur les chapeaux de roues. Zane s'avança à leur rencontre.

— Ils l'ont retrouvé ? demanda Darby. Ou il a encore fait des siennes ?

— C'était bien Clint Draper, acquiesça Zane, l'expression grave.

Redoutant le pire, Emily prit la main de Darby.

— Que s'est-il passé ?

— On vient de le retrouver. Qui flottait sur le lac. C'est Gabe qui a appelé la police, dit Zane en se passant une main sur le visage.

— Oh mon Dieu ! s'écria Emily. Je vais…

Zane lui posa une main sur le bras.

— Ne t'affole pas. Si j'ai bien compris, c'est Hallie la première qui a vu le corps. Roy s'est jeté à l'eau, avant de se rendre compte qu'il était trop tard. Il a crié que quelqu'un appelle la police. Gabe a prévenu son père.

— Je veux lui parler, insista Emily.

— Tu l'appelleras. Darby, tu viens m'aider à préparer du thé ?

— Je m'en occupe, déclara Emily. Ensuite, je téléphonerai à Gabe. Et à Brody, pour lui dire qu'il n'aille pas de ce côté du lac.

Zane entraîna Darby vers un fauteuil de jardin et prit la laisse lorsque Zod se coucha sous la table.

— C'est un meurtre, murmura Darby.

— Ou une chute, ou un suicide. L'autopsie nous le dira.

— Du sang sur une pierre, un corps traîné dans l'herbe… Quelqu'un l'a tué et a jeté le corps dans le lac. Reste à savoir qui et pourquoi.

— La police doit interroger un de ses amis. Ils ont retrouvé un pick-up, peu avant l'appel de Gabe, avec des taches de peinture sur le volant, des pots de peinture, des traces de sang. Clint était vraisemblablement accompagné de Stu Hubble. Son copain n'avait sans doute pas l'intention de le tuer, mais ils ont dû s'engueuler, il l'a frappé, il a paniqué et il a tenté de se débarrasser du corps. Ce qui est bizarre, c'est que Stu ait laissé son pick-up sur la route du lac. C'est donc peut-être un autre scénario qui s'est produit. Attendons d'avoir des éléments concrets.

— Il faut que je voie mon équipe.

— Je comprends, dit Zane en posant une main sur celles de Darby. Bientôt.

La silhouette s'était muée en homme et celui-ci jouissait d'un excellent point de vue sur le lac. Il avait regardé le jeune péquenaud se jeter à l'eau et nager jusqu'au cadavre. Il s'était bien marré en buvant sa première tasse de café.

Il avait vu les flics, aussi, quand ils avaient retrouvé le pick-up où il l'avait laissé, à un endroit où le dernier des ânes l'aurait déniché. Le propriétaire du véhicule, un dénommé Stuart Hubble, allait passer un sale quart d'heure.

Le meilleur restait toutefois la scène hilarante du sauvetage du macchabée et la panique qu'elle avait engendrée. Il y avait des semaines qu'il n'avait pas autant rigolé, depuis qu'il avait tabassé cette pute à deux balles levée dans un quartier chaud, en Virginie.

Il se félicitait d'avoir obéi à son instinct, et suivi ce couillon avec ses pots de peinture. Presque une intervention divine.

Normalement, la mort de cet abruti causerait du tort à Walker. Avec un peu de chance, elle lui attirerait de sérieux ennuis. L'abruti avait écrit des obscénités sur la façade de son cabinet, puis sur la maison de la salope qu'il sautait. On ferait vite le lien…

Il dut reprendre son souffle, desserrer les poings.

L'abruti était tellement abruti qu'il avait ensuite tiré dans les fenêtres de Walker. Il se serait retrouvé en taule, s'il ne lui avait pas fracassé le crâne. Or la prison était pire que la mort. Il lui avait rendu service.

— Pas de quoi ! ricana-t-il en rentrant se servir un deuxième café et prendre un croissant à la confiture locale.

Puis il ressortit s'asseoir dans le grand fauteuil rustique pour savourer son petit déjeuner et admirer encore un peu le spectacle.

En apportant le thé, Emily massa les épaules de son neveu.

— Je vais faire une grande salade de pâtes. Je la laisserai au frigo.

— Ce n'est pas la peine, protesta Darby.

— Lee en a terminé avec tes employés et ils veulent tous venir vous voir. Je n'ai pas trouvé grand-chose dans vos placards mais au moins de quoi préparer une salade de pâtes. J'irai faire ma cueillette dans votre jardin aromatique.

Zane exerça une pression sur la main de sa tante.

— On va se régaler. Comment va Gabe ?

— J'ai l'impression que ça va, mais j'attends de le voir. Ralph va passer chercher Brody. Je veux avoir mes deux garçons près de moi. Vous en profiterez pour leur demander de vous aider à finir de démonter les tentes et à ranger les tables et les chaises.

Emily regarda autour d'elle, puis elle se pencha afin d'embrasser Zane sur la tête.

— Difficile d'imaginer qu'hier seulement on était tous réunis ici pour faire la fête. Lee en a encore pour un moment. Il a du pain sur la planche.

Là-dessus, elle retourna dans la cuisine.

— Il faut que quelqu'un prévienne Traci, dit Darby.

— Je tiens à le faire en personne. Le plus tôt possible. Ça ne t'embête pas que j'aille à Asheville ?

— Pas du tout. Tu veux que je t'accompagne ?

— Non, reste là, avec ton équipe. Je dois d'abord demander l'accord de Lee. Le plus dur sera pour lui : annoncer la nouvelle au reste de la famille Draper.

Lee trouva Stu Hubble vautré sur le canapé de sa piaule, entouré de bouteilles de bière vides, de plaquettes de comprimés, un cendrier plein de mégots de cigarettes et de joints, un reste de pizza, deux sachets entamés de Doritos.

Quand il le secoua, Stu lâcha un énorme pet, suivi d'un rot pestilentiel.

— Fais pas chier, grommela-t-il en tentant de se retourner.

Lee lui décocha un coup de pied. Stu s'affala sur le plancher.

— Putain ! C'est quoi ce b...

Il s'interrompit lorsque ses yeux injectés de sang se posèrent sur le commandant de police.

— Qui vous a fait entrer ? Je suis chez moi. Vous n'avez pas le droit...

— Vous êtes chez votre grand-mère. Levez-vous. Vous êtes en état d'arrestation.

— Eh, j'ai rien fait !

— Où est Clint Draper ?

— Comment voulez-vous que je...

Stu se rattrapa à temps et se leva péniblement. Il était grand et gras, avec des petits yeux et des dents abîmées.

— Il doit être par là, aux W.-C. peut-être. On a passé la soirée ensemble, hier. On était partis camper, mais il faisait trop chaud, alors on est revenus. On n'a rien fait d'illégal.

— À part dégrader une propriété privée. Vous êtes tellement bête que vous avez pris votre pick-up pour aller écrire des obscénités sur le cabinet de Me Walker et la maison de Mme McCray.

— C'est pas moi, j'ai pas bougé d'ici ! Demandez à ma grand-mère !

— Le volant de votre véhicule est plein de peinture.

En revanche, Stu n'avait pas une tache sur lui, constata Lee, alors qu'il semblait ne pas s'être douché ni changé depuis un certain temps.

— Il y avait aussi des pinceaux et des pots de peinture, dans votre pick-up.

— Ah… On a dû me le voler. Demandez à ma grand-mère, demandez à Clint.

— J'ai déjà parlé à votre grand-mère ; elle est sourde comme un pot, et elle n'est pas descendue là depuis au moins six ans. Quant à Clint, je ne risque pas de l'interroger.

— Et pourquoi ça ?

— Parce qu'on l'a repêché dans le lac, ce matin, à trois ou quatre cents mètres de l'endroit où votre pick-up était garé. Il est mort.

Stu fit le tour de la pièce, en cherchant s'il ne restait pas une cannette encore pleine.

— Si je vous dis qu'il est aux W.-C… On est rentrés parce qu'il faisait trop chaud pour camper.

Sur son téléphone, Lee afficha une photo du corps de Draper, les yeux grands ouverts, le visage gris. Et recula d'un bond lorsque Stu se plia en deux et se vomit sur les pieds. L'odeur aurait réveillé un cadavre en décomposition, pensa Lee en se bouchant le nez.

— Vous vous êtes disputés, chez Zane ?

— C'est pas lui, c'est pas possible. Vous vous payez ma tête.

— On l'a repêché dans le lac ce matin, avec un trou gros comme mon poing à l'arrière du crâne. Il était déjà mort, je présume, quand vous l'avez jeté dans le lac.

— C'est pas moi, protesta Stu en titubant jusqu'au canapé. J'ai jamais tué personne de ma vie. Clint est un ami. J'ai jamais tué personne.

— Levez-vous. Je vous emmène au poste et vous aurez intérêt à me raconter la vérité si vous ne voulez pas aller en taule. Vous êtes dans la merde, Stu. En mentant, vous ne ferez que vous y enfoncer davantage.

— J'ai jamais tué personne, je vous le jure, bredouilla Stu. OK, on n'est pas allés camper. On est tout le temps restés là. C'est Clint qui m'a demandé de dire qu'on était partis à la pêche. Il est venu ici quand il a su que Traci l'avait plaqué et que la police voulait lui toucher deux mots. J'ai juste rendu service à un copain, c'est tout. N'importe qui aurait fait la même chose.

— Vous êtes sûr que n'importe qui serait prêt à mentir à la police pour couvrir un type qui tabasse sa femme ?

— J'en sais rien… Il était là, hier soir, c'est tout ce que je sais. On a bu une ou deux mousses, j'ai dû sombrer. Je ne suis au courant de rien, pour la peinture et tout ça. Oh putain, il est mort, c'est vrai ?

Un abruti, pensa Lee, *mais vraisemblablement pas un assassin.*

— Levez-vous et suivez-moi, si vous ne voulez pas que je vous menotte. Vous me raconterez tout au poste. Vous avez une autre paire de chaussures ?

— Euh… Ouais.

— Alors, changez de godasses. Celles-ci sont pleines de vomi. Emportez aussi un pantalon et un tee-shirt. Les vêtements que vous avez sur vous seront examinés. J'espère qu'on n'y retrouvera ni peinture ni trace de sang.

— Je voulais juste aider un copain dans la merde, plaida Stu. C'est normal, non, c'est humain ? J'ai rien fait de mal, j'ai jamais tué personne.

Lee le croyait, mais il tenait quand même à le passer au grill. Si Stu savait quelque chose, quoi que ce soit, il lui ferait cracher le morceau.

Quand les employés de Darby arrivèrent, avec Brody, la salade d'Emily était prête, au frais, ainsi que deux pichets de thé glacé.

Darby se dirigea vers Roy et lui donna une chaleureuse accolade.

— Je suis encore mouillé, bafouilla-t-il.

Néanmoins, après une seconde d'hésitation, il referma les bras autour d'elle.

— Oh bon sang… Je n'avais jamais vu de… Je le reverrai toujours… Quand je l'ai retourné… Son visage…

— Venez, asseyez-vous.

— Je… J'ai une tenue de rechange dans le camion. Je peux me changer quelque part ?

— Bien sûr.

Elle attendit qu'il revienne et le conduisit à la salle de bains du sous-sol, entre la salle de sport et le home cinema.

— Allez prendre une douche chaude, et surtout, prenez votre temps, dit-elle, puis elle lui saisit la main. Roy, vous êtes un héros.

— Je n'ai rien fait.

— Vous avez plongé dans le lac. Vous pensiez sauver quelqu'un de la noyade. Il était trop tard, mais vous avez ramené le corps sur la berge. C'est un acte héroïque.

Les yeux humides, Roy secoua la tête.

— Pour tout vous dire, je n'ai jamais aimé ce type. Surtout depuis que tout le monde sait qu'il maltraite Traci. Mais…

— Votre conduite est d'autant plus louable. Prenez votre temps.

Quand elle remonta, les autres étaient assis autour de la table, unis dans le choc. Brody et Gabe se tenaient l'un contre l'autre.

— Ça va, Roy ? s'inquiéta Hallie en se tordant les mains. Il n'a pas prononcé un mot depuis… depuis qu'il a sorti Clint Draper de l'eau.

— Il a juste besoin d'un peu de temps.

— Vous pouvez nous expliquer ce qui s'est passé ? demanda Ralph. Franchement, je suis curieux de savoir.

— Moi aussi. Malheureusement, je ne vais pas pouvoir vous dire grand-chose.

Darby demeura debout, incapable de s'asseoir.

— Quelqu'un a tiré des coups de feu dans les fenêtres de la chambre, dit-elle. Clint Draper, on suppose.

— Salopard ! tonna Ralph en cognant du poing sur la table.

Ses lunettes glissèrent au bout de son nez et Hallie sursauta.

— Salopard, je le répète, même si on ne doit pas dire du mal des morts.

— Où est Zane ? s'enquit Brody. Il a été touché ?

— Non, non. Il est parti à Asheville annoncer la nouvelle à Traci, avec sa sœur, Allie. Clint a également tagué le cabinet et ma maison.

— Les Draper ont toujours été des voyous, murmura Hallie. On vous aidera à repeindre, Darby, ne vous en faites pas.

— Je vous donnerai un coup de main, déclara Brody. Mais… comment il s'est retrouvé dans le lac ?

— Manifestement, il était avec un complice, qui lui a fracassé le crâne avec un caillou.

— N'importe quoi… bougonna Ralph.

— Je ne vous le fais pas dire, renchérit Darby.

— Ils devaient être soûls, avança Brody. Tout le monde sait qu'il est violent quand il a bu. Mon père l'a déjà arrêté plusieurs fois parce qu'il avait provoqué des bagarres.

— Tu es bien informé, dis donc, souligna Emily.

— J'ai des oreilles, maman, répliqua-t-il avec une mimique d'adolescent. Son copain devait être bourré, aussi. Il a peut-être voulu lui prendre le fusil, ils se sont battus, et bam. Il n'avait sûrement pas l'intention de le tuer, mais une fois que le mal était fait, il a essayé de se débarrasser du corps.

— Élémentaire mon cher Watson, lui lança son frère.

— À moins que quelqu'un l'ait vu taguer le cabinet et la maison de Darby, poursuivit Brody. Quelqu'un d'aussi taré que lui, qui l'a suivi jusqu'ici.

— Pourquoi le tuer ? demanda Darby.

— Les psychopathes n'ont pas forcément besoin d'une raison, juste d'une opportunité. C'est mon père qui le dit. Dans tous les cas, papa, Silas et leurs collègues découvriront ce qui s'est passé. C'est leur métier.

Emily se plaça derrière son fils et exerça une pression sur ses épaules.

— Si ta deuxième hypothèse est la bonne, dit Gabe, hésitant, en traçant des lignes dans la condensation de son verre de thé glacé, alors ce serait quelqu'un de beaucoup plus dangereux que les Draper. Papa est sûr que le père de Zane… je veux dire, que Graham Bigelow est toujours en prison ?

— Oui, c'est la première chose qu'il a vérifiée, répondit Emily en posant une main sur l'épaule de son aîné.

Gabe avait cependant soulevé un point inquiétant, pensa Darby. Effectivement, il pouvait y avoir à Lakeview quelqu'un de plus dangereux que les Draper. Un assassin.

Après avoir pris les vêtements de Stu, Lee le laissa avec un agent et l'ordre de se doucher puis de l'attendre en cellule. Hors de question qu'il l'interroge tant qu'il empestait le vomi, la bière rance et la vieille transpiration.

De toute façon, il devait d'abord prévenir la famille du défunt, une mission déplaisante dont il lui tardait de se débarrasser.

Connaissant les Draper, il emmena Ginny et Silas en renfort.

Ce fut Horace Draper qui les accueillit, une cigarette roulée au coin du bec. Des relents de graillon planaient dans la maison, malgré les deux ventilateurs qui brassaient l'air.

— Si c'est mon fils que vous cherchez encore, dit le vieil homme aux cheveux gras et clairsemés, je vous répète qu'il est parti camper. Ne comptez pas entrer si vous n'avez pas de mandat.

— Nous avons retrouvé Clint, monsieur Draper.

— Impec'. Alors vous savez qu'il était pas là au moment où cette menteuse prétend qu'il l'a frappée. Il a jamais levé la main sur cette feignasse. Ça lui ferait peut-être du bien.

Le vieux pointa vers Lee un doigt jauni par la nicotine.

— Enfermez mon fils et ça vous coûtera votre insigne, cette fois, proféra-t-il.

— Monsieur Draper, je suis au regret de vous informer que votre fils Clint est décédé. Toutes mes condoléances.

— C'est ça, ouais…

— Son corps a été découvert ce matin dans Reflection Lake.

Derrière son mari, Bea Draper poussa un cri.

— Oh non ! Mon garçon !

— Ta gueule ! lui intima Horace. Il raconte des conneries.

Lee leur montra la photo sur son téléphone.

— Il s'agit bien de votre fils Clint ?

Il vit le choc se peindre sur le visage d'Horace, qui vacilla et sortit s'asseoir sur une chaise branlante de la galerie.

— Mon fils est mort…

— Je suis désolé.

Draper se releva presque aussitôt, furieux.

— C'est vous qui l'avez tué !

Avant qu'il se jette sur Lee, Silas lui immobilisa les bras dans le dos. Ginny vint lui prêter main-forte. Muscles et tendons saillants, le vieux écumait de rage.

— Il était déjà décédé quand nous l'avons retrouvé, précisa Lee sans se départir de son calme. Le département de police de Lakeview n'est pas responsable de sa mort.

— Alors qui l'a tué ? Mon fils nage comme un requin. Il n'a pas pu se noyer.

— Une enquête a été ouverte.

— Enquête de mon cul, oui ! Vous, les flics, vous êtes tous des pourris, y compris le FBI. Vous en avez rien à foutre des pauvres gens comme nous. Vous en avez jamais rien eu à foutre de moi et ma famille.

— Soyez assuré que je ferai mon travail. Asseyez-vous, s'il vous plaît, maîtrisez-vous. Votre famille serait bien ennuyée si je devais vous arrêter pour voies de fait contre un représentant de la loi.

— Je vais vous le dire, moi, qui c'est qui l'a tué ! C'est le fils Bigelow. Ce petit merdeux qui se fait appeler Walker, maintenant. C'est lui qui a forcé la femme de mon fils à raconter des bobards. Vous avez intérêt à l'arrêter avant qu'on le chope.

— Attention, pas de menaces. Asseyez-vous.

Dans la cuisine, Bea Draper gémissait et se lamentait. Lee adressa un signe de la tête à Ginny, qui disparut à l'intérieur.

— Zane n'a pas fait de mal à votre fils.

— C'est vous qui le dites.

— Quand votre fils a été tué, Zane appelait la police, parce que Clint venait de tirer dans les fenêtres de sa chambre.

— C'est pas vrai, mon fils n'a pas fait ça. Ce connard ment.

— Son fusil était dans le pick-up qu'il a emprunté à Stuart Hubble. La balistique le confirmera, mais je suis prêt à parier gros que c'est l'arme d'où proviennent les balles qui étaient fichées dans le mur de la chambre de Zane. Nous avons aussi relevé des empreintes digitales sur le volant. Les pots de peinture qu'il a utilisés pour taguer des insultes sur le cabinet de Me Walker et la maison de Mme McCray se trouvaient dans le véhicule. Du reste, au moins dix agents de police étaient présents chez Zane à l'heure où le corps a été jeté dans le lac. Un alibi imparable.

— Tous des menteurs et des bons à rien.

— Stu Hubble est en garde à vue. À voir l'état des lieux, chez lui, quand je suis allé l'interpeller, il me paraît clair que votre fils et lui avaient bu, fumé et pris des stupéfiants, avant que Clint parte en vendetta, pendant que son copain cuvait.

Lee s'accroupit pour regarder Horace Draper dans les yeux.

— Si vous ne m'aviez pas menti, hier, vous et votre famille, votre fils serait toujours vivant. Il aurait été convoqué au tribunal, très certainement condamné, mais il serait encore de ce monde.

— Allez vous faire foutre.

Lee se redressa. Il vit venir le coup de poing, et n'eut qu'une fraction de seconde pour réfléchir. Il laissa le vieux le frapper, dans la pommette.

— Et voilà, vous êtes en état d'arrestation, pour violences à l'encontre d'un fonctionnaire de police.

Avec l'aide de Silas, il le plaqua au sol et le menotta.

À l'intérieur de la maison, Ginny, qui consolait une mère en deuil, dut soudain maîtriser une folle furieuse.

26

Après une heure tendue en compagnie de Traci, Zane reprit la route de Lakeview. Darby lui avait envoyé un texto : Lee l'avait autorisée à aller chez elle, mais avec ses employés. Rassuré, il passa donc évaluer les dégâts infligés à son cabinet.

La façade souillée était protégée par les rubans jaunes de la police. La faire repeindre lui coûterait un peu cher, pensa-t-il en examinant les odieux graffitis. Plusieurs personnes s'arrêtèrent pour lui témoigner leur sympathie, leur colère, leur soutien.

Britt le rejoignit, elle lui ouvrit les bras et l'étreignit.

— J'ai eu Emily et Silas au téléphone. Ils m'ont raconté, dit-elle en s'écartant de son frère, mais en gardant les mains sur ses épaules. Dieu merci, vous n'êtes pas blessés, c'est l'essentiel. Mais ça me rend malade, je suis furieuse.

— On a connu pire, ce n'est que de la peinture.

Elle arqua les sourcils.

— S'il te plaît, sois sincère avec moi.

— En toute honnêteté, je regrette qu'il soit mort, en partie parce que je n'aurai pas l'occasion de lui coller mon poing dans la figure. À peu de choses près, une balle aurait pu nous toucher. Heureusement que Darby dort de l'autre côté.

— Où est-elle ? Tu veux que je passe la voir ? Je peux reporter mes rendez-vous.

— Elle est chez elle, avec son équipe, et Brody. Il tenait absolument à aider.

— Il est adorable. On l'aidera tous, tu le lui diras.

— OK. Écoute, on attire les badauds, ici. Leur soutien me touche, mais je n'ai pas envie de ça, pour le moment.

— Je comprends, dit Britt en reculant de quelques pas pour regarder la façade. Franchement, zéro en orthographe ! commenta-t-elle, ce qui eut le mérite de faire rire Zane.

En la quittant, il alla acheter de la peinture, puis il se rendit au poste de police. Dans son bureau, Lee rédigeait un procès-verbal. Lorsqu'il leva la tête, Zane vit sa joue bleuie.

— Je parie que ce n'est pas une porte…

— Le père Draper est en train de se calmer en cellule. Assieds-toi. Tu veux un café ?

— Non, merci, j'en ai déjà trop bu, répondit Zane en prenant place en face de Lee. Traci est sous le choc, mais elle a sa mère et sa sœur avec elle. Elle va rester quelques jours au foyer, voire plus longtemps si tu penses que c'est nécessaire.

Lee fit craquer sa chaise quand il se renversa contre le dossier ; un son familier qui le rassurait.

— Chaque chose en son temps. On a vérifié, ce sont bien les empreintes de Clint sur le fusil, dans le pick-up de Stu, sur les pots de peinture, les pinceaux, ton cabinet et la maison de Darby. Il n'a jamais été futé.

— Ce n'est pas moi qui te contredirai.

— Pour l'ADN, ça prendra un peu de temps. Par contre, on devrait avoir assez vite les résultats des analyses sanguines et toxicologiques, et la cause du décès. Grâce à Stu Hubble, j'ai aussi pu me faire une bonne idée de la chronologie des faits.

— Donc tu ne le suspectes pas…

— Non. Il pionçait tout habillé quand je suis allé le cueillir. On fera analyser ses vêtements mais, à l'œil nu, il n'y a pas de taches de peinture ni de sang. Pas d'empreintes sur le caillou, mais beaucoup d'hémoglobine. Il n'est pas plus malin que Clint ; il n'aurait pas pensé à essuyer ses empreintes sur l'arme du crime. D'ailleurs, il semble que le coupable ne l'ait pas fait non plus… Bref, Clint s'est pointé chez lui hier vers midi. À pied. La grand-mère de Stu l'a confirmé. Stu affirme qu'ils n'ont pas quitté sa piaule. Ils ont mangé, bu, fumé, regardé la télé, joué à des jeux vidéo, maté des films porno. Il pense avoir sombré vers 2 heures du matin.

— Clint en a profité pour lui piquer de la peinture et se barrer avec son pick-up.

— Vraisemblablement.

— Personne d'autre n'est venu picoler avec eux ?

— Stu dit que non et je le crois. Il n'en menait pas large.

— Clint a peut-être rencontré un pote en chemin. Ou quelqu'un qui lui en voulait. Ce n'est pas ce qui manque, à Lakeview. Mais de là à le tuer…

— Un peu extrême, en effet, mais toutes les spéculations sont possibles. Il a braqué son fusil sur quelqu'un, qui lui a fracassé le crâne. Il était avec un deuxième larron, il est tombé, il s'est cogné la tête, l'autre a paniqué et tenté de faire disparaître le corps. Ou un ennemi a décidé de prendre sa revanche. On élucidera ça, je te le promets.

Zane se souvint de la promesse de Lee, à Buncombe, après la pire nuit de sa vie. L'honorer était devenue sa mission.

— Je te fais confiance.

— Je veux que tu sois prudent, d'accord ? Son père s'est mis en tête que tu l'as tué.

— Comment aurais-je pu le tuer alors que j'avais la police chez moi ?

— Les faits, les preuves, la logique… Il ne veut rien entendre. Il va demander une libération sous caution. Sois vigilant.

— Laisse-moi lui parler.

— Zane…

— Il a un avocat ?

Lee émit un petit rire.

— Les avocats ? Il les pendrait, toi le premier.

— Laisse-moi lui parler. Tu pourras assister à la conversation. S'il s'imagine que j'ai tué son fils, il risque de s'en prendre aussi à Darby.

— OK, OK.

Résigné, Lee accompagna Zane jusqu'aux trois cellules de garde à vue, et déverrouilla celle occupée par Stu Hubble et Horace Draper.

Le premier ronflait comme un sonneur sur sa couchette, dos à la porte. Le second secoua les barreaux et essaya d'empoigner Zane en vociférant :

— Toi, si je te chope, je te fais la peau !

— Les menaces proférées devant un officier de police ne joueront pas en votre faveur, si vous voulez être libéré.

— Va te faire foutre ! Si c'est pas moi qui te zigouille, ce sera un autre de mes fils.

— Ce serait dommage d'envoyer tous les membres de votre famille en prison, répliqua Zane, serein. Que je vous explique... J'avais des dizaines d'invités, hier soir, chez moi. Je suis avec Darby McCray.

— Cette salope t'a aidé à tuer mon fils ?

Fort de son expérience en tant que substitut, Zane ignora cette repartie.

— On a dû se coucher vers 1 heure du matin, poursuivit-il. Vers 4 heures – 4 h 08 exactement, il se trouve que j'ai vu l'heure quand les coups de feu m'ont réveillé –, les baies vitrées de ma chambre ont volé en éclats.

— C'est toi qui les as pétées, et t'essaies de faire croire que c'est mon gosse.

Zane continua posément d'exposer les faits.

— Je me suis tout d'abord muni d'une batte de base-ball et j'ai appelé le 911. À quelle heure mon appel a-t-il été enregistré, commandant ?

— 4 h 11.

— On est raccord. Je me suis coupé le pied en marchant sur un bout de verre. La police doit avoir des photos de mes empreintes tachées de sang. J'étais furieux, prêt à sortir. Darby m'en a dissuadé. Elle a nettoyé ma coupure, et la police est arrivée. Quelle heure était-il, commandant ?

— 4 h 16.

— Réfléchissez cinq secondes, Draper. Comment aurais-je pu entraîner Clint dans le sous-bois près de chez moi, lui fracasser le crâne et le jeter ensuite dans le lac alors que j'avais une maison pleine de policiers ?

— Tu voulais sa mort !

— Non, je voulais qu'il soit jugé et condamné pour les violences qu'il faisait subir à sa femme. Quelqu'un m'a privé de cette chance. Je saurai qui.

— Tu la baisais, je parie, cette bonne à rien.

— À quel moment ? Vous la teniez à l'œil jour et nuit. J'ai une compagne et je vous préviens que, s'il lui arrive quoi que ce soit, vous le regretterez amèrement.

— Zane...

— C'est le seul langage qu'il comprend. Votre belle-fille est ma cliente, rien de plus, rien de moins. Je ferai tout mon possible pour que justice lui soit rendue, mais pour la femme que j'aime, je serai capable de bien plus. Tenez-vous à distance de moi et des miens, monsieur Draper, et utilisez un peu votre cervelle. Quoi que vous pensiez de moi, vous êtes assez malin pour savoir que je ne pouvais pas être à deux endroits en même temps.

Là-dessus, Zane tourna les talons, et attendit que Lee ait refermé la lourde porte d'acier.

— Pas sûr de l'avoir convaincu, bougonna-t-il.

Lee gonfla les joues avant de répondre :

— Je crois qu'il commence quand même à se rendre compte qu'il ne peut pas t'accuser aussi facilement. Cela dit, ça ne l'empêchera pas de t'en vouloir. Je me répète, mais sois prudent.

— Toi aussi.

— Les risques du métier, j'ai l'habitude, répliqua Lee avec une petite tape dans le dos de Zane. Allez, rentre chez toi, va manger un morceau.

Sur la route, Zane songea à tout ce qu'il devait faire : barricader les fenêtres de sa chambre, appeler la compagnie d'assurances, trouver quelqu'un pour remplacer les baies vitrées dans les plus brefs délais.

Pour acheter du contreplaqué, il serait obligé d'emprunter un camion. Et s'il en achetait un ? s'interrogea-t-il. De toute façon, il ne pourrait pas rouler en Porsche quand viendrait l'hiver. À voir…

Avant de rentrer, il passa chez Darby, et s'efforça de ne pas paniquer en ne la voyant pas, ni elle, ni les ouvriers, ni les camions. En revanche, les grossièretés barbouillées sur la façade crevaient les yeux. Heureusement, la police avait dû emporter le paillasson souillé.

Il lui envoya un texto : « Où es-tu ? »

« Chez toi. Avec l'accord de Lee. Et toi ? »

« Chez toi. Un seul mot écrit sans fôte : GOUINE. Si tu as fait des trucs avec une fille, j'aimerais que tu me racontes. ;-) »

« Juste une galoche baveuse, pour gagner un pari – 20 $. :(»

Zane esquissa un sourire, content que sa piètre tentative d'humour ait reçu un accueil favorable.

« Bravo ! Je peux prendre ton camion ? »

« Bien sûr. Pour quoi faire ? »

« Aller acheter du contreplaqué pour barricader les fenêtres. Elles n'ont pas des dimensions standard. Il faudra sûrement un peu de temps pour en faire refaire. »

« On s'est occupés des fenêtres. Achète seulement de la peinture. Je suis passée à ton cabinet. Pas un mot sans fôte. Roy voulait repeindre tout de suite, mais j'ai besoin de lui. Je t'enverrai les numéros de deux gars qui d'après lui seraient dispos rapidement – ceux qui t'ont fait la façade. »

« Déjà acheté peinture. Et chez toi, on repeint quand ? »

« Ça ne presse pas, je ne suis pas sur la Grand-Rue. Tu peux rentrer chez toi manger une assiette de salade de pâtes. »

« Ça va, toi ? »

« Mieux. Je rentre vers 18 heures. Commencé tard aujourd'hui. »

« Je serai là. Je t'aime. »

« Waouh... Première fois par écrit ! Moi aussi, je t'M. À + »

Il empocha son téléphone et regarda autour de lui, en réfléchissant à ce qu'il pouvait faire pour elle.

Et une idée lui apparut, toute simple. Il rentra aussitôt.

Lorsque Darby revint, peu après 18 heures, il avait dressé le couvert dehors, débouché une bouteille de vin, cueilli un bouquet de fleurs – en espérant n'avoir rien coupé qui ne devait pas l'être.

— Waouh ! s'exclama-t-elle en admirant la table.

Zod se rua vers Zane comme s'il ne l'avait pas vu depuis des mois.

— Je me suis dit qu'on le méritait tous les deux.

— Tout à fait, approuva-t-elle en cherchant son regard.

— J'ai préparé des crudités.

— Non ?!

— Si, nous avons mérité une entrée, un plat et un dessert.

— OK, quelle est la suite du menu ?

— Pizza et Oreo. On ne va tout même pas manger un repas entier d'adultes.

— Je crois que je suis amoureuse.

Il lui souleva le menton et l'embrassa.

— T'as intérêt.

Avec un soupir, elle posa la tête sur son épaule.

— Je monte juste me doucher et me changer, histoire d'être digne de ce dîner.

— J'ai fait le lit dans la chambre d'amis, celle de devant, avec le banc sous la fenêtre.

Elle redressa la tête pour le regarder. Puis, les yeux brûlants de larmes, elle posa le front contre son torse.

— Il me semble qu'on le méritait aussi, murmura Zane.

Redoutant que sa voix se brise, Darby hocha faiblement la tête et se blottit contre lui.

— Juste une seconde, articula-t-elle.

Il la serra dans ses bras, dans la quiétude du soir, le chien leur reniflant les mollets.

— Tu es super, Zane. J'essayais de me blinder… Les fenêtres barricadées, les impacts de balles… C'était une belle chambre.

— Elle le sera à nouveau bientôt. En attendant, on en a une autre.

Sa contenance retrouvée, elle s'écarta de lui en souriant.

— Je me suis frottée contre toi alors que je suis dégueulasse et que je pue la transpiration. T'es obligé de prendre une douche avec moi, maintenant.

— Excellente idée. Je donne à manger au chien et j'arrive.

— Il a mangé sur le chantier, répliqua-t-elle en lui prenant la main. Il aura droit à un tu-sais-quoi, tout à l'heure, pendant qu'on dégustera tes crudités.

Sous la douche, elle se lava de la saleté et la sueur d'une journée de travail ; et contre le corps mouillé de Zane, elle évacua le stress endigué depuis le matin. Elle le sentait se diluer, s'écouler dans l'eau de la douche. Et même si elle savait qu'ils n'étaient pas au bout de leur peine, peut-être justement parce qu'elle le savait, elle s'abandonna au plaisir que lui offrait Zane, au plaisir qu'ils s'offraient l'un l'autre.

Le jet pulsant sur leur peau savonneuse, les mains avides, glissantes, ils oublièrent un instant leurs tracas pour embrasser la joie.

Tout au long du repas, ils tinrent la réalité à distance. À la lumière des bougies, en sirotant du vin, ils discutèrent de tout, excepté du fâcheux incident qui était venu troubler leur sommeil.

Lorsque le soleil se coucha, Zod dormait sous la table, après s'être régalé d'un bon biscuit. Zane remplit les deux verres de vin.

— Bon… tu es prête à revenir sur Terre ?

— Oui, et toi ?

— Aussi.

— OK. Commence par me raconter comment Traci a réagi.

— Heureusement que sa mère et sa sœur étaient là. Elles ont réussi à lui faire comprendre qu'elle n'était pas responsable de la mort de Clint.

— C'est normal de culpabiliser, quand on a subi des violences, physiques et psychologiques. Dans mon groupe, il y avait des nanas qui se sentaient systématiquement coupables de tout. « Mon fils a eu une mauvaise note en dictée, c'est à cause de moi, je suis une mauvaise mère. Il a plu hier alors que la météo ne l'avait pas anticipé, j'ai dû faire quelque chose de mal. »

— C'est vrai, j'ai vu ça souvent, à Raleigh, chez les femmes battues.

— Elle a dû apprécier ta présence.

— Je l'espère. En tout cas, elle va rester à Asheville quelque temps. Elle a peur de sa belle-famille. À juste titre.

— Tu crois qu'ils essaieront de s'en prendre à elle ?

Inutile de minimiser, pensa Zane.

— La vengeance est une religion pour ces gens. Il faut que tu saches qu'ils tentent de m'accuser du meurtre de leur fils.

— C'est ridicule.

— Je crois qu'Horace Draper commence à comprendre qu'il se monte la tête tout seul, mais ça ne m'évitera pas les représailles. Tu es dans le collimateur, toi aussi. Pas seulement parce que tu es là, avec moi, mais parce que Clint s'en est pris à ta maison.

— J'en suis consciente. J'ai peut-être fait quelque chose qui lui a déplu. Et si c'était lui qui était entré chez moi ?

Le front plissé, Zane observa son verre, pensif.

— Ça ne lui ressemble pas. Rien n'a été volé ni saccagé. Cela dit, il pourrait y avoir un lien entre la disparition de la culotte et l'éjaculation sur le paillasson. Il m'en voulait parce que j'ai refusé de le défendre face à ses voisins. Du coup… En tout cas, sois prudente, conclut-il en prenant la main de Darby.

— Toi aussi.

— Bien sûr. Lee a déjà déterminé que les empreintes laissées chez toi, à mon cabinet, dans le pick-up, sur les pots de peinture, etc., étaient bien celles de Clint. L'idiot chez qui il s'était réfugié a raconté qu'ils ont passé la soirée à picoler et à fumer, qu'il s'est endormi, que Clint a dû lui piquer de la peinture et son pick-up. On aura bientôt les résultats de la balistique et des analyses toxicologiques. Pour l'ADN, ça prendra plus de temps, même si Clint est fiché.

— Mais rien de tout ça ne nous dira qui l'a tué, souligna Darby qui avait eu le temps de cogiter, toute la journée, en travaillant.

— Non, concéda Zane.

Lisant dans ses pensées, elle lui martela la main de l'index.

— Vous avez des théories, monsieur le substitut.

— Peut-être.

— Nous vous écoutons, dit-elle avec un grand geste du bras.

— OK... Clint Draper n'était pas vraiment apprécié, en dehors de sa famille et de quelques pauvres types comme Stuart Hubble. La plupart des gens d'ici ne l'aimaient pas, parce qu'il buvait trop, il cherchait toujours la bagarre, il se permettait des familiarités avec les femmes. Il harcelait ses voisins, il braconnait. Un gars qui vit plus haut dans les montagnes a déposé une plainte contre Clint et son frère Jed, l'année dernière. Ils auraient empoisonné ses chiens.

— Quelle horreur ! s'exclama Darby en caressant Zod du pied, sous la table.

— Il n'a pas pu le prouver, malheureusement, mais ses soupçons paraissent fondés. Lee m'a montré le dossier. Tout ça pour dire que beaucoup de gens ne portaient pas Clint dans leur cœur.

— L'un de ses ennemis l'aurait suivi jusqu'ici ?

— C'est une possibilité.

— Mais il y en a d'autres, qui t'inquiètent davantage.

— Oui. Graham Bigelow, notamment.

— Il est en prison. Lee a vérifié, Emily a dit...

— Certes, mais il a pu tirer les ficelles. Il a passé près de vingt ans en taule. Il connaît la culture des voyous. Il a pu conclure un marché avec un de ses codétenus qui allait être libéré, ou qui connaissait quelqu'un à l'extérieur, qui serait venu là, aurait observé nos habitudes et guetté une opportunité, quelqu'un capable de commettre une effraction sans laisser de traces.

À cette idée, Darby fut parcourue d'un frisson, même s'il ne s'agissait que d'une hypothèse.

— Mais… pourquoi tuer Clint ?

— Pour semer la panique, créer la confusion. S'il nous arrivait quelque chose, maintenant, vers qui se tourneraient tous les regards ?

— Les Draper.

— Exactement. Pendant ce temps, notre homme prendrait le large. Ma première théorie me paraît plus plausible, mais on ne peut pas écarter la seconde.

— Elle rejoint un peu celle de Brody.

Alors qu'il vidait le reste de la bouteille dans son verre, Zane suspendit son geste, surpris.

— Brody a une théorie ?

— Selon lui, les psychopathes n'ont pas besoin de mobile, juste d'une opportunité.

— C'est tellement vrai…

Darby regarda le soleil qui déclinait derrière les montagnes.

— J'adore cet endroit. Je ne suis pas là depuis longtemps, mais j'adore Lakeview, son atmosphère, ses habitants. Je sais qu'il y a des gens mauvais, parce qu'il y en a partout, mais ce sont des exceptions à la règle. Les Draper sont pour ainsi dire des parias. Mais ils ne gâcheront pas notre bonheur, déclara-t-elle en levant son verre. Nous ferons disparaître leurs graffitis. Ils seront cachés sous la peinture, on le saura, mais on ne laissera pas ces gens gagner. Pour leur prouver qu'on est les plus forts, je repeindrai ma maison en Tangerine Dream.

Zane ouvrit la bouche, la referma, s'éclaircit la gorge.

— C'est-à-dire orange, si je ne m'abuse…

— Tout à fait. La porte et les encadrements de fenêtres en Bleu Tango. Des couleurs qui pètent, des couleurs gaies, pour repousser les oiseaux de malheur. Et toi, quelle couleur choisiras-tu pour ton cabinet ?

— J'ai acheté du blanc.

— Oh non… soupira-t-elle.

— Je suis avocat, chérie.

Elle se pencha vers lui.

— Les avocats doivent obligatoirement être tristes ?

— Je ne veux pas d'orange.

— Je pensais à du Bleu Nautique, Gris Mystique pour la galerie et les encadrements. Je te montrerai sur mon nuancier.

— J'ai acheté du blanc.

— Je suis sûre qu'il y a moyen d'échanger. Saisis cette occasion que t'offrent les gens mauvais. Montre-leur qui tu es. Je te montrerai mon nuancier, répéta-t-elle. Mais allons d'abord promener le chien. J'emmène mon verre de vin.

— Le blanc est classique et sobre.

Dès que Darby se leva, Zod bondit sur ses pattes, comme si une sonnette avait retenti.

— Arrête, tu vas me faire bâiller, rétorqua-t-elle.

— Les plâtriers-peintres commencent demain.

— Je parie qu'ils seront d'accord avec moi, s'ils ont un minimum de goût. Allez viens, dit-elle en lui prenant la main.

Zane se leva, avec l'impression de se comporter comme un chien docile.

Et quand Darby lui montra son nuancier, plus tard, il accepta de rapporter ses pots de peinture blanche au magasin.

Pendant que Zane et Darby promenaient leur chien, le meurtrier flânait en ville. En passant devant le cabinet de Zane, il prit soin de s'arrêter. Naturellement, comme il s'y attendait, une passante engagea la conversation.

— Terrible, non ?

— Affreux, répondit-il d'un ton affligé.

— De passage dans la région ?

— Oui, en vacances.

— J'ai de la famille, ici. Je peux vous dire que ce genre d'événement n'est pas fréquent à Lakeview.

— J'ose l'espérer.

— Je vous le promets.

La jeune femme était avenante, charmante. Une mignonne petite créature. Il se ferait peut-être une ou deux jolies petites créatures, d'ici la fin de son séjour. Pourquoi se refuser des petits plaisirs quand l'opportunité se présentait ?

— En fait, je travaille là. Je suis en stage chez un avocat. Gretchen Filbert, se présenta-t-elle en lui tendant la main, aussi confiante qu'un chiot.

— Drake Bingley, enchanté.

Il se retourna vers la façade taguée, en calculant dans combien de temps la nuit tomberait et s'il y avait moyen d'attirer cette jolie petite chose dans ses filets.

— Vous n'avez pas peur ? lui demanda-t-il.

— Oh non, il n'y a pas de raison ! Celui qui a fait ça…

Elle s'interrompit brusquement, et se mordit la langue.

— Il ne reviendra pas, dit-elle. Lakeview est une petite ville agréable et tranquille. J'espère qu'elle vous plaira.

— Je suis déjà sous le charme. Dites-moi... Vous auriez un restau à me recommander ? J'ai envie d'un bon steak et d'un bon verre de vin.

— Bien sûr ! répondit-elle, rayonnante, ses yeux bleus pétillant derrière ses petites lunettes de jeune fille studieuse.

Il savait qu'il passait aisément pour un prof, du genre à écrire des romans pendant l'été. Il lui avait fallu du temps pour se laisser pousser les cheveux. Ensuite, il avait peaufiné son look : barbichette, qu'il estimait indispensable, jean délavé, Birkenstock, un vieux tee-shirt Grateful Dead acheté sur un marché aux puces, et une sacoche en cuir où il avait toujours une vieille édition de poche des *Raisins de la colère*, outre son portefeuille, sa fausse carte d'identité, un bandana et le Glock 9 mm volé dans la collection d'armes de poing de son beau-frère.

— Le Grandy's Grill, indiqua la jeune femme. Tout droit, à deux pâtés de maisons, de l'autre côté de la rue.

— Je vous remercie, je...

Il ne put en dire davantage, car une deuxième charmante petite créature arriva en courant.

— Gretch ! Désolée, je suis un peu en retard. Je viens d'avoir un texto de Luke. Il est chez Ricardo, avec Jim, ils ont réussi à avoir une table. Excusez-moi, je vous ai interrompus !

— Non, j'indiquais juste le Grandy's à monsieur.

— Il faut absolument que Luke m'y invite, un de ces jours !

Et les deux amies s'éloignèrent en riant.

— Bon appétit ! lança la première par-dessus son épaule.

Opportunité loupée. Tant pis. Partie remise. En attendant, pourquoi ne pas s'offrir un bon steak, après tout ? Avec un peu de chance, il rencontrerait peut-être d'autres jolies jeunes femmes, au restau. Cela dit, il n'était pas difficile, une moins jeune lui conviendrait aussi.

27

Bien qu'il ne fût pas totalement convaincu, Zane échangea la peinture. Et le lendemain matin, tandis que les peintres recouvraient l'œuvre de Clint Draper, il reprit le travail, contraint de relater les événements à chaque client, en version abrégée, avant d'aborder les litiges qui les préoccupaient.

Lorsque Maureen frappa à son bureau, il leva la tête de ses notes.

— Tu m'avais demandé de te faire signe… C'est l'heure de partir à ton rendez-vous chez Mildred Fissle.

— L'amie des chats… J'y vais. Annexer un énième codicille à son testament.

— Sa petite-fille de Charlotte lui a envoyé des fleurs pour son anniversaire ; elle revient en odeur de sainteté. Tu as deux heures devant toi, tu pourras déjeuner tranquillement.

— Cool.

— Passe un coup de fil à Micah ou à Dave. Ils pourront peut-être te rejoindre.

Zane inclina la tête.

— Vous vous faites du souci pour moi ?

— Je t'aime, Zane, presque autant que la dernière paire de chaussures que je me suis offerte. Tu sais qu'Horace Draper a été libéré…

— Il ne se pointera pas au Sunshine Diner pour me flinguer.

— Appelle quand même Dave ou Micah.

— OK, opina-t-il. En ce moment, ma vie est régentée par les femmes.

— Ça fait partie de nos talents. Au fait, tu devrais peut-être songer à t'associer avec Gretchen, l'an prochain, quand elle aura été admise au barreau. Elle est très compétente, et aussi sérieuse qu'agréable.

— J'y avais pensé, vous n'irez pas vous vanter que c'était votre idée.

Maureen esquissa un sourire malicieux.

— J'ai apporté des boissons fraîches à Cubby et à Mike. Ils m'ont montré les couleurs que tu as choisies. Je m'attendais à ce que tu reprennes du blanc…

— J'aurais dû ?

— Uniquement si tu tenais à passer pour l'avocat le plus austère de la Terre, ce qui devait être le cas. Milly, du magasin de bricolage, m'a dit que tu avais acheté du blanc et que tu es revenu ce matin l'échanger.

— Vous êtes une vraie commère, plaisanta Zane en glissant un dossier dans sa sacoche.

— C'est Darby qui t'a soufflé de prendre ce bleu lumineux et ce joli gris ?

— Peut-être.

— Au moins, tu as le mérite… (Maureen marqua une seconde de pause…) d'être tombé amoureux d'une femme qui a bon goût.

— Retournez donc travailler. Je ne vous paie pas pour me faire des remarques désagréables.

Amusée, elle s'avança vers lui et lui colla une bise sur une joue, puis sur l'autre.

— Appelle Micah, ou Dave, ou les deux. Pour me faire plaisir, d'accord, mon grand ?

— D'accord, bougonna-t-il.

Il sortit par-derrière, afin d'éviter les peintres, et envoya un texto à Micah, puis un à Dave, tout en se dirigeant vers sa voiture.

Et après avoir affronté Mildred Fissle, ses chats et ses dernières volontés, il eut envie d'un grand whisky. Dont il se passa.

Pour se remonter le moral, il commanda du meatloaf, un repas viril, dans la salle orange – Tangerine Dream ? – du Sunshine en compagnie de Dave et de Micah, qui étaient tous deux disponibles – sans doute Maureen les avait-elle briefés.

— Meatloaf pour moi aussi, déclara Micah en parcourant le menu plastifié tout en sirotant une limonade. Cassie parle de devenir végétarienne, ça craint…

— Meatloaf également, ajouta Dave.

— Votre déjeuner sera pour la maison, Zane, aujourd'hui, annonça Bonnie. En signe de soutien.

— Non, il ne faut pas…

— J'y tiens ! le coupa-t-elle, et elle s'éloigna en direction des cuisines.

— Ça a du bon de se faire taguer sa façade, commenta Micah.

— Ça m'évite de te payer ton repas, renchérit son père.

— Tu me paieras le mien ! lui lança Micah. Pour en finir avec les sujets qui fâchent avant de manger… Il paraît que tous les frères de Clint seront là pour l'enterrement. Celui qui est en taule a obtenu une permission. Le marine ne devait pas être en mer.

— Super.

— Et Stu Hubble était à la clinique, hier soir, avec un bras cassé et la tête au carré. Soi-disant tombé dans l'escalier. Tu parles... À tous les coups, il s'est fait dérouiller par Jed Draper.

Dave secoua la tête d'un air affligé.

— Vraiment un acte gratuit qui prouve qu'ils n'ont rien dans le cigare... Espérons que cette brute aura évacué sa hargne.

— Je n'y crois pas trop... marmonna Zane.

— Les gens comme lui ont toujours besoin d'un bouc émissaire. Tôt ou tard, il finira derrière les barreaux. Le plus tôt sera le mieux.

— Franchement, ils savent bien que ce n'est pas toi !

— Ouais, sûrement.

Ils savaient aussi que ce n'était pas Stu Hubble... Zane, en tout cas, ne se laisserait pas faire. Il n'était pas fier de cette pensée, mais il avait presque envie d'en découdre.

Aux premiers grondements de tonnerre, Darby et ses ouvriers rassemblèrent leurs outils et les chargèrent dans les camions.

— Venez vous abriter ! leur cria Patsy Marsh depuis sa galerie quand les premières gouttes commencèrent à tomber. J'ai fait un quatre-quarts. Je vous en offre une part, avec du thé glacé.

— On ne veut pas vous déranger, répondit Darby, puis elle se ravisa. Vous avez dit « quatre-quarts » ?

— La recette secrète de ma mère. Venez vous reposer cinq minutes. L'averse ne devrait pas durer.

— Pas de refus, lui lança Ralph. J'adore regarder l'orage sur le lac. On sera aux premières loges.

— Et comme ça, mon Bill ne se gavera pas de gâteau.

— Vous voulez un coup de main, m'dame Marsh ? proposa Hallie en s'essuyant les pieds sur le paillasson.

— Volontiers. Comment vont ta maman et ta mamie ?

Darby s'accouda à la balustrade, car Ralph avait raison : le spectacle valait le coup d'œil. Des bourrasques fouettaient les arbres et les éclairs zébraient le ciel, au-dessus du lac qui s'embrasait de lueurs électriques. La température s'était tout à coup sensiblement rafraîchie. Ralph s'installa dans un fauteuil garni de coussins. Darby fit signe à Roy de venir près d'elle.

— Ça va ?

— Ouais, à peu près, soupira-t-il, le regard sur le lac. J'arrête pas d'y penser… J'espère qu'on retrouvera celui qui a fait ça.

— Vous voulez que je vous dise ce que j'en pense ? lança Ralph. J'en pense que Clint a embringué un de ces copains dans ce plan foireux, ou un de ces frères, si ça se trouve. Ils étaient bourrés, ils se sont engueulés, et l'autre lui a mis un coup sur la tête. Il ne voulait sûrement pas le tuer, mais une fois que le mal était fait il n'avait plus qu'à se débarrasser du corps. En revanche, faut être crétin pour s'imaginer que les flics croiraient à une noyade.

Darby resta un moment silencieuse. Ralph venait de prononcer plus de phrases en une minute que d'ordinaire en une semaine.

— C'est ce que pense Adele, dit Roy. Ce n'était pas prémédité, c'était un accident. Le genre de choses qui arrivent quand on n'est pas malin et qu'on picole.

Encore une fois, Darby s'abstint de commentaire, même si elle n'était pas d'accord. Au moins, l'idée semblait rassurer ses employés.

La pluie tambourinait sur le toit de la galerie. Roy poussa de nouveau un long soupir.

— Au fait, je vous ai dit... que je me suis fiancé ?

— C'est vrai ? s'écria Darby en lui donnant une petite tape sur dans le bras. Quand ?

— Hier soir.

— Et tu as attendu toute la journée pour nous en parler ?

— Je n'ai pas encore vraiment réalisé, répondit-il avec un sourire, la tête rentrée dans les épaules. Je voulais attendre d'avoir la bague pour lui faire ma demande. C'est important, pour les femmes, la bague de fiançailles, et j'avais pas le temps d'aller l'acheter. Et puis hier... après ce qui s'est passé, je me suis dit qu'on ne sait jamais ce que la vie nous réserve, alors je me suis décidé à sauter le pas. Adele a accepté de m'épouser. La bague a eu l'air de lui plaire.

— Qu'est-ce que j'entends ? demanda Patsy en apportant un pichet de liquide ambré, suivie d'Hallie avec un plateau. Roy Dawson, tu as enfin demandé cette gentille fille en mariage ?

— Eh oui, m'dame.

— Quelle bonne nouvelle ! C'est ta maman qui doit être contente !

— Ça, pour sûr.

— Vous avez fixé une date ? s'enquit Patsy en servant le thé.

— Adele voudrait qu'on se marie au printemps, pour faire une grande fête en plein air. Elle ne parle plus que de ça, avec sa mère, et la mienne. Je les laisse gérer... Je prendrai sûrement quelques jours de congé, ajouta Roy en se tournant vers Darby. Pour partir en voyage de noces...

— Pas de problème, ne t'inquiète pas pour ça.

— Première part pour le futur marié ! déclara Patsy gaiement en tendant une assiette à Roy. Voilà exactement le genre d'heureux événement dont nous avions besoin !

Les yeux humides, elle servit des tranches de quatre-quarts à tout le monde.

— Ah, Ralph, les jeunes ne savent pas comme le temps passe vite, soupira-t-elle. Ils ne se rendent pas compte qu'il faut saisir chaque instant, les bons et les mauvais, pour composer les photos qu'on laissera derrière nous.

— Faut faire avec la pluie et le beau temps, comme disait ma mère.

— Et la pluie a du bon, elle rafraîchit l'atmosphère et elle lave le paysage.

Patsy avait dû avoir une vision d'horreur, pensa Darby, en sortant sur sa galerie et en voyant le corps qui flottait à la surface du lac. Comme si elle lisait dans son esprit, celle-ci lui adressa un grand sourire.

— Ce terrain en pente ne ressemblait à rien, dit-elle. Les travaux que vous avez faits sont la meilleure chose qui soit après le quatre-quarts de maman.

— Délicieux, affirma Gabe en terminant sa tranche.

— L'orage est passé, constata Hallie. Je rapporte les assiettes dans la cuisine et on pourra se remettre au boulot.

— Laissez faire, vous êtes gentille. Je vais rester un moment dehors, savourer la fraîcheur en vous regardant travailler.

En reprenant sa pelle, Darby pensa aux bienfaits de la pluie, aux images qu'on laissait derrière soi, aux petites joies si simples que vous procurait un gâteau partagé de bon cœur.

Très vite, les nuages se dissipèrent et le soleil revint, réchauffant l'atmosphère chargée d'humidité. Des bateaux reparurent sur le lac. Des cris et des rires retentirent, en provenance d'un raft d'où plongeaient des enfants.

La mort n'interrompait pas le cours de la vie, pas longtemps. Et c'était à la vie que Darby voulait penser, en plantant un massif de Southern Lady, des belles du Sud choisies presque autant pour leur nom que pour leurs fleurs et leur feuillage.

— Vous avez l'air soucieuse, patronne, remarqua Hallie.

— Non, je pensais juste que la saison est déjà bien avancée, mais l'an prochain, ce sera magnifique, quand tout sera en fleurs.

— Ça l'est déjà.

— C'est vrai, et on aura fini ce soir. Mais au printemps et à l'été prochain, jusqu'à l'automne, ce sera une féérie de couleurs. Et là, on pourra vraiment se féliciter de notre travail !

Elle recula de quelques pas afin de juger le positionnement de ses plants et prit une photo. Elle descendit ensuite jusqu'à la bordure de galets réalisée par Ralph et Roy et prit d'autres clichés, sous un angle différent.

Un Sunfish passa sur le lac, le long du terrain. Un homme aux longs cheveux blonds, lunettes de soleil réfléchissantes, lui adressa un signe de la main. Parcourue d'un frisson, dans la chaleur moite, elle lui rendit son salut.

— Allez, les gars, on range et on nettoie ! lança-t-elle.

La gorge soudain étrangement sèche, elle but quelques gorgées d'eau en jetant un coup d'œil vers le lac. Le Sunfish s'était éloigné.

Bingley, ou tout du moins celui qui se faisait appeler ainsi, riait tellement qu'il faillit chavirer. Elle lui avait fait coucou ! S'il avait eu son Glock, il l'aurait descendue, et les autres avec elle. Peut-être aussi ces sales gosses qui sautaient dans l'eau en braillant.

Il lui réservait un autre sort, à cette bécasse, mais cela lui plaisait de savoir qu'il aurait pu lui loger une balle dans la tête.

Ton heure approche, salope, pensa-t-il. Pareil pour l'autre connard d'avocat. Et que personne vienne me faire chier ou je le bute.

Si la prison lui avait appris quelque chose, c'est qu'il aimait tuer. Il aimait le sang.

Comme chaque année au mois de juillet, les touristes affluèrent, pas plus effrayés par le meurtre que par les orages. Plus personne ne s'arrêtait devant le cabinet de Zane, qui commençait à se parer d'un beau bleu éclatant.

La vie suivait son cours, même si Zane se tenait sur ses gardes.

Un samedi matin, alors qu'il lézardait dehors en regardant des voitures sur sa tablette, il ne fut pas surpris de voir arriver Lee.

— Bonjour, commandant.

— Salut, Zane. Toujours pas de vitres ?

— La semaine prochaine. Les peintres viendront aussi refaire les murs de la chambre. Je t'offre quelque chose de frais ?

Lee regarda le grand verre de Zane.

— C'est un café frappé ?

— Oui. Tu en veux un ?

— Pas de refus. Darby est là ?

— Elle avait deux ou trois rendez-vous. Elle ne devrait pas tarder, si tu veux lui parler.

— Toujours en vadrouille, ces nanas, plaisanta Lee en suivant Zane dans la cuisine.

— C'est peut-être pour ça qu'elle dort comme un bébé. Tu es en service ?

— La police ne chôme pas, l'été. Et cette année ne fait pas exception.

Zane sortit un verre, le remplit de glaçons.

— Quoi de neuf ? s'enquit-il.

— Hélas toujours rien à propos du sale type qui s'est fait fracasser le crâne sur ta propriété.

Il restait du café dans la cafetière. Zane le versa sur les glaçons, ajouta du lait, et tendit le verre à Lee.

— J'ai besoin d'un avocat ?

— L'enquête serait moins compliquée si c'était le cas.

— Si j'avais réagi plus vite, j'aurais peut-être vu quelqu'un.

— Ou tu aurais reçu une balle.

— Certes. On va s'asseoir sur la galerie ?

— Allons-y. Chaud ou froid, tu fais du très bon café, mon garçon.

— Si les affaires ne marchent pas, je me convertirai en barista.

Ils s'installèrent dehors, et Zane reprit la balle de base-ball qu'il avait laissée sur la table.

— J'ai entendu dire qu'on enterre Clint demain.

— La cérémonie aura lieu à la maison funéraire. Les Draper n'ont jamais mis les pieds à l'église. Et ils l'enterrent chez eux, dans leur carré familial.

— C'est encore autorisé, dans notre État, sous certaines conditions.

— Ça nous arrange, on n'aura pas à patrouiller autour de l'église et du cimetière. J'ai interrogé tous ceux qui pouvaient avoir une dent contre lui, ou contre la famille en général.

— On te paie tes heures sup' ?

En riant, Lee but une grande gorgée de café.

— C'est sûr que ça m'a pris du temps, mais toujours pas l'ombre d'une piste. Il a bien eu une prise de bec avec Richie Fields, il y a quelques semaines, et Fields aurait été capable de lui fracasser le crâne. Je croyais tenir mon suspect, sauf qu'il était en garde à vue, à Hickory, au moment des faits, pour excès de vitesse, conduite en état d'ivresse et outrage à agent.

— Difficile d'avoir un alibi plus solide.

— Dis-moi… Ça t'est arrivé de recevoir des menaces, quand tu étais substitut ? demanda Lee en regardant les montagnes.

— Bien sûr. Ça fait partie du métier, comme du tien.

— Je voudrais que tu essaies de te rappeler les plus sérieuses.

— J'y ai pensé, dit Zane, les yeux sur sa balle. Il y en a eu quelques-unes.

— Il me faudrait des noms.

— Je te retrouverai ça.

Zane retourna plusieurs fois la balle entre ses mains avant de déclarer :

— J'envisage d'aller à Raleigh voir Graham.

— J'en avais moi aussi l'intention. J'ai appelé l'administration pénitentiaire. Plusieurs des gars qui ont partagé sa cellule ont été libérés...

— Je ne crois pas qu'il aurait envoyé un émissaire. Il aime trop faire souffrir ses victimes lui-même. Mais on ne sait jamais, tout est possible. Du coup, je suis un peu inquiet pour Darby. Il ne digérera jamais d'avoir été humilié par une femme.

— Je m'occuperai des démarches et on ira ensemble. Qu'en penses-tu ?

— D'accord. Tu me diras quand ; je me débrouillerai pour me libérer.

— Entendu. Au fait, tu vas vraiment représenter cet imbécile de Cal Muldoon qui a rossé Larry Easterday à cause d'un petit carambolage ?

— Que veux-tu que je te dise ? Tout le monde a le droit d'être défendu.

— Vous, les avocats... soupira Lee. Excellent, ce café.

— Il en reste. Tu en veux encore ?

— Non, je te remercie, je dois y aller, dit-il en se levant. Ah, je voulais te dire, aussi : très chouette, ce bleu que tu as choisi pour ton cabinet. Le maire m'a dit que la Ville allait encourager les propriétaires de Main Street à repeindre leur façade en couleur.

— Faut toujours voir le côté positif.

Sous la visière de sa casquette, Lee leva les yeux au ciel.

— La philosophie de Darby, précisa Zane. J'essaie de m'y convertir.

— Bon courage ! Je te tiens au courant.

— Bises à Emily.

— Je n'y manquerai pas.

Zane se rassit et reprit sa balle de base-ball. Il retrouverait les noms de ceux qui l'avaient menacé mais, en vérité, ceux-là ne l'inquiétaient pas trop. En revanche, certains avaient pu ruminer leur vengeance en silence. Et si Lee avait éliminé toutes les pistes locales, alors il était temps de se replonger dans certains dossiers délicats.

Zane éteignit sa tablette et alluma son ordinateur. Il avait conservé suffisamment d'archives pour entamer ce qui serait un long processus.

Il espérait que Darby ne serait pas de retour avant au moins une heure, et pas seulement parce qu'elle lui avait promis de lui donner une leçon de jardinage. Il désirait faire un premier tri au plus vite, histoire de ne pas gâcher leur week-end… avec des fêlures.

Vingt minutes plus tard, toutefois, en entendant un bruit de moteur qui approchait, il sauvegarda son fichier et afficha la page d'un concessionnaire automobile.

Une petite voiture beige se gara à côté de sa décapotable. Instinctivement, il s'empara de sa balle. Il ne reconnut pas l'homme qui en descendit, grand, bien bâti, en pantalon kaki et polo, les cheveux bruns coupés en brosse, la mâchoire carrée. Le visiteur, qui avait entre trente-cinq et quarante ans, ôta ses lunettes d'aviateur et s'avança vers la maison. Un militaire, pensa Zane, au vu de sa démarche.

— Zane Bigelow ? Excusez-moi… Walker.

Et c'est alors qu'il le remit.

— Bo Draper, sergent major Bo Draper ? demanda-t-il en se levant.

— C'est cela. Désolé de venir vous déranger, mais je voulais vous parler.

— Je vous en prie. Je vous offre un café frappé ?

— Je... Non, c'est gentil, je vous remercie. Vous avez une très belle maison. Elle n'existait pas, de mon temps.

— Elle a été construite il y a huit ans. Vous n'êtes pas revenu à Lakeview depuis longtemps ?

— Je me suis engagé dans la marine à dix-huit ans, il y a un peu plus de vingt ans. C'est la première fois que je reviens.

— C'est dur de perdre un frère.

— Vous n'avez pas idée. Il avait huit ou neuf ans quand je suis parti.

— Asseyez-vous, sergent major.

— Je ne vous dérangerai pas longtemps, dit Bo Draper en regardant la balle entre les mains de Zane. Vous jouez toujours ?

— Non, répondit Zane en la posant.

— Dommage. Vous étiez bon, à l'époque. Monsieur Walker...

— Zane.

— Zane, j'ai entendu ce que ma famille avait à dire. J'ai entendu ce que le commandant de police avait à dire. Je n'ai pas pu parler à la veuve de Clint ; elle... elle n'est pas là. Je repars juste après l'enterrement... mais j'aimerais entendre ce que vous avez à dire.

— La veuve de votre frère est ma cliente. Elle est en lieu sûr. Il était nécessaire qu'elle quitte son mari. Il la frappait. Je crois ce qu'elle m'a raconté. Elle est venue me demander de l'aide. Je lui en ai apporté.

— C'est la petite sœur d'Allie Abbott, je crois ? Je connaissais un peu Allie Abbott, quand j'étais môme.

— C'est ça.

— Ma famille prétend que Clint n'a jamais levé la main sur elle. Mais je les ai aussi entendus dire qu'il n'a jamais levé la main sans qu'elle l'ait mérité. (La mâchoire de Bo se contracta.) Je suis marié et père de deux enfants, poursuivit-il. Je ne supporterais pas que mes filles connaissent la violence. Je ne suis pas comme mes frères, ni comme mes parents.

— Je ne suis pas comme mes parents, moi non plus.

— Je suis au courant, dit Bo avec un petit hochement de tête. Ma famille raconte que vous aviez une liaison avec la femme de Clint.

— J'ai rencontré votre belle-sœur deux fois depuis que je suis revenu à Lakeview. Une fois en présence de son mari, à mon cabinet. Il voulait intenter un procès à ses voisins.

— Les McConnell ?

— Oui. Il n'a pas apprécié que je refuse de le représenter. C'est à ce moment-là que j'ai eu le sentiment que Traci subissait des violences conjugales, et c'est pour ça que je suis allé la voir, à son domicile. Elle n'a pas voulu me parler. Je lui ai laissé ma carte. Je suis en couple, une relation sérieuse. Mme Draper est ma cliente, rien de plus.

— Votre compagne, Darby McCray… Elle était là le soir de la fusillade…

— Oui.

— Si j'ai bien compris, Clint a également dégradé sa maison, et votre cabinet.

— L'enquête le confirmera. J'ignore qui a tué votre frère, sergent major. Je ne sais pas si c'était un ennemi ou un ami, un acte délibéré ou bien un accident. Je sais seulement que des balles auraient pu toucher celle que j'aime, alors qu'elle dormait. Des balles du même calibre que le fusil de votre frère.

— Mon père l'a toujours traité de « vilain petit canard ». Il le battait. Ça n'excuse pas ses actes, mais l'éducation qu'il a reçue l'a rendu méchant.

— Vous avez grandi dans la même maison.

— J'en suis parti. Les marines n'ont pas seulement fait de moi un homme, ils m'ont sauvé. Vous n'avez pas eu une enfance heureuse, vous non plus, mais vous n'avez pas fait le même choix que mes frères.

— Ma famille m'a sauvé ; ma sœur, ma tante, l'homme qu'elle a épousé, mes grands-parents.

— Je me souviens de vos grands-parents, des gens bien, murmura Bo. Je ne peux pas en dire autant de ma famille, mais je serai aux côtés des miens pour les obsèques de mon frère. Je tenais à vous présenter des excuses pour ce qu'il a fait, ajouta-t-il en regardant Zane droit dans les yeux.

— Ce n'est pas nécessaire.

— Ça l'est pour moi. Si je n'étais pas parti, j'aurais peut-être pu l'aider. Mais je me suis sauvé et je ne le regrette pas. L'un de mes frères est en prison, l'autre est le portrait craché de mon père, et le troisième n'aura pas atteint ses trente ans.

— Je suis navré. Je ne voulais pas le dire parce que je ne le pensais pas. Mais là, je suis sincère, Bo.

— Merci. J'aimerais vous dédommager des dégâts commis par mon frère, ici, chez Mme McCray, à votre bureau.

— Il n'en est pas question.

— Alors, laissez-moi payer les honoraires de Traci.

— Je la défends *pro bono*.

Avec un soupir, Bo se massa l'arête du nez.

— Je me sens redevable, insista-t-il.

— Laissez-moi vos coordonnées et, d'ici quelques jours, je vous indiquerai le nom d'un foyer pour femmes battues. Vous pourrez leur envoyer un don.

Bo ferma brièvement les yeux, puis il hocha la tête.

— Je le ferai, je vous le promets, dit-il en retirant une carte de son portefeuille. J'attends de vos nouvelles. Mon devoir familial accompli, je repartirai retrouver ma femme, mes filles, ma vie. Je ne reviendrai plus.

Ils échangèrent une poignée de main.

— Je vous remercie d'avoir pris le temps de m'écouter, ajouta-t-il.

— Merci à vous, sergent major.

Bo s'éloigna en direction de sa voiture, puis il se retourna.

— Vous ne deviez pas avoir plus de treize ou quatorze ans quand je suis parti.

— C'est exact.

— Vous étiez un bon arrêt-court. Vous devriez reprendre le base-ball.

Zane le regarda s'installer au volant et démarrer, puis il se rassit et reprit sa balle. Bo Draper avait trouvé le salut chez les marines, pensa-t-il, mais avant tout, il avait eu la volonté de s'en sortir.

— Où que l'on naisse, où que l'on grandisse, murmura-t-il, ce qui compte, c'est ce que l'on fait de sa vie.

Puis il rouvrit son ordinateur et poursuivit la tâche à laquelle il s'était attelé afin de protéger ceux qui lui étaient chers.

28

Il était à peine 9 heures lorsque Emily se gara devant le bungalow, accompagnée de son cadet.

— Quand je reprendrai l'affaire, je ne ferai jamais le ménage, bougonna Brody, pas matinal pour un sou, en déchargeant du coffre draps et serviettes, savonnettes et dosettes de shampoing, ainsi que les courses commandées par le client.

— On en reparlera, répliqua sa mère avec un petit sourire.

Comme le son de la télé s'échappait des fenêtres ouvertes, et que la pancarte « Ne pas déranger » n'était pas accrochée au loquet, elle frappa à la porte.

— Bonjour monsieur Bingley, dit-elle aimablement lorsque celui-ci lui ouvrit. Ça ne vous ennuie pas, si on fait le ménage ?

— Ça ne m'ennuie jamais qu'on m'évite de le faire, répondit-il avec un sourire. Janey n'est pas là, aujourd'hui ?

— Sa maman a fait une chute ; elle s'est cassé la cheville.

— Oh, mince… Salut, grand, tu vas bien ? lança-t-il à Brody.

Bien qu'agacé par cette familiarité, celui-ci s'efforça de se montrer poli.

— Ça va, je vous remercie, dit-il en portant les sacs du supermarché dans la cuisine. Vous voulez vérifier que votre commande est correcte ?

— Non, je vous fais confiance.

— Brody, range les provisions de monsieur, et accroche bien le ticket de caisse au tableau.

— C'est bon, je sais, maugréa-t-il.

Comme s'il n'avait pas déjà livré des courses des milliards de fois...

— Ensuite, tu videras les poubelles. Je vais faire la chambre, monsieur Bingley, si ça ne vous dérange pas.

– Le côté pratique, quand on est écrivain, c'est qu'on peut travailler n'importe où. Je prends mon ordinateur et je vais m'installer dehors. On va voir si la vue m'inspire, ce matin.

Pas mal pour une femme de son âge, pensa-t-il en débranchant le chargeur de son ordinateur portable. Un cul bien ferme, même si les seins devaient tomber, avec deux gosses. Cela dit, elle était mariée à un flic. Autrement dit, intouchable.

Son môme n'avait pas l'air content de devoir l'aider, et il le comprenait. Les courses et le ménage étaient des boulots de femme. Un homme n'avait pas à se rabaisser à ce genre de besognes.

— Je parie que tu préférerais être avec tes copains, pas vrai ?

— Bah, c'est comme ça, répondit Brody en haussant les épaules.

Il rangea le quart de lait et la bouteille de jus de mangue dans le réfrigérateur, en jetant un coup d'œil au bouquin posé sur la table.

— Perso, je préfère *Rue de la Sardine*, dit-il, soudain de meilleure humeur, ravi de pouvoir discuter littérature.

— Hein ?

— Pour moi, c'est son meilleur roman, même si *Les Raisins de la colère* a reçu le Pulitzer. Ma mère ne jure que par *À l'Est d'Eden*. Il est excellent, aussi, mais *Rue de la Sardine* reste mon favori.

— Bof… mouais… marmonna Bingley.

Brody le dévisagea longuement.

— Mon cousin m'a fait découvrir la série *Proies* de John Sandford. J'ai adoré. Vivement les vacances ! J'ai hâte de savoir comment ça finit.

— Je ne regarde pas la télé.

Là-dessus, Bingley sortit avec son ordinateur sous le bras, abrégeant la conversation.

Brody termina de ranger les courses que ce type avait eu la flemme d'aller faire lui-même, et connaissant son job, ainsi que sa mère, il débarrassa la table que ce type avait eu la flemme de débarrasser. Après quoi, il vida la poubelle et constata que Bingley n'avait pas trié ses déchets.

Avec un regard réprobateur dans sa direction, il récupéra les emballages recyclables, puis il se rendit dans la chambre. Sa mère avait déjà retiré les draps, qu'elle mettait dans le sac de linge, avec les serviettes de la veille.

Se remémorant que les fenêtres étaient ouvertes, Brody s'abstint de commentaires et entreprit de faire le lit, plutôt que de nettoyer les toilettes, une tâche qui le rebutait.

Emily dans la salle de bains, il entrouvrit le tiroir de la table de chevet, bien que conscient de commettre une indiscrétion. Des préservatifs. Rien dans celle de l'autre côté du lit.

Il vida la corbeille à papier, épousseta les meubles, porta au lave-vaisselle le verre et l'assiette abandonnés sur le plancher. Il passa ensuite l'aspirateur dans les chambres, même si personne ne semblait avoir mis les pieds dans la deuxième. Puis laissant la seconde salle de bains à sa mère, il fit la poussière dans la pièce à vivre.

Pendant qu'Emily nettoyait la cuisine, il balaya la terrasse et arrosa les fleurs qui avaient besoin d'eau.

En moins d'une heure, ils avaient terminé. En apportant le linge et les poubelles à la voiture, Brody remarqua que Bingley jouait à Candy Crush. Celui-ci s'empressa toutefois de revenir sur son écran d'accueil.

— Et voilà ! Bonne journée ! lui lança Emily.

— Bonne journée à vous, répondit-il. Quelle tranquillité, ici… Oh, je voulais vous dire : vos massifs sont magnifiques. Vous devez avoir la main verte.

— Hélas, non. Tout le mérite revient à Darby McCray et à l'équipe de High Country Landscaping. Nous vous avons laissé une nouvelle liste à cocher, sur le tableau, avec le ticket de caisse des courses d'aujourd'hui. Si vous avez besoin de quoi que ce soit, n'hésitez pas.

— OK, je vous remercie. Si j'ai écrit mon quota de pages, j'irai peut-être faire du kayak, en fin de journée.

— Dans ce cas, n'oubliez pas votre bon de réduction, dans la pochette de bienvenue. Travaillez bien !

Brody monta dans le pick-up et attendit que sa mère ait mis le contact.

— Écrivain de mes deux, oui…

— Brody Micahel Keller !

— Il jouait à Candy Crush, sur son ordinateur.

— Et alors ? Les écrivains aussi ont le droit de se détendre, non ?

— Un écrivain qui croit que *Proies* est une série télé, ça ne te paraît pas bizarre ?

— Il ne lit peut-être pas de romans populaires.

Brody secoua la tête, tandis que sa mère prenait le chemin du bungalow suivant.

— Il est censé être prof de fac à l'université. Il lit *Les Raisins de la colère*, mais il ne connaît même pas *Rue de la Sardine*, ni *À l'est d'Eden*.

— Bien sûr que si !

Emily se gara, et Brody se tourna vers elle, l'expression butée.

— T'as pas vu sa tête quand j'ai commencé à lui parler de Steinbeck... Je te dis qu'il n'est ni prof ni écrivain. Un prof ou un écrivain n'auraient pas emporté qu'un seul bouquin pour toutes ses vacances.

— Il doit avoir une liseuse.

— Je n'en ai pas vu. En plus... il a regardé tes fesses.

— Oh mon Dieu ! On dira à ton père de l'arrêter !

— Avec un air vicelard, ajouta Brody, pas le moins du monde amusé. Ce type ne me plaît pas.

— On ne peut pas aimer tous les clients, mais nous devons offrir le même service à tous. Et là, chez les Campbell, avec deux enfants de moins de dix ans, je peux te dire que ce sera une autre paire de manches...

Brody n'en avait pas terminé au sujet de Bingley, mais puisque sa mère ne voulait pas l'écouter, il s'adresserait à son père.

Ils firent encore trois bungalows – celui des Campbell était sans conteste le pire. Puis il prit son vélo et se rendit en ville. Mais une fois devant le poste de police, il hésita.

Son père l'écouterait, il le savait, mais il répèterait tout à sa mère, et Brody se ferait remonter les bretelles. Cependant, il devait absolument alerter quelqu'un. Mais qui, si ce n'était son père ? Un adulte… Quelqu'un de la famille… Zane ! Il comprendrait ce que ce type avait de louche. Oui, c'était à Zane qu'il devait parler.

Mme Carter leva les yeux de son ordinateur quand Brody entra dans le cabinet, et il aurait juré qu'elle n'était pas en train de jouer à Candy Crush.

— Bonjour, Brody, comment vas-tu ?

— Bien, et vous ?

— Ça va, je te remercie. Tu as des ennuis avec la justice ?

Pour lui faire plaisir, il esquissa un sourire amusé.

— Non, j'aurais voulu voir mon cousin cinq minutes.

— Ça tombe bien, il a une demi-heure avant son prochain rendez-vous. Je te laisse aller dans son bureau, tout droit.

Dans le couloir, Brody croisa Gretchen, chargée d'un épais dossier. Jamais il n'aurait osé se retourner sur ses fesses, mais il la trouvait très jolie.

— Eh Brody, qu'est-ce que tu fais là ? lui demanda-t-elle.

— Je viens voir mon cousin.

— Tu pourras lui dire que ses photocopies sont prêtes ?

— Bien sûr.

La porte du bureau de Zane était ouverte. Devant son ordinateur, le front plissé, lui non plus n'avait pas l'air d'éliminer la gélatine.

— Coucou… fit Brody en toquant contre le battant.

— Tiens… Salut ! lança Zane en pivotant sur sa chaise et il se détourna franchement de son écran, pour la plus grande satisfaction de Brody.

Les adultes feignaient parfois d'écouter, mais ils pensaient à autre chose. Brody était furieux quand ses parents se comportaient de la sorte alors qu'il avait quelque chose d'important à leur dire.

— Je voudrais te parler d'un truc.

— Bien sûr, assieds-toi. Tu as besoin de quelque chose ?

— Non. En fait… pas vraiment, je ne sais pas… Maman ne veut pas m'écouter. Du coup… La mère de Janey s'est cassé la cheville.

— Il paraît. Maureen me l'a dit.

— J'ai dû aider maman a faire les bungalows, notamment celui du gars qui est censé être prof de fac et écrivain.

— Censé ?

— Ouais… Imagine que tu sois en train de lire *Les Raisins de la colère,* et que je te dise que je préfère *Rue de la Sardine.* Qu'est-ce que tu répondrais ?

— Que moi aussi. Cela dit, j'aime encore mieux *Tortilla Flat*.

— Ah… Je ne l'ai pas encore lu. Enfin, en gros, tu aurais engagé la conversation sur Steinbeck, surtout si tu étais prof de littérature. Eh bien lui, il n'a rien su me dire.

— Il n'avait peut-être pas envie de parler. Ou il a été surpris qu'un ado ait une opinion sur Steinbeck. Ou bien il n'est pas sympa, tout simplement.

— Il essaie de l'être, pourtant : « Eh, grand, comment vas-tu ? » Je déteste ces gens trop familiers.

— Je te comprends.

OK, Brody semblait intrigué par cet homme, pensa Zane. Du coup, il était lui aussi curieux de savoir ce qui avait éveillé la méfiance de son cousin.

— En gros, il t'a pris à rebrousse-poil… ajouta-t-il.

— Pas que ça… Il a regardé les fesses de maman.

— Alors là, je vais me faire l'avocat du diable. Je t'avouerai que ça m'arrive.

— Ouais, mais lui… bredouilla Brody, gêné. Il avait un petit air sadique. Je me suis dit : heureusement que je suis là avec maman.

Le visage de Zane s'assombrit.

— Dans ce cas, il faudra veiller à ce qu'Emily ne fasse pas ce bungalow toute seule.

— Tu me crois ? demanda Brody, soulagé.

— Je crois que tu as eu un mauvais feeling, et ça me suffit.

— Quand j'ai vu qu'il n'avait pas l'air de connaître *Rue de la Sardine*, je lui ai dit que j'attendais les vacances avec impatience pour finir la série des *Proies*, de Sandford.

— J'aime bien, moi aussi.

— Tu sais ce qu'il m'a répondu ? Qu'il ne regardait pas la télé ! Alors qu'elle était allumée !

— On ne peut pas tout connaître.

— Il est en vacances et il n'a qu'un seul livre… OK, ne me dis pas qu'il a une liseuse, il n'en a pas. J'ai regardé dans les tiroirs. Tu ne le répètes pas à papa et maman, hein ?

— Tu n'aurais pas dû, mais je respecterai le secret professionnel.

Conscient de sa faute, Brody s'empressa de poursuivre.

— Et au lieu d'écrire, il jouait à Candy Crush sur son ordinateur. À mon avis, il n'est ni prof ni écrivain. Il ment, et j'aimerais bien savoir pourquoi.

— Les gens mentent pour toutes sortes de raisons. Il est là depuis combien de temps ?

— Je ne sais pas. Je n'ai pas pu regarder le registre parce que maman était à la réception. Il a une bouteille de whisky très chère dans son bungalow, comme celle que Pop a offerte à papa pour Noël. Je l'ai vue en rangeant les courses. Ses chaussures de randonnée sont comme neuves. Et il ne trie pas ses déchets. Il roule en Prius électrique et il ne recycle pas…

Brody s'interrompit un instant, pensif.

— Il ment, répéta-t-il, j'en suis certain. On ment quand on a quelque chose à cacher. Quand on est criminel. Quand on a un crime à cacher. Et si c'était lui qui avait tué Clint Draper ?

— Ne t'emballe pas. Tu soulèves des points intéressants, mais ne tire pas de conclusions hâtives. Comment s'appelle-t-il ?

— Bingley. Je ne sais pas son prénom. Je regarderai, quand maman ne sera pas au bureau.

Tout feu tout flamme, la fougue de la jeunesse, pensa Zane.

— Doucement, doucement, ne va pas t'attirer des ennuis, dit-il en prenant sa balle de base-ball. Tu as bien fait de venir me voir. Tu es inquiet, je l'entends ; je vais mener ma petite enquête. Si tes soupçons se confirment, j'en parlerai à ton père.

— Promis ?

— Promis, affirma-t-il, un doigt sur le cœur. Ça me prendra peut-être deux ou trois jours, mais je m'en occupe. En contrepartie, je te demande d'éviter ce bungalow.

— OK.

— Promis ?

Après une brève hésitation, Brody fit le même geste que son cousin. Afin de prouver sa bonne foi, Zane ouvrit un bloc-notes.

— Bon, dis-moi tout ce que tu sais sur ce gars. Bingley, donc, prof de fac. Tu sais où ?

— Dans le Nord, mais il a une voiture de location. Il doit avoir à peu près ton âge. Moins grand que toi. Un mètre quatre-vingts, je dirais. Blond, les cheveux longs, un petit bouc, des lunettes, les yeux bleus.

Brody avait le sens de l'observation, pensa Zane, tout en posant des questions et en prenant des notes. Puis quand il fut satisfait, il referma son bloc.

— OK, je vais voir ce que je peux faire. Tu peux compter sur moi, affirma-t-il en se levant pour échanger une poignée de main avec son cousin.

Et quand celui-ci eut pris congé, il se rassit à son bureau et nota quelques éléments supplémentaires.

Brody était un bon élève, un garçon intelligent, de nature sociable. Pas du genre méfiant, et pourtant, quelque chose chez ce type l'avait dérangé. Zane ne voyait pas trop un touriste un peu louche fracasser le crâne de Clint Draper... Néanmoins, il s'était engagé et il tiendrait parole.

En premier lieu, il lui fallait une identité complète, une adresse, le nom de l'université où ce Bingley enseignait. Le plus simple aurait été d'interroger Emily, ou de s'adresser à Lee, mais, là encore, il avait promis à son cousin de ne rien leur dire.

L'heure de son rendez-vous approchant, il reporta cette mission à plus tard, et n'eut pas l'occasion d'y revenir avant la fin de la journée. Toutefois, il savait déjà par où commencer sa petite enquête.

En fin d'après-midi, il partit en même temps que Maureen et Gretchen.

— J'arriverai vers 11 heures, demain, leur dit-il, comme si elles ne le savaient pas déjà. À mon avis, je n'en aurai pas pour plus d'une heure, au tribunal.

— De toute façon, tu n'as pas de rendez-vous avant 13 h 30. Tu n'auras qu'à aller déjeuner avant de venir, suggéra Maureen en prenant son sac à main dans le tiroir de son bureau.

— J'apporterai de quoi faire un pique-nique dans la cour. Ça vous dit ?

— Excellente idée. Mais pas de pizza, s'il te plaît.

— Vous êtes dure, Maureen. Au fait, vous savez quoi ? J'ai appris quelque chose dont je parie que vous n'êtes pas au courant.

Elle scruta longuement son visage avant de répliquer :

— À ta place, je ne parierais pas trop vite.

— On a un futur Hemingway qui écrit son prochain best-seller aux bungalows.

— Pari perdu ! s'écria-t-elle avec un geste triomphant. Un prof de fac, du Nord, en quête de calme et de tranquillité. À peu près ton âge, je dirais. Célibataire. Il ne porte pas d'alliance.

— Je l'ai rencontré, intervint Gretchen en éteignant son ordinateur. M. Bingley.

— John Bingley ?

— Euh… (Sourcils froncés, Gretchen fouilla dans sa mémoire.) Non… Blake, je crois. Ou Drake, Deke… Pas John, en tout cas. Pourquoi ?

— Ce n'est pas celui que je connais alors, répondit Zane, désinvolte. Comment l'avez-vous rencontré ?

— Dans la rue, il y a quelques jours. Il regardait les inscriptions sur la façade, comme beaucoup de badauds. On a échangé quelques mots. Il voulait savoir où manger un bon steak. Je l'ai envoyé chez Grandy.

— Excellente recommandation.

En verrouillant les portes, Zane envisagea de se rendre au Grandy's Grill, puis il se ravisa, car il voulait d'abord essayer de déterminer le prénom de Bingley.

Avant de monter dans sa voiture, il envoya un texto à Darby :

« Fermé boutique, je rentre. »

« Moi aussi ! Je fais la queue pour acheter sandwichs à l'effilochée de porc, coleslaw et frites de patates douces. On va se régaler. :) »

« Je boirai une bière fraîche en t'attendant. »

« Je serai là dans 20 minutes. »

Impeccable, songea-t-il. Il avait hâte de partager les soupçons de Brody avec elle, et de savoir ce qu'elle en penserait. Était-ce si grave de ne pas trier ses déchets et de ne pas avoir envie de disserter sur Steinbeck avec un ado ?

Cela dit, Zane était prêt à jouer les détectives. Investiguer lui rappellerait l'époque où il contribuait à mettre les malfaiteurs hors d'état de nuire.

Il s'engagea sur son chemin privé, franchit le premier tournant, et écrasa la pédale de frein.

Un pick-up lui barrait le passage, Jed Draper adossé à la cabine.

En son for intérieur, Zane pria le bon Dieu de ne pas mourir à quatre cents mètres de chez lui.

— Vous gênez la circulation, dit-il en descendant de sa voiture.

Jed était plus petit que lui, le même air belliqueux que son frère, mais Zane se sentait capable de l'affronter, s'il n'était pas armé.

— Clint est six pieds sous terre.

— Je sais. Je n'y suis pour rien.

Jed s'avança, les poings serrés.

— Ma mère dit que c'est votre faute.

— Vous lui présenterez mes condoléances. Je sais qu'il n'y a rien de plus dur que de perdre un fils. Mais ce n'est pas moi qui l'ai tué.

Jed cracha par terre avec mépris.

— La ville entière vous couvrirait, mais on va régler nos comptes tous les deux.

— Ça ne changera rien. Une bagarre ne fera pas revenir Clint.

— Il serait encore vivant si t'étais pas allé fourrer des sales idées dans le crâne de sa bonne femme. Je sais pas si tu l'as balancé dans le lac mais, sans toi, il serait toujours vivant.

Totalement vain de vouloir raisonner ce genre d'individus, pensa Zane.

— Disons plutôt qu'il serait encore en vie s'il n'était pas venu ici pour dégommer mes fenêtres.

— Tu méritais pire que ça, pour avoir fourré le nez dans nos affaires. Tu crois que tu vaux mieux que nous ?

— Oui, parfaitement, rétorqua Zane en se mettant en position de garde.

Il para le premier coup en pivotant sur lui-même, et frappa son adversaire au plexus. Jed vacilla, mais ne recula pas. Il toucha Zane au menton, qui riposta par un direct du droit. La bouche en sang, Jed chargea comme un taureau.

Erreur, pensa Zane en l'esquivant d'un habile jeu de jambes, et il lui envoya un uppercut dans la mâchoire.

— Laisse tomber, dit-il tandis que l'autre reprenait ses esprits.

Erreur de sa part, cette fois. Enragé, Jed se jeta sur lui.

« En dehors du ring, pas de règle », se remémora Zane, le conseil de Dave à un jeune garçon qui voulait apprendre à se battre. Et le goût du sang dans la bouche, il cogna sans pitié.

Sur le chemin de chez Zane, Darby fredonnait en chœur avec Lady Gaga. Elle avait passé une bonne journée, et la soirée s'annonçait agréable.

In extremis, elle freina brutalement. Zod lâcha un jappement de protestation. Elle bondit hors de son camion, la main dans la poche, à la recherche de son téléphone.

Un homme au visage en sang brandissait le poing au-dessus de Zane.

— Pas les flics ! lui lança-t-il.

Ce bref instant d'inattention lui valut un coup dans le nez, que Darby ressentit dans sa chair.

Les doigts crispés autour du téléphone, le chien aboyant furieusement, elle inspira profondément, expira lentement. Et se retint de composer le 911, car Zane avait déjà repris l'avantage, tout du moins pour le moment.

Il avait une bonne condition physique, se raisonna-t-elle, et il savait se battre, mais si la rixe ne prenait pas fin rapidement, elle appellerait néanmoins la police.

— Je vais te massacrer ! proféra Jed, un œil tuméfié, en sautillant sur place. Et ta petite pute, je vais la niquer !

Zane entendit les cris de sa sœur, il revit son père l'empoigner par les cheveux, une image qui lui insuffla un regain de hargne et d'énergie. S'il reçut encore des coups, il les ignora, car il en donna davantage, de toutes ses forces, sans répit, sans retenue et sans scrupule.

Jed titubait, il reculait, avec des gestes de plus en plus maladroits. Ses genoux se dérobèrent, il se redressa mais perdit l'équilibre et s'écroula. Zane l'aurait volontiers achevé… Or il n'était pas comme son père.

Jamais il ne serait comme son père.

Alors il se contenta d'empêcher Jed de se relever, un pied sur son torse.

— Ne bouge pas, OK, et utilise le peu de cervelle que tu as. Je suis plus fort que toi, et que Clint ne l'était, tu le sais très bien. Je n'aurais pas eu besoin de lui défoncer le crâne.

Il s'accroupit auprès de Jed et plongea son regard dans le sien.

— Ou si c'était mon genre, ajouta-t-il, tu serais toi aussi un homme mort. Tu sais que je ne l'ai pas tué.

— Qui c'est, alors ?

— Je n'en sais rien, mais je mettrai un point d'honneur à retrouver celui qui a commis un meurtre chez moi, car il s'agit d'une menace envers la femme que j'aime, celle avec qui je construirai ma vie et fonderai une famille.

En toisant Jed avec dégoût et pitié, Zane se redressa avant de poursuivre :

— Ce n'est pas moi qui ai tué ton frère et je ne suis en rien responsable de sa mort.

Essaie encore de m'accuser et tu le regretteras. Approche-toi de ma femme ou de mes proches et tu le paieras cher. Cause le moindre ennui à Traci ou à sa famille, et ça ce passera très mal pour toi. Compris ?

— Clint est mort.

— C'est un fait. Inutile de te faire casser la gueule ou de finir en taule, il ne reviendra pas. Maintenant, fiche le camp, et ne remets plus jamais les pieds ici.

Sans un mot, Darby remonta dans son camion, le gara sur le bas-côté afin de permettre le passage, puis elle attendit que Jed se redresse, laborieusement.

Il n'osa même pas la regarder en reprenant le volant de son pick-up.

Zane essuya le sang qui lui coulait sur le visage et parvint à esquisser un faible sourire.

— Tu as passé une bonne journée, chérie ?

29

Une fois à l'intérieur de la maison, Darby pria Zane de s'asseoir au comptoir de la cuisine, puis elle lui apporta un sac de glace et une bière fraîche.

— Tu es ma bonne fée, lui dit-il en grimaçant à la première gorgée.

— Je reviens avec de quoi te soigner. Il t'a bien amoché.

— Et lui, tu as vu dans quel état il était ?

— On en reparlera.

Darby à l'étage, Zane se tourna vers le chien, qui le couvait d'un regard attendri et inquiet.

— Ça aurait pu être pire, non ?

En appliquant la glace sur son œil gauche, il étouffa néanmoins un juron.

— J'avais oublié la douleur… Merde. Je vais avoir l'air de quoi, au tribunal, demain ? Oh, ce n'est rien, votre honneur. Juste une petite explication avec le frère d'un mec assassiné sur mon terrain. Merde, merde et merde… Je suis convoqué au tribunal demain matin, dit-il à Darby quand elle reparut.

Elle posa sa trousse à pharmacie pour mouiller un gant de toilette.

— Qu'est-ce que tu vas dire ? Vérité ou mensonge ?

— Je suis avocat, je sais faire les deux. Ce n'est pas trop vilain, si ?

— Tu auras un œil au beurre noir, à gauche. Et il t'a ouvert au-dessus de l'arcade. Je te mettrai un pansement. Un bleu à la mâchoire, du même côté. Tu devras travailler ta garde à gauche. Tu as pris aussi un méchant coup sous l'œil. Il faudra passer des radios.

— Je n'ai rien de cassé, je le saurais.

Comme elle connaissait elle aussi les coups et la douleur, elle opina de la tête.

— Troubles de la vision, nausée ?

— Non.

— Enlève ta chemise, qu'on regarde le reste.

Zane s'exécuta, les dents serrées.

— OK... Il m'en a mis quelques-uns.

Darby l'aida à retirer les bras des manches.

— Ce n'est pas toi qui as cherché la bagarre, j'imagine...

— Son frère est mort.

— Et rien ne le fera revenir. Tu as les côtes toutes bleues.

Avant qu'elle puisse les palper, il lui saisit la main.

— Tu es fâchée ?

— Non, pourquoi ?

— Tu as l'air en colère, dit-il en promenant un doigt sur sa joue.

— Ça, oui ! Mais pas contre toi. Contre ce cinglé que je ne connais même pas. Applique la glace sur tes côtes pendant que je donne à manger au chien.

Elle remplit la gamelle de Zod et lui ouvrit la porte de la cuisine afin qu'il puisse sortir à sa guise.

— Tu as été gentil avec lui, poursuivit-elle. Tu n'as pas voulu que j'appelle la police et tu l'as ménagé, jusqu'à ce qu'il me menace.

— Ce n'est pas faux.

L'expression à la fois furieuse et peinée, Darby se tourna vers Zane.

— Tu n'y es pour rien si son frère est mort.

— Je sais. Je ne suis même pas sûr qu'il ait de la peine de l'avoir perdu, mais les liens du sang sont sacrés. Heureusement qu'il n'était pas armé. À mon avis, il espérait m'intimider et m'arracher un faux aveu. Au lieu de quoi, il a compris que je n'avais pas tué Clint.

— Si jamais les Draper continuent à te chercher, ne te retiens pas.

— Non, dit Zane en se tâtant la mâchoire. Surtout si j'ai une audience le lendemain.

Admirative, même si cela la gênait de l'admettre, Darby essora le gant dans un récipient.

— Ne bouge pas, je vais te nettoyer le visage.

Elle avait des gestes doux mais fermes, pensa-t-il. Et elle ne faisait pas mine de s'évanouir à la vue du sang. Tandis qu'elle s'occupait de lui, il observait ses yeux, d'un bleu si profond, bien qu'assombris par la contrariété. Elle sentait la terre et les plantes.

— J'ai dû oublier le filtre, dit-il, quand j'ai parlé de fonder une famille, etc.

— Mmm… Attention, ça va piquer, prévint-elle en imbibant une compresse d'antiseptique.

Il lâcha une bordée de jurons quand elle l'appliqua sur ses plaies.

— Pourquoi le traitement est-il aussi douloureux que le mal ?

— Peut-être pour se souvenir d'éviter la bagarre… répondit-elle en collant précautionneusement un pansement sur la coupure au-dessus de l'œil gauche. C'est un terme juridique, le « filtre » ?

— J'avais l'intention de t'accorder un peu de temps avant de te parler mariage et enfants…

Comme elle gardait le silence, il lui prit la main.

— Tu voudras des enfants, un jour ? Te marier et faire ta vie avec moi ?

Elle posa tendrement son front contre le sien.

— Il me semble qu'on a déjà commencé à vivre ensemble, non ? Je voudrai des enfants, oui, mais le mariage m'est resté en travers de la gorge.

— Ce n'est qu'une formalité.

— Non, répliqua-t-elle en s'écartant pour regarder Zane dans les yeux.

— OK. Je remettrai le filtre, en attendant que tu sois prête.

— On est bien comme ça, non ?

— Plus que bien, même.

Elle se pencha vers lui et embrassa délicatement les ecchymoses sur son visage.

— Je me demandais si tu me pardonnerais cette bagarre…

— Il a d'abord fallu que je surmonte ma colère. Pas contre toi, sincèrement. Tu as fait de la boxe quand tu étais jeune ?

— Un peu. Ma fracture du coude me limitait.

Elle alla vider l'eau dans l'évier.

— Je te montrerai des mouvements pour compenser cette faiblesse.

— Tu es vraiment la femme de mes rêves !

— En tout cas, il faudra prévenir Lee. Pas forcément porter plainte, mais la police doit être au courant.

— Tu as raison, acquiesça Zane, qui avait déjà réfléchi à cette question. Je n'ai pas trop envie de le faire, mais je le ferai.

— Avec la tête que tu as, tout le monde saura que tu t'es battu, de toute façon, répliqua-t-elle en lui donnant trois comprimés d'ibuprofène et un verre d'eau. Alors appelle Lee. Maintenant. Après, on mangera les sandwichs que j'ai achetés.

— Tu sais que tu ne me laisses pas d'autre choix que d'être raide dingue de toi ?

— Je suis une femme formidable. Appelle Lee, je réchauffe le dîner.

Zane aurait pu se douter que Lee tiendrait à venir le voir. Naturellement, Emily et les garçons l'accompagnèrent. Puis Emily insista pourra appeler Britt, qui rejoignit le reste de la famille avec Silas et Audra, après être passée acheter quelques sandwichs en plus.

Si bien que le déplorable incident se mua en une réunion familiale impromptue. Et en regardant la petite Audra embrasser les « bobos » de son oncle, Darby se félicita d'avoir trouvé une famille d'adoption, elle qui n'avait ni frère ni sœur, et aujourd'hui ni père ni mère.

Avant le repas, sous prétexte de vouloir lui demander des conseils de jardinage, Britt l'entraîna à l'écart.

— Ça va ? lui demanda-t-elle.

— Moi, oui. C'est Zane qui a pris des coups.

— Je connais ton passé, et c'est le troisième épisode de violence en quelques mois… Si tu as besoin de parler, je suis là, en amie.

— Alors je serai honnête… J'ai eu un instant de panique en voyant Zane se battre avec Draper, mais je l'ai vite surmontée, parce que la panique ne sert à rien. En vérité, j'ai surtout été impressionnée par la façon dont Zane a géré la situation.

Darby regarda le lac, dans la paisible luminosité du soir tombant.

— Je suis capable de me défendre, c'est important pour moi de le savoir, poursuivit-elle. Maintenant, je sais que Zane sait aussi se défendre, et qu'il me protégera, au besoin.

— Tu peux compter sur lui ! acquiesça Britt. Nous avons eu une enfance horrible, mais j'ai toujours su que mon frère veillait sur moi. Je te comprends parfaitement. En tout cas, si jamais la panique revient, n'hésite pas à m'appeler.

— J'espère très sincèrement que ce mauvais cycle est fini, dit Darby en tapotant le tatouage dans sa nuque. Il est grand temps que le chaos fasse place à l'équilibre.

Tandis que Darby et Britt discutaient entre elles, Zane fit signe à Brody de venir avec lui promener le chien.

— Tu m'autorises à partager avec Darby ce que tu m'as raconté ? commença-t-il par lui demander.

— Non, s'il te…

— Si tu as vu juste, cet homme représente un danger pour elle aussi. Je lui fais confiance : si je lui dis que c'est un secret, elle le respectera.

— Elle doit le jurer.

— Entendu.

— Alors OK. Mais n'en parle à personne d'autre.

— Promis. Je crois que j'ai son prénom.

— C'est vrai ? s'exclama Brody, et Zane se sentit flatté par l'admiration qui perçait dans sa voix.

— Je pense, mais je vérifierai, ce soir. À partir de là, je devrais pouvoir obtenir d'autres renseignements. Si jamais je découvre quoi que ce soit d'illégal, on en parle à ton père, d'accord ?

Brody opina de la tête.

— Si tu as des preuves, oui, bien sûr.

— OK.

Ils échangèrent un check du poing.

— Tu peux me montrer où Clint Draper a été tué ?

— Non.

— Oh, t'es pas cool ! Alors tu me montres comment t'as mis son frère K.-O. ?

Zane feignit un coup de poing, puis il immobilisa son jeune cousin en lui faisant une prise d'étranglement.

— Allez viens, on retourne avec les autres.

Leurs hôtes partis, à 21 heures passées, Zane et Darby restèrent assis dehors un moment, à la lumière des lampadaires du jardin.

— J'ai un client qui m'autorise à te confier certaines informations, dit-il en lui caressant les cheveux. À condition qu'elles demeurent strictement confidentielles.

— Comment…

Devant le regard de Zane, Darby s'interrompit.

— OK, je saurai tenir ma langue.

— Le client exige que tu le jures.

— Qui qu'il soit, il a ma parole solennelle.

— Allons faire un tour. Je m'ankylose si je reste immobile trop longtemps.

— Bonne idée, et comme ça tu seras obligé de rester immobile toute la nuit.

Un mince croissant de lune brillait dans le ciel étoilé. Le chien trottinait entre eux, s'arrêtant çà et là pour bondir sur la lueur d'une luciole. Le jasmin embaumait l'air de son parfum nocturne. Et dans la sérénité de cette douce soirée d'été, Zane relata les soupçons de Brody.

À plusieurs reprises, Darby l'interrompit pour lui réclamer des éclaircissements, lui poser des questions.

Puis ils revinrent s'asseoir sur la galerie, et contemplèrent le reflet de la lune sur le lac.

— Ce garçon a de l'instinct, déclara Darby. Il a su relever des indices absolument sans lien les uns avec les autres. En revanche, que ce gars n'ait qu'un seul livre n'est pas forcément significatif. Il se peut qu'il ait une liseuse que Brody n'a pas vue.

— Tout à fait.

— Ou il lit sur son ordinateur.

— Possible aussi.

— Peut-être qu'il néglige le tri des déchets mais qu'il a eu un bon prix pour la location d'une voiture électrique. Tout peut se justifier, non ?

— Absolument. C'est mon métier.

— En revanche… Si tu es prof de littérature, ça implique que tu aies fait des études littéraires, et que tu passes la majeure partie de ta vie à enseigner les grands auteurs. Difficile de concevoir que tu n'aies pas un avis sur Steinbeck. Qu'il ne connaisse pas Sandford, je veux bien, mais il aurait dû au moins poser des questions, dans ce cas, tu ne crois pas ? Tout ça pour dire que ce bonhomme paraît louche, en effet. Qu'est-ce que tu vas faire ?

— Il se trouve que Gretchen l'a rencontré, dans la rue. Habilement, je lui ai soutiré son nom : Blake, Drake ou Deke Bingley. Ce sera mon point de départ, vu que j'ignore dans quelle université il enseigne.

— Ça risque de te prendre le reste de ta vie. Attends...

Darby sortit son téléphone, et fit un geste du doigt avant que Zane ne puisse objecter.

— Allô, Emily ? Excusez-moi de vous déranger. J'ai oublié de vous dire, avec les événements... On passera faire de la maintenance, demain. Je pense qu'on commencera par le bungalow 5. Il est occupé ? Hm hm. OK. Milieu de matinée alors... À moins qu'il ne parte de bonne heure... Non ? Ah bon ? D'où, exactement, dans le Nord ?

Elle adressa à Zane un sourire victorieux.

— New York, ah d'accord. Oui, oui, on essaiera de ne pas faire trop de bruit... Oui, pas de problème, je lui dirai de remettre de la glace avant d'aller se coucher. Bonsoir, Emily. À demain.

Avec un geste de triomphe, elle coupa la communication.

— M. Bingley est de New York. Je n'ai pas osé demander son prénom, ça aurait paru louche.

— Super, bravo.

— De toute façon, elle voulait que quelqu'un passe lui apprendre à reconnaître les mauvaises herbes dans son jardin de rocaille.

Darby se leva et tendit la main à Zane.

— Allez, viens que je te donne un sac de glace, et tu pourras te mettre au travail. Quant à moi, je vais enfin pouvoir me doucher. Ensuite, je ferai un peu de paperasse.

Zane avait lui aussi grand besoin de faire un brin de toilette ; malheureusement, il n'était pas en état de prendre une douche coquine avec Darby.

Ses ablutions terminées, il accepta volontiers une nouvelle dose d'ibuprofène avant de s'installer au lit pour travailler sur son ordinateur portable.

— Alors, ça avance ? s'enquit Darby une heure plus tard.

— Tout doucement, répondit-il en fourrageant dans ses cheveux. Il y a plus de cent facs à New York.

— Je m'en doute.

— Même après avoir éliminé celles qui n'ont que des filières spécialisées, genre danse ou mode, il en reste un paquet. Jusque-là, je n'ai trouvé nulle part de Blake, Drake ou Deke Bingley dans le personnel enseignant, que ce soit parmi les titulaires ou les vacataires. Mais je suis loin d'avoir fini.

Sentant qu'il commençait à s'engourdir, Zane se leva, péniblement, afin de faire quelques pas et de s'étirer.

— Ça irait beaucoup plus vite si j'avais une assistante…

— Je veux bien m'y coller. J'ai terminé tout ce que je voulais faire. Et bizarrement, je suis motivée. J'ai envie de confirmer à Brody que ses soupçons sont fondés.

— C'est vrai que c'est bizarre. Seulement, tu es sûre de vouloir t'y mettre maintenant ? Tu te lèves dans… six heures et demie.

— Je peux y consacrer une demi-heure. Toi aussi, il faut que tu dormes. Tu es plus fatigué que tu le penses, dit-elle en arrangeant ses cheveux ébouriffés.

— Je suis mort, avoua-t-il. Tu as raison, on arrête dans une demi-heure.

Trente minutes plus tard, Darby annonça l'extinction des feux, car Zane paraissait exténué. Il insista toutefois pour sortir le chien une dernière fois parce qu'il avait besoin de se dégourdir les jambes.

Quand il revint, et que Zod se fut couché dans son panier avec une chaussette, Darby dormait déjà à poings fermés. Il s'allongea à ses côtés, en serrant les dents de douleur. Puis il lui prit la main et la pressa contre sa joue.

— Ne me fais pas attendre trop longtemps pour enlever le filtre, murmura-t-il.

Tandis que Zane sombrait dans un sommeil agité, le dénommé Bingley sirotait un single malt en arpentant son bungalow.

Il n'aimait pas la façon dont ce morveux l'avait regardé. Il y avait pensé toute la journée. Il avait même fait un tour en voiture dans l'espoir de le trouver et de lui régler son compte. Heureusement, il ne l'avait vu nulle part. Il s'en félicitait, à présent. Inutile qu'on repêche un deuxième cadavre dans le lac. Ou qu'un gamin soit porté disparu. Dans son intérêt, mieux valait laisser revenir le calme.

Du reste, il s'était déjà trop longtemps attardé dans ce bled de bouseux. Ou plus exactement, à quelques kilomètres du bled, en plein milieu des bois.

Il en avait assez. L'heure du départ avait sonné. Il était grand temps de passer à l'action. Ensuite, sa mission accomplie, il reprendrait le volant de cette ridicule bagnole d'écolo et, avant que quiconque ne s'aperçoive de quoi que ce soit, il serait déjà loin.

Il abandonnerait la voiture sur le parking de l'aéroport, il attendrait la nuit, puis il reprendrait la sienne et rentrerait chez lui, se raser la barbe et se couper les cheveux.

Pour le moment toutefois, il avait du boulot. Notamment, passer un chiffon partout dans le bungalow. Après quoi, il porterait des gants.

Darby se réveilla à 6 heures pile, quitta le lit discrètement et se dirigea vers la salle de bains avec ses vêtements, comme chaque matin, afin de ne pas réveiller Zane.

— Je ne dors pas, grommela-t-il.

— Tu as mal ?

— C'est toujours pire le lendemain.

En grimaçant, il tendit le bras pour allumer. Elle lui caressa les cheveux.

— Glace et Advil. Je vais t'en chercher.

— Ça va aller. Il faut que je bouge.

— Vas-y doucement.

Précautionneusement, il se redressa en position assise et pivota afin de poser les pieds au sol. Darby quitta la chambre, toute nue, ce dont Zane ne s'étonnait plus.

— Aïe ! pesta-t-il en essayant de se lever. J'ai connu pire, mais j'étais plus jeune…

Il dut se rasseoir avant de procéder à une seconde tentative, et envisagea de demander un report d'audience, en soupesant le pour et le contre de sa présence au tribunal avec un œil au beurre noir. Tout le monde le regarderait… Le juge serait peut-être plus clément ? Ce n'était pas gagné…

— Allez, pas de simagrées, trancha-t-il. Rien ne t'empêche de conduire jusqu'à Asheville et de passer une heure à la barre.

Avant qu'il tente de se relever, Darby revint avec une boîte de comprimés et de la glace.

— C'est plus vilain qu'hier, dit-elle en l'examinant.

— Merci !

— Tu verras par toi-même.

Elle lui donna les antalgiques et appliqua le sachet de glace contre sa joue.

— L'avantage, c'est qu'une belle infirmière se met en quatre pour moi.

— Une infirmière canon, tu veux dire ! Si tu as besoin de moi, je peux appeler Roy et le prévenir que je serai en retard.

— Non, ça va aller. Il faut juste que je me mette en route.

— Tu as dormi ?

— À peine, très mal. J'en ai profité pour continuer à éplucher la liste des facs new-yorkaises – quitte à ne pas dormir, autant être productif. Toujours pas de Bingley.

— On va y arriver. Je suis presque sûre que Brody ne s'est pas trompé.

— Je vais aussi demander à un ami qui est dans la police de Raleigh de lancer une recherche dans le fichier national des permis de conduire.

— C'est légal ?

— Euh... plus ou moins. OK, je regarderai d'abord s'il a un casier judiciaire, avec les trois prénoms. Ça, c'est tout à fait réglo.

— Je m'habille et je t'aide à descendre, dit-elle en enfilant son short. Il ressemble à quoi ?

— D'après Brody, cheveux longs, blonds, petite barbe, lunettes, à peu près mon âge, moins grand, moins baraqué.

— J'ai vu un type qui correspond à cette description il y a quelques jours, sur un Sunfish. Je ne saurais pas dire pourquoi, mais il m'a fait froid dans le dos.

— Sans raison ?

Darby enfila sa brassière de sport.

— En fait, je ne l'ai même pas vraiment vu, dit-elle en passant un tee-shirt. Il est juste passé en bateau le long du terrain des Marsh. Il m'a fait un petit signe de la main, et j'ai eu une drôle d'impression. Tu veux que je reste ici, ce matin, pour finir avec toi la liste des facs ?

— Non. Par contre, je veux bien un café. Tu peux descendre, je me débrouille tout seul. Je te rejoins en bas.

— OK. Tu viens, Zod ?

Avec enthousiasme, le chien la précéda dans le couloir. Sur le pas de la porte, elle s'immobilisa.

— Cette pièce est jolie, mais je serai contente de retrouver notre chambre.

— Moi aussi. Dans quelques jours.

Notre chambre, avait-elle dit… Zane esquissa un geste victorieux, puis il enfila un pantalon de jogging.

Dans la cuisine, le café était prêt. Darby mangeait des Cheerios et des fraises fraîches. Zane commençait à se sentir moins raide.

— C'est plus vilain que douloureux, dit-il.

— Tant mieux. Arrête-toi quelque part acheter de l'arnica. Les hématomes se résorberont plus vite.

Il prit note mentalement, tout en se servant une tasse de café.

— Tu travailles où, aujourd'hui ?

— Vu que Bingley est potentiellement dangereux, j'enverrai Roy et Ralph, en fin de matinée, s'occuper de cette maintenance dont j'ai parlé à Emily. Je passerai la voir, à un moment ou à un autre de la journée. J'attaque un chantier, sur la rive nord du lac. Tu connais George Parkinson ?

— Bien sûr. Il habite à Asheville, mais il a une résidence secondaire ici. Et il loue des villégiatures.

— C'est ça. Apparemment, il n'était pas content de la société qui lui faisait l'entretien extérieur. On va tondre, pailler, désherber et élaguer, aujourd'hui. Avec toutes ces maisons de location, c'est un bon nouveau client. Surtout s'il nous confie la sienne, ajouta-t-elle avec un sourire, tout en mâchant ses céréales.

— Je parie que tu sauras le charmer.

— Vu l'état des lieux, on en a déjà pour deux grosses journées. Ensuite, je croise les doigts pour que Cherylee Fogel accepte mon devis. C'est une copine de Patsy Marsh, elles font partie du même club de lecture. Elle vient de divorcer de son deuxième mari, qui lui a versé une coquette somme. Elle veut « réimaginer » son cottage.

— Tu es au courant de tous les potins, pire que Maureen !

— Les gens me racontent leur vie, je n'y peux rien. Son deuxième ex est chirurgien esthétique et je peux te dire qu'il fait du bon boulot – j'ai vu Cherylee de près ! Ils ont vécu ensemble pendant quatre ans, à Greenboro, et ils avaient acheté le cottage pour y passer les week-ends et les vacances. Atrium, cuisine d'été donnant sur le lac, c'est magnifique. Elle s'y est installée définitivement il y a un an environ, quand ils se sont séparés. Il avait deux maîtresses. Elle a obtenu une belle prestation compensatoire.

Darby mangea quelques fraises avant de continuer :

— C'est l'une des maîtresses qui a découvert l'autre. Elles ont sympathisé et elles ont tout raconté à Cherylee. Grâce à cette solidarité féminine, le bon docteur a dû cracher 3,3 millions de dollars, plus la maison du lac et tout ce qu'elle contient, c'est-à-dire deux BMW et une jolie petite collection d'œuvres d'art et d'antiquités. Sans compter un pourcentage de ses actions et obligations.

— Tu me la présenteras ? demanda Zane, fasciné. Si elle se remarie et qu'elle divorce une troisième fois, j'aimerais la représenter.

— Elle a juré de ne pas se remarier avant l'âge de quatre-vingt-dix ans. D'ici là, elle n'aura plus que des amants.

— Ce que tu ne sais pas, tu l'inventes, non ?

— Pas du tout. Elle a cinquante-huit ans, elle en paraît quarante. L'avantage d'être mariée à un chirurgien esthétique, même infidèle. Elle n'a jamais eu d'enfants, mais elle gâte tout un tas de neveux et nièces. Elle est très sympathique, elle s'est déjà fait plein d'amis à Lakeview. Enfin bref... Quand elle a vu ce que j'avais fait chez les Marsh, elle a regardé mon site web, et elle a été conquise par ta cascade !

Darby termina ses céréales.

— Elle veut la même, avec des lys canna en plus. Elle m'a dit qu'elle me trouvait adorable, et qu'en règle générale elle préfère faire bosser les femmes. Si elle signe le devis, et je suis confiante, High Country Landscaping aura du boulot jusqu'à l'automne.

Comme Zane avait également fini son bol, elle prit les deux et les déposa dans l'évier.

— Ah oui… Elle aimerait aussi fonder une petite œuvre de charité, quand elle aura touché sa part du jet privé. Elle aura besoin d'un avocat. Elle m'a dit qu'elle pensait à toi. Donc, ne t'étonne pas si tu reçois un coup de fil de sa part.

Impressionné, Zane regardait Darby d'un air amusé.

— Je suis sérieusement fou de toi.

— Qui ne le serait pas ? répliqua-t-elle en nouant les bras autour de son cou. Je voudrais te demander un truc qui ne me ressemble pas…

— Je t'écoute.

— Envoie-moi un texto quand tu seras au tribunal. Et quand tu arriveras à ton bureau.

— Tu es inquiète ? demanda-t-il, les mains sur les hanches de Darby.

— Apparemment. Ce n'est pas mon genre, mais envoie-moi juste un petit message, s'il te plaît.

— OK.

Il l'attira à lui et l'embrassa. Elle lui déposa un léger baiser sur l'œil, un autre sur le pansement au-dessus de l'arcade sourcilière, et un troisième sur sa mâchoire meurtrie.

— Allez, j'y vais. Tu viens, Zod ? N'oublie pas l'arnica, ajouta-t-elle en prenant sa bouteille d'eau, son téléphone, sa casquette. Prends-en deux tubes ; j'en mettrai un dans ma trousse à pharmacie, ça pourra toujours servir.

Et elle partit, le chien sur ses talons, qui bondit sur le siège passager dès qu'elle ouvrit la portière du camion.

Deux tubes d'arnica et un bouquet de fleurs, pensa Zane.

Darby s'installa au volant, puis elle ouvrit la vitre pour Zod.

— Nouveau chantier aujourd'hui, lui dit-elle, mais les règles restent les mêmes. On ne creuse pas et on ne fait pas caca n'importe où, on ne court pas après les chats ni les chiens, et on ne renifle pas les fesses ni la braguette des gens.

Sous le regard énamouré de Zod, elle mit le contact et démarra.

— Aujourd'hui, on va juste faire du nettoyage, mais si le client est content de nous, il nous confiera peut-être des travaux plus intéressants, au printemps prochain.

En voyant une voiture garée sur le bord de la route, capot levé, elle ralentit et se gara sur le bas-côté.

— Une minute, dit-elle à Zod en descendant du camion. En panne ? lança-t-elle.

« Batterie à plat », crut-elle entendre, avec un fort accent hispanique.

— Je dois avoir des pinces, dit-elle en s'approchant.

Elle eut le temps de voir un dos penché au-dessus du moteur, un homme en jean, mais le coup la prit totalement par surprise.

30

Comme il devait se dépêcher, il la rattrapa avant qu'elle ne s'écroule et la jeta sur la banquette arrière. Puis il lui ligota les poignets avec des serre-câbles, et posa sur elle une couverture, même s'ils n'allaient pas loin.

Moins d'une minute après qu'elle se fut arrêtée derrière lui, il reprenait le volant et repartait, en riant aux éclats, la radio à fond.

Si bien qu'il n'entendit pas le chien, abandonné dans le camion.

Au bungalow, tout était prêt. Après s'être garé, il lança un coup d'œil prudent alentour. Le soleil se levait à peine, il n'y avait encore personne sur le lac. Impeccable.

Il la porta à l'intérieur et la posa sur le plancher, le temps de vérifier qu'il avait bien accroché le panonceau « Ne pas déranger » et baissé tous les stores.

— On va être tranquilles, tous les deux, ma poupée…

Darby remua légèrement, un gémissement lui échappa.

— Attends un peu, je ne suis pas encore prêt, grommela-t-il en lui décochant un coup de pied.

Il coupa les serre-câbles, puis il l'assit sur le fauteuil qu'il avait placé au centre de la pièce. Un bon vieux fauteuil rustique, lourd et costaud. Avec de nouveaux serre-câbles, il lui attacha les poignets aux accoudoirs, les chevilles aux pieds du siège.

— Tu ne me la joueras pas Bruce Lee, aujourd'hui, hein ? Ouais, j'ai lu le journal. J'ai même trouvé une interview de toi, en ligne. Je me branle chaque fois que je la regarde.

Il lui fouilla ses poches, lui prit son téléphone, son couteau suisse, les glissa dans les siennes. Puis il lui donna quelques coups dans les seins, par pur sadisme.

Largement dans les temps, constata-t-il en consultant sa montre. Il avait au moins deux heures devant lui, même s'il s'était promis de s'en tenir à une.

Il avait passé le chiffon partout, ses bagages étaient prêts. Il pouvait se mettre à l'œuvre.

À grandes claques, il essaya de la réveiller. En vain. Sa tête dodelinait seulement d'un côté et de l'autre. Il l'avait peut-être frappée trop fort, la seconde fois… En haussant les épaules, il sortit une boisson énergétique de la glacière qu'il avait préparée pour la route, et s'assit en face d'elle, son Glock sur les genoux.

Tout doucement, elle finit par reprendre connaissance, le visage déformé par un rictus de douleur.

Mauvais rêve, mauvais rêve, se répétait-elle mentalement. Elle avait l'impression d'avoir trop bu, un terrible mal de crâne.

— Réveille-toi ! aboya-t-il.

Darby ouvrit les yeux, et son sang se figea, son estomac se noua, la terreur l'emporta sur la douleur.

— Je t'ai manqué, poupée ?

Il n'y avait que lui qui l'avait jamais appelée « poupée ». Et il n'avait quasiment pas changé, malgré la barbe et les cheveux longs, décolorés. Elle aurait reconnu ce regard entre mille.

Quand il se leva, revolver en main, elle essaya de se redresser, saisie de sueurs froides, mais elle était clouée sur place.

— Crie et je tire, la prévint-il. Je ne te tuerai pas, mais tu souffriras. Ensuite, je te bâillonne. J'aimerais qu'on ait une petite discussion, mais je peux me contenter d'un monologue en regardant ton sang couler. À toi de choisir.

— Qu'est-ce que tu veux, Trent ?

— Je viens de te le dire ! rétorqua-t-il en la giflant, pas trop fort, juste pour qu'elle comprenne qui commandait. Qu'est-ce que je viens de dire ? Répète après moi : Trent aimerait qu'on ait une petite discussion…

Elle ravala la bile qui lui montait à la gorge.

— Trent aimerait qu'on ait une petite discussion. Tu peux poser ton revolver, je suis attachée, je ne risque pas de m'enfuir.

— Tu me donnes des ordres ?

— Non, je te demande juste de poser ton revolver pendant qu'on parle.

La frayeur la tétanisa lorsqu'il plaça le canon sous son menton.

— Je fais ce que je veux ! rugit-il. Tu veux que j'appuie sur la détente ? Hein, tu veux que j'appuie ?

— Je ne pourrai pas t'en empêcher, mais je ne saurai jamais ce que tu voulais me dire.

— Tu trembles, Darb ? Tu as peur ?

— Oui.

— Très bien, tant mieux, dit-il en abaissant son arme. Tu me donneras ce que je veux, ma petite poupée terrorisée ?

Elle tressaillit quand il lui pinça le téton.

— Oui, bredouilla-t-elle.

Elle pensait le haïr autant qu'il était possible de haïr quelqu'un. Jamais elle n'aurait soupçonné qu'il puisse lui donner des raisons de le haïr encore plus.

— Tu crois que je veux te baiser ? Non… Je ne me gênerais pas si j'en avais envie, mais non. N'imagine pas que tu vas t'envoyer en l'air, salope, ce ne sera pas une partie de plaisir, oh non… Tu veux savoir ce que je veux ? Je vais te le dire ! proféra-t-il d'une voix vibrante de rage.

Darby se prépara à encaisser un coup, mais il lui tourna le dos, en agitant son revolver, avant de faire à nouveau volte-face.

— Je veux retrouver ma vie, putain de bordel de merde ! La vie que tu m'as volée, chaque minute que j'ai passée en taule. Je veux reprendre la tête de mon entreprise, pas qu'on me fourre au placard, pas que ma propre famille me file du pognon pour que je ne leur fasse pas honte. Je veux la mort de mes associés et de mes soi-disant amis qui m'ont tourné le dos et qui m'ont tout piqué. Et je veux arrêter de prétendre avoir des regrets : j'ai cogné ma salope de femme parce qu'elle le méritait, nom de Dieu !

Il marqua une brève pause avant de lancer à Darby :

— Alors ? Qu'est-ce que t'en dis ? Tu te sens capable de me donner ça ?

Rouge de fureur, il approcha son visage à quelques centimètres du sien.

Soumission, pensa-t-elle. Il désirait la soumettre, l'humilier. S'il y parvenait, il lui laisserait peut-être la vie sauve.

— Pardon, sanglota-t-elle, des larmes dans les yeux. Pardon, Trent, je suis désolée.

— Ah oui ? Vraiment ? Tu étais vraiment désolée, au tribunal, quand tu as témoigné contre moi ? Tu n'en avais pas l'air, espèce de chienne ! Non, tu n'avais pas l'air désolée quand ils ont rendu leur jugement et que tu as sauté au cou de ta connasse de mère, comme si c'était ton putain d'anniversaire...

Rentrer dans son jeu, pensa-t-elle, c'était la seule option.

— J'avais peur, j'ai commis une erreur.

— Une erreur, ouais... Qui m'a valu d'être passé à tabac tous les jours, la première semaine, en prison.

Darby exulta, en son for intérieur, mais elle garda la tête et le regard baissés.

— Tu avais tellement de force, tu me faisais peur.

— Ta place était à la maison. Je ne t'avais pas acheté une maison pour que tu ailles gratter la terre comme une sale chienne.

Zod ! se remémora-t-elle soudain. Quelqu'un allait voir le camion, le chien à l'intérieur ! Quelqu'un...

— Tu m'écoutes ? tonna-t-il en l'empoignant par les cheveux et en lui renversant la tête en arrière.

— J'ai honte, je regrette, dit-elle d'une petite voix penaude. Comment puis-je me faire pardonner ? Laisse-moi me racheter...

Il lui tira violemment les cheveux, puis la relâcha.

— Parce que tu te figures que je veux encore de toi, peut-être... Tu crois que j'ai fait tout ce chemin pour venir te chercher ? Non, si je suis là, c'est pour te faire payer ce que je ne retrouverai jamais.

Il se tut un instant, puis il reprit :

— Au fait, je ne t'ai pas encore demandé des nouvelles de ta mère. Comment va ta petite maman chérie, Darb ? Franchement, c'était un jeu d'enfant !

En entendant le portable de Darby émettre une notification, il le retira de sa poche.

— Un texto de Roy, annonça-t-il. Lui aussi, il te baise ?

Sans attendre de réponse, il jeta rageusement le téléphone au sol et l'écrasa sous son talon.

— Désolé, Roy. Darby n'est pas disponible.

Elle se remit à trembler, de tous ses membres.

— Qu'est-ce que tu disais, au sujet de ma mère ?

— Hein ? Ah oui...

Il reprit sa cannette de boisson énergétique, en but une longue goulée.

— Tu es retournée chez elle, salope, pendant que ton mari croupissait en prison. Et quand je suis sorti, tu as demandé une nouvelle ordonnance de restriction pour rester chez ta vieille.

— Tu... Tu as tué ma mère ?

— C'est toi qui l'as tuée, connasse ! En me faisant condamner, tu as signé son arrêt de mort. Il m'a suffi de voler une bagnole – on apprend des tas de trucs, en taule. Enfin bref, j'ai volé une bagnole, j'ai mis mon vélo dedans, renversé de la bière un peu partout, laissé traîner des mégots de joints. Et puis j'ai attendu qu'elle passe, sur le chemin de son jogging, et bam !

En riant, il exécuta une sorte de danse.

— Elle a fait un de ces vols planés ! J'ai poursuivi ma route et abandonné la bagnole un peu plus loin. Boum et boum. Et bouh hou hou, c'est horrible, c'est trop injuste, maman a eu un accident…

Sous le choc, ivre de chagrin et de rage, Darby essaya de se lever, malgré le revolver pressé contre son ventre.

— Elle ne t'avait rien fait !

— Elle m'avait piqué ma femme ! Et elle jubilait, cette garce, au tribunal, je l'ai vue, quand on m'a emmené. Elle n'aurait jamais dû me regarder avec cet air-là. De toute façon, tu vas crever, toi aussi, quand j'en aurai fini, et un jour, peut-être dans un an, ou dans deux, je reviendrai buter ce mange-merde avec qui tu couches. Et je peux t'assurer que je serai plus efficace que ce poivrot qui croyait vous faire peur en tirant dans les vitres.

Elle n'avait pas seulement épousé un être violent, vicieux et égoïste, pensa Darby. Elle avait été mariée à un assassin. Il avait bien caché son jeu, mais le masque avait fini par tomber, au tribunal déjà, révélant un homme capable de tuer, et même d'y prendre du plaisir.

Un homme qui allait la tuer.

Bien que largement en avance, Zane s'habilla et glissa sa balle de base-ball dans la poche de sa veste. Maureen avait raison quand elle disait que cette manie cassait la ligne de ses costumes. Néanmoins, il aimait sentir la balle sous ses doigts lorsque la partie adverse interrogeait les témoins.

Il plia sa cravate et la rangea dans une autre de ses poches, avec l'intention de la mettre au dernier moment, lorsque son téléphone sonna.

— Salut, Roy, ça va ?

— Salut, Darby est là ?

— Elle est partie il y a environ une heure. Tu es chez Parkinson ? demanda Zane, inquiet.

— Ouais. Elle a dû s'arrêter quelque part parce qu'elle n'est pas encore là, mais elle ne répond pas à mes messages. Je l'ai appelée plusieurs fois et je lui ai envoyé des textos. Peut-être qu'elle n'a pas de réseau…

— Je ne vais pas tarder à partir, je ferai un saut chez Emily. Je sais qu'elle devait y passer dans la journée. Je te tiens au courant, OK ?

— OK, merci. Je vais téléphoner chez Best Blooms. On ne sait jamais, si elle avait des trucs à acheter et qu'elle est en train de papoter…

— Possible, c'est vrai.

Néanmoins, Zane percevait l'anxiété dans le ton de Roy, et lui-même n'était pas tranquille. Darby était ponctuelle ; quand elle avait du retard, elle prévenait.

En descendant au rez-de-chaussée, il faillit composer le numéro Lee, puis il se ravisa. Il s'affolait sans doute pour rien. Il allait d'abord passer chez Emily. Avant de monter dans sa voiture, il essaya de joindre Darby, mais tomba sur sa messagerie.

— Rappelle-moi, s'il te plaît, lui dit-il.

En démarrant, il brancha le kit mains libres, préférant tout compte fait jouer la carte de la prudence, mais il n'eut pas le temps de prévenir Lee.

À une centaine de mètres de son chemin privé, le camion de Darby était garé sur le bas-côté.

Il essaya de se convaincre qu'elle était tombée en panne, mais son mauvais pressentiment ne faisait que se renforcer.

Et quand il entendit le chien, qu'il aperçut la casquette, dans l'herbe, il n'eut plus l'ombre d'un doute.

Zod lui sauta dans les bras dès qu'il ouvrit la portière. En s'efforçant de garder son calme, il composa le numéro de Lee.

— Darby a fait une mauvaise rencontre. Elle a laissé son camion sur le bord de la route, à cent cinquante mètres du chemin de la maison. Le chien était dedans, sa casquette par terre.

— J'arrive.

Jed Draper, pensa Zane en remontant dans sa voiture, il ne voyait que lui. Furieux, il déposa Zod devant le siège passager et démarra en trombe, pied au plancher.

Il était évident que ce sale type chercherait à se venger, après l'humiliation qu'il avait essuyée. Pourtant, Zane avait vu quelque chose dans ses yeux, quand il s'était relevé, le regard d'un homme vaincu et résigné.

Il franchit un virage trop vite, dérapa, reprit le contrôle, et quelque chose lui revint à l'esprit.

« J'ai vu quelqu'un qui correspond à cette description. Il m'a fait froid dans le dos », avait dit Darby.

Pas de livre, Candy Crush, pas de Bingley dans les dizaines de facs dont Zane avait compulsé les sites web.

Ça ne tenait pas debout, ça n'avait aucun sens, mais…

Il prit la direction des Walker Lakeside Bungalows.

— Elle ne se serait pas arrêtée pour Jed Draper. C'est encore moins probable...

Devant le bungalow numéro 5, il coupa le contact. Puis avec sa cravate, il attacha Zod au pied de la lanterne.

Tous les stores du bungalow étaient fermés. À pas de loups, il en fit le tour, à la recherche d'une fenêtre où il aurait pu voir à travers les lamelles.

— Regarde-moi, quand je te parle ! retentit une voix masculine. Un peu de respect, salope, ou je te pète les genoux et je te mets un pruneau dans le ventre !

À toute vitesse, Zane rédigea un texto à l'adresse de Lee.

« Bungalow 5. Il est armé. »

Puis il éteignit son téléphone et, sans attendre Lee, il revint vers l'entrée du bungalow.

Il devait faire sortir le type, l'éloigner de Darby... Déclencher l'alarme de la voiture...

Avant qu'il ait pu faire quoi que ce soit, Zod se mit à aboyer.

— Parfait, murmura Zane, la main crispée sur sa balle de base-ball, en se cachant derrière un magnolia planté par Darby.

Un homme apparut à la fenêtre.

— C'est quoi, ce bordel ? tonna-t-il.

À l'intérieur, Darby se pencha en avant et prit de l'élan. Zod hurlait de plus belle. Trent sortit sur le pas de la porte.

— Ta gueule, le clebs, ou je te dégomme !

Zane s'écarta du magnolia, et lança sa balle de base-ball avec la précision et la puissance du jeune garçon qui rêvait de devenir joueur professionnel.

Avec un son mat et sec, elle atteignit Trent au visage, qui vacilla et lâcha son arme. Zane se rua sur lui. Sur le fauteuil où elle était toujours ligotée, Darby se projeta sur les jambes de Trent et lui fit perdre l'équilibre.

En rebasculant en arrière, le fauteuil faillit se renverser. Zane le retint juste à temps.

— T-t-t-trio gagnant : Zod, Walker, McCray… balbutia-t-elle en claquant des dents.

Et elle fondit en larmes, comme si son cœur et tout son être s'étaient brisés en mille morceaux. En lui caressant tendrement le visage, Zane mit le pied sur le revolver.

— Tout va bien, maintenant, ça va aller. Tu ne risques plus rien. Je vais chercher quelque chose pour couper tes liens, OK ? Je reviens…

— C'est Trent, bredouilla Darby. Il a tué ma mère… Il me l'a dit.

Privé de voix, Zane pressa les lèvres contre son visage.

— Attends, je reviens, je vais chercher un couteau ou des ciseaux.

— Il doit avoir mon couteau suisse dans sa poche. Il est mort ?

La cravate de Zane autour du cou, Zod entra dans le bungalow.

— Je reviens tout de suite, dit Zane en l'attrapant pour le déposer sur les genoux de Darby.

L'autre n'était pas mort. Il trouva son pouls, ainsi que le couteau suisse.

Et une nouvelle bouffée de rage enfla en lui quand il vit que les liens avaient entaillé les poignets et les chevilles de Darby.

— Je te ramène à la maison, OK ? Lee ne devrait pas tarder. Dès qu'il sera là, je te ramène à la maison pour te soigner.

— Il a tué ma mère parce qu'elle m'aimait, parce qu'elle était là pour moi quand j'en avais besoin. C'est lui qui a tué Clint Draper, il me l'a dit. Peut-être juste par plaisir, peut-être pour te causer des ennuis. Parce que je suis avec toi.

— Il ne te fera plus jamais de mal. Il ne verra plus jamais la lumière du jour. Lee va appeler une ambulance. Crois-moi, je souhaite de tout mon cœur qu'il reste en vie et qu'il finisse ses jours en prison.

Zane ralluma son téléphone et contacta Lee.

— Allô ? C'est moi. Je suis avec Darby, le type est à terre. Envoie une ambulance.

Après avoir coupé la communication, il précisa :

— Il arrive. Tu n'es pas obligée de lui parler tout de suite. Je te ramène à la maison.

— Tu l'as frappé avec une balle de base-ball, murmura Darby, ses grands yeux encore un peu hagards plongés dans le regard de Zane. Tu lui as envoyé une balle dans la figure. Je veux cette balle.

— Pas de problème, je te la donnerai, quand Lee nous la rendra. Ah, le voilà ! Avec toutes les forces de police de Lakeview.

Lee accourut et se pencha au-dessus de Trent.

— L'ambulance arrive. J'en appelle une deuxième.

— Ce n'est pas la peine, protesta Darby en cajolant le chien, extatique. C'est Trent Willoughby, mon ex-mari. Je me suis arrêtée en voyant une voiture en panne, sur le bord de la route. Désolée, ajouta-t-elle en levant les yeux vers Zane, je ne fais pas la différence entre une Prius et une Toyota.

— Les Prius sont des Toyota, ma chérie.

— Ah bon ? Enfin bref. Il m'a assommée. Je me suis réveillée ici, attachée au fauteuil. Il avait l'intention de me tuer, mais il avait d'abord des choses à me dire. C'est lui qui a tué ma mère. Clint Draper, aussi. Je vous expliquerai plus tard. Je ne me sens pas très bien.

— Pas de problème. Amène-la à la maison, Zane. Emily est là. Je vous rejoins au plus vite.

En voulant se lever, Darby manqua de perdre l'équilibre. Zane la souleva entre ses bras, avec le chien.

— Ce n'est rien, ça va passer, bredouilla-t-elle.

— Ne t'en fais pas, je gère, assura Zane, puis il se tourna vers Lee et répéta : Ne t'en fais pas, je gère.

— Je vois ça, répliqua Lee en regardant Trent. Je m'occupe de lui et je vous rejoins à la maison.

Après avoir confié Darby aux bons soins de sa tante, Zane sortit faire un tour, pour tenter de se calmer. En pure perte, mais pour ne pas davantage contrarier Darby, il parvint au moins à faire bonne figure.

Elle fit une longue déposition circonstanciée à Lee, et laissa Dave refaire correctement les bandages d'Emily autour de ses chevilles et ses poignets lacérés.

Comme elle lui posa la question, il lui donna des nouvelles de Trent. Commotion cérébrale, décollement de la rétine, fractures du nez et de la pommette.

— Bien joué, félicita-t-elle Zane. Mais sa vie n'est pas en danger ? voulut-elle savoir.

— Il est dans un état grave, mais pas critique. Ah oui… j'oubliais : il a aussi perdu quelques dents en tombant face contre terre. Et il souffre de sévères contusions à l'arrière des jambes.

— Elle l'a poussé avec le fauteuil auquel il l'avait attachée.

— Bravo ! Vous devriez tout de même voir un médecin, Darby.

— Ce n'est pas la première fois que je reçois des coups, mais j'espère bien que ce sera la dernière, dit-elle en se levant, à présent plus stable. Merci pour votre soutien, Emily. C'était exactement ce dont j'avais besoin. Je n'ai pas les mots pour exprimer ma reconnaissance.

— Je serai toujours là quand tu en auras besoin, je te le promets.

— Si ma mère était encore de ce monde… elle vous aurait adorée, murmura Darby, les larmes aux yeux. Vous êtes mon ange gardien.

Puis elle se blottit contre la tante de Zane et éclata en sanglots. Très vite, toutefois, elle reprit sa contenance. Emily enlaça les épaules de Brody.

— Plus jamais je ne douterai de ton intuition ! déclara-t-elle.

— Je suis très triste pour votre maman, sincèrement, affirma l'adolescent.

Darby lui déposa un léger baiser sur les lèvres.

— Tu es un héros, Brody. Je te décerne la palme de mes nouveaux héros !

Quand elle put enfin rentrer chez Zane, son équipe au complet l'attendait sur la galerie, avec des fleurs, des casseroles, des gâteaux, un quatre-quarts.

— On tenait à vous voir par nous-mêmes, dit Roy. On sait que vous avez besoin de vous reposer, mais on voulait vous voir.

Sa voix se brisa, il baissa discrètement la tête. Ralph s'éclaircit la gorge.

— On a fini de nettoyer deux des maisons de Parkinson. On s'occupera des autres demain. On peut les faire sans vous, ne vous inquiétez pas.

— C'est qui le boss ici ? répliqua-t-elle avec un clin d'œil.

— Inutile de discuter, on vous interdit de travailler demain. Et si jamais je croise celui qui vous a fait ces bleus sur le visage, je vous jure qu'il le regrettera.

Hallie glissa son bras sous celui de Darby.

— Venez, entrons. Vous apporterez les bouquets et les gâteaux à l'intérieur, les hommes ? Vous en recevrez sûrement encore, Darby ! Les bruits courent vite, et vous êtes appréciée à Lakeview.

— Hallie, je voudrais monter pleurer un bon coup.

— Je vous accompagne. Donne-moi un vase, Gabe, pour sa chambre.

— Celui-ci est de la part de Miss Cherylee, précisa-t-il en frictionnant le dos de Darby. Très chic, limite prétentieux… Je peux donner un tu-sais-quoi à Zod ? Il l'a bien mérité, je crois.

— Merci Gabe. Merci à vous tous.

À l'étage, Hallie tint Darby dans ses bras tout le temps qu'elle pleura, puis elle attendit qu'elle s'endorme.

En se réveillant, Darby contempla la vue sur le lac, les bateaux, les enfants qui sautaient du plongeoir.

Elle contempla le superbe bouquet – très chic, limite prétentieux – envoyé par une femme qu'elle connaissait à peine. Et pensa au chaleureux accueil que son équipe lui avait réservé.

Elle se leva, s'examina dans le miroir, en palpant son cocard, sa pommette meurtrie, et jugea que les dégâts auraient pu être pires.

— Tu n'as jamais été idiote, dit-elle à son reflet. Sauf quand tu étais persuadée de l'être.

En bas, elle trouva Zane qui téléphonait en arpentant le salon.

— Elle est réveillée, je te laisse, dit-il en la voyant. Tout le monde appelle pour prendre de tes nouvelles. Je suis monté il y a une dizaine de minutes, tu dormais profondément.

— Je me sens beaucoup mieux. Zane…

— S'il te plaît, j'ai besoin de te serrer une minute dans mes bras, dit-il en joignant le geste à la parole.

— Tout le temps que tu voudras !

— Quand j'ai vu ton camion, la vie s'est arrêtée. Tout s'est arrêté. J'aurais dû prévenir Lee dès que Brody m'a fait part de ses soupçons.

— Non, il se serait senti trahi et, de toute façon, Lee n'aurait pas pu faire grand-chose. Tu n'as rien à te reprocher. Vous avez tous été formidables, toi, ton cousin, notre incroyable chien, et cette super balle de base-ball. On pourrait…

— Tout ce que tu voudras !

— Méfie-toi, je risque de te réclamer un voyage à Aruba. Mais pour l'instant, j'aimerais juste boire un verre de vin sur la galerie.

— Bien sûr.

Zane sortit une bouteille, puis il s'installa près de Darby, posa une main sur la sienne.

— Comment tu as su où j'étais ? voulut-elle savoir.

— Je me suis rappelé que tu m'avais parlé d'un gars qui correspondait à la description de Bingley, qui t'avait fait une drôle d'impression. En fait, j'ai écouté mon instinct.

— Je trinque à ton instinct !

— Désolé, pour ta maman. J'imagine que tu dois avoir le sentiment de la perdre une seconde fois.

Des larmes roulèrent sur les joues de Darby.

— Quand il m'a dit que c'était lui qui l'avait tuée, sur le coup, je me suis sentie vidée, anéantie. Le pire, c'est qu'il était fier, il fanfaronnait... Et ça, ça m'a mis le démon. Sans toi et Zod, j'étais morte, mais je lui aurais donné du fil à retordre.

Elle s'essuya les yeux et but une gorgée de vin.

— Il avait une fêlure, poursuivit-elle, depuis toujours, mais il compensait, si tu vois ce que je veux dire.

— Je comprends, oui.

— Il la dissimulait. Il avait déjà perdu le contrôle avec moi, mais pas à ce point. Là, c'était... de la folie calculée, si je puis dire. Il avait tout prémédité, après avoir lu les articles sur l'incident avec Graham, comme il avait prémédité le meurtre de ma mère.

Après un temps de réflexion, elle ajouta :

— Il ne s'en serait pas aussi bien tiré, à mon avis. Je suis sûre qu'il se serait fait prendre. Mais il était confiant, parce qu'il était passé entre les mailles du filet, la première fois. Du coup, il prenait du plaisir à tuer. Quand tu penses qu'il a commis deux meurtres, juste pour le plaisir...

— Plus, je dirais.

— Tu crois qu'il a tué d'autres personnes ?

— Le décès de ta maman remonte à quelques années. Je ne serais pas étonné qu'il ait commis un ou deux autres meurtres, entre elle et Clint.

— Il a toujours été borderline, mais il cachait bien son jeu. J'étais jeune, moins maligne que je ne le pensais. Il était charmeur, il me disait tout ce que j'avais envie d'entendre. Oh mon Dieu... il était si gentil avec ma mère !

— Il savait qu'elle comptait beaucoup pour toi.

— Oui. En fait, il a commencé à déraper à partir du moment où il a mis le grappin sur moi. Je n'étais pas idiote. Je voyais que je n'avais pas épousé le prince charmant, mais j'étais prête à faire des efforts. On ne se marie pas pour divorcer le lendemain. J'étais pleine de bonne volonté, mais je n'étais pas idiote.

— Bien sûr que non.

— Je m'en suis longtemps voulu de m'être laissé séduire par un bel homme, beau parleur. Mais j'étais bête de croire que j'étais bête.

— Je suis content que tu t'en sois rendu compte.

Zane lui embrassa la main, puis son poignet bandé.

— Du coup, persuadée d'être stupide, j'avais peur de m'engager dans une relation sérieuse avec toi. Je voulais juste me contenter d'un beau mec qui me donnait du plaisir, qui partageait ma passion pour le base-ball, savait apprécier la beauté d'un chien qui ne ressemble à rien, conscient de mes talents et de mes nombreuses qualités.

— Tu as trouvé l'homme idéal !

— Tu es une perle, et je t'aime. Je veux faire ma vie et fonder une famille avec toi.

— Veux-tu m'épouser, Darby ?

— Oui, je le veux.

Il se leva pour la prendre dans ses bras et se rassit en la tenant sur ses genoux.

— Quand ?

— Je ne veux pas d'un mariage en grande pompe. On se mariera ici, dans le jardin. Le hic, c'est que Roy a déjà prévu de se marier au printemps prochain. Je ne pourrai pas prendre des congés en même temps que lui.

Il lui embrassa la joue, l'œil, s'attarda sur ses lèvres.

— Le week-end de la fête du Travail.

— Tu crois ?

— Même toi, tu es obligée de chômer, le jour de la fête du Travail. Surtout si c'est pour m'épouser.

— Mais… tu veux dire, en septembre prochain ? C'est quasiment demain…

— Pourquoi attendre ? Je connais des femmes capables d'organiser une méga fête en cinq minutes.

— J'ai pas mal de boulot, en automne, des travaux de maintenance, de…

— On attendra l'hiver, la saison creuse, pour partir en voyage de noces. On ira à Aruba, si tu veux.

— Petit malin ! répliqua-t-elle en riant.

— Disons que je ne suis pas bête. La vie s'est arrêtée, Darby, murmura-t-il en promenant un doigt sur le tatouage dans sa nuque. N'en perdons pas une miette, maintenant qu'elle a recommencé.

— Tu m'as sauvé la vie avec une balle de baseball. Je la veux. Je la mettrai sous verre, dans mon bureau, quand j'aurai décidé dans quelle pièce l'aménager.

Elle lui encadra le visage.

— Franchement, tu as vu nos tronches de boxeurs ? On doit offrir un beau tableau, tous les deux… Remarque, on est un couple bien assorti. Marché conclu : le week-end de la fête du Travail.

Elle lui déposa un baiser sur la bouche.

— C'est tout ? grommela-t-il.

— Laisse-moi finir, rétorqua-t-elle, une main contre son torse afin de le tenir à distance. Si on veut vraiment faire des enfants, l'un de nous sera obligé d'apprendre à cuisiner.

— Tirons à pile ou face. Pile, c'est moi ; face, c'est toi qui t'y colles.

— Papier, caillou, ciseaux.

— Je t'aime.

— Ce sera toi, le cuistot !

Plus tard dans la soirée, la tête sur l'épaule de Darby, Zane concéda qu'apprendre à cuisiner ne devait pas être si difficile.

— On aura le droit de manger des pizzas un soir par semaine, décida-t-il. Surgelées ou commandées.

— Évidemment ! approuva-t-elle en l'embrassant.

Le chien sagement couché à leurs pieds, ils regardèrent le soleil disparaître derrière les montagnes et embraser le lac.

DU MÊME AUTEUR AUX ÉDITIONS J'AI LU

EN POCHE

Les illusionnistes (n° 3608)
Un secret trop précieux (n° 3932)
Ennemies (n° 4080)
L'impossible mensonge (n° 4275)
Meurtres au Montana (n° 4374)
Question de choix (n° 5053)
La rivale (n° 5438)
Ce soir et à jamais (n° 5532)
Comme une ombre dans la nuit (n° 6224)
La villa (n° 6449)
Par une nuit sans mémoire (n° 6640)
La fortune des Sullivan (n° 6664)
Bayou (n° 7394)
Un dangereux secret (n° 7808)
Les diamants du passé (n° 8058)
Les lumières du Nord (8162)
Coup de cœur (n° 8332)
Douce revanche (n° 8638)
Les feux de la vengeance (n° 8822)
Le refuge de l'ange (n° 9067)
Si tu m'abandonnes (n° 9136)
La maison aux souvenirs (n° 9497)
Les collines de la chance (n° 9595)
Si je te retrouvais (n° 9966)
Un cœur en flammes (n° 10363)
Une femme dans la tourmente (n° 10381)
Maléfice (n° 10399)
L'ultime refuge (n° 10464)
Et vos péchés seront pardonnés (n° 10579)
Une femme sous la menace (n° 10745)
Le cercle brisé (n° 10856)
L'emprise du vice (n° 10978)
Un cœur naufragé (n° 11126)
Le collectionneur (n° 11500)
Le menteur (n° 11823)
Obsession (n° 12192)
Un cœur à l'abri (n° 12672)
Enchantements (n° 12983)

LIEUTENANT EVE DALLAS

Lieutenant Eve Dallas (n° 4428)
Crimes pour l'exemple (n° 4454)
Au bénéfice du crime (n° 4481)
Crimes en cascade (n° 4711)
Cérémonie du crime (n° 4756)
Au cœur du crime (n° 4918)
Les bijoux du crime (n° 5981)
Conspiration du crime (n° 6027)
Candidat au crime (n° 6855)
Témoin du crime (n° 7323)
La loi du crime (n° 7334)
Au nom du crime (n° 7393)
Fascination du crime (n° 7575)
Réunion du crime (n° 7606)
Pureté du crime (n° 7797)
Portrait du crime (n° 7953)
Imitation du crime (n° 8024)
Division du crime (n° 8128)
Visions du crime (n° 8172)
Sauvée du crime (n° 8259)
Aux sources du crime (n° 8441)
Souvenir du crime (n° 8471)
Naissance du crime (n° 8583)
Candeur du crime (n° 8685)
L'art du crime (n° 8871)
Scandale du crime (n° 9037)
L'autel du crime (n° 9183)
Promesses du crime (n° 9370)
Filiation du crime (n° 9496)
Fantaisie du crime (n° 9703)
Addiction au crime (n° 9853)
Perfidie du crime (n° 10096)
Crimes de New York à Dallas (n° 10271)
Célébrité du crime (n° 10489)
Démence du crime (n° 10687)
Préméditation du crime (n° 10838)
Insolence du crime (n° 11041)

De crime en crime (n° 11217)
Crime en fête (n° 11429)
Obsession du crime (n° 11546)
Crimes par trois (n° 11614)
Crimes sans fin (n° 11615)
Pour l'amour du crime (n° 11672)
Confusion du crime (n° 11888)
Crimes et chaos (n° 11983)
Crimes sous silence (n° 12064)
Les noces du crime (n° 12266)
Le crime est une œuvre (n° 12724)
Crime et complot (n° 12879)
Les dessous du crime (n° 13072)
Crimes pour vendetta (n° 13108)
Crime en lettres d'or (n° 13225)
Crime de minuit (numérique)
Interlude du crime (numérique)
Hanté par le crime (numérique)
L'éternité du crime (numérique)
Crime rituel (numérique)
Mémoire du crime (numérique)
L'ombre du crime (numérique)
Dans l'enfer du crime (numérique)
Crimes pour vengeance (numérique)

LES TROIS SŒURS
Maggie la rebelle (n° 4102)
Douce Brianna (n° 4147)
Shannon apprivoisée (n° 4371)

TROIS RÊVES
Orgueilleuse Margo (n° 4560)
Kate l'indomptable (n° 4584)
La blessure de Laura (n° 4585)

LES FRÈRES QUINN
Dans l'océan de tes yeux (n° 5106)
Sables mouvants (n° 5215)
À l'abri des tempêtes (n° 5306)
Les rivages de l'amour (n° 6444)

MAGIE IRLANDAISE
Les joyaux du soleil (n° 6144)
Les larmes de la lune (n° 6232)
Le cœur de la mer (n° 6357)

L'ÎLE DES TROIS SŒURS
Nell (n° 6533)
Ripley (n° 6654)
Mia (n° 8693)

LES TROIS CLÉS
La quête de Malory (n° 7535)
La quête de Dana (n° 7617)
La quête de Zoé (n° 7855)

LE SECRET DES FLEURS
Le dahlia bleu (n° 8388)
La rose noire (n° 8389)
Le lys pourpre (n° 8390)

LE CERCLE BLANC
La croix de Morrigan (n° 8905)
La danse des dieux (n° 8980)
La vallée du silence (n° 9014)

LE CYCLE DES SEPT
Le serment (n° 9211)
Le rituel (n° 9270)
La Pierre Païenne (n° 9317)

QUATRE SAISONS DE FIANÇAILLES
Rêves en blanc (n° 10095)
Rêves en bleu (n° 10173)
Rêves en rose (n° 10211)
Rêves dorés (n° 10296)

L'HÔTEL DES SOUVENIRS
Un parfum de chèvrefeuille (n° 10958)
Comme par magie (n° 11051)
Sous le charme (n° 11209)

LES HÉRITIERS DE SORCHA
À l'aube du grand amour (n° 11109)
À l'heure où les cœurs s'éveillent (n° 11406)
Au crépuscule des amants (n° 11562)

LES ÉTOILES DE LA FORTUNE
Sasha (n° 11738)
Annika (n° 11967)
Riley (n° 12073)

EN GRAND FORMAT

ABÎMES ET TENÈBRES
L'éclipse
La prophétie
L'élue

INTÉGRALES

Affaires de cœurs
L'île des trois sœurs
L'hôtel des souvenirs
Le cercle blanc
Le cycle des sept
Le secret des fleurs
Les étoiles de la fortune
Les frères Quinn
Les héritiers de Sorcha
Les trois sœurs
Les trois clés
Magie irlandaise
Trois rêves
Quatre saisons de fiançailles

13259

Composition
FACOMPO

Achevé d'imprimer en Slovaquie
par NOVOPRINT
le 3 mai 2022

Dépôt légal septembre 2021
EAN 9782290232811
OTP L21EPLN002837A002

ÉDITIONS J'AI LU
87, quai Panhard-et-Levassor, 75013 Paris

Diffusion France et étranger : Flammarion